中國古典文學基本叢書

楚辭校釋

王泗原　著

中華書局

圖書在版編目(CIP)數據

楚辭校釋:典藏本/王泗原著. —北京:中華書局,2015.11(2022.8 重印)
(中國古典文學基本叢書)
ISBN 978-7-101-11235-1

Ⅰ.楚… Ⅱ.王… Ⅲ.①古典詩歌-詩集-中國-戰國時代②楚辭-注釋 Ⅳ.I222.3

中國版本圖書館 CIP 數據核字(2015)第 218452 號

責任編輯:朱兆虎
責任印製:管 斌

中國古典文學基本叢書
楚辭校釋(典藏本)
王泗原 著
*
中 華 書 局 出 版 發 行
(北京市豐臺區太平橋西里 38 號 100073)
http://www.zhbc.com.cn
E-mail:zhbc@zhbc.com.cn
河北新華第一印刷有限責任公司印刷
*
850×1168 毫米 1/32 · 17 印張 · 3 插頁 · 400 千字
2015 年 11 月第 1 版 2022 年 8 月第 5 次印刷
印數:7901-8800 册 定價:85.00 元

ISBN 978-7-101-11235-1

馬彝初先生來信

自序

舊著離騷語文疏解（一九五四年上海文藝聯合出版社出版）寫成於一九四六年六月，忽忽已過四十年。爾時至今，續有所獲。古語文例釋（上海古籍出版社出版）完稿後，作成疏解的增訂本，並着手校釋全部楚辭。疏解增訂本曾寄到一家書局，後來爲了避免與校釋的離騷部分重複，又撤回了。楚辭各本誤字不少，還有竄亂，必須做仔細的校勘功夫，才能解釋好。這就是作這楚辭校釋的因由。現在應當有一種注本，可資專門研究的參考，可用作大學專題講義，而就此注解加詳，也適合一般讀者誦讀。這校釋盡量兼顧。

研究文學史的人以詩三百篇楚辭各爲北方南方詩歌最早的總集。詩是，楚辭不是。

漢書藝文志著録屈原賦二十五篇。王逸楚辭敘（即離騷後的「敘曰」一篇）説：「屈原……作離騷，……遂復作九歌以下，凡二十五篇。」用「凡」字，是併離騷説。如是，二十五篇之數，東漢時學者，如班固王逸，見解是一致的。

究竟是哪二十五篇？王逸以爲

離騷，

九歌（十一篇），

天問，

九章（九篇），

遠遊，

卜居，

漁父。

王逸之説，洪興祖也不置疑。洪説：「屈原賦二十五篇，漁父以上是也。」（大招序注）這是未細審的。今考定，遠遊是漢人作，説詳題解；卜居漁父那種設爲屈原與人問答之辭，又稱屈原姓與字，也不合是屈原自作；招魂，司馬遷以爲屈原作，看内容，間架，辭藻，背景，又都與屈原手筆合，當從遷説。所以屈賦應當包括招魂而去遠遊卜居漁父，實有二十三篇。今定次序如下：

離騷

天問

招魂

九章（九篇）

九歌（十一篇）

司馬遷説：「余讀離騷天問招魂哀郢，悲其志。」這個次序是妥當的。故今以九章次第四。九章非原題，九篇非一時所作。九歌則爲祀神樂歌，居最後。屈賦之所以不足漢志著録之數，大概不是班固著録以後又有散失，而是後人（包括班固）於某篇誰屬，見解不同。

漢志著録宋玉賦十六篇。楚辭中的九辯及文選中的宋賦，不知是否皆在十六篇之數。

大招，王逸序説「屈原之所作」，又説「或曰景差，疑不能明也」。當是景差作，説詳題解。篇次招魂第九，大招第十，當是劉向之舊。二篇連列，或以内容相類，且招魂舊以爲宋玉作，宋玉景差亦同時。史記屈原傳：「屈原既死之後，楚有宋玉唐勒景差之徒者，皆好辭而以賦見稱。」漢志未見景差賦。

楚辭成集始於劉向。劉更生改名向，領護三輔都水，遷光禄大夫（即楚辭卷首所題官銜），領校中五經祕書，在成帝時。全書作注始於王逸。王逸楚辭敘曰：「逮至劉向典校經書，分（集而編）爲十六卷。而班固賈逵各作離騷經章句，其餘十五篇闕而不説。今臣復作十六卷章句。」十六卷是併九歎算。然而卷首目録題「臣劉向集」，這是對君上的措辭，怎麽好編入自作的九歎？後來王逸作注，卷首目録題「臣王逸章句」，各篇首題「臣王逸上」，又怎麽好增入自作的九思？原來這都是作爲屈原集的附録的（説詳後）。今本楚辭已非劉向或王逸原貌。篇次也有移動。釋文（作者失名，或以爲王勉，宋初人）篇次不同，見目録注，洪以爲「蓋舊本」，也只是舊本的一種。

今日校釋楚辭，篇目應當考慮這樣的情形：遠遊是漢人作，前面説過。惜誓以下也不是上選，前人如朱熹王夫之都有所見。朱熹削去其四，惟存惜誓、哀時命、招隱士三篇，而增入賈誼弔屈原賦、服賦二篇；王夫之削去其五，惟存惜誓、招隱士二篇，而增入江淹山中楚辭、愛遠山二篇及自作的九昭。其皆爲朱王所存的惜誓、招隱士二篇，猶有可議。惜誓，王逸序説「不知誰所作也；或曰賈誼，疑不能明也」。則逸亦不以爲賈誼。且正文代屈原立言，開頭就説「惜余年老而日衰兮」。言「長生久僊」，稱「赤松王喬」，思想如是，尤非賈誼。風格又卑，遠不能比賈誼手筆。末節二韻襲弔屈原賦語，是裝上去的。招隱士，音調是好的，朱熹説「視漢諸作最爲高古」，但是已見辭藻堆砌之漸。所以漢人八篇（遠遊及惜誓以下)實在「不足附屈宋之清塵」(用王夫之語,見山中楚辭序)。朱王各削去數篇,當是由這個角度考慮的。八篇儘管不是上選,今日校釋楚辭也不宜用朱王的增削辦法。若以己意又增削一番,雖或能勝於朱王,但是會使人不知舊本楚辭是個什麽面貌。那不是校理古籍的正當辦法。所以應當保存舊本楚辭的全部篇章。

劉向爲什麽這樣選?難道就毫無道理?道理是有的,後人没去深究而已。從劉向集録的篇目,可以看出他並非編楚辭總集。編楚辭總集,何至於没有唐勒孫卿?何至於宋玉只收一篇(算上招魂也只二篇)?從所録漢人諸篇的内容及王逸序,可以看出劉向别有一個宗旨,那就是追愍屈原而章明屈原之志。所以他實際是編屈原集,而以宋玉以下及漢人諸篇爲附録。附録諸篇他以爲篇篇是這個宗旨。他自己的九歎也是本這個宗旨而作的,所以也附入。楚辭原書劉向當有書録(敘録),如戰國策之例,後佚。至王逸作注,又增附自作的九思。劉王這樣做法,有似今人編紀念集。諸篇王逸的序都見追愍屈原之意。其中招隱士實在與屈原無關,劉向卻以爲有關,王逸序發其意説:「小山之徒閔傷屈原,……雖身沈没,名德顯聞,與隱處山澤無異,故作招隱士之賦以章其志也。」既是根據這樣的宗旨,符合這個宗旨的篇章就在入選之列,漢人諸篇不是上選就由於此。也可見屈原孤忠諒節,文學高邁,在漢代文人心目中佔多麽重的位置。

所以這部楚辭不是楚辭的總集,實在是屈原集而附録宋玉以下追愍屈原的辭賦。屈賦賴以保存者有二十三篇,或未遺漏,這就功垂罔極了。

然而劉向及其子歆没編出一部楚辭總集是特别可惜的。漢成帝詔向校經傳諸子詩賦,向死後,哀帝又使歆繼成父業。當時楚辭存者還不少，漢書藝文志（本劉歆七略）著録屈原賦二十五篇，唐勒賦四篇，宋玉賦十六篇，孫卿賦十篇，秦時雜賦九篇。這些都是楚辭賦。漢人之作還不計。漢人作的楚辭有好的，朱熹增入的弔屈原賦服賦便是。此外，如漢武帝悼李夫人賦，秋風辭，辭藻聲韻都美，格調比遠遊以下八篇都高。淮南王安也長於辭賦。漢志著録淮南王賦八十二篇，不可謂不多。還有司馬遷賦八篇。若向歆當時編成一部楚辭總集，很可能使那些篇章流傳至今。今日想要重編楚辭，已是編不成了。

漢人作的楚辭雖有好的，但我們仍要看到時代面貌的差異。屈原宋玉景差的篇章以及卜居漁父，漢人是作不出來的。明白這種情形，就不會説什麽「楚辭作於漢代」了。

楚辭注本很多，但不能在語法訓詁古音文字校勘各方面解決多少疑難。比觀各本注解，有特色的還要數早期的王逸注及洪興祖補注。

王逸是故楚地的南郡人，注能明楚方言。例如離騷「紉秋蘭」注：「紉，索也。」「搴阰之木蘭」注：「搴，取也。」羌字，古今注家只有王逸知道，而他的羌字注文以傳寫有錯字，後人不曉，竟沈埋至今。王逸也能領悟語法，而這是前人多不講究的。例如離騷「夫維聖哲以茂行兮」，他注説：「哲，智也。茂，盛也。獨有聖明之智，盛德之行。」他明白聖與茂各爲哲與行的附加語，聖哲與茂行是並列成分，用連詞以。而洪注引洪範「明作哲，睿作聖」來解聖哲，但「以」字没有着落，便説「聖哲之人以有甚盛之行」，添一有字。朱注同洪解，惟無以字，因正文以字朱本爲之字。這一句，王注合正文句法，洪朱不合。王逸很明白楚辭形式，所以於音節短促的篇章，斷句（可從注看出）多符合楚歌的特點，如九辯招隱士便是。可惜他没分節，那就是時代所限了。朱熹有意分節，然而没掌握楚辭形式的特點，也没明白王逸於九辯招隱士斷句的意旨。研究古代詩歌，亦何容易？

洪興祖曲阿人，但他的注能按楚方言注音。例如離騷「紉秋蘭以爲佩」，紉注女鄰切，爲nén。「邅吾道夫崑崙兮」，邅注池戰切，爲chàn。招魂「旋入雷淵」，旋注泉絹切，爲cüàn。紉音廣韻真韻同。方音當然不會是所有的字都與通行的音異。邅音廣韻有雉戰一音（見仙韻邅解），在線韻爲持碾切，即雉戰，即洪音的池戰，然廣韻訓逐，未收離騷的轉義。旋音廣韻線韻有辭戀一音，訓遶，又淀（漩的俗寫）訓回泉。今北京話念xüàn。按南音辭（sì）戀（力卷lüàn）當念süàn，與楚方音cüàn有别。所以洪注確是楚方音。洪注的這些音，至今還保存在故楚地有些地方的方言裏，我鄉（江西安福）也就是這樣念的。洪興祖注得極準確，可見他經過深入調查。古書作注，這樣認真，非常可貴。

朱熹注解古書，是謹嚴的。他不知道的就説不知道，如此者不少。這應當是作注的守則。他的楚辭集注發明無多。

先秦古書難講。説因爲它古，未免太籠統。特别是有兩個原因：一是先秦古書都是當時當地的白話，非如秦統一以後文章有定型（説詳舊作古文蓋棺定論，載上海新中華雜志一九四九年一期）。定型了好講，異時異地的異文難講。二是漢代的隸變影響了後人辨識古文字。如楚辭「亂曰」的亂後人都講不通，或以爲「樂節之名」（朱熹，游國恩。這是想當然，並無根據），或以爲「治亂曰亂」「煩曰亂，治其煩亦曰亂也」「有整治之意」（錢杲之，段玉裁，游國恩。這是以反爲正，顛倒是非），或以爲「變章亂節」（吴仁傑），或以爲「繁音促節交錯紛亂」（蔣驥），或以爲「失行列」（桂馥引鄭注），或以爲「不擇次序」（胡文英），或拋却不講（王夫之），或以爲辭字的錯（郭沫若）。這都是由於不識亂字原本是治理的治字，亂是本字，音治，治是同音假借字，不是煩敵擾敵的敵字（敵今寫亂）。誤當做煩敵擾敵之意來解，這就解不通。說詳校釋的離騷二三節，九三節。

校釋重在決嫌疑，明是非，不止於一般的了解。下面舉校勘、辨韻、辨字、明表達、明義蘊的例，以見校釋的概略。

校勘的例：天問：「陰陽三合，何本何化？」陰陽是兩種現象，不當說三合。三字本當作參，讀參互之參，是說陰陽相參合。傳寫誤以參爲二三之三（左傳隱元年「參國之一」），便誤爲三。懷沙：「玄文幽處兮，矇謂之不章。離婁微睇兮，瞽以爲無明。」這二句結構整齊，對稱，玄文二字本來必是人名。今校正爲子文。令尹子文本是非婚生子，有「幽處」的一段時期。這字王逸以前已誤，王注講不通。雲中君「龍駕兮帝服」，帝字誤。王注以爲與五方帝的衣服同色，究與何方帝同色？若五色畢具，即非任何一方帝之服了，故理不可通，而衣服夾在龍駕與翱遊中間，章法也不合。服，與駕並用，是車的右騑，不是衣服。帝字是虎的譌字，虎字隸變作乕，與帝形似。原文當作「龍駕兮虎服」。也有一個字的校勘要涉及多方面知識的。遠遊三九節「焉乃逝以徘徊」，校正焉是馬的誤字，就涉及句法，虛詞用法，詞義，章法等方面。

辨韻的例：懷沙：「懷質抱情，獨無匹兮。伯樂既没，驥焉程兮？」程與匹韻不叶。校釋說明程字是秩字的漢時今文寫法，匹秩爲韻。

辨字的例：湘君櫂字，若只注一句「今語槳」，也可以了解正文。但是讀者會在別處遇見楫字橈字棹字，會看到赤壁賦「桂櫂兮蘭槳」的櫂槳二名，自必有疑。或者讀說文看到段玉裁以櫂爲譌字，而信他的説法。大司命𣸈字，是古字，洪考異一作侵，一作浸，究竟哪一個是？校釋説明楫櫂橈棹槳諸字的關係，説明侵𣸈浸諸字的關係，以決嫌疑。

明表達的例：湘君「斲冰兮積雪」句，舊注以爲「遭天盛寒，斲斫冰凍，紛然如積雪」。校釋説明並非真的冰破如雪。楚地川流不凍冰。斲冰，以擬槳打水面。冰喻水之清，雪喻槳打起的浪花之白。

明義藴的例：湘君「心不同兮媒勞」二句，「交不忠兮怨長」二句，舊注皆以爲義託君臣。校釋説明心不同二句謂婚姻，交不忠二句謂交友，亦皆以喻人的一般相處，不當以爲「屈原自喻」。九歌是爲祀神者設辭。屈原雖或「見己之冤結」（王逸語），但不同於自敘，不當有指君臣的意思。

學術是不容有半點虚假的。那些説「楚辭作於漢代」，説九歌所歌是「五方十神」，凭空臆斷，惟新奇是務，也只是苟以譁衆取寵而已。今日校釋楚辭，於前人今人説解，應當疑其所當疑，信其所可信，期達到荀子説的信信疑疑之信。這樣才能在語法訓詁古音文字校勘各方面決嫌疑，明是非。不苟於學術，才能無歉於讀者。自慚淺學，雖於楚辭已盡四十餘年的心力，而兹所貢不過是滴露微塵。學術之事，任重道遠。一九四六年作離騷語文疏解成，在自序裏曾提到：要完全讀通古書，必須是這方面的學者不斷積累力量。今日還是這樣希望。

下面説校釋的凡例：

（一）舊注妥當的，用舊注，標明王注洪注朱注等。不引舊注的，便是自己的見解。舊注不妥當而必須辨正的，就加辨正。

（二）楚辭形式，通常是二句一韻，二韻一節。離騷長達九十三節，全篇一樣。它篇或有一節不止二韻的。校釋，正文以一節爲一段，標明節次。各節都注明押韻。有幾節通用一韻的，只注明本節的韻，以顯出楚辭形式的特點。其通爲一韻的，誦讀自明。

（三）一節中有當校勘的，先校勘以理清文字。洪興祖考異提到的異文，擇其當者而從，無須説明理由。

（四）每正文二句的解釋爲一段，開頭標明「某某二句」，以資統攝。有的疑難，如兮，靈脩，偭，亂，辨正的文字多，須另分段才醒目，每二句這樣標明，以見下面數段都是這二句内的解釋。

（五）讀書須先成誦，而意義必細繹才明。而且讀此音才是此義，讀别一音便是别一義。雙聲疊韻字更完全是義繫於音。所以校釋先注音而後釋義。朱熹作注就是這樣。雙聲疊韻字前人未能盡明。如易渙卦以雙聲疊韻字「渙汗」釋九五爻，劉向讀渙字逗，以汗爲出汗（上元帝封事），顔注亦從向解，易朱注同，皆非。易爻辭裏所及的卦名都與它字連文成義，若單讀卦名斷句，則連文的它字不可通，全句不可通。「汗其大號」是不可通的。了解這個例，可以明白講雙聲疊韻字的方法。校釋於雙聲疊韻字一一注出，以明不可依字義分開講。

（六）今普通話無入聲，拼音字母無入聲的調號。而講古書，特别是古詩歌，注音不可不存入聲。所以校釋注音用反切，間兼用直音。反切據廣韻爲主，附注韻部以便查檢這反切所在。韻部不用於辨古韻。讀古書總要會用反切這個工具。反切並不難。用來切音的二字，取上一字的聲母，下一字的韻母和聲調，一拼就得。例如：離騷八六節：邅，池戰切。取池的聲母ch，戰的韻母和聲調àn，ch—àn邅。又二四節：忳，徒渾切。取徒的聲母t，渾的韻母和聲調uén，t—uén忳。入聲字要念南方音。離騷四六節：溘，口答切。取口的聲母k，答要念南方入聲音，就能拼出來。卜居軛迹翼食是入聲韻，要念南方入聲音，就叶。

（七）校釋注重古韻的辨正。辨古韻，不用廣韻韻部，因它與古韻多有不合。前人今人用廣韻韻部注古韻的，於正文同韻而廣韻不同部，就以爲叶音，合韻。上古詩歌押韻，一概是本韻，無所謂叶音，合韻。叶音或合韻的名稱是找不出韻的關係而妄起的，是由於用後世韻書（如廣韻）衡量上古詩歌的韻，用後人分的韻部衡量上古詩歌的韻。後人研究古韻，韻部愈分愈多。鄭庠分六部；顧炎武十部；江永十三部；段玉裁説江永「較諸顧氏益密」，還認爲密得不够，又益爲十七部；江有誥二十一部；近人承襲這條思路，分至三十部。以分部多爲密，是原則上的錯誤。古音簡，由簡趨繁，是語音發展的自然現象。這見解與時論不同，實則如此。音的聲和韻都是由簡趨繁的。例如：就聲母説，b發展而爲b'，p，又爲b'，p'，f，這就繁了，如専聲的博——溥——傅，番聲的播——潘——蕃，分聲的頒——盼——汾；就韻母説，ang發展而爲ang，eng，又爲ang，eng，ing，又爲ang，eng，ing，in，這就繁了，如卿慶古音姜——羌，故王逸用卿注羌音，故「卿雲」也寫「慶雲」。司馬遷敘荆軻，「衛人謂之慶卿，燕人謂之荆卿」，實則慶荆同是姜——羌音，但或寫慶字（在衛）或寫荆字（在燕）而已。在衛在燕也未必就分別劃然，發音（聲母）重輕不同則荆慶不同，古是jiang（姜，重）qiang（羌，輕），今是jing（荆）qing（慶）。講古音，分部愈多，去古韻愈遠；分部益密，於古韻益疏。按後人所分韻部讀詩與楚辭，必然會遇到本來同韻的却屬異部。於是目爲叶音或合韻。最不通的是以離騷七二節的同調爲叶音（吴棫，朱熹），爲合韻（段玉裁，郭沫若，游國恩）。東韻與蕭韻無絲毫關係，若可叶可合，語言裏還有韻那回事麽？校釋都一一辨正。

（八）古平上去聲分别不嚴。詩三百篇平上、平去、上去、平上去通爲一韻的不少。這種現象，朱熹以爲叶音。如離騷一節，庸降相叶，朱注「降叶乎攻反」；招魂二二節，鶬爽相叶，朱注「爽叶音霜」；九辯五章二節，御去舉相叶，朱注「舉叶音倨」；又六章一節，濟至死相叶，朱注「死叶去聲」；又六章五節，教樂（五教切）高相叶，朱注「高叶孤到反」。這是以爲古人用韻也像後人的翻韻書作詩，不可取。

（九）有未明字的古音而講錯的。如天問五五節宜嘉爲韻，是古音，在歌戈部，朱注誤以爲「喜，叶音嬉；一作嘉，音基。」又七三節惑服（蒲北切）爲韻，惜誦二節服直爲韻，是古音，朱注誤以服爲叶音。惜誦二一節明身爲韻，明音芒，身音商，是古音，朱注誤以爲叶音。這些都是扞格不通的。校釋都一一辨正。

（一〇）校釋注重字的俗寫及筆畫誤的辨正。各舉二例。

俗寫的例：惜誦「令五帝以枏中兮」，枏是析的俗寫。這裏析又是折的誤字，王逸時已誤。洪考異「一本作折中」，一本是。惜往日「訑謾」，訑是⿰言施的誤，⿰言施又是詑的俗寫。

筆畫誤的例：壄字出現不少，本當作壄，从予聲，是野的古字。各書木刻本鉛印本大都是上半的中間作矛，誤。抽思：「軫石崴嵬。」洪考異：「嵬一作褢。」注音淮。廣韻皆韻有褢字，户乖切，解云：「崴褢，不平皃。」褢不成字，是涉褢字而誤，上面的亠誤成山。崴嵬也不當是褢。

誤字的校正，説明見前校勘的例。

（一一）引文删節移動及引文用引號的處理，説明三點：

一、引文的删節。引文省去無關的字句。例如：雲中君二節服字解引説文，説解原有二義，引用第二義，省去無關的「用也」一義。或雖有關而不必引的，也省去，如雲中君題解引洪注，省去「已見騷經」

四字。湘君二節引王注，省去「舟，船也」三字。前人説解有妥當的有不妥當的，只摘引妥當的説解。如湘君四節引王注，只取「靈，精誠也。横度大江，揚己精誠。」此外的文字説「屈原思念楚國，冀能感悟懷王使還己」，鑿實爲屈原自謂，與九歌祀神之旨不合，不妥當，故不引。節引有省去文字的，有省去事實的。如七諫怨世六節引王注「言桂蠹……；言蓼蟲……」文字節引，並省去下言字，中間用分號，以示上言字貫下來。又怨世一〇節引王注，裏面子胥抉目的話，是較熟悉的，省去不引。又亂曰「周鼎」引王注，裏面禹鑄鼎象物的話，不必詳，省去不引。如上述的删節，都不用删節號。删節必顧到文字銜接，絶不改字加字。改字加字就不能用引號了。

二、注文的次序移動。注文有不合正文次序的，依正文次序移動，使與正文次序一致，以便閲讀。例如：九歎遠遊「考玄冥於空桑」，王注先注空桑，後注玄冥。今移玄冥注文於前。

三、引文的不用引號。前人引書，文字或不全依原文，只取其意。例如：七諫謬諫「列子」句洪注：「列子名禦寇。其書曰：子列子窮，容貌有飢色，居鄭圃四十年，人無識者。」其書曰之下，「子列子」至「飢色」見莊子讓王，「居鄭圃」以下見列子天瑞，並不是「其書」的原文。七諫亂曰「周鼎」句洪注引漢書郊祀志：鼎没于泗水彭城下。没字漢志原文作「淪没」。如上述的前人引書，不全按原文，都不用内引號（單引號）。

（一二）這裏就書名號及頓點説明。

書名號。標點原爲看來醒目。而漢志，隋志（皆書篇的省稱），詩書，史漢，篇韻（皆兩書併省），這類省略説法，用上書名號反不準確，而且不懂的人仍舊不懂，無益於事。所以校釋不用書名號。一般書刊裏人名地名都不用專名號，獨書名用，於理也不是當然。

頓點。頓點不是凡並列成分中間都要用的。説話，讀書，句中並列成分中間並不停頓。上下四方，不説上、下、四方。長江大河，不説長江、大河。「或七八年，或五六年」，「賢聖之君六七作」，不讀或七、八年，或五、六年，賢聖之君六、七作。孟子「父子有親」五句，若讀成父、子有親，君、臣有義，夫、婦有别，長、幼有序，朋友有信，意思就不通，因爲説的不是父有親，子有親，君有義，臣有義，夫有别，婦有别，長有序，幼有序，而父子等等是一種關係，點斷就錯了。讀詩更須顧到音節和諧。詩邶泉水「遠父母兄弟」若讀成遠父、母、兄、弟，鄘定之方中「樹之榛栗」三句若讀成樹之榛、栗，椅、桐、梓、漆，爰伐琴、瑟，古詩「松柏夾廣路」數句若讀成松、柏夾廣路，壽無金、石固，聖、賢莫能度，還像詩麽？所以頓點只用在怕生歧義之處，無須一律。這也如拼音字母的界音號，只用在怕生歧音之處。

楚辭各本異文，曾在撰寫離騷語文疏解時校勘。用來校勘的本子有這些：

㈠楚辭	王逸章句	明隆慶辛未繙宋本
㈡楚辭	洪興祖補注	明繙宋本（涵芬樓景印）
㈢		又清刻汲古閣校本
㈣楚辭集注	朱熹	明繙宋本
㈤		又聽雨齋刻本
㈥楚辭集注	蔣之翹評校	明天啓丙寅
㈦離騷	錢杲之集傳	明繙宋本（鐵琴銅劍樓景印）

(八)　　又清光緒三年
(九)屈宋古音義　陳第　明萬曆甲寅
(一〇)楚辭　來欽之述注　明崇禎戊寅
(一一)楚辭聽直　黄文焕　明崇禎癸未(實清初本)
(一二)楚辭　陸時雍疏　清初初刻本
(一三)　　又清康熙乙酉
(一四)楚辭燈　林雲銘　清康熙丁丑
(一五)離騷彙訂　王邦采　清康熙六十一年
(一六)山帶閣注楚辭　蔣驥　清雍正丁未
(一七)楚辭疏　吴世尚　清雍正丁未
(一八)楚辭節注　姚培謙　清乾隆辛酉
(一九)楚辭詳解　奚禄詒　清乾隆九年
(二〇)屈原賦　戴震注　鈔本(慎始基齋景印)
(二一)楚辭韻讀　江有誥　清嘉慶己卯
(二二)重編楚辭　晁補之　清道光十年
(二三)楚辭通釋　王夫之　清同治四年
(二四)楚詞辨韻　陳昌齊　粤雅堂校刊嶺南遺書本

㉕楚辭釋　王闓運　清光緒辛丑

㉖楚辭考　岡松辰君盈　日本明治四十三年

屈賦裏三篇長篇，離騷計二四六四字，天問一五六八字，招魂一一九八字。這是經校勘後的計數，與他本説的不同（離騷游國恩説二四九零字）。漢詩孔雀東南飛一七八五字，沈德潛以爲古今第一首長詩（朱彝尊的風懷詩二千字，他大概未見），是别楚辭於詩體之外。

離騷語文疏解原着重在古語文的一些大疑難的探究，駁「反訓」，辨正亂曰，辨正也聲字韻部，篇幅很多。現在校釋是注解形式，體例不宜作長篇辨正。於是抽出論古音訓詁的内容，改作專論，爲駁反訓，也聲字韻部辨正二篇，列於附録。至「合韻」説之非，則於校釋中隨文論列，不作專論了。

離騷語文疏解的出版，由葉聖陶先生之獎掖，並蒙題署書名。銘記至深。

馬彝初先生看了疏解，許爲博雅。來信彌足珍貴，今影印置於卷端。

校釋的離騷，天問，招魂，九章九歌中數篇，九辯第一二章，卜居，曾於一九八六年下學期在廣西師範大學爲中文系研究生講授。學生聽了都很滿意，幾位老師也希望出版。課餘撰寫，學生全秋菊幫我借書，檢校，抄謄，用力很勤。回京以後，秋菊還繼續任抄謄之勞，郵稿往返，直至一九八八年二月全稿畢工。原稿先校勘次辨韻次釋義，是後來所定，前面次序不同的，都爲我理成一致。秋菊研究先秦文學，優爲襄助。記在這裏，以志問學的欣悦。

王泗原

一九八八年二月於北京

目録

楚辭釋名

楚辭，意思是楚國體裁的文辭。這名稱起於漢代。漢書地理志：「始楚賢臣屈原被讒放流，作離騷諸賦以自傷悼。後有宋玉唐勒之屬慕而述之。枚乘鄒陽嚴夫子（忌）之徒興於文景之際。而淮南王安亦都壽春（壽春本楚考烈王所徙都），招賓客著書。而吴有嚴助朱買臣貴顯漢朝，文辭並發。故世傳楚辭。」又王褒傳：「宣帝時，徵能爲楚辭九江被公。」説文引楚辭，字作楚詞，是當時的習慣寫法。

楚辭這名稱本來明白易曉，郭沫若卻有異説。他改「亂曰」爲「辭曰」（屈原研究重慶版一八七頁），説：「『辭曰』便是楚辭的『辭』的命名之所由來。賈誼的弔屈原賦上又作『訊曰』，那也是詞字的錯誤，即是『詞曰』。據此可知楚辭的『辭曰』在漢初還没有弄錯，是後世的不通古文的人把它認錯了的。」（四九頁）他並没認清亂字，就輕率下這樣的斷語，是錯的。亂曰的亂究竟是什麽，後面詳細解釋。先看是不是所謂「辭曰」。屈原賦，離騷亂曰有二韻，招魂有十五韻，涉江有六韻，哀郢有三韻，抽思有十韻，懷沙有十韻，悲回風「曰」字下有四韻（這曰字若不是衍字則作用與亂曰同。或原是亂曰，亂字脱了。今本這篇末有「心絓結而不解兮，思蹇産而不釋」二句是衍文）。應當注意：（一）有亂曰的，最長的離騷亂只有二韻，長次於天問的招魂亂也只有十五韻，其餘的多則十韻，少則三韻。不可以説只這短短的幾韻才稱辭而此外不是辭，不可以説楚辭一名是由這短短的幾韻所謂「辭曰」而來而那長篇的正文不算數。（二）屈賦二十三篇，只七篇有亂曰（連只有曰字的悲回風計入），十六篇没有，即屈賦裏没有亂曰的篇數佔全數百分之六九·五七。不可以説這大多數屈賦不算是楚辭，不可以説楚辭這名稱是由少數幾篇有所謂「辭曰」的而來而大多數篇章無關。（三）抽思裏有「少歌曰」，又有「倡曰」，最後才是「亂曰」；遠遊還有「重曰」。若因有所謂「辭曰」便名楚辭，那麽有少歌曰，倡曰，重曰又該名什麽呢？（四）離騷：「就重華而陳辭。……跪敷衽以陳辭兮。」思美人：「因歸鳥而致辭兮。」屈賦裏辭字用法是這樣的，並没有特異處。不可以説單單某幾篇在末了的幾韻叫辭。

次看弔屈原賦。第一段，「共承嘉惠」至「乃隕厥身」。説弔屈的因由。第二段，「嗚呼哀哉」至「獨離此咎」。發揮「逢時不祥」，「獨離此咎」的意思，有似離騷。第三段，「訊曰」以下。「訊」是「問」（説文，詩小雅正月傳）。這段提出一些疑難以問屈原，有似天問。「訊曰」漢書作「誶曰」，字誤。詩陳墓門「歌以誶止（作之字誤）」，誶予不顧」，小雅雨無正「莫肯用誶」，國語吴「誶申胥」，墓門傳「誶，告也」，爾雅釋詁同，各誶字今本都錯成訊。這種互誤是由同部首及聲旁卂與卒部分形似。「亂曰」便是亂曰，「訊曰」便是訊曰，都不是「辭（詞）曰」。

楚辭的體裁

楚辭的體裁，基本的是二句一韻，二韻一節。離騷長到九十三節，也通篇一樣。這是古楚歌的形式，在楚人的生活裏一直保存下來，至今故楚地的有些地方的山歌形式還是這樣。這種楚歌形式的特點可用分行寫的方法表示：

〔離騷〕帝高陽之苗裔兮，朕皇考曰伯庸。
攝提貞于孟陬兮，惟庚寅吾以降。
皇覽揆余初度兮，肇錫余以嘉名：
名余曰正則兮，字余曰靈均。

〔九辯〕忼慨絶兮，不得。
中瞀亂兮，迷惑。
私自憐兮，何極？
心怦怦兮，諒直。

〔垓下歌〕力拔山兮，氣蓋世。

時不利兮，騅不逝。
騅不逝兮，可柰何？
虞兮，虞兮，柰若何？

楚歌，唱起來非韻句下和韻句下都可襯上助音兮。寫下來呢，格式有三種：

（一）助音兮只記在非韻句下而韻句下不記，如離騷。

（二）助音兮只記在韻句下而非韻句下不記。

浩浩沅湘，分流汨兮。
脩路幽蔽，道遠忽兮。
懷質抱情，獨無匹兮。
伯樂既没，驥焉程兮？（懷沙）

（三）助音兮韻句下非韻句下都記。

浩浩沅湘兮，分流汨兮。
脩路幽拂兮，道遠忽兮。
懷情抱質兮，獨無匹兮。

伯樂既殁兮，驥將焉程兮？（懷沙，史記載）

下面説明「詩」「歌」「歌詩」「賦」幾個名稱。

發抒情感，勞動，常常自然地唱出些簡短的話來。這樣的話，就表達説，叫「詩」，所以説「詩言志」（帝典），所以説「誦其言謂之詩」（漢志），所以國風是詩的一部分；就唱腔説，叫「歌」，所以説「歌永言」（帝典），所以説「詠其聲謂之歌」（漢志），所以唱什麽詩就叫歌什麽（左傳襄二十九年）。漢志「代趙之謳，秦楚之風，皆感於哀樂，緣事而發」，説的就是詩，也是歌。這是人民羣衆唱出來的詩歌。文人有很好的文學修養，用人民羣衆的詩歌的形式來寫作，這就是文人創作的詩，而裏面的一部分，如屈原的創作，便是「賦」。賦源於詩，只因出自文人，篇章放大，有的語句也延長，規模比詩大。譬如水，源小而流大。所以班固説：「賦者古詩之流。」（兩都賦序）規模大，容納就多，卻不便歌唱，只能誦讀了。所以漢志引傳曰：「不歌而誦謂之賦。」賦有所謂「詩人之賦」和「辭人之賦」。像「大儒孫卿及楚臣屈原離讒憂國，皆作賦以風，咸有惻隱古詩之義」（漢志，下同）的是詩人之賦；像「其後宋玉唐勒，漢興枚乘司馬相如下及揚子雲競爲侈麗閎衍之詞，没其風諭之義」的是辭人之賦。區别是「詩人之賦麗以則，辭人之賦麗以淫」（揚雄語）。這麗是賦比古詩增華的地方。而詩人之賦有惻隱古詩之義，是言志之作，具有規範；辭人之賦便只管堆砌些侈麗閎衍的詞藻，那就淫了。下面説「歌詩」。漢志敍詩賦爲五種。前三種都叫「賦」，看不出顯著的分别。敍説裏屈原孫卿賦是「咸有惻隱古詩之義」的，敍目裏屈原賦列在第一種，孫卿賦卻列在第三種；敍説裏宋玉唐勒枚乘司馬相如賦是「侈麗閎衍之詞，没其風諭之義」的，敍目裏又與屈原賦同列在第一種；敍説裏揚雄敍在司馬相如一道，敍目裏卻列在第二種。第四種

「雜賦」和前三種不同，列有「客主賦」，「雜思慕悲哀死賦」，「雜鼓琴劍戲賦」，「雜山陵水泡雲氣雨旱賦」，「雜禽獸六畜昆蟲賦」，「雜器械草木賦」等。大抵是描寫一些情事景物的。第五種是「歌詩」，從裏面列的有「高祖歌詩」，「宗廟歌詩」，「吴楚汝南歌詩」，「齊鄭歌詩」，「雒陽歌詩」，知道這與詩三百篇相類；還有「諸神歌詩」，「送迎靈頌歌詩」，又與屈賦的九歌相類。所以這「歌詩」就是前面説的「詩」和「歌」。漢志叫「歌詩」是爲的與六藝的「詩」區别。總括説，「詩」「歌」「歌詩」都是詩，這是一種；賦是一種。漢志總稱這兩種爲「詩賦」。

楚辭，如屈原的篇章，依現在的話説，是詩，或説詩歌；若詩賦並舉，便是賦。史記屈原傳説「作懷沙之賦」，漢書賈誼傳説「作離騷賦」，地理志説「作離騷諸賦」，藝文志著録「屈原賦二十五篇」，可見漢人以屈原之作爲賦。爲表示這是楚國體裁的文辭，也稱楚辭。劉勰文心雕龍詮賦明詩兩篇都敘離騷，以離騷爲賦又爲詩。蕭統文選選楚辭，列爲「騷」類，劉勰揄揚楚辭，著辨騷之篇，都以「騷」爲這種文體的名稱。因而後來有所謂「騷人」。割裂離騷一詞而稱騷，不能表示什麽意義，是不通的。

賦是詩的發展，漢人已是這樣看法。漢志著録詩賦，列賦於詩前。漢志大致據劉歆七略，這點也當是仍七略的舊。文選沿襲這個辨法。

楚辭的語言

楚辭的語言是古楚語，就是楚國當時通行的白話，而經過了藝術的錘煉。凡在秦統一之前寫下的文籍没有不是當時的白話的，説見我的古文蓋棺定論(載上海新中華雜志一九四九年第一期)。

屈原

屈子名平字原，屈氏於楚王是同姓。楚武王子瑕食采於屈，因以爲氏。今人有謂屈原故鄉在某省某縣，非。屈原爲楚懷王左徒。又爲三閭大夫，掌王族三姓，曰昭屈景（漁父，亦見本傳，王逸離騷序）。博聞彊志，明於治亂，嫺於辭令。入則與王圖議國事，以出號令，出則接遇賓客，應對諸侯。上官大夫心害其能，讒於懷王，王怒而疏屈原。其後秦惠王欲伐齊，令張儀厚幣委質事楚，啗以商於之地六百里，使楚絶齊。楚受了騙，懷王十七年伐秦，打了大敗仗，斬首八萬，楚將屈匄見虜，喪失漢中地。明年，秦割漢中地與楚和，懷王説願得張儀才甘心。於是張儀又至楚，因用事者靳尚，王姬鄭袖，而使懷王釋去張儀。這時屈原既不在位，出使齊國回來，諫王説：「何不殺張儀？」懷王二十八年，諸侯兵擊楚，殺楚將唐眛（莫撥切，末韻）。秦昭王欲與懷王會，懷王將赴會，屈原諫王説：「秦虎狼之國，不可信，不如毋行。」懷王不聽，終被秦扣留。楚國立其子，這就是頃襄王。頃襄王三年，懷王死於秦而歸葬。頃襄王弟令尹子蘭使上官大夫短屈原於王，王怒而遷屈原。屈原既遷，蓋九年不復（哀郢），遂懷石自投汨羅以死。原死後，楚有宋玉唐勒景差（七何切，漢書人表作瑳）之徒者，皆好辭而以賦見稱。然皆祖屈原之從容辭令，終莫敢直諫。其後楚日以削，數十年竟爲秦所滅。（據史記屈原傳）

屈原賦多是放逐後所作。屈原在懷王時期，活動主要在政治方面。既見疏，仍可以使齊；於放走張儀及與秦王會這樣關鍵性的事，仍可以諫。而遷南之後，憂愁幽思而發爲文辭。史記自序：「屈原放逐，著離騷。」漢書地理志：「屈原被讒放流，作離騷諸賦。」九章是頃襄王時作，班固離騷贊序王逸九章序都説了。「既莫足與爲美政」，遂從容赴死。離騷「吾將從彭咸之所居」，懷沙「知死不可讓，願勿愛兮」，思美人「思彭咸之故也」，惜往日「不畢辭而赴淵兮」，悲回風「託彭咸之所居」，都是決意自沈的話。

離騷

離騷釋名

史記屈原傳稱「離騷」，這是原來的篇名。漢書賈誼傳稱「離騷賦」，賦字是後人爲了表明離騷的體裁加上去的。王逸楚辭章句稱「離騷經」，經對傳而言，經是今語的「正文」，傳是今語的「解説」。以詩與春秋爲例：詩經，韓故，韓内傳，韓外傳，韓説，這是一套；春秋經，公羊傳，公羊外傳，公羊章句，公羊雜記，公羊顔氏記，這是一套。同樣，離騷經，離騷傳，離騷章句，這也是一套。淮南王安承武帝詔作離騷傳，看來這經字就是他作傳時加的。一部書的分篇有的也加上經字，也是這個意義。如老子上篇開頭説「道可道，非常道」，就叫「道經」，下篇開頭説「上德不德，是以有德」，就叫「德經」。道德經這書名就是取上下篇的首句各一字拼起來的。最初的傳之類都另外成書，分别叫經叫傳，是適應需要。經傳並看，對照着翻檢不便利。後人想出更進步的方法，經傳都拆開來，傳對應地附在經後，又用那字分大小，行分單雙，格分高低的種種方法來區别。這時，除了像春秋在文裏各標明「經」「傳」外，書名或篇名下面的「經」字是該去掉的。但不一定去掉了。這樣，楚辭的古本有的「離騷」下没有經字而現行楚辭章句本還有。

離騷是一個詞，二字不可拆開解。司馬遷説「離騷者猶離憂也」（屈原傳），是。離憂一詞出山鬼。國語楚上：「則邇者騷離而遠者距違。」騷離，離騷，離憂都是古楚語，疊韻詞，表示心煩慮亂（卜居），憂愁幽思（屈原傳，下同）與怨恨的意思。所以司馬遷説：「屈平之作離騷，蓋自怨生也。」這裏可以引孔子的話：「詩可以怨。」（論語陽貨）凡拆開二字解的，如班固説「離猶遭也，騷憂也，明己遭憂作辭也」，王逸説「離，别也；騷，愁也」，韋昭説「騷，愁也；離，畔也」，顔師古説「離，遭也；憂動曰騷」，都不對。「思公子兮徒離憂」句戴震注説「徒我思君如此離憂」，明白了離憂是一個詞，而不明白離騷猶離憂。

離騷的價值

史記屈原傳：「屈平正道直行，竭忠盡智，以事其君。讒人間之，可謂窮矣。信而見疑，忠而被謗，能無怨乎？屈平之作離騷，蓋自怨生也。國風好色而不淫，小雅怨誹而不亂，若離騷者可謂兼之矣。上稱帝嚳，下道齊桓，中述湯武，以刺世事。明道德之廣崇，治亂之條貫，靡不畢見。其文約，其辭微。其志絜，其行廉。其稱文小而其指極大，舉類邇而見義遠。其志絜，故其稱物芳。其行廉，故死而不容自疏。濯淖污泥之中，蟬蜕於濁穢，以浮游塵埃之外，不獲世之滋垢（滋即左傳哀八年「何故使吾水滋（說文引作茲）」的滋，黑也，濁也，音玄，字右旁是二玄。徐鉉朱翺注音皆誤，史記各本字皆誤），皭然泥而不滓者也。推此志也，雖與日月爭光可也。」

帝高陽之苗裔兮，朕皇考曰伯庸。攝提貞于孟陬兮，惟庚寅吾以降。（第一節）

庸降爲韻。

帝高陽二句：高陽，帝顓頊有天下之號。苗是穀實所萌生，裔是衣裾（說文），裾是衣邊（徐鍇說），所以苗裔謂後人。

兮，詩三百篇屢見，十五國風無國無有。還有一篇中每句用兮字的，如鄭緇衣，齊還，魏十畝之間，陳月出，檜素冠。兮不是楚方言。兮字從八丂，是ㄛ（反丂）的或體。ㄛ，說文「讀若阿」，所以兮字古讀阿，即O音。孔廣森說兮古音當讀阿（詩聲類卷七陰聲一附），但所舉三個證據都不能成立。第一證：「秦誓斷斷猗大學引作斷斷兮，似兮猗音義相同。猗古讀阿，則兮字亦當讀阿。」這樣的推法不穩當。古人引書不一定字字如原文，所以尚書

如，介，有容，如，保，亦職，達，

大學引可作

若，个，有容焉，若，能保，尚亦，通。

那麼據引猗作兮不能推定兮亦當讀阿。而且公羊傳文十二年「惟一介斷斷焉無他技，其心休休能有容」，猗作焉，難道可推定焉亦當讀阿嗎？第二證：「嘗考詩例，助字在韻句下者必自相協。兮字則旄丘，君子偕老，氓，遵大路皆與也同用，今讀兮爲阿，於也聲正相類。」這是錯的。（一）詩例並非如

孔所説。助詞在韻句下的非自相叶。道理很明白，如果韻下的不同助詞再要相叶，那不是兩重韻麽？看孔所引諸例，邶旄丘葛節日叶韻，助詞兮也不相叶；鄘君子偕老玼翟髢揥皙（上折下日。朱熹顧炎武俱作晳，上析下白，非）帝叶韻，兮也不相叶；衛氓落若叶韻，葚耽叶韻，兮字非在韻句；耽叶韻而無也字；説説叶韻而無兮字；鄭遵大路袪惡故叶韻，手魗好叶韻，兮也不相叶。（二）兮與也非同韻。兮古讀阿，也古讀 di̤ 。孔誤以爲也古讀佗，這是自來古音學者相襲的錯誤。也字並不曾有過佗音。説詳附録也聲字韻部辨正。第三證：「虧字亦五支之當改入歌戈者。説文本從亐，或從兮，未必非兮聲也。」這也是錯的。虧字繫在亐部，字或从兮，亐或兮是表意，絶非兮聲，虐是表聲。虐从虍聲，廣韻荒烏切（模韻）。虧字我還疑是从靃聲，或靃省聲。靃隸省也作霍。雨頭與虍頭隸書每不分，韓勑（敕的隸變。義爲誡敕，故名勑字叔節。説文力部有勑字，音義皆别）碑側「彭城劉彪」，韓勑碑陰與史晨後碑「孔彪元上」各彪字都可證。虧字霍旁的雨頭漢隸已變爲虍頭，隸行草諸體雨頭虍頭都近似。虧義是「氣損」（説文）。氣益是吸氣，氣損是呼氣。呼氣，口自然成讀霍音的狀態，發音也像霍。用霍表虧的音，是適合的。孔所舉三證之外，有一個例，是詩魏伐檀韻句下的助詞兮猗同用，依孔的説法，似正好證明兮讀阿。但這個例不可這樣解釋，因韻句下不同的助詞不相叶，如兮與也不叶。助詞猗與兮是同一個音的兩個寫法，所以伐檀的猗漢石經作兮。那麽兮爲什麽讀阿呢？兮從八丂。丂字，説文「氣欲舒出，ㄣ上，礙於一也」。出氣受阻礙，音如 g-k 。丂廣韻苦浩切（晧韻）。若打破這阻礙而使氣能舒出，音就如O ，即説文ㄛ字。説文：「ㄛ，反丂也。讀若阿。」（阿今本作呵，誤。説文無呵字，且可字已是從口。）兮字在丂上面畫出分開的兩畫，表示撥開這阻礙出氣的「一」，即打破這阻礙而使氣能舒出。這分開的兩畫又有反背義，八丂爲兮，猶八厶爲公。所以兮與丂實在是一個概念的兩種表示方法，也就是一字的兩形。兮丂説文應列在一起。説文解兮爲「語所稽也。从丂，八象氣越于也。」許認爲从那出氣受阻礙的丂是表示言語的停擱，从八是象氣的舒，表示説到這裏可以停擱一下透一透氣。這是後起的義。稽，説文「留止也」，即今擱置的擱字，本讀擱，後來讀音變成了齊韻的古奚切而語音仍没變，便借那門杠的閣爲擱置的稽。語所稽，意思是言語停擱處，就是説兮的作用是句逗末的助音。實際上兮的用法正是這樣。越于是雙聲字，即部首于下「象氣之舒于」的舒于，是舒緩的意思。

史記秦始皇紀集解引蔡邕曰：「朕，我也。古者上下共稱之。至秦然後天子獨以爲稱，漢因而不改。」

皇考不是父。舊注如王逸洪興祖朱熹，近人如郭沫若游國恩，皆以皇考爲父，非。皇考爲父的根據是禮記曲禮的「祭，王父曰皇祖考，父曰皇考。」但是祭法説「王立七廟：曰考廟，曰王考廟，曰皇考廟，曰顯考廟，曰祖考廟，……」若依祭法説的次序，皇考是曾祖，鄭注也認爲曾祖，而曲禮卻説皇考是父；若依曲禮，皇字是稱美的詞而無實義，祖考是祖父，而祭法的祖考又是太高祖，即六世祖。同一部書，又同是説祭，竟衝突如此。而且古語文皇與王加在稱謂上的，用法相同，祭法以分稱兩世，亦非。解離騷的皇考，禮記不足爲據。先秦，父不稱皇考。皇（王）加在稱謂上的有實在的意義，即作大講，不作稱美的詞。皇考，詩周頌雝，閔予小子，訪落，周牧敦，周伯碩父鼎，周微欒鼎，周伯姬鼎，周邿敦，周齊侯鎛鐘及齊侯鐘各相當於稱大祖，先祖，皇祖，祖，王父，皇王，先王。此外，王母（周散季敦)，皇祖，皇祖考(詩小雅信南山，大雅瞻卬，閔予小子，魯頌閟宮，左傳昭十二年，又定元年，又哀二年，周盄和鐘，周追敦，周寶和鐘)，皇帝(尚書吕刑)，皇王(大雅文王有聲，閔予小子)，皇后，王后(尚書顧命，文王有聲)，諸皇(王)字都有實在的意義，不作稱美的詞。例句皆見舊著離騷語文疏解(一九五四年上海版)引。皇的原始字形象燈炷形，與人持燭火的「光」字義通音同。皇(光)音有大義，所以考或祖上面一冠皇字，就是比考或祖大一輩乃至大好多輩的先人。祖妣的最初意義，祖是所有男性的先人，包括父；妣是所有女性的先人，不止母。考妣不完全用來稱父母，只有時用來稱父母。考上妣上加皇爲皇考皇妣則決不用來稱父母。同樣，祖上加皇也決不用來稱祖父。詩魯頌閟宮是頌魯僖公的詩，而稱「皇祖后稷，……周公皇祖」。國語周下伶州鳩對周景王問，而稱「皇妣大姜」(大王妃姜女)。大了多少輩？這就是古語文皇字的用法。也足證離騷的皇考不是父。劉向九歎説屈原是伯庸的「末胄」，也没以皇考爲父。上句敘遠祖，説自己是帝高陽的「苗裔」，則這個皇考當是近世的一位祖先。這一位近世的祖先，當實有其人，有大功於楚國(説見下)。不過伯庸其名是詩裏假設的，猶下節的正則靈均。爲什麽特别稱舉這個皇考伯庸？古人敘祖先，常特别稱舉有功德者。如閟宮是頌魯僖公的詩，舉了姜嫄，后稷，大王，文，武，周公，莊公，説「周公之孫，莊公之子」，以莊公上配周公。從屈原的特著伯庸，可知伯庸定有大功於楚國，所以以伯庸上配帝高陽。「帝高陽之苗裔兮，朕皇考曰伯庸」與閟宮稱舉先人的表達方法是類似的。説伯庸定有大功於楚國，就是説屈原是功臣門第，即勳閥，即著封。莊子庚桑楚：「昭景也，著載也；甲氏也，著封也。非一也。」甲氏即屈氏。陸音義引一説云：「昭景甲三者皆楚同宗也。……昭景甲三姓雖異，論本則同也。」崔以爲甲乙之甲，云「皆甲姓顯封」，誤。兩著字皆著顯的著，陸音前著字丁略反，非。載，義如載書（盟書）的載，這裏指譜牒。莊子文意是，昭景甲三姓皆著載，猶今語望族；甲氏又是著封，即勳閥。甲氏兼著載與著封，異於昭景，所以説非一。表達法，昭景也，緣下省甲；甲氏也，甲下加氏，這樣就句法整齊。屈之爲甲，以音近，雙聲兼疊韻。屈古音淈（淈从屈聲），古忽切（没韻），甲音古狎切（狎韻）。屈輕讀爲九勿切（物韻），廣韻以屈原姓繫於此音。再輕讀爲區勿切（物韻），便是今音。

攝提二句：攝提紀歲，孟陬紀月，庚寅紀日。歲名：十干，自甲起，曰閼逢（閼，烏割切，又於虔切，逢音蓬），旃蒙，柔兆，强圉，著雍（著，直略切），屠維，上章，重光（重，平聲），玄黓（音弋），昭陽。十二支，自寅起，曰攝提格，單閼（單，丹蟬善三音），執徐，大荒落，敦牂（音頓臧），協洽，涒灘（涒，湯昆切），作噩，閹茂（閹音掩），大淵獻，困敦（去聲），赤奮若。月名：自陰曆正（音征）月起，曰陬，如，寎（陂病切），余（音舒），臯，且（音苴），相（去聲），壯，玄，陽，辜，涂。根據這二句，知屈原生於寅年正月庚寅日。聯繫史事，可以推定屈原生於周顯王二十六年，楚宣王二十七年戊寅（公元前三四三）。楚懷王十六年張儀至楚，時屈原三十一歲。十七年秦敗楚將屈匄。十八年張儀復至楚，屈原使齊還。二十八年秦韓魏齊敗楚將唐眛。三十年懷王入秦，時屈原四十五歲。頃襄王二十一年，秦拔郢都，王亡走陳，時屈原六十六歲。大約此後一年，屈原遂從容赴死。今人或以爲屈原活了四十歲，或以爲活到七十八歲，與史事不合。

貞是「當」，見馬融尚書雒誥解，古同音假借。漢代還是這樣用，見封龍山碑（延熹七年）。王逸注：「貞，正也。」正古音當，也作當講。易師彖有「貞，正也」之文，不過那正字用法不同。貞于即今語正當在。

名均爲韻。

皇覽揆余初度兮，肇錫余以嘉名：名余曰正則兮，字余曰靈均。（二）

皇覽揆二句：舊解皇是皇考。既以爲皇考，是父，則考上面的皇是稱美的詞而無實義，那皇就不能有父義。皇作父講，古籍中無其例。

初度也不是始生或生日。近人才叫幾十生日爲幾十初度，是説初過幾十歲，初度必須連在年歲下面。没有單説初度的。從語法看，名與字是同時命的。既有字，則這錫名不是出生的命名。

從語法看，「嘉名」的「名」包括下文的名與字。「嘉名」的嘉即儀禮士冠禮字辭説「爰字孔嘉」的嘉。古人冠才命字，見儀禮士冠禮附冠義及禮記冠義。既説「字余」，則錫名是冠時錫的。肇即説文户部的肁，作始講。説肇錫，可見這名字不是出生即命的，到某時（初冠時）才命。名余與字余並説，可見古俗，至少在楚國，於冠時不但加字，並且更名。近時有不少地方讀書人家男子名字有三個：一是乳名，是在家常呼的；一是成人的名，俗稱榜名或官名，是就學就業所用的；一是字，即相見時所問「尊字」的字，俗稱别號，是别人稱呼的。特别是湖南江西是這樣，這當是古俗的遺留。乳名相當於古人未冠時期的名，成人的名與字相當於古人冠時所更的名與所命的字。錫名既是冠時錫的，則初度是冠，表示至冠之年，初有成人之度。度的本義是論語「審法度」（堯曰）的度。既冠成人，言行須循法度。所以士冠禮祝辭説：「棄爾幼志（童心），順爾成德。……敬爾威儀，淑慎爾德。」説文度字解：「度，法制也。」冠字解：「冠有法制。」

從語法看，「覽揆」與「錫」都是「皇」的動詞，錫名的就是這個皇。儀禮載士冠禮，參與的有主人（冠者的父），有有司（執事者），有宗人，有賓。這賓並不是普通賓客而是特請的一位高貴人物，請賓還須經過筮，真是鄭重。冠禮中加冠與命字兩件大事都要借重這賓。請這樣一位賓，就像近時婚禮請證婚人，喪禮請題主人（題主儀注稱題主人爲大賓），一定要盡力找高貴人物，愈高貴愈好。冠禮本應有宗人參加，以屈原的三閭門第，又是功臣之後，宗人中的高貴人物本來會到場的，他的冠禮請的賓定是楚國頭等高貴人物，最好就只有把楚王請來。冠禮命字的是賓，儀禮載得明白；給屈原錫名命字的是皇，屈原自己也説得明白。皇音有大義，所以作君講（白虎通德論，爾雅釋詁）。皇字用作稱人的名詞只有君的一義，皇覽揆的皇只能作君講。所以只有認皇是稱楚王。在那時候，君臣之間並不像後世的尊卑懸殊。宗人兼功臣子孫的冠禮，國君親臨是不足駭怪的，況且是做那加冠命字的賓。所以「皇」是君（王），這裏指楚王；「初度」是冠；「嘉名」的「名」包括下文的名與字。

覽揆，王注：「覽，觀也。揆，度也。」

名余二句：正則靈均，王注：「正，平也。則，法也。靈，神也。」説文：「均，平徧也。从土从勻，勻亦聲。」徧，帀也，周徧的意思。洪興祖注：「正則以釋名平之義，靈均以釋字原之義。」

皇覽揆，錫名，都是詩的設辭。

紛吾既有此内美兮，又重之以脩能。扈江離與辟芷兮，紉秋蘭以爲佩。（三）

能佩爲韻。郭沫若以能佩韻不叶，説「能字是態字的省略」，譯脩能句爲「我的外部又加以美好的裝扮」（屈原研究一八八頁注一），非。能古音耐，也音台（見天官書集解），故與佩爲韻。

紛吾二句：屈賦裏紛字這樣用的凡五見：離騷二見，這句外還有「汝何博謇而好脩兮，紛獨有此姱節？」惜誦：「紛逢尤以離謗兮，謇不可釋。」橘頌：「緑葉素榮，紛其可喜兮。」大司命：「紛吾乘兮玄雲。」紛字是句首助詞，或位於主語上，或位於謂語上。脩，形容詞，作長，高，遠講，是汥（今作攸）的同音假借字。戰國策齊一：「鄒忌脩八尺有餘。」秦會稽石文「德惠汥長」的汥史記作脩。長遠義的，古作脩不作修。能，名詞，是才能。能耐古通用。

扈江離二句：王注：「扈，被也，楚人名被爲扈。江離，芷，皆香草名。辟，幽也，芷幽而香。紉，索（動詞）也，紉索秋蘭以爲佩飾。」索即詩豳七月「索綯」，本篇下文「索胡繩」的索。紉，索，也是孟子滕文公下「辟纑」的辟。方言六：「擘，楚謂之紉。」動詞紉現在還存在於故楚地湖南江西有些地方的語言裏，是大指與食指（或大指與食指中指）相切，輕輕夾住所擘的東西，一下一下地搓動，使成單股繩。音讀nên。洪注音女鄰切，是。廣韻音同（真韻）。現在北方話説撚，乃殄切（銑韻）。説文：「紉，繟繩也。」是按名詞説的。

這一節有兩點意思：前兩句説「内美」與「脩能」，這是屬於本身的智能；後兩句才是服飾的「裝扮」。「能」不是裝扮，字不是態字。思美人「入下吾不能」，能並不是態的省略。下文「余不忍爲此態也」，招魂，惜誦，懷沙，思美人都有態字，並不省略成能。

汩余若將不及兮，恐年歲之不吾與。朝搴阰之木蘭兮，夕攬洲之宿莽。（四）

與莽爲韻。莽古讀母。懷沙莽與土叶韻。

汩余二句：汩，洪注音越筆切。引方言云：「疾行也，南楚之外曰汩。」（卷六）疾行猶若將不及。

朝搴二句：搴，説文引作𢶍；方言作攓（卷一，亦見卷十），都説是南楚語。王注：「搴，取也。」説文無阰字。城上女牆的陴，别一義爲厓（廣雅釋丘），即離騷的阰。陴阰音同。阰是厓岸，所以與洲並舉。阰不是山或阜。

日月忽其不淹兮，春與秋其代序。惟草木之零落兮，恐美人之遲暮。（五）

序暮爲韻。

日月二句：淹，或用留，或用淹留。四七節「欲少留此靈瑣兮」，七七節「又何可以淹留？」春與秋以表四時，這樣用是錯舉概括法。

惟草木二句：美人遲暮，以喻賢者不及時見用。「惟草木之零落兮，恐美人之遲暮。」七六節「惟此黨人之不諒兮，恐嫉妒而折之。」惟，動詞。惟……，恐……，是想到……，怕……。

不撫壯而棄穢兮，何不改乎此度也？乘騏驥以馳騁兮，來吾道夫先路也。（六）

度路爲韻。

不撫壯二句：第一個不字文選没有，戴震認爲後人加的。没有不字是不對的，「此度」指「不撫壯而棄穢」，所以問「何不改」。去了不字，意思就相反。

乘騏驥二句：屈原「恐年歲之不吾與」，「若將不及」，可是有人「不撫壯而棄穢」而「不改」，所以有「乘騏驥以馳騁兮，來吾道夫先路也」的必要。

昔三后之純粹兮，固衆芳之所在。雜申椒與菌桂兮，豈維紉夫蕙茝？（七）

在茝爲韻。

昔三后二句：王注：「后，君也，謂禹湯文王也。」注舉文王，舊説以文王爲周受命之君。按：三后當爲禹湯武王，皆開國之君。易革「湯武革命」，孟子「湯放桀，武王伐紂」，「湯武身之也」，「湯武反之也」（梁惠王下，盡心上，盡心下），皆湯武並稱。四一節「湯禹儼而祗敬兮，周論道而莫差」，王注亦以爲周之文王。洪注：「言周則包文武矣。」

雜申椒二句：雜的意義：

雜申椒與菌桂兮，豈維紉夫蕙茝？
畦留夷與揭車兮，雜杜衡與芳芷。
爲余駕飛龍兮，雜瑤象以爲車。（均離騷）

比較可知雜有配合的意思。「雜申椒」句是詢問語式，用敘説語式便是「紉夫蕙茝兮，雜申椒與菌桂。」蕙茝配上申椒菌桂，留夷揭車配上杜衡芳芷，飛龍配上瑤象。離騷，思美人，惜往日都説「芳與澤其雜糅兮」，橘頌説「青黄雜糅」，懷沙説「同糅玉石」，比較可知雜糅的雜也是合。詩鄭女曰雞鳴「雜佩」（三見）的雜也是合。佩繫於帶，它的長短大小須視衣裳，它的物類須稱身分，當選擇配合。説文：「雜，五彩相合。」韋昭説：「雜，合也。」（國語鄭語注）又説：「雜，會也。」（楚語注）顔師古説：「雜，共也。」（漢書雋不疑傳注）

申椒是一物，下文還有「謂申椒其不芳」，惜誦還有「糳申椒以爲糧」。菌桂是一物，下文還有

「矯菌桂以紉蕙兮」。菌字从竹。維，惟。茝，昌紿切（海韻），洪注「白芷也」。

彼堯舜之耿介兮，既遵道而得路。何桀紂之昌被兮！夫唯捷徑以窘步。（八）

路步爲韻。

彼堯舜二句：王注：「耿，光也。介，大也。」

何桀紂二句：王注：「昌被，衣不帶之皃。」洪注：「博雅云：裮被，不帶也。」按：昌被，本是狀語動詞結構。昌是大，是敞，被是穿衣。昌被用今語表達，就是敞着穿衣，即披衣，即衣不帶。戲曲表演某種人物，無論坐起行騎，衣總是敞開不帶，這就是昌被。昌本義是「美言」。敞本義是「平治高土，可以遠望」，引申爲敞開。昌音敞音都有大義，昌加衣旁是多餘的（游國恩以爲本當作裮被）。這裏昌被用作形容詞，所以王注用皃字。以喻放肆橫決，與上句耿介對比。

惟夫黨人之偷樂兮，路幽昧以險隘。豈余身之憚殃兮，恐皇輿之敗績。（九）

隘績爲韻。

豈余身二句：皇是大，輿是車。皇輿的構詞法如周道（詩小雅大東，何草不黃），周行（鹿鳴），景行（車舝）。上節堯舜遵道得路與桀紂捷徑窘步對舉；這節皇輿與黨人的幽昧險隘的路對舉，皇輿以喻國命。

忽奔走以先後兮，及前王之踵武。荃不察余之中情兮，反信讒而齋怒。（一〇）

武怒爲韻。

忽奔走二句：王逸説「奔走先後，四輔之職也」，附會詩緜的先後奔奏；又解「及前王」爲「及先王之德」，「踵武」爲「繼續其跡」，以踵爲動詞繼，都不對，而且踵武上的「之」字無着落。朱熹説「或出其前，或追其後」，也未得。先後是或速或遲，慢下來了又緊步追上，表現了奮厲自强（上聲）。及，動詞，趕上，即「拔棘以逐之，弗及」（左傳隱十一年），「使陽處父追之，及諸河」（又僖三十三年）的及。前王是踵武的定語。及前王之踵武是趕上前王的脚步。武是步。今故楚地的江西吉安安福永新一帶的方言步也説武，去聲，與離騷合。

荃不察二句：荃，洪興祖以爲「與蓀同」，游國恩以爲「蓀荃音義並同」，都不對。荃此緣切（仙韻），蓀思渾切（魂韻）。王逸説：「荃，香草，以諭君也。」許慎解荃爲「芥脃」（草名），徐鍇説「荃亦香草也」。湘君：「蓀橈兮蘭旌。」王逸説：「蓀香草也。以蓀爲楫。」湘夫人：「蓀壁兮紫壇。」王逸説：「以蓀草飾室壁。」少司命：「蓀何以兮愁苦？……蓀獨宜兮爲民正。」蓀字多次出現，並不是荃。顔延之祭屈原文：「比物荃蓀，連類龍鸞。」荃蓀明是二物。齌怒的齌現在還存在於故楚地的江西安福一帶的方言裏，音讀齋盛的齋，齊衰的齊。這邊方言，怒和煩躁説「躁」（動詞，名詞），例如「躁起來」，「發躁」。因恨，因怒，因急躁，因煩躁或因哀傷而發出急遽的不正常的動作和聲音，都説「齌」（動詞，名詞），例如「齌起來」，「發齌」。説文：「齌，炊，餔疾也。」疾與齊古音同，春秋衛世叔齊左傳作大叔疾（哀十一年）。所以齌有疾義。

余固知謇謇之爲患兮，忍而不能舍也。指九天以爲正兮，夫唯靈脩之故也。（一一）

舍故爲韻。

余固二句：王注：「謇謇，忠貞皃也。易曰：王臣謇謇（今易作蹇蹇），匪躬之故。（見蹇卦）」指九天二句：九天，舊解爲中央八方，且各有名稱，非。按：惜誦：「所非忠而言之兮，指蒼天以爲正。」九天即蒼天。九是陽數之極，九天極言其高。指九天以爲正，是指天發誓的説法。

靈脩，屈賦凡四見，這節是（一），其餘三節是：（二）「余不難夫離別兮，傷靈脩之數化。」（離騷一二節）（三）「怨靈脩之浩蕩兮，終不察夫民心。」（又二二節）（四）「留靈脩兮憺忘歸，歲既晏兮孰華予？」（山鬼）前人都不得其解。王逸以爲君，謂懷王。還有一些奇怪的説法：或者以爲婦悦其夫之稱，以寓意於君（朱熹），或者以爲大夫頌其君之詞（王邦采），或者以爲追溯先君之稱，猶云先王，先帝，先君（游國恩）。按：靈脩一詞，表心理活動，猶莊子的靈臺。庚桑楚：「不可内於靈臺。靈臺者有持。」郭注：「靈臺者心也。」釋文：「靈臺，案謂心有靈智，能任持也。」靈脩有的用來指自己的心意，有的用來指君王的心意，而不指懷王其人。屈賦用靈字，有心靈，心神，心意，神靈諸義。這個脩不是長遠。脩同攸，攸是「行水」（説文）。靈脩的脩借攸的行水義，所以用靈脩表心理活動。這一節二句（語法的句）。第一句説謇謇爲患，知之而忍不能舍。謇謇爲患猶惜誦的「作忠以造怨」。第二句説夫唯靈脩之故（那只是我心意的緣故），本心如此，九天正之。凡誓言總是自己的所思所爲所願，不得以他人發誓，這是理所當然。所以這個靈脩只可是自己的心意，絶不是君王的心意，絶不是懷王其人。其餘三個靈脩，後面隨文解説。

誤以靈脩爲指懷王，不始於王逸，西漢人已不明白。東方朔七諫，揚雄反離騷都是那樣。

初既與余成言兮，後悔遁而有佗。余既不難夫離別兮，傷靈脩之數化。（一二）

「余既不難夫離别兮」的既字因涉上句的「初既」與下節的「余既」誤衍。

佗化爲韻。

余不難二句：靈脩之數化，是説君的心意變化無定。靈脩指君心，但不是指君或懷王其人。指君倒是明説的，如惜往日有「壅君」（二見），惜誦有「明君」。

余既滋蘭之九畹兮，又樹蕙之百畝。畦留夷與揭車兮，雜杜衡與芳芷。（一三）

畝芷爲韻。

本節四句：九與百都不表確數；畹，畝與畦也都不表實在的地積。説文「田三十畝曰畹」，「六尺爲步，步百爲畝」，「田五十畝曰畦」那些固定的意義不當拿來解本文。九畹百畝就是好多塊地。畦是動詞。王逸説「畦猶區也」（招魂注），韋昭説「畦猶壠」（史記貨殖傳集解引）。今故楚地有的地方還説畦（區，讀qiu陰平）與壟（讀liong陰平），四面有塍（田界）的一塊田叫一畦，一畦分多少壟，壟的大小普通是三尺來寬，六七尺長，大致以站在兩邊溝行裏能施工爲度。壟是最小的耕作面積單位，所以歐陽脩瀧岡阡表説「無……一壟之殖」。

雜，解見第七節。

冀枝葉之峻茂兮，願竢時乎吾將刈。雖萎絶其亦何傷兮？哀衆芳之蕪穢。（一四）

刈穢爲韻。

衆皆競進以貪婪兮，憑不猒乎求索。羌内恕己以量人兮，各興心而嫉妬？（一五）

妬字當从石聲，與袥拓橐，與索，同屬藥鐸部，故索妬叶韻（索字别見於陌韻麥韻）。妬説文今本聲旁作户，誤。今讀當故切非古音。不明此者改讀索爲蘇故切（徐邈）以就妬的今音，誤。

衆皆二句：貪婪是一個意義，説文：「婪，貪也」；又：「惏，河之北謂貪曰惏」。這裏説的是「競進」「貪婪」兩件事，用連詞以（以或作而）。

憑，王注「楚人名滿曰憑」，是對的；下面解「中心雖滿，猶復求索」卻不對。憑是副詞，憑不猒即全不猒。憑古音旁。故楚地的江西吉安安福一帶方言至今還保存着憑的古音與作滿講的意義，仍是用作副詞。

羌内二句：羌字王注有誤字。王注：「羌，楚人語詞也。猶言卿何爲也。」卿何爲，是有主語，有謂語，意思完全的句，凡句決不能用一個字包括或代替，卿何爲三字決不能成爲羌字的意義。由故楚地的江西西部地區的方言説羌，由羌音與卿音的流變，知「猶言」是「讀若」的錯，因簡帛壞爛而後人就字形殘餘部分揣測致錯，「猶言」與「讀若」字形本是部分近似的。原文當是「讀若卿（逗），何爲也。」王逸以羌是楚方言，便用通用的卿字來注它的音。卿古音與羌同（jiang→qiang）。羌字像屈賦中的意義，用法與讀音至今還保存在故楚地的江西西部吉安，安福，永新，蓮花一帶，而且常用。羌的意義與用法：一與今普通話「怎樣」同，作情狀的疑問副詞或作着重的感歎副詞；二與今普通話「爲什麼」同，作原因的疑問副詞。這邊方言疑問副詞屬情狀的與屬原因的都用羌。例如説「病羌哪？」即「病怎樣哪？」問的是情狀；説「羌病了呢？」即「爲什麼病了呢？」問的是原因。羌相當於北京話「怎麼」。例如説「他怎麼啦？」問的是情狀；説「他怎麼不來呀？」問的是原因。羌的語音正是qiang，即古卿音。明白這些，講屈賦裏所有包含羌字的句便迎刃而解了。宋玉九辯羌字二見，用法同。到漢代，東方朔就不明白了，七諫裏把羌當成竟。惟有與屈原同土的王逸知道讀若卿，何爲也，只是「何爲」還不完全。九思裏没有羌字。王注傳寫又有誤字，致此義沈埋至今。

恕是諒恕，量是量度。恕己即自恕，今語原諒自己。戰國策趙四記左師自謝曰：「老臣病足，曾不能疾走，不得見久矣，竊自恕。」這個自恕即恕己，原諒自己。

忽馳騖以追逐兮，非余心之所急。老冄冄其將至兮，恐脩名之不立。（一六）

急立爲韻。

老冄冄二句：王注：「冄冄，行皃。」脩名，高名。

朝飲木蘭之墜露兮，夕餐秋菊之落英。苟余情其信姱以練要兮，長顑頷亦何傷？（一七）

英傷爲韻。

朝飲二句：墜字古作隊，常假借作訓「合箸」的「綴」用，這是同音假借。左傳「以成一隊」（襄十年）的隊即綴（今聯綴的綴本作叕）。一隊（綴）即今語一組。假借字隊行而本字綴廢。隊既借作綴，後人便别造墜以爲隊隕字。又，有一種用絲結成的小物叫墜，或稱結子（子，名詞詞尾），那用玉或桃核彫成的便叫玉墜或桃墜。這墜即隊，也是綴的同音假借字。「墜露」即結露，即凝聚的露滴。落英的落和下節「貫薜荔之落蕊」的落都是始，不是隕落。周必大説：「注詩者釋訪落爲謀始。然則楚辭餐秋菊之落英，其指初英無疑。或者不思訪落之意，直以爲隕落，遂至轉展相譏，其失遠矣。」

（省齋文稿卷十八）楚地菊花開在秋末乃至冬初，説秋菊自是指初英。陶潛桃花源記的落英也是初英。「落英繽紛」與「芳草鮮美」對文，芳草鮮美的時節正是初花的時節。

苟余情二句：信姱，洪注：「姱，苦瓜切。信姱，言實好也，與信芳信美同意。」練要，王注：「練，簡也。」洪注：「要，於笑切。」顑音坎，苦感切；頷音撼，胡感切（俱感韻），雙聲兼疊韻字。洪注：「顑頷，食不飽，面黄皃。」

掔木根以結茝兮，貫薜荔之落蕊。矯菌桂以紉蕙兮，索胡繩之纚纚。（一八）

蕊纚爲韻。

掔木根二句：掔是楚方言，音堅。廣韻堅古賢切，掔苦堅切，苦堅是古賢的輕讀。今故楚地的江西西部地區的方言，拿小的東西説拿，拿粗大的東西説掔。例如説掔幾根柴，掔根棍子，掔塊板子，掔根木頭。掔根木頭就是這裏的掔木根。根字是表示單位的，即一根兩根的根。木根的構詞法猶如「竹枚」（説文竹部箇字解），猶如今語船隻，房間，田畝，布匹，紙張。

矯菌桂二句：矯是舉。即惜誦「矯兹媚以私處兮」，抽思「矯以遺夫美人」的矯，是撟的同音假借字。説文：「撟，舉手也。」引申爲凡舉之稱。掔木根以結茝，矯菌桂以紉蕙，句法同。兩以字是用，介詞，受語「之」，各代指木根菌桂，省了。這兩句是説：掔木根，以之結茝。矯菌桂，以之紉蕙。就是結茝於木根，紉蕙於菌桂。游國恩以兩「以」字爲連詞（纂義「扈江離與辟芷兮」下），非。王注：「胡繩，香草也。纚纚，索好皃。」洪注：「纚，所綺切。」

謇吾法夫前脩兮，非世俗之所服。雖不周於今之人兮，願依彭咸之遺則。（一九）

服則爲韻。

謇吾二句：謇，一作蹇，同。屈賦謇（蹇）字這樣用的凡九見：離騷二見，招魂，惜誦，哀郢，抽思，思美人，雲中君，湘君。都作竟講，有終究的意思。謇竟古同音，謇當是楚人的習慣寫法。宋玉九辯「蹇淹留而無成，……蹇淹留而躊躇」二蹇字用法同。謇是副詞。古語文副詞狀語位置不固定，不一定緊靠它所狀的詞。離騷中，狀語位於句首，主語之前，如這句謇字的，上文有「汩余若將不及兮」，下文有「耿吾既得此中正」，「溘吾遊此春宫兮」，「忽吾行此流沙兮」。前脩是崇美前人之稱，猶云前哲。脩是脩明脩飭義。王逸解爲「前世遠賢」，脩作遠，與前世重，又於下文「固前脩以菹醢」解爲「前世脩名之人」，都據脩的長高遠義，未是。服，王逸解爲服行。

雖不二句：周，王注：「合也。」彭咸，王注：「殷賢大夫，諫其君不聽，自投水而死。」或以爲彭咸即彭鏗。而天問「彭鏗斟雉，帝何饗？受壽永多，夫何久長？」其人不類，當非屈原所儀刑的彭咸，不可僅以咸字鏗字的音的關係便以爲一人。

長太息以掩涕兮，哀民生之多艱。余雖好脩姱以鞿羈兮，謇朝誶而夕替。（二〇）

今讀艱替韻不叶。一二兩句，姚鼐説：「疑誤倒，葢涕與替爲韻。」郭沫若直改作「哀民生之多艱兮，長太息以掩涕」。這兩句並没誤倒。艱字古作囏，商卜文裏就有。从堇，喜聲（段注誤）。囏的古音與「急」的古音同。發音是g—k—j，收音是i。異時或異地轉爲an的收音，字的聲旁便用艮。囏艱是一音之轉，如同急艱堅豎緊是一音之轉。戰國策燕三及史記刺客傳「劒堅」的堅就是緊。詩小雅常棣「兄弟急難」即兄弟蹇難。這裏「民生之多蹇」即民生之多急。知道蹇讀急，蹇替叶韻就没有疑問了。

余雖二句：鞿羈是羈勒，約束，有整飭的意思。誶，説文「讓也」，有規過的意思，所以王逸解作諫。詩小雅雨無正「莫肯用誶」的誶韓詩正作諫。「朝誶而夕替」就是朝進諫而夕見斥。

既替余以蕙纕兮，又申之擥茝。亦余心之所善兮，雖九死其猶未悔。（二一）

替字不可解。王逸解「替余」爲君廢棄己，「以」爲以……之故，「申之擥茝」爲重引芳茝以自結束。以替屬於君，申屬於己。之字無着落。游國恩解「替余」同，解兩以字（擥上一本有以字）爲因，説「君之廢余，既因余以蕙爲纕，復因余攬茝爲飾」，拋卻申之不講。兩説都不合正文句法，因而違反正文意思。從關聯詞既……又……，知動詞替與申是並列關係。替字不可解，是錯字，原文當是簪字。簪脱竹頭成朁，錯成替。儀禮士喪禮「簪裳于衣」，注：「簪，連也。」這裏的簪正是這個意義。「簪余以蕙纕」是説以蕙纕連綴於余衣。

茝悔爲韻。

既簪二句：「又申之擥茝」，一本擥上衍以字，由涉上半句「既簪余以蕙纕兮」的以字或由涉上文「又重之以脩能」的以字而衍；或是擥字一作以，誤將兩本合而爲一。擥茝是動詞受語結構，以字無論是動詞是介詞都不當用在擥茝上。

這句是説自己服飾。以是用，介詞。纕是名詞，佩帶。本篇還有「佩纕」，悲回風有「糾思心以爲纕」。這句是説既以蕙纕簪於余衣，又拿茝加上去。

怨靈脩之浩蕩兮，終不察夫民心。衆女嫉余之蛾眉兮，謠諑謂余以善淫。（二二）

心淫爲韻。

怨靈脩二句：靈脩是説君心，不是指懷王其人。靈脩浩蕩，不察民心，是説君的心意變化無定，又飛揚浩蕩而無歸，不在於國，不在於民。

衆女二句：衆女，指工媚悦的羣小。諑，洪音竹角切，譖愬。

固時俗之工巧兮，偭規矩而改錯。背繩墨以追曲兮，競周容以爲度。（二三）

錯度爲韻。

固時俗二句：王注：「偭，背也。言今世之工，才知强巧（按：工巧是工於巧），皆去規矩更造方圓。以言佞臣巧於言語，背違先聖之法，以意妄造。」前人多以偭爲背，也以面爲背，都不對。説文：「偭，鄉也。从人，面聲。少儀曰：尊壺者偭其鼻。」鄭注：「鼻在面中，言鄉人也。」也解偭（面）爲鄉。徐鍇解説文偭字説：「鄉謂微向，非正向也。故史記本紀曰項籍謂吕馬童曰：卿非我故人乎？馬童面之。注云面謂微背之也。」徐所引注當是集解所引張晏説：「以故人故，難視斫之，微背之。」微今本誤作故，與上「以……故」重複。微背之的微是微妙微小的微，本作敚，與故字形近而誤。如淳也説「面，不正視也」，都不作今語的背着講。王夫之不采王逸説。楚辭通釋：「偭，面鄉也。規矩在前，舍之而自爲方圓，所謂改錯也。」説是。史記萬石張叔傳：「上具獄事，有可卻，卻之；不可者，不得已爲涕泣面對而封之。其愛人如此。」漢書張歐傳作「面而封之」，省對字。就因爲面是向，才可以省對字。如淳説：「不正視，若不見者也。」晉灼説：「面對囚讀而封之，使其聞見，死而無恨也。」

二説都不以面爲今語的背着。顏説「面謂偝之也」，是音義相離的説法，不對。訓偭（面）爲背，始於王逸，只以下句的「背繩墨」而想當然。至郭璞，竟以反訓爲一種語言現象，説：「此義相反而兼通者」，「美惡不嫌同名」（釋詁注）。後人大都承襲此説，段玉裁言之尤甚。這裏的偭字游國恩也以爲訓向訓背「本皆可通」。若美惡可同名，向背可通，語言文字還有什麽用處呢？駁正見舊著離騷語文疏解，今見附録駁反訓。錯，措的借字。説文：「措，置也。」

忳鬱邑余侘傺兮，吾獨窮困乎此時也。寧溘死以流亡兮，余不忍爲此態也。（二四）

時態爲韻。

忳鬱邑二句：忳鬱邑的構詞法是一個形容詞下綴雙聲疊韻字或疊字以加强這個形容詞的意義。同樣的例是紛總總，斑陸離（均本篇五二節），穆眇眇，莽芒芒，紛容容，罔芒芒（均悲回風）。忳，徒渾切（魂韻），憂悶。王注「忳，憂皃」，一本作「忳，自念皃」，自念是恴字誤而又分爲二。鬱邑雙聲字。侘敕加切（麻韻），傺丑例切（祭韻），侘傺雙聲字，王注「失志皃」。二字不當分解。

寧溘死二句：溘，口答切（合韻），王注「猶奄也」，洪注「奄忽也」，作死的狀語。廣韻以溘死連文成義，字亦作殟，非。

鷙鳥之不羣兮，自前世而固然。何方圜之能周兮？夫孰異道而相安？（二五）

然安爲韻。

何方圜句：王注：「言何所有圜鑿（受枘頭的穿孔）受方枘（枘頭）而能合者？」何，疑問副詞，非何所。周解爲合，是。句意爲方與圜安能合。

屈心而抑志兮，忍尤而攘詬。伏清白以死直兮，固前聖之所厚。（二六）

詬厚爲韻。

屈心二句：尤是訧的同音假借字。說文：「訧，罪也。」由从言知是動詞，有委過的意思。詩鄘載馳：「許人尤之。……無我有尤。」論語憲問「不怨天，不尤人」，怨尤並用。攘的本義是推攘（說文），揖攘（論語八佾，說文），禮攘（論語里仁），辭攘（孟子公孫丑上），引申爲忍攘。攘詬即荀子解蔽的「忍詬」。說文：「詬，謑也。」「謑，恥也。」王逸說：「詬，恥也。」「忍尤而攘詬」就是任怨忍辱。

伏清白二句：厚，重。

悔相道之不察兮，延佇乎吾將反。回朕車以復路兮，及行迷之未遠。（二七）

本節延佇及大司命「結桂枝兮延竚」，王注：「延，長也。佇（竚），立也。」洪注：「佇（竚），久立也。」延佇連文，有可疑者。延本動詞，何以不說久佇或長佇，而必說延佇？這表明延佇是一個詞，非偏正詞組。詩邶燕燕傳：「佇立，久立也。」可見傳以佇立爲一詞，不拆開解。佇有久義，佇上又加延，則延佇二字義重。所以延佇不當連文。此二字本當作㢟佇（說文部首三十六之㢟），㢟傳寫誤成延，以形似，且延字常用。㢟丑延切，佇直呂切，雙聲字，以音爲義，音轉爲躊躇（直由、直魚切），義都是方有所爲而停下不前，不是無故地立着。㢟與躊雙聲，宁與著古音同，詩齊著「俟我于著」，著即宁。

反遠爲韻。

步余馬於蘭皐兮，馳椒丘且焉止息。進不入以離尤兮，退將復脩吾初服。（二八）

息服爲韻。

步余馬二句：「馬」包括車馬。是自己驅着車馬步馳。上節「朕車」與這裏「余馬」都包括自己在車中。蘭皐椒丘並舉，是有蘭之皐，有椒之丘。焉，助詞，王引之以爲「於是」（經傳釋詞二），誤。於是爲介詞受語結構，不可用一個字代替，焉與於是聲音又無關，不能是合音字。

進不入二句：「進不入以離尤兮」是説明爲什麽退，「退將復脩吾初服」是説明退了後怎樣。離尤即惜誦的「逢尤離謗」，惜往日的「離謗見尤」。

製芰荷以爲衣兮，集芙蓉以爲裳。不吾知其亦已兮，苟余情其信芳。（二九）

裳芳爲韻。

高余冠之岌岌兮，長余佩之陸離。芳與澤其雜糅兮，唯昭質其猶未虧。（三〇）

離虧爲韻。離古音如羅，虧古音如霍。

高余冠二句：高，長，動詞。王注「復高我之冠，長我之佩」，是。岌岌，高皃。陸離，雙聲字，長皃。涉江：「帶長鋏之陸離兮，冠切雲之崔嵬。」陸離亦長皃，崔嵬高皃。

芳與澤二句：澤，王逸解爲潤，游國恩也以爲「澤潤」，不對。是不明「唯……猶」的用法。澤作污講，有薉濁義。澤洿污古同部通用，是湖澤，也都有薉濁義。澤音鐸，小雅鴻雁澤叶作宅，濁音獨，澤濁音近。澤的光澤，潤澤，德澤義是湖澤義的引申發展。芳澤雜糅即懷沙的「同糅玉石」，是説「世溷濁而不分」（離騷），「賢愚雜廁，忠佞不異」（王逸懷沙注）。離騷這句用今語表達：清與濁混淆了，只我明潔的心還没損。讀楚辭漁父「舉世皆濁我獨清，衆人皆醉我獨醒」，文天祥正氣歌「牛驥同一皁，雞栖鳳皇食，……顧此耿耿在」，可以更明白離騷這句的意思。

忽反顧以游目兮，將往觀乎四荒。佩繽紛其繁飾兮，芳菲菲其彌章。（三一）

荒章爲韻。

民生各有所樂兮，余獨好脩以爲常。雖體解吾猶未變兮，豈余心之可懲？（三二）

常懲爲韻，江有誥以爲陽蒸借韻，借韻即所謂合韻。姚鼐、孔廣森、梁章鉅都以爲常當作恒，漢人避諱改；郭沫若直改作恒，附注的「古韻讀」是蒸部。諸家説都誤。常字本是裳的或體，無由具恒義，這裏是長的同音假借字，不是因避諱改的。長本義是久遠。説文：「恒，常也。」可見恒義當時已通用常字。孔廣森不以蒸通陽爲是。實則庚耕清青蒸登諸部字有好多是古音屬陽唐部的，而且南音至今猶然。詩小雅天保恒升崩承爲韻，今屬蒸登部，古屬陽唐部。懲古讀如長，與常字同屬陽部，韻叶。

雖體解二句：雖，即使。吾，未變的主語。可懲，動詞被動式。

女嬃之嬋媛兮，申申其詈予，曰「鮌婞直以亡身兮，終然夭乎羽之野。（三三）

予野爲韻。

女嬃的話的起訖，舊注説法不同。

王逸以爲自「鮌婞直以亡身兮」至「判獨離而不服」。凡六句。

洪興祖無異説。

朱熹説與王同。

戴震以爲自「鮌婞直以亡身兮」至「夫何煢獨而不予聽」。凡十句。

姚鼐説與戴同。

郭沫若游國恩説與戴姚同。

後説對了。

以爲止於「判獨離」句爲什麽不對？下面四句意思與上文一氣貫通，拆開它，女嬃的話的意思就不完全，而且「夫何煢獨而不予聽」説不過去。

女嬃二句：説文引賈逵説：「楚人謂姊爲嬃。」據離騷「女嬃」，知這個説法不對。若嬃即姊則上面不當加女字。鄭玄周易注：「屈原之妹名女嬃。」以爲專名，也不對。古代女子的名並不叫女什麽。若説嬃一個字是名，則敘説必須見出關係，不當籠統地加個女字。女嬃是侍女。比較「女嬃之嬋媛兮申申其詈予」與湘君「女嬋媛兮爲余太息」，知女嬃之嬋媛兮就是女嬋媛兮。在離騷稱女嬃，在湘君稱女。兩處託意相同。説託意，非必實有其人。女嬃不是專名，不是姊妹。待叫嬃，待的人叫嬃。説女嬃也説嬃女(星名)，猶如説女侍也説侍女。古待侍同。易歸妹「六三：歸妹以須」，須即嬃，比較「初九：歸妹以娣」可知。朱熹注「或曰：須，女之賤者」，對了。所以女嬃是侍女。

嬋媛是疊韻字。廣韻：「嬋媛，枝相連引。」又：「撣援，牽引。」嬋撣，市連切（仙韻）；媛援，雨元切（元韻）。古音當讀單湲（湲獲頑切，山韻），音轉爲低佪。嬋媛一詞有很多寫法：嬋媛，蟬媛，撣援，擅佪，儃佪，儃回，邅迴，祇回，低迴，低佪。屈賦裏嬋媛都作今語牽挂講。王逸說：「嬋媛猶牽引也。」（離騷注，湘君注，哀郢注）又說：「儃佪猶低佪也。」（惜誦注）牽引低佪是心意或行動的牽挂留連。所以朱熹說：「詳此（嬋媛）二字蓋顧戀留連之意。」（楚詞辯證上）比較哀郢「心嬋媛而傷懷兮」與東君「心低佪兮顧懷」，知嬋媛確即低佪。

申申是楚方言。今故楚地的江西安福一帶的方言，說「私下裏」就說「申申」，還帶上詞尾「兒」（方音倪）。申申其罵予，意思是私下裏罵我。私下裏罵，那是關切的，親愛的。

曰鮌二句：鮌，字从玄聲，作从系的錯了。玄旁因古寫[illegible]和糸形近錯成糸，又錯成系（古無系字）。說解也錯了，糸聲系聲都不能得鮌音。人名的鮌，字也作⿰骨玄，作⿰魚累（音罤），因音同而隨便寫。但無論哪一種寫法都不可有系旁。婞，說文「很也。从女，幸聲。楚詞曰：『鮌婞直。』」王逸惜誦注：「鮌行婞很勁直，恣心自用。」夭，王逸解爲蚤死。或者說：鮌非短折，焉得稱夭？因而解爲夭遏。夭遏，莊子逍遥遊作夭閼，複音詞，不可分講，不是夭義。也不得附會「永遏在羽山」的遏，永遏的遏不作閼。按：夭（殀）是死於非正命，與不成人之殤不同。王夫之說「不以考終曰殀」，是。羽，羽山。馬融說：「羽山，東裔也。」（史記集解引）帝典說殛鮌于羽山，洪範國語魯上都說鮌殛死，殛是誅罰，非殺。天問說鮌永遏羽山，三年不弛。若殺，用不着趕到東裔那麽遠去殺。被誅罰而死，非正命，故曰夭。

「**汝何博謇而好脩兮，紛獨有此姱節？薋菉葹以盈室兮，判獨離而不服。**（三四）

節服爲韻。

汝何二句：博謇與好脩都是汝的表語。博，説文「大通也」，是怪屈原的不肯收斂。謇，即易蹇「難也，險在前也」的蹇，是説屈原甘冒險難。紛，句首助詞，解見三節。

薋菉葹二句：王注：「薋，蒺藜也。菉，王芻也。葹，枲耳也。詩曰：楚楚者薋。又曰：終朝采菉。三者皆惡草。判，別也。」判作狀語。

「**衆不可户説兮，孰云察余之中情？世並舉而好朋兮，夫何煢獨而不予聽？**」（三五）

情聽爲韻。

余之中情的余字是尒字的錯，以形近，又涉下文的「孰云察余之善惡」。尒即爾字。下文「爾何懷乎故宅」的爾或也寫作尒，可證。看王注，知錯在王逸之前。這句是侍女説屈原：誰明白你的內心？

依前聖以節中兮，喟憑心而歷兹。濟沅湘以南征兮，就重華而陳辭。（三六）

兹辭爲韻。

依前聖二句：依和節是説自己。節動詞，王注：「節，度。」節中，以中爲節（度）。以文選作之，不好講。喟，即懷沙的歎喟。憑，滿。憑心，心憤懣。歷兹，洪注：「歷猶逢也。」下文云委厥美而歷兹，意與此同。」

濟沅湘二句：王注：「濟，渡也。沅，湘，水名。征，行也。」重華，舜之號。「重華」構詞法與「放勳」同。放勳是大功，重華猶重光。「天下明德皆自虞帝始」（史記五帝本紀），舜「南巡狩，崩於蒼梧之野，葬於江南九疑，是爲零陵」（同上）。地在楚域，所以屈原就而陳辭。

啟九辯與九歌兮，夏康娱以自縱；不顧難以圖後兮，五子用失乎家衖。（三七）

「五子用失乎家衖」，衖字朱注本如是。班固離騷序引作「五子以失家巷」。按：當作「五子用夫家鬨」（解見後）。夫錯成失，因形近。班引無乎字，當是一本作夫，一本作乎，誤合爲夫乎，而夫乎不通，於是以下面有家巷，妄改爲「失乎家巷」（補注本）。

衖字是鬨字的錯，因形近。衖説文作𨛭，即巷字，或寫成巷，故或以音的關係讀巷爲鬨。

縱鬨爲韻。

本節四句：王逸天問注：「九辯九歌，啟所作樂也。」左傳文七年記郤缺之言曰：「夏書曰：『勸之以九歌，勿使壞。』九功之德皆可歌也，謂之九歌。六府（水火金木土穀）三事（正德利用厚生）謂之九功。」夏是大，即詩秦權輿和景差大招「夏屋」的夏。今江西吉安一帶方言表大義的有二音：一音tai去聲，即大；一音hai去聲，即夏。夏康娱即大大地娱樂，到了「自縱」，「不顧難以圖後」的地步，因此五子家鬨。

五子，王引之説「五子即五觀也」，「五觀或曰武觀」，以五子五觀與武觀爲一。孫詒讓墨子非樂上「於武觀曰」注也説「五子者武觀也」。游國恩説：「王引之説是也。王氏從而申之（指徐文靖説），遂能探騷意之本真，破注家之惑誤。」且説徐文靖「謂此文五子爲啟之第五子，極爲有見。」（纂義)按：諸説俱非。「五子用夫家閧」，説閧，説家閧，自不是一個人。這是一。國語楚上「啟有五觀」韋昭注：「五觀，啟子，大康昆弟也。觀，洛汭之地。」説大康昆弟，也不是一個人。這是二。墨子「先王之書，……於武觀曰」武觀是書篇名，這裏引武觀的幾句是「啟乃淫溢康樂，……萬舞翼翼，章聞于天。天用弗式。」只是説啟的，没説到五子五觀。這是三。史記夏紀：「帝太康失國，昆弟五人須于洛汭，作五子之歌。」須于洛汭，今語在洛汭待(俗語獃)着。史文是説太康失國，昆弟五人，即太康與其四弟，一起居留洛汭，不是厥弟五人，也不是徯太康于洛之汭。這是四。漢書古今人表：「太康，啟子，昆弟五人，號五觀。」五觀是觀地五昆弟的合稱，包括太康，看史漢句法可知。這是五。逸周書嘗麥解：「其在殷(啟之譌)之五子，忘伯禹之命，假國無正，用胥興作亂，遂凶厥國。」按句法，是説啟子五人皆(胥)起而作亂。這是六。説武觀即五觀(沈約竹書注)，是由後世讀五與武同音而誤解。梁玉繩亦以爲「武五音近，或相通借」，誤。古音五屬疑母，武屬明母。武觀不得爲五觀。南音今讀也不是同音。這是七。結論：五子，啟子太康兄弟五人，包括太康，太康居長。太康失國，五人居留觀地，號五觀。而武觀是書篇名，不是五觀。

用，介詞；夫，代詞。三九節有「厥首用夫顛隕」，四〇節有「殷宗用之不長」。用夫，用之即因此，因之。

羿淫遊以佚畋兮，又好射夫封狐。固亂流其鮮終兮，浞又貪夫厥家。（三八）

狐家爲韻。

本節四句：羿是夏時有窮國君。羿説文有兩個字：

羿，羽之羿風（義一），亦古諸侯也（義二），一曰射師（義三）。从羽，幵聲。

𢎗，帝嚳射官，夏少康滅之。从弓，幵聲。論語曰：「𢎗善射。」

按：羿𢎗實爲一字，同是幵聲，从弓猶从羽，羽是箭羽。許解淆亂。羽之羿風，説从羽之由。字或从弓。夏少康所滅之羿，即「帝降夷羿革孽夏民」之羿，不得爲嚳的射官。或謂射官是世職，夏時之羿是嚳射官之後。然而羿是名不是姓，且作爲射官，不當是淫遊佚畋，亂流鮮終。所以羿就是左傳説的有窮后羿。羿浞澆事見左傳襄四年，史記夏紀缺載。大康淫放失國，夏人立其弟仲康，亦微弱。至子相，爲有窮后羿所代。羿恃射，淫放原野，用寒浞（寒國君伯明之讒子弟）。浞詐慝取國，卒殺羿，因羿室生澆及豷。後使澆滅斟灌及斟尋氏，處澆於過，處豷於戈。夏臣曾事羿者曰靡，收斟灌斟尋二國之民以滅浞而立夏后相之子少康。少康滅澆，少康之子后杼滅豷，有窮遂亡。以，同而。兩夫字皆助詞，同乎。厥，定語。

澆身被服强圉兮，縱欲而不忍。日康娛而自忘兮，厥首用夫顛隕。（三九）

忍隕爲韻。

澆身二句：强圉，堅甲（聞一多説，詳下天問四六節）。忍，克制。

日康娛二句：自忘，忘己，不顧身。

夏桀之常違兮，乃遂焉而逢殃。后辛之菹醢兮，殷宗用之不長。（四〇）

殃長爲韻。

夏桀二句：常違，游國恩本汪瑗、朱冀、魯筆説，以爲違常之倒語，非。游説「屈子文多用倒語」（纂義二三五頁），亦非。凡名詞作動詞或介詞之受語，都不可倒。違常不得倒成常違。古語文没有這樣倒法。常是副詞，狀語。違是動詞，乖違。游國恩説：「遂焉逢殃者，言畢竟遭放代之咎也。文義與上文終然殀乎羽之野同。」以遂焉比附終然，以爲副詞狀語，卻没注意到狀語與所狀的動詞之間不得横梗一個連詞而。游説誤。錢杲之、王夫之、徐焕龍、朱冀、魯筆、龔景瀚諸人解遂字都未得其義，可是他們有見於遂字不是副詞而是動詞，推尋遂的動詞義。游則於詞性詞義皆未得。遂是動詞，遂與逢連以連詞而。説文遂逋逃都訓亡，所以遂即逋逃。逋字籒文从辵从捕，有捕亡意，也有罪意。逋逃也有罪意。尚書泰誓「四方之逋逃多罪」（漢書谷永傳及五行志引），牧誓「四方之多罪逋逃」，都是逋逃與多罪連舉。説夏桀遂而逢殃即説他做了罪人而遭禍。左傳昭七年：「紂爲天下逋逃主，萃淵藪，故夫致死焉。」這「乃遂焉而逢殃」也是那個意思。不過那裏是説紂，這裏是説桀。

后辛二句：菹是酢菜，見説文艸部；醢是肉醬，見説文酉部。王注：「藏菜曰菹，肉醬曰醢。言紂爲無道，殺比干，醢梅伯。」

湯禹儼而祗敬兮，周論道而莫差。舉賢而授能兮，循繩墨而不頗。（四一）

差頗爲韻。

湯禹二句：周，王逸五臣皆以爲文王。洪注：「言周則包文武矣。」

舉賢二句：舉的古字是與。與説文「从舁与」。與無取賜与義，當爲从舁，与聲。禮記禮運「選賢與能」，與是本義，即舉。授字从手，受聲（鍇本），它的出現在受字後。受授二字的本義都和今習用的不同。受是相付，不是承接；授是推予，不是給与。授字的偏旁受只表音，無取相付的義。說文：「授，予也」；「予，推予也」。予篆象推予的形（推字今本說文錯成相）。授是予，即推予，即推舉。頗是偏。今江西西部方言，位置的偏說偏，形狀的偏說頗；頗讀bo上聲，是古音。

皇天無私阿兮，覽民德焉錯輔。夫維聖哲以茂行兮，苟得用此下土。（四二）

輔土爲韻。

皇天二句：動詞「覽」的受語是「民德」，「錯」的受語是「輔」。德是心，即尚書君奭「惟寧王德延」，詩衛氓與小雅白華「二三其德」，周毛公鼎「弘猷乃德」的德（「弘猷乃德」即周齊侯鎛鐘的「弘猷乃心」）。輔是保傅。類似這個輔的用法，孟子有「輔世長民」（公孫丑下），「輔之翼之」（滕文公上）。孟子述勞來匡直輔翼是聖人（君）憂民的事。孟子輔是動詞，離騷輔是名詞，而意思無異。輔是君，不是臣輔；是說君輔民，不是說臣輔君。這句是說察民心而置君。尚書皋陶謨：「天聰明自我民聰明，天明威（僞孔本作畏）自我民明威。」泰誓：「天視自我民視，天聽自我民聽。」（孟子萬章上引）「皇天無私阿兮，覽民德焉錯輔」也類似那樣的意思。

夫維二句：游國恩說「蓋言維有茂行之聖哲乃真能享有天下也」，以茂行爲聖哲之定語。然則不可用以字。這句說明上句的輔應當是什麼樣的人。聖哲以茂行，從語法看，聖哲與茂行並列，哲行名詞，聖茂形容詞，以連詞。王注哲是智，茂是盛，聖哲以茂行是「聖明之智，盛德之行」，是。苟字（古厚切，說文艸部），游說「與上文數苟字義別，當從通釋訓爲乃」。苟訓乃是没有的。而解釋說「乃真能享有天下」，既從通釋訓乃，又用王逸注訓誠，二者不容並存。王注的「誠也」，是今語果真，但果真表假設條件，是虛詞，非實詞真誠之意。這苟字不是古厚切艸部的苟，而是説文部首三百四十五的茍，紀力切（職韻）。許解「自急敕也。从羊省，从包省，从口，口猶慎言也」，所以敬字从此。這裏茍是實詞，謹敕肅敬的意思。句意是惟有聖明之智，盛德之行的人，謹敕肅敬，得用此下土。以用爲享有也不對。用，説文「可施行也」，這裏意思是爲國爲政的爲，動詞。「用此下土」猶荀子王霸説的「用國」。

瞻前而顧後兮，相觀民之計極。夫孰非義而可用兮，孰非善而可服？（四三）

觀字與下文「覽相觀於四極兮」的覽觀二字都是衍文。離騷裏動詞用複字的（如求索）極少，作看講的動詞更没有用複字的，除了這裏相觀與下文覽相觀。離騷作看講的動詞共有二十二個，裏面相字用了四個，相道，相民，相下女，相於四極，都是無須用複字的，説相觀，覽相觀，是累贅的，況且覽相觀同義字用三重，更是没有。相，説文「省視也」，爾雅釋詁「視也」。尚書及詩相字單用，且是本義的不少，左傳也有。從屈賦看，當時楚地説相很普通，今故楚地還多有説相的。相引申作輔相，本義就漸漸生疏了，所以王逸有注説「視也」。又或注觀字於相字旁，傳寫誤入正文。「覽相觀」洪考異：「覽相一作求覽」，只提覽相，當無觀字。求字是衍文，因緊接上句末字求而衍。當是相一本作覽，後人誤將兩本合一而成爲覽相。

極服爲韻。

瞻前二句：「相民之計極」，游國恩説「屈子文多用倒語」，「計極者即極計」，「猶言極則」，誤。倒語説之誤，辨正見四十節「常違」。極是副詞，作相的狀語。狀語位於動受結構下面，古有這樣的語法，如尚書君奭「惟寧王德延」，孟子萬章上「施澤於民久，施澤於民未久」，戰國策趙四「挾重器多」。

阽余身而危死兮，覽余初其猶未悔。不量鑿而正枘兮，固前脩以菹醢。（四四）

悔醢爲韻。

阽余身二句：阽，動詞，危。

不量二句：量，正，皆動詞。洪注：「量，力香切。鑿音漕，穿孔也。枘，而鋭切，刻木端所以入鑿。」朱注同。

曾歔欷余鬱邑兮，哀朕時之不當。攬茹蕙以掩涕兮，霑余襟之浪浪。（四五）

當浪爲韻。

本節四句：曾音層，副詞，歔欷的狀語，重的意思。茹，柔，蕙的定語。洪注：「當平聲，浪音郎。」

跪敷衽以陳辭兮，耿吾既得此中正。駟玉虬以乘鷖兮，溘埃風余上征。（四六）

正征爲韻。

跪敷衽二句：陳辭，即上文的就重華陳辭。得此中正，即得此中正於重華，是説得到重華的平正。於是可以行，故駟虬乘鷖而上征。王注：「敷，布也。衽，衣前也。」跪則前衽鋪開。耿，副詞，作得的狀語。

駟玉虬二句：駟玉虬以乘鷖，以鷖爲車，駕四虬。説玉虬猶下文瑶象，虬鷖象都是本物。餘倣此。王注：「溘猶掩也。」埃風，即莊子逍遥遊的野馬塵埃。「野馬者遊氣也」（郭注），「天地間氣如野馬馳也」（釋文引崔説），即離騷這句的風；「天地間氣蓊鬱似塵埃揚也」（崔説），即這句的埃。埃風二字，物則爲一。王注「掩塵埃而上征」，以塵埃解埃風，實得其意。莊子又説「御風而行」，又説「乘雲氣御飛龍而遊乎四海之外」。屈莊同時代，所以文學意識有這樣的偶合。

朝發軔於蒼梧兮，夕余至乎縣圃。欲少留此靈瑣兮，日忽忽其將暮。（四七）

圃暮爲韻。

朝發二句：王注：「軔，搘輪木也。蒼梧，舜所葬也。縣圃，神山，在崑崙之上。」洪注：「縣音玄。」

欲少二句：靈瑣不是專名。瑣，子晧切（晧韻）。按句法，「此靈瑣」指縣圃。此字是指示形容詞。瑣，石之似玉者（説文）。有石而高者山，靈瑣是神靈的美石，故以指神山縣圃。舊注「青瑣」「門鏤」「門閣」「省閣」「鎖闥」諸解皆非，也非「喻君」。

吾令羲和弭節兮，望崦嵫而勿迫。路曼曼其脩遠兮，吾將上下而求索。（四八）

迫索爲韻。

吾令二句：王注：「羲和，日御也。」洪注：「弭，止也。」弭節是駐車。洪注：「崦音淹，嵫音兹。」王注：「崦嵫，日所入山也，下有蒙水，水中有虞淵。迫，附也。」説文：「迫，近也。」「近，附也。」

路曼曼二句：曼曼，平聲，長皃。上文説了日將暮，於是令日御駐車勿近崦嵫，因爲要走的路曼曼長遠，留住日，好上下求索。若日落無光，便不能求索了。

飲余馬於咸沱兮，總余轡乎扶桑。折若木以拂日兮，聊須臾以相羊。（四九）

桑羊爲韻。

本節四句：扶桑，若木，説文作榑桑，叒（音若）木。扶桑是湯谷之上之地，非木。山海經海外東經「湯谷上有扶桑」，亦謂地。淮南天文訓：「日出于暘谷，浴于咸沱，登于扶桑，爰始將行。」若木是木，生于扶桑。故説文解叒云：「日初出東方暘谷所登榑桑（之）叒木也。」須臾，相羊，都是疊韻字，動詞。須臾一作逍遥，義同。

前望舒使先驅兮，後飛廉使奔屬。鸞皇爲余先戒兮，雷師告余以未具。（五〇）

屬具爲韻。

本節四句：王注：「望舒，月御也。飛廉，風伯也。鸞，俊鳥也。皇，雌鳳也。」屬音囑，連屬。具，具備。

吾令鳳鳥飛騰兮，繼之以日夜。飄風屯其相離兮，帥雲霓而來御。（五一）

第二句，日夜並爲介詞以的受語，則之字無所指，句不能通。當是日繼之以夜，之代指日。即夜以繼日（孟子離婁下，莊子至樂），以夜繼日（吕氏春秋先識覽）。

夜御爲韻。御讀讶。

飄風二句：説文：「飄，回風也。」洪注：「飄風，旋風。屯，徒昆切，聚也。」王夫之説：「離，麗也，附也。」相離申説屯意，是飄風自相附麗。屯其相離，然後率雲霓來御。飄風是來迎的一方，不是車駕的一方。游國恩以爲「如附麗於車駕然」，不對。

紛總總其離合兮，斑陸離其上下。吾令帝閽開關兮，倚閶闔而望予。（五二）

下予爲韻。

紛總總二句：紛總總，錯雜皃。斑陸離，升降皃。構詞法解見二四節。

吾令二句：説我叫帝閽開關，而帝閽不開，只倚閶闔而望我。是帝閽倚而望，不是我叫帝閽倚而望，又望予不是予望。那些説使帝閽開關望己（錢杲之），勞予之凝望（王夫之），令帝閽倚門覗望以待己之至（馬其昶），都不明語法，違背正文的意思。

時曖曖其將罷兮，結幽蘭而延佇。世溷濁而不分兮，好蔽美而嫉妬。（五三）

延佇是延（丑延切）佇的錯，解見二七節。

佇妬爲韻。

「時曖曖其將罷兮」，七五節「時亦其猶（二字今本誤倒）未央」，時是時光，將罷是將極，將盡；未央是未盡。王注「罷，極也」，是。罷一作疲，洪注音皮，皆誤。時無所謂疲。

朝吾將濟於白水兮，登閬風而緤馬。忽反顧以流涕兮，哀高丘之無女。（五四）

馬女爲韻。

朝吾二句：王注：「白水出崑崙之山。閬風，山名，在崑崙之上。緤，繫也。」緤，紲的或體，私列切。

忽反二句：高丘，上界，與「下女」之下相對而言。女，美女，以喻賢者。游國恩說「女……乃隱喻可通君側之人耳。……此節自朝濟白水至蔽美稱惡（六三節），復設言求女，以隱喻求通君側之人也。……求一二可爲關説通事者」，是大錯。竟説成因嬖人以爲主，非所以爲名也。屈原肯這樣做麽？

溘吾遊此春宫兮，折瓊枝以繼佩。及榮華之未落兮，相下女之可詒。（五五）

佩詒爲韻。

溘吾二句：溘，副詞，作遊的狀語。王注：「溘，奄也。春宫，東方青帝舍也。繼，續也。」

及榮華二句：榮華，花。高丘無女，於是相下方之女。湘君：「采芳洲兮杜若，將以遺兮下女。」

吾令豐隆乘雲兮，求宓妃之所在。解佩纕以結言兮，吾令蹇脩以爲理。（五六）

在理爲韻。

吾令二句：王注：「豐隆，雲師。宓妃，神女。」

解佩纕二句：王注：「纕，佩帶也。蹇脩，伏羲氏之臣也。」結言，即通辭。理與媒並爲通事者。六三節「理弱而媒拙兮」，抽思「理弱而媒不通兮」，思美人「令薜荔以爲理兮，……因芙蓉而爲媒兮」，都理媒並舉。看敘述，理比媒更正式。這裏求宓妃，娀女，二姚，也都有理有媒，而求宓妃只説到理，求娀女只說到媒，求二姚則理媒並著，是爲了文字變換。這變換仍是整飭的。

紛總總其離合兮，忽緯繣其難遷。夕歸次於窮石兮，朝濯髮乎洧盤。（五七）

遷盤爲韻。

紛總總二句：紛總總句解見五二節。上二「紛總總其離合兮」表示鳳鳥飛騰，風雲來御，上達帝閽的情狀。這裏則表示宓妃朝夕無定的行蹤。緯繣，洪注音徽畫，王注「乖戾也。」句意是與人乖戾，其意難移。

夕歸二句：窮石，取「后羿自鉏遷於窮石」（左傳襄四年）事，借用這地名。王注：「禹大傳曰：洧盤之水出崦嵫之山。」

保厥美以驕傲兮，日康娛以淫遊。雖信美而無禮兮，來違棄而改求。（五八）

遊求爲韻。

保厥美二句：淫遊，動詞，猶左傳隱三年的「淫泆」。淫，放縱。

雖信美二句：信，副詞，實在，作美的狀語。來，猶今語下一步。

覽相觀於四極兮，周流乎天余乃下。望瑤臺之偃蹇兮，見有娀之佚女。（五九）

覽觀二字是衍文，解見四三節。

「周流乎天余乃下」一作「周流天乎余乃下」，一作「周流天余乃下」。原當作「周流夫余乃下」。夫或作乎，作夫的錯成天。後人又誤將兩本合一而成爲周流天乎或周流乎天。

下女爲韻。

相於二句：八三節「周流觀乎上下」，周流的地方就是觀的地方——上下。這裏「相於四極兮，周流夫余乃下」，周流的地方也就是相的地方——四極。這裏「周流」放在「相於四極」後面説。若用「周流觀乎上下」的句法，説「周流相於四極兮」，則「余乃下」只有三個音節，詩句不匀稱。「極」是天問「斡維焉繫？天極焉加？」的極，謂天的際極，不是地面的東南西北四方。説四，不過就人的觀點前後左右來説。「四極」是斡維天極所在，所以周流後説「下」。

望瑶臺二句：瑶，玉之美者（説文），作臺的定語。瑶臺不是專名。王注：「偃蹇，高皃。有娀，國名。佚，美也。謂帝嚳之妃契母簡狄也。」娀，息弓切。

吾令鴆爲媒兮，鴆告余以不好。雄鳩之鳴逝兮，余猶惡其佻巧。（六〇）

好巧爲韻。

吾令二句：鴆是毒鳥，用它的羽翮在酒或水裏畫過，喝了就會毒死。令鴆爲媒可疑。前面説爲理的是蹇脩，爲媒的應當相稱，不會是毒鳥。雄鳩尚且嫌它佻巧，何況毒鳥？山海經：「女几之山，其鳥多鴆。」（中山經，中次八經，荆山之首）又：「琴鼓之山，其鳥多鴆。」（同前）這兩處都只説鴆，當是同物。又：「瑶碧之山，有鳥焉，其狀如雉，恆食蜚，名曰鴆。」（中山經，中次十一經，荆山之首）瑶碧之山的鴆後見而有性狀的説明，可知它不與女几琴鼓的鴆同物。女几琴鼓的鴆，拿「女几之山」條郭注和離騷洪注比照着看，知道那就是有毒的鴆。郭注：「鴆大如鵰，紫緑色，長頸，赤喙，食蝮蛇類。」洪注：「廣志云：其鳥大如鶚，紫緑色，有毒，食蛇蝮。以其毛歷飲卮則殺人。」至二注都説鴆

「雄名運日，雌名陰諧」，那是錯的，因没看懂淮南子的話。淮南子繆稱訓是説「暉（運）日知晏陰，蛸知雨至。」（蛸知雨至據廣韻引）晏陰連讀。蛸是蟲不是鳥，作陰諧誤。王引之繼其父疏廣雅，也以陰諧連讀，不能明正文之非。瑶碧的鴆則顯然不是有毒的那一種，因爲既説到性質，不會不説「有毒」那種重要的性質。郭注也説：「此更一種鳥，非食蛇之鴆也。」離騷的做媒的鴆決不是有毒的鴆。它該是山海經瑶碧之山的那種鴆，它常食爲災的蜚（左傳隱元年「有蜚，不爲災」，特著這次不爲災，可見蜚是爲災的。），是有替屈原做媒的資格的。不好，不美。

「雄鳩」二句：王注：「言又使雄鳩銜命而往，其性輕佻巧利，多語言而無要實，復不可信用也。」以爲又使雄鳩銜命而往，不對。看二句表達，屈原並没使。只是想到雄鳩多聲，而惡其佻巧，所以不使。於是接敘心猶豫而狐疑。

心猶豫而狐疑兮，欲自適而不可。鳳皇既受詒兮，恐高辛之先我。（六一）

可我爲韻。

心猶豫二句：猶豫，雙聲字，遲疑難決皃。舊解凡分疏二字之義的都非。

欲自適，王注説「意欲自往」，不對。若如此，當只説欲往，不用自字。適或之若作往，下面當著所適之地，如適齊，之楚，没有只説欲適或欲之的。且欲往便往，何以「不可」？王説「禮又不可」，因爲「女當須媒，士必待介」。然而下面説恐高辛先我，銜接不上。古語文，「自」作動詞的狀語，作用相當於動詞下用受語「己」。自適即適己。適是安適。見娀女後，使鴆爲媒，而鴆告余以不好；雄鳩又佻巧可惡，不可使；於是猶豫狐疑，要自安適，不去活動，然而不可，因爲恐高辛先我。洪興祖悲回風注:「自適謂順適己志也。」是。

鳳皇二句:鳳皇受詒與天問思美人的玄鳥致詒是一回事。天問:「簡狄在臺嚳何宜?玄鳥致貽女何嘉?」(嘉或作喜,是不明宜嘉的古音妄改的。)思美人:「高辛之靈盛兮,遭玄鳥而致詒。」這玄鳥即鳳皇。「五方神鳥,中央鳳皇。」(説文鸘字解)以其幽遠,謂之玄鳥。「天命玄鳥,降而生商。」(詩商頌玄鳥)説天命,説降,自是神鳥鳳皇。這不是燕乙(鳦)之玄鳥。後人謂簡狄吞燕卵者誤。所受詒(致詒)的是什麽,殷本紀説是「玄鳥墮其卵」,校以商頌及屈賦,恐未必然。燕乙之名玄鳥,以羽色玄。乙在説文第十二,部首四百三十一,朱翺音㡯戛反。非甲乙之乙。廣韻未分辨(質韻)。受詒的受即致詒的致。受字商卜文从兩又(手)从舟,舟是酒器。兩又分寫在舟的上下,表示這是兩個人的手,一給與,一承接(篆形一個人的兩隻手,一左一右,則平列作𦥑)。金文則上面的又字變作覆手形(爪),魏石經同,舟都不省。説文篆从舟省。受字象又(手)或爪(覆手)持舟(酒器)與人而人以又承接,這一個字包括給與和承接二義,所以許説「相付也」。説相,就是雙方的。授受二義古只有「受」一個字。受詒的受是受字本義中的給與一義,與致詒的致意思一樣。説文:「致,送詣也。」授字自有本義,解見四一節。王注:「高辛,帝嚳有天下號也。」

欲遠集而無所止兮,聊浮遊以逍遥。及少康之未家兮,留有虞之二姚。(六二)

遥姚爲韻。

欲遠二句:集本義是羣鳥在木上,引申爲止。國語魯下:「有隼集於陳侯之庭而死。」即止於其庭。

及少康二句：少康滅澆事見前三八節解。夏后相之滅，后緡方娠，逃到母家，生少康。澆使求少康，少康逃到有虞，虞君以二女妻少康，即二姚（事見左傳哀元年伍員語）。後來少康復國，所以這裏以二姚爲好女，因二姚能爲少康配。游國恩在這裏又説「屈子所求之女斷爲可通君側之人」，辨正見五四節。

理弱而媒拙兮，恐導言之不固。世溷濁而嫉賢兮，好蔽善而稱惡。（六三）

固讀如箇，固惡爲韻。

理與媒解見五六節。

閨中既邃遠兮，哲王又不寤。懷朕情而不發兮，余焉能忍與此終古？（六四）

寤古爲韻。

閨中二句：閨中指宮中，哲王指君王。王注：「寤，覺也。」

懷朕情二句：游國恩誤以終古爲「終身」，終身就不當用「與此」了。「此」字指「閨中既邃遠兮，哲王又不寤」。洪注：「終古猶永古也。」終古只有這一義。禮魂「長無絶兮終古」，哀郢「去終古之所居兮」，終古都是永古。「與此終古」是説與這情形同樣永久，也就是説儘是這樣下去。

索藑茅以筳篿兮，命靈氛爲余占之，曰「兩美其必合兮，孰信脩而慕之？（六五）

「慕之」，郭沫若説：「慕字意難通，與上句占字亦不合韻，余以爲當是莫心二字誤合而爲一者也。」直改作「莫心之」，引證是「詩所謂心乎愛矣，又中心藏之。」（頁一九一注一六）這是錯的。心字自來不作及物動詞，而且「莫」是無人，莫心之不成話。「心乎愛矣。……中心藏之。」（詩小雅隰桑）心與中心都是名詞，作主語。又小雅巧言「心焉數之」也是同樣的句法，心名詞，作主語。占與慕韻不叶的疑問，朱熹以「占之慕之兩之字自爲韻」，孔廣森也這樣説。古詩的韻没有這樣叶法的。詩三百篇凡兩韻句末字同的則上一字叶韻，屈賦也没有例外。下文還有「蔽之……折之」的例。懷沙慕與故叶，暮也與故叶，本篇上文暮與序與圃叶（五節，四七節）。這裏占字當是卜的錯，涉下文「欲從靈氛之吉占兮，……靈氛既告余以吉占兮」而錯。卜慕叶韻。

靈氛的話的起訖，舊注説法不同。

王逸以爲自「兩美其必合兮」至「爾何懷乎故宅」。凡八句。

洪興祖無異説，在「曰勉遠逝」句下注「再舉靈氛之言」。

朱熹説與王同。

戴震以爲自「勉遠逝而無疑兮」至「爾何懷乎故宅」。凡四句。

姚鼐以爲自「兩美其必合兮」至「謂申椒其不芳」。凡十八句。

郭沫若説與姚同。

游國恩以爲自「勉遠逝而無疑兮」至「謂申椒其不芳」。凡十四句。

戴震説對了。「勉遠逝」以下四句是靈氛勸他遠去勿疑，因到處都有芳草，勿儘戀着老地方。上面的「兩美其必合兮」以下四句是屈原「命占之詞」，請靈氛「卜其往有所遇否」。看法對。卜居「往見太卜鄭詹尹曰」與「命靈氛〔爲余占之〕曰」表達一樣，卜居句「曰」的人即「往見」的人，這裏「曰」

的人即「命」的人。「勉遠逝」以下才是靈氛占卜決疑以後勸他的話。

以爲起於「兩美」句爲什麼不對？王逸所指的八句，有兩個「曰」字，明明不是一個人的話。洪興祖的解釋是「再舉靈氛之言者，甚言其可去也」，這是無理的。郭沫若也以靈氛的話是從「兩美」句起，説「曰勉遠逝」的「曰」字與「爰」字同（一七六頁）。曰爰通用見爾雅釋詁，用來解這個曰字卻不行。比較這句與七二節語法相同的一句：「曰勉升降以上下兮。」那個曰字是百神告説，所以這句也必是説而不是爰。

以爲止於「謂申椒」句爲什麼不對？他們看到「欲從靈氛之吉占兮」就判斷它前面的話是靈氛的話，卻没研究那些話的意思。「世幽昧」至「謂申椒」十句是屈原説所看到的社會現實。他雖想望以九州的大總還有女的可找，靈氛占的雖也是吉，然社會現實是這樣，所以「欲從靈氛之吉占兮，心猶豫而狐疑」。若把這十句當成靈氛的話，就令靈氛既説「何所獨無芳草」，又接着説「世幽昧以眩矅（今本誤作曜）」，既勸屈原遠去又阻屈原前進，陷入了矛盾，而且屈原説的「靈氛之吉占」失了根據，「孰云察余之善惡」的余也講不通。

索藑茅二句：王注：「索，取也。藑茅，靈草也。」筳篿，用以卜的小折竹。以，連詞。説文：「靈，靈巫，以玉事神。」王逸説：「靈，巫也。楚人名巫爲靈子。」（雲中君注）我曾見故楚地的湖南「以舞降神」的巫，稱爲「覡公子」，這與説文巫覡同義相合。説文説解「在男曰覡，在女曰巫。」湖南語覡公子概括男女，但從稱公子可知本來專以稱男的，也與説文相合。王説的靈子當是古稱中的一個。屈原於巫咸説巫，是從通稱，這是稱古人名；别篇裏的巫則説靈，是用楚語。但靈氛則並不是巫而是卜。古巫卜祝所事不同：巫，「女能事無形，以舞降神者也。」（說文）卜，司卜筵。左傳僖十五年：「卜徒父筵之。」用龜爲卜，用筴爲筵（見曲禮上）；龜卜看象，筴筵看數（見左傳僖十五年）。祝，「祭，主贊詞者。」（說文）下文「欲從靈氛之吉占兮，心猶豫而狐疑。巫咸將夕降兮，懷椒糈而要之。百神翳其備降兮，……」情形說得明白：卜不能決我疑，只有改請巫。果然，百神備降了。靈氛既是卜，則靈氛二字是名，這靈字與巫無關。王念孫說「靈氛猶巫氛耳」（廣雅疏證卷四下），錯了。王逸說：「靈氛，古明占吉凶者。」是認爲古時有那個人。戴震說：「靈氛，卜師之稱，謂善望氣氛。」以靈氛是卜師，不錯；而說「卜師之稱」，則是以靈氛爲卜師的別稱，說這別稱是由善望氣氛而起，錯了。

「思九州之博大兮，豈唯是其有女？」曰「勉遠逝而無疑兮，孰求美而釋女？」（六六）

女女（汝）爲韻。

「何所獨無芳草兮？爾何懷乎故宅？」世幽昧以昡曜兮，孰云察余之善惡？（六七）

宅或錯成宇，因形近或宅字橫鈎脱壞而錯。故宅即故土，即九二節的舊鄉。土古音如宅，故借宅字。書召誥「惟大保先周公相宅」的宅史記魯世家作土，又古文宅从宀並从土。

昡與曜二字音義都無關，連用可疑。（一）王注：「昡曜，惑亂貌。」看連詞「以」連着幽昧與昡曜二詞及下句說孰察善惡，知這裏應當是惑亂意思的詞。說惑亂皃，則所解釋的是雙聲詞或疊韻詞。昡曜既非雙聲又非疊韻，二字必有一錯。據洪攷異，昡或作眩。从日的昡說文没有。目部「眩，目無常主也」，與惑亂義合。從日的曜說文没有。火部「燿，照也」，義不合。錢杲之亦以昡曜日旁，但有光義，說：「幽昧眩曜，暗中時一光也。……不過如處暗昧，時亦光曜。」委曲解釋，不合文義。从目的眩不錯，从日的眩曜字錯了。眩的下一字可在與眩雙聲或疊韻的字裏求。曜當是矔的錯，因形近。眩矔疊韻。由這又可知从日的眩是在矔錯成曜以後牽涉曜的日旁而錯的。（二）淮南子氾論：「夫物之相類者，世主之所亂惑也；嫌疑肖像者，衆人之所眩耀（也是矔的錯）也。」眩矔與亂惑是互文。下文「故劒工或（惑）劒之似莫邪者，玉工眩玉之似碧盧者，闇主亂于姦臣小人之疑君子者」，劒工玉工闇主三分句兩喻一正，重複前面的惑字眩字亂字，而不用耀（矔）字，也因眩矔是疊韻詞，是一義。眩與耀音義都無關，耀錯了。（三）眩矔疊韻，二字義也極近。說文：「眩，目無常主也。」方言卷六：「矔，轉目也。」由上面探究的三點，知離騷是疊韻詞眩矔。王解爲惑亂皃，義合。（宋玉九辯有「世雷同而炫曜兮，何毀譽之昧昧」二句，是衍文。）

宅惡爲韻。

民好惡其不同兮？惟此黨人其獨異。户服艾以盈要兮，謂幽蘭其不可佩。（六八）

異佩爲韻。

民好惡二句：第一句說民之好惡同，用反詰句式。黨人，謂子蘭靳尚上官之徒。王逸解誤。

户服二句：服也是佩。要即今腰字。艾殠草，蘭芳草，對舉。三節有「紉秋蘭以爲佩」，七八節有「何昔日之芳草兮，今直爲此蕭艾也？」

察草木其猶未得兮，豈珵美之能當？蘇糞壤以充幃兮，謂申椒其不芳。（六九）

當芳爲韻。

察草木二句：王注：「珵，美玉也。」

蘇糞壤二句：蘇是叔的同音假借字。詩豳七月：「九月叔苴。」傳：「叔，拾也。」説文同。史記貨殖傳：「俯有拾，仰有取。」糞壤在地，説蘇，義合。幃，許歸切，説文「囊也」，即佩的香囊。

欲從靈氛之吉占兮，心猶豫而狐疑。巫咸將夕降兮，懷椒糈而要之。（七〇）

疑之爲韻。

巫咸二句：「巫咸」的構詞法如卜偃，祝鮀，上一字是職事，下一字是名。假設的匠石，庖丁就是用這樣的構詞法。巫能上接神靈，所以用「降」。糈，私呂切，説文「糧也」。洪注引孟康説：「椒糈，以椒香米饊也。」饊，説文「熬稻粻程也」，如今之米果。故楚地的湖南江西祀神，近時還特製米果（稻餅）作供品，是古楚俗。要讀平聲。

百神翳其備降兮，九疑繽其並迎。皇剡剡其揚靈兮，告余以吉故。（七一）

迎與故韻不叶。戴震改迎爲迓，説「或譌作迎，因九歌湘夫人文誤。」郭沫若從戴説。胡文英將後二句倒爲「告余以吉故兮，皇剡剡其揚靈。」皆非。説文：「訝，相迎也。」迓是後起字。古書多用御字，同音假借。詩召南鵲巢：「百兩御之。」離騷五一節：「帥雲霓而來御。」這裏的迎原文是逆，逆字漢時今文寫作迎。尚書禹貢「逆河」，史記河渠書，漢書溝洫志都作迎河。逆从屰聲，故从古聲，同屬魚虞部，韻叶。

百神二句：「百神翳其備降兮」，猶雲中君的「靈皇皇兮既降」，湘夫人的「靈之來兮如雲」，東君的「靈之來兮蔽日」。這幾處的靈即神。翳，説文「華蓋也」，這裏是衆盛皃，猶皇皇，如雲，蔽日。備即雲中君的既，今語都。降，湘夫人東君説來。説文匸部有医字，「盛弓弩矢器也」。段説「古翳隱翳薈字皆當於医義引申，不當借華蓋字也」，並改許説盛字爲藏字以傅會他的説法，錯了。翳蔽翳隱翳薈字用華蓋的翳字爲順。「如雲」亦見詩鄭出其東門及齊敝笱。敝笱傳：「如雲言盛也。」王注：「九疑，舜所葬也。繽，盛皃。舜又使九疑之神紛然來迎。」洪注：「文穎曰：九疑半在蒼梧，半在零陵。顔師古云：疑，似也。山有九峯，其形相似。水經云：異嶺同勢，遊者疑焉。」

皇剡剡二句：王逸説：「皇，皇天也。」這與「皇，皇考也」是一樣的謬説。朱熹説：「皇即謂百神。」是不明皇剡剡的構詞法。胡文英説：「皇指巫咸言。」巫咸哪得稱皇？皇讀光，這裏也是光的意思。皇剡剡是光晃動的樣子，今故楚地的江西西部方言還是這樣説，剡音yang也音yan。揚靈，謂百神揚其精靈。湘君：「橫大江兮揚靈。」告，從語法看，是那皇剡剡其揚靈的百神告。戴震有一句話是對的：「此更因巫咸以致百神，而神則告以吉之故也。」卻不必認爲「巫咸致百神之言」。屈賦是説了許多役召百神的話的。「吉故」是靈氛所占的吉的原故。

曰「勉升降以上下兮，求榘矱之所同。湯禹嚴而求合兮，摯咎繇而能調。（七二）

同與調韻不叶。段玉裁説是同調「合韻」（六書音均表四，第九部調字下）。游國恩從段説。所謂「合韻」是前人看不懂韻的關係而妄起的名。東韻與幽韻沒有絲毫關係。若沒有絲毫關係的韻可合，語言裏還有韻那回事麽？詩曹下泉周韻蕭，豳七月蜩韻萋。小雅車攻，顧炎武江永都以調同非韻。江永以離騷與七諫的同調相叶是古人相效的錯，説：「蓋屈子亦誤以此詩爲韻，故效之。古人讀書不必其無誤也。」（古韻標準卷一）這是不知屈賦的語言是當時通行的楚語，誤以爲屈原也像後人那樣脱離自己的語言而翻韻書押韻做詩。比較看二五節與這裏的王注，知同是周的錯字。「何方圜之能周兮」周一作同，七諫謬諫「恐榘矱之不同」同一作周，周同形近義近易誤。據注，王逸時還没錯。「雖不周於今之人兮。」（一九節）王注：「周，合也。」「何方圜之能周兮？」王注：「言何所有圜鑿受方枘而能合者？」也以合釋周。「曰勉升降以上下兮，求榘矱之所同（周）。」王注：「榘，法也。矱，度也。言當自勉强，上求明君，下索賢臣，與己合法度者，因與同志，共爲治也。」洪注引淮南子曰：「知榘矱之所周。」王以「合法度」釋「榘矱之所周」，洪引淮南證此文，都可見同是周的錯字。孫詒讓札迻卷十二：「淮南子氾論訓云：『有本主於中而以知榘矱之所周者也。』淮南王嘗爲離騷傳，氾論所云必本此文（原作必此本文，是誤倒）。然則西漢本固作周矣。此注似亦以合法度釋周字，與上注同。疑王本自作周，今本涉注『同志』之文而誤耳。」孫也引淮南，所見是。周調韻叶。

百神的話的起訖，舊注説法不同。

王逸没説百神的話到哪裏止。看注文，「苟中情」二句下云「左右之臣」，「及年歲」一節下云「己所以……冀若三賢（説，吕望，甯戚）」，「我恐」，然則王以百神的話爲自「勉升降以上下兮」至「摯咎繇而能調」。凡四句。

洪興祖以爲百神的話是「勉升降以上下兮，求榘矱之所周」。凡二句。

朱熹以爲自「勉升降以上下兮」至「使夫百草爲之不芳」。凡十六句。

戴震以爲自「勉升降以上下兮」至「齊桓聞以該輔」。凡十二句。

姚鼐以爲自「勉升降以上下兮」至「周流觀乎上下」。凡四十八句。

郭沫若以爲自「勉升降以上下兮」至「恐嫉妬而折之」。凡二十句。

游國恩説與朱同。

朱熹説對了。這話是要屈原出去求合榘矱的人，並舉湯禹以下那些君臣相得的事例來説明，勉他「及此身未老，時未過而速行」（朱注）。下面説屈原恐怕偃蹇的瓊佩遭那班壞人嫉妬而摧折；而時日變易，又難淹留；蘭芷荃蕙都變化了，芳草成了蕭艾，只因不能好脩；蘭椒尚且這樣，那些普通的更不用説；只有他自己美質不虧，該及時求女；況且靈氛已占得吉兆，真要遠去了。

以爲止於「摯咎繇」句爲什麽不對？看到「苟中情其好脩兮」隔開了摯咎繇與説就判斷它前面的話是百神（或巫咸）的話，然而後面「三賢」是不應當與摯咎繇分開的。

以爲止於「求榘矱」句爲什麽不對？「湯禹」以下是榘矱所周的事例，不可與「求榘矱」句分離。

以爲止於「齊桓」句爲什麽不對？「齊桓」句是個事例，話不好在這裏結束，且以「及年歲之未晏」爲屈原的話則與下文屈原的話「及余飾之方壯」重複。

以爲止於「周流」句爲什麽不對？看到「靈氛既告余以吉占兮」就判斷它前面的話是百神（或巫咸）的話，這與看到「欲從靈氛之吉占兮」就判斷它前面的話是靈氛的話是同樣的錯。「余以蘭」「及余飾」的余都是屈原，「蘭」「椒」「兹佩」幾節的話也只有屈原才能説。

以爲止於「恐嫉妬」句爲什麽不對？「瓊佩偃蹇」不合是百神（或巫咸）的話，且上文指斥黨人好惡與人異，這裏也指斥黨人不諒，都是屈原口吻。

曰勉升降二句：榘，巨的或體，今寫矩。矱，从尋，蒦聲。尋，説文「繹理也。从工从口（按：此部首二百二十六之口，各本誤作口，徐鍇注亦誤）从又从寸。工口，亂也（按：亂即治字，許用本字，鍇説誤）；又寸，分理之。」矱，廣韻「度」義有胡麥（麥韻）憂縛（藥韻）二音，胡麥切是。蒦聲字聲母不當是憂，入藥韻也當是胡縛切。榘矱，規矩，法度。

湯禹二句：王逸解嚴爲「敬」，謂「敬承天道」，非。嚴，説文「教命急也」，這裏指湯禹政事急，求調合之臣輔。孟子公孫丑下「使虞敦匠事，嚴」的嚴用法同。摯，伊尹名。伊，姓。尹，正。亦稱阿衡。以爲保衡者非，保衡别一人，太甲臣。咎繇一作皋陶，古音同。

「**苟中情其好脩兮，又何必用夫行媒？説操築於傅巖兮，武丁用而不疑。**（七三）

媒疑爲韻。

苟中情二句：行媒，意爲通事之媒。

説操築二句：王注：「説，傅説也。傅巖，地名。武丁，殷之高宗也。」

「**吕望之鼓刀兮，遭周文而得舉。甯戚之謳歌兮，齊桓聞以該輔。**（七四）

舉輔爲韻。

吕望二句：吕望，姜姓，吕是氏，由先祖封地而得，名望，即太公。王注：「未遇之時，鼓刀屠於朝歌也。」

甯戚二句：王注：「該，備也。甯（乃定切，徑韻）戚，衛人。脩德不用，退而商賈，宿齊東門外。桓公夜出，甯戚方飯牛，叩角而高（作商誤）歌。桓公聞之，知其賢，舉用爲客卿，備輔佐也。」洪注：「三齊記載其歌曰：南山矸，白石爛。生不遭堯與舜禪。短布單衣適至骭。從昏飯牛薄夜半，長夜漫漫何時旦？」郭沫若説「甯戚在放牛時扣角而作商歌」，放牛商歌皆誤。甯戚歌，惜往日，吕覽舉難，淮南道應訓及氾論訓，七諫，説苑善説，新序雜事五，前引王注，都作飯牛。且甯戚歌明説飯牛的時間是從昏薄夜半，吕覽淮南及王逸注也説是在暮夜止宿的時候，更不是放牛。次説商歌。吕覽：「悲擊牛角疾歌。」淮南：「悲擊牛角而疾商歌。」七諫：「甯戚飯牛而商歌兮。」新序：「而悲擊牛角疾商歌。」列女傳：「擊牛角而商歌。」王逸注：「叩角而商歌。」應劭説：「而甯戚疾擊其牛角商歌曰。」（史記鄒陽傳集解引）看各句的語法，歌字都是動詞。若是宫商的商則商歌是名詞，它上面必加動詞。戰國策燕三及史記刺客傳「爲變徵之聲，……復爲羽聲」，都有動詞「爲」。這些歌字既都是動詞，則必不是商歌，當是高歌，因形近（正書形近，行書更形近）而錯。或説疾歌，或説高歌，或説疾高歌。甯戚擇定城門外住下是有意的，當是打聽到齊桓不時會經過那路徑，而城門是通道的總會點。果然齊桓來了，他「望見」，便「疾高歌」，有意使齊桓聽到。説苑及高誘吕覽舉難注都説所歌的是碩鼠，也可見商歌是錯的。

「及年歲之未晏兮，時亦猶其未央。恐鵜鴂之先鳴兮，使夫百草爲之不芳。」（七五）

「猶其未」是「其猶未」的誤倒。猶未連用，二一節「雖九死其猶未悔」，三〇節「唯昭質其猶未虧」，四四節「覽余初其猶未悔」，六九節「察草木其猶未得兮」，三二節「雖體解吾猶未變兮」，八二節

「芬至今猶未沫」可證。

央芳爲韻。

及年歲二句：王注：「央，盡也。」

恐鵜鴂二句：鵜鴂，服虔、道騫、朱熹、戴震、邵晉涵都以爲鶪（俗作鵙）。郭沫若從他們的説法，譯作伯勞鳥。都不對。鶪也叫伯勞（説文，爾雅），不是鵜鴂。鶪字孟子及夏小正作鴂，鴂是鶪的假借字，以音近，不是鵜鴂。以鵜鴂爲伯勞的鶪，是由不明孟子及夏小正的鴂是假借字而錯。解釋鳥名須注意兩點：（一）凡鳥名大都是根據鳥的鳴聲而命的（注家所謂鳴自呼是説倒了）。所以一個鳥名雖寫法往往有幾種而音都相近。如渴鴠（説文）即曷旦（月令），盍旦（坊記），鶡鴠，鳱鴠（均方言），侃旦（廣志），可旦（太平御覽引説文）。鶌鳩（説文）即鶻鳩（左傳，毛傳），鶻鵃（釋鳥），鶻雕（毛傳）。伯勞（説文，毛傳，鄭箋，釋鳥）即伯趙（左傳），百鷯（夏小正），博勞（鄭玄月令注，趙岐孟子注）。（二）凡複音的鳥名，甲名與乙名只要有一字在聲音上没有關係則這甲名與乙名不是一物。如巂周不是子巂。郭璞以巂周爲子巂，錯了。鷤鴂不是鶗鴂，廣韻以鷤鴂爲鶗鴂，錯了。

鵜鴂一名寫法很多，都是音同或音近的：

鵜鴂（離騷）。

鶗鴂（張衡思玄賦）。

鶗鴃（廣韻）。

蝭蛙（枚乘梁王菟園賦）。

鷤鴂（五臣本離騷）。

鷤䳏（揚雄傳，史記集解，史記索隱引離騷，廣雅，廣韻，臨海異物志。鷤音金日磾的磾，顔師古説磾音丁奚反。單聲的磾鷤讀丁奚反是雙聲轉讀。漢石經公羊傳以磾爲堤，也可證鷤鶗音同）。

杜宇（禽經）。

杜鵑（御覽引臨海異物志，禽經）。

⿰賣鳥⿰危鳥（廣雅，玉篇）。

賣⿰危鳥（王逸離騷注）。

賣⿰金危（漢書注。⿰賣鳥與賣音櫝，徒谷切。聲旁的賣是説文貝部訓衒的賣。後人不識，以爲今語買賣的賣字，又錯成買字，致各本都錯成鷶或買。王引之在廣雅釋鳥也竟沿襲這錯誤。危音古與詭音近）。

子鴂（史記集解引徐廣説，廣雅）。

子鵑（華陽國志）。

子䳏（御覽引蜀王本紀）。

子嶲（説文）。

子規（禽經）。

秭鴂（史記曆書）。

姊歸（高唐賦。古秭姊與子同音，今語「姊妹」姊音子，「秭歸」在曲子漢宫秋裏也是唸子歸的。

鳺作鴂或鴃的都是錯字，由規字左旁誤會。鳺與規形義都無關）。

鵜鴂鳴的時令：

史記曆書：「冰泮發蟄，百草奮興，秭鳺先滜。」游國恩説「秭鳺與離騷鵜鴂各别」（纂義），没明白離騷「先鳴」「不芳」的意思，鵜鴂與秭鳺的音的關係，也没細審王注的措詞。

王逸離騷注：「鵜鴂常以春分鳴也。」

華陽國志：「時適二月，子鵑鳥鳴。」

臨海異物志：「鷤鴂三月鳴，晝夜不止。」

顏師古説：「鷤鴂常以立夏鳴，鳴則衆芳皆歇。」

李白聞王昌齡左遷龍標遥有此寄：「楊花落盡子規啼。」

劉禹錫鶗鴂吟：「鶗鴂摧衆芳，畏聞先入耳。秋風白露晞，從是爾啼時。如何上春日，唧唧滿庭飛？」（據叢刊本劉夢得文集，下同）這首詩用離騷「恐鵜鴂」二句意思，並責問這討厭的鳥：你呀，該到秋風白露時節去啼，那才適合（從，順），怎麽反在這上春日啼，摧折衆芳？劉還有「騷人昨夜聞鶗鴂，不歎流年惜衆芳」（竇朗州見示與澧州元郎中早秋贈答命同作）之句，也是用離騷意思。而游國恩引鶗鴂吟來證這鳥是「秋分時鳴」，了解反了。這是一不曉正文「先」「使」「爲之」「不芳」諸詞語的意思；二不明王逸語意，王逸説「言我（王以此爲屈原語，故云我，非。）恐鵜鴂以先春分鳴，使百草華英摧落，芬芳不得成也」，解鵜鴂先鳴，百草不芳之意，了解的當，表達明確，游不明「先」「使」「摧落」「不得成」諸詞語的意思；三不懂劉詩「從」是與「逆」相對的從，「如何」是責問語氣，責問它如何上春日啼，這正是因爲它在上春日啼；四未究這鳥鳴的時令。而斷言「章句説不可從」，以爲劉詩説鶗鴂秋分時鳴「明確如此」。了解詩竟有這樣難。

李時珍説：「杜鵑春暮即鳴，至夏尤甚。」

邵晉涵説：「子規以春分先鳴，至夏尤甚。」

動物學辭典（商務印書館版）：「杜鵑（Cuculus poliocephalus Latham）棲處隨氣候爲轉移。夏自南來，至秋復返。當初夏則晝夜哀鳴。」

鶗鴂鳴的聲音：

陳子昂感遇：「鶗鴂鳴悲耳。」

白居易琵琶行：「杜鵑啼血猿哀鳴。」

李時珍説：「杜鵑春暮即鳴，夜啼達旦。至夏尤甚，晝夜不止。其聲哀切。」

邵晉涵説：「子規日夜號深林中。」

動物學辭典：「杜鵑當初夏則晝夜哀鳴。有時在夜陰飛鳴空中，人多聞之，但識其貌者甚少。」

另有學名Hierococcyx hyperythrus Ged 或 Hierococcyx fugax Horsfield 的，也是杜鵑的一種，動物學辭典的譯名是鶗鴂。這是用杜鵑的異寫鶗鴂充當另一種的譯名，並不是古書裏的杜鵑與鶗鴂有分别。動物學辭典裏的杜鵑與鶗鴂英名也只有 cuckoo 一个字，且與布穀同名。爲别於布穀的 cuckoo，才叫杜鵑爲 little cuckoo，叫鶗鴂爲 amoor cuckoo。

鶗鴂鳴始於春分，甚於初夏。這時期春花先後零落。鳥鳴花開本各自有其時令，屈原將鶗鴂鳴與春花落聯系起來，説百草不芳乃鶗鴂先鳴使然。這是詩意。先鳴是説先春分而鳴。用「先」用「使」用「爲之」來表達這種聯系。這也是間接地表示小人得勢則君子受挫折。王逸説：「恐鶗鴂以先春分鳴，使百草華英摧落，芬芳不得成也。」用「先」用「使」用「摧落」用「不得成」，深得屈旨。所以百神勸屈原及時速行（王逸以「苟中情其好脩兮」以下爲屈原語，非）。以鶗鴂爲鶪的人誤認「百草不芳」爲秋令的凋零，如洪興祖引詩豳「七月鳴鶪」，云「五月則鳴，豳地晚寒」，是據夏小正的「五月鴂則鳴」。朱熹解成「草死」。實則楚地凋零的時節要到冬令，即使是鶪還是説不到「草死」的。

故鶗鴂不是鶪，先鳴是先春分鳴，百草不芳是芬芳不得成，非秋令的凋零。

鶗鴂還有个故事：説文：「蜀王望帝婬其相妻，慙，亡去，化爲子巂鳥。故蜀人聞子巂鳴皆起，云：望帝乎。」而寰宇記「蜀王杜宇號望帝，後因禪位，自亡去，化爲子規」，成都記「杜宇死，其魂化爲鳥，名杜鵑」，則都以杜宇本始就是人名。或許那蜀王以鳥名的杜宇爲名。那麽華陽國志所記較近情理：「後有王曰杜宇，教民務農。……杜宇稱帝，號曰望帝。……會有水災，其相開明決玉壘山以除水害。……遂禪位於開明。帝升西山隱焉。時適二月，子鵑鳥鳴。故蜀人悲子鵑鳥鳴也。」蜀民聽到杜宇鳥鳴，悲念這與杜宇鳥同名的帝，望（想望）這位帝，所以號他「望帝」。而不是「稱帝，號曰望帝」。

地名的秭歸，郭沫若説：「秭歸的歸字是古歸子國的孑遺。金文有歸伯簋便是那个歸國的遺器。秭字不能解。」（頁一九）漢書地理志：「秭歸，歸鄉，故歸國。」後漢書郡國志：「秭歸，本歸國。」地名的秭歸是由鳥名的秭歸來的，是楚人爲記念楚懷王特起的名。楚人爲記念懷王客死於秦，謚號

「懷王」，意猶望帝；後來立他的孫心，也稱「懷王」；又借望帝的故事，叫故都丹陽爲秭歸。大概楚亡前，望帝的故事流傳廣，杜宇鳥成了去國的王的象徵。「懷王」一名尊稱懷王其人，不便做地名，若名望帝又涉嫌蜀王杜宇，於是用那杜宇鳥名的秭歸。這樣，道着秭歸也就念着懷王。漢以故歸國地置秭歸縣，沿用舊地名秭歸。漢代置縣，新舊名歧出的還有，如故楚郢都置江陵縣，又別置郢縣，俱屬南郡。

何瓊佩之偃蹇兮，衆薆然而蔽之？惟此黨人之不諒兮，恐嫉妒而折之。（七六）

蔽古音與拂同（拂古音即孟子「法家拂士」的拂）。戰國策燕三「跪而拂席」，拂史記刺客傳借蔽字；懷沙「脩路幽蔽」，蔽史記所載借拂字，可證。蔽折爲韻。

何瓊佩二句：偃蹇，長皃。洪注：「薆音愛。方言云：掩翳，薆也。注云：謂薆蔽也。」

惟此二句：諒是信（王注），即直諒多聞（論語季氏）的諒，相當於今語信實，誠實。不諒謂工於媚悦。諒不是諒解原諒的諒。余蕭客説「不相諒」，游國恩説「言不諒己也」，不對。或以爲及物動詞的信，相信，也不對。折，損。

時繽紛其變易兮，又何可以淹留？蘭芷變而不芳兮，荃蕙化而爲茅。（七七）

留茅爲韻。

何昔日之芳草兮，今直爲此蕭艾也？豈其有他故兮？莫好脩之害也。（七八）

艾害爲韻。

這兩節説時變易，我不可以淹留（用「可以」，淹留非謂時）。芳草如蘭芷荃蕙，變爲蕭艾，只因没有好脩。爲下面三節先引。

余以蘭爲可恃兮，羌無實而容長？委厥美以從俗兮，苟得列乎衆芳。（七九）

長芳爲韻。

余以二句：五臣注：「無實，無實材。」洪注：「長，平聲。」

委厥句：王注：「委，棄。」

椒專佞以慢慆兮，榝又欲充夫佩幃。既干進而務入兮，又何芳之能祗？（八〇）

幃祗爲韻。

椒專佞句：慢，惰，不畏（皆説文），不敬。慆，悦（説文）。

既干進二句：王注：「祗，敬。」

固時俗之從流兮，又孰能無變化？覽椒蘭其若兹兮，又況揭車與江離？（八一）

化離爲韻。

固時俗句：從流（今本誤倒），隨波逐流。

覽椒蘭二句：三節「扈江離與辟芷兮，紉秋蘭以爲佩」，一三節「畦留夷與揭車兮，雜杜衡與芳芷」，都是香草。這裏於揭車江離用況字，可見比椒蘭，則在其次。椒蘭蕭艾只以喻君子小人，舊注附會子椒子蘭，不當。

七九，八〇，八一節説時俗從流，衆芳變化。蘭委美從俗，椒專佞慢慆（干進），樧欲充佩幃（務入）。椒蘭（晐括樧）尚且如此，何況揭車江離？

這五節之後，接敘惟茲佩可貴，芬芳不虧不沬，上應五節之前的瓊佩偃蹇。

惟茲佩之可貴兮，委厥美而歷茲。芳菲菲其難虧兮，芬至今猶未沬。（八二）

沬音晦，茲沬爲韻。茲聲在之咍部，未聲在脂微部，古同部。郭沫若説「之脂合韻」（頁一八三），凡合韻説是不對的。沬字荒内切，朱翱虎配反，同。本義是洗面，借作昧，闇也（説文）；作晦，昧也（徐鍇）。廣韻頮（沬的或體）妹昧晦皆在隊韻，而別以沬讀莫貝切，爲水名，入泰韻。水名之字爲沬，右旁本末的末，廣韻誤。詩鄘桑中沬鄉的沬是後起字，本是尚書酒誥的妹。

本節四句：茲佩指七六節的瓊佩。歷茲的茲代指「衆薆然而蔽之」至「又況揭車與江離」的情況。以茲佩之美而歷那種壞情況，無異於委棄其美，故用委字。這與七九節蘭的委厥美情況不同。然而邪終不能勝正，瓊佩的芬芳仍不虧不沬。

和調度以自娛兮，聊浮游而求女。及余飾之方壯兮，周流觀乎上下。（八三）

女下爲韻。

和調度，前人或以調連上，和調爲動詞；或以調連下，調度爲名詞受語。王洪和調連讀，游國恩以爲非，謂惟錢澄之謝濟世陳本禮「獨具隻眼，發前人所未發，即起三閭而質之，當亦爲之首肯」（纂義）。然而三人乃各不同。錢以調度連用，「指玉音之璆然，有調有度」，陳謂「調者聲容，度者身容」，都爲名詞；謝解「和其氣調之」，以和與調爲動詞。三閭能起，也無法首肯三説。至朱熹以調讀去聲，調度連用爲名詞，格調法度，那不是古語文的説法。本篇用調字，曰「摯咎繇而能調」，和調之意；用度字，曰「何不改乎此度也」，「競周容以爲度」，法度之意。悲回風「心調度而弗去兮」的調即離騷的和調。上文説時俗從流，椒蘭且如此，又況其他？只此佩芬芳不虧不沫，我當和調此度以安適自己（娱是安適），及時求女。和調，及物動詞連用。「和調度」的語法猶「覽揆余初度」。

靈氛既告余以吉占兮，歷吉日乎吾將行。折瓊枝以爲羞兮，精瓊爢以爲粻。（八四）

行粻爲韻。

靈氛二句：洪注：「張揖曰：歷，筭也。」

折瓊枝二句：精，動詞。王逸説「鑿也」，五臣説「擣也」，都對。洪興祖解鑿字，「音作，精細米也。左傳：粢食不鑿。」洪説的精細是動詞，義即擣碎，研細。洪注朱熹没看懂，誤認「精」是「細米」。今江西西部安福一帶方言説擣爲精，讀ziang去聲，是古楚語的遺留。王注：「爢，屑也。」即説文糷字，洪注音縻。粻即糧字，一字異形，並不是同義異字。今故楚地的江西西部吉安一帶方言糧，量（動詞），長（動詞），漲還是同音，讀diang，糧量陽平，長漲上聲。惜誦：「糳申椒以爲糧。」精以爲粻即糳以爲糧。

爲余駕飛龍兮，雜瑶象以爲車。何離心之可同兮？吾將遠逝以自疏。（八五）

車疏爲韻。

爲余二句：洪注：「上爲去聲。言以瑤象爲車而駕以飛龍也。」龍是真的龍，象也是真的象。屈原馳騁想像力，役召百神，驅使鳥獸，服御草木。他說的鳥獸草木都是本物。

屈賦裏鳥獸蟲魚的用法：（一）不加形容的詞的，如「乘鷖」（離騷）的鷖，「乘龍」（大司命）的龍，「麾蛟龍」（離騷）的蛟龍。（二）不加形容的詞，而於這動物下綴以所擬之物的，如「龍輈」（東君）。（三）說出數目的，如「八龍」（離騷），「兩龍」（河伯）。（四）用顏色來形容的，如「青虯」，「白螭」（均涉江），「白黿」（河伯），「赤豹」（山鬼），「文魚」（河伯），「文貍」（山鬼）。（五）用珍寶來形容的，如「玉虯」，「瑤象」，「玉鸞」（均離騷）。（六）用動作來形容的，如「飛龍」（離騷，湘君），「歸鳥」（思美人）。其非動物的，於本物下綴以所擬之物的，如「雲旗」，「青雲衣」，「白霓裳」（均東君），「水車」（河伯）。比較可知飛龍瑤象是真龍真象。

雜是配合，解見七節。

「以爲」之以的用法：

吾令蹇脩以爲理。

吾令鴆　　爲媒兮。（均離騷）

令薜荔以爲理兮。（思美人）

比較可知「以」介詞，有時不用。以下省受語「之」。「爲」動詞，是做，是充當。同樣的句法是「紉秋蘭以爲佩。……製芰荷以爲衣兮，集芙蓉以爲裳。……折瓊枝以爲羞兮，精瓊爢以爲粻。……雜瑤象以爲車。」（離騷）

屈賦裏鳥獸蟲魚草木都是本物。說「爲余駕飛龍兮，雜瑤象以爲車」猶如說「駟玉虯以乘鷖兮」，猶如說「製芰荷以爲衣兮，集芙蓉以爲裳」。

何離心二句：言既離心不可同，我只好將遠去以自疏於彼離心之人。離騷作於放逐之後，楚國已不能容他這志絜行廉之身，實際是楚王疏屈原而不是屈原自疏於楚國。說遠逝自疏，這是不得已的忍痛自傷的話。

邅吾道夫崑崙兮，路脩遠以周流。揚雲霓之晻藹兮，鳴玉鸞之啾啾。（八六）

流啾爲韻。

邅吾道二句：王注：「楚人名轉曰邅。」這个方言至今還保存在故楚地的江西安福一帶，音同洪注池戰切。游國恩說邅即惜誦的儃佪，「儃與邅通，單言曰邅，連詞曰儃佪」，錯了。儃佪解見三三節。說儃佪吾道夫崑崙兮是不通的。洪注：「河圖云：崑崙，天中柱也，氣上通天。水經云：崑崙虛在西北，去嵩高（嵩山）五萬里，地之中也。其高萬一千里。河水出其東北陬。」

揚雲霓二句：雲霓與鸞都是說的本物，不是畫上雲霓的旗，不是玉製的鸞。晻藹音暗曖，陰翳皃。晻藹，啾啾，都是定語，後置。鳴，及物動詞。鳴鸞的語法猶走馬。

朝發軔於天津兮，夕余至乎西極。鳳皇紛其承旂兮，高翺翔之翼翼。（八七）

極翼爲韻。

朝發軔句：王注：「天津，東極箕斗之間，漢（天漢，天河）津也。」

鳳皇句：紛，副詞，狀語。承，奉（說文）。旂，渠希切，說文「旗有衆鈴」。承旂，今語撑旗子，這裏泛指執事。

忽吾行此流沙兮，遵赤水而容與。麾蛟龍以梁津兮，詔西皇使涉予。（八八）

與予爲韻。

忽吾二句：王注：「流沙，沙流如水也。尚書曰：餘波入于流沙。遵，循也。赤水出崑崙山。容與，游戲皃。遂循赤水而游戲。」游國恩解容與爲猶豫，夷猶，躊躇，說「與湘君湘夫人之容與義別」，非。湘君湘夫人：「時不可兮再（驟）得，聊逍遥兮容與。」容與與逍遥並用。王逸也說是「逍遥而遊，容與而戲」。解爲游戲，是。後人或說王解誤，是不明古人說的游戲與今語游戲概念不全同。容與，林雲銘說「自娱之意」，蔣驥說「回翔皃」，都不誤。也可以說是游息。語言尚嚴密，以今釋古，以乙訓甲，只能是近似值。要找个今語意義全同的詞是辦不到的。離騷湘君湘夫人三個容與是一義。後人用這詞，如曹植洛神賦「容與乎陽林，流眄乎洛川」，還是這个意思。禮魂：「傳芭兮代舞，姱女倡兮容與。」王注：「先倡而舞，則進退容與而有節度也。」這容與義也相近。

麾蛟龍二句：以梁津，一本作使梁津，以字是。梁作動詞，以梁津是以之（蛟龍）爲津梁。屈原說的駟虬乘鷖令鳳駕龍，都是本物。王注「以蛟龍爲橋，乘之以渡」，是。不是使蛟龍替我駕橋。王注：「西皇，帝少皡也。」洪注：「少皡以金德王，白精之君，故曰西皇。」

路脩遠以多艱兮，騰衆車使徑待。路不周以左轉兮，指西海以爲期。（八九）

待期爲韻。

路脩遠二句：説文：「騰，傳也。」傳本是驛傳，引申爲傳告。騰衆車是傳告衆車。楚辭遠遊「騰告鸞鳥迎宓妃」的騰告也即傳告。徑副詞，待的狀語。

路不周二句：路，動詞，取道。王注：「不周，山名，在崑崙西北。」言路遠多艱，而車衆，不便一路同行，有必要分散走，期約取道不周，左轉至西海集合。徑待是徑待於西海。下節接着説屯車千乘，就是使徑待的衆車。到了所期之地，於是衆車齊軑並馳。

屯余車其千乘兮，齊玉軑而並馳。駕八龍之蜿蜿兮，載雲旗之逶迤。（九〇）

馳迆爲韻。

屯余車二句：屯是聚。齊是整齊。軑徒蓋切（泰韻），是車轄（説文）。轄古滿切（緩韻），是轂耑錔（説文）。「關之東西曰轄，南楚曰軑。」（方言九）玉作定語，形容物的美。説「玉軑」猶説「玉虯」「玉鸞」（均離騷）「玉枹」（國殤），不是玉製的軑。王注「以玉爲車轄」，有一種辭書引「齊玉軑」句，解軑説「古以金爲之，後乃以玉」，是昧於物情的。

駕八龍二句：雲旗是當作旗的雲。河伯：「乘水車兮荷蓋。」水車是當作車的水，即王注的「以水爲車」。説雲旗如同説水車。比較本篇與少司命、東君、山鬼各句：

駕八龍　之蜿蜿兮　　載雲旗　之逶迤

　　　　乘回風　兮載雲旗

駕　龍輈　兮　乘雷　　載雲旗兮　逶迤

乘　赤豹　兮從文貍　辛夷車兮結桂旗

乘的是回風，是雷，載的自是雲，不是畫上雲的旗。同樣，龍輈便是龍，當做輈。又比較「結桂旗」與大司命的「結桂枝」，都説結，知結桂旗是結真的桂，當作旗。車用「乘」，拉車的用「駕」。乘也可作駕用，詩鄭大叔于田「乘乘馬」上乘字是。這裏引的山鬼例，乘字放在駕的位置，是併駕與乘而言。這也與辛夷車是三字有關，若説乘辛夷車兮就音節不和。「乘赤豹兮從文貍」的表達方法猶「兩服上襄，兩驂鴈行」（大叔于田）。從字就起了兩驂雁行的作用，不是説跟隨在車後。讀古書，特别是讀古詩歌，像這裏説的乘字從字的用法，須細辨。逶迆，衺去之皃（説文），這裏表作旗的雲的卷舒。段玉裁説是疊韻字（逶字注），這不合古音。古音逶讀倭（wo），説文逶的或體蟡，从爲聲，也可證讀倭，o韻。逶迆是雙聲字。古w y同紐，所以逶迆雙聲。逶迆不是詩召南羔羊的委蛇（wo to）。蟡是逶的或體，鉉鍇二本同。段削去蟡字，而無説，是不應該的。大概以逶迆二字从辵，疑从虫爲不倫。凡雙聲疊韻字以音結合，並不一定要同部首。就單字説，逶與訓衺行的迆結合爲一詞，狀衺去之皃，則逶的或體蟡字从虫，是取蟲類行動蜿蜒。

抑志而弭節兮，神高馳之邈邈。奏九歌而舞韶兮，聊假日以媮樂。（九一）

邈，莫角切（覺韻），邈樂爲韻。

抑志二句：游國恩以志爲幟，説是承雲旗而言，誤。古語文裏絶没有以志爲幟的。屈賦用旗用旂不用幟，而且幟不得説抑。弭節解見四八節。王注：「邈邈，遠皃。」

奏九歌二句：假，動詞。一作暇，誤。媮，洪注「樂也，音俞」。

上文「吾將遠逝」一段説邅道崑崙，朝發天津，夕至西極，行此流沙，遵彼赤水，蛟龍梁津，西皇涉予，路逕不周，地期西海，屯車千乘，齊軑並馳，駕龍蜿蜿，載雲逶迆，寫來聲勢盛大，心直是飛揚浩蕩。而前路茫茫，睠顧楚國，不得不抑志止節，即按抑心意而駐車。惟有任神之高馳，九歌韶舞，聊以媮樂罷了。這一節是大頓挫。

升皇之赫戲兮，忽臨睨夫舊鄉。僕夫悲余馬懷兮，蜷局顧而不行。（九二）

升，今本作「陟陞」。洪考異一無陟字。當是有作升作陟兩種本子，傳寫誤合爲一。升是登的同音假借字。登，説文「上車也」，引申爲凡上升之稱。陟，説文「登也」，从步𨸏會意。登陟一音之轉。皇，王注「皇天也」，誤。單獨一个皇字絶不作天講，也猶絶不作父講。參看二節「皇覽揆」解。這節皇字是名詞，升的受語。這樣單獨用的名詞「皇」只有「君」的一義，是不可升的。説文：「隍，城池也。有水曰池，無水曰隍。」易泰「城復于隍」，虞翻説：「隍，城下溝。無水稱隍，有水稱池。」東方朔七諫「悲太山之爲隍兮」，王注：「隍，城下池也。」爾雅釋言：「隍，壑也。」説文：「壑，溝也。」由黄聲的潢是「積水池」（説文）知溝池字用皇聲的隍是表廣義。隍是溝池，字也作湟，堭。爾雅「隍，虚也」繫釋詁，介在「疾也……速也」與「衆也……多也」中間，這虚是空，不是丘虚。郝懿行義疏也説「以空虚爲義」。所以升皇的皇也不是隍。這「皇」字是「皁」字的錯，因隸書形近。説文皇篆的字形非古，許説从自，自裏面有兩畫。金文，秦嶧山碑，秦權銘，魏石經三體的皇字上半都是「白」。隸書古碑皇字及从皇的字很多：皇字見韓勑碑，孔宙碑，靈臺碑陰，周憬功勳銘碑，帝堯碑，高彪碑；凰字見麒麟鳳凰碑；偟字見任伯嗣碑，張表碑；蝗字見費汎碑；瑝字見唐扶頌碑；煌字見武榮碑，曹全碑；惶字見孔龢碑。這些字白裏面都是一畫。皇字橫畫共六畫。看皇與阜字形的相似處：（一）隸書阜字與皇字橫畫都是六畫疊寫，很相似。（二）隸書阜字象土層三層的下層或變作一長橫，並不是今所作的十字，與皇字末筆的長橫相似，如魯峻碑陰「河間阜成」，周憬功勳銘碑「丘阜錯連」的阜字是。阜皇末筆長橫的出鋒又似。說升（陟），自是高處。說文解「陸」是「高平地」，解「阜」是「大陸」。爾雅釋地：「廣平曰原，高平曰陸，大陸曰阜。」原與陸的同點是平（大野曰平），特點則原廣陸高，而阜是大的陸。至於阜與山的區別，說文解阜是「山無石者」，即土山。有石的叫山，無石的叫阜。所以「皇」字是「阜」字的錯。

鄉行爲韻。

升阜二句：赫戲古音ha ho，表用力時透氣的聲音。這裏作升的狀語。文子微明：「今夫挽車者前呼邪軤，後亦應之。此挽車勸力之歌也。雖鄭衛胡楚之音不若此之義（宜）也。」呼「赫戲」如同呼「邪軤」。戲音即軤音，也即「於戲」的戲音。這裏寫出登山赫戲赫戲的强（上聲）力透氣聲。「升阜之赫戲兮」的句法與「霑余襟之浪浪」同。「升阜之赫戲兮，忽臨睨夫舊鄉」，這種意識猶哀郢的「登大墳以遠望兮」，悲回風的「登石巒以遠望兮」，詩鄘定之方中的「升彼虛矣，以望楚矣」，周南卷耳的「陟彼砠（說文引作岨）矣，我馬瘏矣，我僕痡矣。云何？吁矣！」

僕夫二句：僕夫，御者。懷同瘣，後起字瘝即瘣。說文瘣瘏痡皆訓病，疲困之意，即孟子「今日病矣」的病。余馬懷即我馬瘏。洪注：「蜷音拳。」王注：「蜷局，詰屈不行兒。」

屈原志絜行廉，死而不容自疏，所以終究勉力陟阜，臨睨舊鄉。這就表見了他睠顧楚國的心。

又是僕悲馬懷，顧戀不行，而離騷正文的敘寫就止於此。下面接寫作爲終篇的「亂」（音治）。

亂曰：已矣，國無人，莫我知兮，又何懷乎故都？既莫足與爲美政兮，吾將從彭咸之所居。（九三）

都居爲韻。

亂曰，亂音治，義是治理。治字是亂的同音假借。今誤讀亂爲煩𢿢的𢿢，是因借治之後，治行而亂廢已久。亂廢始於隸書通行之初，就是許慎所謂「以趣約易，而古文由此絶矣」。不過亂字雖廢，研習古文的人如司馬遷、班固、許慎都是亂（治）𢿢（煩𢿢）區別清楚的。亂字失傳而誤以爲𢿢，則在東漢末期。北海相景君銘碑（順帝漢安二年，公元一四三）「𤔔曰」，老子銘碑（桓帝延熹八年，一六五）「禮爲亂首」，𤔔亂都不錯；而韓勑碑（桓帝永壽二年，一五六）「秦項作亂」，曹全碑（靈帝中平二年，一八五）「復造逆亂」，周公禮殿記（獻帝初平五年即興平元年，一九四）「會直擾亂」，都誤以亂爲𢿢。可見這時期亂字漸漸失傳，一般不研習古文的人，連一些撰寫碑文的脚色，已是不識古文的亂了；因亂治形遠，亂𢿢形近，就誤認亂爲𢿢，而「亂十人」「亂曰」的亂也讀成𢿢的音了。

王注：「亂，理也。所以發理詞指，總撮其要也。屈原舒肆憤懣，極意陳詞。或去或留，文采紛華。然後結括一言以明所趣之意也。」解是。

比較：

亂　曰：　已矣，國無人，莫我知兮。（離騷）

其終篇曰：「已矣，國亡人，莫我知也。」（賈誼傳）

用「終篇」一詞代替「亂」。亂即終篇，今語所謂結語。

更舉數例：

(一)國語魯下：「昔正考父校商之名頌十二篇於周大師，以那爲首。其輯之亂曰：『自古在昔，先民有作。温恭朝夕，執事有恪。』」這四句是那篇二十二句中的第十七至二十句，正在終篇，所以説亂。韋昭注：「凡作篇章義既成，撮其大要以爲亂辭。」亂是什麽，他説得對。但不明白爲什麽叫亂。他説：「曲終乃更變章亂節，故謂之亂也。」誤認亂爲變敽的敽。可見誤亂爲敽已久，連韋昭都不能辨識了。

(二)國語吴：「今大國越録而造於弊邑之軍壘，敢請亂故。」韋注：「敢問失期亂次之故。」以一个亂字爲失期亂次，説不能通。亂即理，亂故即理由，即原故。

(三)史記樂書：「始奏以文，止(禮記樂記作復)亂以武。」止亂對始奏言，是終奏。凡有終底義的字如亂，底，止，當，終，臀(今用殿，是臀的同音假借)都是d 聲母的字。

(四)史記樂書及禮記樂記：「再始以著往，復亂以飭歸。」亂也作終講。

(五)東方朔七諫，王褒九懷，王逸九思都是在正文完了而且正文後面的篇目都標過了之後才寫亂曰，總撮其要更是清楚的。

(六)漢詩孤兒行：「亂曰：里中一何譊譊？願欲寄尺書，將與地下父母：兄嫂難與久居。」全篇描繪孤苦情形，到篇末才以這亂發理詞指，總撮其要。

(七)陸龜蒙野廟碑：「既而爲詩以亂其末。」「既」即「篇章義既成」的成。正文完成了，又作幾句詩於末以發理詞指，總撮其要。

亂作終篇講，引申作篇章講。如「章」本是「樂竟」，也引申作篇章講。論語泰伯：「師摯之始，關雎之亂，洋洋乎盈耳哉。」史記孔子世家：「關雎之亂以爲風始。」兩个關雎之亂都是説關雎之章。

既莫二句：悲回風彭咸凡三見，也説：「淩大波而流風兮，託彭咸之所居。」王逸解其意説：「意欲隨水，而自退也」；「從古賢俊，自沈没也。」悲回風又説：「浮江淮而入海兮，從子胥而自適。望大河之洲渚兮，悲申徒之抗迹。」可見彭咸是古代賢者，也是沈於水的。

「亂曰」一節表達了自沈之故：國莫我知，懷故都而不得見，既莫足與爲美政，遂將從彭咸所居。爲美政是屈原的抱負，生死以之。這一節只有四句，用「已矣」「又」「既」「將」這樣的詞語，表明他的死是由於「生之無故」（賈誼語）。生之無故，就是活得没有道理。進既不能，去又不可，終究從容赴死。所以司馬遷説死而不容自疏。屈原不朽！

天問

王逸説：「何不言問天？天尊不可問，故曰天問也。」没有道理。他以爲屈原見廟祠「圖畫天地山川神靈，琦瑋譎詭，及古賢聖怪物行事，……因書其壁，呵而問之」。既是屈原問，那怎麽説天問？後人或以爲「仰天而問」（屈復），或以爲「題圖之作」（陳本禮），或以爲「呵壁」（丁晏），都由王説影響。這樣一篇九十五節，一千五百六十八字的長詩，無論是仰天而問，是題圖呵壁，都不合實際。而且其中的許多史事是不合問天的。

按：天問，天地現象及事物關係的疑問。文中的史事包括在事物關係之内。古人觀念，這一切都統於天。「天降下民」（孟子梁惠王下引書），「天生烝民」（詩大雅蕩，烝民），連人都是天生的。天問的天是問的定語。連問一百六十七個疑問而以詩的形式表達，千古無兩。這與離騷的上天下地駕龍令鳳，招魂的四方上下皆可怖與故居舒適對比，九歌的人神交感，同樣表現了卓越的文學創作才能。

曰：遂古之初，誰傳道之？上下未形，何由考之？（第一節）

曰字置於開頭，總冒全篇，表示全篇都是問。

道考爲韻。

遂古二句：遂，同邃，深遠（説文）。後漢書班固傳注引作邃。離騷「閨中既邃遠兮」，邃遠連用。道，言説。

上下二句：上下，天地。形，動詞，形成。考，稽考。

冥昭瞢闇，誰能極之？馮翼惟像，何以識之？（二）

極識爲韻。

冥昭二句：洪注：「冥，幽也。昭，明也。」昭冥指晝夜。瞢闇是一詞，作冥昭的表語，分不清的樣子。言幽與明的界限分不清，事實正是這樣。極，動詞，窮。

馮翼二句：馮音憑。馮，翼，是兩個詞。淮南子天文訓：「天墜（地）未形，馮馮翼翼，洞洞灟灟。」高注：「馮，翼，洞，灟，無形之皃。」惟，繫詞。識，辨識。言天地未形成，形像馮馮翼翼難辨識。

明明闇闇，惟時何爲？陰陽三合，何本何化？（三）

陰陽是兩種現象，不是三種，何以説三合？王注以爲天地人，然而這一段還没説到人。柳宗元與洪朱皆以爲陰陽天，游國恩以爲是，然而三者不當並列。按：三字本當作參，讀參互之參。是説陰陽相參合，而問哪是本來的，哪是變化了的。傳寫誤解參爲二三之三，因誤爲三。二三之三也寫參，左傳隱元年：「大都不過參國之一。」

爲化爲韻。

明明二句：明，闇，皆疊用。朱熹以爲上一明字闇字是動詞，非。時，代詞，是。言或明或闇，這是做什麽。

圜則九重，孰營度之？惟兹何功？孰初作之？（四）

度作爲韻。

圜則二句：説文：「圜，天體也。」指天的穹隆之象。則，法度。九重，極言其高遠，不是九層（八層加一層）。營度，營謀（今語設計）量度。

惟兹二句：這是什麽工程？誰開始做它？

斡維焉繫？天極焉加？八柱何當？東南何虧？（五）

加古音如哥，虧古音如霍，加虧爲韻。

斡維二句：斡，音管。廣韻烏括切（末韻）是俗讀。王注：「斡，轉也。維，綱也。言天晝夜轉旋，寧有維綱繫綴？其際極安所加乎？」

八柱二句：王注：「言天有八山爲柱，皆何當值？」東南何虧，東南何以虧缺？

九天之際，安放安屬？隅隈多有，誰知其數？（六）

屬數爲韻。

九天二句：九天即天，九是「圜則九重」的九。王注以爲八方中央之天，各有其名，非。洪注：「放，至也。」屬，音燭，之欲切（燭韻），連。言天的邊際至哪裏止？連屬哪裏？

隅隈二句：王注：「言天地廣大，隅隈衆多，寧有知其數〔者〕乎？」

天何所沓？十二焉分？日月安屬？列星安陳？（七）

分陳爲韻。

天何二句：沓，徒合切（合韻），王注「合也」。言天什麽地方合而無縫？非指「天與地合會何所」。十二焉分，言十二辰怎樣分？左傳昭七年：「日月之會是謂辰，故以配日。」杜注：「一歲日月十二會，所會謂之辰。」

日月二句：陳即説文地字解「萬物所陳列也」的陳。言日與月怎樣繫屬？列星怎樣陳列？

出自湯谷，次于蒙汜。自明及晦，所行幾里？（八）

汜里爲韻。

出自二句：湯谷，日出處。汜讀辰巳的巳。蒙汜，日入處。這是傳説中的谷名水名，非地理的地名。王注：「次，舍也。汜，水涯也。言日出東方湯谷之中，暮入西極蒙水之涯也。」帝典：「宅嵎夷曰暘谷。」説文：「暘，日出也。」暘湯音同，故傳説中之日出處曰湯谷，然非即帝典之暘谷。

夜光何德，死則又育？厥利維何，而顧兔在腹？（九）

育腹爲韻。

夜光二句：王注：「夜光，月也。育，生也。」德，易的卦德之德，也是德性之德（德性有好壞，所以左傳宣三年説「昏德」）。王注「言月何德於天」，以爲恩德之德，非。死則又育，言缺而復圓。

厥利二句：利，王注以爲「貪利」，非。利字有和之義。説文：「利，銛也。从刀；和然後利，从和省。易曰：利者義之和也。」維，繫詞。顧兔，顧月之兔。洪注引博物志云：「兔望月而孕，自吐其子。」這句是説，是一種什麽親和力，而顧月之兔在月的腹中？指傳説的月中兔。

女岐無合，夫焉取九子？伯强何處？惠氣安在？（一〇）

岐字，宋版朱注本，明繙宋版補注本，皆止旁。

子在爲韻。

女岐二句：王注：「女岐，神女，無夫而生九子也。」劉向列女傳：「魯九子之母號曰母師。」應劭漢書成帝紀「甲觀畫堂」注：「畫堂畫九子母。」荆楚歲時記：「四月八日長沙寺閣下九子母神。」這個神女即楚地民間所奉的女神九子母。取，得。

伯强二句：王注：「伯强，大厲疫鬼也，所至傷人。惠氣，和氣也。」處，動詞，居處。

何闔而晦，何開而明？角宿未旦，曜靈安臧？（一一）

明臧爲韻。

何闔二句：洪注：「闔，閉户也。開，闢户也。陰闔而晦，陽開而明。」

角宿二句：臧，今寫藏。王注：「角，亢，東方星。曜靈，日也。言東方未明旦之時，日安所藏其精光乎？」

不任汩鴻，師何以尚之？僉曰何憂，何不課而行之？（一二）

尚行爲韻。

不任二句：任，勝（平聲）。非今語擔任意。不任，不勝任。汩，于筆切（質韻），字右旁曰，説文「治水也」。王注：「鴻，大水也。師，衆也。尚，舉也。言鮌才不任治鴻水，衆人何以舉之乎？」洪注：「荀子曰：『禹有功，抑下鴻。』鴻即洪水也。」

僉曰二句：王注：「僉，衆也。課，試也。言衆人舉鮌治水，堯知其不能，衆人曰：何憂哉？何不先試之也？」

鴟龜曳銜，鮌何聽焉？順欲成功，帝何刑焉？（一三）

聽刑爲韻。

鴟龜二句：鮌治洪水，用陻障，不用疏導。尚書洪範：「鮌陻洪水。」國語魯上：「鮌障洪水。」朱注：「鴟龜事無所見。似謂鮌聽鴟龜曳銜之計而敗其事。」或附會爲鴟銜土，龜曳木，以助鮌陻障，以土爲隄，以木爲檥（樁），鮌怎麽聽從？

順欲二句：欲，鮌之欲，指陻障。言順其欲而果能成功，舜怎麽會罰他？

永遏在羽山，夫何三年不弛？伯禹愎鮌，夫何以變化？（一四）

化與弛韻不叶。前人以也聲字入歌戈部，誤。且變化義重複。化字當爲之，代指鮌。之譌爲匕，以形近，又改爲今寫的化。

弛之爲韻。

永遏二句：永，長。遏，禁。羽山，漢書地理志東海郡：祝其，禹貢羽山在南，鮌所殛。在今山東省。弛，放，解。言鮌長久禁於羽山，爲什麽三年不放出來？

伯禹二句：伯禹，猶言大禹。洪注：「愎，弼力切，戾也。」言禹治水反鮌之法，他爲什麽改變父之道？

纂就前緒，遂成考功。何續初繼業，而厥謀不同？（一五）

功同爲韻。

纂就二句：纂，同纘，繼續。就，上承（「就高」義的引申）。前緒，父業。遂，終究。考，大。舊注以考爲父，與前緒重複，非。言禹繼續父業，終究成大功。

洪泉極深，何以窴之？地方九則，何以墳之？（一六）

窴墳爲韻。

洪泉二句：窴，音田，徒年切（先韻），説文「塞也」。王注：「言洪水淵泉極深，大禹何用窴塞而平之乎？」洪注：「窴與填同。淮南曰：禹乃以息土填洪水，以爲名山。注云：息土不耗减，掘之益多，故以填洪水也。」

地方二句：説文：「則，等畫物也。」方九則，爲方形九等分。墳，丘。言用什麼使成九丘？

應龍何畫？河海何歷？（一七）

按韻，本節脱二句。

王注：「有鱗曰蛟龍，有翼曰應龍。或曰：禹治洪水時，有神龍以尾畫地，導水所注，當決者因而治之也。」河海何歷，河海經過什麼地方？

鯀何所營？禹何所成？康回馮怒，墬何故東南傾？（一八）

康回，庸回之誤。見左傳文十八年。即堯典「庸違」。

墬，地的籀文。今本説文及許多古籍上右爲彖（通貫切，换韻），彖不能得聲，傳寫誤。鉉本作「从隊」已誤。字从土从阜，彖聲。彖與豕是一字的異形，義皆謂豕，音徐鉉式視切，朱翺書爾反，同，這是今音。古音如彘（矢聲）弛（許説彖讀若弛）的古音，讀如 di，屬端母，音轉爲豬，仍端母，非照母。由彖豕字同，故墬字本篇與漢碑（繁陽令楊君碑，靈帝熹平三年；無極山碑，靈帝光和四年）皆作墜

(𡐦)，非省。本篇𡐦字猶存漢時寫法。

營成傾爲韻。

鮌何二句：王注：「言鮌治鴻水何所營度？禹何所成就乎？」洪注：「汩(音骨，古忽切，没韻，亂，字右旁曰)陳其五行，此鮌所營也。六府三事允治，此禹所成也。」

庸回二句：庸回，人以稱共工，非本名。淮南子言共工與顓頊争爲帝，不得，怒而觸不周之山，天維絶，地柱折，故東南傾也。馮，説文「馬行疾也」，引申爲滿爲盛。左傳昭五年：「今君奮焉震電馮怒。」杜注：「馮，盛也。」

九州安錯？川谷何洿？東流不溢，孰知其故？(一九)

錯洿故爲韻。

九州二句：洪注：「錯，七故切，置也。」王注：「洿，深也。」

東流二句：東流不溢，百川東流，海不滿溢。

東西南北，其脩孰多？南北順墮，其衍幾何？(二〇)

多何爲韻。

東西二句：言東西與南北，哪邊更長？

南北二句：墮，橢字的異寫。徐鍇曰：「隋(橢)者，器長狹，中廣而末殺也。」順，表橢形中廣末殺之漸。衍，王注「廣大也」。

崑崙縣圃，其尻安在？增城九重，其高幾里？（二一）

洪朱注都説「尻與居同」，誤。崑崙縣圃，既舉其名，已見其處，何以問其居安在？尻字是尻之誤。尻，脽也（説文）。這裏是問崑崙縣圃的尾閭，即其所止。戴震音義讀苦羔切。莊子大宗師：「以死爲尻。」亦喻終止。

在里爲韻。

崑崙二句：崑崙，縣圃，解見離騷八六節，四七節。

增城二句：洪注：「淮南云：崑崙虛中有增城九重。注云：增，重也。」九重解見四節。這裏也是極言其高。

四方之門，其誰從焉？西北辟啟，何氣通焉？（二二）

從通爲韻。

四方二句：王注：「言天四方各有一門，其誰從之上下？」

西北二句：王注：「言天西北之門每常開啟，豈元氣之所通？」洪注：「淮南云：崑崙虛，玉横維其西北隅，北門開以納不周之風。按：不周山在崑崙西北，不周風自此出也。」

日安不到？燭龍何照？羲和之未揚，若華何光？（二三）

到照爲韻，揚光爲韻。

日安二句：二句是一問，日安不到用反詰語式，非問。日景哪裏不到？燭龍照什麽？王注：

「言天之西北有幽冥無日之國，有龍銜燭而照之也。」洪注：「山海經云：鍾山之神名曰燭陰，視爲晝，瞑爲夜，吹(吸)爲冬，呼爲夏，不飲不食，不喘不息。注曰：即燭龍也。」

羲和二句：王注：「羲和，日御也。」若，若木。羲和，若木，解見離騷四八節，四九節。這裏羲和指日。揚，升。若華，若木的文采。柳宗元説「惟若之華，稟羲以耀」，得正文意。王注以光華爲一義，非。

何所冬暖？何所夏寒？焉有石林？何獸能言？(二四)

暖寒言爲韻。

何所二句：所，處。冬天何處暖？夏天何處寒？古人於氣候寒暖之異已有推測，這樣的推測是符合實際的。洪注：「淮南云：南方有不死之草，北方有不釋之冰。」

焉有二句：洪注：「石林與能言之獸各指一物，非必林中有此獸也。吴都賦云：雖有石林之岝崿，請攘臂而靡之。注引天問云：焉有石林？」今人有謂石林在某省某地的，是附會。

焉有虯龍，負熊以遊？(二五)

按韻，本節脱二句。

王注：「有角曰龍，無角曰虯。言寧有無角之龍負熊獸以遊戲者乎？」這裏虯龍併言，故王解如是。

雄虺九首，儵忽焉在？何所不死？長人何守？(二六)

首在守爲韻。

雄虺二句：説文：「虺，以注（咮）鳴。詩曰：胡爲虺蜴（小雅正月）。」招魂：「雄虺九首，往來儵忽，吞人以益其心些。」儵忽即倏忽，副詞，狀語，疾速不定貌。柳宗元援莊子應帝王的儵與忽解此文，而雄虺乃無所問，説誤。

何所二句：王注：「括地象曰：有不死之國。長人，長狄，春秋云防風氏也。禹會諸侯，防風氏後至，於是使守封隅之山也。」

靡蓱九衢，枲華安居？一蛇吞象，厥大何如？（二七）

衢居如爲韻。

靡蓱二句：蓱，水草。説文解爲苹，非。詩小雅鹿鳴「食野之苹」，苹生於野，非水草之蓱。靡，蓱的定語。説文：「靡，披靡也。」李善文選魏都賦注：「靡，蔓也。」「四達謂之衢」（説文），九衢以形容靡蓱四出之狀。枲，胥里切（止韻），説文「麻也」。洪注：「此謂靡蓱與枲華皆安在也。山海經曰：宣山上有桑焉。其枝曰（四）衢。注云：枝交互四出。又少室之山有木名帝休，其枝五衢。注云：言樹枝交錯相重，五出，有象路衢。天對云：有蓱九歧，厥圖以詭。注云：衢，歧也。山海經：浮山有草焉，其葉如麻，赤華。即枲華也。」

一蛇二句：洪注：「山海經：南海内有巴蛇，身長百尋，其色青黄赤黑，食象，三歲而出其骨。」

黑水玄趾，三危安在？延年不死，壽何所止？（二八）

趾在止爲韻。

黑水二句：王注：「玄趾，三危，皆山名也，在西方。黑水出崑崙山也。」洪注：「言黑水玄趾三危皆安在也。」

延年二句：洪注：「素問云：上古有真人，壽敝天地，無有終時。」

鯪魚何所？鬿堆焉處？羿焉彃日？烏焉解羽？（二九）

所處羽爲韻。

鯪魚二句：王注：「鬿堆，奇獸也。」洪注：「鯪音陵。山海經：西海中近列姑射山有陵魚，人面人手魚身，見則風濤起。鬿音祈。堆，多回切。山海經云：北號山有鳥，狀如雞，而白首鼠足，名曰鬿雀，食人。天對云：鬿雀峙北號，惟人是食。注云：堆當爲雀，王逸注誤。按字書，鴭音堆，雀屬也。則鬿堆即鬿雀也。」按：鴭从自聲，堆爲自的後起字。鬿堆即鬿自（鴭）。

羿焉二句：說文：「彃，䠶也。楚詞曰：芎焉彃日。」王注：「淮南言堯時十日並出，草木焦枯。堯命羿仰射十日，中其九日，日中九烏皆死，墮其羽翼。」洪注：「淮南又云：羿除天下之害，死而爲宗布。注云：羿，古之諸侯。此堯時羿，非有窮后羿。」

禹之力獻功，降省下土四方。焉得彼嵞山女，而通之于台桑？（三〇）

洪考異：「一無四方二字。」按：四方與下土義重，而方與桑叶韻，但衍四字，原文當作下土方。詩商頌長發：「禹敷下土方。」或者不明長發用例，以四方常用而增四字。

方桑爲韻。

禹之二句：洪注：「降，下也。省，察也。書曰：惟荒度土功（益稷）。」王注：「言禹以勤力獻進其功，堯因使省迨下土四方也。」

焉得二句：嵞，音塗，同都切（模韻），説文：「一曰：九江當塗也。虞書曰：予娶嵞山。」王注：「言禹治水，道娶嵞山氏之女而通夫婦之道於台桑之地。」漢書地理志九江郡當塗，應劭曰：「禹所娶塗山，侯國也。有禹虚。」杜預左傳哀七年注：「塗山在壽春東北。」清一統志：「禹娶在壽春當塗。」

閔妃匹合，厥身是繼。胡維嗜欲同味，而快朝飽？（三二）

欲字今本作不。洪考異：「一本嗜下有欲字，一云胡維嗜欲同味。」是有兩本作嗜欲。從維字義及王注，知不字衍。

繼與飽今讀韻不叶，朱熹疑飽有備音。按：此句可疑者尤在「朝飽」的説法。食有朝食夕食，飽無所謂朝飽夕飽。詳本節意，求妃（配）是爲繼嗣，哪只是與一般人之嗜欲同味？這嗜欲謂情欲。用快字，朝字，表性急。朝飽當作「朝食」，涉注文「飽快一朝之情」的飽而誤。飽快的説法是，朝飽的説法不是。左傳成二年：「余姑翦滅此而朝食。」也是表性急，以此快意（因輕敵）。所以這裏是説「快朝食」。春秋戰國時「朝食」有此用法。食，古有異音（志韻），酈生名讀異基。繼食爲韻。

閔妃二句：閔，念。王注：「言禹所以憂無妃匹者，欲爲身立繼嗣也。」妃，偶。匹合，配合。厥身是繼，繼其身。

胡維二句：王注：「何特（今本誤作持。王以何解胡，以特解維）與衆人同嗜欲，苟欲飽快一朝之情乎？」洪注不明胡維之意，按已衍之「不同味」解，誤。

啟代益作后，卒然離蠥。何啟惟憂，而能拘是達？（三二）

蠥達爲韻。

啟代二句：代，接替。后，君。據此及史記，益繼禹爲君，故下文稱「后益」，啟又繼益。原來舜使禹平水土，使益作虞（帝典），掌山澤。「益烈山澤而焚之，禽獸逃匿」（孟子滕文公上）。禹之成功亦資於益，禹傳益是理所宜然。家天下者非禹而是啟。離騷稱啟康娛自縱，與羿澆等列，並非如孟子説的賢君。卒然，猶「終然」（離騷三三節）。離，遭。蠥，音孽，魚列切（薛韻）。説文：「禽獸蟲蝗之怪謂之蠥。」這裏指禍亂。一作孽，即「天作孽，自作孽」之孽。言啟接替益作君，而終遭有扈氏之禍亂，大戰于甘。

何啟二句：惟是繫詞。憂，愁，憂思。拘，止（説文）。是達，即詩商頌長發「受小國是達，受大國是達」的是達。言啟思慮的是什麽，而能制止有扈氏的禍亂，達成家天下的意圖？

皆歸䠶鞫，而無害厥躬。何后益作革，而禹播降？（三三）

這一節問益與禹事，而放在啟代益作后之後。這類顛倒，便是王逸所謂「其文義不次序」。這是承上節啟代益而連問及益與禹事。

躬降爲韻。

皆歸二句：謂治水成功，禹益都回來。䠶，射箭。鞫，鞫的誤字或借字。鞫是鞠的或體。説文：「鞠，蹋鞠也。」射箭與蹋鞠，用來表現回來休息，暇則射鞠爲戲。所以下句説「而無害厥躬」。厥躬無害，即其身無恙。

何后益二句：作革即興革，興新革故。益作革，表示益當政。稱后益，是按後來爲后稱的。禹播降，禹播下百穀。禹首功，爲什麼不是禹當政而是益？所以就這發問。

啟棘賓商，九辯九歌。何勤子屠母，而死分竟地？（三四）

地與歌韻不叶。朱注歌叶巨依反，江永音基，無理。學者以也聲字入歌戈部，誤。地，土之誤字，土有宅（託）音，歌土爲韻。

啟棘二句：洪注：「史記契佐禹治水有功，封於商，興於唐虞大禹之際。此言賓商者，疑謂待商以賓客之禮。棘，急也，言急於賓商也。九辯九歌，享賓之樂也。」

何勤子二句：朱注：「屠母，疑亦謂淮南所説禹治水時自化爲熊，以通轘轅之道。塗山氏見之而慙，遂化爲石。時方孕啟，禹曰『歸我子！』於是石破北方而啟生。其石在嵩山。見漢書注。」漢書武帝紀：元封元年詔曰：「朕用事華山，至於中嶽，見夏后啟母石。」應劭曰：「啟生而母化爲石。」孫詒讓曰：「勤子屠母，死分竟地，當亦蒙啟言之。此勤當讀爲詩鴟鴞『恩斯勤斯』之勤，鄭箋釋爲殷勤。言母殷勤其子，而子反害其母，致其化石也。死分竟地，亦即指啟死太康失國之事。」指太康失國，故下接問革夏之羿的事。

帝降夷羿，革孽夏民。胡䠶夫河伯，而妻彼雒嬪？（三五）

民嬪爲韻。

帝降二句：王注：「帝，天帝也。夷羿，諸侯，弑夏后相者也。革，更也。」夷，氏（杜預左傳襄四年注）。孽，禍。事見離騷三八節，三九節解。

胡䠶二句：王注：「胡，何也。雒嬪，水神，謂宓妃也。傳曰：河伯化爲白龍，羿見，䠶之，眇其左目。河伯上訴天帝。天帝曰：『使汝深守神靈，羿何從得犯汝？今爲蟲獸，當爲人所射。』」洪注：「此言射河伯，妻雒嬪者乃堯時羿，非有窮羿也。革孽夏民，封豨是䠶，乃有窮羿耳。淮南云：『河伯溺殺人，羿射其左目。』注云：『堯時羿射十日，……射河伯。』」

馮珧利決，封豨是䠶。何獻蒸肉之膏，而后帝不若？（三六）

䠶若爲韻。

馮珧二句：馮，利，皆動詞。馮音憑（洪注），藉也，恃也（王夫之）。珧，音姚，餘昭切（宵韻），蜃甲，所以飾物（說文），這裏指用蜃飾兩端的弓。利，利用。決，射所用，著於臂者爲韝，著於右巨指者爲韘（說文）。王注「決，䠶韝也」，未分明。且射韝二字非一名。說文韝字解：「射，臂決也。」韘字解：「射，決也。」皆射字逗，先明其事。又如壇字解：「祭，壇場也。」場字解：「祭，神道也。」祝字解：「祭，主贊詞者。」這是許慎說解用語的重要體例，治說文者不可以不詳。封，大（洪注）。豨，虛豈切（尾韻）。豬，南楚謂之豨（方言八）。

何獻二句：蒸，蒸煮的蒸，肉的定語。后帝，詩魯頌閟宮「皇皇后帝」，謂天帝（洪注）。若，順也（王注）。

浞娶純狐，眩妻爰謀。何羿之䠶革，而交吞揆之？（三七）

吞揆二字義不屬。揆當是撥之誤，以形近，治也。

謀之爲韻。

浞娶二句：劉夢鵬曰：「純狐，羿妻名，即有雒氏之女。眩謂蠱惑之。言浞蒸羿室，蠱其妻而共圖之。左氏謂浞行媚於内（襄四年），羿妻實與浞謀也。」按：眩，作定語，惑亂。猶六一節眩弟。

何羿二句：洪注：「禮云：貫革之射。左傳云：蹲甲而射之，徹七札焉（成十六年）。言有力也。羿之射藝如此，唯不恤國事，故其衆交合而吞滅之。」

阻窮西征，巖何越焉？化爲黄熊，巫何活焉？（三八）

越活爲韻。

阻窮二句：毛奇齡曰：「此羿事也。阻當作鉏，地名。窮即有窮國也。巖，險也。越，過也。羿自鉏遷窮，急於西征，其巖險何所過於他國也。此特指遷窮一事。按左傳魏莊子曰：昔有夏之衰也，后羿自鉏遷於窮石，因夏人而代夏政。又帝王紀云：羿自鉏遷於窮石，逐帝相，徙於商丘，依斟灌斟鄩氏。據地志：故鉏城在滑州衛城東，商丘在東郡濮陽。晉地記云：河南有窮谷，蓋本有窮氏所遷也。斟灌斟鄩皆在東極，古隅夷地。以商丘二斟較之，有窮在西，故曰西征。蓋夏帝世居二斟，如竹書太康仲康帝相皆依二斟。而汲古文云，太康居斟鄩，羿亦居之，是從帝所居以定向背，故曰其險何似。古險字即巖字，如傅巖史作傅險，可見。下二句鮌事。問中一節兩事者多有。」

化爲二句：左傳昭七年：「昔堯殛鮌於羽山，其神化爲黄熊以入於羽淵。」國語晉八所記熊作能。韋注：「能似熊。」吴越春秋越王無餘外傳亦作黄能。王注：「活，生也。言鮌死後化爲黄熊，入於羽淵，豈巫醫所能復生活也？」洪注：「熊，獸名。能，奴來切，三足鼈也。説文云：『能，熊屬，足似鹿。』然則能既熊屬，又爲鼈類。東海人祭禹廟，不用熊白及鼈爲膳。斯豈鮌化爲二物乎，抑亦以左傳國語不同，兼有之也？」

咸播秬黍，莆雚是營。何由并投，而鮌疾脩盈？（三九）

雚字从艸，雈聲。作萑（音錐，草多皃）作雈（音桓，鴟屬）作雚（即鸛）皆非。

營盈爲韻。

咸播二句：雚，音桓，胡官切（桓韻），説文「薍也」。王注：「咸，皆也。秬黍，黑黍也。雚，草名也。營，耕（犂）也。言禹平治水土，萬民皆得耕種黑黍於雚蒲之地，盡爲良田也。」洪注：「詩云：『維秬維秠。』爾雅曰：『秬，黑黍。秠，一稃二米。』秠亦黑黍，但中米異爾。秬音巨。説文：『黍，禾屬而黏也。』莆疑即蒲字。雚，薍也，音丸（讀南方音），與萑同（説誤）。左氏云萑苻之澤是也。」毛奇齡以爲鮌事，以咸播至是營八字連讀，「言鮌治水亦皆以播種是營」，不合語法。以所播者爲秬黍莆雚，則是營二字無著落，句不通。這二句，秬黍是播的受語，莆雚是營的受語。用是字，受語莆雚方可以居前。

何由二句：王注：「疾，惡也。脩，長也。盈，滿也。由，用也。」孫詒讓曰：「案：并當讀爲大學迸諸四夷之迸（釋文引皇侃云迸猶屏也），投讀爲詩巷伯投畀有北之投（毛傳云投，棄也），并投猶言屏棄。即指殛鮌羽山之事。王洪並以投種五穀爲釋，疏矣。」

白蜺嬰茀，胡爲此堂？安得夫良藥，不能固臧？（四〇）

白蜺以下八句，王逸以爲言王子僑崔文子事，游國恩以爲是。按時代，屈原著作不合有學仙之語。這一節是説羿妻竊藥奔月事。

堂臧爲韻。

本節四句：陳本禮曰：「此形容純狐之妖氛淫氣如虹蜺之縈繞於堂也。胡爲者，訝之也。後漢書天文志：羿請不死之藥於西王母，羿妻姮娥竊之以奔月。遂託身於月爲蟾蜍，月神也。」丁晏曰：「白蜺嬰茀，此盛言姮娥之裝飾也。蜺與霓同。嬰茀，婦女首飾。荀子富國篇『處女嬰寶珠』，楊倞注：『嬰，繫於頸也。』説文：『嬰，頸飾也。』易既濟：『婦喪其茀。』茀，首飾也，見釋文。李善文選郭景純游仙詩注引淮南許慎注：『常娥，羿妻也，逃月中。』」臧，今寫藏。安得二句説羿，怎麽得到那良藥而不能密藏？

天式從横，陽離爰死。大鳥何鳴？夫焉喪厥體？（四一）

死體爲韻。

本節四句：丁晏曰：「式與栻同。史記日者列傳：『分策定卦，旋式正棊。』索隱曰：『式即栻也。栻之形上圓象天，下方法地，用之則轉天綱加地之辰，故云旋式。』晏按：西山經：『鍾山，其子曰鼓，是與欽䲹殺葆（或作祖）江于崑崙之陽。帝乃戮之鍾山之東，曰䍃崖。欽䲹化爲大鶚，其音如晨鵠；鼓亦化爲鵕鳥，其音如鵠。』言天有常法，陰陽相生，殺之則陽氣離而身死矣，何由化爲大鳥而鳴聲如鵠耶？既身化能鳴，何殺之而亦喪厥體耶？訝其生死之無常也。陶淵明詩『窫窳强能變，祖江遂獨死』，又云『長枯固已劇，鴳鴞豈足恃？』亦此意也。」

興膺爲韻。

蓱號二句：王逸以爲「雨師號呼」，以蓱爲號的主語；吳世尚説「呼其名則雨興」，以蓱爲號的受語；蔣驥説：「此雨師也。搜神記：雨師一曰屏翳，一曰屏號。郁離子：『蓱號行雨。』按此則蓱號皆雨師名。」這是以蓱號爲二名。皆非。按句法，蓱號一名。蓱號起雨謂蓱號興雨，故下句問何以興之。

蓱號起雨，何以興之？撰體協脅，鹿何膺之？（四二）

撰體二句：洪注：「撰，具也，雛綰切。協，合也。脅，虚業切，説文云『兩膀也』。膺，於陵切，當也，受也。」王夫之曰：「協脅，脅骨駢生也。鹿，五鹿，衛地。晉文公觀脅於曹，授塊於五鹿，而拜賜之徵卒驗。則禍福榮辱，幾（平聲）有先見（音現），要惟晉文任賢以自强，有以膺之也。」

鼇戴山抃，何以安之？釋舟陵行，何以遷之？（四三）

安遷爲韻。

鼇戴二句：抃，皮變切（線韻）。王注：「鼇，大龜也。擊手曰抃。列仙傳曰：有巨靈之鼇，背負蓬萊之山而抃舞戲滄海之中。獨何以安之乎？」洪注：「張衡賦云：『登蓬萊而容與兮，鼇雖抃而不傾。』」

釋舟二句：問奡陸地行舟事。論語「奡盪舟」，亦見説文引。王逸於下節注引作「澆盪舟」。奡澆一人，左傳作澆。澆洪音五弔切，與奡音同。何晏集解：「孔曰：羿，有窮之國，篡夏后相之位，其臣寒浞殺之，因其室而生奡。奡多力，能陸地行舟。」釋古音如鐸，這裏是拕的借字，曳也。陵，與陸通用，陵是大阜，陸是高平地（均說文）。遷是登，是說水上之舟，一人之力何以登之於陵陸？

惟澆在户，何求于嫂？何少康逐犬，而顛隕厥首？（四四）

嫂首爲韻。

惟澆二句：澆爲兄，豷爲弟。「何求于嫂」句，是豷何求于嫂，承「惟澆在户」言，文義甚明。惟澆在户，故豷之來爲怪。以爲澆求者非，澆求，則在户不可解。王注：「言澆無義，淫佚其嫂。往至其户，佯有所求，因與行淫亂也。」這是不明真相的說法。實際是上古婚姻關係中的亞血族羣婚，澆豷兄弟同其妻。這裏發問，是怪當其兄在户而求于嫂。

何少康二句：少康滅澆事，見離騷三九節注。王注：「言夏少康因田獵放犬逐獸，遂襲殺澆而斷其頭。」離騷三九節：「澆身被服强圉兮，……厥首用夫顛隕。」

女歧縫裳，而館同爰止。何顛易厥首，而親以逢殆？（四五）

止殆爲韻。

女歧二句：女歧，澆妻，非嫂。縫裳，妻之職分。館同，共舍。爰，句中助詞。止，宿止。

何顛易二句：王注：「言少康夜襲，得女歧頭，以爲澆，因斷之。故言易首遇危殆也。」

湯謀易旅，何以厚之？覆舟斟尋，何道取之？（四六）

湯當作澆。下節言湯非言澆，涉下節，又皆水旁而誤。聞一多曰：「上下文皆言澆事，此不當忽及湯。牟廷相謂湯爲澆之譌字，是矣。」

厚取爲韻。

澆謀二句：聞一多曰：「離騷曰『澆身被服强圉兮』，謂澆身被服堅甲也。甲一曰旅。釋名釋兵曰：『凡甲聚衆札爲之謂之旅，上旅爲衣，下旅爲裳。』（畢校本無此文）『澆謀易旅』者，易旅即治甲。甲必厚而後能堅，故下文曰『何以厚之』也。」（皆楚辭校補）

覆舟二句：王注：「覆，反也。斟尋，國名也。」洪注：「左傳云：有過澆殺斟灌以伐斟尋，滅夏后相（哀元年）。注云：二斟，夏同姓諸侯。相失國，依於二斟，爲澆所滅。然則取斟尋者乃有過澆，非少康也（王注少康滅斟尋氏）。」覆舟，以喻斟尋之滅。

桀伐蒙山，何所得焉？妹嬉何肆？湯何殛焉？（四七）

得殛爲韻。

桀伐二句：王注：「桀，夏亡王也。蒙山，國名也。」洪注：「國語云：昔夏桀伐有施，有施人以末嬉女焉。注云：有施，嬉姓之國。末嬉，其女也。」徐文靖曰：「按汲冢書，帝癸十四年，扁帥師伐岷山。注曰：岷山女于桀二人，曰琬曰琰。后愛二人，女無子，焉斲其名于苕華之玉，而棄其元妃于洛，曰妹喜。是桀初得妹嬉而嬖之，以爲元妃；後又伐岷山得琬琰，而棄有施氏之女于洛。岷山即蒙山，其音同也。舊注以妹嬉爲蒙山之女，非。」

妹嬉二句：肆，妹嬉之動詞，被動式，罰戮之意，指棄於洛。王注「桀得妹嬉，肆其情意」，以肆爲桀之動詞，不合語法，誤。

舜閔在家，父何以鱞？堯不姚告，二女何親？（四八）

鱞是舜鱞，事實根據是帝典的「有鰥在下曰虞舜」。然則「父」字誤。若按「父何以鱞」的句法，只能是父鱞而不是舜鱞，這不合事實。父是「夫」（音扶）的譌字，以形近音近。夫字作句首助詞，可用在疑問句，下接疑問副詞或疑問代詞。例如：「夫何煢獨而不予聽？」（離騷三五節）「夫何彭咸之造思兮，暨志介而不忘？」（悲回風二節）「夫孰異道而相安？」（離騷二五節）「夫孰非義而可用兮，孰非善而可服？」（又四三節）

鱞親爲韻。

舜閔二句：閔，即三一節「閔妃匹合」的閔。鱞同鰥。無妻曰鱞。言舜那樣憂念家，爲什麼自己卻没有妻室？

堯不二句：王注：「姚，舜姓也。言堯不告舜父母而妻之。如令告之則不聽，堯女當何所親附乎？」按：舜娶二女事，並不是如孟子所説。不過孟子裏「象曰」的一段話（萬章上）倒是保存了古史實。所謂「二嫂使治朕棲」，道出了舜象與堯二女是共同的夫妻，實際這是上古婚姻關係的血族羣婚。而一般的説法，如朱注的「象欲使爲己妻」，是後世的措辭。

厥萌在初，何所億焉？璜臺十成，誰所極焉？（四九）

億極爲韻。

本節四句：韓子説林上：「紂爲象箸而箕子怖，以爲象箸……則必犀玉之杯，……則必旄象豹胎，……則必錦衣九重高臺廣室也。稱此以求，則天下不足矣。聖人見微以知萌，見端以知末，故見象箸而怖，知天下不足也。」王注：「言紂作象箸而箕子歎，……如此必崇廣宮室。紂果作玉臺十重。賢者預見施行萌芽之端而知其存亡善惡所終，非虛億（同「億則屢中」的億）也。」洪注：「左傳云：『夏后氏之璜。』（定四年）璜，美玉也。淮南云：『桀紂爲琁（瓊的或體）室瑤臺象廊玉牀。』」璜臺猶云琁室瑤臺。郭璞注爾雅云：成猶重也。極，窮極。

登立爲帝，孰道尚之？女媧有體，孰制匠之？（五〇）

尚匠爲韻。

本節四句：登立爲帝，王逸以爲伏羲。洪注：「登立爲帝，謂匹夫而有天下者，舜禹是也。史記夏商之君皆稱帝。」按：這節兩問，所問的都是女媧。一就爲帝問，爲帝的總是男的，女媧卻是女的，所以問是誰開道而推尊她；一就人首蛇身問，是誰造就她這樣的體型。主語女媧在第二問，因爲詩句要勻稱，猶「帝高陽之苗裔兮，朕皇考曰伯庸」，主語朕在第二句。

舜服厥弟，終然爲害。何肆犬豕，而厥身不危敗？（五一）

害敗爲韻。

舜服二句：王注：「服，事也。言舜弟象施行無道，舜猶服而事之，然象終欲害舜也。」終然，猶「卒然」（三三二節）。爲，作爲。爲害，動詞受語結構。

何肆二句：王注：「言象無道，肆其犬豕之心，燒廩窴井，欲以殺舜，然終不能危敗舜身也。」豕字今本誤作體，看王注，王逸時還未誤。兩厥字皆代指舜。

吴獲迄古，南嶽是止。孰期去斯，得兩男子？（五二）

止子爲韻。

吴獲二句：王洪皆以古爲古公亶父，非。古公亶父不得簡爲古之一字，又迄是至，迄古不可解。獲，得。迄，許訖切（迄韻），至。古，古人，古讓國者。南嶽，霍山（在安徽）。言吴得泰伯，其德至古人，能讓國而避居南嶽之境。

孰期二句：孰期，誰料想。去，表時之相去。去斯，去泰伯之世。兩男子，後之闔廬，夫差。言泰伯至德，其後宜有賢君；誰料想去此而後，得弒君亡國之兩男子？兩男子，輕蔑之稱，以爲泰伯仲雍者誤。

緣鵠飾玉，后帝是饗。何承謀夏桀，終以滅喪？（五三）

饗喪爲韻。

本節四句：曹耀湘曰：「緣亦飾也。鵠亦況白色也。玉，祀神之玉也。后帝，天帝也。詩曰『皇皇后帝。』夏后氏尚白，故緣飾牲玉皆以白色。上帝之歆饗也久矣，後嗣有可承之詒謀，何以至桀之時遂滅其國而喪其身？」

帝乃降觀，下逢伊摯。何條放致罰，而黎服大説？（五四）

摯讀執音，摯説爲韻。

帝乃二句：王注：「帝謂湯也。摯，伊尹名也。言湯出觀風俗，乃憂下民，博選於衆，而逢伊尹，舉以爲相也。」降觀，猶三〇節「降省」。

何條二句：王注：「條，鳴條也。黎，衆也。」朱注：「伐桀於鳴條而放之南巢。」尚書湯誓（洪朱引皆作湯誥，誤）：「致天之罰。」王夫之注：「而羣黎九服大説。」

簡狄在臺，嚳何宜？玄鳥致貽，女何嘉？（五五）

宜嘉爲韻，古音皆在歌戈部。嘉字今本作喜，是後人不明古音而妄改的。

本節四句：王注：「簡狄，帝嚳之妃也。」宜，即國語周上「丹朱馮身以儀之」的儀，匹配。宜儀古音同，讀如俄。玄鳥致貽，解見離騷六一節。王注：「貽，遺也。」説文：「嘉，美也。」嘉是就其有子言。言簡狄居於高臺，嚳怎麼同她匹配？玄鳥致貽，簡狄（無合）怎麼有子？

該秉季德，厥父是臧。胡終弊于有扈，牧夫牛羊？（五六）

臧羊爲韻。

本節四句：徐文靖曰：「按漢書古今人表，帝嚳妃簡逷生禼，禼五世孫冥（按：古計世數皆始末併計，當爲六世孫），冥子垓。師古曰：垓音該。是即該也。竹書帝杼十三年，商侯冥死於河。禮曰『冥勤其官而水死』（祭法）是也。此承上簡逷在臺，玄鳥致貽，至於該而能秉禼商之季德（此未明季是人名），以承父冥之臧善，所謂厥父是臧也。」劉夢鵬曰：「今以下文攷之，該乃亥字之誤，有扈當作有易。有易有扈並夏時諸侯，傳寫譌耳。下扈字並倣此。臧，善之也。弊，敗也。牧牛羊者，有易拘留子亥，困辱之，使爲牧豎也。」王國維曰：「卜辭多記祭王亥事。案史記殷本紀及三代世表，商先祖中無王亥，惟云『冥卒子振立，振卒子微立』。索隱：振，『系本作核』（核今本作垓）。漢書古今人表作垓。然則史記之振當爲核或垓，字之譌也。大荒東經曰：有人曰王亥，兩手操鳥，方食其頭。王亥託於有易河伯僕牛，有易殺王亥，取僕牛。郭璞注引竹書曰：殷王子亥賓于有易而淫焉，有易之君緜臣殺而放之。是故殷王甲微假師于河伯以伐有易，克之，遂殺其君緜臣也。今本竹書紀年，帝泄十二年，殷侯子亥賓于有易，有易殺而放之。十六年，殷侯微以河伯之師伐有易，殺其君緜臣。是山海經之王亥，古本紀年作殷王子亥，今本作殷侯子亥，又前於上甲微者一世，則爲殷之先祖冥之子微之父無疑。卜辭作王亥，正與山海經同。又祭王亥皆以亥日，則亥乃其正字。世本作核，古今人表作垓，皆其通假字。史記作振，則因與核或垓二字形近而譌。世本作篇：胲作服牛（初學記卷二十九引）。服牛者即大荒東經之僕牛，古服僕同音。楚辭天問該即胲，有扈即有易，朴牛亦即服牛。是山海經天問呂覽世本皆以王亥爲始作服牛之人。卜辭人名中又有季，季亦殷之先公，即冥是也。天問曰：『該秉季德，厥父是臧。恆秉季德。』則該與恆皆季之子。該即王亥，恆即王恆，皆見於卜辭。則卜辭之季亦當是王亥之父冥矣。」（觀堂集林卷九殷卜辭中所見先公先王考）弊，敗。按句法，弊是被動式。終弊于有扈而牧夫牛羊者是該。王萌以爲弊有扈，說：「弊有扈而曰弊于有扈，古人多有此種句法。」大誤。那根本没有。古語文規則嚴密，主動被動絕不混淆。

干協時舞，何以懷之？平脅曼膚，何以肥之？（五七）

這一節承上連下，問有扈王該事。兩之字皆代指王該。

懷肥爲韻。

干協二句：干，執以舞者。協，和。時舞，時新之舞，即有扈形式之舞。懷，本作褱，説文「俠也」。言有扈陳時新之舞，怎麼竟把王該裹挾起來了？該是秉季德的呀。

平脅二句：曼，舊注音萬，萬當從古讀音慢，非今音之萬。平脅與曼膚並列。平脅，胸肌平滿。曼膚，膚理潤美。這是指有扈所陳的舞女。肥，充肥。言有扈這些舞女，怎麼竟把王該誘惑飽了？

有扈牧豎，云何而逢？擊牀先出，其命何從？（五八）

這一節問王該被殺事。

逢從爲韻。

有扈二句：牧豎，指王該。逢，遇，相值。言有扈與牧豎爲什麼相值？

擊牀二句：擊牀先出謂有扈。牀，居止之座。有扈不待王該之入，擊牀而起，先出迎該，該遂致命。其命，其代指該。從，與逆相對。何從，哪得從順，言不得好死。

恆秉季德，焉得夫朴牛。何往營班禄，不但還來？（五九）

牛來爲韻。

恆秉二句：焉，副詞，乃。這句游國恩林庚皆以爲問句，非。王國維曰：「卜辭人名於王亥外又有王亙，其文曰：『貞之于王亙。』又曰：『貞[illegible]之于王亙。』又曰：『貞王亙。』案：亙即恆字。説文解字二部：『恆，常也。从心，从舟在二之間。上下一心以舟施，恆也。亙，古文恆從月。詩曰：如月之恆。』古從月之字後或變而從舟。殷虛卜辭朝莫之朝作[illegible]，从日月在茻間，而篆文作翰，不从月而从舟。以此例之，亙本當作[illegible]。卜辭[illegible]字从二从[illegible]，其爲亙[illegible]二字或恆字之省無疑。其作[illegible]者，詩小雅如月之恆，毛傳：恆，弦也。弦本弓上物，故字又从弓。然則[illegible][illegible]二字確爲恆字。王恆之爲殷先祖，惟見於楚辭天問。天問自簡狄在臺嚳何宜以下二十韻皆述商事（前夏事，後周事）。……此十二韻（該秉季德至後嗣而逢長）以大荒東經及郭注所引竹書參證之，實紀王亥王恆及上甲微三世之事。而山海經竹書之有易，天問作有扈，乃字之誤。蓋後人多見有扈，少見有易，又同是夏時事，故改易爲扈。下文又云：『昬微遵跡，有狄不寧。』昬微即上甲微，有狄亦即有易也。古狄易二字同音，故互相通假。上甲遵跡而有易不寧，是王亥弊于有易，非弊于有扈。蓋商之先，自冥治河，王亥遷殷（殷在河北，非亳殷），已由商丘越大河而北，故游牧於有易高爽之地，服牛之利即發見於此。有易之人乃殺王亥，取服牛，所謂胡終弊于有扈牧夫牛羊者也。其云有扈牧豎，云何而逢，擊牀先出，其命何從者，似記王亥被殺之事。其云恆秉季德，焉得夫（影印本夫字作失，非）朴牛者，恆蓋該弟，與該同秉季德，復得該所失服牛也。所云昬微遵跡，有狄不寧者，謂上甲微能率循其先人之跡，有易與之有殺父之讎，故爲之不寧也。繁鳥萃棘以下當亦記上甲事。要之天問所說當與山海經及竹書紀年同出一源。卜辭之王恆與王亥同以王稱，其時代自當相接，而天問之該與恆適與之相當，前後所陳又皆商家故事，則中間十二韻自係述王亥王恆上甲微三世之事。然則王亥與上甲微之間又當有王恆一世。」（殷卜辭中所見先公先王考）

何往二句：營，經營。班，分。禄，賞賚。但，徒。還來，對往而言。言王恆報仇，奪回服牛，更分賞賚，不徒然回來。

昏微遵迹，有狄不寧。何繁鳥萃棘，負子肆情？（六〇）

這一節游國恩以爲周襄王納狄后事。然上節説王恆朴牛，下節説眩弟害兄，亦商事，周襄事不當廁於其間。

寧情爲韻。

昏微二句：解見上節王國維説。昏字，劉盼遂説或即上甲微之名，如季之又稱冥（天問校箋）。遵迹猶云「遵道」（離騷八節）。王國維曰：「古狄易二字同音。説文逖之古文作逷。書牧誓逖矣西土之人，爾雅郭注引作逷矣西土之人。書多士離逖爾土，詩大雅用逷蠻方，魯頌狄彼東南，畢狄鐘畢狄不龔，此逖逷狄三字異文同義。史記殷本紀之簡狄，索隱曰舊本作易。漢書古今人表作簡逷。白虎通禮樂篇：狄者易也。是古狄易二字通，有狄即有易。」（殷卜辭中所見先公先王考）

何繁鳥二句：劉夢鵬曰：「繁鳥萃棘，借爲羣狄聚處之喻。負子爲殺亥。肆情謂取僕牛。」繁鳥一作鷩鳥，即鴞（廣雅釋鳥）。鴞惡鳥，棘叢木，故詩陳墓門云鴞萃於棘。這裏表達亦類似。負子，子指王該。肆情猶云「肆其心」（左傳昭十二年）。

眩弟並淫，危害厥兄。何變化以作詐，而後嗣逢長？（六一）

這一節問上甲微諸弟作亂事。

兄長爲韻。

眩弟二句：眩，作定語，惑亂。弟，上甲微之弟。並，不止一人。淫，淫放。

何變化二句：後嗣，上甲微的後嗣。湯是微的七世孫。逢，讀逢蒙的逢，大。尚書洪範：「身其康彊，子孫其逢。」

成湯東巡，有莘爰極。何乞彼小臣，而吉妃是得？（六二）

極得爲韻。

成湯二句：蔣驥曰：「有莘，國名，今開封府陳留縣。極，至也。曰東巡者，湯居西亳，爲今河南府偃師縣，在有莘之西也。列女傳：有㜪之妃湯也，統領九嬪，咸無妬媢，卒致王功。故曰吉妃也。書序湯始居亳，鄭康成云：亳，偃師城也。」

何乞二句：乞，求。小臣，指伊尹。湯東巡，所求者賢臣。這句問求賢而得吉妃。伊尹爲有莘媵臣，所以這裏稱彼小臣。洪注：「左傳以后稷之妃爲吉人，與此吉妃同意。」

水濱之木，得彼小子。夫何惡之，媵有莘之婦？（六三）

子婦爲韻。

本節四句：王注：「小子謂伊尹。言伊尹母妊身，夢神女告之曰：臼竈生鼃，亟去無顧。母去，顧視，其邑盡爲大水，母因溺死，化爲空桑之木。水乾之後，有小兒啼水涯，人取養之。有莘惡伊尹從木中出，因以送女也。」洪注：「送女從嫁曰媵。」

湯出重泉，夫何辠尤？不勝心伐帝，夫誰使挑之？（六四）

尤之爲韻。

湯出二句：徐文靖曰：「按史記夏本紀曰：桀乃召湯而囚之夏臺。索隱曰：獄名，夏曰均臺。皇甫謐曰：地在陽翟。太公金匱曰：桀怒湯，召而囚之均臺，置之重泉。據此則重泉即在夏臺，於漢志爲潁川陽翟縣，今開封府禹州也。」洪注：「辠，古罪字。尤，過也。」

不勝心二句：挑，徒了切（篠韻）。曹耀湘曰：「挑如挑戰之挑，激之使至也。不勝心，謂湯不能自勝其心也。湯無辠過而桀囚之，是挑其怒而使來伐也。」

會鼂争盟，何踐吾期？蒼鳥羣飛，孰使萃之？（六五）

期之爲韻。

本節四句：洪注：「鼂，朝夕之朝。」蔣驥曰：「會朝，本詩會朝清明而言，蓋羣后以師畢會之朝也。史記：武王伐紂，渡江，諸侯不期而會孟津者八百餘國。何踐吾期，指人心言；孰使萃之，指天事言。會朝争盟，舊指膠鬲事言（見王注），則争盟二字無當矣。蒼鳥羣飛，舊指尚父鷹揚言（見王注），則羣飛二字無當矣。」劉夢鵬曰：「史記：武王既渡，有火自上復於下，至於王屋，流爲烏。今文泰誓作流爲鵰。蓋狀鵰而色烏，所謂蒼鳥也。孰使萃之，亦天兆興王之瑞耳。」

列擊紂躬，叔旦不嘉。何親揆發，定周之命以咨嗟？（六六）

此據宋版朱注本。朱校：「列一作到，非是。躬一作射，非是。定一作足，屬上句，非是。」

嘉嗟爲韻。

列擊二句：説文：「列，分解也。」史記周本紀記武王至紂死所，以輕劍擊之，以黄鉞斬紂頭，縣大白之旗。所以這裏説列擊。洪注：「周公，武王弟，故曰叔旦。」説文：「嘉，美也。」言武王這種做法，周公不以爲善。

何親二句：揆，度。發，武王名。八二節「武發殺殷」也稱名。謀事曰咨；嗟（今寫嗟），咨也（均説文）。解爲嗟歎者誤。言周公何又親身揆度武王，佐王定周命，而助王謀？

授殷天下，其位安施？反成乃亡，其罪伊何？（六七）

施與何韻不叶。以也聲字入歌戈部是古音學者相沿的錯誤。這施字當作佗，負何也（説文）。佗何爲韻。

授殷二句：王注：「言天始授殷家以天下，其王位安所施用乎？」林庚解施爲行。王位不是施用或施行的，當云其王位怎樣負荷？負荷不好，這就反成乃亡。

反成二句：反，副詞。成，動詞。亡作受語。乃，指示形容詞。言反而成其滅亡。伊，助詞。

争遣伐器，何以行之？並驅擊翼，何以將之？（六八）

行將爲韻。

争遣二句：洪注：「争遣伐器，謂羣后以師畢會也。」錢澄之曰：「伐器指戰伐之兵。遣伐器猶言遣兵也。」行，行令的行。

並驅二句：洪注：「六韜云：翼其兩旁，疾擊其後。擊翼蓋兵法也。」將，動詞，率。

昭后成遊，南土爰底。厥利惟何，逢彼白雉？（六九）

底雉爲韻。

昭后二句：昭后，周昭王。成遊，成其遠遊。底，音旨（旨韻），即砥字，這裏借作至。

厥利二句：厥利惟何，是什麽親和力（吸引力）。解見九節。逢彼白雉，王注「逢，迎也」，是迎上去的迎，昭王冀能逢白雉。越裳氏（國在交阯之南）獻白雉，成王時事。

穆王巧梅，夫何爲周流？環理天下，夫何索求？（七〇）

流求爲韻。

本節四句：王夫之注：「梅與枚通，馬策也。巧梅，善御也。」杜預左傳襄十八年「以枚數闔」注：「枚，馬撾也。」周流，左傳昭十二年：「昔穆王欲肆其心，周行（行音杭，周行是大路，周行天下連下讀，舊斷句非）天下將皆必有車轍馬跡焉。」環，副詞，周。理，治理。夫何爲周流，問周流之目的。目的無非索求，故接問天子環理天下，莫敢不來享，還索求什麽？

妖夫曳衒，何號于市？周幽誰誅，焉得夫褒姒？（七一）

市姒爲韻。

妖夫二句：王注：「妖，怪也。號，呼也。昔周幽王前世有童謡曰：『檿弧箕服，寔亡周國。』後有夫婦賣是器，以爲妖怪。」洪注：「曳，牽也，引也。衒，熒絹切，行且賣也。曳衒，言夫婦相引，行賣於市也。褒姒事見國語。」

周幽二句：焉，副詞，乃。王注：「褒姒，周幽王后也。昔夏后氏之衰也，有二神龍止於夏庭，而言曰：『余褒之二君也。』夏后布幣糈而告之，龍亡而漦在。櫝而藏之。夏亡傳殷，殷亡傳周，比三代莫敢發也。至厲王之末，發而觀之。漦流于庭，化爲玄黿，入王後宮。後宮處妾遇之而孕，無夫而生子，懼而棄之。時被戮（戮，罪）夫婦夜亡，道聞後宮處妾所棄女啼聲，哀而收之，遂奔褒。褒人後有罪，幽王欲誅之，褒人乃入此女以贖罪。是爲褒姒。立以爲后，惑而愛之，遂爲犬戎所殺也。」

天命反側，何罰何佑？齊桓九合，卒然身弑。（七二）

弑今本作殺，朱校一作弑。佑弑爲韻。

本節四句：天命反側，言「天命靡常」（詩大雅文王）。罰與佑指下句齊桓事。洪注：「論語曰：『桓公九合諸侯，不以兵車，管仲之力也。』國語（齊）曰：『兵車之屬六，乘車之會三。』孫明復尊王發微曰：桓公之會十有五：〔魯莊〕十三年會北杏，十四十五年會鄄，十六二十七年會幽，僖元年會檉，二年會貫，三年會陽穀，五年會首止，七年會甯毋，八年會洮，九年會葵丘，十三年會鹹，十五年會牡丘，十六年會淮，是也。」蔣驥曰：「管子：管仲卒，桓公用易牙堂巫豎刀開方。期年作亂，圍公一室，飢不得食，渴不得飲，援幭裹首而絶，故曰身殺也。」卒然，解見三二節。

彼王紂之躬，孰使亂惑？何惡輔弼，讒諂是服？（七三）

惑服爲韻。

彼王紂二句：王注：「惑妲己也。」

何惡二句：王注：「言紂憎輔弼，不用忠直之言，而事用諂讒之人也。」洪注：「服，用也。莊子曰：『好言人之惡謂之讒，希意導言謂之諂。』」

比干何逆，而抑沈之？雷開何順，而賜封之？（七四）

何順與何逆相對言，補注本作阿順，誤。

沈封爲韻。

比干二句：王注：「比干，紂諸父也。諫紂，紂怒，乃殺之，剖其心也。」洪注：「抑沈猶九章云情沈抑而不達也。」

雷開二句：王注：「雷開，佞人也。」紂臣。

何聖人之一德，卒其異方？梅伯受醢，箕子詳狂。（七五）

方狂爲韻。

本節四句：聖人一德異方，指梅伯與箕子。舊注謂文王或謂文王武王，誤。卒，終。王注：「梅伯，紂諸侯也。忠直而數諫紂，紂怒，乃殺之，葅醢其身。」洪注：「史記曰：箕子，紂親戚也。紂爲淫泆，箕子諫，不聽。乃被髮詳狂，亡爲奴。遂隱而鼓琴以自悲。故傳之曰箕子操（去聲）。詳與佯同。」

稷維元子，帝何篤之？投之于冰上，鳥何燠之？（七六）

篤燠爲韻。

本節四句：稷，即棄，稷是棄的官職。維，繫詞。元子，帝嚳的大子。帝，王注以爲天帝，非。與元子相對言，自是帝嚳。棄之母姜原（詩作嫄）因踩巨人腳印，有感而孕，遂生棄。棄之於冰上，鳥張翼覆薦之。就是本節所問。事見詩大雅生民及史記周本紀。篤，毒的假借字。毒篤竺古同音通用。尚書微子「天毒降災」，史記宋世家敘此文作「天篤下菑」。毒有惡（美惡之惡與好惡之惡）義。左傳昭四年：「天或者欲逞其心以厚其毒而降之罰。」王念孫云：「毒猶惡也。」（廣雅疏證三下）禮記緇衣：「唯君子能好其正，小人毒其正。」廣雅：「毒，惡也（三下），憎也（五上）。」燠，於六切（屋韻），說文「熱在中也」。

何馮弓挾矢，殊能將之？既驚帝切激，何逢長之？（七七）

將長爲韻。

本節四句：毛奇齡曰：「馮弓挾矢，文王事也。史記：文王脱羑里之囚，紂賜之弓矢鈇鉞，使得專征伐，是也。驚，震也。文王三分有二，勢已寖逼，其震驚紂切激實甚。書稱西伯戡黎，祖伊奔告；史記稱崇侯虎譖西伯，諸侯嚮之，將不利帝，皆是也。大意謂文王既爲紂所惡，囚之羑里，何以憑弓挾矢，殊能行之而不礙也？且文王之勢既已逼紂，何爲紂不亟除之，而豳岐之國終得遭逢久長也？」按：逢是洪範「子孫其逢」的逢，是大，非遭逢。游國恩以長讀上聲，非。逢長解見六一節，這裏用作及物動詞。

伯昌号衰，秉鞭作牧。何令徹彼岐社，命有殷國？（七八）

牧與國今讀韻不叶。從尚書牧借作坶，知古牧音同今讀。從詩小雅青蠅國叶棘，知古國音同今國的南方入聲音。廣韻牧在屋韻，國棘在職德韻。這裏牧當讀如墨默（德韻），是雙聲轉讀。類似的情形是屋韻的服福古讀蒲北切，昱讀翼，蹙讀戚（皆讀入聲）。牧國爲韻。

伯昌二句：伯昌，文王。朱注：「号衰，号令於殷世衰微之際也。」王注：「秉，執也。鞭以喻政。」

何令二句：徹，通。通岐周之社於天下，謂將代殷有天下。徐文靖曰：「墨子曰：赤烏銜圭降周之岐社，曰命周文王代殷有國。天問所云即指是事，尚未及武王也。」

遷藏就岐，何能依？殷有惑婦，何所譏？（七九）

依譏爲韻。

遷藏二句：蔣驥曰：「吴越春秋：古公杖策去邠，邠人扶老攜幼，揭釜甑而從之。藏，府藏也。雍録：邠去岐二百五十餘里。易益四爻：利用爲依遷國。言太王遷府藏就岐下，何所依倚而立國乎？」

殷有二句：王注：「惑婦謂妲己也。譏，諫也。」

受賜兹醢，西伯上告。何親就上帝罰，殷之命以不救？（八〇）

朱注：「告叶古后反。」按：ou 與 ɑo 一音之轉，如糾赳之與叫訆，籌儔之與擣禱，呦黝之與窈拗，璆樛之與膠寥，皆是。救音轉爲叫，告救爲韻。

受賜二句：受，紂，不是動詞接受。兹，此。兹醢，王注：「言紂醢梅伯以賜諸侯。」洪注：「史記：紂醢九侯，脯鄂侯。」上告，上告於天，王逸以爲「以祭」告，是。

何親二句：就，動詞。言天帝有罰，紂親身就之（自投天網），殷之命因而不救，即所謂自作孽不可活。

師望在肆，昌何識？鼓刀揚聲，后何喜？（八一）

識喜爲韻。

師望二句：王注：「師望謂太公也。言太公在市肆而屠，文王何以識知之乎？」

鼓刀二句：王注：「后謂文王也。言呂望鼓刀在列肆，文王親往問之。對曰：『下屠屠牛，上屠屠國。』文王喜，載與俱歸也。」

武發殺殷，何所悒？載尸集戰，何所急？（八二）

悒急爲韻。

本節四句：悒，不安（說文）。尸，主。載尸，即史記伯夷傳所稱「武王載木主，號爲文王」。四句問何所忿恨而如是？何所急迫而如是？

伯林雉經，維其何故？何感天抑墜，夫誰畏懼？（八三）

第二句洪考異「一無何字」。按：此何字不可少。洪校語當在第三四句下。第三句無何字（疑問副詞）是，疑問代詞在第四句。

故懼爲韻。

伯林二句：王注：「伯，長也。林，君也。謂晉太子申生爲後母驪姬所譖，遂雉經而自殺。」徐煥龍俞樾皆疑伯林乃申生之字。洪注：「國語（晉二）云：『雉經于新城之廟。』注云：『雉經，頭搶（音槍，陽韻）而縣死也。』」

感天二句：墬字解見一八節。洪注：「此言申生之冤感天抑地，而誰畏懼之乎？」按：誰，畏懼的受語。今語畏懼誰。這是説感天抑地，還怕誰？洪解不明原文句法，誤。

皇天集命，惟何戒之？受禮天下，又使至代之。（八四）

戒代爲韻。

皇天二句：皇天集大命於王者，怎樣警戒他？

受禮二句：説警戒之法。既受禮天下，爲天下王，失德則皇天又使有德者至而代之。至代，對失去而言。代，更也（説文）。

初湯臣摯，後茲承輔。何卒官湯，尊食宗緒？（八五）

輔緒爲韻。

本節四句：初，後，卒，表先後之次。初，湯得摯（伊尹）以爲臣；後，承其輔佐之謀；卒，致湯官天下，尊食宗祖而貽福後嗣。游國恩以爲「此問伊尹五就湯五就桀事，尊食亦當指伊尹言」，皆非。

勳闔夢生，少離散亡。何壯武厲，能流厥嚴？（八六）

嚴古音如昂，詩商頌殷武嚴與遑叶。亡嚴爲韻。或者以爲嚴古音莊，誤。此既不明古音，又不知諱法。諱莊爲嚴是由義，非由音，如諱邦爲國，諱徹爲通之例。

勳闔二句：勳，功勳，作定語。闔，吴王闔廬。夢，吴君壽夢。生，子姓。夢生即壽夢之子姓。闔廬爲壽夢之孫。離，遭。散亡，放在外。

何壯二句：壯，對少而言。武厲，勇武猛厲。能流厥嚴，能流傳其威嚴。

彭鏗斟雉，帝何饗？受壽永多，夫何久長？（八七）

饗長爲韻。

本節四句：王注：「彭鏗，彭祖也。好和滋味，善斟雉羹。能事帝堯，堯美而饗食之。」洪注：「神仙傳云：彭祖姓籛名鏗，帝顓頊之玄孫。善養性，能調鼎，進雉羹於堯。堯封於彭城。歷夏經殷至周，年七百六十七歲而不衰。籛音翦。」其見於史書者不同，國語鄭：「大彭豕韋爲商伯矣。」韋注：「大彭，陸終第三子，曰籛，爲彭姓，封于大彭，謂之彭祖，彭城是也。豕韋，彭姓之别封於豕韋者。殷衰，二國相繼爲商伯。」

中央共牧，后何怒？蠭蛾微命，力何固？（八八）

怒固爲韻。

中央二句：馬其昶曰：「史記：召公周公二相行政，號曰共和。竹書紀年：共伯干王位。沈約注云：大旱既久，廬舍俱焚，卜於太陽，兆曰：厲王爲祟。周公召公乃立太子靖，共和遂歸國。魯連子亦云：共伯名和，好行仁義。厲王奔彘，諸侯奉王子靖，爲宣王，而共伯復歸國於衛。史記不言共伯和，特所記詳略有異，其爲諸侯共治則一也。故曰中央共牧。怒，即指厲王爲祟之事。」

　　蠭蛾二句：蠭，今寫蜂。蛾，今寫蟻，蟻古音亦讀蛾。蠭蛾微命以喻民人。這二句指國人流厲王于彘事。

驚女采薇，鹿何祐？北至回水，萃何喜？（八九）

　　祐喜爲韻。

　　本節四句：毛奇齡曰：「此夷齊事也。按：譙周史考云：夷齊采薇，有婦人難之。劉峻辨命論云：夷叔斃淑媛之言。注：夷齊采薇，有女子謂之曰：子義不食周粟，此亦周之草木也。因餓首陽，棄薇不食。白鹿乳之。又類林亦云：夷齊棄薇，有白鹿來乳。似言夷齊采薇既驚于女，何以鹿復祐之也？驚，警也。夷齊初不知采薇之非，聞女言而後驚焉。故曰驚女。猶言警於是女也。李德裕譏夷齊云：聞媛不薇爲不智，是也。回水，河水回曲處也。首陽在蒲坂華山北河曲中。禹貢河水至雷首下屈曲而南，故曰河曲。曲即回也，猶瓠子歌所謂北渡回也。萃，止也。言夷齊諫武不聽從而去之，則亦已矣，抑又何喜於首陽而就止之也？其曰北至，以雷首在北。莊子北至于首陽之山，路史北之止陽上，是也。」

兄有噬犬，弟何欲？易之以百兩，卒無禄。（九〇）

欲禄爲韻。

本節四句：王注：「兄謂秦伯（景公）也。噬犬，齧犬也。弟，秦伯弟鍼也。言秦伯有齧犬，弟鍼欲請之。秦伯不肯與弟鍼犬，……因逐鍼而奪其爵禄也。」洪注：「春秋昭元年夏，秦伯之弟鍼出奔晉。傳曰：罪秦伯也。晉語曰：秦后子來仕，其車千乘。后子即鍼也。兩音亮，車數也。」

以上中央共牧，驚女采薇，兄有噬犬三節，林庚以爲「問秦民族在艱難困苦中的創業史」，牽附史記，事多不合。且天問所問是普遍的傳説中之疑，秦處僻遠（秦昭王且自言若是），楚人於秦民族興起的傳説未必是多麼熟悉，形於畫圖的。

薄暮雷電，歸何憂？厥嚴不奉，帝何求？（九一）

憂求爲韻。

本節四句：王夫之曰：「此似言舜事。舜納大麓，烈風雷雨弗迷。下將言楚事，故重述此以自白其孤貞之志。」納于大麓是堯試舜。舜在大麓，行不迷而能歸，是歸於堯所，非歸家。何憂，不迷故無憂。用厥，嚴是名詞。戴震説：「臣奉君之威嚴。」或以爲指瞽叟，非。以嚴稱父，是後世説法，由孝經「孝莫大於嚴父」誤會。嚴父的嚴是動詞。帝當指堯。帝何求，按句法，是帝求什麼。諸以爲「從天帝求福」（王逸）之類者皆非。舜試既歸，自當奉君，不然，帝又求什麼？言必當用。下轉接伏匿穴處之無謂。

伏匿穴處，爰何云？荆勳作師，夫何長先？（九二）

這一節與下節，文義不屬；兩節中的一二句與三四句，文義也不屬。「荆勳作師夫何長先」與「悟過改更我又何言」傳寫誤倒。只在這裏説明，正文仍不變更，解釋隨正文，以示慎重。

「伏匿穴處爰何云」「悟過改更我又何言」爲九二節，云言爲韻。

伏匿二句：黄文焕説：「伏匿穴處，原之自斥，以斥楚也。……逃遁而爲穴處之物類，毋比於人類足矣，復何所云乎？」爰何云，或者顛倒爲云何爰，以爰爲怨，非。

荆勳二句：錢澄之曰：「左傳（莊四年）：楚武王荆尸，授師孑焉。杜預注：『尸，陳也。更爲楚陳兵之法。揚雄方言：孑者戟也。楚始於此參用戟爲陳。』作師，更爲陳法也。授師孑焉，是必其所長也。以闔閭張吴爲勳闔，則武王荆尸自應爲荆勳矣。言楚欲報秦，當簡練師旅，舍其短而用其長。」長先，長短的長，先後的先。言擅長居先。

悟過改更，我又何言？吴光争國，久余是勝。（九三）

「荆勳作師夫何長先」「吴光争國久余是勝」爲九三節，看吴光二句下洪注，這二事亦當同爲一節。先勝爲韻。

本節問句在前，問荆勳作師夫何長先。以具此擅長居先之條件，施及後世，闔閭謀楚，久乃勝余，楚非同枯朽。

悟過二句：洪注：「太史公曰：屈平冀幸君之一悟，俗之一改也。其存君興國而欲反覆之，一篇之中三致志焉。然終無可奈何，故不可以反。卒以此見懷王之終不悟也。」

吴光二句：久，時間久。余，我，代指楚國。洪注：「楚昭王十年，吴王闔廬伐楚，楚大敗，吴兵遂入郢。懷王與秦戰，爲秦所敗，亡其六郡，入秦不返。故屈原徵荆勳作師，吴光争國之事諷之。」

何環閭穿社，以及丘陵；是淫是蕩，爰出子文？（九四）

陵文爲韻。

本節四句：洪注：「左傳（宣四年）：初，若敖娶於䢵（字又作鄖，音云），生鬬伯比。若敖卒，從其母畜於䢵。淫於䢵子之女，生子文焉。以其女妻伯比。實爲令尹子文。」及，動詞，至。環閭二句敘伯比欲與䢵女合而環閭穿社相追逐，以至於丘陵。三動詞表達力强。

吾告堵敖，以不長。何試上自與，忠名彌章？（九五）

長章爲韻。

吾告二句：王注：「堵敖，楚賢人也。屈原放時語堵敖曰：楚國將衰，不復能久長也。」洪以王注堵敖楚賢人爲「大謬」。按：王注乃據正文。吾告，只能是屈原告。告誰？告堵敖。告以何語？告以不長。此其名與春秋堵敖之稱同者，而屈原告語之，故云賢人。正文句法，非言堵敖不長，乃以〔楚或楚王〕不長告語堵敖。而洪未明句法。所以這句的注還是王是而洪非。

何試上二句：試，嘗試。上，君上。與，動詞。自與，與己，一切爲自己。賈誼服賦：「縱軀委命兮，不私與己。」這二句説讒諂之臣試上自與，卻以忠名章著，故以爲問。這一節是寫現實。司馬遷傳屈原，致歎於楚君，「其所謂忠者不忠而所謂賢者不賢也」。故天問以此意爲結筆。

王逸序言本篇「文義不次序」。原因是傳寫有顛倒，有譌奪，「又多奇怪之事」（後序）。但是細繹詳審，並不是不可通曉。朱熹作注謹慎，每説未詳，不可曉，不可考，未知是否，未知孰是，當闕，今姑闕之，具見學者虚己之誠。而或有注家變更末數節次序，以爲「如此則條理井然，結構緊密，其意貫，其韻叶，章決句斷，略無滯礙」。然而綜觀正文，凡九十五節，惟有吾告堵敖一節（吾字聞一多以爲語字之誤，非）作者正面出場，此外全篇皆發問（九二節「我又何言」出現了一個我，然意重在君之「悟過改更」）。那麽這一節應當是結筆。注疏古籍，只宜考證疏理。倘不是所據確鑿，不應當變更次序。且看變更的理由，亦未必是。如據王注以「薄暮雷電歸何憂」爲「言屈原書壁，所問略訖，日暮欲去」，而如此長詩，果真是書壁呵問之語麽？書壁能在一日之中，至暮而訖麽？又怎麽知道天雷電是書壁呵問完了時的事？即使問訖而天適雷電，寫來何用？

招魂

司馬遷説：「余讀離騷天問招魂哀郢，悲其志。」讀這些篇章而悲屈原之志，以爲招魂作者是屈原。而王逸以爲宋玉，説：「宋玉憐哀屈原忠而斥棄，愁懣山澤，魂魄放佚，厥命將落，故作招魂，欲以復其精神，延其年壽。」細繹内容，聯繫史事，當是屈原作，以招懷王之魂。懷王客死秦國，楚人痛心疾首，懷念故君，所以有懷之謚。乃至楚亡之後，立其孫心，仍稱楚懷王。招魂所陳宫室服御飲食娱樂，非諸侯莫能當。且文章奇麗，氣魄壯偉，也正如離騷天問。

本篇結構：從「帝告巫陽曰」至亂曰之前的「反故居些」是中心部分，設爲巫陽受天帝命招懷王魂。篇首的二節與篇末「亂曰」以下是以作者身分説話。中心部分與首尾部分形式也有區别，巫陽之辭用招魂特用的助詞些（原當作止止），首尾的作者説話用兮。第二節與亂曰第一句的「獻歲發春兮汩吾南征」遥相聯繫。章法整飭，體製别開生面。

朕幼清以廉潔兮，身服義而未沬。主此盛德兮，牽於俗而蕪穢。（第一節）

沬穢爲韻。

朕幼二句：朕，屈原自稱。王注：「不求曰清。不受曰廉。不汙曰潔。沬，已也。」沬，音晦，荒内切（隊韻），本義是洗面，借作晦。説文：「晦，月盡也。」故王解沬爲已。

主此二句：此盛德，指清廉潔而服義。主，動詞，以此盛德爲主。離騷：「哀衆芳之蕪穢。」（一四節）這裏説「主此盛德兮，牽於俗而蕪穢」，當是很痛心的話。

上無所考此盛德兮，長離殃而愁苦。（二）

朱注以爲苦字「通下章爲一韻」，即以苦與下輔予叶，非。下節「帝告巫陽」是别一段，不當通爲一韻。且下節兩韻句都是之字的上一字叶，而苦字在句末，韻没有這樣叶法的。當是這裏脱一韻。看文義，是脱下二句。

五臣注：「上，君也。考，察也。」離，遭。

帝告巫陽曰：「有人在下，我欲輔之。魂魄離散，汝筮予之。」（三）

輔予爲韻。

王注：「帝謂天帝也。女曰巫，陽其名也。」

有人二句：輔，翼輔。

魂魄二句：王注：「筮，卜問也，蓍曰筮。」予，推予，即舉，解見離騷四一節。予，承上句的在下而言。在下，所以要舉之。

巫陽對曰：「掌夢，命其難從？若必筮予之，恐後謝不能復用。」（四）

命其難從，今本作「上帝其難從」。恐後謝，今本作「恐後之謝」。洪考異：「一云其命難從，一云命其難從。一云謝之，一無之字。」當作命其難從。謝之不對，若用受語，當在用字下，無之字是。不能復用下「巫陽焉」三字當屬下爲句，王注以屬上，是誤以焉爲句末助詞。

從用爲韻。

掌夢二句：王注：「招魂者，本掌夢之官所主職也。」命其難從是詰問語氣。或招魂，或筮而舉，這二者，天帝命陽筮舉，而陽以爲當以招魂。所以對答説：掌夢（招魂），命豈難從？命即掌夢之命。言招魂命不難遵從。其，副詞，狀語，語氣較婉，因這是陽對帝之言。

若必二句：若一定要筮而舉他，恐後（即來者）謝不能復用掌夢（招魂）。天帝命筮而舉，不命招魂，招魂乃天帝所不取，然則陽言恐後謝不能復用的當然是招魂。王注「恐後世怠懈，必去卜筮之法，不能復修用」，違正文意。而且按王注，巫陽對天帝説「不能復用巫陽」，不是説不能復用卜筮之法，也不合。又不當自稱「巫陽」。

巫陽焉下招曰：

魂兮歸來！去君之恆幹，何爲四方些？舍君之樂處，而離彼不祥些？（五）

從「下招曰」之下的第一句「魂兮歸來」至「亂曰」前的「反故居些」是巫陽招魂之辭。

下招曰之前今本有乃字，洪考異：乃一作因。自王逸誤以焉爲句末助詞，於焉斷句，下面便缺少一個接續文氣的詞，後人於下招曰之前加乃字，或加因字，皆非。焉，副詞，同乃。「巫陽焉下招」即巫陽乃下招。

些字王逸無解。洪注：「些，蘇賀切。説文（新附）云：『語詞也。』沈存中（括）云：『今夔峽湖湘及南北江獠人凡禁呪句尾皆稱些，乃楚人舊俗。』」按：些字可疑。屈原招魂，景差大招，寫的都是楚俗的招魂之辭，形式的特點主要在句末那個助詞些和只。然而同是招魂之辭，爲什麼些和只聲韻都不同？這是一。些字在招魂之前，諸書皆無。專解古字的説文舉楚辭爲書證，亦無此字。到廣韻，些字收入去聲箇韻，云「楚語辭，蘇箇切。」徐鉉列入説文新附，解只説「語辭也，見楚辭，其義未詳」。屈原那時期不當有些字。到許慎時，招魂裏這個字還不作些字。這是二。楚辭的句末助詞，如各篇的兮，大招的只，都非楚語所特有。兮字，十五國風無國無有，只字，還有同音的止字，北方的詩裏也不少見。些字如果是楚語所特有，爲什麼只見於招魂？又爲什麼與别一篇招魂之辭用只不同？這是三。所以可疑。我以爲些字並不是原文，原文是止字，與大招的只字同音，楚人用於招魂之辭。只是招魂全篇止字疊用，作止止。下止字寫=，即數目字的二而小，以表重字。這是自金文以來相沿的寫法。日本的古本書重字的第二字常作=。止字古讀與是字的古讀同，輕讀爲此（即紫音），所以代詞是也用此（或兹）。所以招魂止=寫成此=，此=疊寫便成今本的些。此字義也是止（説文）。招魂，辭由巫唱，每唱到韻句，他巫幫腔説「止止」。大招的只也可作「只只」。

方祥爲韻。

這一節言懷王客死於秦。有二問：何爲去君之恆幹而之四方（死）？何爲舍君之樂處（楚國）而罹彼不祥（之秦而死）？

去君二句：去，離。君謂懷王。王注：「恆，常也。幹，體也。」這是説魂離軀幹，就是死。何爲四方，何爲飄蕩四方。

舍君二句：王注：「舍，置也。祥，善也。」離，遭。

魂兮歸來，東方不可以託些。長人千仞，惟魂是索些。十日代出，流金鑠石些。彼自習之，魂往必釋些。歸來兮，不可以託些。（六）

石古音如橐，釋古音如鐸，託索石釋託爲韻。

魂兮二句：王注：「託，寄也。論語曰『可以託六尺之孤。』」

長人二句：説文：「仞，伸臂一尋，八尺。」王注：「索，求也。」這種用惟×是×的句式，動詞居是字下，受語居惟字下。

十日二句：王注：「代，更。鑠，銷也。言其熱酷烈，金石堅剛，皆爲銷釋也。」洪注：「莊子曰：『昔者十日並出，萬物皆照。』（齊物論）」這裏説流金鑠石，則代出當爲繼出，並見於天。

彼自二句：王注：「釋，解也。言彼十日之處自習其熱，魂行往到，身必解爛也。」

魂兮歸來，南方不可以止些。雕題黑齒，得人肉以祀，以其骨爲醢些。蝮蛇蓁蓁，封狐千里些。雄虺九首，往來儵忽，吞人以益其心些。歸來兮，不可以久淫些。（七）

止齒祀醢里爲韻，心淫爲韻。

雕題三句：王注：「題，額也。」洪注：「禮記：南方曰蠻，雕題交趾。注云：雕題，刻其肌，以丹青涅之。」得人連讀，肉以祀連讀。以其肉祀，以其骨爲醢。

蝮蛇二句：洪注：「蝮音覆。蓁音臻。」王注：「蝮，大蛇也。」蓁蓁，聚皃。封，大。五臣注：「大狐，其長千里。」

雄虺三句：雄虺九首，儵忽，解見天問二六節。益，增補。

歸來兮二句：淫，遊放。不可以久淫，一無以字，非。「可」是被動式，非被動式用可以。

魂兮歸來，西方之害，流沙千里些。旋入雷淵，爢散而不可止些。幸而得脱，其外曠宇些。赤螘若象，玄蠭若壺些。五穀不生，叢菅是食些。其土爛人，求水無所得些。彷徉無所倚，廣大無所極些。歸來兮，恐自遺賊些。（八）

里止爲韻，宇壺爲韻，食得極賊爲韻。

西方二句：王注：「流沙，沙流而行也。」流沙滑滑，晝夜流行。」

旋入二句：洪注：「旋，泉絹切（cuàn）。」這是楚地讀音。王注：「旋，轉也。」動詞。旋字這個音義今仍保存在故楚地的江西西部。雷淵，傳説中深淵名。爢，靡爲切（支韻），王注「碎也」，動詞。離騷八四節「精瓊爢以爲粻」，那是名詞。

幸而二句：曠宇，曠野。宇借作野，野字从予聲，與宇音同。

赤螘二句：螘，魚倚切（紙韻），説文「蚍蜉也」。蠭，今寫蜂。壺即瓠字。壺字象形，瓠字形聲。

五穀二句：叢菅是食，實際是惟叢菅是食，句法與六節「惟魂是索」同。不用惟字，如國語周中的「晉鄭是依」。叢本是聚。這裏的叢説文作藂，「艸叢生皃」。説文：「菅，茅也。」

其土二句：爛，及物動詞。所，關係代詞。無所，無處。

彷徉二句：彷音旁，彷徉一作仿佯，疊韻字。洪注：「廣雅云：彷徉，徙倚也。」倚，依。極，窮盡。

歸來兮二句：遺，貽，留。賊，害。

魂兮歸來，北方不可以止些。增冰峨峨，飛雪千里些。歸來兮，不可以久些。（九）

止里久爲韻。

增冰二句：增，同層。王注：「其冰重累，峨峨如山。」

魂兮歸來，君無上天些。虎豹九關，啄害下人些。一夫九首，拔木九千些。豺狼從目，往來侁侁些。懸人以娭，投之深淵些。致命於帝，然後得瞑些。歸來，往恐危身些。（一〇）

天人千侁淵瞑身爲韻。

魂兮二句：君稱懷王。

虎豹二句：虎豹九關，九重關皆有虎豹。

一夫二句：一夫，一個丈夫（男子）。木九千，樹九千株。

豺狼二句：從，音蹤，即容切（鍾韻），豎的。侁，所臻切（臻韻）。侁侁，奔走往來皃。

懸人二句：娭，許其切（之韻），説文「戲也」。

致命二句：致命，達其使命。瞑，今寫眠。

魂兮歸來，君無下幽都些。土伯九約，其角觺觺些。敦脄血拇，逐人駓駓些。參目虎首，其身若牛些。此皆甘人，歸來，恐自遺災些。（一一）

都讀丁奚切（朱熹音），都觺駓牛災爲韻。

魂兮二句：王注：「幽都，地下。地下幽冥，故稱幽都。」

土伯二句：約，節。徐鍇曰：「土伯九約，謂身有九節也。」觺，洪音疑，廣韻魚力切（職韻）。王注：「觺觺，角利皃也。言地有土伯，執衛門户，有角觺觺，主觸害人也。」

敦脄二句：王注：「敦，厚也。」脄，即脢，音梅，背脊側的肉，今語脢肉，或説裏肌。血拇，猶言血手。駓，洪音丕。王注：「駓駓，走皃也。」

參目二句：參，同三。舊畫神鬼三目者，二目如人，一目豎在額中。

此皆三句：甘，及物動詞。甘人，食人而甘。

以上六節，説天地四方皆可怖。

魂兮歸來，入脩門些。工祝招君，背行先些。秦篝齊縷，鄭絡綿些。招具該備，永嘯呼些。魂兮歸來，反故居些。（一二）

正文及王注祝字，皆覡之誤，以形近。絡綿二字今本誤倒。

門先綿爲韻，呼居爲韻。

魂兮二句：王注：「脩門，郢城門也。」

工覡二句：工，執事。王注：「男巫曰覡。背，倍也。言倍道先行，導以在前。」

秦篝二句：秦篝，齊縷，鄭絡綿，三國的名産。洪注：「篝，笿也，笿音落，可熏衣。」即熏籠。王注：「縷，綫也。」絡，動詞，經絡。綿，絲綿。絡綿，如今之綿絮。

招具二句：招具，王解爲招魂之具。該，今寫賅，包括。永，長。

天墬四方，多賊姦些。像設居室，靜閒安些。高堂邃宇，檻層軒些。層臺累榭，臨高山些。網户朱綴，刻方連些。冬有突廈，夏室寒些。川谷徑復，流潺湲些。光風轉蕙，氾崇蘭些。經堂入奧，朱塵筵些。（一三）

姦安軒山連寒湲蘭筵爲韻。

天地二句：天地四方之可怖已見前。下面轉入盛陳宮室服御飲食娛樂，這二句以接續文氣，加强對比。王注：「賊，害也。姦，惡也。」

像設二句：王注：「像，法也。」橘頌解同。此謂儀法。

高堂二句：王注：「邃，深也。宇，屋也。檻，楯也，從曰檻，横曰楯。」洪注：「檐宇之末曰軒。」

層臺二句：榭，音謝，辭夜切（禡韻）。臺有屋而無室曰榭。

網户二句：王注：「網户，綺文鏤也。綴，緣也。横木關柱爲連。言門户之楣皆刻鏤綺文，朱丹其緣，雕鏤連木，使之方好也。」

冬有二句：突，窀的俗寫（廣韻嘯韻以爲窔的俗寫，非），音窈，烏皎切（篠韻）。窔，朱翺音吉了反，音不同。説文：「窀，冥也。窀窔（疊韻字，非同音），深窱（他弔反）皃（鍇本）。」這裏突是廈的定語。洪注：「突，深也，隱暗處。」

川谷二句：泉出通川爲谷（説文）。王注：「徑，過也。復，反也。」又湘君注：「潺湲，流皃。」

光風二句：光風，天空明淨時的風。王注：「轉，摇也。」洪注：「汜音泛。」五臣注：「崇，高也。」

經堂二句：王注：「西南隅謂之奥。塵，承塵也。筵，席也。言上則有朱畫承塵，下則有簟筵好席，可以休息也。」説文：「筵，竹席也。」

砥室翠翹，挂曲瓊些。翡翠珠被，爛齊光些。蒻阿拂壁，羅幬張些。纂組綺縞，結琦璜些。（一四）

瓊光張璜爲韻。

砥室二句：王注：「砥，石名也。翠，鳥名也。翹，羽也。挂，懸也。曲瓊，玉鉤也。言内卧之室，以砥石爲壁，平而滑澤，以翠鳥之羽雕飾玉鉤以懸衣物也。」

翡翠二句：洪注：「翡，赤羽雀；翠，青羽雀。」解詳後少司命六節。王注：「被，衾也。齊，同也。言牀上之被則飾以翡翠羽及珠璣，其文爛然而同光明也。」按：以爲被飾珠璣，非。珠，美詞。珠被猶言玉軑（離騷）玉枹（國殤）。下一五節「明燭」説法同，明燭即燭。二句即翡翠之被，蘭膏之燭。

蒻阿二句：洪注：「蒻音弱，蒲也，可以爲席。」幬，音儔，直由切（尤韻），説文「禪帳也」。王注：「阿，曲隅也。拂，薄也。羅，綺屬也。張，施也。言房内則以蒻席薄牀四壁及與（字衍）曲隅，復施羅幬，輕且涼也。」

纂組二句：綺，祛彼切（紙韻）。琦，音奇，渠羈切（支韻）。洪注：「纂，似組而赤。綺，文繒也。縞，素也。琦，玉名。璜，半璧也。」

室中之觀，多珍怪些。蘭膏明燭，華容備些。二八侍宿，射遞代些。（一五）

「二八侍宿，射遞代些」二句有誤字，舊注不得其解。王注以射爲猒，引詩「服之無射」爲證。句見周南葛覃，今本作無斁，禮記緇衣引作無射。舊注徒以射有亦音，厭也有亦音（於葉切，葉韻），牽附厭的厭倦或厭煩義，故王逸以爲「意有猒倦」，五臣以爲「君或猒之」。然而這裏的射不當是這義。王逸又説：「或曰『夕遞代』，夕，暮也。」射字誤，或本作夕是。

怪備代爲韻。

室中二句：觀，謂陳設。怪，奇異。

蘭膏二句：王注：「蘭膏，以蘭香煉膏也。言日暮遊宴，然香蘭之膏，張施明燭。」按：以然膏張燭爲二，非，解見一四節翡翠二句。五臣注：「華容謂美人也。」

二八二句：王注：「二八，二列也。遞，更也。言使好女十六人侍君宴宿，意有猒倦則使更相代也。」不合情理。宿字不得其解。按：説文：「宿，止也。」這裏謂閒居。言閒居有好女二列侍側，至暮則更代。

九侯淑女，多迅衆些。盛鬋不同制，實滿宮些。（一六）

衆宮爲韻。

九侯二句：九侯，諸侯。王注：「淑，善。」五臣注：「其來迅疾衆多於此。」

盛鬋二句：洪注：「鬋，音翦（獮韻），女鬢垂皃。」盛鬋不同制，謂髮型不同。實，動詞，充。滿，定語。

容態好比，順彌代些。弱顔固植，謇其有意些。（一七）

代意爲韻。

容態二句：五臣注：「比，密也。」密是緻密。好比是美好，形容容態，五臣下云「親密」，非。順，順應。彌，滿。彌代，猶云一世。

弱顔二句：弱，嬌嫩。顔，面。固，堅實。植，身。謇，竟，解見離騷一九節。意，善意。

姱容脩態，絙洞房些。蛾眉曼睩，目騰光些。（一八）

房光爲韻。

姱容二句：絙，説文作緪，今寫亙。王注：「姱，好皃。脩，長也。絙，竟也。房，室也。」五臣注：

「洞，深也。」

蛾眉二句：洪注：「李善云：曼，輕細也，音萬（讀慢）。睩音禄，説文云目睞謹也。」王注：「騰，馳也。」

靡顔膩理，遺視矊些。離榭脩幕，侍君之閒些。（一九）

矊字説文作矏。按句法，矊字是狀語，而雙眼皮的矊不好作視的狀語，所以王逸解「矊，脈也。心中矊脈。」以雙聲表狀語的作用，以爲含情而見於目光的。脈本是目部的眽，古詩「眽眽不得語」。説文有𥌒矏二字，矊即矏。二字説解云：「𥌒，盧童子也。」鉉音胡畎切，廣韻胡畎（銑韻）胡涓（先韻）許緣（仙韻）三切，朱翺預犬反，盧是黑，𥌒今語烏珠。「矏，目旁薄緻宀宀也。」鉉音武（讀母）延切，廣韻同（仙韻），朱翺名連反。目旁，上下眼瞼邊緣；薄緻，細紋，即今語雙眼皮。徐鍇以爲「眼瞼單」，非。方言二提出顥鑠盱揚𦝥五字，説「雙也」（戴校）。接着解釋，某地曰某。五字之外，連帶説及二義：「好目謂之順。黸瞳之子謂之矊。」這矊是𥌒的誤字，以形近傳寫誤。黸瞳子即説文的盧童子。郭璞未能辨，于黸瞳句按矊義注云「言矊邈也」，非。五臣注以爲矊是「目中瞳子」，洪注引方言已誤之文及注（朱同），又引廣韻「瞳子黑也」（仙韻），皆用𥌒字義，誤。這裏正文當是矊，解當是矊脈（矊脈）。

矊閒爲韻。

靡顔二句：王注：「靡，緻也。膩，滑也。」理，肌膚。遺視，王夫之注「猶言留眄」。

離榭二句：王注：「離，别也。脩，長也。幕，大帳也。言願令美女於離宮别觀帳幕之中侍君宴遊也。」洪注「閒音閑」，謂閒居。

翡帷翠帳，飾高堂些。紅壁沙版，玄玉梁些。（二〇）

堂梁爲韻。

翡帷二句：洪注：「在旁曰帷。」

紅壁二句：王注：「紅，赤白色也。沙，丹沙也。玄，黑也。言堂上四壁皆堊（塗）色，令之紅白，又以丹沙畫飾軒版。」按：以赤白色解紅，是。紅，赤加白，今語粉紅色。注又云「令之紅白」，以紅白爲赤白，與前不一致。玉，美詞，玉梁連讀，即梁。句謂以玄色飾梁。王逸五臣皆以玄玉連讀，解爲黑玉，誤。

仰觀刻桷，畫龍蛇些。坐堂伏檻，臨曲池些。芙蓉始發，雜芰荷些。紫莖屏風，文緑波些。文異豹飾，侍陂陀些。軒輬既低，步騎羅些。蘭薄户樹，瓊木籬些。魂兮歸來，何遠爲些？（二一）

蛇古音它，池是沱的後起字，蛇池（沱）荷波陀羅籬爲爲韻。

仰觀二句：説文：「椽方曰桷。」「秦名爲屋椽，周謂之榱，齊魯謂之桷。」

坐堂二句：王注：「言坐於堂上，前伏檻楯，下臨曲水清池。」

芙蓉二句：王注：「芙蓉，蓮華也。芰，菱也，秦人謂之薢茩。」

紫莖二句：王注：「屏風，水葵也。」洪注：「本草：鳧葵即莕菜，生水中，俗名水葵。又防風一名屏風。」五臣注：「風起吹之，生文於緑波中也。」

文異二句：洪注：「詩云：羔裘豹飾。（鄭羔裘）」陂音坡（戈韻）。王注：「陂陀，長陛也。言侍從之人皆衣虎豹之文，異采之飾，侍君堂隅，衛階陛也。」

軒輬二句：洪注：「軒，曲輈藩車也。輬音涼，卧車也。」王注：「低，俛（今寫俯）也。徒行爲步，乘馬爲騎。羅，列也。」

蘭薄二句：蘭薄，蘭叢。户樹，種於户邊。瓊木籬，五臣注：「瓊者，美言也。」以好木爲籬落。

何遠爲句：五臣注：「何用遠去爲也。」這是問句「何……爲」的句式。

自一三節「像設居室」至本節，陳居處。

室家遂宗，食多方些。稻粢穱麥，挐黄粱些。大苦鹹酸，辛甘行些。肥牛之腱，臑若芳些。和酸若苦，陳吴羹些。胹鼈炮羔，有柘漿些。鵠酸臇鳧，煎鴻鶬些。露雞臛蠵，厲而不爽些。粔籹蜜餌，有餦餭些。瑶漿蜜勺，實羽觴些。挫糟凍飲，酎清涼些。華酌既陳，有瓊漿些。歸來反故室，敬而無妨些。（二三）

胹臑腝諸字，注家往往混淆不清。例如洪注的「集韻腝㶵胹臑皆有而音，説文云爛也。」這四字應當是三字：（一）臑，説文「臂羊矢也。从肉，需聲，讀若襦。」羊矢是當時習語，臂羊矢是臂的羊矢，即臂的節骨。羊矢構詞法如魚肚（脛的突出肌肉）。段玉裁不知羊矢何謂，改許説解，非。廣韻臑字與腝字混淆。臑字音當爲虞韻之人朱切，義當爲号韻之臂節。（二）腝，説文「有骨醢也。从肉，耎聲。」字或體作臡。耎難都屬泥母。音當從朱翺年低反。（三）胹，説文「爛也。从肉，而聲。」㶵是胹的俗寫。廣韻之韻「臑，煮熟；胹，㶱，並上同；如之切」就是這個字。這裏臑若芳的臑當作腝。

方粱行芳羹漿鵠爽餭鴹涼漿妨爲韻。

室家二句：室家，謂王室。洪注：「宗，尊也。」食多方，吃的多種，吃法也多種。

稻粢二句：洪注「粢，子夷切」，王注「粢，稷」，皆以爲禾部的粢，誤。稻粢是一詞。粢是食部餈的或體，疾資切，許説「稻餅也」。稻餅説粢，也説稻粢，今故楚地的江西西部還是這樣説。穱非動詞的擇，穱麥是一詞，食品名。挐音nuó，王注「糅也」，是製作食品，兩掌團而周徧反覆地切摩。洪朱皆音女居切，非。

大苦二句：這二句説苦鹹酸辣甜五味。王注：「大苦，豉也。辛謂椒薑也。甘謂飴蜜也。」五臣云：「鹹，鹽也。酸，酢也。」洪云古人未有豉，以王説爲非。按：豉篆文時期已有，字從尗作枝，王注不誤。行，用。

肥牛二句：洪注：「腱，居言切（元韻），膂腱肉也。」臑若非一詞。王注「臑若，熟爛也」，非。上二句下二句都是説調味，夾在中間的肥牛二句也是説調味，説吃肥牛之腱怎樣調味。腝，是一種醢，許説是「有骨醢」。朱注：「或曰若謂杜若，用以煮肉，去腥而香也。」腝若調味，肥腱就香美，所以説「腝若芳」。

和酸二句：和，和調。若，連詞，與。羹，古行切，古音岡，今故楚地許多地方仍讀岡音。吳地長於作羹，故云吳羹。

胹鼈二句：胹，如之切，説文「爛也」。洪注：「炮，蒲交切，合毛炙物。一曰：裹物燒。」王注：

「羔，羊子也。柘，藷蔗也。取藷蔗之汁爲漿飲也。」洪注：「相如賦云諸柘巴苴，注云：柘，甘柘也。」

鵠酸二句：洪注：「鵠，鴻鵠也。臇，子兗切（獮韻），臛（臛解在下二句）少汁也。鳧，野鴨也。」王注：「鴻，鴻雁也。」洪注：「鶬音倉，麋鴰也。此言以酢漿烹鵠鳧爲羹，用膏煎鴻鶬也。」

露雞二句：露雞，今語風雞，風乾的雞。這一節是説和調五味，露與臛皆謂製作。王注以爲「露棲之雞」，非。洪注：「臛，字書作脽，呼各切，又音霍（皆鐸韻），肉羹也（説文）。集韻：涪陵郡出大龜，一名靈蠵，音攜（齊韻）。」厲而不爽，王注：「厲，烈也。爽，敗也，楚人名羹敗曰爽。言其味清烈不敗也。」

粔籹二句：洪注：「粔音巨，籹音女（語韻）。粔籹，蜜餌也（按：蜜餌，别一物），吴謂之膏環（膏環即粔籹）。餌，粉餅也。方言（十三）曰：餌謂之餻。餳謂之餦餭。注云即乾飴也。音張皇。一曰餅也。一曰餌也。」

瑶漿二句：瑶漿蜜勺，説的是漿酒二物。以漿爲酒者非。瑶與蜜言其美。勺同酌，酌是盛酒行觴（説文），這裏指酒。漿酒以「實羽觴」。這句猶下文的華酌瓊漿。

挫糟二句：王夫之注：「挫，壓也。」五臣注：「糟，酒滓也。」李善注：「凍，冷也。」王注：「酎，醇酒也。」言盛夏壓糟取酒，將清醇冷凍飲之。

華酌二句：華酌猶云芳酒。瓊漿猶云瑶漿。

歸來二句：無妨，没有妨害。

本節陳食飲。

肴羞未通，女樂羅些。敶鍾按鼓，造新歌些。涉江采菱，發揚荷些。美人既醉，朱顔酡些。娭光眇視，目曾波些。被文服纖，麗而不奇些。長髮曼鬋，豔陸離些。（二三）

通，本作徹，西漢避武帝諱改。

羅歌荷酡波奇離爲韻。

肴羞二句：羞，説文「進獻也」，王注「進也」，這是本義。左傳隱三年：「可羞於王公。」這裏羞是名詞。肴羞，肴饌。徹，今寫撤，撤去。羅，列。言肴饌未撤去，女樂就羅列。一道未終，别一道又接上。舊注按通字解，如王逸以爲「殷勤未通」，王夫之以爲「徧設」，皆非。

敶鍾二句：敶，今寫陳，列。五臣注：「按猶擊也。」造，作。

涉江二句：文選作陽荷，注云：「荷當作阿。涉江，采菱，陽阿，皆楚歌名。」揚陽同，荷阿同。三名皆發的受語，以詩句須匀稱，發字在第二句。

美人二句：洪注：「酡音馱，飲而赭色著面。」

娭光二句：娭，音嬉，許其切（之韻），説文「戲也」。又：「眇，一目小也。」洪注：「曾，重也。」這二句形容美人醉中不正眼視人，目光若流波。

被文二句：王注：「文謂綺繡也，纖謂羅縠也。」洪注：「纖，細也。」麗而不奇，言被服的富麗。句法如上節的厲而不爽。奇，奇偶的奇，説文「一曰：不偶」。不奇，猶今語不單調，以表富盛。王注「不奇，奇也」，引詩不顯文王爲例，朱熹從王注，誤。不顯的不爲丕。

長髮二句：曼，美。鬋，解見一六節。豔，豐盈。陸離，身長皃。

二八齊容，起鄭舞些。衽若交竿，撫案下些。竽瑟狂會，搷鳴鼓些。宮庭震驚，發激楚些。吳歈蔡謳，奏大吕些。（二四）

舞下鼓楚吕爲韻。

二八二句：二八，解見一五節。容，舞的動作進退之容。王注以爲「其儀容齊一，被服同飾」，非。王注：「鄭舞，鄭國之舞也。」諸解爲鄭重，或由鄭袖善舞而名者皆非。

衽若二句：五臣注：「衽，衣襟也。言舞人迴轉，衣襟相交如竿也。以手撫案其節而徐行也。」按：交竿若爲喻，不切，字恐有誤。或當作笄，則「衽若」謂舞人衽袖皆隨旋轉而順向；「交笄」謂舞人首飾交接皆整齊。

竽瑟二句：狂字不可通。王注「猶並也」，並非狂意。朱注「猶猛也」，猛會難通。看王注，疑狂原是注字。如水灌注，所以解猶並也。注非即並意，故云猶。搷，音填，徒年切（先韻）。王注：「搷，擊也。言衆樂並會，吹竽彈瑟，又搷擊鳴鼓以進八音，爲之節也。」搷雖動詞，實關鼓音填然。鳴鼓，大鼓。墨子非樂上：「撞巨鍾，擊鳴鼓。」

宮庭二句：激楚，楚樂歌名。洪注引淮南曰：「揚鄭衛之浩樂，結激楚之遺風。」激楚與鄭衛相對。又引舞賦云：「激楚結風陽阿之舞。」李善云：「激楚，歌曲也。」孔融薦禰衡表：「激楚揚阿，至妙之容。」「發激楚些」與二三節「發揚荷些」句法同。王注以激楚爲形容詞，誤。

吳歈二句：歈，音逾，羊朱切（虞韻）。王注：「吳，蔡，國名也。歈，謳，皆歌也。」大吕，律名。有十二律，陽六爲律，陰六爲吕。黄鐘，太族（簇），姑洗（音跣），蕤賓，夷則，無射（音亦）爲陽；大吕，夾鐘，中(仲)呂，林鐘，南呂，應鐘爲陰。黄鐘大呂各爲律呂的標準樂音。

自「肴羞未通」至「奏大呂些」，即二三節二四節，陳歌舞。

士女雜坐，亂而不分些。放敶組纓，班其相紛些。鄭衛妖玩，來雜敶些。激楚之結，獨秀先些。(二五)

分紛敶先爲韻。

士女二句：雜，合，一起。分，別。

放敶二句：王注：「組，綬。紛，亂也。言男女共坐，除去威嚴，放其冠纓，舒敶印綬，班然相亂。」洪注：「纓，冠系也。」

鄭衛二句：妖，妖美之女。玩，玩好之物。

激楚二句：結，今寫髻。朱注：「激楚之結，蓋歌舞此曲者之飾也。」秀先，五臣注：「秀異而先進於前。」

箟蔽象棊，有六簙些。分曹並進，遒相迫些。成梟而牟，呼五白些。(二六)

簙迫白爲韻。

箟蔽二句：說文：「簙，局戲也。六箸十二棊也。」洪注引方言(五)：「簙謂之蔽，秦晉之間謂之簙，吴楚之間謂之蔽，或謂之箭裹，或謂之棊。」朱注：「箟，竹名。蔽，字從竹。簙，箸也。博雅云：『投六箸，行六棊。』故爲六簙也。言宴樂既畢，乃設六簙，以箟簵作箸，象牙爲棊也。」

分曹二句：王注：「曹，偶。言投箸行棊，轉相遒迫，使不得擇行也。」五臣注：「遒，急也。」成梟二句：王注：「倍勝爲牟。五白，簙齒也。言己棊已梟，當成牟勝，故呼五白以助投也。」洪注：「漢書梟騎，注云：梟，勇也。若六博之梟。淮南曰：善博者不欲牟，不恐不勝。注云：博，其棊不傷爲牟。梟，堅堯切。牟，過也，進也，大也。」

晉制犀比，費白日些。鏗鍾摇虡，揳梓瑟些。（二七）

鏗鍾摇虡，鏗是鍾聲，王注直以鏗爲及物動詞撞，五臣以爲擊鍾則虡摇，解皆可疑。果虡以擊鍾而摇動，則此虡乃不堪用。王家之虡豈同野廟？按：摇當作瑶，以形近傳寫誤。即東君的瑶虡。鏗，瑶，梓，各作鍾虡瑟的定語。東君「簫鍾兮瑶虡」句亦未用動詞。

日瑟爲韻。

晉制二句：王注：「制，作也。比，集也。言晉國工作簙棊箸，比集犀角以爲雕飾。」洪注：「比，頻二切。費，耗也。」製作講究，耗費時間。朱注以爲「言博者争勝，耽著不已，耗損光陰也」，非。

鏗鍾二句：虡，其吕切（語韻）。作簴是俗寫。五臣注：「簴，懸鍾格（架）。揳，撫也。以梓木爲瑟。」洪注：「揳，古八切（黠韻），書亦作戛。」

自「士女雜坐」至「揳梓瑟些」，即二五節至二七節，陳玩好。

娱酒不廢，沈日夜些。蘭膏明燭，華鐙錯些。結撰至思，蘭芳假些。（二八）

夜錯假爲韻，古音在藥鐸部。朱注「夜叶羊茹反，假叶音故」，皆誤。

娭酒二句：娭，動詞，樂。不廢，不已，不止，謂娭酒。王注「不廢政事」，非。朱注：「沈，沈湎也。」

蘭膏二句：五臣注：「以蘭漬膏，取其香也。」明，美詞。朱注：「華謂其刻飾華好。」説文：「鐙，錠也。」即燭座。今寫燈。又：「錯，金塗也。」

結撰二句：洪注：「撰，述也。假音格。」朱注：「假，大也。謂結述其深至之情思爲詞以相樂，如蘭芳之甚大也。」

人有所極，同心賦些。酎飲盡歡，樂先故些。魂兮歸來，反故居些。（二九）

居讀踞，賦故居爲韻。

人有二句：極，至，造詣。言人各有其造詣，而同心陳之。洪注：「釋名曰：敷布其義謂之賦。漢書曰：不歌而誦謂之賦。」

酎飲二句：酎，音宙，直祐切（宥韻），説文「三重醇酒也」。先故一詞，是偏正結構。朱注：「先故，舊事也。」這二句説飲酒話舊。王注五臣注都以先故爲先祖及故舊，非。

自「娭酒不廢」至「樂先故些」，即二八節至二九節第四句，陳夜飲盡歡。

巫陽陳述故居的居處食飲娭樂既畢，復曰「魂兮歸來，反故居些」，以終其招魂之辭。用些（止止）之語止此。

亂曰：獻歲發春兮，汨吾南征。菉蘋齊葉兮，白芷生。（三〇）

亂曰以下又是作者口氣，遥接篇首「朕幼清以廉潔兮」至「長離殃而愁苦……」一段。亂音治，解見離騷二三節，九三節。

征生爲韻。

獻歲二句：獻歲，王注「歲始來進」。發春，春氣發動。汩，解見離騷四節。王注：「征，行也。」

菉蘋二句：菉，解見離騷三四節。齊葉，葉出齊了。白芷，解見離騷七節。

路貫廬江兮，左長薄。倚沼畦瀛兮，遥望博。（三一）

薄博爲韻。

路貫二句：貫，王注「出也」，朱注「穿過也」。王注：「廬江，長薄，地名也。言先出廬江，過歷長薄。長薄在江北，時東行，故言左也。」

倚沼二句：朱注：「倚，依也。」王注：「沼，池也。畦猶區也。楚人名池澤中曰瀛。遥，遠也。博，平也。」

青驪結駟兮，齊千乘。懸火延起兮，玄顏烝。（三二）

乘烝爲韻。

青驪二句：説文：「驪，馬深黑色。」「駽（火玄切），青驪馬。詩曰：『駜彼乘駽。』（魯頌有駜）」王注：「結，連也。四馬爲駟。」

懸火二句：王注：「懸火，懸鐙也。玄，天也。」洪注：「顏，容也。説文：烝，火氣上行也。」朱注：

「言夜獵懸鐙林中，其火延及燒於野澤，上烝玄天，使天赤色也。」

步及驟處兮，誘騁先。抑騖若通兮，引車右還。與王趨夢兮，課後先。君王親發兮，憚青兕。朱明承夜兮，時不淹。皋蘭被徑兮，斯路漸。湛湛江水兮，上有楓。目極千里兮，傷春心。魂兮歸來，哀江南。（三三）

這一段也是二句一韻，同韻到底。第二個先，兕，楓，心這四韻須説明。朱注「先叶音私，兕叶音詞」，非。兕古有跣音。兕讀成今音的洗也猶洗（先上聲）讀成今音的洗。故兕字韻叶。楓从風聲，讀颿音，廣韻符咸切（凡韻），徐鉉朱翱並符嚴切，同。心，洪注：「舊音蘇含切。按：詩『遠送于南』與『實勞我心』叶韻（邶燕燕），正與此同。」

先還先兕淹漸楓心南爲韻。

步及二句：朱注：「步及驟處，步行而及驟馬所至之處，言走之疾也。誘，蓋爲前導。」騁先，馳騁在先。誘騁先，導而前驅。

抑騖二句：王注：「抑，止也。騖，馳也。若，順也。還，轉也。言抑止馳騖者，順通共獲，引車右轉以遮獸也。」洪注：「還音旋。」

與王二句：與王，言己與王。王注：「楚人名澤中爲夢中。」洪注：「夢音蒙，又去聲。楚謂草澤曰夢。」按：雲夢之名，注家每不能辨。戰國策宋：「荆有雲夢。」夢是澤，楚語。此澤跨江南北，其名爲雲。夢是普通名詞，雲是專有名詞。國語楚下「有藪曰雲」，即有澤名雲。左傳宣四年「棄諸夢中」，即棄之於澤中。又昭三年「田江南之夢」，即田於雲夢的江南之部。又定四年「涉睢濟江，入於雲中」，即入於雲夢之中。諸以夢爲專名，以雲夢二字爲專名（故曰雲夢澤），以雲在江北，夢在江南（以未曉左傳「江南之夢」之義），以雲夢在江南，均誤。課後先，王注：「課第羣臣先至後至也。」

君王二句：王注：「發，射。」憚，讀殫，殲。説文：「殲，微盡也。」「殫，極盡也。」諸以爲驚，以爲懼者非。兕，字一作兕，如野牛而青（説文）。

朱明二句：王注：「朱明，日也。承，續也。言晝夜相續。」淹，留。離騷：「日月忽其不淹兮，春與秋其代序。」（五節）

皋蘭二句：王注：「皋，澤也。被，覆也。徑，路也。漸，没也。」洪注：「漸音尖。」朱注：「春深則草盛水生而路没也。」

湛湛二句：王注：「湛湛，水皃。言湛湛江水浸潤楓木，使之茂盛。」

目極二句：極，動詞，窮。言山澤春光，彌望傷心。

魂兮二句：魂兮歸來，意承巫陽招魂説。哀江南，就是哀楚國。江南是楚國主要地區，這裏從招懷王之魂説到哀江南，以表示哀楚國，哀楚國是招魂一篇的要歸。

九章

屈原惜誦、涉江、哀郢、抽思、懷沙、思美人、惜往日、橘頌、悲回風九篇，劉向集爲一組，九章的名稱當是劉向加的。王逸序説：「九章者，屈原之所作也。屈原放於江南之壄，思君念國，憂心罔極，故復作九章。」洪興祖説：「王怒而遷之，乃作懷沙之賦。則九章之作在頃襄時也。」洪以懷沙作於頃襄時而推定九篇皆然。觀九篇內容，知皆作於頃襄時。

各篇作時先後，無法考證。後人或以己意更定次序，玆皆不取。

惜誦以致愍兮，發憤以抒情。所非忠而言之兮，指蒼天以爲正。（一）

非，今本作「作」，誤，以形近，且涉下文「作忠」。古人誓言，以代詞所字開頭，接着用否定式，如非，不。

情正爲韻。

惜誦二句：惜，愛。誦，作惜的受語，王注「論也」。致，王注「至也」。愍，説文「痛也」。這句説，愛誦説以致痛苦，指進諫而見斥棄。憤，作發的受語，王注「懣也」。抒，神與切（語韻），王注「渫也」。

所非二句：這二句是誓言。指蒼天以爲正，是敘述句式。若用誓辭，就説「蒼天正之！」國語越下：「皇天后土四鄉地主正之！」這二句意思是，（忠我乃言之。）所非忠而言之者，蒼天正之！

令五帝以折中兮，戒六神與嚮服。俾山川以備御兮，命咎繇使聽直。（二）

服直爲韻。

令五帝二句：王注：「五帝謂五方神也。東方爲太皞，南方爲炎帝，西方爲少昊，北方爲顓頊，中央爲黄帝。」此以古帝爲神，猶下句言命咎繇。折，作扸的是俗字。斤旁隸變或爲片旁，見張遷碑及孔躭神祠碑。中，即論語堯曰「允執其中」的中。史記孔子世家索隱引此文王逸注：「折中，正也。」據此，知今本作木旁枡及王注「枡猶分也」云云，是經後人竄亂的。王注：「六神謂六宗之神也。尚書：『禋于六宗（日，月，星辰，泰山，河，海，見大傳唐傳注）。』嚮，對也。服，事也。」

俾山川二句：王注：「俾，使也。令山川之神。」備御，備用。命咎繇聽直，猶令五帝折中。

竭忠誠以事君兮，反離羣而贅肬。忘儇媚以背衆兮，待明君其知之。（三）

肬之爲韻。

竭忠誠二句：贅，之芮切（祭韻），廣韻「贅肉也」。肬，音尤（尤韻），説文「贅也」。洪注引莊子駢拇：「附贅縣肬。」今本作疣。反離羣而贅肬，反不合於衆而成了贅肬。

忘儇媚二句：儇，廣韻許緣切（仙韻），説文「慧也」。媚，説文「説（悦）也」。王注：「背，違也。言己脩行正直，忘爲佞媚之行，違偝衆人而見憎惡也。」

言與行其可迹兮，情與皃其不變。故相臣莫若君兮，所以證之不遠。（四）

變遠爲韻。

言與二句：王注：「志願爲情，顏色爲皃。言己言與行合，誠可循迹；情皃相副，内外若一，終不變易也。」

故相二句：洪注：「相，視也。」所以證之不遠者，臣常在左右，誰忠誰佞，比較可知。

吾誼先君而後身兮，羌衆人之所仇？專惟君而無他兮，又衆兆之所讎。（五）

洪考異：「一本羌下有然字。」是涉注「羌，然辭也」而衍，誤讀爲「羌然，辭也。」羌然兩個字，不當云「辭也」。注文此四字與前解異，亦爲後人竄入。

仇讎爲韻。

吾誼二句：誼，今寫作義。這裏謂人臣之義。羌，解見離騷一五節。王注：「怨耦曰仇。」羌衆人之所仇，怎麼倒爲衆人所仇怨？

專惟二句：惟，思。王注：「兆，衆也。百萬爲兆。」讎，説文以爲仇字的説解，故亦仇義。

壹心而不豫兮，羌不可保也？疾親君而無他兮，有招禍之道也。（六）

保道爲韻。

壹心二句：豫，逸豫。言心專壹而不逸豫，怎麼保不住呢？不可保謂己身。壹心不豫，不當不可保，故用反詰語氣，曰羌。

疾親二句：親君：動詞受語結構。疾，副詞，急切之意，作親的狀語。

這一節説信而見疑，忠而被謗。

思君其莫我知兮，忽忘身之賤貧。事君而不貳兮，迷不知寵之門。（七）

貧門爲韻。

思君二句：莫，代詞，無人。莫我知，没有人知我。身之賤貧與下句寵之門是相對的兩面。

事君二句：迷，蒙昧。所知者事君不貳，而於寵幸之門則蒙昧不曉。

忠何罪以遇罰兮？亦非余心之所志。行不羣以巔越兮，又衆兆之所咍。（八）

志咍爲韻。

忠何罪二句：遇，遭。志，記。言忠有什麼罪而遭罰？這也不是我心所記挂的。猶今所謂不在乎。

行不羣二句：王注：「巔，殞。越，墜。咍，笑也。楚人謂相啁笑曰咍。」洪注：「咍，呼來切。」廣韻同，咍韻。言我行不與衆同而摔下來，又爲衆人所嘲笑。

紛逢尤以離謗兮，謇不可釋。情沈抑而不達兮，又蔽而莫之白。（九）

釋古音如鐸，白古音如迫，韻叶。

紛逢二句：紛，句首助詞，解見離騷三節。謇，竟，解見離騷一九節。

情沈抑二句：達，通。之，代指情沈抑而不達。莫之白，無人明白它。

忳鬱邑余侘傺兮，又莫察余之中情。固煩言不可結而詒兮，願陳志而無路。

這四句是誤衍。韻不叶，意思也與它篇重複，忳，侘傺，中，煩，文字與下節重複。前二句由離騷二四節「忳鬱邑余侘傺兮」及三五節「孰云察余（尒字的錯）之中情」竄入，後二句由思美人「媒絶路阻兮，言不可結而詒」竄入。

退静默而莫余知兮，進號呼又莫吾聞。申侘傺之煩惑兮，中悶瞀之忳忳。（一〇）

聞忳爲韻。

退静默二句：静默與號呼相對而言。

中侘傺二句：侘傺，解見離騷二四節。瞀，音蒙。悶瞀，煩亂。忳忳，徒昆切，憂悶皃。

昔余夢登天兮，魂中道而無杭。吾使厲神占之兮，曰有志極而無旁。（一一）

杭旁爲韻。

昔余二句：夢登天，夢自己的魂登天。杭，今寫航。王注：「杭，度也。詩曰：『一葦杭之。』」

吾使二句：王注：「厲神蓋殤鬼也。左傳曰：晉侯夢大厲搏膺而踊也（見成十年）。」按：厲神，悍厲之神。極，至，作志的定語。王注：「旁，輔也。」言孤獨無輔助。

終危獨以離異兮，曰君可思而不可恃。故衆口其鑠金兮，初若是而逢殆。（一二）

恃殆爲韻。

終危獨二句：離異，與衆離異。

故衆口二句：洪注：「鑠，書藥切。」王注：「鑠，銷也。言衆口所論，萬人所言，金性堅剛尚爲銷鑠，以諭讒言多，使君亂惑也。殆，危也。」逢殆猶云「逢殃」。

懲於羹者而吹齏兮，何不變此志也？欲釋階而登天兮，猶有曩之態也。（一三）

志態爲韻。

懲於二句：懲，忍，戒。齏，一作韲，祖稽切（齊韻），擣薑蒜辛物爲之，如今之辣醬。王注：「言人有歠羹而中（去聲）熱，心中懲忍，見齏則恐而吹之。」

欲釋二句：王注：「釋，置也。」洪注：「釋名云：階，梯也。孟子所謂『完廩捐階』（見萬章上）是也。」王注：「曩，鄉也。」

衆駭遽以離心兮，又何以爲此伴也？同極而異路兮，又何以爲此援也？（一四）

伴援爲韻。

衆駭遽二句：洪注：「言衆人見己所爲如此，皆驚駭遑遽，離心而異志也。」王注：「伴，侣也。」

同極二句：極，目的，指事君。王注：「路，道也。」洪注：「援，接援救助也。」

晉申生之孝子兮，父信讒而不好。行婞直而不豫兮，鮌功用而不就。（一五）

好就爲韻。

晉申生二句：王注：「好，愛也。」申生，晉獻公太子。獻公信驪姬之讒，致申生自殺。事見左傳僖四年五年。

行婞直二句：解見離騷三三節。豫，逸豫。用，因。

吾聞作忠以造怨兮，忽謂之過言。九折臂而成醫兮，吾今而知其然。（一六）

言然爲韻。

吾聞二句：造，起。

九折二句：九折臂而成醫，這是古諺。左傳定十三年記齊高彊語作「三折肱知爲良醫。」

矰弋機而在上兮，罻羅張而在下。設張辟以娛君兮，願側身而無所。（一七）

下古音如户，下所爲韻。

矰弋二句：矰，作滕切（登韻），説文：「矰，惟，䠶矢也。」機，機發。罻，於胃切（未韻）。罻，羅，皆捕鳥網。禮記王制：「鳩化爲鷹，然後設罻羅。」

設張二句：設張，動詞。王注：「辟，法也。言讒人復更設張峻法以娛樂君，已欲側身竄首，無所藏匿也。」

欲儃佪以千傺兮，恐重患而離尤。欲高飛而遠集兮，君罔謂汝何之。（一八）

尤之爲韻。

欲儃佪二句：儃佪即低佪，儃音低，解見離騷三三節。千，字爲百千之千，作干者誤，誤在王逸之前，故王注干傺分解，以干爲求，以傺爲住。千傺雙聲，即侘傺，解見離騷二四節。重，平聲。重患，離尤，皆動詞受語結構。

欲高飛二句：集，止。罔，無，以爲誣罔者非。洪注：「言欲高飛遠集，去君而不仕，得無謂我遠去欲何所適也。」

欲横奔而失路兮，堅志而不忍。背膺牉以交痛兮，心鬱結而紆軫。（一九）

忍軫爲韻。

欲横奔二句：横奔猶云奔逸，放逸。失路猶云無路。這二句用意猶抽思的「願摇起而横奔兮，覽民尤以自鎮。」

背膺二句：王注：「膺，胷也。牉，分也。」分裂的分。牉，普半切(换韻)。交，副詞，作痛的狀語，併背與膺而言。洪注：「紆，縈也。軫，痛也。」

擣木蘭以矯蕙兮，糳申椒以爲糧。播江離與滋菊兮，願春日以爲糗芳。(二〇)

糧芳爲韻。

擣木蘭二句：擣，都皓切(晧韻)，舂碎。矯，糅和，攪拌，今故楚地的江西西部此義讀嬌音。糳，或借鑿字。離騷八四節洪注：「鑿音作，精細米也。」申椒，解見離騷七節。

播江離二句：滋，動詞，即離騷一三節滋蘭的滋。然則與字當作以或而。與字不連兩動受結構。糗，去久切(有韻)，説文「熬米麥也」，徐鍇説「煼乾米麥也」，王注「糒也」，説文「糒，乾也」，今所謂乾糧。江離與菊皆芳草，所以説糗芳。

恐情質之不信兮，故重著以自明。矯茲媚以私處兮，願曾思而遠身。(二一)

明身爲韻。

恐情質二句：情與質並用。懷沙：「懷質抱情。」史記作「懷情抱質兮。」不信，不見信。重，平聲，副詞，作著的狀語。

矯茲媚二句：矯，居夭切(小韻)，撟的借字，王注「舉也」。曾，洪注音增，王注「重也」。遠身，不干進務入之意。

惜誦　一作惜論

余幼好此奇服兮，年既老而不衰。帶長鋏之陸離兮，冠切雲之崔嵬。（一）

衰嵬爲韻。

余幼二句：王注：「奇，異也。」異於凡衆。服裝實表德行。王注：「衰，懈也。」

帶長鋏二句：帶，佩帶。長鋏，長劍。鋏，劍把（戰國策齊四鮑注），這裏舉偏概全。陸離，雙聲字，長皃。離騷：「長余佩之陸離。」冠，動詞。冠高切雲，因以爲名。崔嵬，疊韻字，高皃。陸離，崔嵬，皆定語，後置。

被明月兮，佩寶璐。世溷濁而莫余知兮，吾方高馳而不顧。（二）

璐顧爲韻。

被明月二句：明月，珠名。李斯上書：「垂明月之珠。」璐，音路，玉名。

世溷濁二句：莫，代詞，無人。

駕青虬兮，驂白螭。吾與重華遊兮，瑤之圃。（三）

螭古讀如離（羅），甫聲字有博音，韻叶。

駕青虬二句：五臣注：「虬，螭，皆龍類。」

吾與二句：重華，舜之號，見離騷三六節。説文：「瑤，玉之美者。」這裏形容圃。

登崑崙兮，食玉英。與天地兮同壽，與日月兮齊光。（四）

英光爲韻。

登崑崙二句：崑崙，解見離騷八六節。玉英，玉之英華。

哀南夷之莫吾知兮，旦余濟乎江湘。乘鄂渚而反顧兮，欸秋冬之緒風。（五）

凡聲字有芃（古讀龐）音，風與湘韻叶。

哀南夷二句：南夷，即思美人「觀南人之變態」的南人，當指楚國江南地區的人。莫，代詞，無人。江湘，即湘水。抽思及漁父「江潭」是潭水，構詞法同。江湘不是長江和湘水。這句是説余旦濟湘水。

乘鄂渚二句：王注：「乘，登也。鄂渚，地名。」洪注：「楚子熊渠封中子紅於鄂，鄂州武昌縣地是也。」今湖北鄂州市，不是今之武昌縣。欸，烏開切（咍韻），洪注音哀，王注「歎也」。洪注引方言「欸，然也，南楚凡言然者曰欸」（見卷十），則是别一用法，只用於應聲，至今故楚地的湖南江西許多地區還是這樣。緒風，不斷吹的風。

步余馬兮山皋，邸余車兮方林。

只此一韻，不成一節。且上節濟江湘，乘鄂渚，下節上沅，又下節發枉陼，宿辰陽，不畏僻遠，又下節入溆浦，才説儃佪不知所如。可見一路遵水道前行。在這裏不當步馬山皋，邸車方林，像「步余馬於蘭皋兮，馳椒丘且焉止息」（離騷二八節）那樣。這二句誤衍。

乘舲船余上沅兮，齊吴榜以擊汰。船容與而不進兮，淹回水而凝滯。（六）

汰滯爲韻。

乘舲船二句：舲，郎丁切（青韻），王注「船有窗牖者」。洪注：「上，上聲，謂遡流而上也。」齊，動詞。王注：「吴榜，船櫂也。」洪注：「字書：艐，船也，吴疑借用。」艐，五乎切（模韻）。汏，今寫汰，徒蓋切（泰韻），徐鍇説：「水激過也。」引此文。

船容與二句：容與，雙聲字，迴還不前皃。淹，留。回水，回流。

朝發枉陼兮，夕宿辰陽。苟余心其端直兮，雖僻遠之何傷？（七）

陽傷爲韻。

朝發二句：王注：「枉陼，地名。」陼，章與切（語韻），朱翱音諸與反，同，徐鉉音當古切。説文：「陼，如渚者陼丘，水中高者也。」國語楚下：「又有藪曰雲，連徒洲。」釋名釋丘：「澤中有丘曰都丘。」陼丘即徒洲即都丘。爾雅以陼丘都丘爲二名，非。爾雅陼丘之文取説文而渚字誤，都丘之文取釋名，這也可證爾雅成書在漢末。諸如此類，例尚不少。後人説漢時字學家訓詁據爾雅者皆非。畢沅疑釋名「兆於劉珍，踵成於熙」，書或成於漢魏之際，而後人綴緝入爾雅。王注：「辰陽亦地名也。」洪注：「前漢武陵郡有辰陽，注云三山谷，辰水所出，南入沅；水經云沅水東逕辰陽縣東南合辰水，舊治在辰水之陽，故取名焉，楚詞所謂夕宿辰陽也。沅水又東歷小灣，謂之枉渚。」

苟余二句：王注：「苟，誠也。」果真。五臣注「苟，且也」，誤。僻遠，承發枉陼宿辰陽而言。末句之字不合句法，當是又字之誤，以形近。用又，與雖關聯。

入溆浦余儃佪兮，迷不知吾所如。深林杳以冥冥兮，乃猨狖之所居。（八）

如居爲韻。

入漵浦二句：漵，水名。儃佪即低佪，解見惜誦一八節。王注：「如，之也。」

深林二句：説文：「杳，冥也。」五臣注：「冥冥，暗皃。」猨，今寫猿。洪山鬼注：「狖，余救切，似猨。」

山峻高以蔽日兮，下幽晦以多雨。霰雪紛其無垠兮，雲霏霏而承宇。（九）

雨宇爲韻。

霰雪二句：霰，蘇甸切（霰韻），説文「稷雪也。」謂細粒如稷之雪。以爲雨雪雜下者非。紛，紛亂。洪注：「垠音銀，畔岸也。」説文：「承，奉也。」「宇，屋邊也。」

哀吾生之無樂兮，幽獨處乎山中。吾不能變心而從俗兮，固將愁苦而終窮。（一〇）

中窮爲韻。

吾不能二句：窮，窮困，對通達而言。離騷二四節：「忳鬱邑余侘傺兮，吾獨窮困乎此時也。寧溘死以流亡兮，余不忍爲此態也。」

接輿髡首兮，桑扈臝行。

只此一韻，不成一節。且下節稱比干子胥，謂忠賢不必用，而接輿桑扈佯狂之行，與屈原平素所稱道者不類。這二句誤衍。臝字今本下半中間作果，是誤字。義旁是衣，聲旁是𦝠。聲旁果便是或體裸。

忠不必用兮，賢不必以。伍子逢殃兮，比干菹醢。（一一）

以醢爲韻。

忠不必二句：王注：「以亦用也。」論語微子：「不使大臣怨乎不以。」

伍子二句：王注：「伍子，伍子胥也。爲吴王夫差臣。諫令伐越，夫差不聽，遂賜劍而自殺。後越竟滅吴。故言逢殃。」洪注：「子胥，伍員（音云）也。」王注：「比干，紂之諸父也。紂惑妲己，作糟丘酒池長夜之飲，斷斮朝涉，刳剔孕婦。比干正諫，紂怒，殺比干，剖其心。故言菹醢也。」菹醢，解見離騷四〇節。

與前世而皆然兮，吾又何怨乎今之人？余將董道而不豫兮，固將重昏而終身。（一二）

人身爲韻。

與前世二句：與同暨，借作既，與……又……關聯。何，疑問副詞，作怨的狀語。

余將二句：董，動詞，王注：「正也」。豫，紓，緩。王注以爲猶豫，非。猶豫雙聲字，單説豫就没有猶豫義。重，平聲。昏，暗。重昏謂暗之甚。

亂曰：鸞鳥鳳皇，日以遠兮。燕雀烏鵲，巢堂壇兮。（一三）

亂，音治，解見離騷九三節。

遠壇爲韻。

鸞鳥二句喻忠賢罷斥，燕雀二句喻讒佞登進。

露申辛夷，死林薄兮。腥臊並御，芳不得薄兮。（一四）

薄薄爲韻。

露申二句：王逸以爲「露，暴也；申，重也。言重積辛夷，露而暴之」，説不可通。露申不成義，當有誤字。按句法，此二字當是類似辛夷之香木或香草，或爲申椒。衆木曰林，叢草曰薄。

腥臊二句：王注：「御，用也。薄，附也。」薄音迫，近。

陰陽易位，時不當兮。懷信侘傺，忽乎吾將行兮。（一五）

當行爲韻。

陰陽二句：陰陽以喻邪正。

懷信二句：懷信，懷抱誠信。侘傺，解見離騷二四節。行，涉江遠行。

涉江

皇天之不純命兮，何百姓之震愆！民離散而相失兮，方仲春而東遷。（一）

這一節説郢都失陷。郢都，今湖北江陵縣。楚文王自丹陽徙此。後九世，平王城之。後十世，楚頃襄王二十一年（秦昭王二十九年，周赧王三十七年，公元前二七八年），秦將白起拔楚郢都，頃襄王亡走陳，今河南淮陽縣。

愆遷爲韻。

皇天二句：純，常。皇天之不純命，「天命靡常」（詩大雅文王）之意。何百姓之震愆，感歎語氣。震，震動。愆，過，謂受罪。

民離散二句：王注：「仲春，二月也。」東遷，指郢都失陷後，人民播遷，東徙於陳。以東遷爲屈原自謂者非。

去故鄉而就遠兮，遵江夏以流亡。出國門而軫懷兮，甲之鼂吾以行。（二）

這以下因郢都失陷而自敍見放離郢以後之胸懷。

亡行爲韻。

去故鄉二句：去與就相對而言，去是離去，就是依附。王注：「遵，循也。江夏，水名也。」洪注：「前漢有江夏郡。應劭曰：沔水自江別至南郡華容爲夏水，過郡入江，故曰江夏。水經云：夏水出江，流于江陵縣東南。」

出國門二句：王注：「軫，痛也。甲，日也。鼂，旦也。」洪注：「鼂讀爲朝暮之朝。」

發郢都而去閭兮，荒忽其焉極？楫齊揚以容與兮，哀見君而不再得。（三）

極得爲韻。

發郢都二句：説文：「閭，里門也。」荒忽，雙聲字，心神不定皃。極，止。

楫齊揚二句：洪注：「楫音接。」王注：「楫，船櫂也。齊，同也。揚，舉也。」容與，解見涉江六節。

望長楸而太息兮，涕淫淫其若霰。過夏首而西浮兮，顧龍門而不見。（四）

霰見爲韻。

望長楸二句：洪注：「楸音秋。」説文：「楸，梓也。」王注：「長楸，大梓。淫淫，流皃也。」霰，解見涉江九節。

過夏首二句：王注：「夏首，夏水口也。龍門，楚東門也。」浮，汎。

心嬋媛而傷懷兮，眇不知其所蹠。順風波以從流兮，焉洋洋而爲客。（五）

蹠客爲韻。

心嬋媛二句：嬋媛，解見離騷三三節。王注：「眇猶遠也。」洪注：「蹠音隻。」蹠是止。不知其所止，言牽掛傷懷不已。

順風波二句：從流，順流。焉，副詞，乃，作爲的狀語。王注：「洋洋，無所歸皃也。」順波從流，乃洋洋無所歸。

淩陽侯之氾濫兮，忽翺翔之焉薄？心絓結而不解兮，思蹇産而不釋。（六）

釋古音如鐸，薄釋爲韻。

淩陽侯二句：王注：「淩，乘也。陽侯，大波之神。」氾濫，形容水波的廣闊。王注：「薄，止也。」

心絓結二句：絓，音罣，牽繫。蹇産，疊韻字，王注「詰屈也」。

將運舟而下浮兮，上洞庭而下江。去終古之所居兮，今逍遥而來東。（七）

江東爲韻。

將運舟二句：運，移動，行。洞庭，雲夢的主湖，即今洞庭湖，故云上洞庭。王逸此句洞庭無注，見湘君注，云「洞庭，太湖也。」以囿於雲夢之古名。當時已有洞庭之名。蘇秦説楚威王曰：「楚地南有洞庭蒼梧。」（戰國策楚一）這顯然非太湖。山海經中山經中次十二經：「洞庭之山，帝之二女居之。是常遊於江淵，澧沅之風交瀟湘之淵，是在九江之間，出入必以飄風暴雨。」連舉澧沅瀟湘，洞庭絶非太湖。郭注也説：「今長沙巴陵縣西。」離騷（泛指屈賦）曰『邅吾道兮洞庭』，『洞庭波兮木葉下』，皆謂此也。」王注誤。洪注謂「逸云太湖，蓋指巴陵洞庭耳」，這是曲爲彌縫。江，長江。

去終古二句：終古，永古，解見離騷六四節。

羌靈魂之欲歸兮，何須臾而忘反？背夏浦而西思兮，哀故都之日遠。（八）

羌何義重複，必衍其一。羌是楚語，後人難隨便加，然則何字衍。羌是疑問副詞，居全句之首或居須臾而忘反之前，俱可。

反遠爲韻。

羌靈魂二句：羌，解見離騷一五節。

背夏浦二句：夏浦，夏水之浦。西思，思郢都。東行，郢都在西。

登大墳以遠望兮，聊以舒吾憂心。哀州土之平樂兮，悲江介之遺風。（九）

心風爲韻。

登大墳二句：墳，丘。登大墳以遠望，猶離騷的「升皇之赫戲兮，忽臨睨夫舊鄉。」

哀州土二句：王注：「閔惜鄉邑之饒富也。遠涉大川，民俗異也。」洪注：「樂音洛。曹子建詩云：『江介多悲風。』注云：『介，間也。』」

當陵陽之焉至兮，南渡之焉如？曾不知夏之爲丘兮，孰兩東門之可蕪？（一〇）

如蕪爲韻。

當陵陽二句：按句法，焉至前當有表行動的動詞，如下句焉如前有動詞渡。然則陵是動詞，陵陽猶言升高。故王注說「意欲騰馳，道安極也？」以騰馳解陵陽，以安極解焉至。洪注以爲漢丹陽郡之陵陽縣，非。以仙人附會，更謬。朱注「陵陽，未詳」，也不以爲地名。如，動詞，之。

曾不知二句：王注：「夏，大殿也。丘，墟也。詩云『於我乎夏屋渠渠。』孰，誰也。」兩東門，郢城兩東門。說東門，因是東遷，由東門出。蕪，荒蕪。

心不怡之長久兮，憂與愁其相接。惟郢路之遼遠兮，江與夏之不可涉。（一一）

接涉爲韻。

惟郢路二句：惟，思。江，長江。夏，夏水。

忽若不信兮，至今九年而不復。慘鬱鬱而不通兮，蹇侘傺而舍慼。（一二）

舍是含的誤字。王逸時不誤，他以内結毒解含慼。

慼讀蹙，復慼爲韻。

忽若二句：王注：「始從細微，遂見疑也。放且九歲，君不覺也。」王所云不覺，不悟之意。洪注：「卜居言『屈原既放，三年不得復見』，此云『至今九年而不復』。屈平在懷王之世被絀復用，至頃襄即位，遂放於江南耳。其云既放三年，謂被放之初。又云九年而不復，蓋作此時放已九年也。」按：三年九年都不是實指。哀郢卜居都是文學作品，不宜看作史事的記敘。

懆鬱鬱二句：王注：「中心憂滿，慮（名詞）閉塞也。悵然住立，內結毒也。」懆字今本作慘，是隸變。懆，采老切（皓韻），説文「愁不安也。詩曰：『念子懆懆。』」慘訓毒，非其義。蹇同謇，竟，解見離騷一九節。侘傺，解見離騷二四節。

外承歡之汋約兮，諶荏弱而難持。忠湛湛而願進兮，妬被離而障之。（一三）

持之爲韻。

外承歡二句：此謂佞人。外，表面。承歡，逢迎。汋，市若切（藥韻）。汋約，疊韻字，柔媚皃。諶，音忱，氏任切（侵韻），王注「誠也」，説文「誠諦也」。荏，如甚切（寑韻），本是草名，以音的關係表柔弱之意，荏柔弱雙聲。論語陽貨：「色厲而內荏。」諶荏弱而難持，實在是荏弱而難持其身。持謂自持，王注以爲「扶持之」，非。

忠湛湛二句：湛，徒減切（豏韻），王注：「湛湛，重厚皃。」被音披，被離古音坡羅，疊韻字，披拂皃，這裏形容妬的浸潤。揚雄反離騷：「亡春風之被離兮，孰焉（二字衍其一）知龍之所處？」被離同此。王注云「加被離析」，以爲動受結構，誤。被離謂浸潤於君。之，代指忠湛湛而願進的人。

堯舜之抗行兮，杳杳而薄天。衆讒人之嫉妬兮，被以不慈之僞名。憎愠惀之脩美兮，好夫人之忼慨。衆踥蹀而日進兮，美超遠而逾邁。

這二節王逸無注。文又見九辯「何氾濫之浮雲兮」一章（第八章）内，云：「堯舜之抗行兮，杳冥冥而薄天。何險巇之嫉妬兮，被以不慈之僞名？」下節文字全同。若是宋玉襲哀郢舊文，也没有這樣襲了一節又一節的。從王逸無注看，哀郢這二節王逸時没有，是後來從九辯竄入。後人爲彌縫其缺，加注「此皆解於九辯之中」。洪興祖又於目録後云：「按九章第四，九辯第八，而王逸九章注云皆解於九辯中，知釋文篇第蓋舊本也。」

亂曰：曼余目以流觀兮，冀壹反之何時？鳥飛反故鄉兮，狐死必首丘。信非吾罪而棄逐兮，何日夜而忘之？（一四）

亂曰，亂音治，解見離騷九三節。

時丘之爲韻。

曼余二句：洪注：「説文：『曼，引也。』音萬。」注音字萬當從古讀爲明母，非今音之萬。

鳥飛二句：狐死必首丘，首作動詞。禮記檀弓上「狐死正丘首」舊注：「及死而猶正其首以向丘。」

信非二句：之，代指上句非罪棄逐之事實。王注以爲「晝夜念君」，非。

哀郢

心鬱鬱之憂思兮，獨永歎乎增傷。思蹇産之不釋兮，曼遭夜之方長。（一）

傷長爲韻。

心鬱鬱二句：永歎，長歎。

思蹇産二句：蹇産，解見哀郢六節。曼，説文「引也」。徐鍇曰：「古云樂有曼聲，是長之聲也。」這裏曼作狀語。

悲秋風之動容兮，何回極之浮浮？數惟蓀之多怒兮，傷余心之懮懮。（二）

回極不可解。王洪皆以回爲邪，於句法構詞法皆不合。回極是四極之誤。

浮懮爲韻。

悲秋風二句：悲秋風之動容兮，洪注：「九辯曰：『悲哉秋之爲氣也，蕭瑟兮草木摇落而變衰』，意與此同。」浮浮，空蕩無物之皃。二句説秋風改變地面容狀。

數惟二句：數，副詞，頻，比。洪注：「惟，思也。」王注：「蓀，香草也，以喻君。懮（當作懮懮），痛皃也。」懮是後起字。

願摇起而横奔兮，覽民尤以自鎮。結微情以陳詞兮，矯以遺夫美人。（三）

鎮人爲韻。

願摇起二句：摇，横，皆副詞，狀語。尤，訧的借字，説文：「訧，罪也。」王注：「鎮，止也。」這是説看到人民遭的罪罰而自己鎮定下來，不摇起横奔。

結微情二句：結微情以陳詞，王注：「結續妙思，作辭賦也。」矯，舉。美人，喻賢者。

昔君與我成言兮，曰黃昏以爲期。羌中道而回畔兮，反既有此他志？（四）

期志爲韻。

昔君二句：君，國君。成言，今語說好了。

羌中道二句：羌，怎麼，解見離騷一五節。回畔，動詞。反，副詞。

憍吾以其美好兮，覽余以其脩姱。途言而不信兮，蓋爲余而造怒。（五）

這一節是說佞人。

姱怒爲韻。

憍吾二句：憍，舉喬切（宵韻），洪注「矜也」。美好，脩姱，都是外表的假象。覽，顯示。

途言二句：途言，途說，道路之言。洪注：「爲，去聲。」

願承閒而自察兮，心震悼而不敢。悲夷猶而冀進兮，心怛傷之憺憺。（六）

敢憺爲韻。

願承二句：洪注：「閒音閑。察，明也。」王注：「思待清宴，自解說也。」震悼，震懼。說文：「陳楚謂懼曰悼。」

悲夷猶二句：王逸湘君注：「夷猶，猶豫也。」怛，當割切（曷韻），說文「憯也」。憺，徒敢切（敢韻）。憺憺，安緩皃。

玆歷情以陳辭兮，蓀詳聾而不聞。固切人之不媚兮，衆果以我爲患。（七）

聞患爲韻。

玆歷情二句：歷，同瀝。説文：「瀝，浚也。」「浚，抒也。」詳，同佯。

固切人二句：朱熹蔣驥皆以切人爲懇切之人。按：切人，切直之人。故云不媚，用狀語固。

初吾所陳之耿著兮，豈至今其庸亡？何獨樂斯之謇謇兮？願蓀美之可光。（八）

亡光爲韻。

初吾二句：耿，明。庸，副詞，使語氣較輕。

何獨二句：獨，副詞。斯之謇謇，樂的受語。下句説樂斯之謇謇的所爲（去聲）。光，廣。

望三五以爲像兮，指彭咸以爲儀。夫何極而不至兮？故遠聞而難虧。（九）

儀古音如俄，虧古音如霍，儀虧爲韻。

望三五二句：三，夏商周三王。五，五帝，司馬遷以爲黄帝，顓頊，嚳，堯，舜。像，型法。彭咸，解見離騷一九節。儀，儀刑，表儀。

夫何二句：夫，夫如是，承上二句。極，窮盡。何極而不至，何遠而不到。遠聞，聲名遠布。虧，損。

善不由外來兮，名不可以虚作。孰無施而有報兮？孰不實而有穫？（一〇）

作穫爲韻。

善不二句：善不由外來，王注：「才德仁義從己出也。」不可作，動詞被動式。以，介詞。以虛，凭空。

孰無二句：施，施智切（寘韻）。王注：「誰不自施德而蒙福？空穗滿田，無所得也。」

少歌曰：與美人抽怨兮，并日夜而無正。憍吾以其美好兮，敖朕辭而不聽。（一一）

少歌曰：少歌猶云小歌。洪注：「此章有少歌有倡有亂。少歌之不足，則又發其意而爲倡；獨倡而無與和也，則總理一賦之終以爲亂辭云爾。」

怨字義不合，是思的誤字。誤在王逸之前，王以「恨意」解怨。朱本作抽思，不誤。

這一節說連美人（喻賢者）都意見不合。

正聽爲韻。

與美人二句：抽，引（説文）。抽思與言，猶今所謂談心。洪注：「并，並也。」正，合，不偏離。這是説連日連夜而無相合處。

憍吾二句：言美人以其美好矜於我，「慢我之言而不采聽」（王注）。

倡曰：有鳥自南兮，來集漢北。好姱佳麗兮，牉獨處此異域。既惸獨而不羣兮，又無良媒在其側。（一二）

倡曰：洪注：「倡與唱同。」

這一節説孤獨。

北域側爲韻。

有鳥二句：王注：「屈原自喻。」集，止。漢北，洪注：「禹貢：嶓冢導漾，東流爲漢。水經及山海經注云：漢水出隴西坻道縣嶓冢山，初名漾水，東流至武都沮縣，始爲漢水，東南至葭萌與羌水合，至江夏安陸縣名沔水，又東至竟陵，合滄浪之水，又東過三澨，水觸大别山，南入於江也。」

好姱二句：好姱佳麗，謂鳥。胖，音見惜誦一九節，這裏是副詞，反，以胖反古音同。異域，異地，謂漢北。

道逴遠而日忘兮，願自申而不得。望北山而流涕兮，臨流水而太息。（一三）

這一節説道里遼遠，山川阻深。

得息爲韻。

道逴遠二句：逴，敕角切（覺韻），説文「遠也」。

望孟夏之短夜兮，何晦明之若歲？惟郢路之遼遠兮，魂一夕而九逝。（一四）

歲逝爲韻。

望孟夏二句：望，冀望。洪注：「上云曼遭夜之方長，此云望孟夏之短夜者，秋夜方長而夏夜最短，憂不能寐，冀夜短而易曉也。」晦明，自晦至明。晦明若歲，從天黑到天亮若一年，喻夜的長。

惟郢路二句：説文：「惟，思也。」「逝，往也。」九逝對一夕而言，九表很多次。

曾不知路之曲直兮，南指月與列星。願徑逝而未得兮，魂識路之營營。（一五）

星營爲韻。

曾不知二句：不知路，指月星以識路。

願徑逝二句：徑，副詞，直。識，辨認。洪注：「營營，往來皃。」

何靈魂之信直兮，人之心不與吾心同？理弱而媒不通兮，尚不知余之從容。（一六）

同容爲韻。

何靈魂二句：何字貫到心同。信直，並列關係。

理弱二句：理，媒，解見離騷五六節。從容，形容態度。

亂曰：長瀨湍流，泝江潭兮。狂顧南行，以娛心兮。（一七）

亂，音治，解見離騷九三節。

潭心爲韻。

長瀨二句：説文：「瀨，水流沙上也。」湍，他端切（桓韻），説文「疾瀨也」。王注：「逆流而上曰泝。」潭，王注「淵也，楚人名淵曰潭」；朱注亦以爲「深淵」；洪注「潭水出武陵；一説楚人名深（下脱淵字）曰潭」。按：若潭是淵，則不當説泝，又楚辭漁父「游於江潭」與「行吟澤畔」重複。以潭爲水名是。漁父同。潭水出武陵郡鐔（音潭）成縣玉山，東至阿林入鬱水。見漢書地理志。江潭的構詞法如「江湘」（涉江），就是潭水湘水。涉江説旦濟江湘，限於「旦」時，不是濟江又濟湘。

狂顧二句：狂，作顧的狀語。

軫石崴嵬，蹇吾願兮。超回志度，行隱進兮。（一八）

願進爲韻。

軫石二句：軫，章忍切（軫韻）。洪注：「軫石謂石之方者，如車軫耳。」崴音隈（集韻），嵬音桅（廣韻），俱灰韻，疊韻字，王注：「崴嵬，高皃也。」洪考異：嵬一作⿱山褢。注云：「⿱山褢音淮。」廣韻皆韻有⿱山褢字，户乖切，解云：「崴⿱山褢，不平皃。」⿱山褢並無其字，是涉褢字而誤，上面的亠誤成山。説文衣部：「褢，袖也。一曰：藏也。从衣，鬼聲。」與訓俠之褱本是一字的二形。説懷袖，懷抱，都是這個褱（褢）字。⿱山褢則嵬下加半衣，不成字了。崴嵬的嵬也不當是褢。廣韻及洪説均誤。蹇，竟，解見離騷一九節，這裏作動詞。

超回二句：超是越，回是轉，超回表進退。度，去聲，名詞，志度是意度。隱同㥯，於謹切（隱韻），説文「謹也」。超回志度猶離騷八三節的「和調度」。行隱進就是行謹進。王注「超越回邪，志其法度」，以超回與志度皆動受結構，又云「隱行忠信，日以進也」，皆非。

低佪夷猶，宿北姑兮。煩冤瞀容，實沛徂兮。（一九）

姑徂爲韻。

這一節十六字，用了四個雙聲疊韻字：低佪疊韻，夷猶雙聲，煩冤疊韻，瞀容疊韻。瞀音蒙，霿从此字得聲，以爲莫候切音茂者誤。

低佪二句：王注：「夷猶，猶豫也。北姑，地名。」

煩冤二句：煩冤，煩亂鬱結皃。瞀容，蒙暗皃。實，副詞。沛，副詞，盛。王注：「徂，去也。」

愁歎苦神，靈遥思兮。路遠處幽，又無行媒兮。（二〇）

思媒爲韻。

愁歎二句：王注：「愁歎苦神者，思舊鄉而神勞也。靈遥思者，神遠憂也。」

路遠二句：王注：「路遠處幽者，道遠處僻也。無行媒者，無紹介也。」

道思作頌，聊自救兮。憂心不遂，斯言誰告兮？（二一）

救告爲韻。

道思二句：道，中道。説文：「救，止也。」王注：「救傷懷之思也。」

憂心二句：王注：「不遂，不達也。誰告者，無所告愬也。」

抽思

滔滔孟夏兮，草木莽莽。傷懷永哀兮，汩徂南土。（一）

滔滔，史記屈原傳所載作「陶陶」。

莽古讀莫補切，莽土爲韻。

滔滔二句：王注：「滔滔，盛陽皃也。言孟夏四月純陽用事，煦成萬物，草木之類莫不莽莽盛茂。」

傷懷二句：王注：「永，長也。」方言六：「汩（注于筆反。廣韻同，質韻），疾行也。南楚之外曰汩。」王注：「徂，往也。」

眴兮杳杳，孔静幽默。鬱結紆軫兮，離慜而長鞠。（二）

杳杳，史記作窈窈。默作墨。鬱作冤。慜作愍。而作之。

默鞠爲韻。

眴兮二句：説文：「旬（或體眴），目摇也。」王注：「杳杳，深冥皃也。孔，甚也。默，無聲也（據集解引。今本注默字重，非）。」

鬱結二句：惜誦有「心鬱結而紆軫。」紆軫，解見惜誦一九節。洪注：「離，遭也。慜與愍同。」説文：「愍，痛也。」王注：「鞠，窮也。」

撫情效志兮，冤屈而自抑。刓方以爲圜兮，常度未替。（三）

冤屈，史記作俛詘。而作以。

抑替爲韻。

撫情二句：王注：「撫，循也。抑，按也。」高誘戰國策西周注：「效，致也。」效志即致志。

刓方二句：刓，五丸切（桓韻），洪注「圓削也」。王注：「度，法也。替，廢也。」

易本迪兮，君子所鄙。章畫志墨兮，前圖未改。（四）

本迪，史記作初本由。志作職。圖作度。

鄙改爲韻。

易本二句：易，變易。本迪，王逸解爲常道。

章畫二句：王注：「章，明也。志，念也。圖，法也。明於所畫，念其繩墨，脩前人之法，不易其道。」

内厚質正兮，大人所盛。巧倕不斲兮，孰察其撥正？（五）

内厚質正，史記作内直質重。倕作匠。撥作揆。

盛正爲韻。

内厚二句：王注：「言人質性敦厚，心志正直，則大人君子所盛美也。」

巧倕二句：王注：「倕，堯巧工也。斲，斫也。察，知也。撥，治也。」撥正，治而正。

玄文處幽兮，矇瞍謂之不章。離婁微睇兮，瞽以爲無明。（六）

處幽，史記作幽處；無瞍字，皆是。這四句句法整齊，幽處與微睇皆狀動結構，矇與瞽相對。矇瞽非生僻字，而王逸皆有注，瞍不當不注。可見正文本無瞍字，涉注文「矇瞍」而衍。

玄文不可解。王注以玄爲墨，云「縣（今本作孫，誤）玄墨之文居於幽冥之處」，亦不可通。字當有誤。言幽處，上面當是人名。且與離婁相對，知確是人名。玄文當是子文之誤。子文是楚令尹，幽處指他未爲令尹時。他本是鬬伯比與䢵君女的非婚生子，生時鬬伯比還居䢵，未爲楚大夫，則子文幽處的一段時間還不短。子文成了楚國的名令尹，知有其國而不知有其身，孔子都稱道他忠。這裏這樣提，與他的身分合。子文名著以其章，離婁以其明。

章明爲韻。

子文二句：王注：「矇，盲者也。」章，章顯。

離婁二句：王注：「離婁，古明目者也。孟子曰離婁之明。」洪注：「淮南曰離朱之明，即離婁也。」微，同敳，説文「妙也」。方言二：「睇，眄也，陳楚之間南楚之外曰睇。」王注：「瞽，盲者也。」

變白以爲黑兮，倒上以爲下。鳳皇在笯兮，雞鶩翔舞。（七）

第一以字，史記作而。鶩作雉。

下舞爲韻。

鳳皇句：笯，乃故切（暮韻）。方言十三：「籠，南楚江沔之間或謂之笯。」

同糅玉石兮，一槩而相量。夫惟黨人鄙固兮，羌不知余之所臧？（八）

第三句，史記作「夫黨人之鄙妒兮」。余之，史記作吾。

量臧爲韻。

同糅二句：糅，雜糅，解見離騷三〇節。槩，古代切（代韻），平斗斛的木。

夫惟二句：鄙，同啚，説文「嗇也」。鄙固，嗇吝固陋。羌，怎麽，解見離騷一五節。説文：「臧，善也。」

任重載盛兮，陷滯而不濟。懷瑾握瑜兮，窮不知所示。（九）

末句史記作「窮不得余所示」。

濟示爲韻。

任重二句：洪注：「盛，多也。言所任者重，所載者多也。」陷，陷没。滯，沈滯。濟，成。

懷瑾二句：懷同褱，王注：「在衣爲懷，在手爲握。」瑾，渠遴切（震韻）。遴音吝。説文：「瑾瑜，美玉也。」窮，與達相對。示，告，王注「語也」。

邑犬之羣吠兮，吠所怪也。非俊疑傑兮，固庸態也。（一〇）

之字，史記無。非作誹。傑作桀。

怪態爲韻。

邑犬句：邑，王注云「邑里」。

非俊二句：俊，傑（桀同），皆材知過人者之稱。王注：「庸，廝賤之人也。」

文質疏内兮，衆不知余之異采。材朴委積兮，莫知余之所有。（一一）

第一余字，史記作吾。朴作樸，是。説文朴樸義異。「朴，木皮也。」「樸，木素也。」木的皮層叫朴，刳去皮層而未斲治，作爲素材的叫樸。尚書梓材：「若作梓材，既勤樸斲，惟其塗丹雘。」

采有爲韻。

文質二句：王注：「言己能文能質，内以疏達，衆人不知我有異藝之文采也。」按：正文未及藝字，注文異藝當云特異。

材樸二句：材樸猶今語木材。委積，委置堆積而不用。莫，代詞，無人。説無人知道我有的是什麼。

重仁襲義兮，謹厚以爲豐。重華不可遻兮，孰知余之從容？（一二）

遻，史記作啎。

豐容爲韻。

重仁二句：王注：「重，累也。」洪注引淮南注云：「襲亦重累。」王注：「豐，大也。」

重華二句：重華，舜。屈原是就重華陳辭而得中正的（離騷），所以這裏這樣説。遻，五各切（鐸韻），説文「相遇驚也」，就是料想不到的相遇。廣韻「心不欲見而見曰遻」，將説文意體會差了。字从咢，徐鍇説：「咢即遇也。」咢本義是「譁訟」（説文），字从吅屰（不順），屰亦聲。説文：「啎，逆也。从午，吾聲。」徐鍇曰：「相逢也。楚辭曰：『重華不可啎兮。』」從容，疊韻字，王注「舉動也」。

古固有不並兮，豈知其何故？湯禹久遠兮，邈而不可慕。（一三）

第二句舊本楚辭作「莫知其何故」（據索隱引），史記作「豈知其故也」。今本「豈知其何故」，豈作狀語，何作定語，豈何義重複，是合舊本（有何字）與史記（有豈字）而成，誤。其故不必用何，當從史記無何字。第四句史記作「邈不可慕也」。

故慕爲韻。

本節四句：王注：「並，俱。慕，思也。」洪注：「此言聖賢有不並時而生者，故重華不可遻，湯禹不可慕也。」

懲違改忿兮，抑心而自强。離慜而不遷兮，願志之有像。（一四）

違字今本作連，是因形近而誤，兹從史記。史記强作彊。慜作湣。像作象。

强像爲韻。

懲違二句：王注：「懲，止也。」説文：「違，離也。」抑心，即離騷二六節的「屈心而抑志」。自强的强上聲，自勉强，即勉强自己。易乾象曰：「天行健，君子以自彊不息。」彊也是上聲，動詞。

離慜二句：離慜，解見本篇二節。王注：「遷，徙也。」改移之意。像，徐兩切（養韻），今故楚地的江西西部還是讀上聲，説文「象也」（以當時通行字説解），王注「法也」。

進路北次兮，日昧昧其將暮。舒憂娱哀兮，限之以大故。（一五）

第三句，史記作「含憂虞哀兮」。從娱哀，知作舒憂是，含字由舒字脱誤。虞同娱。

暮故爲韻。

進路二句：王注：「次，舍也。」昧昧，昏暗皃。

舒憂二句：舒憂，娱哀，都是動受結構。王注：「大故，死亡也。」洪注：「孟子云：『今也不幸至於大故。』」限之以大故，猶云以至於死。

亂曰：浩浩沅湘，分流汩兮。脩路幽蔽，道遠忽兮。（一六）

亂，音治，解見離騷九三節。

浩浩沅湘至篇末，史記每句末並有兮字。

蔽，史記作拂。

汩忽爲韻。

浩浩二句：王注：「浩浩，廣大皃也。」汩，古忽切（没韻），涌流皃，作流的狀語。

脩路二句：王注：「脩，長也。」幽蔽，王注「幽深蔽闇」。忽，迷忽不辨路。説文：「忽，忘也。」「忘，不識也。」

這一節下面，史記有「曾唫恆悲兮，永歎慨兮。世既莫吾知兮，人心不可謂兮」四句二十一字，是衍文，涉下文「曾傷爰哀」以下四句而衍。

懷質抱情，獨無匹兮。伯樂既没，驥焉程兮？（一七）

第一句，史記作「懷情抱質兮」。没作歿。驥字下有將字。

程與匹韻不叶。朱熹説「匹當作正，字之誤也」，以湊合程字音，非。段玉裁以爲異部「合用」（六書音均表三），即「合韻」（六書音均表五），這裏是「以程韻匹」（又第十一部與第十二部同入説）。段的根本錯誤是用教蒙童調平仄的辦法處分四聲，如他説的第十二部包括平聲真臻先，上聲軫銑，去聲震霰，入聲質櫛屑，這就是唸真軫震質，先銑霰屑。實際這入聲與平上去是雙聲關係，質櫛屑部字根本不是與真臻先軫銑震霰同韻，真臻先軫銑震霰諸韻是没有入聲的。程爲什麽與匹叶？這程字本是秩字，漢時今文寫作程。尚書帝典的三處「平秩」秩字史記五帝紀都作程。秩，序。伯樂死了，驥的服駕就失其序了。匹秩爲韻。

懷質二句：匹，比，王注「雙也」。

伯樂二句：姓名的樂字，皆讀音樂之樂，五角切（覺韻）。古書注例，音樂之樂不注音，這是因爲「讀如字」；喜樂之樂注音洛。人名之伯樂，閻樂（秦趙高壻，咸陽令），徐樂（漢），皆不注音，故讀如字，即音樂之樂。戰國策楚四：「驥服鹽車而上太行。中阪遷延，負轅不能上。伯樂遭之，下車攀而哭之，解紵衣以冪之。驥於是俛而噴，仰而鳴。彼見伯樂之知己也。」吴師道補正：「伯樂姓孫名陽，秦穆公時人。」

萬民之生，各有所錯兮。定心廣志，余何畏懼兮？（一八）

第一句，史記作「人生稟命兮」。余作餘，余字是。

錯懼爲韻。

萬民二句：錯，措置，施爲。

曾傷爰哀，永歎喟兮。世溷濁莫吾知，人心不可謂兮。（一九）

溷濁，史記無濁字。莫作不，莫字是。莫，代詞，無人。人心，無人字，脱。

喟謂爲韻。

曾傷二句：曾，副詞，重累。傷，哀，皆動詞。爰，助詞。句法如「亦集爰止。」（詩小雅采芑，大雅卷阿）永，長。

世溷濁二句：世，主語；溷濁，表語。莫，主語；吾知，動受結構。人心，主語。不可謂，被動式動詞，不可説。

知死不可讓，願勿愛兮。明告君子，吾將以爲類兮。（二〇）

明字下史記有以字。

愛類爲韻。

知死二句：王注：「讓，辤也。」愛，惜。

明告二句：史記正義：「類，例也。」

懷沙

思美人兮，擥涕而竚眙。媒絶路阻兮，言不可結而詒。（一）

眙詒爲韻。

思美人二句：美人，喻賢者。王注以爲懷王，非。擥，盧敢切（敢韻），説文「撮持也」，洪注「猶拉也」。竚，直吕切（語韻），洪注「久立也」。眙，丑吏切（志韻），又與之切（之韻），説文「直視也」，徐鍇曰「視不移也」。

媒絶二句：言辭須修飾，屈原每云結言。離騷「解佩纕以結言兮，吾令蹇脩以爲理」（五六節），這裏「媒絶路阻兮，言不可結而詒」，一凭理致，一託媒傳。詒，與之切，今寫作貽。

蹇蹇之煩冤兮，陷滯而不發。申旦以舒中情兮，沈菀而莫達。（二）

發達爲韻。

蹇蹇二句：蹇蹇，難滯皃，作煩冤的定語。陷滯，解見懷沙九節。這裏是説陷没沈滯於胸中。申旦二句：申旦，分明的意思。惜往日：「芳與澤其雜糅兮，孰申旦而别之？」同。九辯一章有「獨申旦而不寐兮」，那申旦是達旦。菀，於阮切（阮韻）。沈菀，疊韻字，蘊結皃。廣韻又紆物切（物韻），宛聲字讀鬱，是由雙聲轉讀。

願寄言於浮雲兮，遇豐隆而不將。因歸鳥而致辭兮，羌宿高而難當？（三）

將當爲韻。

願寄言二句：豐隆，雲師。離騷：「吾令豐隆乘雲兮。」（五六節）將，「將命」（論語陽貨）的將。

因歸鳥二句：羌，怎麽，解見離騷一五節。洪注：「當，值也。」

高辛之靈盛兮，遭玄鳥而致詒。欲變節以從俗兮，媿易初而屈志。（四）

詒志爲韻。

高辛二句：解見離騷五九、六一節。

欲變節二句：變節，也説改節，折節，是改變辦法，節不是現在説的氣節，大節的節。媿，或體即愧，慚。

獨歷年而離愍兮，羌馮心猶未化？寧隱閔而壽考兮，何變易之可爲？（五）

化爲爲韻。

獨歷年二句：離愍，解見懷沙二節。羌，怎麽，解見離騷一五節。馮心，解見離騷三六節。

寧隱閔二句：説文：「隱，蔽也。」閔，哀傷。壽考，王注「終年命也。」言寧隱蔽此哀傷以終年命，變易實不可爲。末句，變易本是主語，可爲是被動式動詞。即變易何可爲？

知前轍之不遂兮，未改此度。車既覆而馬顛兮，蹇獨懷此異路。（六）

度路爲韻。

知前轍二句：前轍，指前賢忠信蒙禍。遂，成。此度，己之度。

車既二句：蹇，竟，解見離騷一九節。此異路，即前轍。異，分別於衆。

勒騏驥而更駕兮，造父爲我操之。遷逡次而勿驅兮，聊假日以須旹。指嶓冢之西限兮，與纁黄以爲期。（七）

之旹期爲韻。

勒騏驥二句：勒，説文「馬頭絡銜也」，這裏是動詞。更，平聲，改。史記秦本紀：「秦之先，造父以善御幸於周繆王，得驥，温驪，驊騮，騄耳之駟，西巡狩。造父爲繆王御，長驅歸周，一日千里。繆王以趙城封造父。」

遷逡二句：遷，七然切（仙韻），逡，七倫切（諄韻），雙聲兼疊韻字，洪注：「遷逡猶逡巡，行不進皃。説文曰：次，不前也。」須，同䇓，待。旹，時字的古文。

指嶓冢二句：嶓，博禾切（戈韻）。纁，淺絳也（説文）。王注：「嶓冢，山名。尚書『嶓冢導漾。』纁黄蓋黄昏時也。」

開春發歲兮，白日出之悠悠。吾且蕩志而愉樂兮，遵江夏以娛憂。（八）

悠憂爲韻。

吾且二句：蕩志，肆意。洪注：「愉音逾。」遵江夏，解見哀郢二節。娛憂，猶懷沙的「舒憂娛哀」。

擥大薄之芳茝兮，搴長洲之宿莽。惜吾不及古人兮，吾誰與玩此芳草？（九）

莽草爲韻。

擥大薄二句：洪注：「薄，叢薄也。」宿莽，解見離騷四節。

惜吾二句：不及，趕不上。玩，五換切（換韻），説文「弄也」。

解萹薄與雜菜兮，備以爲交佩。佩繽紛以繚轉兮，遂萎絶而離異。（一〇）

佩異爲韻。

解萹薄二句：萹，音匾，方典切（銑韻），説文「萹茿也」，王注「萹蓄也」。洪注：「本草云：亦呼爲萹竹。萹薄謂萹蓄之成叢者。」王注：「雜菜，雜香之菜。交，合也。言己解折萹蓄，雜以香菜，合而佩之，言修飾彌盛也。」香字正文未及，未必然。

佩繽紛二句：繚，力小切（小韻），説文「纏也」。「纏，繞也。」遂，終究。萎，於爲切（支韻）。

吾且儃佪以娛憂兮，觀南人之變態。竊快中心兮，揚厥憑而不竢。芳與澤其雜糅兮，羌芳華自中出？（一一）

出，尺類切（至韻），態竢出爲韻。

吾且二句：儃佪，解見離騷三三節。南人，當指楚國南方的人。王注以爲即楚，未是，那就不當稱南人。

竊快二句：快，動詞。憑，懣。竢，待。

芳與澤二句：芳與澤其雜糅兮，解見離騷三〇節。羌，解見離騷一五節。

紛郁郁其遠蒸兮，滿内而外揚。情與質信可保兮，羌居蔽而聞章。（一二）

動詞蒸，當有主語。由郁郁推斷，紛當作芬，主語。

揚章爲韻。

芬郁郁二句：郁郁，有文章皃。郁是戫的借字，說文有部：「戫，有文章也。」徐鍇曰：「論語『郁郁乎文哉』，本作此戫，假借郁字。」戫今寫彧。遠，蒸的狀語。蒸，同烝，如雲氣的烝騰。

情與質二句：聞，去聲，名詞，聲聞，聲名。言情與質真可保住，就怎樣居處幽蔽，聲名也會章顯。

令薜荔以爲理兮，憚舉趾而緣木；因芙蓉而爲媒兮，憚蹇裳而濡足。（一三）

蹇，當作褰，去乾切（仙韻），提起衣服。詩鄭褰裳：「褰裳涉溱（洧）。」

木足爲韻。

令薜荔二句：薜荔，香草；芙蓉，蓮花，俱見離騷（一八節，二九節）。說文：「憚，忌難也。」舉趾，舉足。緣木，上樹，攀高。

因芙蓉二句：濡，人朱切（虞韻），霑溼。

登高吾不說兮，入下吾不能。固朕形之不服兮，然容與而狐疑。（一四）

能疑爲韻。

登高二句：登高，謂攀附而居高位。說，同悅。入下，謂隨俗。

固朕形二句：形，身體。服，服習，由服習而適應。然，如此。容與，解見離騷八八節。

廣遂前畫兮，未改此度也。命處幽吾將罷兮，願及白日之未暮也。（一五）

度暮爲韻。

廣遂二句：廣，副詞，作遂的狀語。遂，動詞，成。前畫，始圖，初志。此度，己之度。

命處二句：處幽，居於幽暗。罷，洪讀疲。這裏應當用動詞，不是疲，且疲不好説將疲。罷，薄蟹切（蟹韻），止，休。是説命將終。願及白日之未暮也，王注：「思得進用，先年老也。」

獨煢煢而南行兮，思彭咸之故也。

這二句，言思彭咸，有赴死意，與上節廣遂前畫，願及未暮意舛，且王逸的四言注文，句句不缺，而這二句無注，當是衍文。

思美人

惜往日之曾信兮，受命詔以昭詩。奉先功以照下兮，明法度之嫌疑。（一）

詩疑爲韻。

惜往日二句：受命句，讀「受命」當小停頓。詔以昭詩，王注：「君告屈原，明典文也。」以告解詔，以明解昭，以典文解詩，是。

奉先功二句：王注：「承宣祖業，以示民也。草創憲度，定衆難也。」王注的業是功業，衆是多。嫌疑，疑似難辨。

國富强而法立兮，屬貞臣而日娭。祕密事之載心兮，雖過失猶弗治。（二）

娭治爲韻。

屬貞臣句：屬音囑。貞，正。娭，許其切（之韻），説文「戲也」。王注：「委政忠良，而遊息也。」

祕密事二句：王注：「天災地變，乃存念也。臣有過差，赦貰寬也。」以祕密事爲指天災地變。按：由動詞載，知祕密事是一詞。由下句雖過失猶弗治，知祕密事當謂人事之隱閉不可宣者。言雖過失猶弗治，上句自是指臣子，非關天災地變。祕字从示，説文「神也」。徐鍇曰：「祕不可宣也。祕之言閉也。」密字从山，説文「山如堂者」，是石山一面空虚，也有幽隱意（説文密下連岫字，一如堂，一有穴，相類）。

這一節説國盛君明。

心純庬而不泄兮，遭讒人而嫉之。君含怒而待臣兮，不清澈其然否。（三）

否古音是易否卦之否，符鄙切（旨韻），之否爲韻。

心純厖句：厖，莫江切（江韻），洪注「厚也」。純厖即左傳成十六年之「敦厖」。杜注：「敦，厚也。厖，大也。」王注：「素性敦厚，慎語言也。」

不清澈句：清澈，動詞，明白。然否，是否，是非。

這一節説忠誠被讒，君聽不明。

蔽晦君之聰明兮，虚惑誤又以欺。弗參驗以考實兮，遠遷臣而弗思。（四）

欺思爲韻。

蔽晦二句：蔽晦，動詞。虚惑連讀，誤又以欺連讀。二句説讒臣。

弗參驗二句：遠，動詞。遷，徙，作臣的定語。二句説闇君。

信讒諛之浮説兮，盛氣志而過之。何貞臣之無辠兮，被讟謗而見尤？（五）

今本「被離謗」，被離義重。洪考異：離一作讟。當是一本作被讟謗，一本作離謗，作離則不得有被字。

之尤爲韻。

信讒諛二句：浮，虚而無實。盛，動詞。氣志，意氣。過，動詞，責過。

何貞臣二句：辠，古罪字。讟，徒谷切（屋韻），説文「痛怨也」。左傳昭元年：「民無謗讟。」杜注：「讟，誹也。」尤，訧的借字，説文：「訧，罪也。」

慚光景之誠信兮，身幽隱而備之。臨沅湘之玄淵兮，遂自忍而沈流。（六）

之流爲韻。

慚光景二句：王洪注於句法詞義皆未得。説文：「景，光也。」光景即光陰。光景誠信，謂歲時日夜秩然不紊，慚己之不及，故身幽隱而慎之。説文：「備，慎也。」

臨沅湘二句：玄淵，深淵。遂，終究。

卒没身而絶名兮，惜壅君之不昭。君無度而弗察兮，使芳草爲藪幽。（七）

幽古音如幺小之幺，昭幽爲韻。

卒没身二句：卒，副詞，終究。壅，壅蔽，作君之定語。昭，明。

君無度二句：度，法度。藪，蘇后切（上聲厚韻），説文「大澤也」。幽，説文「隱也。从山中𢆶，𢆶亦聲」。徐鍇曰：「山中隱處。」

焉舒情而抽信兮？恬死亡而不聊。獨障壅而蔽隱兮，使貞臣爲無由。（八）

由古音如摇，聊由爲韻。

焉舒情二句：焉，疑問副詞。抽，引，解見抽思一節。洪注：「恬，安也。」言安得舒情抽信。既不得舒情抽信，遂「安於死亡，不苟生也」（洪注）。

獨障壅二句：王注：「遠放隔塞，在裔土也。欲竭忠節，靡其道也。」言使貞臣無由爲貞臣。爲一作而，則使貞臣而無由使，語意不合，非。

聞百里之爲虜兮，伊尹烹於庖廚。吕望屠於朝歌兮，甯戚歌而飯牛。（九）

廚牛爲韻。

聞百里句：百里，百里奚，荆之鄙人。聞秦繆公之賢而願望見，行而無資，自粥於秦客，被褐食牛，就是這裏説的爲虜，虜是賤人之稱。期年，繆公知之，以五羖羊皮贖之，以爲相（據史記商君傳）。史記晉世家有「虜虞公及其大夫井伯百里奚（二人）以媵秦穆姬」的記載，而左傳僖五年只記「執虞公及其大夫井伯」，未及百里奚。當從左傳。

第二至四句：解見離騷七二節，七四節。

不逢湯武與桓繆兮，世孰云而知之？吴信讒而弗味兮，子胥死而後憂。（一〇）

之憂爲韻。

不逢二句：湯武桓繆，承伊尹吕望甯戚百里奚説。離騷云吕望遭周文，這裏云武王，以湯武習言，且吕望亦輔武王。云，助詞。而，這裏作副詞。

吴信二句：謂吴王夫差信讒而殺伍子胥。弗味，不辨，這是比喻用法。憂謂亡國之患。

介子忠而立枯兮，文君寤而追求。封介山爲之禁兮，報大德之優游。（一一）

求游爲韻。

介子四句：介子，介之推。之字是語助（見杜預左傳僖二十四年注）。文君，晉文公重耳。文公得國，修政施惠，賞從亡者及功臣。行賞未盡，周襄王以弟帶之難來告急，是以賞從亡者未至隱者介子推。推亦不言禄，至死不復見。文公求所在，聞入緜上山中，於是封緜上以爲介推田，號曰介山。立枯，謂死。這是比喻用法，如樹之立枯。燒死之説誤。王注所謂「失忘子推」，「文公因燒其山，子推抱樹燒而死，故言立枯也」，事既不合情理，立枯解就不能不誤。寤，寤其忠而未及賞。禁，禁樵采。優游，作大德之定語，後置，洪注「大德之皃」，是。

思久故之親身兮，因縞素而哭之。或忠信而死節兮，或詑謾而不疑。（一二）

詑，今本作訑，是誤字。洪注音移，誤。詑的它旁俗寫成㐌，又誤成也。㐌旁本無其字，施字是㫃與也兩部分。

之疑爲韻。

這一節，前二句當承上介之推而言。後二句意轉。

思久故二句：久，舊。親身，謂從亡，王注以爲「親自割其身」，非。縞素而哭之，當是據傳聞。

或忠信二句：這是説另外兩方面的情形，有的人好，有的人壞。王注於忠信則説「仇牧荀息，與梅伯也」，於詑謾則説「張儀詐欺，不能誅也」，也不過是舉例而言，不要認爲就是這幾個人。詑，徒河切（歌韻），説文「兖州謂欺曰詑」，徐鍇説「謾欺之意也」。謾，母官切（桓韻），説文「欺也」。不疑，居之不疑，視爲當然。

弗省察而按實兮，聽讒人之虚辭。芳與澤其雜糅兮，孰申旦而别之？（一三）

辭之爲韻。

弗省察二句：聽讒不察，説的是君。

芳與澤二句：芳與澤其雜糅兮，解見離騷三〇節。申旦，解見思美人二節。

何芳草之早殀兮，微霜降而不戒。諒聰不明而蔽壅兮，使讒諛而日得。（一四）

不戒，今本作下戒。下戒謂霜，不戒謂人。微霜降而人不戒，應當是謂人。作不戒是。微霜即當戒，防微杜漸。

戒讀入聲，古得切（德韻），戒得爲韻。

諒聰二句：諒，副詞，信。易噬嗑，夬，皆云「聽不明也」。聰，名詞，聽力；不明，作聰的表語。王注「知淺短」，以知解聰，以淺短解不明。正文一本作不聰明，是因不曉這個句法而誤。

自前世之嫉賢兮，謂蕙若其不可佩。妬佳冶之芬芳兮，⿱莫女母姣而自好。（一五）

佩好爲韻。

自前世二句：洪注：「若，杜若也。」

妬佳冶二句：洪注：「冶，妖冶，女態。易曰：『冶容誨淫。』（繫辭上）」⿱莫女母，一詞，醜女之稱，非女名。⿱莫女也寫作嫫，莫胡切（模韻），母，莫厚切（厚韻），説文：「⿱莫女母，都醜也。」（鉉本）都醜即大醜。姣，古巧切（巧韻），朱翺音根卯反，同，説文「好也」。廣韻及徐鉉又音胡茅切（肴韻），非。

雖有西施之美容兮，讒妬入以自代。願陳情以白行兮，得罪過之不意。（一六）

代意爲韻。

雖有二句：洪注：「西施，越之美女。越絶書曰：越王句踐得采薪二女西施鄭旦，以獻吴王。」自代，即代己。代己，己是受語；自代，自是狀語。自代是就西施説的。雖有西施那樣美貌，讒妬者一入，就取代了自己。

願陳情二句：白，動詞，表白。行，行爲。不意，不意料到。

情冤見之日明兮，如列宿之錯置。乘騏驥而馳騁兮，無轡銜而自載。（一七）

置載爲韻。

情冤二句：情，中情。冤，冤屈。見，讀現。日，狀語。宿，息救切（宥韻）。列宿，列星。錯，倉各切（鐸韻），雜，交錯。置，陳。

乘騏驥二句：説文：「銜，馬勒口中也。」「無轡銜而自載」，與下節「無舟楫而自備」，讀了可想見去國孤臣的困心獨行。

乘氾泭以下流兮，無舟楫而自備。背法度而心治兮，辟與此其無異。（一八）

備異爲韻。

乘氾泭二句：氾，孚梵切（去聲梵韻）。這個音，説文有相關的三個字：「氾，濫也。（鍇本有『一曰淹』三字）」「汎，浮皃。」「泛，浮也。」氾是「洪水横流，氾濫於天下」（孟子滕文公上）的氾，汎泛是一字的異形，義爲浮，廣韻以爲一字，是。這裏氾泭的氾是汎（泛）的借字。泭，芳無切（虞韻），説文「編木以渡水也」，即今竹木筏。論語公冶長：「乘桴浮于海。」借「眉楝」之桴。氾作泭的定語，言其用。王注「乘舟氾船，而涉渡也」，非，下句明説無舟楫。説文：「楫，舟櫂也。」備，葡的借字，説文：「葡，具也。」

背法度二句：心治，以心治事。王注：「背棄聖制，用愚意也。」洪注：「辟與譬同。」此，指無轡銜以駕騏驥，無舟楫而乘氾泭。

寧溘死而流亡兮，恐禍殃之有再。不畢辭而赴淵兮，惜壅君之不識。（一九）

再在代韻，識讀志，在志韻，古韻叶。

寧溘死二句：溘，口答切（合韻），奄，奄忽（洪離騷注）。再，重，指禍殃重加於身。王注以爲「罪及父母與親屬」，非。

不畢辭二句：王注：「陳言未終，遂自投也。哀上愚蔽，心不照也。」

惜往日

后皇嘉樹，橘徠服兮。受命不遷，生南國兮。（一）

服國爲韻。

后皇二句：樹，不是今語的樹。王逸混樹橘二字解爲「橘樹」，未審。洪注引漢書「江陵千樹橘」，那樹字是單位名詞，千樹即千章，千株。朱熹解爲「草木之樹」，并草木言。説文：「樹，木生植之總名。」徐鍇曰：「樹之言豎也。」這裏樹字用法如戰國策燕二樂毅報惠王書「薊丘之植」的植，嘉樹即嘉植。今語的樹古語説木，思美人有「憚舉趾而緣木」，山鬼有「風颯颯兮木蕭蕭」。樹的定語后，皇，嘉。后，君長。許慎解桂曰：「江南木，百藥之長。」倣這説法，也可以説：橘，江南木，百果之長。所以用后。皇，大；嘉，美（皆説文）。徠，同來。王注：「服，習也。來服習南土，便其性也。」

受命二句：王注：「言橘受天命，生於江南，不可移徙，種於北地則化而爲枳也。」

深固難徙，更壹志兮。緑葉素榮，紛其可喜兮。（二）

志喜爲韻。

深固二句：本根深固而難徙，更專壹其心志。壹志説的還是橘，是比喻用法。

緑葉二句：素，白。榮，華，即花。紛，句首助詞，解見離騷三節。

曾枝剡棘，圓果摶兮。青黄雜糅，文章爛兮。（三）

摶爛爲韻。

曾枝二句：洪注：「曾音增，重也。」剡，以冄切（琰韻）。王注：「剡，利也。棘，橘枝刺若棘也。」洪注引方言曰：「凡草木刺人，江湘之間謂之棘。」（見卷三）説文：「摶，圜也。」

青黄二句：王注以青爲橘葉。洪注：「橘實初青，既熟則黄。」上節已言緑葉素榮，這節青黄雜糅接敘在圓果摶兮之後，洪解是。文章，文采。爛，郎旰（旰音幹）切（翰韻），明。詩鄭女曰雞鳴：「明星有爛。」

精色内白，類任道兮。紛緼宜脩，姱而不醜兮。（四）

類任道兮，今本作「類可任兮」，涉注文「可任」而誤。看王注，王逸時尚未誤。

道字从辵从首，首亦聲，道醜爲韻。

精色二句：洪注：「青黃雜糅言其外之文，精色內白言其中之質也。」精色，純粹之色。內，指瓤。白，淨。類，類似。任，保，力堪負荷，非今義的任事。王注「可任以道」，不合古義。

紛緼二句：緼，於云切（文韻）。紛緼，疊韻字，王注「盛皃」。宜脩，好脩（離騷三四節）。湘君也說「美要眇兮宜脩」。姱，好，見離騷一七節，二〇節，三四節。王注：「醜，惡也。」謂容皃惡。

嗟爾幼志，有以異兮。獨立不遷，豈不可喜兮？（五）

異喜爲韻。

嗟爾二句：爾，汝，謂橘。言汝少小之心志即有以異於衆果木。王注以爲人異於橘，非。

深固難徙，廓其無求兮。蘇世獨立，横而不流兮。（六）

求流爲韻。

深固二句：廓，恢廓，大。廓其無求，氣度恢廓，無所求。

蘇世二句：王注：「蘇，寤也。」蘇世，自醒於濁世。横，與世違牾。不流，不從流隨俗。

閉心自慎，終不失過兮。秉德無私，參天地兮。（七）

第二句終不今本作不終，茲據洪考異一本。王注也作終不。失過，韻不叶。前人誤以地爲歌戈部字。故吴棫顧炎武段玉裁皆作失過，以過地爲韻，段且云「失過一作過失，誤」，實是段誤。失過是過失的誤倒，王注作「過失」，不誤。惜往日亦云過失（二節），王注云過差。

失地爲韻。

閉心二句：閉，收斂之意。不過失，動詞否定式。

秉德二句：王注：「秉，執也。言己執履忠正，行無私阿，故參配天地。」

願歲并謝，與長友兮。淑離不淫，梗其有理兮。（八）

友理爲韻。

願歲二句：按句法是一句。歲，時日。歲并謝，是與時俱終。言願與橘長爲友，至於無既。

淑離二句：還是説橘。王注：「淑，善也。梗，强也。」離，麗（易離彖辭）。王以離爲「與橘離別」，不合正文句法。不淫，不放逸。理，條理。

年歲雖少，可師長兮。行比伯夷，置以爲像兮。（九）

長像爲韻。

年歲二句：少，少壯的少。可師長，動詞被動式。

行比二句：行，平聲，行爲。比，上聲，不及物動詞，並，就是與……一樣。王注：「伯夷，孤竹君之子也。父欲立伯夷，伯夷讓弟叔齊，叔齊不肯受，兄弟棄國俱去，之首陽山下。周武王伐紂，伯夷叔齊扣馬諫之。遂不食周粟而餓死。」與史記所記有不同。置，立。王注：「像，法也。」詳見懷沙一四節。這四句都是説橘，最後説置橘以爲像。王洪皆以此爲屈原自謂，洪注比讀去聲，解爲近，並非。

橘頌通篇是頌橘的。

橘頌

悲回風之搖蕙兮，心冤結而内傷。物有微而隕性兮，聲有隱而先倡。（一）

冤，洪考異「一作宛」，宛字當作菀，傳寫脱廿頭。

傷倡爲韻。

悲回風二句：王注：「回風爲飄。」説文：「飄，回風也。」冤結，菀結，鬱結。惜誦懷沙皆有鬱結。

物有二句：微，𢼸的借字，説文：「𢼸，妙也。」王注：「隕，落也。」性，生，生命。説文：「隱，蔽也。」朱注：「秋令已行，微物凋隕。風雖無形，而實先爲之倡也。世之治亂亦猶是矣。」

夫何彭咸之造思兮，暨志介而不忘？萬變其情豈可蓋兮？孰虛僞之可長？（二）

忘長爲韻。

夫何二句：何，疑問副詞，貫至「不忘」。暨，連詞，及，與，連着造思與志介而不忘。造思，動受結構。志介，志節耿介。不忘，不離棄。這是説，彭咸怎樣想，又怎樣志節耿介而不忘？

萬變二句：蓋，王注「覆（敷救切）也」，洪注「掩也」。

鳥獸鳴以號羣兮，草苴比而不芳。魚葺鱗以自别兮，蛟龍隱其文章。（三）

芳章爲韻。

鳥獸二句：號，胡刀切（豪韻），説文「呼也」。苴，子魚切（魚韻），王注：「生曰草，枯曰苴。」比，上聲，不及物動詞，並。香草並則益芳，草苴並自不芳。

魚葺二句：别，皮列切（薛韻），異。王注：「葺，累也。言衆魚張其鬐尾，葺累其鱗，則蛟龍隱其文章而避之也。〔以〕言俗人朋黨恣其口舌，則賢者亦伏匿而深藏也。」

故荼薺不同畝兮，蘭茝幽而獨芳。惟佳人之永都兮，更統世而自貺。（四）

芳貺爲韻。

故荼薺二句：洪注：「此言荼苦而薺甘，不同畝而生也。」詩邶谷風：「誰謂荼苦？其甘如薺。」又大雅緜：「堇荼如飴。」王注：「以言忠佞亦不同朝而俱用也。賢人雖居深山，不失其忠正之行。」

惟佳人二句：這裏説佳人永都，統世自貺，與六節的佳人獨懷，折椒自處，都是自喻。都，美。戰國策齊四：「妻子衣服麗都。」更，副詞，又。統，總。世，時世，猶今語社會。貺，音況，許訪切（漾韻）。自貺，自顧，自與，即左傳隱十一年「君若辱貺寡人」的貺。

眇遠志之所及兮，憐浮雲之相羊。介眇志之所惑兮，竊賦詩之所明。（五）

羊明爲韻。

眇遠志二句：眇，按句法，應當是動詞。眇是一目小（説文），這裏是微視。相羊，猶徘徊，解見離騷四九節。

介眇志二句：説文：「介，畫也。」動詞，分明，辨明。眇志，隱微的心意。竊，副詞，私自。賦，誦。洪注：「古詩之所明者與今所遇同，故屈原賦之。」

惟佳人之獨懷兮，折芳椒以自處。曾歔欷之嗟嗟兮，獨隱伏而思慮。（六）

處慮爲韻。

惟佳人二句：解見四節。

曾歔欷二句：歔欷，解見離騷四五節。嗟嗟，狀歔欷聲。思慮，自思慮。王注以爲「思念懷王」，非。

涕泣交而淒淒兮，思不眠以至曙。終長夜之曼曼兮，掩此哀而不去。（七）

曙去爲韻。

涕泣二句：説文：「涕，泣也。」「無聲出涕曰泣。」涕泣交，時而涕，時而泣。詩邶燕燕：「泣涕如雨。」又衞氓：「泣涕漣漣。」又小雅大東：「潸焉出涕。」王注：「淒淒，流皃。」

終長夜二句：終，竟。曼曼，母官切（桓韻），長皃，遠皃。洪注音去聲莫半切，誤。廣韻不誤。説文：「掩，斂也。小上（收斂其上部）曰掩。」這裏掩是收斂意。不去，哀不去。

寤從容以周流兮，聊逍遥以自恃。傷太息之愍憐兮，氣於邑而不可止。（八）

恃止爲韻。

寤從容二句：王注：「覺立徙倚，而行步也。且徐游戲，内自娱也。」

傷太息二句：於邑，雙聲字，洪注：「上音烏，下烏合切，一讀皆如本字。」王注：「憂悴重歎，心辛苦也。氣逆憤懣，結不下也。」

糾思心以爲纕兮，編愁苦以爲膺。折若木以蔽光兮，隨飄風之所仍。（九）

膺仍爲韻。

糾思心二句：説文：「糾，繩三合也。」徐鍇曰：「謂三股繩。」這裏是糾結。字今本作糺，是俗寫。思心猶思緒。纕，佩帶，解見離騷二一節，五六節。編，編織。説文：「膺，胸也。」這裏謂絡膺，猶用於馬者曰鉤膺。鉤膺見詩小雅采芑，大雅崧高，韓奕。徐鍇曰：「詩謂馬當胸爲鉤膺也。」以鉤膺爲二物者非。

折若木二句：若木，解見離騷四九節。飄風，解見離騷五一節。説文：「仍，因也。」王注同。仍是因其故習。離騷説折若木以拂日，聊逍遥以相羊；這裏説折若木以蔽光，也是聊隨飄風之所仍。

存髣髴而不見兮，心踊躍其若湯。撫佩衽以案志兮，超惘惘而遂行。（一〇）

湯行爲韻。

存髣髴二句：存，動詞，存在。髣，妃兩切（養韻），髴，敷勿切（物韻），一作彷彿，雙聲字，形似皃。這裏作名詞用，所以王注「謂形皃也」，是。這是説，存在形皃的印象而不見，心跳躍得像沸水。

撫佩衽二句：佩，今本作珮，是俗字。衽，如甚切（上聲寑韻），説文「衣裣（今寫衿）也」。洪注：「案，抑也，與按同。」案志即離騷的「抑志」（二一六節）。超，説文「跳也」，有度越之意。遂，副詞，終究。王注：「整飭衣裳，自寬慰也。失志偟遽，而直逝也。」

歲曶曶其若頹兮，旹亦冄冄而將至。薠蘅槁而節離兮，芳以竭而不比。（一一）

至比爲韻。

歲曶曶二句：曶，呼骨切（没韻），在説文曰部，本是「出氣詞」。篆文是曰字右直畫頂端延向左曳又向下回環。真書不便寫，改爲曰字而上加勿字以别於曰，就是現在的曶。古書或亦借心部的忽字，如左傳鄭太子曶（許慎引）今本作忽。頹（穨的俗寫）是隤的借字，皆杜回切（灰韻），説文：「隤，下隊也。」這裏曶曶狀時光流没的速，所以説若頹。旹，時字的古寫，謂四時。冄冄，移動皃。王注：「年歲轉去，而流没也。春秋更到，與老會也。」

薠蘅二句：王逸湘夫人注：「薠草，秋生，今南方湖澤皆有之。」蘅，杜衡（見山鬼），王注「香草」。槁，説文作稾，枯。節離，草本植物枯則從節處斷離。説文：「比，密也。」徐鍇曰：「相與周密也。」洪注：「比，合也。」歇而不比，衰歇而不周合。

憐思心之不可懲兮，證此言之不可聊。寧溘死而流亡兮，不忍此心之常愁。（一二）

溘今本作逝。逝與死不連用，又與流亡義重，作溘是。此心今本作爲此。此下不當用之，作此心是。作爲此者，傳寫涉離騷二四節「寧溘死以流亡兮，余不忍爲此態也」而誤。

聊愁爲韻。

憐思心二句：思心亦猶思緒，謂思慮。此言，指己之正言。不可懲，不可聊，皆動詞否定被動式。懲，忞，猶今語變改。聊，憀的借字，皆落蕭切（蕭韻），説文「憀，憀然也。」明了之意。不可聊，不可爲人所明了。

孤子唫而抆淚兮，放子出而不還。孰能思而不隱兮，照彭咸之所聞？（一三）

還聞爲韻。

孤子二句：説文：「唫，口急也。」此義讀渠飲切（寢韻），朱翶音郤林反。這裏唫是吟的借字，讀與吟同，魚金切（侵韻）。説文：「吟，呻也。」徐鍇曰：「吟，申氣之聲也。」抆，武粉切（吻韻），洪注「拭也」。漢書朱博傳：「馮翊欲洒卿恥，抆拭用。禁！能自效不？」（舊注斷句誤）放子，流浪之子。

孰能二句：孰能，直貫至「所聞」。説文：「隱，蔽也。」言思而不隱其所思，依彭咸之所知聞。王注以隱爲憂，引詩邶柏舟「如有隱憂」，非，詩句隱是憂的定語。

登石巒以遠望兮，路眇眇之默默。入景響之無應兮，聞省想而不可得。（一四）

默得爲韻。

登石巒二句：石巒就是山。有石的叫山，無石的叫阜。眇眇，遠皃。默默，險難皃。山鬼：「路險難兮獨後來。」凡疊字默默都不作無聲講，洪注誤。王注：「升彼高山，瞰楚國也。」郢道遼遠，居陋僻（注文有韻。今本誤倒）也。」

入景響二句：洪注：「景，於境切（梗韻），物之陰影也。葛洪始作影。」省，息井切（静韻），説文「視也」。景響之無應，形無景之應，聲無響之應。聞省想而不可得，聽而不可聞，視而不可見，想而不可得。王注：「竄在山野，無人域也。目視耳聽，歎寂默也。」

愁鬱鬱而無快兮，居戚戚而不解。心鞿羈而不開兮，氣繚轉而自締。（一五）

解締爲韻。

愁鬱鬱二句：王注：「中心煩冤，常懷忿也。思念憔悴，相連接也。」

心鞿羈二句：鞿羈，解見離騷二〇節。繚，盧鳥切（篠韻），説文「纏也」，纏繞。締，特計切（霽韻），又杜奚切（齊韻），説文「結不解也」。王注：「肝膽係結，難解釋也。思念緊卷，而成結也。」

穆眇眇之無垠兮，莽芒芒之無儀。聲有隱而相感兮，物有純而不可爲。（一六）

儀爲爲韻。

穆眇眇，莽芒芒，都是三個字的形容詞語，解見離騷二四節。

穆眇眇二句：穆眇眇，形容地與天際，無垠之狀。垠，語斤切（欣韻），又五根切（痕韻），説文「地垠也」。洪注：「芒芒，廣大皃。詩曰：『宅殷土芒芒。』（商頌玄鳥）儀，匹也。」

聲有隱二句：隱，隱蔽。純，純樸（當時有此語，見莊子馬蹄）。爲，治。不可，否定被動式。二句喻賢者同聲相應，而其純樸不可殘毁。

藐蔓蔓之不可量兮，縹綿綿之不可紆。愁悄悄之常悲兮，翩冥冥之不可娛。（一七）

紆娛爲韻。

藐蔓蔓二句：藐，亡沼切（小韻），遠。蔓蔓，母官切（桓韻），長遠皃。縹，敷沼切（小韻）。紆，憶俱切（虞韻），説文「詘也」。王注：「八極道理（當作里），難筭計也。細微之思，難斷絶也。」

愁悄悄二句：悄悄，親小切（小韻。今讀平聲，非）。詩邶柏舟：「憂心悄悄。」洪注：「翩，疾飛也（説文）。揚子曰：『鴻飛冥冥。』此言己欲疾飛而去，無可以解憂者也。」

淩大波而流風兮，託彭咸之所居。

只此一韻，不成一節。且下節上高巖之峭岸，處雌蜺之標顛，據虹捫天，正承上翩冥冥，不合遽云託彭咸所居。又下八節以後，才説到子胥申徒。這二句誤衍。

上高巖之峭岸兮，處雌蜺之標顛。據青冥而攄虹兮，遂儵忽而捫天。（一八）

顛天爲韻。

上高巖二句：雌蜺，蜺是霓的借字，皆五結切（屑韻），又五稽切（齊韻）。説文：「霓，屈虹，青赤或白色，陰氣也。」徐鍇曰：「雌霓也。」郭璞爾雅釋天注：「雙出，色鮮盛者爲雄，曰虹；闇者爲雌，曰霓。」標，方小切（小韻），徐鉉音敷沼切，朱翺音卑杪反，並上聲，説文「木杪末也（杪字衍，説見九辯七章一節）」。説文：「顛，頂也。」王注：「升彼山石之峻峭也。託乘風氣，遊天際也。」

據青冥二句：青冥，玄冥，天空。攄，丑居切（魚韻），洪注「舒也」。儵，式竹切（屋韻）。儵忽亦作倏忽，疊韻字，疾皃。捫，莫奔切（魂韻），説文「撫持也」。王注：「上至玄冥，舒光耀也。所至高眇，不可逮也。」

吸湛露之浮涼兮，漱凝霜之雰雰。依風穴以自息兮，忽傾寤以嬋媛。（一九）

雰媛爲韻。

吸湛露二句：湛，徒減切（賺韻），徐鉉朱翺並音宅減切，朱熹詩小雅湛露注音上聲。王注：「湛，厚也。」漱，所祐切（宥韻）。雰，府文切（文韻）。王注：「雰雰，霜皃也。」

依風穴二句：洪注：「淮南曰：鳳皇羽翼弱水，暮宿風穴。注云：風穴，北方寒風從地出也。」傾寤，傾仄而寤。嬋媛，讀單湲（湲，獲頑切），解見離騷三三節。

馮崑崙以瞰霧兮，隱岐山以清江。憚涌湍之磕磕兮，聽波聲之洶洶。（二〇）

江洶爲韻。

馮崑崙二句：馮，今寫作憑，依凭。王注：「隱，伏也。岐山，江所出也。尚書曰：『岐山導江。』」岐今本尚書禹貢作岷。清，動詞。

憚涌湍二句：說文：「涌，滕也。」作湍的定語。又：「湍，疾瀨也。」磕磕，苦盍切（盍韻），象涌湍之聲。洶洶，象波聲。

紛容容之無經兮，罔芒芒之無紀。軋洋洋之無從兮，馳委移之焉止？（二一）

紀止爲韻。

紛容容，罔芒芒，軋洋洋，都是三個字的形容詞語，解見離騷二四節。

紛容容二句：洪注：「容容，變動之皃。此言楚國變亂舊常，無定法也，上下昏亂，無綱紀也。」

軋洋洋二句：軋，烏黠切（黠韻），朱翱音尼戛反，説文「報（今寫作輾）也」。從，从的借字，説文：「从，相聽許也。」軋洋洋之無從，言世人相軋轢，無相聽許者。委移同委蛇。馳委移之焉止，言馳驅委蛇，何所止？

漂翻翻其上下兮，翼遥遥其左右，氾潏潏其前後兮，伴張弛之信期。（二二）

右期爲韻。

本節四句：漂翻翻，翼遥遥，氾潏潏，都是三個字的形容詞語，各狀上下左右前後的動態。漂，音飄，撫招切（宵韻）。氾，孚梵切（梵韻）。潏潏，音玦，古穴切（屑韻）。伴，音拌，蒲旱切（緩韻），動詞，大（説文），俱（王注），就。弛，音豕，施是切（紙韻）。説文：「張，施弓弦也。弛，弓解也。」徐鍇弛字注：「去弦也。」禮記雜記下：「一張一弛，文武之道也。」信期，適宜之時。這四句是説，或上或下，或左或右，或前或後，以就張弛的適宜之時。弛字今本作弛，是俗寫，涉施字右旁而誤。施字是㫃也兩部分。

觀炎氣之相仍兮，窺煙液之所積。悲霜雪之俱下兮，聽潮水之相擊。借光景以往來兮，施黄棘之枉策。（二三）

積擊策爲韻。

這一節寫環境之惡劣，以非常的氣候爲喻，熱則炎氣相仍，煙液積聚；冷則霜雪俱下，潮水相擊。而楚君偏要借如此光景往來，施黄棘之枉策。

觀炎氣二句：炎氣，炎熇之氣。相仍，相因，不斷，不間歇。説文：「煙，火氣也。」煙液，煙餤與熱流。積，聚。

借光景二句：光景，指上四句説的惡劣環境。黄棘，地名。洪注：「言己所以假延日月，往來天地之間，無以自處者，以其君施黄棘之枉策故也。初，懷王二十五年，入與秦昭王盟約於黄棘。其後爲秦所欺，卒客死於秦。今頃襄信任姦回，將至七國，是復施行黄棘之枉策也。」

求介子之所存兮，見伯夷之放迹。心調度而弗去兮，刻著志之無適。（二四）

迹適爲韻。

求介子二句：所存，行誼所在。王注：「放，遠也。」

心調度二句：洪注：「調度見騷經。」而他在離騷「和調度」注説：「和調，重言之也」，並不以調度爲一詞。調度若是一詞，便是動詞，然而心怎樣調度？弗去又是不離開什麽？不能通。這裏調就是離騷的和調，是説心和調此度，此度指介子所存與伯夷之迹。弗去也是説不違離此度。刻，副詞，深，作著的狀語。著，明。適，動詞，之。無適，不移的意思。深明此志，無所復適。

曰：吾怨往昔之所冀兮，悼來者之悐悐。浮江淮而入海兮，從子胥而自適。（二五）

「曰」下面二節的意思，是發理詞指，總撮其要（王逸離騷「亂（音治）曰」注語）。曰當是亂曰，亂字傳寫脱了。

悐適爲韻。

吾怨二句：冀，希冀，希望。悼，懼，解見抽思六節。來者，與往昔相對，指將來的時間。論語微子：「往者不可諫，來者猶可追。」這裏往昔或亦本作往者，者昔形近易混。愁，他歷切（錫韻），愓的或體（説文）。愁愁，怵惕皃。二句都是自謂。王注以第一句指「往古」的人，第二句指「今世人」，非。

浮江淮二句：自適，即適己。洪注「謂順適己志也」，是。

望大河之洲渚兮，悲申徒之抗迹。驟諫君而不聽兮，重任石之何益？（二六）

迹益爲韻。

望大河二句：洪注：「莊子云：申徒狄諫而不聽，負石自投於河。淮南注云：申徒狄，殷末人也，不忍見紂亂，自沈於淵。」抗迹，抗行。

驟諫君二句：驟，鉏祐切（宥韻），數，屢。左傳宣二年：「宣子驟諫。」重，去聲，副詞，作任的狀語，王注：「任，負也。」史記屈原傳的懷石即任石。郭璞江賦：「悲靈均之任石。」李善注：「懷沙即任石也。」任石固無益，然而生之無故，實出於不得已。

心絓結而不解兮，思蹇產而不釋。

洪考異：「一本無此二句。」二句由哀郢竄入。是釋字變讀入昔韻後衍的，誤以爲釋與迹益韻叶。

悲回風

九歌

九歌釋名：九歌本是古樂名，是組歌。數，陽極於九，所以組歌以九名。離騷：「啓九辯與九歌兮，……奏九歌而舞韶兮。」天問：「啓棘賓商，九辯九歌。」王逸天問注：「九辯九歌，啓所作樂也。」左傳：「夏書曰：『勸之以九歌。』九功（水火金木土穀六府，正德利用厚生三事）之德皆可歌也，謂之九歌。」（文七年）又九歌與六律七音八風並列（昭二十年，二十五年）。山海經大荒西經載有一段神話：「西南海之外，赤水之南，流沙之西，有人珥兩青蛇，乘兩龍，名曰夏后開。開上三嬪于天，得九辯與九歌以下。此天穆之野，高二千仞。開焉（乃）得始歌九招。」

屈原九歌是楚俗祀神的樂歌，凡十一篇。王逸序：「九歌者，屈原之所作也。昔楚國南郢之邑，沅湘之間，其俗信鬼而好祠（祀），其祠必作樂鼓舞以樂諸神。屈原放逐，竄伏其域，懷憂苦毒，愁思沸鬱。出見俗人祭祀之禮，歌舞之樂（音岳），其詞鄙陋，因爲作九歌之曲。上陳事神之敬，下見己之冤結。」王逸這些話是妥當的。後人務標新立異者於舊説不問是非，解九歌之作以爲從王説是「拘守」。或者説「屈子亦惟借此題目漫寫己之意興，如漢魏樂章樂府之類」（汪瑗）；或者説是楚國的郊祀歌，拿漢郊祀歌（載漢書禮樂志）附會上去（孫作雲）；或者説是漢人作的，「作於漢武帝時或其後」（朱東潤）；乃至有鑿實爲「司馬相如等人所作的」（何天行）。「楚辭作於漢代考」，題目足以譁衆取寵。漢人作的楚辭究竟達到怎樣的水平，不難辨别，朱熹王夫之不是已能辨別麽？

漢書地理志敘楚地之俗，説：「信巫鬼，重淫祀。」敘陳國地方之俗，説：「好祭祀，用史巫，故其俗巫鬼。陳詩曰：『坎其擊鼓，宛丘之下。亡冬亡夏，值其鷺羽。』又曰：『東門之枌，宛丘之栩。子仲之子，婆娑其下。』此其風也。」顔師古注：「宛丘之詩也。值，立也。鷺鳥之羽以爲翿，立之而舞，以事神也。無冬無夏，言其恆也。」又：「東門之枌之詩也。婆娑，舞皃也。亦言於枌栩之下歌舞以娱神也。」

九歌十一篇，洪考異「一本自東皇太一至國殤上皆有祠字」，可證祀的對象凡十。東皇太一、雲中君、湘君、湘夫人、大司命、少司命、東君、河伯、山鬼九篇是楚俗祭神奏的，一篇一神；國殤是楚俗祭爲國戰死者奏的；禮魂是禮成奏的送神歌。九篇的九神，漢初還祭祀的有泰一、雲中君、司命、東君（見漢書郊祀志上）。楚俗祭神而及於河伯，這就是漢志所謂淫祀。淫，浸淫隨理，及於他神。這與「國之典祀」（語見國語魯上）不同，又與楚昭王所持「祭不越望」（左傳哀六年）的原則不同。春秋時期河神能祟及楚王，戰國時期河神難道不能作爲楚國民間祭祀的對象？或者不曉淫祀之義，於東皇太一、雲中君、東君、河伯諸神大事考據，斷言「非楚産」，説「這些神祇都不應該由楚人來祭祀」，而以爲屈原也如後世小説家那樣搜集素材來創作，「經過一段曲折的過程」（周勳初）。九歌有不少是設辭，表現人神交感。近人或者趨時，説成人神戀愛，絶非原意。

這些祀神的歌辭，主要由巫覡唱，而不只是巫覡。或巫唱而覡和，或覡唱而巫和，或巫覡領唱而衆和。近世道教設道場，道士甲唱而乙和，或乙與衆並和。衆之和者只要能識科書文字，誰都可以和，不論身分。這是古楚俗祀神的遺留。

吉日兮辰良，穆將愉兮上皇。撫長劍兮玉珥，糾鎗鳴兮琳琅。（一）

第四句糾鎗今本作璆鏘。糾字從或本，鎗字從釋文。鎗字本當作瑲，即詩小雅采芑「有瑲蔥（同璁）珩」（瑲蔥珩皆名詞）的瑲，倉聲字將聲字古同音通用，采芑「八鸞瑲瑲」，大雅烝民韓奕「八鸞鏘鏘」，商頌烈祖「八鸞鶬鶬」可證。

良皇琅爲韻。

吉日二句：辰以配日。左傳昭七年：「日月之會是謂辰，故以配日。」杜注：「一歲日月十二會，所會謂之辰。〔以配日，〕謂以子丑配甲乙。」洪注引沈括云：「吉日兮辰良，蓋相錯成文則語勢矯健。」倒一字就矯健，未必然。「吉日」亦未必本非日吉。説文：「㣎，細文也。」王注：「穆，敬也。愉，樂也。上皇謂東皇太一也。」

撫長劍二句：説文：「撫，循也。」王注：「玉珥謂劍鐔（徒含切，覃韻，劍鼻）也。」撫長劍，所撫者劍。少司命「竦長劍」結構同。珥音餌，仍吏切（志韻）。玉珥，長劍之定語。洪注「以手循其珥也」，非。鎗（瑲），名詞，主語。王注引或曰：「糾，錯也。琳琅，聲也。」是。王以璆琳琅皆美玉名，鏘，佩聲，然則璆與琳琅不當分居動詞前後。又引「璆琳琅玕」亦非，琅玕是一詞。

瑤席兮玉瑱，盍將把兮瓊芳？蕙肴蒸兮蘭藉，奠桂酒兮椒漿。（二）

芳漿爲韻。

瑶席二句：説文：「瑶，玉之美者。詩曰：『報之以瓊瑶。』」這裏瑶作席的定語。瑱，音鎮，陟刃切（震韻），亦音他甸切（霰韻），本是動詞，説文「以玉充耳也」。又，「珥，瑱者。」珥是充耳之玉，瑱是以珥充之，許解分别甚明。這裏的瑱承瑶席言，謂以玉鎮此席，洪注「壓也」，是。説文：「鎮，博壓也。」洪引下文「白玉兮爲鎮」作例證，句見湘夫人。王注：「盍，何不也。把，持也。」芳，名詞，謂香草。瓊作定語。

蕙肴蒸二句：蕙，蘭，都是借喻。肴，胡茅切（肴韻）。肴蒸是一詞，徐鍇説文肴字注：「肴蒸，蒸，升也。」洪注：「肴，骨體也。國語曰：『親戚宴饗則有殽烝。』注云：『升，體解節折之。』」藉，慈夜切（禡韻），王注：「所以藉飯食也。」説文：「奠，置祭也。」王注以爲「桂酒，切桂置酒中也；椒漿，以椒置漿中也」，未必然。東君云「酌桂漿」，不説椒漿，桂椒都是泛喻。故五臣注「蕙蘭椒桂皆取芬芳」，取其芳香之意而已。漢郊祀歌練時日一「尊桂酒」，赤蛟十九「勺椒漿」（漢書禮樂志），那是襲用。

揚枹兮拊鼓。疏緩節兮安歌，陳竽瑟兮浩倡。（三）

這一節當脱一句。鼓歌倡不叶韻，而疏緩節、陳竽瑟二句句法整齊，當是脱第二句韻句。

揚枹句：枹从包聲，古音庖。廣韻音浮，縛謀切（尤韻），非古音。浮音古亦爲庖。説文「擊鼓杖也」。或寫作桴（别有此字，眉棟名），古音亦如庖。王注：「揚，舉也。拊，擊也。」

疏緩節二句：疏，動詞，王注「希也」。緩節，節拍緩而不促。歌，動詞。安，狀語。王注：「陳，列也。浩，大也。」竽，瑟，皆樂器。楚辭中的樂器，就東皇太一東君國殤禮魂招魂大招計，鼓凡六見，鐘竽瑟各四見，簫二見，篪磬各一見，而無笙與簧。笙簧乃二器，舊注以簧爲「笙中之簧」、「笙中金葉」，非。詩小雅鹿鳴吹笙鼓簧並列，簧不附屬於笙，猶鼓瑟吹笙並列。笙云吹，簧與瑟云鼓。又秦車鄰「並坐鼓瑟，並坐鼓簧」，簧之非笙尤明。又王君子陽陽：「左執簧，左執翿。」一爲樂器，一爲舞羽。傳解簧爲笙，失之。何以不解爲竽？說文笙簧二字連列，簧解「笙中簧」，乃別一義，說解有脫文。而言「古者隨作笙，古者女媧作簧」，仍明笙簧是二器。徐鍇引穆天子傳「吹笙鼓簧」，引葛洪神僊傳「取竹簧與人對鼓之」，可見晉時還有樂器簧。簧與竽都不傳了。倡，尺亮切（漾韻），又尺良切（陽韻），是倡和的倡，今寫唱。詩鄭蘀兮：「倡予和女。」

靈偃蹇兮姣服，芳菲菲兮滿堂。五音紛兮繁會，君欣欣兮樂康。（四）

堂康爲韻。通篇一韻。

靈偃蹇二句：王注：「靈謂巫也。」偃蹇，長皃，指身材。姣，古巧切（巧韻），說文「好也」。服，服飾。王注：「菲菲，芳皃也。」

五音二句：王注：「五音，宮商角徵羽也。」會，合，雜。繁會，繁雜。五臣注：「君謂東皇也。」王注：「欣欣，喜皃。康，安也。」

東皇太一

洪注：「漢書郊祀志云：『天神貴者泰一，泰一佐曰五帝（青帝赤帝白帝黑帝黃帝）。古者天子以春秋祭泰一東南郊。』天文志曰：『中宮天極星，其一明者，泰一之常居也。』」五臣注：「太一，星名，天之尊神，祠在楚東，以配東帝，故云東皇。」

聞一多楚辭校補以九歌十一篇爲「皆祀東皇太一之樂章，就中吉日兮辰良章（舊題『東皇太一』非是）爲迎神曲，成禮兮會鼓章（舊題『禮魂』非是）爲送神曲，其餘各章（按：即自雲中君至他以爲有目無辭之禮魂，計十章）皆爲娛神之曲也。諸娛神之曲又各以一小神主之。」他以今本禮魂題目爲有目無辭，國殤與此禮魂相次。娛神曲之十章，併迎神之吉日兮章，送神之成禮兮章，凡十二。爲什麼這樣大祀東皇太一？爲什麼娛神曲要有十章？爲什麼娛神十章要各以一小神主之？爲什麼國殤衆鬼可算作一個神？禮魂既云無辭，則莫明所謂，又凭什麼説國殤與它相次？九歌本來有理有序，不難了解，卻偏攪得大亂。這也是唯標新立異是務。

浴蘭湯兮沐芳，華采衣兮若英。靈連蜷兮既留，爛昭昭兮未央。（一）

英古音如央，英央爲韻。

浴蘭湯二句：説文：「浴，洒（今寫洗）身也。」「沐，濯髮也。」少司命：「與女沐兮咸池，晞女髮兮陽之阿。」楚辭漁父：「新沐者必彈冠，新浴者必振衣。」湯，熱水。孟子告子上：「冬日則飲湯，夏日則飲水。」王注：「華采，五色采也。」若，似。王注以爲杜若，非。英，花。

靈連蜷二句：王注：「靈，巫也，楚人名巫爲靈子。」蜷，巨員切（仙韻）。連蜷，疊韻字。王注：「連蜷，巫迎神導引皃也。既，已也。留，止也。」爛，郎旰切（翰韻），明，光。詩鄭女曰雞鳴：「明星有爛。」王注：「昭昭，明也。央，已也。」

蹇將憺兮壽宮，與日月兮齊光。龍駕兮帝服，聊翱遊兮周章。（二）

帝字誤，誤在王逸之前。王注：「帝謂五方之帝也。……兼衣青黃五采之色，與五帝同服也。」上説龍駕，下説翱遊，而中夾衣兼五方帝服之色，不倫不類。上文「華采衣」，已説衣服。且青帝果衣青，黃帝果衣黃，則雲中君衣兼五采，與任何一帝不同，怎能説與五方帝同服？按：（一）這裏駕服並言，服與駕相關，不是衣服。説文：「服，一曰：車右騑。」徐鍇曰：「車左右驂，左曰騑，右曰服。」駕服並用，漢時猶然。公孫弘對武帝言：「夫虎豹馬牛，禽獸之不可制者也。及其教馴服習之至，（顏注及標點本以至字屬下句，誤）可牽持駕服，唯人之從。」（漢書公孫弘傳）（二）據「龍駕」結構，服字上當是動物名。於是可知帝是虎的譌字，以虎字隸變與帝形近而誤。虎字漢魏時都寫帍，見於北海相景君銘（順帝漢安二年），嚴訢碑（桓帝和平元年），衡方碑（靈帝建寧元年），魏上尊號奏（延康元年，即漢獻帝建安二十五年），筆畫皆相近。殽阬碑陰（靈帝光和四年）虎字二見，皆作帍，尤似帝字。顧藹吉説：「按説文作虎，下从人。諸碑皆變从巾，無从人者。」所以這裏是「龍駕兮虎服」。

光章爲韻。

蹇將二句：蹇，竟。解見離騷一九節。憺，徒濫切（闞韻），洪音同，又徒敢切（敢韻），説文「安也」，王注同。王注：「壽宮，供神之處也。」洪注：「漢武帝置壽宮神君。」（見漢書郊祀志上）

龍駕二句：王注：「龍駕，言雲神駕龍也。」虎服，亦言雲神服虎。龍駕虎服，被動式。漢書的可牽持駕服也是被動式。王注：「聊，且也。」遊讀如摇，翱遊，疊韻字，遊戲皃。周章，雙聲字，周回皃。

靈皇皇兮既降，猋遠舉兮雲中。覽冀州兮有餘，横四海兮焉窮？思夫君兮太息，極勞心兮𢥞𢥞。（三）

中窮𢥞爲韻。

靈皇皇二句：王注：「靈謂雲神也。皇皇，美皃。」既，與上文「既留」的既同。猋，音標，甫遥切（宵韻）。王注：「猋，去疾皃也。雲中，雲神所居也。言雲神往來急疾，飲食既飽，猋然遠舉，復還其處也。」

覽冀州二句：言雲中君之神力，覽乎天下而有餘，横於四海而無窮。就楚國爲立足點，舉朔方之冀州，這便可以賅括天下。横，動詞。王注：「窮，極也。」

思夫君二句：説人，以見人神交感。王注：「君謂雲神。」五臣注：「夫君謂雲神。」洪注：「記曰：『夫夫也爲習於禮者。』上夫音扶。」王以夫爲思下的助詞，五臣及洪皆以爲指示形容詞。用指示形容詞夫，口吻不類尊敬神，王注是。極，作勞的狀語。𢥞𢥞，徒冬切（冬韻），王注「憂心皃」。古當即忡字，詩召南草蟲：「憂心𢥞𢥞。」

雲中君

洪注：「雲神豐隆也，一曰屏翳。郊祀志有雲中君。」

君不行兮夷猶，蹇誰留兮中洲？美要眇兮宜脩。（一）

猶洲脩爲韻。這篇不都是四句一節。

君不行二句：王注：「君謂湘君也。夷猶，猶豫也。」皆雙聲字。蹇，竟。解見離騷一九節。誰留，從「君不行」看，是誰留君。中洲，湘君居止之處。

美要眇句：要眇，疊韻字，王注「好皃」。洪注引漢書「幼眇」（見景十三王傳）爲解，是。二字顏師古與洪皆讀去聲，是拘於妙字去聲。可讀如字。脩，脩飾。這句説湘君。

沛吾乘兮桂舟。令沅湘兮無波，使江水兮安流。（二）

舟流爲韻。

沛吾句：王注：「沛，行皃。吾，屈原自謂也。」吾可作爲祭祀之衆人自謂。

望夫君兮未來，吹參差兮誰思？（三）

這一節二句，來思爲韻。

夫，望的助詞。王注：「君謂湘君。」參差，楚簪（侵韻）楚宜切（支韻），雙聲字，王注「洞簫也」。五臣注謂「作樂吹聲參差」，以吹爲「樂吹」，名詞，吹去聲，不以爲洞簫。按句法，參差是吹的受語，王解是。誰思，誰作思的受語。

駕飛龍兮北征，邅吾道兮洞庭。薜荔拍兮蕙綢，蓀橈兮蘭旌。望涔陽兮極浦，横大江兮揚靈。（四）

征庭旌靈爲韻。

駕飛龍二句：王注：「征，行也。」邅，解見離騷八六節。洞庭，解見哀郢七節。

薜荔二句：拍，䌷，皆動詞。王注：「拍，搏壁也。䌷，縛束也。」橈，如招切（宵韻），王注「船小楫也」。方言九：「楫謂之橈。」王以爲「言己居家則以薜荔搏飾四壁，蕙草縛屋；乘船則以蓀爲楫櫂，蘭爲旌旗。動以香潔自脩飾也」。按：上下文皆言行，不當單插入言居家之一句。薜荔句當是説裝飾船艙，下接説橈與旌。

望涔陽二句：涔，鉏針切（侵韻），説文：「涔陽渚在郢。」徐鍇引此文。王注：「極，遠也。」説文：「浦，瀕也。」這句言望涔陽之遠渚。横，動詞，横度。王注：「靈，精誠也。横度大江，揚己精誠。」

揚靈兮未極，女嬋媛兮爲余太息。横流涕兮潺湲，隱思君兮陫側。（五）

極息側爲韻。

揚靈二句：王注：「極，已也。」女，侍女。這是假設。嬋媛，音解見離騷三三節。

横流涕二句：横，副詞，狀語。潺，士山切；湲，獲頑切（俱山韻）。潺湲，疊韻字，水流皃，喻流涕。隱，副詞，狀語，衷，是蔽義的引申。君，湘君。王注以陫爲陋，解陫側爲側陋，牽附於帝典之「側陋」，非。陫，厞的後起字。説文：「厞，隱也。」徐鍇引此文。厞音費，扶涕切（未韻），朱翱音符既反，同。側同仄，説文：「仄，側傾也。从人在厂下。」徐鍇曰：「人在厓石之下，不得安處也。」陫側，不安之意。

桂櫂兮蘭枻，斲冰兮積雪。采薜荔兮水中，搴芙蓉兮木末。心不同兮媒勞，恩不甚兮輕絶。（六）

雪末絶爲韻。

桂櫂二句：櫂，俗寫棹，今語槳。王夫之以爲篙，非。槳本謂「所以隱櫂」者，見方言九，注云「搖㯭小橛也」。説文無櫂棹字，木部「楫，舟櫂也」。方言九：「楫謂之橈，或謂之櫂。」釋名釋船：「在旁撥水曰櫂，又謂之札，又謂之楫。」楫櫂橈一物異名。櫂从翟聲，古音當讀入聲。楫櫂札是一音之轉。廣韻直教切（效韻）非古音。據本文，屈原時已有櫂字。櫂楫形不近，湘君的櫂非由楫傳寫而譌。段玉裁未詳這種關係，妄改許解，且以詩衛竹竿傳及方言九的櫂爲譌字，非。枻，餘制切（祭韻），王逸漁父注云「船舷」。王夫之以爲槳類，非。王注：「斵，斫也。」斵冰，以擬槳打水面。楚地川流不凍冰，這裏冰喻水之清，雪喻槳打起的浪花之白。

采薜荔二句：搴，解見離騷四節。芙蓉，荷花，説文：「未發爲菡藺（胡感、徒感切），已發爲夫容。」木末，標，樹身的末一段。王注謂入水而求薜荔，登木而采芙蓉，固不可得也。

心不同二句：同，甚，皆形容詞。甚，特異。絶，離異。這二句謂婚姻，下節交不忠二句謂交友，亦皆以喻人的一般相處。舊解歸之於君臣關係，非。九歌爲祀神者設辭，雖亦見己之寃結，仍非同於自敘。

石瀨兮淺淺，飛龍兮翩翩。交不忠兮怨長，期不信兮告余以不閒。（七）

淺翩閒爲韻。

石瀨二句：説文：「瀨，水流沙上也。」淺音箋，則前切（先韻）。王注：「淺淺，流疾皃。石瀨淺淺疾流而下，將有所至；飛龍翩翩而上，將有所登。」

交不忠二句：期，期約。

鼂騁騖兮江皋，夕弭節兮北渚。鳥次兮屋上，水周兮堂下。（八）

下古音如户，渚下爲韻。

鼂騁騖二句：鼂，同朝。騖，音務，亡遇切（遇韻）。説文：「騁，直馳也。」「騖，亂馳也。」弭節，解見離騷四八節。渚，陼，並章与切（語韻），説文：「小洲曰渚。如渚者陼丘，水中高者也。」渚陼當是一字的二形，其高者稱陼（渚）丘。

鳥次二句：王注：「次，舍也。」

捐余玦兮江中，遺余佩兮澧浦。采芳洲兮杜若，將以遺兮下女。旹不可兮再得，聊逍遥兮容與。（九）

浦女與爲韻。

捐余玦二句：説文：「捐，棄也。」「玦，玉佩也。」環之不周者曰玦。江，湘水。洪注：「遺，平聲。」捐玦遺佩以詒湘君。」

采芳洲二句：洪注：「遺，去聲。既詒湘君以佩玦，又遺下女以杜若，好賢不已也。騷經曰：『相下女之可詒。』」王注：「遺，與也。」遺字平聲捐義，去聲與義，有别，洪音是。

旹不可二句：旹，古時字。再，副詞，兩次。王注：「逍遥，遊戲也。言天時不再至，人年不再盛，己年既老矣，不遇於時，聊且逍遥而遊，容與而戲，以待天命之至也。」容與，解見離騷八八節。

湘君

按：湘君，湘水之神。湘夫人，湘君之配。王夫之説是。其附會舜陟方死之事，以湘君與湘夫人爲舜之二妃，或以湘君爲舜，以湘夫人爲二妃，皆非。山川自有其神，前哲令德之人皆不爲山川之神。

帝子降兮北渚，目眇眇兮愁予。嫋嫋兮秋風，洞庭波兮木葉下。（一）

下古音如户，渚予下爲韻。

帝子二句：帝子謂湘夫人。帝子的説法猶天孫。洪注：「此言帝子之神降於北渚，來享其祀也。眇眇，微皃。言神之降，望而不見，使我愁也。」

嫋嫋二句：嫋，奴鳥切（篠韻）。王注：「嫋嫋，秋風摇木皃。」洞庭，解見哀郢七節。波，動詞。木葉下，樹葉落。

白薠兮騁望，與佳人期兮夕張。鳥何萃兮蘋中？罾何爲兮木上？（二）

望張上爲韻。

白薠二句：薠，音煩，附袁切（元韻），似蘋而大。王注：「薠草秋生，今南方湖澤皆有之。」騁望，動受結構，如説游目。佳人，美人，謂湘夫人。張，設。夕設祭。

鳥何萃二句：王注：「萃，集。」集，止。罾，音增，作滕切（登韻），王注「魚網也。夫鳥當集木巔而言草中，罾當在水中而言木上，以喻所願不得，失其所也。」

沅有茝兮澧有蘭，思公子兮未敢言。荒忽兮遠望，觀流水兮潺湲。（三）

蘭言湲爲韻。

沅有二句：王注：「言沅水之中有盛茂之茝，澧水之内有芬芳之蘭，異於衆草，以興湘夫人美好亦異於衆人也。」思，湘夫人思。公子，謂湘君。

荒忽二句：荒忽，雙聲字，作望的狀語，洪注「不分明之皃」。

麋何食兮庭中？蛟何爲兮水裔？朝馳余馬兮江皋，夕濟兮西澨。（四）

裔澨爲韻。

麋何二句：王注：「麋，獸名，似鹿也。蛟，龍類也。」説文：「裔，衣裾。」徐鍇曰：「裾，衣邊也。故謂四裔。」洪注：「裔，邊也。」麋當食於野，何食於庭中？蛟當潛於淵，何爲於水邊？

朝馳二句：湘君：「鼂騁騖兮江皋，夕弭節兮北渚。」讀當聯繫。王注：「濟，渡也。」澨，音逝，時制切（祭韻），王注「水涯也」。説文：「澨，埤，增水邊土，人所止者。」

聞佳人兮召予，將騰駕兮偕逝。築室兮水中，葺之兮荷蓋。（五）

逝蓋爲韻。

聞佳人二句：佳人，即上文之佳人。王注：「予，屈原自謂也。偕，俱也。逝，往也。」五臣注：「冀（正文無冀意）聞夫人召我，將騰馳車馬，與使者俱往。」

築室二句：洪注：「築，版築也。」說文：「築，擣也。」版築牆擣土。葺，七入切（緝韻），說文「茨也。」「茨，以茅葦蓋屋。」按句法，「之」代指室，葺相當於今動詞的蓋。荷蓋是一詞，荷是夫容葉，這句以音節關係，兮下不好單用一字。而爲叶韻，也由作屋頂之意，用荷蓋。蓋非動詞。五臣注「用荷葉蓋之」，以蓋之解葺之。

蓀壁兮紫壇，𤰷芳椒兮成堂。桂棟兮蘭橑，辛夷楣兮葯房。（六）

𤰷，宋版朱注本，明繙宋版補注本及今本皆作匊，傳寫誤。洪考異「一云播芳椒兮盈堂」，盈堂非。

堂房爲韻。

蓀壁二句：以蓀爲壁，累紫貝爲壇，猶以荷爲蓋，亦猶製芰荷爲衣，集芙蓉爲裳（離騷二九節）。是作爲，非以爲飾。洪注：「紫，紫貝也。本草云：『貝類極多，而紫貝尤爲世所貴重。』」說文：「壇，祭，壇場也。」「堂，殿也。」後世所謂殿，實是堂的同音假借字。許解堂爲殿是以通用的假借字釋本字。𤰷，古番字，象獸足掌形，假借爲播，以同音。洪以爲古播字，未審。𤰷（播），布。成堂是成爲堂，非以爲堂之飾。

桂棟二句：說文：「棟，極也。」「極，棟也。」徐鍇曰：「極，屋脊之棟也。今人謂高及甚爲極，義出於此。」橑，落蕭切（蕭韻），又盧晧切（晧韻），說文「椽也」。又：「榱，秦名爲屋椽，周謂之榱，齊謂之桷。」王注：「以桂木爲屋棟，以木蘭爲榱也。辛夷，香草（當作香木），以作户楣。葯，白芷也。房，室也。」

罔薜荔兮爲帷，擗蕙櫋兮既張。白玉兮爲鎮，疏石蘭兮爲芳。（七）

張芳爲韻。

罔薜荔二句：王注：「罔，結也（像結罔那樣結）。言結薜荔爲帷帳。」擗，即孟子滕文公下「辟纑」的辟，必益、芳辟二切（昔韻），芳辟是必益的輕讀，字本爲擘，這裏義爲績。櫋，廣韻武（讀母）延切（仙韻），洪音綿，同，古音當讀邊，布玄切（先韻），説文「屋櫋聯（當作邊聯）也。从木邊省（鍇本）。」屋邊聯，謂屋的主體與附着部分連接處，所以字从木邊省，邊亦聲。徐鍇曰：「櫋亦梠也。梠即連檐木也，在椽之耑際。」（櫋字梠字注）擗蕙櫋，績蕙爲櫋。既，盡。張，設張。言帷與櫋都設張好了。

白玉二句：王注：「以白玉鎮坐席也。疏，布陳也。石蘭，香草。」五臣注：「疏布其芳氣。」

芷葺兮荷屋，繚之兮杜衡。合百草兮實庭，建芳馨兮廡門。九嶷繽兮並迎，靈之來兮如雲。（八）

衡門雲爲韻。

芷葺二句：繚，盧鳥切（篠韻），説文「纏也」。「纏，繞也。」王注：「杜衡，香草。」洪注：「謂以荷爲屋，以芷覆（敷救切，宥韻）之，又以杜衡繚之也。」

合百草二句：百草，百香草。實，動詞，充。廡，音舞，文甫切（麌韻），説文「堂下周屋」。王注：「馨，香之遠聞者，積之以爲門廡也。」洪注：「廡門謂廡與門也。」

九嶷二句：離騷七一節：「九疑繽其並迎。」洪注：「詩云『有女如雲』（鄭出其東門），言衆多也。」

捐余袂兮江中，遺余褋兮澧浦。搴汀洲兮杜若，將以遺兮遠者。時不可兮驟得，聊逍遥兮容與。（九）

洪考異：「舊本者音渚。」浦者與爲韻。

捐余袂二句：袂，彌弊切（祭韻），説文「袖也」。徐鍇曰：「袂即今衣之袖口，俚言袖繳。」褋，徒協切（怗韻），説文「南楚謂禪衣曰褋。」篆作褋。洪注：「遺，平聲。捐袂遺褋與捐玦遺佩同意。玦佩貴之也，袂褋親之也。」

搴汀洲二句：汀，他丁切（青韻），説文「平也」。徐鍇曰：「水岸平處。」句猶言「搴阰之木蘭」（離騷四節）。洪注：「遺，去聲。既詒湘夫人以袂褋，又遺遠者以杜若，好賢不已也。」

時不可二句：王注：「驟，數（音朔，所角切，覺韻）。」

湘夫人

廣開兮天門，紛吾乘兮玄雲。令飄風兮先驅，使涷雨兮灑塵。（一）

門雲塵爲韻。

廣開二句：紛，句首助詞，解見離騷三節。吾，設爲大司命自稱。洪注：「漢樂歌云：『天門開，詄（顔音大結反）蕩蕩。』（郊祀歌之十一章，見漢書禮樂志）『靈之車，結玄雲。』（一章）」

令飄風二句：飄風，解見離騷五一節。凍，多貢切（送韻）。王注：「暴雨爲凍雨。」灑，所蟹切（蟹韻），説文「汛也」，廣韻「灑水」。洪注：「淮南子曰：令雨師灑道，風伯掃塵。」

君回翔兮以下，踰空桑兮從女。紛總總兮九州，何壽夭兮在予？（二）

下女予爲韻。

君回翔二句：君，謂大司命。王注：「回，運也。」翔，似羊切（陽韻），説文「回飛也」。踰空桑句，予踰空桑從汝。王注：「空桑，山名。屈原修履忠貞之行，而身放棄，將愬神明，陳己之冤結，故欲踰空桑之山而要司命也。」洪注：「女讀作汝。」

紛總總二句：紛總總是三個字的形容詞語，解見離騷二四節，這裏作定語。九州，冀，兖，青，徐，揚，荆，豫，梁，雍，見尚書禹貢。這裏指九州的人衆。洪注：「此言九州之大，生民之衆，或壽或夭，何以皆在於我？以我爲司命故也。」

高飛兮安翔，乘清氣兮御陰陽。吾與君兮齋速，導帝之兮九阬。（三）

速當作速，右旁六畫，傳寫誤。誤在王逸之前。

翔陽阬爲韻。

高飛二句：乘清氣，王注「乘天清明之氣」。洪注：「御猶御馬也。」陰陽，即下文「壹陰兮壹陽」，陰是晦是夜，陽是明是晝。

吾與二句：王注：「吾，屈原自謂也。」九歌中的自謂，也是所有祭神者的自謂。君，稱大司命。

説文：「齋，戒潔也。」逮，古迹字。齋逮，戒潔其行，以導迎天帝。洪注：「之，適也。」阬，字今作坑，客庚切（庚韻），朱翺音看浪（平聲）反，説文「閬也」。徐鍇曰：「亢閬高大而空。楚辭曰導帝之乎九阬，九州也。」王注以爲「九州之山」，洪注更鑿實爲某山，非。

靈衣兮被被，玉佩兮陸離。壹陰兮壹陽，衆莫知兮余所爲。（四）

這一節説大司命。

被離爲爲韻。

靈衣二句：靈衣，神之衣。被被，衣動皃。陸離，長皃。涉江：「帶長鋏之陸離兮。」

壹陰二句：壹，一。陰陽，解見前。莫，代詞，無人。余，設爲大司命自稱。洪注：「此言司命開闔變化。」

折疏麻兮瑶華，將以遺兮離居。老冉冉兮既極，不寖近兮愈疏。（五）

居疏爲韻。

折疏麻二句：疏，稀疏，即説文䟽字，「門户疏窗也」。古詩「高疏結綺窗」就是這個疏。這裏是形容詞，作麻的定語。瑶，形容花的美。洪注：「遺，去聲。離居猶遠者也。」

老冉冉二句：既，副詞，已。極，動詞，至。離騷一六節：「老冉冉其將至兮。」王注以極爲窮，解爲「命將窮」，非。寖，子鴆切（沁韻）。洪考異一作侵，一作浸。侵是本字，説文「漸進也」。浸是寖的簡寫，本是水名，假借爲漸進的侵。王注「稍也，不稍親近而日以疏遠也」，「稍」與「日以」並用，可見他説的稍是漸義，是。

乘龍兮轔轔，高馳兮沖天。結桂枝兮延佇，羌愈思兮愁人！（六）

轔天人爲韻。

乘龍二句：王注：「轔轔，車聲，詩云『有車轔轔（秦車鄰文，今本作鄰鄰）』也。」實無車，乘龍當做車，車聲是想像的。洪注：「此言司命高馳而去，不復留也。」

結桂枝二句：延字當作延，解見離騷五三節。羌，解見離騷一五節。羌愈思兮愁人，今語：怎樣地越想越愁人啊！

愁人兮柰何？願若今兮無虧。固人命兮有當，孰離合兮可爲？（七）

虧古讀如霍，爲古讀如譌，皆歌戈部。何虧爲爲韻。

愁人二句：今語：愁人也無可奈何，但願行爲像今日没有虧缺。

固人命二句：今語：人命本來各有其當，或離或合誰可以作主呢？二句歸結到大司命司人之命。

大司命

史記天官書：文昌宫六星，四曰司命。漢書郊祀志上：「荆巫祠司命。」顔注：「司命，説者云文昌第四星也。」司命之星於民間傳説中既爲神，遂有配，而稱司命爲大司命，其配爲少司命。後世道教祀司命，亦有夫人。

秋蘭兮麋蕪，羅生兮堂下。緑葉兮素華，芳菲菲兮襲予。夫人自有兮美子，蓀何以兮愁苦？（一）

蕪下予苦爲韻。

秋蘭二句：麋蕪，雙聲字。麋一作蘼。洪注：「本草云：芎藭，其葉名蘼蕪，似蛇牀而香。」羅，狀語，羅列。

緑葉二句：襲，音習，似入切（緝韻），侵入。

夫人二句：夫人與蓀都謂少司命。就司命夫人言，稱夫人；蓀是喻指。大司命裏稱大司命則稱君，不一樣。

秋蘭兮青青，緑葉兮紫莖。滿堂兮美人，忽獨與余兮目成。（二）

青莖成爲韻。

秋蘭二句：洪注：「詩云：『緑竹青青。』（衛淇奧）青青，茂盛也（當作皃），音菁」，子盈切（清韻）。

滿堂二句：屈賦寫美人，皆非易遇。而這裏美人滿堂，當是少司命的隨從。與余目成，謂滿堂美人與余目成。獨與余，祀神之人衆，而獨與余。余，可代每一個祀神之人。成是目之動詞。目成，謂彼此相悅，目光融洽。這是表達人神交感。

入不言兮出不辭，乘回風兮載雲旗。悲莫悲兮生別離，樂莫樂兮新相知。（三）

辭旗知爲韻。

入不言二句：王注：「言神往來奄忽，入不語言，出不訣辤，其志難知；言司命之去，乘風載雲，其形皃不可得見。」雲旗，當做旗的雲，王解是。

悲莫二句：莫，代詞，無有，没有什麽。

荷衣兮蕙帶，儵而來兮忽而逝。夕宿兮帝郊，君誰須兮雲之際？（四）

帶逝際爲韻。

荷衣二句：王注：「言司命被服香淨，往來奄忽，難當值也。」

夕宿二句：王注：「帝謂天帝。言司命（少司命）之去，暮宿於天帝之郊。」按：宿是止（説文）。夕止於帝郊。君，謂大司命。須，䇓的借字，待（説文）。誰，須的受語。所待的就是少司命。雲之際，作須的狀語。

與女沐兮咸沱，晞女髮兮陽之阿。望美人兮未來，臨風怳兮浩歌。（五）

今本這一節前有「與女遊兮九河，衝風至兮水揚波」二句。洪考異：「王逸無注，古本無此二句。此二句河伯章中語也。」

沱阿歌爲韻。

與女二句：女，代指少司命。沐，濯髮。咸沱，解見離騷四九節。王注：「晞，乾也。詩曰：『匪陽不晞。』」陽之阿，高明之陵阜。説文：「陽，高明也。」「大陵曰阿。一曰：阿，曲阜也。」

望美人二句：王注：「美人謂司命（少司命）。」怳，許昉切（養韻），王注「失意皃」。浩，大。

洪考異：「旍一作旌。」翠羽可以爲旍，也可以爲旌。然而旍非即旌，廣韻清韻以旍旌爲一字，誤。此處或旍或旌，只能從其一。據王注，知古本是旍不是旌。作旌的是旍旌混淆以後之誤寫。又，旍在旂上，但爲飾而無聲；鈴在馬頭，有聲。旍非鈴，段玉裁説「在旂上者亦曰鈴」（鈴字注），誤。

旍星正爲韻。

孔蓋兮翠旍，登九天兮撫彗星。竦長劍兮擁幼艾，蓀獨宜兮爲民正。（六）

孔蓋二句：旍，音齡，郎丁切。王注：「言司命以孔雀之翅爲車蓋，翡（扶涕切，未韻）翠之羽爲旗旍，言殊飾也。」注文審諦，可以糾正後人的旍與旌，旍與鈴混淆不清的誤解。王云車蓋，是車的蓋；旗旍，是旗的旍（旗有衆旍爲旌），表明了旗是正幅，旍是旗的附件，一也。王云殊飾，表明了旍的用是爲飾觀，非以發聲，二也。要分清旗，旂，旌，旍。説文：「旗，熊旗五游，以象伐星，士卒以爲期。周禮曰：『率都建旗。』」徐鍇説：「天文，參星旁有伐星五。將有征伐，士卒期於其下也。熊，勇士之象。尚書牧誓曰：『如熊如羆。』」又説文：「旂，旗有衆鈴（當作旍。旗無取於鈴，鈴尤不當衆。），以令衆也。」「旌，游車載旌，析羽注旄首，所以精進士卒。」而旍，則綴於旂，是附件，且爲數衆。旍今本作鈴，是假借，因旍是後起字。鈴是令（平聲）丁，今所謂鈴當，不當綴於旂。再看詩與左傳的「和鈴」：詩周頌載見：「龍旂陽陽，和鈴央央。」朱熹解旂上曰鈴，央央爲聲和。鈴果爲旂上附件，詩句不當旂鈴並舉。這鈴是馬繫的鈴。左傳桓二年：「鍚鸞和鈴，昭其聲也。」杜注：「鍚在馬額，鸞在鑣，和在衡，鈴在旂，動皆有鳴聲。」鍚鸞説文作鐊鑾，「鐊，馬頭飾也。鑾，人君車四馬鑣，八鑾鈴，象鸞鳥之聲，和則敬也。」可見錫鸞和鈴意思是錫與鸞之鈴聲和。言和鈴不言鈴和，是不讓鈴緊接着錫鸞，避免錫鸞鈴三者並列的誤解。錫鸞和鈴四字並非四物，杜不得其解。又可見周頌的和鈴也是鈴聲和。這是一。錫與鸞在車馬，皆有鈴，鈴不當在旂。這是二。錫鸞和鈴是「昭其聲」，發聲之物不當在旂，旂是「昭其明」的，敘在下句。鈴是金製，車馬行發聲，取其聲；旍是旂之飾，爲數衆，取其象。這是三。所以在旂的是旍不是鈴。少司命云翠旍，但言翠。漢書西南夷兩粵傳：南粵王趙佗上書，「獻白璧一雙，翠鳥千，犀角十，紫貝五百，桂蠹一器，生翠四十雙，孔雀二雙。」翠鳥與下生翠重複，當爲翠羽，字誤。翠鳥但言翠，見下文。翠羽是取下來的羽，看敘次可知。翠羽千，無單位詞而有數目，因羽以翅爲主（禰衡鸚鵡賦「剪其翅羽」），説翠羽千，可知即五百隻翠鳥的羽。生翠是活翠鳥，計八十隻。生字貫至孔雀。王注説「翡翠」，是連類及之。翡是赤羽雀，翠是青羽雀，俱出鬱林（説文）。自旍與旌混淆，旍與鈴混淆，詩與左傳之「和鈴」便不知是何義，屈賦之「翠旍」也不知是何物了。王注是。九天，是以數目字表極高，九是陽數之極。不是説九重，更不是説「八方中央」。説文：「撫，循也。」今語撫摩。洪注：「左傳曰：天之有彗，以除穢也（見昭二十六年）。」

竦長劍二句：竦，息拱切（腫韻），舉（從敬義引申）。洪注：「國語曰：竦善抑惡。」擁，於隴切（腫韻），説文「抱也」。幼艾，少艾，美女。戰國策齊三：「齊王夫人死。有七孺子皆近。」高注：「孺子，幼艾，美女也。」朱熹孟子萬章上「少艾」注：「艾，美好也。」蓀，喻指少司命，見上文一節。正，名詞。民正，民之平正。

少司命

暾將出兮東方，照吾檻兮扶桑。撫余馬兮安驅，夜皎皎兮既明。（一）

明古音如芒，方桑明爲韻。

暾將出二句：暾，他昆切（魂韻），形容日之圓實。說文：「日，實也。太陽之精，不虧。」暾就表示這實與不虧。這裏是名詞，謂日，作主語。將，副詞，今北京話的剛，或說正（音zhang，是古讀）。吾，假設日自謂。檻，胡黤切（檻韻），朱翺寒犯反，同，上聲，櫳（說文），闌（廣韻），楯（王注）。這裏指日的居舍。扶桑，湯谷上之地，解見離騷四九節。照吾檻兮扶桑，照我扶桑之居舍。扶桑是日照所自始。

撫余馬二句：說文：「撫，安也。」余，假設日自謂。皎，古了切（篠韻）。既，盡，完全。

駕龍輈兮乘雷，載雲旗兮逶迆。長太息兮將上，心低佪兮顧懷。羌聲色兮娛人！觀者憺兮忘歸。（二）

雷迆懷歸爲韻。逶迆，今本作委蛇，是委蛇（見詩召南羔羊）音由歌戈部讀入支佳部以後的寫法，段玉裁未能辨，以爲合韻，非。蛇古音佗，不叶韻，解見離騷九〇節。

駕龍輈二句：輈，張流切（尤韻），說文「轅也」。王注：「言日以龍爲車轅，乘雷而行，以雲爲旌旗，委蛇而長。」

長太息二句：低佪一作儃佪，同，解見離騷三三節。將上，日正升。長太息，心低佪，顧懷，皆言人。長太息兮將上，是歎日之將上。凭直觀說，日升則離地愈遠，東君不見其在東了。

羌聲色二句：羌，怎樣，解見離騷一五節。娛，及物動詞。這句是感歎語氣。憺，徒敢切（敢韻），説文「安也」。洪注：「東方既明，萬類皆作，有聲者以聲聞，有色者以色見（音現），耳目之娱各自適焉。」

緪瑟兮交鼓，簫鍾兮瑤虡。鳴鷈兮吹竽，思靈保兮賢姱。翾飛兮翠曾，展詩兮會舞。（三）

緪，洪考異一作縆，是誤字。縆，胡官切（桓韻），説文「緩也」，形音義皆異。

鼓虡竽姱舞爲韻。

緪瑟二句：緪，古恆切（登韻），説文「急也」，王注「急張弦也」。鼓，名詞。交鼓，數面鼓交相擊。説文：「周禮六鼓：雷鼓八面，靈鼓六面，路鼓四面，鼖鼓臯鼓晉鼓皆兩面。」徐鍇曰：「周禮：鼓人掌教六鼓，以雷鼓鼓神祀，以靈鼓鼓社祭，以路鼓鼓鬼享，……」簫鍾，簫與鍾。瑶，作定語。虡，其吕切（語韻），説文「鍾鼓之柎（闌足）也，飾爲猛獸」。作簴是俗寫。

鳴鷈二句：鷈，或作篪，音馳，直離切（支韻），説文「管樂也，七孔」。洪注：「古人云：詔靈保，召方相。説者曰：靈保，神巫也。姱，舊苦胡切（音刳）。」

翾飛二句：翾，許緣切（仙韻），説文「小飛也」。曾，同䎖，作滕切（登韻），王注「舉也」，廣韻同。王注：「言巫舞工巧，身體翾然若飛，似翠鳥之舉也。」洪注：「展詩猶陳詩也。會舞猶合舞也。」

應律兮合節，靈之來兮蔽日。（四）

這一節二句，節日爲韻。

應律合節，説靈保（神巫）的舞。靈之來，説日神及其羣從者來下。

青雲衣兮白霓裳，舉長矢兮射天狼。操余弧兮反淪降，援北斗兮酌桂漿。撰余轡兮高翔，杳冥冥兮東行。（五）

裳狼降漿翔行爲韻。

青雲二句：霓，五稽切（齊韻），説文「屈虹，青赤或白色，陰氣也」。徐鍇曰：「雌霓也。」王注：「言日神來下，青雲爲上衣，白蜺（霓之借字，本是「寒蜩」）爲下裳也。天狼，星名，以喻貪殘。」洪注：「晉書天文志云：狼一星，主侵掠。」日神代表光明，射天狼，掃滅黑暗之意。

操余弧二句：説文：「操，把持也。」洪注：「晉志曰：弧九星，在狼東南，天弓也，主備盗賊。」反，副詞，狀語。洪注：「淪，没也。降，下也。」朱注：「言日下而入太陰之中也。」酌，即詩大雅行葦「酌以大斗」的酌。

撰余轡二句：撰，雛鯇切（潸韻），洪注「雛免切，定也，持也」。杳，烏皎切（篠韻），説文「冥也」。杳冥冥，是一個形容詞又加疊字以加强其義的那種用法，解見離騷二四節。朱注：「言日下太陰，不見其光，杳杳冥冥，直東行而復上出也。」説東行，已想象到地有另一面，天是圜體。

東君

東君，日神。

與女遊兮九河，衝風起兮横波。乘水車兮荷蓋，駕兩龍兮驂螭。（一）

河波螭爲韻。螭古音如羅，廣韻丑知切（支韻）是今音。

與女二句：朱注：「女，指河伯也。」與女遊，是設爲祭神者與河伯遊。九河，指黃河，九字用法如九天。九天極言其高，九河極言其長。後人説的「長河落日圓」，若用這裏的説法就是九河落日圓。舊注以爲徒駭等九條河，非。禹貢「九河既道」，「又北播爲九河」，孟子「疏九河」，則是黃河下游溢流爲多條岔道，並非九條支流，也非徒駭等九條河。徒駭等九條河是後人爲解釋九河而雜湊的。衝，説文作衝，「通道也」。衝風是東南西北無定向的風。橫，説文「闌木也」，橫斜無定。橫波，也是方向無定的波。衝風起而橫波興。

乘水車二句：乘水車，王注：「言河伯以水爲車。」蓋，車蓋。説文：「驂，駕三馬也。」兩龍與螭，猶駕三馬。

登崑崙兮四望，心飛揚兮浩蕩。日將暮兮悵忘歸，惟極浦兮寤懷。（二）

這一節承「與女遊」説。

望蕩爲韻，歸懷爲韻。

登崑崙二句：王注：「崑崙山，河源所從出。浩蕩，思（今本作忠，誤）放皃。言己設與河伯俱遊，西北登崑崙萬里之山，周望四方，心意飛揚，志欲升天，思念浩蕩而無所據也。」

日將二句：説文：「惆，失意也。」「悵，望恨也。」洪注：「悵，失志也。惟，思也。極浦，所謂『望涔陽兮極浦』是也。」王注：「寤，覺也。」説文：「懷，念思也。」

魚鱗屋兮龍堂，紫貝闕兮珠宮。靈何爲兮水中？（三）

珠，今本作朱，當從文苑作珠。紫貝爲闕，則爲宮自是珠，非以塗之朱丹。

這一節三句，堂宮中爲韻。

魚鱗二句：說屋，堂，闕，宮。爲此四者，各以魚鱗，龍，紫貝，珠。龍是動的，不好爲堂，堂與車馬不同。朱注「以龍鱗爲堂也」，承魚鱗屋說，是。

乘白黿兮逐文魚，與女遊兮河之渚。流澌紛兮將來下。（四）

澌，宋版朱注本、明繙宋版補注本、今本正文及注皆作澌，誤。澌，音斯，息移切（支韻），說文「流冰也」。徐鍇曰：「冰解而流也。」字在仌部，非水部的澌。

這一節三句，魚渚下爲韻。

乘白黿二句：王注：「大鼈爲黿。逐，從也。」洪注：「按山海經：睢水東注江，其中多文魚。注云：有班（斑）采也。」山鬼：「乘赤豹兮從文貍。」篇首說「與女遊兮九河」，這裏說「與女遊兮河之渚」，也可見九河即河（黃河）。

子交手兮東行，送美人兮南浦。波滔滔兮來迎，魚鄰鄰兮媵予。（五）

浦予爲韻。

子交手二句：王注：「子謂河伯也。」朱注：「交手者，古人將別則相執手，以見不忍相遠之意。晉宋間猶如此也。」洪注：「莊子曰：河伯順流而東行（秋水）。」送，祭神者送。美人，河伯之羣從者，用法與少司命「滿堂兮美人」同。南浦，河之南浦。

波滔滔二句：鄰鄰，衆皃。字今本作隣是俗寫。詩秦車鄰「有車鄰鄰」，那是衆車聲。媵，隨從。予，設爲河伯自稱。言滔滔之波來迎，鄰鄰之魚隨從。

河伯

河伯，河（黄河）神。朱注：「舊説以爲馮（音憑）夷，其言荒誕不可稽考，今闕之。大率謂黄河之神耳。」

若有人兮山之阿，被薜荔兮帶女羅。既含睇兮又宜笑，子慕予兮善窈窕。（一）

阿羅爲韻，笑窕爲韻。

若有人二句：王注：「若有人，謂山鬼也。」阿，烏何切（歌韻），説文「曲阜也」。被，動詞，穿著。帶，動詞，繫以爲帶。王注：「女羅，兔絲也。」羅一作蘿。下文有「被石蘭兮帶杜衡」。

既含睇二句：既……又……關聯，副詞。睇，特計切（霽韻），説文「南楚謂眄，睇」。王注：「美目盼然，又好口齒而宜笑也。子謂山鬼也。」予，祭神者自謂。窈窕，烏皎、徒了切（均篠韻），疊韻字，王注「好皃。詩曰：『窈窕淑女。』」

乘赤豹兮從文貍，辛夷車兮結桂旗。被石蘭兮帶杜衡，折芳馨兮遺所思。余處幽篁兮終不見天，路險難兮獨後來。（二）

貍旗思來爲韻。

乘赤豹二句：從，疾用切（用韻），朱翺音松（讀叢）用反，同，説文「隨行也」。徐鍇曰：「古但爲相隨行之從。」從的用法應當注意：一是關係的主從，一是行的先後。從文貍，山鬼是主，貍是從。史記項羽紀「沛公旦日從百餘騎來見項王」，沛公是主，騎是從。而行的先後，則從者先而主者後。乘赤豹兮從文貍，駕赤豹（辛夷爲車）而使文貍走在車前。沛公從百餘騎，騎走在前。這就是從的用法，這就是隨行之義。辛夷，解見湘夫人。辛夷爲車，結桂枝爲旗。

被石蘭二句：王注：「石蘭，杜衡，皆香草。」衡一作蘅。洪注：「遺，去聲。」

余處二句：五臣注：「幽，深也。」戰國策燕二：「薊丘之植植於汶篁。」鮑注：「竹田曰篁。」王注：「言所處既深，其路險阻又難，故來晚暮，後諸神也。」

表獨立兮山之上，雲容容兮而在下。杳冥冥兮羌晝晦？東風飄兮神靈雨。留靈脩兮憺忘歸，歲既晏兮孰華予？（三）

下雨予爲韻。

表獨二句：表，特出；獨，單獨，皆副詞，作立的狀語。五臣注：「容容，雲出皃。」朱注：「雲反在下，言所處之高也。」

杳冥冥二句：杳冥冥，解見東君五節。羌，怎麽，解見離騷一五節。東風，詩邶谷風傳：「東風謂之谷風。」神靈雨，突發的大雨。神靈作雨的定語，表示如神靈的不可測。詩「習習谷風，以陰以雨」，也是谷風與陰雨連在一起的。

留靈脩二句：靈脩是説自己的心意，也是説作爲一個迎神者的心意。解詳離騷一一節。憺忘歸，解見東君二節。因晝晦風雨而心意留止，憺然忘歸。歲既晏句，洪注：「日月逝矣，孰能使衰老之人復榮華乎？」

采三秀兮於山間，石磊磊兮葛蔓蔓。怨公子兮悵忘歸，君思我兮不得閒。（四）

閒蔓閒爲韻。

采三秀二句：王注：「三秀謂芝草也。」是。洪注朱注皆同。按句法，三秀作采之受語，於山間作狀語，三秀當指一物。張衡思玄賦：「冀一年之三秀兮。」爾雅釋草郭注：「芝，一歲三華，瑞草。」爾雅正文「菌，芝」，解已誤。菌今本誤作苬，斷句者又以苬芝連讀成一詞，釋文於莊子爾雅音義俱未能辨，皆非。前人不明爾雅創始於西漢，郝義疏於菌芝以莊子列子援摭爾雅，誤甚。芝菌非一物。説文：「芝，神艸也。」「菌，地蕈。」菌，渠殞切（軫韻）。蕈，慈荏切（寑韻）。徐鍇曰：「芝爲瑞，服之神（當作成）仙，故曰神草。今人所見皆玄紫二色，如鹿角，或如繖（今寫傘）蓋，皆堅實而芳香，或叩之有聲。本草有青赤黄白黑紫六色。地蕈似釘蓋者名菌。」磊，落猥切（賄韻）。蔓，母官切（桓韻）。王注：「周旋山間，采而求之（芝草），終不能得，但見山石磊磊，葛草蔓蔓。」

怨公子二句：這以下又是設爲山鬼口氣，以至篇終。舊注以爲懷王，爲子椒子蘭者皆非。朱注超越前説，而仍有未明。公子，即君，變换用詞，是假設山鬼之男性對象。洪注：「閒音閑。」

山中人兮芳杜若，飲石泉兮蔭松柏。君思我兮然疑作。（五）

若柏作爲韻。

山中人二句：山中人，王注以爲「屈原自謂」，朱注以爲「鬼自謂」，皆非。這是山中一清高的人，飲石泉而蔭松柏，故爲山鬼所賞識。芳杜若，以喻此「山中人」。五臣注：「飲清潔之水，蔭貞實之木。」

君思我句：朱注：「然，信也。疑，不信也。」然疑意義相對。作，起。君（即公子）之外，還有這樣一個特出的「山中人」，以致君既信又不能無疑。神本是人想像出來的，在兩性關係方面亦不能超脱如此。這可説就是祀神並祀夫人的根據。

雷填填兮雨冥冥，猨啾啾兮狖夜鳴。風颯颯兮木蕭蕭，思公子兮徒離憂。（六）

冥鳴爲韻，蕭憂爲韻。

雷填填二句：猨同蝯，今寫猿。啾，即由切（尤韻）。五臣注：「填填，雷聲。冥冥，雨皃。啾啾，猨聲。」狖，余救切（宥韻），廣韻「獸名，似猨」。

風颯颯二句：颯，蘇合切（合韻）。颯颯，風起皃。宋玉風賦：「有風颯然而至。」文選胡刻本作䬍，是俗寫。蕭蕭，樹摇動皃。王注：「風木摇動。」蕭蕭，文苑作搜搜。洪注：「搜搜，動皃，與蕭蕭同。」徒，副詞。司馬遷釋「離騷」之義説：「離騷者猶離憂也。」離憂疊韻字，義猶離騷，不可分開解。説見離騷題解。王逸解離爲去，五臣朱熹解離爲罹，皆非。

山鬼

這是山的女神，容皃美麗，被服香潔。舊解非。

操吴戈兮被犀甲，車錯轂兮短兵接。旌蔽日兮敵若雲，矢交墜兮士争先。（一）

甲接爲韻，雲先爲韻。

操吴戈二句：説文：「操，把持也。」「戟，有枝兵也。」「戈，平頭戟也。」徐鍇曰：「謂戟小枝上向則爲戟，平之則爲戈。」洪注：「考工記曰：吴粤之劍。又曰：吴粤之金錫。」吴戈，吴地之戈。下文有秦弓。以吴戈爲「吾科楯名」者非。洪注：「荀子曰：楚人鮫革犀兕以爲甲，鞈如金石。鞈，堅皃，音夾。」錯，倉各切（鐸韻），王注「交也」。説文：「轂，輻所湊也。」王注：「短兵，刀劍也。言戎車相迫，輪轂交錯，長兵不施，故用刀劍以相接擊也。」

旌蔽日二句：王注：「言兵士竟路趣（平聲）敵，旌旗蔽天，敵多人衆，來若雲也。墜，墮也。言兩軍相射，流矢交墮，壯夫奮怒，争先在前也。」按句法，旌蔽日謂敵方。

凌余陣兮躐余行，左驂殪兮右刃傷。霾兩輪兮縶四馬，援玉枹兮擊鳴鼓。（二）

行傷爲韻，馬鼓爲韻。

凌余陣二句：王注：「凌，犯也。」此義古籍作陵，由「大阜」義引申爲陵駕義。躐，邋的同音假借字，良涉切（葉韻），説文：「邋，搚也。」「搚，摺也。」「摺，敗也。」史記范雎傳：「折脅摺齒。」廣韻：「邋，邁也。」行，胡郎切（唐韻），行陣的行。左驂，車之駕四馬者，衡下夾轅兩馬曰服，衡外兩馬曰驂。詩鄭大叔于田：「兩服上襄（同驤，上襄，首上昂。舊注非），兩驂鴈行。……兩服齊首，兩驂如手。」殪，於計切（霽韻），説文「死也」。王注：「左驂馬死，右騑馬被刃創也。」騑即驂。王注只是習慣説法。驂的本義是「駕三馬」（説文），駕三馬則驂在左，所以常説左驂而不説右驂。説文：「騑，驂，旁馬。」鉉鍇本並同。騑解爲驂，復申言之曰旁馬。段玉裁加兩也字，謂「無上也字不可通」，實不曉許意。

霾兩輪二句：霾，薶（今寫埋）的同音假借字，或爲傳寫之誤，莫皆切（皆韻）。説文：「薶，瘞也。」這裏是陷没之意。縶是馽的或體，陟立切（緝韻），説文「絆馬也」，王注「絆也」。枹，解見東皇太一第三節。玉，言其美，作定語。鳴鼓，大鼓。鳴作定語。墨子非樂：「撞大鍾，擊鳴鼓。」

天時懟兮威靈怒，嚴殺盡兮棄原壄。出不入兮往不反，平原忽兮路超遠。（三）

懟字從文苑。

怒壄爲韻，反遠爲韻。

朱熹以「出不入兮」以下八句爲一節，九歌體裁，一節没有這樣長的。按：前三節皆一句一韻，兩韻一換。下六句中，「誠既勇兮又以武」非韻，不當是一節的首句，故「帶長劍兮挾秦弓」以下六句爲一節，同爲一韻。

天時二句：天時是天時地利人和的天時，是自然的天，在古人心目中也是有意志的天，所以用懟。説文：「懟，怨也。」威靈，人的威靈，即戰士的威靈。靈可用在人。左傳隱三年：「若以大夫之靈。」懟怒並列用，這句是説天怨人怒。嚴，副詞，嚴厲，嚴酷。朱注：「嚴殺猶言鏖戰痛殺也。棄原壄，骸骨棄於原壄也。」壄字上半中間作矛者誤，宋本已然。

出不入二句：出不入，往不反，言勇往直前，義無反顧。説文：「忽，忘也。忘，不識也。」平原忽，謂平原廣闊，不辨識。

帶長劍兮挾秦弓，首身離兮心不懲。誠既勇兮又以武，終剛强兮不可凌。身既死兮神以靈，魂魄毅兮爲鬼雄。（四）

弓懲凌靈雄爲韻。

帶長劍二句：秦弓，洪注：「漢書地理志云：秦地迫近戎狄，以射獵爲先，又秦有南山檀柘，可爲弓幹。」王注：「懲，忞（音刈，廢韻，廣韻「因患爲戒」）也。言己雖死，頭足分離，而心終不懲忞。」

誠既二句：誠，副詞，真，實在。以，句中助詞。可，被動式助動詞。

身既二句：以，句中助詞。説文：「毅，有決也。」左傳宣二年：「殺敵爲果，致果爲毅。」

國殤

祀爲國戰死者。非正命而死，曰殤。殤而曰國殤，鬼而曰鬼雄，頌揚之極，尊崇之至。

成禮兮會鼓，傳芭兮代舞，姱女倡兮容與。春蘭兮秋菊，長無絶兮終古。

鼓舞與古爲韻。

成禮三句：成禮，完成了祀神的禮。會，合。鼓，概括樂。會鼓，合樂。王注：「芭，巫所持香草名也。代，更（平聲）也。」傳芭，舞以芭相傳。代舞，交相舞。姱，洪注「音夸」，朱注「好也」。姱女，謂巫。倡，洪注「讀作唱」，動詞。朱注以女倡連讀，以爲倡優，非。這裏説巫歌舞送神，只有巫的事，倡優無由闌入。容與，解見離騷八八節及湘君湘夫人末句，這裏狀歌舞進退的容態。

春蘭二句：絶，極。終古，解見離騷六四節。二句是祝福語，亦「降福無疆」（詩商頌烈祖）之意。

這是禮魂的結筆，也可以看作九歌十一篇總的結筆。並不著一福字，而用香花爲喻，説春蘭秋菊永久無極，形象尤美。果永遠像春蘭秋菊，試想人生的價值將是怎樣。祀神徼福，福孰大於此？屈原文學思想境界之高，手法之妙，夐絶千古。

禮魂

禮，動詞。這篇是祀神禮成，送神的歌曲。神忽而逝，所以這篇短短五句，只是一節，音節也促。姱女倡，長無絶，是三個音節，其餘都只兩個音節，而意思完整。或者以爲「禮魂」是别一篇的題目，「有目無辭」，以洪興祖題注「或曰禮魂謂以禮善終者」爲得（聞一多楚辭校補），非。九歌所祀諸神都是衆民共祀。至善終者，則人各有其先，是祀於家的。且舊鬼新鬼，無窮無盡。衆民共祀怎麽可以「非其鬼而祭之」？

宋玉

史記屈原傳：「屈原既死之後，楚有宋玉、唐勒、景差（音瑳，漢書古今人表作瑳，七何切，歌韻）之徒者，皆好辭而以賦見稱。然皆祖屈原之從容辭令，終莫敢直諫。」漢書藝文志説宋玉「楚人，與唐勒並時，在屈原後也」。王逸以宋玉爲屈原弟子。朱熹從王説。按：史記説「屈原既死之後」，漢書説「在屈原後也」，都是特著宋玉與屈原的時代關係。非必謂屈原死後宋玉才出生，至少是宋玉成爲作者或做官是在屈原死後。漢志著録宋玉賦十六篇。九辯及文選中的宋賦，不知是否皆在十六篇之數。王逸序：「九辯者，楚大夫宋玉之所作也。」

九辯

九辯本樂曲名。離騷：「啟九辯與九歌兮，夏康娱以自縱。」天問：「啟棘賓商，九辯九歌。」本篇是借以爲題。本篇也是組歌。舊本分章（洪朱皆稱爲章）或有出入。要不可囿於篇名的九字，當看内容而定。否則不免牽附或割裂。兹經反覆斟酌，定爲九章。從朱熹的辦法，各章標一二之次於後。仍注明舊本分章的起訖以備攷。

九辯體製近似屈賦。所用楚方言，如羌字（羌無以異於衆芳，羌儵忽而難當），馮字（馮鬱鬱其何極），蹇字（蹇淹留而無成，蹇淹留而躊躇），也與屈賦用法相合。羌字的用法到漢時已不爲人所知，即使較早的東方朔也誤用了。第二章（悲憂窮蹙兮至諒直）音節短促，與它章不同。就音節説，垓下歌就是這種形式。從這一章可見出自文人手筆的楚歌，也有語句不延長的。

悲哉秋之爲氣也，蕭瑟兮草木摇落而變衰。憭慄兮若在遠行，登山臨水兮送將歸。（一）

衰歸爲韻。

悲哉二句：蕭瑟，雙聲字，朱注「寒涼之意」。

憭慄二句：憭，盧鳥切（篠韻）。憭慄，雙聲字，五臣注「猶悽愴也」。將歸，朱注「將歸之人」。

泬寥兮，天高而氣清。宋漻兮，收潦而水清。（二）

清清爲韻。

泬寥二句：泬，呼決切（屑韻）。王注：「泬寥，曠蕩空虚也。」

宋漻二句：宋，今寫寂，説文「無人聲也」。漻，落蕭切（蕭韻），説文「清深也」。徐鍇曰：「莊子曰：漻乎其清也。」潦，音老，盧晧切（晧韻），説文「雨水大皃」。徐鍇曰：「楚詞曰：收潦而（水）清。言百川至秋則暴雨流潦之水盡而澄徹也。」

憯悽增欷兮，薄寒之中人。愴怳懭悢兮，去故而就新。（三）

人新爲韻。

憯悽二句：憯，七感切（感韻）；悽，音妻，七稽切（齊韻），説文並云「痛也」，也是雙聲字。欷，香衣切（微韻），又許既切（未韻），歔欷。增欷，增歎。薄，厚薄的薄，洦的借字。洦，普伯切（陌韻），朱翱音潘客反，同。薄寒，未至盛寒。中，去聲，動詞。

愴怳二句：愴，初兩切；怳，許昉切（俱養韻），疊韻字。懭，洪音口廣切；悢，洪音朗，疊韻字。朱注：「愴怳，懭悢，皆失意皃。」五臣注：「去故就新，別離也。」

坎廩兮，貧士失職而志不平。廓落兮，羈旅而無友生。惆悵兮，而私自憐。（四）

平生憐爲韻。

坎廩二句：廩，也寫壈，盧感切（感韻）。坎壈，疊韻字，不平皃。志，意。

廓落二句：廓落，疊韻字，空寂皃。洪注：「羈旅，寓也。」友生，朋友。詩小雅伐木：「矧伊人矣，不求友生？」

惆悵句：惆悵，雙聲字。

燕翩翩其辭歸兮，蟬宗漠而無聲。鴈廱廱而南遊兮，鵾雞啁哳而悲鳴。（五）

聲鳴爲韻。

本節四句與下節蟋蟀句皆言秋深。

燕翩翩二句：五臣注：「翩翩，飛皃。」其，副詞，表舒緩語氣。宗漠，今寫寂寞。

鴈廱廱二句：廱，於容切（鍾韻）。廱廱，和皃。詩邶匏有苦葉：「雝雝鳴鴈。」又周頌雝：「有來雝雝。」洪注：「鵾雞，似鶴，黃白色。」啁，陟交切（肴韻），又張流切（尤韻）。哳，陟鎋切（鎋韻）。

啁哳，雙聲字，洪注「聲繁細皃」。

獨申旦而不寐兮，哀蟋蟀之宵征。時亹亹而過中兮，蹇淹留而無成。（六）

征成爲韻。

獨申旦二句：申旦，王注「達明」。宵征，王注「夜行」，謂「七月在野，八月在宇，九月在户，十月蟋蟀入我牀下」。

時亹亹二句：亹，音尾，無匪切（尾韻）。王注：「亹亹，進皃。時已過半。」蹇，竟，解見離騷一九節。

右一

右一兩字從朱熹標志。下倣此。本章起訖洪本朱本王夫之本同。

悲憂窮蹙兮，獨處廓。有美一人兮，心不繹。（一）

廓繹（古音如鐸）爲韻。

悲憂二句：蹙，子六切（屋韻），洪注「迫也，促也」。處，上聲，動詞。五臣注：「廓，空也。」

有美二句：有美一人，喻賢者。繹，説文「抽絲也」。這裏用引申義，洪注「理也」。心不繹，心煩慮亂。

去鄉離家兮，徠遠客。超逍遥兮，今焉薄？（二）

客薄爲韻。

去鄉二句：去，離去。離，平聲；洪注「去聲」，朱注「又力智反」，皆非。徠，來。

超逍遥二句：超，遠。焉，疑問副詞。薄，迫。焉薄，何所近。

專思君兮，不可化。君不知兮，可柰何？（三）

化何爲韻。

專思二句：君，謂國君。五臣注：「化，變也。」不可化，動詞被動式，言思君不可化，即莫之能變。

蓄怨兮，積思。心煩憺兮，忘食事。（四）

思事爲韻。

心煩憺二句：憺，徒濫切（闞韻），洪音同。又徒敢切（敢韻）。洪注「憂也」，非，訓安的憺單字不當訓憂。煩憺，疊韻字，煩亂皃。洪注：「食事謂食與事也。」

願一見兮，道余意。君之心兮，與余異。（五）

意異爲韻。

願一見二句：見，音現，見於君。道，陳説。

車既駕兮，朅而歸。不得見兮，心傷悲。（六）

歸悲爲韻。

車既二句：揭，丘竭切（薛韻），説文「去也」。

倚結軨兮，太息。涕潺湲兮，霑軾。（七）

息軾爲韻。

倚結軨句：軨，郎丁切（青韻），説文「車轖（音嗇，所力切，職韻）間横木也」，廣韻「車闌」。結軨今語格子，如窗櫺，故司馬相如寫作䡼。木横斜交錯，故曰結。説文：「楯，闌檻也。」「櫺，楯間子也。」徐鍇曰：「即今人闌楯下爲横櫺也。故班固西都賦曰：舍櫺檻而卻倚。以版爲之曰軒，通名曰檻，今人言窗櫺亦是也。」結軨即結轖。説文：「轖，車籍交錯也。」徐鍇曰：「枚乘七發曰：中若結轖。」

涕潺湲二句：潺湲，解見湘君五節。軾，車前横木，人所凭，今語扶手。

忼慨絶兮，不得。中瞀亂兮，迷惑。（八）

得惑爲韻。

忼慨二句：忼，今寫慷，苦朗切（蕩韻）。説文：「忼慨，壯士不得志也。」絶，極。不得，志不得。中瞀亂句：中，中心。瞀，音蒙，莫紅切（洪音茂，非。廣韻霿在莫紅莫弄二切是，霿从瞀聲），五臣注「昏也」。

私自憐兮，何極？心怦怦兮，諒直。（九）

極直爲韻。

私自二句：極，止。

心怦怦二句：怦，普耕切（耕韻）。朱注：「怦怦，心急皃。」諒，直諒多聞（論語季氏）的諒，誠信。

右二

本章起訖洪本朱本王夫之本同。

皇天平分四時兮，竊獨悲此廩秋。白露既下百草兮，奄離被此梧楸。（一）

秋楸爲韻。

皇天二句：一年平分爲四時，春夏秋冬。竊，副詞，謙語。洪注：「廩與凜同，寒也。」

白露二句：下，下降。洪注：「奄，忽也，遽也。離被（疊韻字，古音在歌戈部），分散皃。被與披同。梧桐楸梓皆早凋。」

去白日之昭昭兮，襲長夜之悠悠。離芳藹之方壯兮，余委約而悲愁。（二）

悠愁爲韻。

去白日二句：去，違離。昭昭，悠悠，皆定語。洪注：「襲，因也。」

離芳藹二句：藹，於蓋切（泰韻），洪注「繁茂也」。余，宋玉自稱。朱注「余，宋玉爲屈原之自余也，凡言余及我者皆放此」，非。委古音如倭，在歌戈部。委約，疊韻字，困頓皃。

秋既先戒以白露兮，冬又申之以嚴霜。收恢台之孟夏兮，然欿傺而沈藏。（三）

霜藏爲韻。

秋既二句：既……又……關聯，副詞。離騷五〇節：「鸞皇爲余先戒兮。」又申之以嚴霜，離騷二一節：「又申之擥茝。」露，霜，以的受語。

收恢台二句：恢，苦回切（灰韻）；台，土來切（哈韻），疊韻字，朱注「廣大皃」，指廣大萬物。孟夏，作恢台之定語。然，副詞，焉，乃。洪注：「欿與坎同。」五臣注：「坎，陷。」王注：「楚人謂住曰傺也。」言收長夏之廣大萬物，乃坎置而沈藏之。

葉菸邑而無色兮，枝煩挐而交横。顔淫溢而將罷兮，柯彷彿而萎黄。（四）

挐字誤，校正須辨明拏挐二字。說文：「拏，牽引也。」「挐，持也。」鉉鍇二本並同。段玉裁妄將拏挐二篆互易，誤。二字之音，牽引義之拏女余切（魚韻），持義之挐女加切（麻韻）。廣韻二字形音義各有淆亂，有誤有不誤。挐音女加切，義爲持，故攫挐爲疊韻字，執權用勢之皃。故揚雄解嘲曰：「攫挐者亡，默默者存。」二句一則執權用勢，一則處卑下。顔注音義皆誤。這裏煩挐是牽引義，與交横並用，字當作女余切的拏，注同。

横黄爲韻。

四句句法兩兩不同。葉，枝，顔，柯，皆主語。菸邑，煩拏，形容詞作表語。淫溢，彷彿，副詞作狀語。無，交横，罷，萎黄，皆動詞。

葉菸邑二句：菸，央居切（魚韻。今本廣韻央居切的字缺此），朱翺郁諸反，同，說文「鬱也。一曰：痿也」。菸邑，雙聲字，蔫皃。蔫，於乾切（仙韻），説文「菸也」，今語音 nian 陰平。無色，無鮮色。枝煩挐句王注：「柯條糾錯而崱嶷也。」洪注「挐，女除切，牽引也，煩也」，則是挐的音義。

顔淫溢二句：五臣云：「顔，容也。淫溢，積漸也。」罷，薄蟹切（蟹韻），休止，終了。洪朱皆音疲，非。柯，古俄切（歌韻），五臣注「枝也」。彷彿，雙聲字，似，像。

萷櫹槮之可哀兮，形銷鑠而瘀傷。惟其紛糅而將落兮，恨其失時而無當。（五）

傷當爲韻。

萷櫹槮二句：萷櫹槮，是三字形容語，上一下二，解見離騷二四節。上節説葉枝柯，本節承上復總説秋樹形皃。萷，即莦，所交切（肴韻），説文「惡草皃」。櫹，即橚，蘇彫切（蕭韻），説文「長木皃」。槮，所今切（侵韻），説文「木長皃」。櫹槮雙聲字，枝疎皃。徐鍇槮字注引九辯此語。鑠，書藥切（藥韻）。瘀，依倨切（御韻），説文「積血也」。

惟其二句：五臣注：「惟，思也。紛糅，衆雜也。」失時無當，不當春夏。離騷四五節：「哀朕時之不當。」

擥騑轡而下節兮，聊逍遥以相佯。歲忽忽而遒盡兮，恐余壽之弗將。（六）

佯將爲韻。

擥騑轡二句：擥，「執轡」（詩鄭大叔于田）的執。説文：「騑，驂，旁馬。」五臣注：「下節，按節也。」相佯，即相羊。

歲忽忽二句：遒，即由切，又自秋切（並尤韻），說文「迫也」。遒盡，將盡。將，動詞，弗將猶云弗及，王注五臣注洪注朱注皆非；王夫之直改作長，尤不當。

悼余生之不時兮，逢此世之俇攘。澹容與而獨倚兮，蟋蟀鳴此西堂。（七）

攘堂爲韻。

悼余生二句：悼，傷痛。俇，洪注「音匡」；攘，汝陽切（並陽韻），廣韻作⿱髟匡鬤，疊韻字，亂皃。

澹容與二句：澹，徒敢切（敢韻），說文「水搖也」。容與，解見湘君湘夫人末句。澹容與，是三字形容語，解見離騷二四節，這裏表示舒徐之皃。蟋蟀鳴此西堂，寫深秋初冬景物。詩豳七月：「七月在野，八月在宇，九月在戶，十月蟋蟀入我牀下。」

心怵惕而震盪兮，何所憂之多方？卬明月而太息兮，步列星而極明。（八）

明古音如芒。盪方明爲韻。

心怵惕二句：五臣注：「怵惕震蕩，自驚動也。方猶端也。」

卬明月二句：卬，音昂，五剛切（唐韻），說文「望，欲有所庶及也。詩曰：『高山卬止。』（小雅車舝）」這是本字本義。今借仰字，讀魚兩切。步，行步。極，至，達。明，旦明。

右三

本章起訖洪本朱本王夫之本同。

竊悲夫蕙華之曾敷兮，紛旖旎乎都房。何曾華之無實兮，從風雨而飛颺？（一）

房颺爲韻。

竊悲二句：夫，指示形容詞。華，花。五臣注：「曾，重也。敷，布也。」紛，句首助詞。旖旎，即猗儺，音烏何、諾何切（並歌韻），疊韻字，美盛皃。詩檜隰有萇楚：「猗儺其華。」王注引作旖旎，可見王逸時旖旎讀猗儺音。今音於綺、女氏切（並紙韻）。五臣注：「都，大也。房，花房也。」

何曾二句：從，隨。花隨風雨飛颺。

以爲君獨服此蕙兮，羌無以異於衆芳？閔奇思之不通兮，將去君而高翔。（二）

芳翔爲韻。

以爲二句：羌，怎麽，解見離騷一五節。還以爲君獨佩服這蕙草，怎麽没有什麽異於凡花草的？

閔奇思二句：閔，傷。奇思，謂興國濟民之謀。五臣注：「高翔，遠去也。」

心閔憐之慘悽兮，願一見而有明。重無怨而生離兮，中結軫而增傷。（三）

明傷爲韻。

心閔憐二句：願一見，已見二章，義同。明，明白。

重無怨二句：重，難。無怨生離爲難。怨，訧，罪。生離，五臣解爲「生離隔」。洪注：「九歌云：悲莫悲兮生別離。」中結軫，猶惜誦之「心鬱結而紆軫」。

豈不鬱陶而思君兮？君之門以九重。猛犬狺狺而迎吠兮，關梁閉而不通。（四）

重通爲韻。

這一節説思君而不得見。後二句喻羣小壅蔽。

豈不二句：陶，餘昭切（宵韻）。洪朱及蔡沈尚書注皆不注音，則讀桃，非。鬱陶，雙聲字，思念皃。方言一：「鬱悠，思也，晉宋衞魯之間謂之鬱悠。」注：「鬱悠猶鬱陶也。」陶悠音轉。鬱陶思君，當是引用逸書或其他古志之語。孟子引爲「鬱陶思君爾忸怩」（萬章上），是象的話。可見孟子及宋玉之時這逸書猶存。忸怩（女六、女夷切），雙聲字，心不安皃。舊注以爲慚，慚色，非。史記五帝紀述此語云：「我思舜，正鬱陶。」以，句中助詞。門九重，極言君居深邃，舊注列舉九重門名者陋。

猛犬二句：狺，語斤切（欣韻），説文作㹞，「犬吠聲」。徐鍇曰：「吠不止也。」狺狺，吠不止之皃。梁，橋。關梁猶言關津。離騷八八節：「麾蛟龍以梁津兮。」

皇天淫溢而秋霖兮，后土何時而得乾？塊獨守此無澤兮，仰浮雲而永歎。（五）

乾歎爲韻。

皇天二句：皇天謂天，后土謂地。淫溢，雨水多皃。説文：「霖，雨三日已往。」乾，今本作漧，是俗寫，以別於乾坤的乾。實際乾坤的乾古音也讀乾溼的乾。今語的j—q母，古音爲g—k母。

塊獨二句：塊，獨，皆狀語。大地普霑秋霖之澤，己（不必鑿實爲誰）獨塊然守此無澤之處，所以仰天長歎。

右四

本章起訖洪本朱本王夫之本同。

何時俗之工巧兮，背繩墨而改錯；卻騏驥而不乘兮，策駑駘而取路？（一）

錯路爲韻。錯从昔聲，路从各聲，本同韻。詩商頌那昔客恪相叶。洪朱皆讀錯爲七故切，以就路音，非古音。

何時俗二句：何字貫至第四句。錯，措的借字。洪注「置也」。離騷二三節：「固時俗之工巧兮，偭規矩而改錯。背繩墨以追曲兮，競周容以爲度。」

卻騏驥二句：卻，斥退。駘，音苔，徒哀切（咍韻），説文「馬銜脱也」，引申爲不堪駕。五臣注：「騏驥，良馬，喻賢才也。駑駘喻不肖。」

當世豈無騏驥兮？誠莫之能善御。見執轡非其人兮，故駶跳而遠去。鳧鴈皆唼夫粱藻兮，鳳愈飄飄而高舉。（二）

御去舉爲韻。古上去每不分，舉不必如洪朱音倨。

當世二句：誠，副詞，實。莫，代詞，無人。之，代指騏驥，御的受語。

見執轡二句：見，騏驥見。執轡，御者。其人，指善御之人。駶，音局，渠玉切（燭韻），馬立不定。

鳧鴈句：唼，同啑，所甲切（狎韻），鳧鴈食。唼常與喋連用，疊韻字。夫，指示形容詞。粱，謂稻粱之屬。五臣注：「藻，水草。」

圜鑿而方枘兮，吾固知鉏鋙而難入。衆鳥皆有所登棲兮，鳳遑遑而無所集。（三）

入集爲韻。

圜鑿二句：鑿，枘，解見離騷四四節。鉏，牀吕切；鋙，音語，魚巨切（並語韻）。鉏鋙，疊韻字，不相當皃，不相合皃，朱注「相距皃」。

衆鳥二句：五臣注：「遑遑，不得所皃。」集，止。

願銜枚而無言兮，嘗被君之渥洽。太公九十乃顯榮兮，誠未遇其匹合。（四）

洽合爲韻。

願銜枚二句：洪注：「枚，狀如箸，横銜之。」用來阻止説話。被，動詞，受。渥，音握，於（讀烏）角切（覺韻）；洽，侯夾切（洽韻），説文皆訓霑。這裏渥洽是名詞。

太公二句：九十，極言其年老。太公遇西伯，年六十餘。余别有辨。誠，副詞，實在。匹合，指西伯。

謂騏驥兮安歸，謂鳳皇兮安棲。變古易俗兮世衰，今之相者兮舉肥。（五）

歸棲衰肥爲韻。

謂騏驥二句：感騏驥何所歸，鳳皇何所棲，喻賢士不遇。

變古二句：變古易俗，謂反常。朱注：「相者謂相馬者。古語云：相馬失之瘦，相士失之貧。即舉肥之意也。」

騏驥伏匿而不見兮，鳳皇高飛而不下。鳥獸猶知懷德兮，何云賢士之不處？（六）

下古音如户，下處爲韻。

騏驥句：見讀現。

鳥獸二句：鳳皇爲鳥，騏驥爲獸。云，助詞。朱注：「言有德則異物可懷，無德則同類難致。」

驥不驟進而求服兮，鳳亦不貪餧而妄食。君棄遠而不察兮，雖願忠其焉得？（七）

服食察得爲韻。

這一節朱注：「言士不求君，君當求士也。」

驥不二句：驟，數，屢。服，駕，即詩小雅大東「不以服箱」的服。餧，於僞切（寘韻），洪朱音同，餧飼。説文：「萎，食牛也。」徐鍇曰：「餧也。」這裏餧作貪的受語。

君棄遠二句：棄，遠（去聲），皆動詞，棄之遠之。願，及物動詞。其，副詞，表語氣。

欲宲漠而絶端兮，竊不敢忘初之厚德。獨悲愁其傷人兮，馮鬱鬱其何極？（八）

德極爲韻。

欲宲漠二句：五臣注：「寂寞，止息皃。」朱注：「絶端謂滅其端緒，不使人知也。初之厚德即上文嘗被渥洽也。」

獨悲愁二句：馮，音憑，滿。馮鬱鬱，是三字形容語，解見離騷二四節。五臣注：「極，窮也。」

右五

本章起訖洪本朱本王夫之本同。

霜露慘悽而交下兮，心尚幸其弗濟；霰雪雰糅而增加兮，乃知遭命之將至。願徼幸而有待兮，泊莽莽與壄草同死。（一）

濟至死爲韻。

霜露四句：尚……乃……關聯，副詞。慘悽，雰糅，皆形容詞，各作霜露、霰雪的表語。交，狀語。幸，動詞，幸願。其，代指霜露。弗濟，不成。霰，蘇甸切（霰韻），説文「稷雪也」，如稷粒之雪。雰，府文切（文韻），李善文選雪賦注引作紛，同。糅，雜。霰與雪是二物，所以説糅。謝惠連雪賦襲用此句意，云「雪紛糅而遂多」，單言雪而用糅，不準確了。李注引九辯此句因而削去霰字，未免任意。遭命，遭遇的遊命。將至，將到，卒不得免。

願徼幸二句：徼，古堯切（蕭韻），循也（説文），希求也。徼幸，動詞受語結構，非一詞。泊，同泹，普伯切（陌韻），説文「淺水也」。泊莽莽，無涯際皃。本章下文：「泊莽莽而無垠。」

願自直而徑往兮，路壅絶而不通。欲循道而平驅兮，又未知其所從。（二）

通從爲韻。

願自直句：自直，直己，不枉己。徑，副詞，狀語。

欲循道句：循道，遵循正道。平驅，正馳。

然中路而迷惑兮，自壓按而學誦。性愚陋以褊淺兮，信未達乎從容。（三）

誦容爲韻。

然中路二句：然，乃。自壓按，抑按自己。誦，詩。詩小雅節南山：「家父作誦。」

性愚陋二句：褊，方（讀傍）緬切（獮韻），説文「衣小也」，洪注「急也」。信，實在。達，至。從容，疊韻字，寬緩皃。

竊美申包胥之氣盛兮，恐時世之不固。何時俗之工巧兮，滅規榘而改鑿？（四）

固讀如箇，固鑿爲韻。例見離騷六三節。王逸所據本作固，注解爲堅。朱熹以爲「固當作同，叶通從誦容韻」，非。

竊美二句：申包胥，楚大夫。吴闔廬破郢，楚昭王出奔。包胥往秦求救，立秦庭哭七日夜不絶聲，勺飲不入口。秦哀公哀之，爲發兵救楚，昭王復國。時世不固，謂時世不比昔日之固定可恃。

何時俗二句：鑿，同錯，都借作措，古音同，措置。本篇五章：「何時俗之工巧兮，背繩墨而改錯？」

獨耿介而不隨兮，願慕先聖之遺教。處濁世而顯榮兮，非余心之所樂。與其無義而有名兮，寧窮處而守高。（五）

樂，五教切（效韻），教樂高爲韻。

獨耿介二句：耿介，解見離騷八節。不隨，獨立不倚，王注「不枉傾也」。先聖，前哲。

處濁世二句：樂，好，喜愛。論語雍也：「知者樂水，仁者樂山。」

與其二句：「與其……寧……」關聯，連詞。窮，窮困。高，高尚。

食不媮而爲飽兮，衣不苟而爲温。竊慕詩人之遺風兮，願託志乎素餐。（六）

素餐，用詩魏伐檀之「不素餐兮」句。上當脱「不」字，否定式不字不可省。素餐則不得云託志。

温餐爲韻。

食不句：媮，託侯切（侯韻），説文「巧黠也」。

竊慕句：詩人，伐檀之歌者。

蹇充倔而無端兮，泊莽莽而無垠。無衣裘以御冬兮，恐溘死不得見乎陽春。（七）

垠春爲韻。

蹇充倔二句：説文：「蹇，跛也。」充倔，洪朱皆引禮記儒行注「喜失節皃」爲解，即喜而失其度。但這二句説的是無端無垠，並非可喜的情形。所以王注説其意爲「媒理斷絶，無因緣也；幽處山野而無鄰也。」與下二句意一致。充，昌終切。倔，衢物切（物韻），這裏當讀出字音，赤律切。充倔雙聲字，斷絶阻塞之皃。蹇難而斷絶阻塞，這就無端。泊莽莽，無涯際皃，已見前。

無衣裘二句：御，音禦，扞禦。詩邶谷風：「我有旨蓄，亦以御冬。」王注：「言己飢寒，家困貧也。懼命奄忽，不踰年也。」

右六

洪本自「竊美申包胥之氣盛兮」別爲一章。考異云：「一本自『霜露慘悽而交下』至此爲一章。」朱本同一本，今從之。

靚杪秋之遥夜兮，心繚悷而有哀。春秋逴逴其日高兮，然惆悵而自悲。四時遞來而卒歲兮，陰陽不可與儷偕。（一）

其字據徐鍇引。

哀悲偕爲韻。

靚杪秋二句：靚，音淨，疾政切（勁韻），説文「召也」。第一句，按句法，靚是動詞。字从見，有視義，這也可以從「召」義引申而得。杪，音秒，亡（讀芒）沼切（小韻），説文「木標末也」，謂木標之末。標謂樹身的末一段。説文標字解今本有衍誤。「標，木杪末也。」「杪，木標末也。」兩字説解不能並立。若是則標是「木標末」之末，這是什麽話？段玉裁解不通，以「杪末」爲一詞，古語文是没有這樣用法的。按：標字説解杪字衍，原文當是「標，木末也。」木末是木身的上段，即末一段，非杪。説文：「木下曰本。」「木上曰末。」本末字皆指事，段妄改二篆形，誤。標是木末，樹身的高處。杪則是標之末，即頂端，今語樹梢。徐鍇曰：「標之言表也。杪之言杪小也。」故標有標舉、標志義，杪不能有這義。説文標字説解衍誤很早，所以廣韻標字既云「木杪」又云「木末」（宵韻小韻），杪字既云「梢」又云「木末」(小韻)，不能分辨。杪秋，秋盡。遥夜，長夜。繚，盧鳥切(篠韻)。悷，郎計切(霽韻)。繚悷，雙聲字，糾戾皃。王注：「盛陰脩夜，何難曉也？思念糾戾，腸折摧也。」

春秋二句：逴，敕角切(覺韻)，説文「遠也」。徐鍇注引九辯此句。逴逴，遠皃。日，狀語。春秋日高，即年齒日老。然，乃。

四時二句：四時，春夏秋冬。説文：「遞，更易也。」交替。儷，郎計切(霽韻)，洪注「偶也」。王注：「冬夏更遊，去若頹也。寒往暑來，難逐追(二字今本誤倒)也。」

白日晼晚其將入兮，明月銷鑠而減毁。歲忽忽而遒盡兮，老冉冉而愈弛。(二)

弛今本作弛是俗寫。作施者誤，洪注「施與弛同」，誤。

毁弛爲韻。

白日二句：晼，音宛，於阮切(阮韻)。晚，無(謨)遠切(阮韻)，朱翺音武(母)反反，古音如滿。晼晚，疊韻字，日昃皃。朱注：「銷鑠，減毁，謂缺也。」

歲忽忽二句：歲忽忽而遒盡兮，解見三章六節。冉冉，行皃。離騷一六節：「老冉冉其將至兮。」弛，音豕，施是切(紙韻)，説文「弓解也」。徐鍇曰：「去弦也。」這裏謂體力的衰退。

心摇悦而日幸兮，然怊悵而無冀。中憯惻而悽愴兮，長太息而增欷。(三)

惻下而字今本作之。洪考異：「之一作而」。憯惻與悽愴是並列成分，作而是。

冀欷爲韻。

心搖悦二句：洪注：「搖，動也。」説文：「幸，吉而免凶也。」（夭部）然，乃。怊，敕宵切（宵韻）。怊悵即惆悵，雙聲字。冀，希望。

中憯惻二句：中，中心。憯，悽，增欷，解見一章三節。説文：「惻，痛也。」愴，初兩切（養韻），説文「傷也」。

年洋洋以日往兮，老嵺廓而無處。事亹亹而覬進兮，蹇淹留而躊躇。（四）

處躇爲韻。

年洋洋二句：洋洋，流逝皃。日，狀語。嵺，洪考異一作寥（作廖者誤），寥廓一詞，洪朱都解爲空。按：寥落蕭切，廓苦郭切，非雙聲疊韻關係，何以結成一詞？寥字本作廫（説文广部），从膠聲，廓从郭聲，膠古肴切，郭古博切，故廫廓是雙聲字，空虛皃。説文：「廫，空虛也。」落蕭切非古音。處，居處。王注：「歲月已盡，去奄忽也。亡官失禄，去家室也。」

事亹亹二句：亹亹，解見一章六節。覬，音冀，几利切（至韻），説文「𣢟幸也」。按：幸字是旁注之誤入正文者。𣢟字生僻，或據説文「𣢟，幸也」解注於旁。𣢟字也是口吃的吃字，説文作吃，从口从欠一樣，居乙切，朱翱幾迄反，不讀去聲。覬進，希冀進身。蹇，竟，解見離騷一九節。言希冀進身，終究又淹留躊躇。

右七

本章起訖洪本朱本同。洪考異云：「舊本自『霜露慘悽而交下兮』至此爲一章。」王夫之同舊本，爲第六章。

何氾濫之浮雲兮，猋壅蔽此明月？忠昭昭而願見兮，然黔曀而莫達。（一）

月達爲韻。

何氾濫二句：何，疑問副詞。說文氾與濫互訓，與浮（氾也）泛（浮也）汎（浮皃）義近。氾濫，疊韻字。孟子滕文公上「洪水橫流，氾濫於天下」，狀水的橫流。這裏狀雲的浮汎。猋，甫（讀補）遥切（宵韻），說文「犬走皃」，這裏狀雲行。壅蔽，遮蔽。

忠昭昭二句：昭昭，明皃。見，音現，見於君。然，乃。黔，字今本左下角作立，誤。今寫陰。古黔陰義別。說文「黔，雲覆日也」，今陰晴的陰。「陰，闇也，水之南，山之北也」，今背陽的陰。曀，於計切（霽韻），陰。詩邶終風「曀」與「曀曀」皆只是陰義。說文「陰而風也」，非。

願皓日之顯行兮，雲蒙蒙而蔽之。竊不自聊而願忠兮，或黕點而汙之。（二）

蔽與汙韻不叶。朱注「此二之字叶韻」，非，古韻無此叶法，解見離騷六五節。離騷七六節蔽與折叶，入聲韻。這裏蔽去聲。汙字是沬字之誤，傳寫或簡壞缺直筆上端與撇捺。離騷：「芳菲菲其難虧兮，芬至今猶未沬。」招魂：「朕幼清以廉潔兮，身服義而未沬。」沬音晦，荒内切（隊韻），晦也。解見離騷八二節及招魂一節。

蔽沬爲韻。

願皓日二句：皓，本作晧，胡老切（晧韻），說文在日部，「日出皃」。皓是後起字。顯行，章顯地遊行，謂無雲蔽。蒙蒙，雲的表語。

竊不二句：聊，動詞，賴。不自聊，王注「不顧生也」。或，代詞，或者，有的人。黕，都感切（感韻），説文「滓垢也」，徐鍇引九辯此語。點，説文「小黑也」，今語小黑點。黕點，雙聲兼疊韻字。黕點與沫皆及物動詞，受語之，代指自己。

堯舜之抗行兮，杳冥冥而薄天。何險巇之嫉妬兮，被以不慈之僞名？（三）

天名爲韻。

堯舜二句：抗，高。行，去聲，操行。杳，解見東君。杳冥冥，這裏是幽遠，民無能名之皃。薄，同迫，近。

何險巇二句：何，疑問副詞。巇，許羈切（支韻）。險巇，險峻不平。被，加。不慈，指不傳子。所斥不當，故云僞名。

彼日月之照明兮，尚黯黮而有瑕。何況一國之事兮，亦多端而膠加？（四）

瑕加爲韻。

彼日月二句：彼，指示形容詞。尚，副詞，今語尚且。黯，乙減切（豏韻），説文「深黑也」。黮，徒感切（感韻），説文「桑葚之黑」。黯黮，疊韻字，黑皃。瑕，説文「玉小赤也」，色不純淨。

何況二句：多端，頭緒多。膠，古肴切（肴韻）；加，古牙切（麻韻）。膠加，雙聲字，糾葛難分皃。洪注：「集韻：膠加，戾也。膠音豪。加，丘加切。王逸説。」朱熹用洪説而實未曉，斷句誤，云：

「膠，豪加、丘加二反。膠加，戾也。」按洪注「膠音豪」，豪从高聲，實謂膠音高。「加丘加切」，是古牙的輕讀。「丘加」加字誤，或原作嘉。用來切音的二字當避免與所音的字重同。「王逸説」三字衍，王逸時尚無切音。

被荷裯之晏晏兮，然潢洋而不可帶。既驕美而伐武兮，負左右之耿介。（五）

帶介爲韻。

被荷裯二句：被，平義切（寘韻），穿著，非今語的披。裯，音刀，都牢切（豪韻）。詩召南小星的裯也音刀，與昴猶（古音摇）叶，朱注音非。王注：「裯，祇裯也，若襜褕矣。」祇裯，襜褕，一音之轉，褕讀偷音。後來褕音轉爲羊朱切，便寫襜襦。方言四：「汗襦（廣雅作褕），自關而西或謂之祇裯，陳魏宋楚之間謂之襜襦，或謂之禪襦。」據説文，「祇裯，短衣」（祇字下），「直裾謂之襜褕」（褕字下），二者有别，故王注云若。荷裯，荷製之裯。王注：「晏晏，盛皃也。」作荷裯之定語。然，乃。潢洋，疊韻字，王注「猶浩蕩，不著人皃也。」謂短而鬆，不稱體，故不可繫帶。

既驕美二句：驕美，伐武，皆動詞受語結構，矜其美而誇其武。武謂孔武有力（語見詩鄭羔裘）。負，背。舊注以爲恃，非。左右，近臣。耿介，見六章，解見離騷八節。左右耿介，而君矜其美誇其武，故云負。

憯悽愴之脩美兮，好夫人之慷慨。衆踥蹀而日進兮，美超遠而逾邁。（六）

慨邁爲韻。

憎慍惀二句：説文：「憎，惡也。」慍惀之脩美，作憎的受語。慍，於問切（問韻），這裏是藴（今寫藴）的同音假借字。説文：「藴，積也。」惀，力迍切（諄韻），説文「欲知之皃」。夫人，一般人。洪注：「君子之慍惀若可鄙者，小人之忼慨若可喜者，唯明者能察之。」（在哀郢）

衆踥蹀二句：踥，七接切（葉韻）。蹀，徒協切（怗韻）。踥蹀，疊韻字，行進皃。説文：「逾，越進也。」「邁，遠行也。」

農夫輟耕而容與兮，恐田野之蕪穢。事緜緜而多私兮，竊悼後之危敗。（七）

穢敗爲韻。

農夫二句：容與解見湘君。穢，字本作薉，説文蕪薉互訓。又：「荒，蕪也。」

事緜緜二句：緜緜，不絶皃。詩大雅緜：「緜緜瓜瓞。」悼，懼，解見抽思六節。事不斷而多牽於私，怕後來危險敗壞。

世雷同而炫曜兮，何毁譽之昧昧？

這二句意與上下不相屬，二句衍。衍在王逸之前。上節「竊悼後之危敗」句意與下節連貫。

今脩飾而窺鏡兮，後尚可以竄藏。願寄言夫流星兮，羌儵忽而難當？卒壅蔽此浮雲兮，下暗漠而無光。（八）

洪考異：「今一作余。」非。「今」與下句「後」相應。

藏當光爲韻。

今脩飾二句：脩，修的同音假借字。説文：「修，飾也。」窺鏡自視，謹爲修飾，後尚可以伏藏而遠害。

願寄言二句：夫，指示形容詞。舉流星爲言，取其曳光之長，以喻賢才。羌，怎麽，解見離騷一五節。儵，音叔，式竹切（屋韻）。儵忽，同倏忽，疊韻字，變動疾速皃。當，動詞，逢，遇。

卒壅蔽二句：卒，副詞，終究。壅蔽此浮雲，壅蔽於此浮雲。暗漠，蒙暗。

堯舜皆有所舉任兮，故高枕而自適。諒無怨於天下兮，心焉取此怵惕？（九）

適惕爲韻。

堯舜二句：所，關係代詞。舉，推舉。任，任用。高枕，安卧。自適，適己。

諒無二句：諒，副詞，信，真實。焉，疑問副詞。取，用。王注：「己之行度，信無尤也；内省審己，無畏懼也。」

椉騏驥之瀏瀏兮，馭安用夫强策？諒城郭之不足恃兮，雖重介之何益？（一〇）

策益爲韻。

椉騏驥二句：椉，今寫乘。瀏，力求切（尤韻），又力久切（有韻）。瀏瀏，馳騁利疾皃。馭，御的古文。安，疑問副詞。夫，指示形容詞。强，平聲，彊的同音假借字。説文：「彊，弓有力也。」這裏作策的定語。説文：「策，馬箠（之累切，紙韻）也。」即馬鞭。

諒城郭二句：諒，信。雖，即使。重，平聲，不止一層。洪注：「介，甲也。」

邅翼翼而無終兮，忳惛惛而愁約。生天地之若過兮，功不成而無效。（一一）

約，於笑切（笑韻）。約效爲韻。

邅翼翼二句：洪注：「邅，行不進。」朱注同。邅翼翼，不進皃。無終，無窮極。忳，解見離騷二四節。惛，呼昆切，説文「不憭也」，不慧。忳惛惛，悶瞀皃。惛與惃形音義皆別。詩大雅民勞「以謹惃怓」，今本作惛，非。釋文：「惛，説文作惃，云『怓也』。」説文：「怓，亂也。」詩曰『以謹惃（今本作惛）怓』。」廣韻惃彌鄰切（真韻），惛呼昆切（魂韻）。釋文廣韻皆是。徐鉉朱翶惃亦同惛音，非。愁，及物動詞。約，窮約，作受語。

生天地二句：若過，如過度而不留。朱注：「古詩云『人生天地間，忽如遠行客』是也。」説文：「效，爲也。」猶今語成績。

願沈滯而不見兮，尚欲布名乎天下。然潢洋而不遇兮，直怐愗而自苦。（一二）

下古音如户。下苦爲韻。

願沈滯二句：見音現。王注：「思欲潛匿，自屏棄也；敷名四海，垂號謚也。」

然潢洋二句：然，乃。潢洋，解見本章五節，這裏狀與人不相值。直，副詞。怐，古候切；愗，莫候切（並候韻）。怐愗，疊韻字，廣韻「愚皃」。

莽洋洋而無極兮，忽翱翔之焉薄？國有驥而不知乘兮，焉皇皇而更索。（一三）

薄索爲韻。

莽洋洋二句：莽洋洋，野曠遠皃。極，盡。焉，疑問副詞。忽翱翔之焉薄，王注：「浮遊四海，無所集（止）也。」

國有二句：驥，喻賢才。焉，乃，今語卻。皇皇，漫無標的之皃。洪注：「更，平聲。」更索，改求。

甯戚謳於車下兮，桓公聞而知之。無伯樂之善相兮，今誰使乎訾之？（一四）

甯戚二句：解見離騷七四節。

無伯樂二句：伯樂，解見懷沙一七節。訾，音貲，即移切（支韻），洪注「思也」，廣韻同。知訾爲韻。

罔流涕以聊慮兮，惟著意而得之。紛純純之願忠兮，妬被離而障之。（一五）

罔流涕二句：罔，無，即毋。聊，副詞。惟，副詞。著，張略切（藥韻）。著意，在意。言毋流涕，且思慮，只有在意才得到。

紛純純二句：紛，句首助詞。純純，純一皃。妬被離，讒人妬浸潤君上。賊，害。賊之的之，代指純純願忠的人。餘詳哀郢釋。

障與得韻不叶，二字必有一誤。哀郢一三節有「妬被離而障之」，這裏傳寫涉哀郢文誤，障之當作賊之。得賊爲韻。

右八

洪考異：「舊本自『何氾濫之浮雲兮』至此（妬被離而賊之）爲一章。」茲從舊本。本章洪本分爲二章，一爲何氾濫之浮雲兮至亦多端而膠加，一爲被荷裯之晏晏兮至妬被離而賊之。王夫之同洪本，爲第七第八章。朱本以何氾濫之浮雲兮至下暗漠而無光爲第八章，堯舜皆有所舉任兮至篇末爲第九章。按：堯舜皆有所舉任兮，實承説國事，與前文不可分。且堯舜舉任乃引事例作説明，不當爲一章之起筆，亦如下甯戚事的不當分。

願賜不肖之軀而別離兮，放遊志乎雲中。乘精氣之摶摶兮，騖諸神之湛湛。驂白霓之習習兮，歷羣靈之豐豐。（一）

雲中是遊之處，遊下不當有志字。當作放志遊乎雲中，志遊誤倒。

湛，洪注「舊音羊戎切」，朱注同。按：甚聲字的聲母不得爲羊，羊字當是市字的錯，以形近。洪朱未深考。湛字廣韻在侵韻，直深切；又豏韻，徒減切。椹碪字侵韻知林切。顧炎武以侵覃談鹽添咸銜嚴凡韻爲一部（段分十七部不可從）。上古音侵部與東部相通，顧於侵部侵韻説：「收入東韻風楓字。」於凡韻説：「收入東韻芃字。」於梵韻説：「併入東韻汎梵字。」中豐在東韻，湛在侵韻，故湛音市戎切，中湛豐爲韻。

願賜二句：賜，君賜。不肖，謙辭。別離，別離君。放，動詞。志，意，放的受語。放志猶云肆意。遊乎雲中，遊於雲中。王注「上從豐隆」，「升雲」，以爲上天，不是。王夫之以爲懷仙修道，仙成而歸，尤謬。別離而須出於君賜，還是就君臣之分説的。然則君許去之後，不是上天。這所遊的雲中即左傳定四年「楚子（昭王）涉睢濟江入於雲中」的雲中。杜注：「入雲夢澤中，所謂江南之夢。」夢，莫中切（東韻），楚方言，即澤。雲夢是大澤，物産豐饒，有水有陸，可畋可居，故以爲放志而遊之地。

乘精氣二句：精氣，王注「日月之光耀」，朱注直謂「日月」，皆非。精氣，天地間之氣。乘精氣，猶莊子所謂「列子御風而行」，藐姑射之山的神人「乘雲氣」（逍遥遊）。摶，度官切（桓韻）。摶摶，氣體渾然之狀（實不得見），作精氣的定語。下各句的湛湛，習習，豐豐，茇茇，躣躣，闐闐，衙衙，鏘鏘，從從，逶迆，容容，用法都同。湛，字是説文湛没的湛。司馬遷報任安書：「且從俗浮湛。」廣韻直深切。市戎即直戎，是直深的古讀。徐鉉朱翺並音宅減，非此義。湛音有重義。湛湛，尊重皃，故以作諸神的定語。史記陳涉世家「夥頤，涉之爲王沈沈者」的沈沈即此湛湛，當是楚人習語。

驂白霓二句：白霓，解見東君。朱注：「習習，飛動皃。」説文：「歷，傳也。」歷的受語羣靈。洪考異「靈一作神」，非。上文已言諸神。羣靈謂羣動，如下文的朱雀蒼龍。豐豐，盛多皃。

左朱雀之茇茇兮，右蒼龍之躣躣。屬雷師之闐闐兮，道飛廉之衙衙。（二）

道，廣韻徐鍇皆引作導。今本作通，義不合。

躣衙爲韻。

左朱雀二句：左朱雀而右蒼龍，可見左青龍右白虎前朱雀後玄武之説是後起的。王夫之以「朱雀南方神，蒼龍東方魂」爲解，非。茇，北末切，又蒲撥切（俱末韻）。茇茇，翩翻皃。躣，其俱切（虞韻）。躣躣，行動皃。

屬雷師二句：屬，之欲切（燭韻），今寫囑。闐，音填，徒年切（先韻）。闐闐，雷聲。山鬼：「靁填填兮雨冥冥。」飛廉，解見離騷五〇節。衙，音語，魚巨切（語韻），説文「行皃」。衙衙，迅疾皃。

前輕輬之鏘鏘兮，後輜乘之從從。載雲旗之逶迤兮，扈屯騎之容容。（三）

從容爲韻。

前輕輬二句：輕，名詞，是車的名，説文「輕車也」，輕捷的車。輬，吕張切（陽韻），説文「卧車也」。鏘，七羊切（陽韻）。鏘鏘，鸞聲。輜，側持切（之韻），説文：「軿（音瓶），輜車也。」「輜，軿車前衣（遮蔽）；車後也。」徐鍇輜字注曰：「所謂庫車。」從從，連屬隨行皃。朱注以爲亦鸞聲，非。

載雲旗二句：載雲旗之逶迤，解見離騷九〇節。扈，音户，侯古切（姥韻），動詞，護從。屯，聚，作騎的定語。騎，奇寄切（寘韻），名詞。容容，行列有序皃。

計專專之不可化兮，願遂推而爲臧。賴皇天之厚德兮，還及君之無恙。（四）

臧恙爲韻。

計專專二句：計，説文「會也，算也。从言从十」。徐鍇曰：「十者總成數。」這裏指自己的爲國之計。專專，確定皃。化，變。離騷八一節變化連用。遂，副詞，終究。推，推此及彼的推。爲臧，爲善，即行此計。

賴皇天二句：説文：「恙，憂也。」無恙，身康寧。主要動詞是什麽？賴是動詞，但非主要動詞。依靠上天的大德又怎樣？及亦非主要動詞。及，今語趕上。及君之無恙，作時間狀語。這句是及君之無恙而還。還是主要動詞，與本章首句「别離」相對而言。君許放志遊而别離君，還就是還於君所。依靠上天的大德，及君之無恙而還，猶可以推行此計。

右九

願賜不肖之軀而別離兮以下，乃别立一義，遊用文學想象，言放志遊於雲中，乘精氣而鶩諸神，歸結到終還君所。所以這章作九辯的結束。洪本王夫之本同。

景差

差，漢書古今人表作瑳，七何切（歌韻）。史記屈原傳：「屈原既死之後，楚有宋玉唐勒景差之徒者，皆好辭而以賦見稱。然皆祖屈原之從容辭令，終莫敢直諫。」

大招

大招，王逸以爲屈原作，又云「或曰景差」。朱熹從文章風格考校，説「決爲差作無疑」。招誰的魂？王逸以爲屈原自招，説：「屈原放流九年，憂思煩亂，精神越散，與形離别，恐命將終，所行不遂，故憤然大招其魂。」設辭是可以的，然而既精神越散與形離别，就不能自招其魂，故此説無理。大招也是招楚懷王的魂。所陳居室飲食娱樂與招魂略同，還説理民進賢，歸結到尚三王。這必然是諸侯的事。就因爲是招王魂，才稱大招。後人以有大招而説招魂爲小招，是不當的。

青春受謝，白日昭只。春氣奮發，萬物遽只。冥淩浹行，魂無逃只。魂魄歸徠，無遠遥只。（一）

遽字不叶韻。朱熹説「叶渠驕反」，遽字並没有這個讀法。按：遽是迻的誤字，以同部首，又行草䢒作䢒，遽作遽，形近傳寫而誤。䢒，會也（説文）。説春氣奮發，萬物䢒會，就是䢒遽（今寫交錯）會合。

昭䢒逃遥爲韻。

青春二句：王注：「青，東方春位，其色青也。謝，去也。昭，明也。」朱注：「言玄冬謝去而青春受之也。」受謝猶言代謝。洪注：「只音止，語已詞。」按：這只字與些（此此）字都是楚地招魂辭特用的助詞，解見招魂。

春氣二句：奮，有力。發，發動。萬物句見前解。

冥淩二句：淩，朱熹本作凌。朱注：「冥，幽暗也。凌，冰凍也。浹，周洽也。言春氣既發，幽暗冰凍之地無不周浹而流行，故魂魄之已散而未盡者亦隨時感動而無所逃。」

魂魄二句：徠同來。遥，動詞，徐鉉新附字：「遥，逍遥也。」遠，副詞，遥的狀語。

魂乎歸徠，無東無西，無南無北只。（二）

這一節總冒下面東南西北四節。

從這以下五節可知當時四方的習慣説法。上面一句，兩兩相對言，曰東西，曰南北；下面四節，四方連敘，則曰東南西北。

東有大海，溺水浟浟只。螭龍並流，上下悠悠只。霧雨淫淫，白皓膠只。魂乎無東，湯谷宗寥只。（三）

朱熹説：「按下章例，此句（按：章句皆當云節）上當有魂乎無東四字。」不對。上句是無東無西無南無北，若緊接又説魂乎無東，則複冗不文。

浟悠讀摇，古攸有條音。禮記檀弓下「詠斯猶」，猶讀摇。浟悠膠寥爲韻。

東有二句：溺音弱，而灼切（藥韻）。這溺水在東方，是假設的水名。地理的溺水在西方。洪注：「浟音悠。」王注：「浟浟，流皃也。」

螭龍二句：並流，並行，行之狀如水之流。王注：「悠悠，螭龍行皃也。」

霧雨二句：霧雨，霧與雨。淫淫，連綿一片皃。白，正白色。皓，光明。膠，黏連。白皓膠，形容霧雨與大海的波光黏連，茫茫無際。這景象與下句的湯谷宲寥相應。

魂乎二句：湯谷，解見天問「出自湯谷」。宲寥，形容無人之境。

魂乎無南，南有炎火千里，蝮蛇蜒只。山林險隘，虎豹蜿只。鰅鱅短狐，王虺騫只。魂乎無南，蜮傷躬只。（四）

蜒蜿騫躬爲韻。

南有二句：蝮蛇，解見招魂「蝮蛇蓁蓁」。蜒，蜿蜒。

山林二句：王注：「蜿，虎行皃。」

鰅鱅二句：鰅鱅，疊韻字，是一個詞。王注：「鰅鱅，短狐類也。」洪注：「鰅魚恭切，鱅以恭切。鰅鱅，狀如犂牛。」王注：「短狐，鬼蜮也。」即下句之蜮。洪注：「蜮音域，又音或。」古音古獲切。説文：「蜮，短狐也，似鼈，三足，以氣䠶害人。」洪注：「陸璣云：『一名射影。人在岸上，影見水中，投人影則射之。或謂含沙射人。』」王注：「王虺，大蛇也。鶩（字从鳥），舉頭皃也。言舉頭而望，其狀鶩然也。」洪注：「鶩讀若鶩。」

魂乎無西，西方流沙，漭洋洋只。豕首縱目，被髮鬤只；長爪踞牙，誒笑狂只。魂乎無西，多害傷只。（五）

踞，朱熹以爲當作鋸，是。

洋鬤狂傷爲韻。

西方二句：洪注：「漭，母朗切，水大皃。」王注：「洋洋，無涯皃也。」

豕首四句：説的是一種獸。豬頭，豎的眼，頭上毛長而亂，長的爪，鋸似的牙，怪笑如狂。縱，豎的。鬤，洪注「而羊切」，王注「亂皃也」。洪注：「誒音僖，説文云『可惡之辭』。」

魂乎無北，北有寒山，逴龍赩只。代水不可涉，深不可測只。天白顥顥，寒凝凝只。魂乎無往，盈北極只。（六）

赩測凝極爲韻。

北有二句：朱注：「逴音卓。」洪注：「赩，許力切。」王注：「逴龍，山名也。赩，赤色，無草木皃也。」

代水句：代水，水名。

天白二句：王注：「顥顥，光皃。」凝，魚力切（職韻）。凝凝，酷寒皃。

魂乎二句：王注：「盈，滿也。」言寒凍滿北極。末句有「北極」，故上句無北改用「無往」。

魂魄歸徠，閒以靜只。自恣荆楚，安以定只。逞志究欲，心意安只。窮身永樂，年壽延只。魂乎歸徠，樂不可言只。（七）

静定爲韻，安延言爲韻。

逞志句：説文：「楚謂疾行爲逞。」王注：「逞，快也。究，窮也。」逞志，快意。

窮身句：窮，終。

五穀六仞，設菰粱只。鼎臑盈望，和致芳只。内鶬鴿鵠，味豺羹只。魂乎歸徠，恣所嘗只。（八）

臑字不誤，作胹作腩皆非。

羹古音如岡，粱芳羹嘗爲韻。

五穀二句：五是泛指，不當鑿實爲五種。五穀猶言百穀。説文：「仞，伸臂一尋，八尺。」六也是泛指，六仞，洪注：「此言積穀之多爾。」設，陳。王注：「苽（菰）粱，蔣實，謂雕胡也。」

鼎臑二句：説文：「臑，臂羊矢也。」解見招魂二二節。這句臑謂牛羊臂。盈望，滿眼，表豐盛。和致芳，王注：「調和鹹酸，致其芬芳。」這二句寫法猶招魂的「肥牛之腱，臑若芳些」。

内鶬二句：内，同肭，肥。朱注：「鶬即鶬鴰也。」王注：「鴿，似鳩而小，青白。鵠，黄鵠也。」洪注：「豺，狼屬，狗聲。」

鮮蠵甘雞，和楚酪只。醢豚苦狗，膾苴蓴只。吳酸蒿蔞，不沾薄只。魂乎歸徠，恣所擇只。（九）

擇古音如鐸，酪蓴薄擇爲韻。

鮮蠵二句：蠵，解見招魂「露雞臛蠵」下。字右旁作雋者誤。洪注：「酪，乳漿也。」

醢豚二句：王注：「苦，以膽和醬也，世所謂膽和者也。」洪注：「苴，即魚切。蓴，普各切。」王注：「苴蓴，蘘荷也。」說文：「蘘，蘘荷也，一名葍蒩（葍古音逼，蒩子余切）。」葍蒩即蓴苴，一音之轉，即這裏的苴蓴。

吳酸二句：洪注：「蔞，龍珠切。沾音添，益也。」王注：「蒿，蘩草也。蔞，香草也。沾，多汁也。薄，無味也。言吳人工調鹹酸，爚蒿蔞以爲齏，其味不醲不薄，適甘美也。」按：吳酸，吳地所産醋。

炙鴰烝鳧，煔鶉敶只。煎鰿脽雀，遽爽存只。魂乎歸徠，進以先只。（一〇）

敶存先爲韻。

炙鴰二句：洪注：「鴰，麋鴰也，古活切。」煔，舒瞻切，說文「火行也」，王注「爚也」。

煎鰿二句：王注：「鰿，鮒。」洪注：「鰿舊音積。」脽，解見招魂二三節「露雞臛蠵」下。王注：「遽，趣也。爽，差也。」朱注：「遽爽存，未詳。」爽字用在肴饌，招魂有「厲而不爽」。遽爽存，大概指預製的食物，防其速敗而藏。故下句說魂歸徠即儘先進。

四酎并孰，不歠嗌只。清馨凍飲，不歠役只。吳醴白蘖，和楚瀝只。魂乎歸徠，不遽惕

只。（一一）

朱注：「不歡役，未詳。」按：役是設的誤字。言不歡亦必設。

嗌設瀝惕爲韻。

四酎二句：王注：「醇酒爲酎。」高誘呂氏春秋孟夏紀注：「酎，春醖也。」王注：「并，俱也。」孰，今寫熟。王以爲「四器俱熟」，然盛以幾器，不當云并熟，當是四品，字誤。洪注：「澀，不滑也。嗌，於革切，咽喉也。」説文嗌咽互訓。洪注的咽是動詞，咽喉即嗌喉，即鯁喉嚨。朱注引洪説，而以咽爲名詞，「言不澀人之咽喉也」，未明洪意。

清馨二句：凍飲，解見招魂二三節「挫糟凍飲」下。

吴醴二句：説文：「醴，酒一宿孰也。」王注：「糵，米麴也。瀝，清酒也。」言以吴製之醴與白麴，和作楚瀝。

魂乎二句：遽，急遽。惕，怵惕。

代秦鄭衛，鳴竽張只。伏戲駕辯，楚勞商只。謳和揚阿，趙簫倡只。魂乎歸徠，定空桑只。（一二）

張商倡桑爲韻。

代秦二句：代秦鄭衛，指代秦鄭衛的歌曲。鳴竽以和。張，設張。

伏戲二句：王注：「或曰：伏戲，駕辯，皆要妙歌曲也。」又：「楚人因之作勞商之歌，皆要妙之音。」

謳和二句：朱注：「以趙簫奏揚阿爲先倡，而謳以和之也。」

魂乎二句：定，安。王注：「空桑，瑟名也。周官云：古者弦空桑而爲瑟。」定空桑是説安於空桑之樂，非「定意楚國」。

二八接舞，投詩賦只。叩鍾調磬，娱人亂只。四上競氣，極聲變只。魂乎歸徠，聽歌譔只。（一三）

朱注：「賦，與下亂變譔不叶，未詳。」按：賦是詠的誤字。詠，歌也（説文）。名詞的詠今還保存在故楚地的江西西部，音正是爲命切（wèn），義正是歌。詠在映韻，亂在换韻，變譔都在線韻，古韻通。

二八二句：王注：「接，聯也。」投，投足踏拍子。投詩詠，按詩歌的聲調踏拍子。

叩鍾二句：娱人，即東君「羌聲色兮娱人」的娱人。亂，變亂，字本是䜌。王注朱注皆訓爲理，誤。

四上二句：四上，王注洪注皆非，朱熹説「未詳」。這二句説舞者十六人四面上而聯舞，相與競氣，極盡聲之變化。

魂乎二句：説文：「譔，專教也。」鄭玄論語「異乎三子者之撰」注：「讀曰譔，譔之言善也。」歌譔，歌之善者。

朱脣皓齒，嫭以姱只。比德好閒，習以都只。豐肉微骨，調以娱只。魂乎歸徠，安以舒

只。（一四）

姱都娭舒爲韻。

朱脣二句：嫭，音護。姱，苦胡切。皆好也。

比德二句：洪注：「比，必寐切。閒音閑。」比，密（説文）。比德，德備。好閒，美好閒静。習，舉止的熟練。都，美盛。

豐肉二句：微，本作敚，妙也（説文）。微骨，妙骨。王注「微，細也」，非。調，體態的和調。娭，神情的悦樂。

嫮目宜笑，蛾眉曼只。容則秀雅，穉朱顔只。魂乎歸徠，静以安只。（一五）

曼顔安爲韻。

嫮目二句：洪注「嫮與嫭同」，音滹。嫮目，美目。山鬼：「既含睇兮又宜笑。」曼，讀平聲，長。

容則二句：容則，儀度。王注：「穉，幼也。」

姱脩滂浩，麗以佳只。曾頰倚耳，曲眉規只。滂心綽態，姣麗施只。小腰秀頸，若鮮卑只。魂乎歸徠，怨思移只。（一六）

古音移是歌戈部字，不叶韻。原當作移怨思只，傳寫誤倒。

佳規施卑思爲韻。

姱脩二句：王注：「脩，長也。滂浩，廣大也。佳，善也。」

曾頰二句：曾，曾益的曾。曾頰，豐頰。倚耳，耳貼靠着頭側而不翼張。規，弧形。

滂心二句：滂，廣。王注：「綽猶多也。姣，好也。」施，陳。

小腰二句：鮮卑，犀毗的異寫。王注：「鮮卑，衮帶頭也。言若以鮮卑之帶約而束之也。」洪注：「前漢匈奴傳『黄金犀毗』，孟康曰：『要中大帶也。』師古曰：『犀毗，胡帶之鉤，亦曰鮮卑。』」

易中利心，以動作只。粉白黛黑，施芳澤只。長袂拂面，善留客只。魂乎歸徠，以娱昔只。（一七）

澤古音如鐸，客古音如恪，昔古音如鵲，作澤客昔爲韻。

易中二句：易，洪音以豉切，順。中，内心。朱注：「易中，利心，皆敏慧之意。」二句寫心靈和動作。

粉白二句：著粉面白，畫黛眉黑。朱注：「芳澤，芳香之膏澤也。」

長袂二句：王注：「言美女工舞，揄其長袖，周旋屈折，拂拭人面，衆客喜樂，留不能去也。」

魂乎二句：昔，同夕。

青色直眉，美目媔只。靨輔奇牙，宜笑嘕只。豐肉微骨，體便娟只。魂乎歸徠，恣所便只。（一八）

媔嘕娟便爲韻。

青色二句：洪注：「青色謂眉也。媔音綿。」直，平直。媔，明媚。

靨輔二句：洪注：「靨，於牒切。輔與酺同，扶羽切。靨輔，頰邊文，婦人之媚也。嘕，虛延切。」靨輔，今所謂酒渦。奇，異。嘕，巧笑。

豐肉二句：微骨，解見前一四節。便，平聲。娟，於緣切（仙韻）。便娟，疊韻詞，好皃。

魂乎二句：便，安。

夏屋廣大，沙堂秀只。南房小壇，觀絕霤只。曲屋步壛，宜擾嘼只。騰駕步遊，獵春囿只。瓊轂錯衡，英華假只。茝蘭桂樹，鬱彌路只。魂乎歸徠，恣志慮只。（一九）

秀霤嘼囿爲韻；叚聲字各聲字虍聲字古同部，假路慮爲韻。

夏屋二句：夏，大。夏屋，高大的屋。詩秦權輿：「於我乎夏屋渠渠。」沙堂，丹沙畫堂。秀，秀異。

南房二句：王注：「房，室也。壇猶堂也。觀猶樓也。霤，屋宇也。」絕霤，極高之霤。

曲屋二句：王注：「曲屋，周閣也。步壛，長砌也。」壛，音閻。擾，馴。言周閣長砌間宜馴嘼。嘼，説文「犍也」，即野嘼字，今借獸字。洪注：「六畜之字本自作嘼，後乃借畜養字爲之。」

騰駕二句：王注：「騰，馳。」湘夫人：「將騰駕兮偕逝。」朱注：「步遊，亦言行遊耳，非必舍車而徒也。」

瓊轂二句：錯，金塗（説文）。詩小雅采芑、商頌烈祖：「約軝錯衡。」王注：「假，大也。言所乘之車，以玉飾轂，以金錯衡，英華照耀，大有光明也。」

茝蘭二句：鬱，叢茂。彌，滿。

魂乎二句：恣，及物動詞，肆。

孔雀盈園，畜鸞皇只。鵾鴻羣晨，雜鶖鶬只。鴻鵠代遊，曼鷫鷞只。魂乎歸徠，鳳皇翔只。（二〇）

皇鶬鷞翔爲韻。

鵾鴻二句：王注：「鵾，鵾雞。鴻，鴻鶴也。」朱注：「晨，旦鳴也。書曰：『牝雞無晨。』」洪注：「鶖音秋。」王注：「鶖鶬，鶬鶖也。」

鴻鵠二句：代，相繼。説文：「曼，引也。」鷞一作鸘，洪注「並音霜」，王注：「鷫鷞，俊鳥也。」

曼澤怡面，血氣晟只。永宜厥身，保壽命只。室家盈廷，爵禄盛只。魂乎歸徠，居室定只。（二一）

晟命盛定爲韻。

曼澤二句：晟，音盛，承政切（勁韻），廣韻「熾也」。王注：「肌膚曼緻，面皃怡懌，血氣充盛。」

室家二句：朱注：「室家，謂宗族。盈廷，滿朝廷也。」

接徑千里，出若雲只。三圭重侯，聽類神只。察篤夭隱，孤寡存只。魂乎歸徠，正始昆只。（二二）

雲神存昆爲韻。

接徑二句：説楚國地廣人衆。道路交接方千里，人民衆多，其出如雲。

三圭二句：三圭，重侯，皆指諸等爵。三，重，泛用。圭，所執之圭。重侯猶言諸侯，避免歧義，説重侯。類，事物之類，作聽的受語。神，明，狀語。聽類神，聽事明。

察篤二句：朱注：「篤，厚也。隱，幽蔽也。」説文：「夭，屈也。」「存，恤問也。」夭屈幽蔽者，察而厚之；孤寡者，恤問之。

魂乎二句：説文：「昆，同也。」正始昆，正其初而齊同。

田邑千畛，人阜昌只。美冒衆流，德澤章只。先威後文，善美明只。魂乎歸徠，賞罰當只。（二三）

昌章明當爲韻。

田邑二句：洪注：「畛，之忍切。」王注：「邑，都邑也。畛，田上道也。」

美冒二句：王注：「冒，覆。章，明也。」衆流，百業之民。

先威二句：王注：「威，武。」以威武服衆，以文德懷人。善美明，善與美皆明。

名聲若日，照四海只。德譽配天，萬民理只。北至幽陵，南交阯只；西薄羊腸，東窮海只。魂乎歸徠，尚賢士只。（二四）

海理阯海士爲韻。

德譽二句：配，比。德與譽比天。理，治。

北至四句：王注：「幽陵猶幽州也。交阯，地名。」洪注：「羊腸，趙險塞名。」窮，盡，訖。

魂乎二句：尚，舉。

發政獻行，禁苛暴只；舉傑壓陛，誅譏罷只。直贏在位，近禹麾只。豪傑執政，流澤施只。魂乎歸徠，國家爲只。（二五）

歸徠與下一歸徠，從朱本。洪本皆作徠歸，看王注，王逸時已然。

朱注：「暴，不叶下韻，未詳，疑亦有皮音也。」按：暴讀爆，北角切，輕讀則蒲角切，並覺韻，韻叶。施不叶韻，句當作流澤被只。暴罷麾被爲爲韻。

發政四句：按句法，發，獻，禁，舉，誅，屬於同一主語。獻行，王注：「獻，進。言進用仁義之行。」朱注：「舉傑壓陛，延登俊傑，使在高位，以壓階陛也。誅，責而退之也。」王注：「譏，非也。罷，駑也。」

直贏二句：贏，優。直贏，行直才優。王注：「禹，聖王，明於知人。麾，舉手也。」朱注：「禹麾，未詳。」

魂乎二句：爲，平聲，治，國治天下平的治。王洪注皆非。

雄雄赫赫，天德明只。三公穆穆，登玉堂只。諸侯畢極，立九卿只。昭質既設，大侯張只；執弓挾矢，揖辭讓只。魂乎歸徠，尚三王只。（二六）

明堂卿張讓王爲韻。

雄雄二句：這二句説國君。王注：「雄雄赫赫，威勢盛也。」天德，指君德。

三公二句：這二句説大臣。王注：「穆穆，和美皃。」玉堂，指朝廷。

諸侯二句：這二句説諸侯朝聘。極，至。九卿，謂諸卿大夫。立九卿，狀朝聘禮儀之盛。

昭質四句：這四句説射禮。洪注：「射矦見周官考工記，禮記射義。」朱注：「昭質謂射矦所畫之地，如言白質赤質之類也。大侯謂所射之布，如言虎矦豹矦之類也。」王注：「上手爲揖。言衆士將射，已持弓箭，必先舉手以相辭讓，進退有禮，不失威儀也。」辭讓辭字，本作辤，左旁受。朱解爲辭語之辭，誤。

魂乎二句：這二句説爲政取法。王注：「尚，上也。三王，禹湯文王也。」按：三王，三代聖王，當云禹湯文武。

失名

卜居

卜居與漁父，都是楚國遺製，作者失名。王逸以爲都是屈原作。從本文敍述語句看，非屈原作。內容，洪興祖以爲「卜居漁父皆假設問答以寄意耳」，是。這二篇，散文用韻，是楚辭的變體，爲後世散文用韻之先聲。語言暢美，設喻貼切，音節諧和，文學手腕很高。

屈原既放，三年不得復見。竭知盡忠，而蔽障於讒。心煩慮亂，不知所從。

三年當屬下讀。三年之久而不得復見。王逸以三年屬上讀，放三年，就不必用既了。復，副詞（哀郢「至今九年而不復」的復是動詞）。見音現，見於君。蔽障，動詞被動式。古語文，及物動詞而無受語，即爲被動式。於，介詞。讒，讒人。所，關係代詞。從，從違的從。

乃往見太卜鄭詹尹曰：「余有所疑，願因先生決之。」

鄭詹尹，王注「工姓名也」，以爲姓鄭名詹尹。下文稱詹尹者再。春秋時鄭國有大夫詹（莊十七年），詹是名。楚國除官名令尹右尹一類之外，人名帶尹字的，大都是爲某城邑的尹，尹字下是名。如芋尹無宇（左傳昭七年），囂尹午，陵尹喜（俱昭十二年），莠尹然，沈尹戌（俱昭二十七年。戌子沈諸梁即以父之邑爲氏），鍼（箴）尹固（定四年）。還有職事的尹，如卜尹（詳下），樂尹（定五年），工尹（昭十二年）。語言須避歧義，詹尹二字當非本來人名。太卜鄭詹尹，太卜是其職事，爲國家卜官，太如樂官大師的大。鄭是姓，當自鄭國來。楚有鄭丹（子革，見襄十九年）。詹尹當是楚國稱卜人之習稱，楚有卜尹，如周之卜正，左傳昭十三年記觀從任此職。據上文意，卜尹宜爲「佐開卜」者之上司。當時稱卜尹，後來稱太卜。詹即占，近世猶用。以詹尹稱卜人，也是一種敬稱，與其太卜身分合。詹尹非其人本來的名。所，關係代詞。因，介詞，由，依。先生，因的受語。之，代指所疑。

詹尹乃端策拂龜，曰：「君將何以教之？」

端，整。五臣注：「策，蓍也。」蓍，式之切（脂韻），説文「蒿屬，易以爲數」，廣韻「筮者以爲策」。筮，看策的數；卜，看龜的象。之，代指詹尹自己。

屈原曰：「吾寧悃悃款款朴以忠乎，將送往勞來斯無窮乎？

忠窮爲韻。

寧……乎，將……乎？寧可……呢，還是……呢？這是選擇問句。凡選擇問句，問的是這還是那，只用一個問號。下倣此。悃，苦本切（混韻），説文「愊（芳逼切，職韻，誠志）也」。悃从困聲，作困聲者誤。段玉裁未能辨，又改説解，又以悃愊爲一詞，雙聲字，皆非。悃悃，款款，皆至誠皃。悃悃就心言，款款就態言。朴，樸的借字。五臣注「質也」。樸是木素。徐鍇曰：「古質朴字多作樸。」以，連詞。往，往者。來，來者。洪注：「勞，去聲。」斯無窮，這樣没有完。

「寧誅鉏草茅以力耕乎，將游大人以成名乎？

耕名爲韻。

誅，治。鉏，今寫鋤。游大人，王注「事貴戚也」。

「寧正言不諱以危身乎，將從俗富貴以媮生乎？

身生爲韻。

諱，避忌。從俗富貴，隨俗而取富貴。媮，託侯切（侯韻），同偷，苟且。左傳襄三十一年：「其語偷，不似民主。」又昭元年：「主民，翫歲而愒日，其與幾何？」媮生，苟且生存，承從俗富貴言。王注及洪注音義皆非。

「寧超然高舉以保真乎，將哫訾栗斯喔咿嚅唲以事婦人乎？

真人爲韻。

超然高舉，不從俗富貴。保真，不虧損其真。哫訾，洪音足貲，雙聲字，以言語諂媚之皃。栗斯，疊韻字，戰慄皃。喔咿，洪音握伊，雙聲字，廣韻「强顔皃」。嚅唲，音懦（讀奴）倪，雙聲字，欲言而不敢出口之皃。婦人，喻指工媚悦以獲寵的人。

「寧廉潔正直以自清乎，將突梯滑稽如脂如韋以絜楹乎？

清楹爲韻。

突梯，滑（音骨）稽，皆雙聲字，不得依字義解釋。突梯，以音表貪鄙之義，與廉潔相反；滑稽，以音表隱曲之義，與正直相反。貪鄙而隱曲，故以脂以韋爲喻。史記有滑稽列傳，記諸滑稽家，滑稽也是隱曲的意思。揚雄酒箴以滑稽形容鴟夷的蓄藏多，故云「盡日盛酒，人復借酤」。只是楚辭的滑稽就人的品質言，史記的滑稽就談説言，酒箴的滑稽就物的性能言罷了。滑稽傳序云「談言微中」，微是隱微，微則非著，謂以隱曲的設辭中其事端，而不正言，不直陳。絜楹，二字非雙聲疊韻，當按字義講。王注「順滑澤也」，五臣注「謂同諂諛也」，字義得不出這樣的解釋。絜同急；楹同⿰糸盈（他丁切，青韻），説文「緩也」。絜楹是隨人張弛，從俗浮沈，與時俯仰。

「寧昂昂若千里之駒乎，將泛泛若水中之鳧與波上下偷以全吾軀乎？

駒軀爲韻。

昂昂，高昂皃。泛泛，浮泛皃。洪注：「鳧，野鴨也。偷，苟且也。」

「寧與騏驥亢軛乎，將隨駑馬之迹乎？

軛迹爲韻。

亢，同抗，即莊子漁父「分庭伉禮」的伉，與齊列。軛，説文廣韻並作軶，於革切（麥韻），説文「轅前也」。

「寧與黃鵠比翼乎，將與雞鶩争食乎？

翼食爲韻。

鵠，胡沃切（沃韻）。顔師古漢書昭紀注：「黃鵠，大鳥也，一舉千里者，非白鵠也。」比翼，並飛。

鶩，音木，莫卜切（屋韻），鴨。

「此孰吉孰凶？何去何從？

凶從爲韻。

概括上面的八問，吉凶從去，願決所疑。

「世溷濁而不清。蟬翼爲重，千鈞爲輕。黃鍾毀棄，瓦釜雷鳴。讒人高張，賢士無名。吁嗟默默兮！誰知吾之廉貞？」

清輕鳴名貞爲韻。

溷，胡困切（慁韻），説文「亂也。一曰：水濁皃」。黃鍾，中（去聲）黃鍾律的鐘。默默，指世之溷濁不清。郭沫若以爲沈默不言，誤。古語文，默默並無沈默不言之意。貞，正的借字。廉貞，即上文之廉潔正直。

詹尹乃釋策而謝曰：「夫尺有所短，寸有所長。物有所不足，智有所不明。數有所不逮，神有所不通。用君之心，行君之意。龜策誠不能知此事。」

長明通爲韻。意事爲韻。

釋，舍。謝，辭謝。夫，指示形容詞。逮，及，至。誠，副詞，實在。

失名

漁父

父，上聲。王逸漁父序：「屈原放逐，在江湘之間，憂愁歎吟，儀容變易。而漁父避世隱身，釣魚江濱，欣然自樂。時遇屈原川澤之域，怪而問之，遂相應答。楚人思念屈原，因敘其辭以相傳焉。」這説明是對的。漁父屈原問答之事，楚人有此傳説。司馬遷采入本傳，當是他所謂「擇其言尤雅者」。劉向新序也曾敘及（節士第七）。

屈原既放，游於江潭，行吟澤畔。顏色憔悴，形容枯槁。

江潭，即潭江，解見抽思一七節。舊注皆未得。行吟，行且吟。澤畔，水邊。顏，面。憔，昨焦切（宵韻）。悴，秦醉切（至韻）。憔悴，雙聲字，説文作顦顇，面黧黑皃。徐鍇曰：「勞苦見於面。」戰國策秦一：「形容枯槁，面目黧黑。」面目黧黑相當於這裏的顏色憔悴。槁，常見字，而洪朱皆注音考，是古老切（廣韻晧韻）的輕讀。

漁父見而問之曰：「子非三閭大夫與？何故至於斯？」

三閭大夫，掌王族三姓，曰昭屈景。序其譜屬，率其賢良，以厲國士。（王逸離騷序）古語文，至下面常用介詞於。這是因至是不及物動詞，受語前須用介詞。如「浮于洛，達于河，逾于沔，入于渭，至于荊山，至于太華」（俱尚書禹貢）。斯，此。

屈原曰：「舉世皆濁我獨清，衆人皆醉我獨醒。是以見放。」

清醒爲韻。

舉世，整個社會。見放，動詞被動式。

漁父曰：「聖人不凝滯於物，而能與世推移。舉世皆濁，何不淈其泥而揚其波？衆人皆醉，何不餔其糟而歠其釃？何故深思高舉，自令放爲？」

移从多聲，與多音近，釃古音如羅，爲如譌。移波釃爲爲韻。

說文：「聖，通也。」聖人，通人。凝滯，粘著。物，事物。移，迻的借字。推移，推遷。淈，古忽切（没韻），說文「滒（音哥，多汁）泥」，今語泥漿。這裏淈是動詞，攪成泥漿。餔，博孤切（模韻），說文「日加申時食也」，猶云晚餐。歠，昌悅切（薛韻），說文「飲也」，今借用訓「嘗」的啜。說文：「釃，薄酒也。」何故……爲，爲是疑問句的句末助詞。

屈原曰：「吾聞之，新沐者必彈冠，新浴者必振衣。安能以身之察察受物之汶汶者乎？寧赴湘流，葬於江魚之腹中，安能以皓皓之白蒙世俗之塵埃乎？」

物之汶汶與身之察察相對，汶下者字無著落，衍。塵埃，埃塵的誤倒。

汶，音岷，武（音母）巾切。汶塵爲韻。

聞之，之代指下面的新沐者新浴者二語。沐，洗髮。浴，洗身。彈冠，彈去冠上塵灰。振衣，抖落衣上塵灰。察察，明潔皃。汶汶，垢污皃。皓，今寫皓。

漁父莞爾而笑，鼓枻而去，歌曰：「滄浪之水清兮，可以濯吾纓。滄浪之水濁兮，可以濯吾足。」遂去，不復與言。

清纓爲韻，濁足爲韻。

莞，户板切（潸韻）。爾，助詞。莞爾，笑皃。論語陽貨：「夫子莞爾而笑。」枻，音裔，餘制切（祭韻），楫，槳。鼓枻，今語打槳。王注「叩船舷也」，枻不是船舷，打槳則槳叩着船舷。去，離去。浪，音郎，魯當切（唐韻）。滄浪，漢水下游。禹貢：「嶓（音波）冢導漾，東流爲漢，又東爲滄浪之水。」説文：「纓，冠系也。」今語帽帶。遂，竟，終究。復，副詞。與言，與之（屈原）言。

失名

遠遊

〔王逸序〕遠遊者，屈原之所作也。屈原履方直之行，不容於世，上爲讒佞所譖毁，下爲俗人所困極（極，動詞，窮），章皇山澤，無所告訴。乃深惟元一，脩執恬漠，思欲濟世，則意中憤然，文采鋪發，遂敘妙思，託配仙人，與俱遊戲，周歷天地，無所不到。然猶懷念楚國，思慕舊故。忠信之篤，仁義之厚也。是以君子珍重其志而瑋其辭焉。

按：遠遊不是屈原作。這篇内容是道家思想，且不只是老莊的道家，更是漢人「服食求神仙」的仙家。方士求仙，戰國已有，而反映於文學作品則在漢。這篇講「登仙」，講「真人」，講「羽人」，講「虛静」，講「無爲」，講「不可傳」之「道」，「哀人生之長勤」，「與泰初而爲鄰」，歷舉東西南北方神，仙人則舉赤松，王喬，韓衆。這絲毫不是屈原時代的思想，與屈賦相背。辭句呢，襲離騷的不少，有的整句抄，並大倣司馬相如大人賦。史記索隱引張華云：「相如作遠遊之體，以大人賦之也。」這是因果顛倒。相如奏大人賦，「天子大説，飄飄有凌雲之氣，似游天地之閒意。」（史記本傳）若遠遊前此已有，漢武的飄飄然就不待大人賦。漢武於辭賦是内行，下過功夫的。相如蒙不過漢武，當然更不敢蒙。大人賦而襲遠遊，這個天子決不會大説。所以這篇不但不是屈原作，也不是先秦的文辭如卜居漁父之比，斷然是漢人所作，且在司馬相如後。即使在漢人作的楚辭中，格調也是卑的。洪興祖有所見，他說：「騷經九章皆託游天地之間以泄憤懣，卒從彭咸之所居以畢其志。至此章獨不然。」爲什麽此章獨不然，卻可惜他没追下去。

悲時俗之迫阨兮，願輕舉而遠遊。質菲薄而無因兮，焉託乘而上浮？（一）

遊浮爲韻。

質菲薄二句：乘，去聲，名詞。

遭沈濁而污穢兮，獨鬱結其誰語？夜耿耿而不寐兮，魂煢煢而至曙。（二）

語曙爲韻。

遭沈濁二句：語，去聲，告。誰語，今語告誰。

惟天地之無窮兮，哀人生之長勤。往者余弗及兮，來者吾不聞。（三）

吾不聞，洪考異「一云吾不可聞」，非。不可是被動式。

勤聞爲韻。

惟天地二句：惟，思。勤，勞。

往者二句：承天地無窮，人生長勤説，往者來者謂往昔與將來。聞，知。

步徙倚而遥思兮，怊惝怳而乖懷。意荒忽而流蕩兮，心愁悽而增悲。（四）

懷悲爲韻。

步徙倚二句：徙倚，疊韻字，猶徘徊。倚字已非古音。怊，音超（宵韻）。惝，也寫惝，音敞，昌兩切（養韻），洪音同。惝怳，疊韻字，驚皃，洪音解同。

神儵忽而不反兮，形枯槁而獨留。内惟省以端操兮，求正氣之所由。（五）

内惟省句：惟，思。省，息井切（静韻），察。操，去聲，名詞。

留由爲韻。

漠虚静以恬愉兮，澹無爲而自得。聞赤松之清塵兮，願承風乎遺則。（六）

清塵，洪考異「塵一作虚」。王注以徽美爲解，則原當作清塵。

聞赤松句：洪注：「列仙傳：赤松子，神農時爲雨師。能入火自燒。至崑山上，常止西王母石室，隨風雨上下。炎帝少女追之，亦得仙俱去。」

得則爲韻。

貴真人之休德兮，羡往世之登仙。與化去而不見兮，名聲著而日延。（七）

貴真人句：真人，仙人。休，美。

與化句：與化去，與造化俱去。見，音現。不見，隱而不現。

仙延爲韻。

奇傅説之託辰星兮，羡韓衆之得一。形穆穆以浸遠兮，離人羣而遁逸。（八）

一逸爲韻。

奇傅説二句：傅説，解見離騒七三節。洪注：「大火謂之大辰，大辰，房心尾也。莊子曰：『傅説……乘東維，騎箕尾，而比於列星。』（見大宗師）」衆，一作終。洪注：「列仙傳：齊人韓終爲王采藥，王不肯服。終自服之，遂得仙也。」

形穆穆二句：穆同㣈。穆穆，細微皃。浸，漸。

因氣變而遂曾舉兮，忽神奔而鬼怪。時髣髴以遥見兮，精皎皎以往來。（九）

怪來爲韻。

因氣二句：洪注：「曾音增。高舉也。」怪，動詞，出怪狀。

絶氛埃而淑尤兮，終不反其故都。免衆患而不懼兮，世莫知其所如。（一〇）

都如爲韻。

絶氛埃句：淑，清湛；尤，異（均説文）。淑尤對氛埃而言。舊注未得。

世莫知句：如，往。

恐天時之代序兮，耀靈曄而西征。微霜降而下淪兮，悼芳草之先零。（一一）

征零爲韻。

恐天時二句：耀靈，日。曄，同曄，説文作爗，音饁，筠輒切（葉韻），光盛。

微霜二句：淪，淪浹，霑濡。悼，懼。

聊仿佯而逍遥兮，永歷年而無成。誰可與玩斯遺芳兮，晨向風而舒情？高陽邈以遠兮，余

將焉所程？（一二）

成情程爲韻。

聊仿佯句：仿佯，音旁羊，疊韻字。

高陽二句：高陽，解見離騷一節。焉所程，解見懷沙一七節。

重曰：春秋忽其不淹兮，奚久留此故居？軒轅不可攀援兮，吾將從王喬而娛戲。（一三）

重，申言的意思。

居戲爲韻。戲已非古音。

軒轅二句：軒轅，黄帝名。洪注：「列仙傳：王子喬，周靈王太子晉也。好吹笙，作鳳鳴。遊伊洛間，道士浮丘公接上嵩高山。戲，音嬉。」嵩高，嵩山的古稱。

湌六氣而飲沆瀣兮，漱正陽而含朝霞。保神明之清澄兮，精氣入而麤穢除。（一四）

古霞有胡音，霞除爲韻。

湌六氣二句：湌，餐的或體，吞。六氣，注家解釋不一。莊子逍遥遊：「乘天地之正而御六氣之辯。」看莊子句法，六氣不包括天地。看本節句法，六氣不包括沆瀣、正陽、朝霞。陸德明音義：「六氣，司馬云：陰陽風雨晦明也。」沆，胡朗切（蕩韻）。瀣，胡介切（怪韻）。沆瀣，雙聲字，夜半之氣。日中爲正陽。

精氣句：麤，倉胡切（模韻），洪注「物不精也」。精氣入而麤穢除，王注：「納新吐故，垢濁清也。」

順凱風以從遊兮，至南巢而壹息。見王子而宿之兮，審壹氣之和德。（一五）

息德爲韻。

順凱風二句：王注：「南風曰凱風。詩曰『凱風自南』。」南巢，南方神鳥朱雀之所居，非地理上的南巢。

見王子句：王子，王子喬。説文：「宿，止也。」之，代指王子。宿之，留止之。王逸以爲自己「屯車留止」而「遇子喬」，不合正文句法。

曰：「道可受兮，不可傳。其小無内兮，其大無垠。（一六）

曰，洪注：「曰者，王子之言也。」朱注同。這三節王子講道。

傳垠爲韻。

道可二句：洪注：「謂可受以心，不可傳以言語也。」莊子天遊：「使道而可以告人，則人莫不告其兄弟。」又知北遊：「道不可言，言而非也。」

其大句：垠，語斤切（欣韻），地垠，邊際。

「無淈而魂兮，彼將自然。壹氣孔神兮，於中夜存。（一七）

然存爲韻。

無淈二句：無，毋。淈，古忽切（没韻），説文「濁也」，這裏是動詞，濁亂。而，爾，汝。然，形容詞，如此。自，然的狀語。

壹氣二句：壹，全，作氣的定語。神，形容詞。孔，副詞，甚。孔神，壹氣的表語。於中夜存，洪注：「孟子曰：『梏之反覆，則其夜氣不足以存。夜氣不足以存，則其違禽獸不遠矣。』（告子上）」

「虛以待之兮，無爲之先。庶類以成兮，此德之門。」（一八）

先門爲韻。

虛以二句：虛以待之，洪注：「莊子曰：『氣也者，虛而待物者也。』（人間世）」無，毋。爲，動詞。之，代指物。朱注以「無爲」爲一詞，非。

庶類二句：庶，衆。庶類，萬物。德之門，洪注：「老子曰：『玄之又玄，衆妙之門。』（一章）」

聞至貴而遂徂兮，忽乎吾將行。仍羽人於丹丘兮，留不死之舊鄉。（一九）

行鄉爲韻。

聞至貴句：聞至貴，聞王子至貴之言。遂，終究。徂，往。

仍羽人句：仍，動詞，因，就。洪注：「羽人，飛仙也。」丹丘，仙境，王注：「丹丘晝夜常明也。」

朝濯髮於湯谷兮，夕晞余身乎九陽。吸飛泉之微液兮，懷琬琰之華英。（二〇）

陽英爲韻。

朝濯二句：湯谷，解見天問八節。九陽，極高明處。九字用法如九天。少司命：「晞女髮兮陽之阿。」

吸飛泉二句：洪注引張揖云：「飛泉，飛谷也，在崑崙西南。」琬，於阮切（阮韻），圭之一種。琰，以冄切（琰韻），説文「璧上起美色也」。

玉色頩以脕顏兮，精醇粹而始壯。質銷鑠以汋約兮，神要眇以淫放。（二一）

壯放爲韻。

玉色句：頩，普丁切（青韻），面色好。脕，無遠切（阮韻），又無販切（願韻），肌澤。

質銷鑠二句：質銷鑠，王注：「身體癯瘦。」洪注：「司馬相如曰：『列仙之儒，形容甚臞。』汋音綽。汋約，柔弱皃。莊子曰：『肌膚若冰雪，淖約若處子。』（逍遥遊）眇與妙同。要眇，精微皃。廣雅曰：淫，遊也。」汋約，要眇，皆疊韻字。

嘉南州之炎德兮，麗桂樹之冬榮。山蕭條而無獸兮，野寂漠其無人。載營魄而登霞兮，掩浮雲而上征。（二二）

榮人征爲韻。

嘉南州句：南州，南方之地。炎德，指陽和之氣。

山蕭條二句：蕭條，寂漠，皆疊韻字。

載營魄句：「載營魄」，語出老子十章。河上公注：「營魄，魂魄也。人載魂魄之上，得以生，當愛養之。喜怒亡魂，卒（猝）驚傷魄。故魂静，志道不亂；魄安，得壽延年也。」登霞，猶云升空。

命天閽其開關兮，排閶闔而望予。召豐隆使先導兮，問大微之所居。（二三）

予居爲韻。

命天閽二句襲用離騷五二節「吾令帝閽開關兮，倚閶闔而望予。」

召豐隆二句：豐隆，解見離騷五六節。洪注：「太微宮垣十星，在翼軫北。」

集重陽入帝宮兮，造旬始而觀清都。朝發軔於太儀兮，夕始臨乎於微閭。（二四）

都閭爲韻。

集重陽二句：集，止。重陽，天之高處。洪注：「造，至也。鎮星之精爲旬始。清都，帝之所居。」

朝發二句：王注：「太儀，天帝之庭。」於微閭，即醫無閭，山名，在遼東。

屯余車之萬乘兮，紛溶與而並馳。駕八龍之婉婉兮，載雲旗之逶迆。（二五）

馳迆爲韻。

這一節襲用離騷九〇節「屯余車其千乘兮，齊玉軑而並馳。駕八龍之蜿蜿兮，載雲旗之逶迆。」

紛溶與句：溶與，雙聲字，王注解爲「籠茸」（疊韻字），盛皃。

建雄虹之采旄兮，五色雜而炫燿。服偃蹇以低昂兮，驂連蜷以驕驁。（二六）

燿驁爲韻。

建雄虹二句：建，樹。虹，雄曰虹，雌曰蜺，蜺同霓。悲回風有「雌蜺」。采旄，彩旗。炫，黄練切（霰韻），説文「焰燿也」。燿，説文「照也」。

服偃蹇二句：朱注：「服，衡下夾轅兩馬也。驂，衡外挽靷兩馬也。」偃蹇，連蜷，驕驁，皆疊韻字。偃蹇，高皃，指馬身。連蜷，隨屬（音燭）皃。雲中君：「靈連蜷兮既留。」驕驁同驕傲。

騎膠葛以雜亂兮，斑漫衍而方行。撰余轡而正策兮，吾將過乎句芒。（二七）

行芒爲韻。

騎膠葛二句：騎，奇寄切（寘韻），名詞。膠葛，雙聲字，交錯皃。洪注：「斑，駁文也。」漫，莫半切（換韻）。衍，于線切（線韻）。漫衍，疊韻字，洪注「無極皃」。

撰余二句：撰余轡，解見東君六節。句，音鉤。左傳昭二十九年：「木正曰句芒。」王注：「東方甲乙，其帝太皓，其神鉤芒。」洪注：「山海經：東方句芒，鳥身人面，乘兩龍。注云：木神也。」

歷太皓以右轉兮，前飛廉以啟路。陽杲杲其未光兮，淩天地以徑度。（二八）

路度爲韻。

歷太皓二句：皓同皞。飛廉，解見離騷五〇節。

陽杲杲二句：陽，日。洪注：「詩云：『杲杲出日。』（衛伯兮）」淩，王注「超越」。徑，副詞，洪注「直也」。

風伯爲余先驅兮，氛埃辟而清涼。鳳皇翼其承旂兮，遇蓐收乎西皇。（二九）

涼皇爲韻。

氛埃句：洪注：「辟，除也。」

鳳皇句襲用離騷八七節「鳳皇紛其承旂兮」。

遇蓐收句：左傳昭二十九年：「金正曰蓐收。」王注：「西方庚辛，其帝少皓，其神蓐收。西皇即少昊也。」洪注：「山海經：西方神蓐收，左耳有蛇，乘兩龍，人面，白色，有毛，虎爪，執鉞，金神也。」

擥彗星以爲旍兮，舉斗柄以爲麾。叛陸離其上下兮，遊驚霧之流波。（三〇）

麾波古音同在歌戈部，韻叶。廣韻麾在支韻，非古音。

舉斗柄句：斗柄，北斗七星的柄。

叛陸離句襲用離騷五二節「斑陸離其上下」。

旹曖曃其曭莽兮，召玄武而奔屬。後文昌使掌行兮，選署衆神以並轂。（三一）

屬轂爲韻。

旹曖曃二句：曖曃，音愛逮，疊韻字，昏暗皃。曭音儻，莽一作㬒，曭莽，疊韻字，日不明皃。

洪注：「玄武謂龜蛇，位在北方，故曰玄。」

後文昌二句：洪注：「文昌六星，如匡形。掌行，謂掌領從行者。署，置也。」

路曼曼其脩遠兮，颯弭節而高厲。左雨師使徑待兮，右雷公以爲衞。（三二）

颯，今本作徐，洪攷異「一作颯」。徐與弭節義不合，作徐非。待，今本作侍，徑侍無義。朱本作待，是。王注「備不虞也」，以備解待。

厲衞爲韻。

路曼曼其脩遠兮，襲用離騷四八節句。

颯弭節句：颯，副詞，忽，一下子。朱注：「厲，憑陵之意。」

欲度世以忘歸兮，意恣睢以担撟。內欣欣而自美兮，聊媮娛以淫樂。（三三）

睢字左旁且，作左旁目者非。担撟，用大人賦「掉指橋以偃蹇兮」的指橋，担字誤，古無担字。洪注：「橋，史記作撟，其字从手。」

橋，索隱音矯，即撟音。說文：「撟，舉手也。」這裏撟音蹻，居勺切，輕讀爲其虐切（藥韻），撟樂爲韻。樂朱熹讀五教反，以叶撟音，非。五教的樂是及物動詞，如樂水樂山，非此義。

欲度世二句：朱注：「度世，謂度越塵世而仙去也。」恣睢，音資苴，雙聲字，放肆皃。史記集解引漢書音義曰：「指橋，隨風指靡也。」按：靡讀麾。大人賦上文說輕舉上浮，故注云隨風。

聊媮娛句：媮，音逾，羊朱切（虞韻），洪注「樂也」。淫，放。

涉青雲以汎濫兮，忽臨睨夫舊鄉。僕夫懷余心悲兮，邊馬顧而不行。（三四）

涉當作陟，陟青雲猶「登霞」（一二一節）。

鄉行爲韻。

這一節襲離騷九二節。

邊馬句：洪注：「邊，旁也。」

思舊故以想像兮，長太息而掩涕。氾容與而遐舉兮，聊抑志而自弭。（三五）

涕弭爲韻。

思舊故句：舊故，舊事。像，想的受語。

長太息而掩涕，襲離騷二〇節句。

聊抑志而自弭，襲離騷九一節句。

指炎神而直馳兮，吾將往乎南疑。覽方外之荒忽兮，沛罔象而自浮。（三六）

疑讀礙的平聲，與浮叶。

指炎神二句：炎神，炎帝。左傳昭二十九年：「火正曰祝融。」王注：「南方丙丁，其帝炎帝，其神祝融。」洪注：「山海經：南方祝融，獸身人面，乘兩龍，火神也。」朱注：「南疑，九疑也。」

覽方外二句：荒忽，雙聲字，廣漠不清晰皃。罔象，疊韻字，水盛皃。

祝融戒而蹕御兮，騰告鸞鳥迎宓妃。張咸池奏承雲兮，二女御九韶歌。（三七）

妃歌韻不叶，當有誤字。朱注「歌叶居支反」，讀基，非，歌不當有此音。按：上節云將往南疑，本節云祝融戒途，二女御，九韶歌，則這裏迎的不會是毫不相干的宓妃，而是舜。宓妃二字涉離騷文誤，當作重華。華歌古韻叶。

祝融二句：祝融戒而蹕御兮，襲用大人賦「祝融警而蹕御兮」。顏師古注：「蹕，止行人也。御，禦也。」騰，傳。騰告，傳告。

張咸池二句：王注：「咸池，堯樂也。承雲即雲門，黄帝樂也。美堯二女，助成化也。韶，舜樂名也。」洪注：「御，侍也。」

使湘靈鼓瑟兮，令海若舞馮夷。玄螭蟲象並出進兮，形蟉虯而逶虵。（三八）

夷虵爲韻。

使湘靈二句：湘靈，湘水之神。王注：「海若，海神名也。」洪注：「海若，莊子所稱北海若也。」按：北海若，北海之神名若，非名海若。馮夷，舞名。鼓瑟與舞馮夷並言。

玄螭二句：螭，丑知切（支韻）。王注：「螭，龍類也。象，罔象也。皆水中神物。」蟉，渠黝切（黝韻）。虯，渠幽切（幽韻）。蟉虯，雙聲兼疊韻字，洪注「盤曲皃」。

雌蜺便娟以增撓兮，鸞鳥軒翥而翔飛。音樂博衍無終極兮，焉乃逝以俳佪。（三九）

焉乃義同，不當並用。洪注「焉，辭也，尤虔切」，朱注同。尤虔切的焉這樣用是作乃，不作句首助詞。按句法，這句有動詞逝，俳佪，主語必是動物，這句與鸞鳥句相對而言，又下句「舒并節以馳騖兮」，可見焉是馬的誤字。

飛佪爲韻。

雌蜺句：便娟，疊韻字。洪注：「便讀作㛹，毗連切。娟，於緣切。便娟，輕麗皃。」撓，屈，指蜺。

舒并節以馳騖兮，逴絶垠乎寒門。軼迅風於清源兮，從顓頊乎增冰。（四〇）

門冰爲韻。

大人賦云：「舒節出乎北垠。……軼先驅於寒門。」

舒并節二句：舒，放。逴，解見九辯七章一節。洪注：「李善曰：『絶垠，天邊之際也。』」王注：「寒門，北極之門也。」

軼迅風二句：左傳昭二十九年：「水正曰玄冥。」王注：「過觀黑帝之邑宇也。」洪注：「北方壬癸，其帝顓頊，其神玄冥。」增冰，層冰。

歷玄冥以邪徑兮，乘閒維以反顧。召黔羸而見之兮，爲余先乎平路。（四一）

黔羸，史記作含雷，漢書作黔雷。朱校「當爲从羊之羸」，是。作从女者誤。

顧路爲韻。

乘閒維句：閒，今寫間。洪注引孝經緯曰：天有七衡而六間。

召黔羸句：黔羸，舊説天上造化神名，或曰水神。

經營四荒兮，周流六漠。上至列缺兮，降望大壑。（四二）

荒，朱本作方。下云六漠，作荒是。缺或作鈌，是俗寫。

漠壑爲韻。

周流句：六漠，洪注：「漢樂歌作六幕，謂六合也。」

上至句：洪注：「應劭曰：『列缺，天隙電照也。』」

下崢嶸而無地兮，上寥廓而無天。視儵忽而無見兮，聽惝怳而無聞。超無爲以至清兮，與泰初而爲鄰。（四三）

本節襲用大人賦末六句。

天聞鄰爲韻。

下峥嵘二句：峥，七耕切（耕韻）。嵘，音宏，户萌切（耕韻），又音榮，永兵切（庚韻）。峥嵘，疊韻字，顔師古云「深遠皃」。寥廓，顔云「廣遠也」。

視儵忽二句：儵忽，惝怳，皆疊韻字，副詞，各狀視不真，聽不諦。

超無爲二句：莊子天地：「泰初有無無，有無名。」陸音義：「泰初，易説云：『氣之始也。』」

失名

惜誓

〔王逸序〕惜誓者，不知誰所作也。或曰賈誼，疑不能明也。惜者哀也；誓者信也，約也。言哀惜懷王與己信約而復背之也。古者君臣將共爲治，必以信誓相約，然後言乃從而身以親也。蓋刺懷王有始而無終也。

按：惜誓不是賈誼作。首稱「惜余年老而日衰兮」，是擬屈原説話。然而多道家言，前朱鳥，左蒼龍，右白虎，吸衆氣，長生久僊，稱赤松王喬。此種思想非惟屈原所無，賈誼亦不具。文辭格調也卑。末四句直從弔屈原賦移來，是生裝上去的。

惜余年老而日衰兮，歲忽忽而不反。登蒼天而高舉兮，歷衆山而日遠。（一）

反遠爲韻。

歲忽忽句：歲不反，時不再來之意。

觀江河之紆曲兮，離四海之霑濡。攀北極而一息兮，吸沆瀣以充虚。（二）

濡虚爲韻。

離四海句：離，王注爲「遇」。

攀北極二句：北極，北極星。沆瀣，解見遠遊一四節。

飛朱鳥使先驅兮，駕太一之象輿。蒼龍蚴虬於左驂兮，白虎騁而爲右騑。（三）

輿騑爲韻。

本節四句：前朱鳥，左青龍，右白虎。太一，神名。象輿，以象爲車。離騷：「雜瑶象以爲車。」蚴，於糾切（黝韻）。虬，渠幽切（幽韻）。蚴虬，疊韻字，猶夭矯。

建日月以爲蓋兮，載玉女於後車。馳騖於杳冥之中兮，休息乎崑崙之墟。（四）

車墟爲韻。

建日月二句：建，樹，就蓋而言。蓋，車蓋。大人賦：「載玉女而與之歸。」張揖曰：「玉女，青要、乘弋等也。」

樂窮極而不猒兮，願從容乎神明。涉丹水而馳騁兮，右大夏之遺風。（五）

明風爲韻。

樂窮極二句：猒，今寫饜，一鹽切（鹽韻），又於豔切（豔韻），飽。從，七恭切（鍾韻）。從容，疊韻字，這裏用作動詞。

涉丹水二句：王注：「丹水猶赤水也。」赤水解見離騷八八節。王注：「大夏，外國名也，在西南。」

黄鵠之一舉兮知山川之紆曲，再舉兮睹天地之圜方。臨中國之衆人兮，託回飆乎尚羊。(六)

方羊爲韻。

黄鵠二句：一，一次。再，兩次。圜，天體(説文)。圜方，古人以爲天圓地方。

託回飆句：飆，扶摇風。字或猋在右旁，是俗寫；或从猋，朱本从炎，皆誤。尚，洪朱皆音常。尚羊，疊韻字，王注「遊戲也」。

乃至少原之壄兮，赤松王喬皆在旁。二子擁瑟而調均兮，余因稱乎清商。(七)

旁商爲韻。

乃至句：壄，野的古文，上半中間爲予，作矛者誤。王注：「少原之壄，仙人所居。」

二子二句：調，動詞，調弦。均，韻，音律。稱，舉，「舉樂」的舉。王注以爲稱説，非。清商，曲調名。

澹然而自樂兮，吸衆氣而翱翔。念我長生而久僊兮，不如反余之故鄉。(八)

翔鄉爲韻。

澹然二句：澹，徒敢切(敢韻)。澹然，無所縈心之皃。衆氣，即六氣(遠遊一四節)。

黄鵠後時而寄處兮，鴟梟羣而制之。神龍失水而陸居兮，爲螻蟻之所裁。夫黄鵠神龍猶如此兮，況賢者之逢亂世哉？(九)

裁哉皆戋聲，即才聲，本與之叶。朱以爲叶音，非。

鴟梟句：鴟，處脂切（脂韻）。梟，古堯切（蕭韻），今音 xiao，是古堯的輕讀。兩種鳥都是惡鳥。詩大雅瞻卬：「懿厥哲婦，爲梟爲鴟。」

爲螻蟻句：王注：「裁，制也。」

壽冉冉而日衰兮，固儃回而不息。俗流從而不止兮，衆枉聚而矯直。（一〇）

洪考異：「固一作國」，非，國不可云儃回。

息直爲韻。

壽冉冉二句：壽，年壽，年命。冉冉，行皃。固，副詞。儃回，儃讀低，解見離騷三三節。

俗流二句：按句法，俗流、衆枉，皆主語；從，不止，聚，矯，皆動詞；直，矯的受語。俗流，俗人們。從，相從。矯直，矯直以爲枉。王注以流從連讀，不成義。

或偷合而苟進兮，或隱居而深藏。苦稱量之不審兮，同權槩而就衡。（一一）

藏衡爲韻。

苦稱量二句：苦，動詞。稱量之不審，苦的受語。稱，量，動詞。洪注：「稱量並平聲。權，稱錘也。槩，平斛木也。衡，平也。」

或推迻而苟容兮，或直言之諤諤。傷誠是之不察兮，并紉茅絲以爲索。（一二）

諤索爲韻。

或推迻句：迻，遷徙也。今寫移，是同音假借字。推迻，即漁父裏「與世推移」的推移。

傷誠是二句：誠，與僞相對。是，與非相對。洪注：「紉，女巾切。」又於離騷三節注「女鄰切」，同。這是楚方言，解見離騷三節。索，繩索。王注：「猶并紉絲與茅共爲索也。」

方世俗之幽昏兮，眩白黑之美惡。放山淵之龜玉兮，相與貴夫礫石。（一三）

石，古音如橐，西漢音猶然。東方朔七諫「獻寶玉以爲石」，古詩「磊磊澗中石」，皆其證。惡石爲韻。朱注「石叶時若反」，非。

方世俗句：方，副詞，正當。

放山淵二句：王注：「放，棄也。」玉生於山，龜出於淵。夫，指示形容詞。

梅伯數諫而至醢兮，來革順志而用國。悲仁人之盡節兮，反爲小人之所賊。（一四）

國賊爲韻。

梅伯二句：梅伯，解見離騷四〇節。王注：「來革，紂佞臣也。言來革佞諛，從順紂意。」用，及物動詞，持。用國，持國權。

反爲句：賊，害。

比干忠諫而剖心兮，箕子被髮而佯狂。水背源而流竭兮，木去根而不長。非重軀以慮難兮，惜傷身之無功。（一五）

水背源句，源流二字今本互倒，誤。王注以「背其源泉」解背源，可見王逸時未誤。朱校亦是。

狂長功爲韻。

箕子句：被，動詞，今語披。

水背源二句：背，離。去，亦離。長，長短的長，高。

非重軀二句：不是看重身子而顧慮危難，惜的是傷身而無成功。

已矣哉，獨不見鸞鳳之高翔兮，乃集大皇之壄；循四極而回周兮，見盛德而後下？（一六）

壄下爲韻。

「獨不見」直貫至「而後下」，是反詰句式。鸞鳳，喻賢者。集，止。王注：「大皇之壄，大荒之藪。」四極，四方之極際。回周，回也是周。盛德，大德之君。

彼聖人之神德兮，遠濁世而自藏。使麒麟可得羈而係兮，又何以異乎犬羊？（一七）

藏羊爲韻。

本節襲用賈誼弔屈原賦「所貴聖人之神德兮，遠濁世而自藏。使騏驥可得係羈兮，豈云異夫犬羊？」（史記本傳）

使麒麟句：係，累，縶縛。

失名

招隱士

〔王逸序〕招隱士者，淮南小山之所作也。昔淮南王安博雅好古，招懷天下俊偉之士。自八公之徒咸慕其德而歸其仁，各竭才智，著作篇章，分造辭賦，以類相從。故或稱小山，或稱大山，其義猶詩有小雅大雅也。小山之徒閔傷屈原，又怪其文升天乘雲，役（役的古文）使百神，似若仙者。雖身沈没，名德顯聞，與隱處山澤無異，故作招隱士之賦以章其志也。

按：序言淮南王羣臣所作辭賦以類相從，故稱小山大山，義猶小雅大雅。然則小山大山爲其辭賦的類名。而云「淮南小山之所作」，「小山之徒閔傷屈原」，又以小山指人，實在無理。

招隱士作者失名。若據王逸序，則作者爲淮南王臣。漢書藝文志著録淮南王羣臣賦四十四篇，不知招隱士是否在内。本篇主題是爲淮南招賢。劉向收録，王逸序意，皆以爲章屈原之志，非。本篇音節短促，存楚歌原始面皃。王逸作注，於九辯二章及本篇，能顯示這特點，值得稱道。朱熹云「此篇視漢諸作最爲高古」，大概是就音節説的。然已見辭藻堆砌之漸。

桂樹叢生兮，山之幽。偃蹇連蜷兮，枝相繚。（一）

幽讀幺，於堯切（蕭韻）。古幺丝音同義近，亦猶玄兹音同義近。徐鍇説文丝字注：「再幺故爲幽也。」故幽有幺音。幽繚韻叶。繚洪朱皆音居（字誤，當是吕）休切，以就幽的今音，非。

偃蹇句：蜷音權，巨員切（仙韻）。偃蹇，連蜷（卷），皆疊韻字。偃蹇，枝長皃。連蜷，相糾繚皃。

山氣巃嵸兮，石嵯峨。谿谷嶄巖兮，水曾波。（二）

峨波爲韻。

本節四句：巃，力董切；嵸，作孔切（俱董韻）。嵯，昨何切（歌韻）。嶄，鉏銜切（銜韻）。巃嵸，嵯峨，嶄巖，皆疊韻字。五臣注：「巃嵸，雲氣皃。嵯峨，高皃。嶄巖，險峻皃。」曾波，層波。

猨狖羣嘯兮，虎豹嗥。攀援桂枝兮，聊淹留。（三）

留讀聊，五節聊讀留，留聊皆從丣聲。嗥留韻叶。朱注「嗥叶胡求反」，以就留音，非。

猨狖句：猨，説文作蝯，今寫猿。狖，余救切（宥韻），獸，似猨。

王孫遊兮，不歸。春草生兮，萋萋。（四）

歸萋爲韻。

王孫句：王孫，稱隱士。

萋，七稽切（齊韻）。萋萋，草盛皃。

歲暮兮，不自聊。蟪蛄鳴兮，啾啾。（五）

聊啾爲韻。

不自句：聊，動詞，賴，依託。

蟪蛄句：蟪蛄，寒蟬（見莊子逍遥遊注）。

坱兮軋，山曲岪。心淹留兮，恫慌忽。（六）

軋岪忽爲韻。

坱兮二句：坱，烏朗切（蕩韻）。軋，烏黠切（黠韻）。坱軋，雙聲字，相切摩之皃。賈誼服賦：「大鈞播物兮，坱軋無垠。」坱軋本一詞，而插入襯音兮，下節「罔兮沕」「憭兮栗」都是這樣的説法。罔沕，憭栗，都是雙聲字。山曲，山之曲。岪，符弗切（物韻），説文「山脅道也」，即山半的傍山小道。坱軋是山曲岪的表語，前置。同樣，罔沕，憭栗是虎豹穴的表語，前置。虎豹穴，虎豹之穴。

恫慌忽句：恫，音通，他紅切（東韻），説文「痛也」。洪注：「慌，上聲。」慌忽，雙聲字。

罔兮沕，憭兮栗，虎豹穴。叢薄深林兮，人上慄。（七）

沕栗穴慄爲韻。

罔兮二句：罔，文兩切（養韻）。沕，文弗切（物韻）。罔沕，雙聲字，五臣注「失志皃」。憭栗，解見九辯一章一節。

叢薄二句：叢薄與深林是並列成分，叢與深作定語，叢是丵部的叢，聚也（丵部叢義别）。薄，林薄（説文）。徐鍇曰：「木曰林，草曰薄。」上，動詞。

嶔崟碕礒兮，硱磳磈硊。樹輪相糾兮，林木茷骫。（八）

觤字篆文，鉉本鍇本及段注本右旁皆作丸，而鉉音於詭切，朱翱音醞累反，同。若爲會意字，則骨丸會意無義；而爲形聲字，丸聲又不當音於詭。徐鍇以爲會意，云「丸，屈也。」丸从反仄，故許解「圜，傾側而轉者」，不當有屈義。段以爲形聲，而不得其聲，乃云「合韻」。形聲字聲旁表讀音，「合韻」尤爲無理。觤字當从九聲。九古音如鬼。觤讀於詭，猶鬼聲之嵬讀今音的嵬。觤右旁作丸是傳寫之誤。

硊觤爲韻。

本節四句：嶔崟，碕礒，硱磳，磈硊，茷觤，皆疊韻字。嶔，去金切；崟，魚金切（倶侵韻）。洪注：「嶔崟，山高險也（皃）。」碕，音綺，墟彼切；礒，音蟻，魚倚切（倶紙韻）。古音奇聲義聲字在歌戈部。硱，綺兢切（蒸韻）；磳，作滕切（登韻）。磈，口猥切（賄韻）；硊，魚毁切（紙韻）。碕礒，硱磳，磈硊，皆石皃（廣韻，洪注同）。樹，直幹。輪，横枝。樹不是今語的樹。茷，音貝，博蓋切（泰韻）。洪音跋，失去疊韻關係，非。觤，音委，於詭切（紙韻）。徐鍇曰：「楚辭『林木茷觤』，謂木槃曲也。」

青莎雜樹兮，薠草靃靡。白鹿麏麚兮，或騰或倚。（九）

靡古音如磨，倚古音如猗（阿），靡倚韻叶。今音亦叶。然而讀今音則靃靡失去疊韻關係（説見下）。讀古詩歌，這種地方當注意。

青莎二句：莎，音梭，蘇禾切（戈韻）。洪注：「本草云：『莎，此草根名香附子，荆襄人謂之莎草。』」雜，副詞。樹，動詞，植，生。薠，解見湘夫人二節。靃靡自唐宋以來音義多不明。靃即今霍字，从雔（音讎）从雨，許解「飛聲也。雨而雙飛者，其聲靃然」，霍即其音。洪未注音，可見洪亦以爲霍字，且按雙聲疊韻關係解，曰某皃。而廣韻紙韻及李善朱熹皆音髓，實在無理。靡古音如磨。靃靡疊韻字，義當爲披拂皃，王注「隨風披敷」，是。靃一作蘼，音同。作蘼的是傳寫之誤。

白鹿句：麏，即説文麇麢，居筠切（真韻），鹿屬。徐鍇引此句作麢。麚，古牙切（麻韻），牡鹿。洪注朱注皆以爲牝鹿，誤。牡鹿曰麚，牡豬曰豭，今語猶然。

狀皃崟崟兮，峨峨。淒淒兮，漇漇。（一〇）

峨，洪音蟻。古音如峨，但這裏與漇叶，已非古音。

狀皃二句：狀皃，白鹿麏麚的狀皃。崟崟，峨峨，頭角崢嶸。

淒淒二句：淒，七稽切（齊韻）。漇，所綺切（紙韻）。淒淒，漇漇，毛濡潤皃。

獼猴兮，熊羆。慕類兮，以悲。（一一）

羆悲爲韻。羆字已非古音。

獼猴句：獼，音彌，武（母）移切（支韻）。獼猴，即母猴（母猴一名，非公母的母），即沐猴。獼母沐一音之轉。史記項羽紀及漢書項籍傳「沐猴而冠」，即此。作獮者誤。

慕類句：慕類，思慕儔類。

攀援桂枝兮，聊淹留。

虎豹鬥兮，熊羆咆。禽獸駭兮，亡其曹。（一二）

一韻不成一節，且與上文三節重，如此短篇，不當二句全重。這二句誤衍。衍在王逸之前。

咆曹爲韻。

熊羆句：咆，薄交切（肴韻），説文「嗥也」。

禽獸二句：禽，走獸總名（説文），不是鳥。亡其曹，王注「失羣偶也」。

王孫兮，歸來。山中兮，不可以久留。（一三）

來，故楚地的方音讀如樓，來留爲韻。

王孫兮歸來，與上文四節「王孫遊兮不歸」相應。

東方朔

七諫

〔王逸序〕七諫者，東方朔之所作也。諫者正也，謂陳法度以諫正君也。……東方朔追憫屈原，故作此辭以述其志，所以昭忠信，矯曲朝也。

按：七諫，王逸以爲東方朔作，今姑仍舊題。朔字曼倩，平原厭次人（厭顔注一涉、一琰二切）。爲人能「直言切諫」，本傳載有事例，而往往出之詼諧。班固稱他爲「滑稽之雄」。藝文志無東方朔賦。固作朔傳，一則曰「世所傳他事皆非也」，再則曰「而後世好事者因取奇言怪語附著之朔，故詳録焉」。具有辨正誣僞之意。顔注：「言此傳所以詳録朔之辭語者，爲俗人多以奇異妄附於朔故耳。欲明傳所不記，皆非其實也。」本傳具載答客難非有先生論而外，更列舉其餘篇目，結之曰：「凡劉向所録朔書具是矣。」並無七諫。七諫之作誰屬，毋寧存疑。

平生於國兮，長於原壄。言語訥譅兮，又無彊輔。（一）

壄从予聲。壄輔爲韻。

平生二句：王注：「平，屈原名也。」這是假託屈原口氣，故自稱名，且下文作謙語。

言語二句：訥，内骨切（没韻），説文「言難也」，説話不敏給，不流利。澀，色立切（緝韻），説文「不滑也」，滯澀。今寫澀，俗寫澁。輔，名詞。彊，作定語。

淺智褊能兮，聞見又寡。數言便事兮，見怨門下。（二）

寡下爲韻。

淺智二句：褊，音匾（銑韻），小，王注「狹也」。

數言二句：數，音朔（覺韻），屢。便，安（説文）。便事，便安國家之事。見怨，動詞被動式。門，君之門。王注：「門下，喻親近之人也。」

王不察其長利兮，卒棄乎原壄。伏念思過兮，無可改者。（三）

壄者爲韻。

伏念二句：思過，自省。可改，動詞被動式。

羣衆成朋兮，上浸以惑。巧佞在前兮，賢者滅息。堯舜已没兮，孰爲忠直？（四）

惑息直爲韻。

羣衆二句：羣，名詞。衆，羣的表語。羣衆，佞人之羣人多。朋，朋黨。王注：「上謂君也。浸，稍也。」稍，漸。

堯舜二句：爲，今語是。洪音去聲，非。

高山崔巍兮，水流湯湯。死日將至兮，與麋鹿同坑。（五）

洪注：「湯音商。」坑，説文作阬，古音如亢，輕讀如康。湯坑爲韻。

高山二句：崔巍，疊韻字，高皃。洪注：「書云：『湯湯洪水方割。』」

塊鞠兮，當道宿。舉世皆然兮，余將誰告？（六）

告，古沃切（沃韻）。宿告爲韻。

塊鞠二句：王注：「塊，獨處皃。匍匐爲鞠。」道，路。

舉世二句：誰告，今語告誰。

斥逐鴻鵠兮，近習鴟梟。斬伐橘柚兮，列樹苦桃。（七）

梟桃爲韻。

斥逐二句：近習，常與相處。

斬伐二句：柚，余救切（宥韻），橘屬，今稱柚子。樹，種植。洪注：「桃自有苦者，如苦李之類。」

便娟之脩竹兮，寄生乎江潭。上葳蕤而防露兮，下泠泠而來風。孰知其不合兮，若竹柏之異心？（八）

古音潭風心同韻。詩邶緑衣風心爲韻，又燕燕南心爲韻（朱注無説），皆其例。看本節，知西漢猶然。

便娟二句：便，房（讀旁）連切；娟，於緣切（俱仙韻）。便娟，疊韻字，王注「好皃」，形容脩竹姿態。江潭，江淵，用法與抽思漁父異。

上葳蕤二句：葳，音威，於非切（微韻）。蕤，説文作甤，儒隹切（脂韻）。葳蕤，疊韻字，草木華葉盛皃。王注：「防，蔽也。」泠，音零，郎丁切（青韻）。王注：「泠泠，清涼皃。」

孰知二句：詰問句式。竹心空，柏心實，故云異心。

往者不可及兮，來者不可待。悠悠蒼天兮，莫我振理。竊怨君之不寤兮，吾獨死而後已。（九）

待理已爲韻。

往者二句：不可及，趕不上。不可待，等不到。

悠悠二句：詩王黍離，又唐鴇羽，皆有「悠悠蒼天」。悠悠，遠皃。振，起，振拔。理，理曲使直。

初放

惟往古之得失兮，覽私微之所傷。堯舜聖而慈仁兮，後世稱而弗忘。（一）

傷忘爲韻。

惟往古二句：惟，思。所傷，覽的受語。所，關係代詞，指代往古得失之事己所傷者。微，隱微。私微，内心，所傷的定語。

齊桓失於專任兮，夷吾忠而名彰。晉獻惑於驪姬兮，申生孝而被殃。（二）

彰殃爲韻。

齊桓二句：專任，專任豎刀（刀劍的刀，即左傳僖二年的寺人貂。今寫刁）易牙（易音亦，昔韻）。

夷吾，管仲名。

晉獻二句：申生事解見惜誦。被，動詞。

偃王行其仁義兮，荆文寤而徐亡。紂暴虐以失位兮，周得佐乎吕望。（三）

亡望爲韻。

偃王二句：王注：「荆，楚也。徐，偃王國名也。偃，謚也。」洪注：「史記：周穆王西巡狩，徐偃王作亂，造父爲穆王御，長驅歸周以救亂（見秦本紀）。徐偃王當周穆王時，楚文王乃春秋時，相去甚遠。唯博物志、〔元和〕姓纂但云爲楚敗滅，不指文王，其説近之。」

修往古以行恩兮，封比干之丘壟。賢俊慕而自附兮，日浸淫而合同。（四）

壟同爲韻。

修往古二句：壟，力踵切（腫韻），洪注：「集韻壟有籠音。」今故楚地方音亦有籠音。丘壟，指墳墓。戰國策齊四：「有敢去柳下季壟五十步而樵采者，死不赦。」

賢俊二句：浸，音侵，七林切（侵韻）。浸淫，疊韻字，洪注「漸漬（皃）」。合同，合一齊同。

明法令而循理兮，蘭芷幽而有芳。苦衆人之妬予兮，箕子寤而佯狂。（五）

循，今本作修，洪校：「一云法令修而循理兮。」按：循修不當並存，作循理是，與明法令結構一致。修是循之誤，以形近。

芳狂爲韻。

不顧地以貪名兮，心怫鬱而内傷。聯蕙芷以爲佩兮，過鮑肆而失香。（六）

傷香爲韻。

不顧二句：地，高明之地，地位。怫，符弗切（物韻），説文「鬱也」。

聯蕙芷二句：鮑，薄巧切（巧韻），説文「饐魚也」。徐鍇曰：「饐，陳臭也。」王注：「言仁人聯結蕙芷，服之於身，過鮑魚之肆則失其性而不芬香也。」

正臣端其操行兮，反離謗而見攘。世俗更而變化兮，伯夷餓於首陽。（七）

攘陽爲韻。

正臣二句：攘，汝陽切（陽韻），王注「排也」。

獨廉潔而不容兮，叔齊久而逾明。浮雲陳而蔽晦兮，使日月乎無光。（八）

明光爲韻。

忠臣貞而欲諫兮，讒諛毁而在旁。秋草榮其將實兮，微霜下而夜降。（九）

旁降爲韻。

忠臣句：貞，正。

商風肅而害生兮，百草育而不長。衆並諧以妬賢兮，聖孤特而易傷。（一〇）

長傷爲韻。

商風二句：王注：「商風，西風。」五音的商音是西方的音。肅，嚴急。長，長短的長。

衆並諧二句：衆，衆佞人。並，一起。諧，合。聖，明達之才。孤特，王注「無助」。

懷計謀而不見用兮，巖穴處而隱藏。成功墮而不卒兮，子胥死而不葬。（一一）

藏葬爲韻。

懷計謀句：不見用，否定動詞被動式。

成功句：墮，許規切（支韻），王注「壞也」，廣韻「毁也」。今本作隳，是俗寫。卒，終。

世從俗而變化兮，隨風靡而成行。信直退而毁敗兮，虚僞進而得當。（一二）

行當爲韻。

信直二句：當，動詞，王注「當顯職」。

追悔過之無及兮，豈盡忠而有功？廢制度而不用兮，務行私而去公。（一三）

功公爲韻。

廢制度二句：去，背離。

終不變而死節兮，惜年齒之未央。將方舟而下流兮，冀幸君之發蒙。（一四）

蒙，今本作矇，王注同，又洪考異：「矇一作矇」，字重。看正文及王注文義，又洪注引素問「發蒙解惑」，知當作蒙。

央蒙爲韻。

將方舟二句：將，動詞。王注：「大夫方舟，士特舟。」徐鍇曰：「方，並也。方舟，並兩船也。特舟，單舟。」

痛忠言之逆耳兮，恨申子之沈江。願悉余之所聞兮，遭值君之不聽。（一五）

江聽爲韻。

痛忠言二句：王注：「申子，伍子胥也。吳封之於申，故號爲申子也。」

願悉句：悉，動詞，王注「盡也」。

不開寤而難道兮，不別橫之與縱。聽奸臣之浮説兮，絶國家之久長。（一六）

縱長爲韻。

不開寤句：道，動詞，導。

滅規榘而不用兮，背繩墨之正方。離憂患而乃寤兮，若縱火於秋蓬。（一七）

方蓬爲韻。

離憂患二句：離，罹。乃，副詞，才。王注：「蓬，蒿也，秋時枯槁。若放火於秋蒿，不可救制也。」

業失之而不救兮，尚何論乎禍凶？彼離畔而朋黨兮，獨行之士其何望？（一八）

凶望爲韻。

業失之句：業，副詞，已。

日漸染而不自知兮，秋豪微而變容。衆輕積而折軸兮，厚咎雜而累重。（一九）

厚今本作原，洪考異「一作厚」，厚字是。厚咎雜與上句衆輕積句法同。

容重爲韻。

日漸染句：漸，音尖，子廉切（鹽韻），漬。

衆輕二句：輕謂輕物。厚咎，多咎。雜，合。累，良僞切（寘韻），動詞。重，厚重，作累的受語。

赴湘沅之流澌兮，恐逐波而復東。懷沙礫而自沈兮，不忍見君之蔽壅。（二〇）

東壅爲韻。

赴湘沅句：澌，息移切（支韻），説文「流仌也」。徐鍇曰：「仌解而流也。」

懷沙礫二句：壅，於容切（鍾韻），洪注「塞也」。

沈江

世沈淖而難論兮，俗岭峨而嵾嵯。清泠泠而殲滅兮，溷湛湛而日多。（一）

嵯多爲韻。

世沈淖二句：淖，音鬧，奴教切（效韻），説文「泥也」。岭同崟，音吟，魚金切（侵韻）。嵾，楚簪切（侵韻）。嵯，昨何切（歌韻）。岭峨，嵾嵯，皆雙聲字，王注「不齊皃」。

清泠泠二句：清泠泠，溷湛湛，清濁相對而言，皆三字形容語，説見離騷二四節。殲，音尖，子廉切(鹽韻)。湛,直深切(侵韻)。

梟鴞既已成羣兮,玄鶴弭翼而屏移。蓬艾親御於牀笫兮,馬蘭踸踔而日加。(二)

移从多聲,在歌戈部。移加爲韻。

梟鴞二句:梟,鴞(于嬌切,宵韻),都是惡鳥。詩陳墓門:「有鴞萃止。」又魯頌泮水:「翩彼飛鴞。」徐鍇鴞字注:「爾雅注:鴟屬(今本作鴟類)。」玄鶴,鶴的長羽玄色。弭,止。屏,必郢切(静韻)。屏移,斂退。

蓬艾二句:笫,音滓,阻史切(止韻),説文「牀簀也」。王注:「馬蘭,惡草也。」洪注:「本草云:『馬蘭生澤旁,氣臭,花似菊而紫。』」踸,丑甚切(寑韻)。踔,敕角切(覺韻)。踸踔,雙聲字,廣韻「行無常皃」,王注:「言蓬蒿蕭艾入御房中,則馬蘭之草踸踔暴長而茂盛也。」

棄捐蘭芷與杜衡兮,余柰世之不知芳何?何周道之平易兮,然蕪穢而險戲?(三)

棄捐芳草,由世不知芳。按句法,柰何句不當用余字。王注:「當柰世人不知賢何?」可見本無余字。洪考異它本亦有余字,非。

戲古音在歌戈部。何戲爲韻。

何周道二句:周道,大路。詩小雅大東「周道如砥,其直如矢」,又四牡「周道倭遲」,逸詩「周道挺挺」(左傳襄五年),皆大路,即周南卷耳「寘彼周行」,小雅鹿鳴「示我周行」的周行。左傳襄十五年「君子謂」數語引詩寘彼周行以明官「各居其列」,如寘之於大路,使得以暢行無礙。杜注曲解。王逸以周爲周家，誤。然，副詞，乃。戲，今寫巇，音犧。

高陽無故而委塵兮，唐虞點灼而毀議。誰使正其真是兮？雖有八師而不可爲。（四）

議爲爲韻，古音在歌戈部。

高陽二句：王注：「帝顓頊無故被塵翳，言與帝共工争天下也。點，汙也。灼，灸也。猶身有病，人點灸之。言堯舜至聖，尚點灸謗毀，言有不慈之過，卑父之累也。」

誰使二句：誰使正，誰可使正。王注：「八師謂禹、稷、卨、皋陶、伯夷、倕、益、夔也。」

皇天保其高兮，后土持其久。服清白以逍遥兮，偏與乎玄英異采。（五）

久采爲韻。

服清白二句：洪注：「爾雅：『冬爲玄英。』」郭注：「氣黑而清英。」

西施媞媞而不得見兮，嫫母勃屑而日侍。桂蠹不知所淹留兮，蓼蟲不知徙乎葵菜。（六）

侍菜爲韻。

西施二句：媞，音提，杜奚切（齊韻），説文「一曰妍黠也」。王注：「媞媞，好皃也。詩曰『好人媞媞』（魏葛屨。今本作提提）也。」嫫，亦作嫫，音模，莫胡切（模韻）。嫫母，古醜女。勃，蒲没切；屑，蘇骨切（皆没韻）。勃屑，疊韻字，動作切切（説文屑字解）皃。

桂蠹二句：桂蠹，食桂之蠹。蓼，味辛。蓼蟲，食蓼之蟲。王注：「言桂蠹食芬香，居高顯，不知留止；蓼蟲處辛烈，食苦惡，不能知徙於葵菜，食甘美。」

處湣湣之濁世兮，今安達乎吾志？意有所載而遠逝兮，固非衆人之所識。（七）

洪注：「識音志。」志識爲韻。

處湣湣二句：洪注：「湣音昏。」安，何所。

意有二句：王注：「識，知也。言己心載忠正之志，欲遠去以求賢人君子，固非衆人所能知也。」

驥躊躇於弊輂兮，遇孫陽而得代。呂望窮困而不聊生兮，遭周文而舒志。（八）

代志爲韻。

驥躊躇二句：王注：「躊躇，不行皃。」弊，破敗。輂即輿字。説文車部輿輂是一字的二形，分二字二解非。輂音徐鉉居玉，朱翱俱燭，是由具聲的暈音竄入。輂的共即輿的舁，是兩雙手，共同的共古文也是兩雙手。輿是會意字，許説「舁聲」，非。王注：「孫陽，伯樂（音岳）姓名也。」代，更（平聲），更弊輂而任千里。

呂望二句：洪注：「聊，賴也。」

甯戚飯牛而商歌兮，桓公聞而弗置。路室女之方桑兮，孔子過之以自侍。（九）

置侍爲韻。

甯戚二句：商歌，高歌之誤，解見離騷七四節。置，放置，棄置。

路室二句：王注：「路室，客舍也。言孔子過於客舍，其女方采桑，一心不視。喜其貞信，故以自侍。」

吾獨乖剌而無當兮，心悼怵而耄思。思比干之怦怦兮，哀子胥之慎事。（一〇）

思事爲韻。

吾獨二句：乖，違。剌，盧達切（曷韻），戾。字左旁七畫。當，名詞，適當。悼，懼，解見抽思六節。怵，丑律切（術韻），説文「恐也」。耄，莫報切（号韻），王注「亂也」。耄作思的狀語。

思比干二句：怦，音烹（庚韻）。王注：「怦怦，忠直之皃。」慎事，慎其事，猶言「敬事」（論語學而）。洪注「慎事吴王」，以事爲事君，非。

悲楚人之和氏兮，獻寶玉以爲石；遇厲武之不察兮，羌兩足以畢斮。（一一）

石，古音如橐。石斮爲韻。

羌字用法，漢時失傳，這裏誤當成竟。解見離騷一五節。斮，側角切（覺韻），説文「斬也」。王注：「昔卞和得寶玉之璞而獻之楚厲王。或毁之，以爲石。王怒，斷其左足。武王即位，和復獻之。武王不察視，又斷其右足。和乃抱寶泣於荆山之下，悲極血出。於是暨成王，乃使工人攻之，果得美玉，世所謂和氏之璧也。」

小人之居勢兮，視忠正其何若？改前聖之法度兮，喜囁嚅而妄作。（一二）

若作爲韻。

小人二句：其，副詞，猶今語副詞可。

改前聖二句：囁，而涉切（葉韻）。嚅，人朱切（虞韻）。囁嚅，雙聲字，王注「小語謀私皃也」。

親讒諛而疏賢聖兮，訟閭娵爲醜惡。愉近習而蔽遠兮，孰知察其黑白？卒不得效其心容兮，安眇眇而無所歸薄。（一三）

惡白薄爲韻。

親讒諛二句：説文：「訟，争也。」娵，子于切（虞韻）。閭娵，古美女名。

愉近習二句：愉，羊朱切（虞韻），及物動詞，悦。近習，解見本篇初放，這裏是所近習之人。

卒不得二句：安，副詞，焉，乃。眇眇，茫渺皃。王注：「薄，附也。」按：薄傅音近。

專精爽以自明兮，晦冥冥而壅蔽。年既已過太半兮，然埳軻而留滯。欲高飛而遠集兮，恐離罔而滅敗。（一四）

蔽滯敗爲韻。

專精爽二句：專，專壹。精爽，精神。晦冥冥，三字形容語，説見離騷二四節。

年既二句：太半，以人生百年而言，五十爲半。然，副詞，焉，乃。埳，苦感切（感韻）。軻，枯我切（哿韻）。埳軻一作坎坷，轗軻，雙聲字，不平皃。

欲高飛二句：集，止。離，遭。罔，即网網字。

本節下今本有「獨冤抑而無極兮，傷精神而壽夭。皇天既不純命兮，余生終無所依」四句，洪考異：「一本無上四句。」無者是。韻亦不叶。

顧自沈於江流兮，絶横流而徑逝。寧爲江海之泥塗兮，安能久見此濁世？（一五）

逝世爲韻。

怨世

世一作上。

賢士窮而隱處兮，廉方正而不容。子胥諫而靡軀兮，比干忠而剖心。（一）

容心爲韻。

子胥句：靡，同糜，靡爲切（支韻），洪音美皮切，同。

子推自割而飤君兮，德日忘而怨深。行明白而曰黑兮，荆棘聚而成林。（二）

深林爲韻。

子推句：飤，今寫飼，祥吏切（志韻）。子推割股飤文公説不足信。參看惜往日一二節解。

江離棄於窮巷兮，蒺藜蔓乎東厢。賢者蔽而不見兮，讒諛進而相朋。（三）

厢朋爲韻。

賢者句：見，音現。

梟鴞並進而俱鳴兮，鳳皇飛而高翔。願壹往而徑逝兮，道壅絶而不通。（四）

翔通爲韻。

怨思

居愁苦其誰告兮？獨永思而憂悲。內自省而不慙兮，操愈堅而不衰。（一）

悲衰爲韻。

隱三年而無決兮，歲忽忽其若頹。憐余身不足以卒意兮，冀一見而復歸。（二）

頹歸爲韻。

隱三年二句：頹，積的今寫，隤的同音假借字，杜回切（灰韻）。説文：「隤，下隊（墜）也。」這句是説年光迅疾得像物體下墜。

憐余身二句：卒，終。王注：「言己自憐身老，不足以終志意。」見，音現，見於君。

哀人事之不幸兮，屬天命而委之咸沱。（三）

韻與前後韻不叶，又僅一韻，不成一節。當脱二句。

王注：「咸沱，天神也。」洪注：「言己遭時之不幸，無可奈何，付之天命而已。屬音燭，付也。淮南云：咸沱者，水魚之囿也。注云：水魚，天神。」解皆不可通。按：咸沱與上文意不連，疑屬已脱的第三句。第二句但云「屬天命而委之」。屬，連屬。委，委置。以人事之不幸連屬天命，不得由己，而委置之。

身被疾而不閒兮，心沸熱其若湯。冰炭不可以相並兮，固知余命之不長。（四）

湯長爲韻。

身被疾二句：被，動詞，受。閒，古莧切（襇韻），洪注「瘳也」。湯，熱水，開水。

哀獨苦死之無樂兮，惜余年之未央。悲不反余之所居兮，恨離予之故鄉。（五）

央鄉爲韻。

鳥獸驚而失羣兮，猶高飛而哀鳴。狐死必首丘兮，夫人孰能不反其真情？（六）

能不合古語文用法，涉下節「孰能」衍。

鳴情爲韻。

狐死二句：首，動詞，向。丘，其故穴。夫，指示形容詞。王注：「真情，本心也。言狐貍之死，猶嚮丘穴。人年老將死，誰有不思故鄉乎？」

故人疏而日忘兮，新人近而俞好。莫能行於杳冥兮，孰能施於無報？（七）

好報爲韻。

故人二句：洪注：「俞與愈同。」

莫能二句：莫，代詞，無人。行於杳冥，行不求人知。施於無報，施不望報。

苦衆人之皆然兮，乘回風而遠遊。淩恆山其若陋兮，聊愉娱以忘憂。（八）

遊憂爲韻。

苦衆人二句：回風，名曰飄（説文）。

淩恆山二句：王注：「淩，乘也。恆山，北嶽也。陋，小也。」愉娱，悦樂。

悲虚言之無實兮，苦衆口之鑠金。過故鄉而一顧兮，泣歔欷而霑衿。（九）

金衿爲韻。

悲虚言二句：衆口鑠金，解見惜誦。

過故鄉二句：衿，説文作淦，今寫襟，音金，居吟切（侵韻），説文「交衽也」，徐鍇曰「衽之交處」。

厭白玉以爲面兮，懷琬琰以爲心。邪氣入而感内兮，施玉色而外淫。（一〇）

心淫爲韻。

厭白玉句：厭，於葉切（葉韻），王注「著也」。

邪氣二句：淫，浸淫。

何青雲之流爛兮！微霜降之蒙蒙。徐風至而徘徊兮，疾風過之湯湯。（一一）

蒙古音如盲。蒙湯爲韻。

何青雲二句：爛，明。詩鄭女曰雞鳴：「明星有爛。」蒙蒙，狀霜之微。

徐風二句：湯湯，狀風之疾。

聞南藩樂而欲往兮，至會稽而且止。見韓衆而宿之兮，問天道之所在。（一二）

洪考異：「唐本無樂而二字。」動詞聞，不當但言聞南藩。聞南藩樂，故欲往。無樂字非。

止在爲韻。

聞南藩二句：南藩，南方邊地，猶云南服。且，副詞。

見韓衆二句：韓衆，解見遠遊八節。宿之，留止之，解見遠遊一五節。王注：「天道，長生之道也。」

借浮雲以送予兮，載雌霓而爲旌。駕青龍以馳騖兮，班衍衍之冥冥。（一三）

旌冥爲韻。

駕青龍二句：班衍衍，三字形容詞，此句王注：「言極疾也。」

忽容容其安之兮，超慌忽其焉如？苦衆人之難信兮，願離羣而遠舉。（一四）

如舉爲韻。洪注：「如，去聲。舉有據音。」這是後世叶音説，非。

忽容容二句：忽容容，超慌忽，皆三字形容詞。慌忽，雙聲字。

登巒而遠望兮，好桂樹之冬榮。觀天火之炎煬兮，聽大壑之波聲。引八維以自道兮，含沆瀣以長生。（一五）

榮聲生爲韻。

觀天火二句：天火，謂日；大壑，謂海。煬，與章切（陽韻），説文「炙燥也」。

引八維二句：王注：「天有八維，以爲綱紀也。」即八紀。洪天問注引淮南：「天有九部八紀。」道，導。沆瀣，解見遠遊一四節。

居不樂以思時兮，食草木之秋實。飲菌若之朝露兮，構桂木而爲室。（一六）

實室爲韻。

飲菌若二句：菌，音窘，渠殞切（軫韻）。菌若是一名，草本植物。亦見九歎怨思一〇節。

雜橘柚以爲囿兮，列新夷與椒楨。鶡鶴孤而夜號兮，哀居者之誠貞。（一七）

楨貞爲韻。

雜橘柚二句：雜，合。囿，音右，于救切（宥韻），説文「苑有垣也。又禽獸有囿。」洪注：「新夷即辛夷也。楨，女貞也。」

鶡鶴二句：鶡，鶡雞。號，讀平聲。

自悲

哀時命之不合兮，傷楚國之多憂。内懷情之潔白兮，遭亂世而離尤。（一）

憂尤爲韻。

惡耿介之直行兮，世溷濁而不知。何君臣之相失兮，上沅湘而分離？（二）

知離爲韻。離古音如羅，這裏與知叶，已非古音。漢詩行行重行行，離與知枝叶，亦已非古音。

惡耿介二句：不知，世不知。王注以爲君不知用之，非。

測汨羅之湘水兮，知時固而不反。傷離散之交亂兮，遂側身而既遠。（三）

反遠爲韻。

澗汨羅句：汨羅之湘水，汨羅水下注湘水，故云。

處玄舍之幽門兮，穴巖石而窟伏。從水蛟而爲徒兮，與神龍乎休息。（四）

伏古與宓同音，讀如必。伏息爲韻。

處玄舍二句：玄，幽，皆深窈。穴，動詞。窟，作伏的狀語。

從水蛟二句：言與蛟龍居遊。

何山石之嶃巖兮！靈魂屈而偃蹇。含素水而蒙深兮，日眇眇而既遠。（五）

深，字當作潔，含素水而蒙其潔，亦王注所謂「不失清白之節也」。

蹇遠爲韻。

何山石二句：嶃巖，解見招隱士。偃蹇，疊韻字，不得申皃。

含素水二句：王注：「素水，白水也。」蒙，動詞。眇眇，遠皃。

哀形體之離解兮，神罔兩而無舍。惟椒蘭之不反兮，魂迷惑而不知路。（六）

舍古音如舒，故舒從舍聲。舍路爲韻。

哀形體二句：洪注：「解音懈。」罔兩，疊韻字，王注「無所據依皃也」。

惟椒蘭二句：屈賦椒蘭皆謂香木香草。這裏椒蘭，王逸以爲「子椒子蘭不肯反己，魂魄迷惑不知道路」，非。

願無過之設行兮，雖滅没之自樂。痛楚國之流亡兮，哀靈脩之過到。（七）

樂，五教切（效韻）。樂到爲韻。

願無過二句：説文：「設，施陳也。」設行，施爲。自樂，自好。

痛楚國二句：靈脩，解見離騷一一節。靈脩之義，漢人已不明，這裏王注以爲懷王。洪注：「到，至也。」

固時俗之溷濁兮，志瞀迷而不知路。念私門之正匠兮，遥涉江而遠去。（八）

路去爲韻。

固時俗二句：瞀，音霿，莫紅切（東韻）。瞀迷，蒙迷。

念私門二句：私門，卿大夫的家，對公室（諸侯國）而言。匠，本是木工，這裏是比喻用法。正匠，主者。

念女嬃之嬋媛兮，涕泣流乎於邑。我決死而不生兮，雖重追其何及？（九）

其，今本作吾。洪考異：「一云吾其何及。」按：看語意，看音節，當有其字，無吾字。

邑及爲韻。

念女嬃二句：第一句襲離騷三三節「女嬃之嬋媛兮」。於邑，解見悲回風八節。

戲疾瀨之素水兮，望高丘之赤岸兮，遂没身而不反。（一〇）

産反爲韻。

戲疾瀨二句：蹇産，高出皃。

哀高丘二句：高丘，高的山丘，與離騷五四節的高丘不同。王注「楚有高丘之山」，非。

哀命

洪考異「一作哀時命」，非，涉下篇嚴忌哀時命而誤。

怨靈脩之浩蕩兮，夫何執操之不固？悲太山之爲隍兮，孰江河之可涸？（一）

固讀如箇，固涸爲韻。洪以涸爲乎固切，以就固音，非。

怨靈脩二句：第一句襲離騷二三節句而意未合，以爲懷王。執操二字是並列關係，執持之意。王注以操爲志，洪音七到切，然則不須說執。

悲太山二句：説文：「隍，城沱（今寫池）也。有水曰沱，無水曰隍。」涸，音鶴，下各切（鐸韻），洪注「水竭也」。可涸，動詞被動式。孰江河之可涸，哪有長江大河可枯竭的？

願承閒而效志兮，恐犯忌而干諱。卒撫情以寂寞兮，然怊悵而自悲。（二）

諱悲爲韻。

願承閒二句：閒，音艱，古閑切（山韻），間隙。王注：「所畏爲忌，所隱爲諱。干，觸也。」

卒撫情二句：卒，終究。説文：「撫，安也。」然，副詞，乃。怊，音超（宵韻）。怊悵，雙聲字，同惆悵。

玉與石其同匱兮，貫魚眼與珠璣。駑駿雜而不分兮，服罷牛而驂驥。（三）

璣驥爲韻。

玉與石二句：説文：「匱，匣也。」王注同。璣，音機，居依切（微韻），説文「珠不圜也」。

駑駿二句：洪注：「罷，音皮。」王注：「在轅爲服，外騑爲驂。言君選士用人，雜用駑駿，不異賢愚，若駕罷牛，驂以騏驥。」

年滔滔而自往兮，壽冉冉而愈衰。心悇憛而煩冤兮，蹇超摇而無冀。（四）

衰冀爲韻。

年滔滔二句：年，歲月，年光。壽，壽命。冉冉，行皃。衰，衰損，減損。

心悇憛二句：悇，他胡切（模韻）。憛，他紺切（勘韻）。悇憛，雙聲字，懷憂皃。蹇，副詞，竟。超摇，疊韻字，王注「不安也（皃）」。冀，望。

固時俗之工巧兮，滅規榘而改錯。卻騏驥而不乘兮，策駑駘而取路。（五）

當世豈無騏驥兮？誠無王良之善馭。見執轡者非其人兮，故駒跳而遠去。（六）

駒，駶的誤字。

這兩節襲九辯五章一二兩節，亦或是衍文。

王良，古善御者，爲趙簡子御。

不量鑿而正枘兮，恐榘矱之不周。不論世而高舉兮，恐操行之不調。（七）

這節第一句襲離騷四四節第三句，兩韻句襲離騷七二節韻句。

弧弓弛而不張兮，孰云知其所至？無傾危之患難兮，焉知賢士之所死？（八）

至死爲韻。

弧弓二句：弧，音胡，户吴切（模韻），説文「木弓也」。徐鍇曰：「易曰：『弦木爲弧。』」云，句中助詞。

無傾危二句：所，關係代詞，代指死之由。洪注：「老子云：『國家昏亂有忠臣。』」

俗推佞而進富兮，節行明而不著。賢良蔽而不羣兮，朋曹比而黨譽。（九）

著譽爲韻。

俗推佞二句：推，推舉。王注：「言世俗之人推佞以爲賢，進富以爲能。」著，顯，指地位。

賢良二句：比，音鼻，毗至切（至韻），説文「密也」。徐鍇曰：「相與周密也。」朋曹，主語；比而黨譽，表語。史記游俠傳：「朋黨宗彊比周。」

邪説飾而多曲兮，正法弧而不公。直士隱而避匿兮，讒諛登乎明堂。（一〇）

公堂爲韻。

邪説二句：弧喻枉，矢喻直。弧而不公，枉曲而不公正。王注以弧爲戾，非。

直士二句：王注：「明堂，布政之宮也。」

棄彭咸之娛樂兮，滅巧倕之繩墨。菎蕗雜於黀蒸兮，機蓬矢以射革。（一一）

墨革爲韻。

菎蕗二句：菎，音昆，古渾切（魂韻），香草。蕗，一作簬，音路，洛故切（暮韻），即菉葵，蘩簬（廣韻，爾雅釋草）。洪考異：「黀一作菆。」按：二字實一字的異體，說文分屬二部，黀訓麻藍，菆訓麻蒸，皆取聲，音鄒，側鳩切（尤韻）。王注：「枲翮曰黀。」謂枲的莖。洪注：「蒸，折麻中幹也。」王注：「言持菎蕗香直之草雜於黀蒸，則不識於物也。張强弩之機，以蓬蒿之箭以（字衍）射犀革之盾，必摧折而無所能入也。」

駕蹇驢而無策兮，又何路之能極？以直鍼而爲釣兮，又何魚之能得？（一二）

洪考異：「釣一作鉤。」按：作鉤非。釣，鉤魚（說文）。以直鍼而爲釣，即以直鍼而鉤魚。所以王注云「以直鍼釣魚」。若云以直鍼而爲鉤，既爲鉤矣，則能得魚矣，不合文義。且鉤有兵器之鉤，有衣帶之鉤。本文作鉤非。

極得爲韻。

駕蹇驢二句：王注：「蹇，跛也。策，箠也。極，竟也。終不竟道。」

伯牙之絶弦兮，無鍾子期而聽之。和抱璞而泣血兮，安得良工而刊之？（一三）

聽刊爲韻。

伯牙二句：王注：「鍾子期，識音者也。言鍾子期死，伯牙破琴絶弦，不肯復鼓，以世無知音也。」

和抱璞二句：說文：「刊，剟也。」「剟，判也。」「剖，判也。」刊是剖判。

同音者相和兮，同類者相仇。飛鳥號其羣兮，鹿鳴求其友。（一四）

仇，今本作似，洪考異云「似一作仇」，仇字是。後人以仇字難解，因孟子告子上有「故凡同類者舉相似也」之語，改爲似。仇，同逑，巨鳩切（尤韻），匹也（詩周南關雎傳）。釋文：「逑，音求。本亦作仇，音同。」相仇，相匹偶。與上句相和一致。同音者相和，說「同聲相應」（易乾文言，下同）；同類者相仇，說「同氣相求」。求即逑，即仇。故仇字是。

仇友爲韻。

飛鳥二句：號，胡刀切（豪韻），說文「呼也」。

故叩宮而宮應兮，彈角而角動。虎嘯而谷風至兮，龍舉而景雲往。（一五）

動往爲韻。

故叩宮二句：宮，商，角，徵（陟里切，止韻），羽，是爲五音。叩宮宮應，彈角角動，說同音者相和，所叩者應，所彈者動。洪考異：「一云叩宮而商應，彈角而徵動。」非。

虎嘯二句：谷風，山谷之風。洪注引詩邶谷風「習習谷風」爲解，非。王注：「景雲，大雲而有光者。」虎嘯而谷風至，說「風從虎」（易乾文言，下同）；龍舉而景雲往，說「雲從龍」。

音聲而相和兮，物類之相感。夫方圜之異形兮，勢不可以相錯。（一六）

錯，是誤字，涉下節託薄託三韻，以爲四韻同韻，又涉王注「若方與圜不可錯雜，勢不相安也」的不可錯雜而誤。原當作安。王注方與圜不可錯雜，解正文方圜之異形，王注勢不相安，解正文勢不可以相安。

感安爲韻。

音擊二句：音擊而相和，如上節所謂叩宫而宫應，彈角而角動。

列子隱身而窮處兮，世莫可以寄託。衆鳥皆有行列兮，鳳獨翱翔而無所薄。經濁世而不得志兮，願側身巖穴而自託。（一七）

世莫可以句，洪考異：「以一作與。」作與非，涉下文「莫可與論道」而誤。可以寄託，用論語泰伯「可以託六尺之孤，可以寄百里之命」。

願側身句，洪考異：「一無側身二字，有依字。」按：側身二字作依，是。原當作㐆，音與依同，説文「㐆，歸也」。字从反身，傳寫因誤作身。而「願身巖穴」義不完，或臆添側字，成了側身。這裏當是訓歸之㐆。依訓倚，不貼切。歸巖穴，不是倚巖穴。王注「但甘處巖穴之中而隱伏也」，説處，説中，説隱伏，亦非依倚義。後世㐆字不用而借依，故作依。

託薄託爲韻。

列子二句：洪注：「列子名禦寇，其書曰：子列子窮，容皃有飢色，居鄭圃四十年，人無識者。」（見莊子讓王，列子天瑞）莫，代詞，無處。王注：「以世多詐僞，無可以寄命託身也。」

衆鳥二句：翱翔而無所薄，解見九辯二章「超逍遥兮，今焉薄」，八章「忽翱翔之焉薄」。

經濁世二句：經，歷。自託，託身。

欲闔口而無言兮，嘗被君之厚德。獨便悁而懷毒兮，憑鬱鬱之焉極？（一八）

德極爲韻。

欲闔口二句：被，動詞，蒙受。

獨便悁二句：便悁，同便娟，解見本篇初放八節。毒，怨毒。末句襲九辯五章八節「馮鬱鬱其何極」。便悁則不當獲怨毒，便悁而懷毒，所以憑懣無窮。

念三年之積思兮，願一見而陳詞。不及君而騁説兮，世孰可爲明之？（一九）

詞之爲韻。

念三年二句：三年積思願一見而陳，據卜居「三年不得復見」爲言。

不及君二句：王注：「騁，馳也。」可，被動式助動詞。爲，洪音「去聲」，介詞，受語我省。明之的之，代指願陳的積思。

身寢疾而日愁兮，情沈抑而不揚。衆人莫可與論道兮，悲精神之不通。（二〇）

揚通爲韻。

衆人二句：莫，代詞，無人。可，被動式助動詞。與，介詞，受語省。

謬諫

謬一作繆。

亂曰：鸞孔鳳皇日以遠兮，畜鳧駕鵝。雞鶩滿堂壇兮，鼃黽游乎華池。（一）

亂，音治，解見離騷九三節。七章既終，結以亂辭。或者以爲「謬諫」「篇目當在亂曰之後」，誤。

鵝沱爲韻。

鸞孔二句：王注：「孔，孔雀也。」駕，古牙切（麻韻）。駕鵝一名，説文作駉（古俄切，歌韻）鵝，加可古同音。方言八：「鴈（非鴻雁之雁），自關而東謂之駉鵝，南楚之外謂之鵝。」

雞鶩二句：鼃，烏瓜切（麻韻），説文「蝦蟇也」，今寫蛙。黽，武（讀母）盡切（軫韻），説文「鼃黽也」，這是類名。沱，今寫池。王注：「華池，芳華之池也。」

要馵奔亡兮，騰駕橐駝。鉛刀進御兮，遥棄太阿。（二）

要，亦作騕，音杳，烏皎切（篠韻）。馵，音注，之戍切（遇韻）。要馵，駿馬名。馵字前人以爲褭（今本楚辭，史記漢書游獵賦，後漢書文選薦禰衡表，字書及段説文注），誤。易説卦傳：「震，其於馬也爲善鳴，爲馵足，爲作足，爲旳（今寫的）顙。」皆以馬之特點爲良馬之稱。的顙是「白顛」（詩秦車鄰）。許於日部旳，馬部馰皆引易「爲旳（馰）顙」，以明異文。馵足，即説文「馬後左足白」。顛白與後左足白都是良馬。篆文馵「从馬，二其足」，按字義，二其足的二畫當畫於四足的第三足上面，指事，以指後左足，隸書真書變爲馵，石經也作馵。要馵字即此。後人未考易傳文義，誤以衣部褭字當之。褭，奴鳥切（篠韻），説文「以組帶馬也」，猶今之套馬，是動詞，不當爲駿馬要馵之稱。所以要馵是易「馵足」的馵。

駝阿爲韻。

要羿二句：亡，逸去。橐駝，今語駱駝，其行遲緩，與要羿對比。

鉛刀二句：鉛製的刀不利。御，用。遥，作棄的狀語。太阿，利劍名。李斯上書：「服太阿之劍。」

拔搴玄芝兮，列樹芋荷。橘柚萎枯兮，苦李旖旎。（三）

荷旎爲韻。

拔搴二句：搴，與離騷四節「朝搴阰之木蘭」的搴不同。離騷的搴是楚方言，拔取。這裏拔搴是拔去。王注：「玄芝，神草也。」洪注：「本草：黑芝一名玄芝。」樹，藝植。芋荷是一名，芋葉似荷，故名。今故楚地的江西西部有的地方還這樣説，芋的地下莖叫芋艿，其葉叫芋荷。不是芋與荷。

橘柚二句：苦李，李之別種，味苦。本篇初放有「斬伐橘柚兮，列樹苦桃。」旖旎，音烏何、諸何切，解見九辯四章一節。

甂甌登於明堂兮，周鼎潛乎深淵。自古而固然兮，吾又何怨乎今之人？（四）

淵人爲韻。

甂甌二句：甂，音邊，布玄切（先韻），説文「似小瓿，大口而卑」。甌，説文「小盆也」。明堂，大堂，古爲布政之所。王注：「周鼎，夏禹所作鼎也。桀有昏德，鼎遷于商。商紂暴虐，鼎遷于周。是爲周鼎。」洪注：「漢郊祀志云：鼎没于泗水彭城下。」（見志上）

自古二句：襲涉江一二節「與前世而皆然兮，吾又何怨乎今之人？」

嚴忌

忌，本姓莊，會稽吴人。東漢避明帝諱，莊字皆改爲嚴。

哀時命

〔王逸序〕哀時命者，嚴夫子（按：稱嚴夫子猶稱伏生賈生）之所作也。夫子名忌，與司馬相如俱好辭賦。客遊於梁，梁孝王甚奇重之。忌哀屈原受性忠貞，不遭明君而遇暗世，斐然作辭，歎而述之，故曰哀時命也。

哀時命之不及古人兮，夫何予生之不遘時？往者不可扳援兮，倈者不可與期。（一）

時期爲韻。

哀時命二句：稱予，用屈原口吻。然而下文有「屈原沈於汨羅」，不但稱姓與字，且言身後，又是後人語。其不嚴密如是。

往者二句：往者，前人；倈（今寫來）者，後人。洪注：「扳與攀同，引也。」期，期待。

志憾恨而不逞兮，抒中情而屬詩。夜炯炯而不寐兮，懷隱憂而歷兹。（二）

詩茲爲韻。

志憾恨二句：説文：「逞，通也。」達成之意。屬，音燭，綴。屬詩的説法如屬文。

夜炯炯二句：這二句從詩邶柏舟「耿耿不寐，如有隱憂」變化而來。炯炯即耿耿，不成寐之皃。許解耿字「从耳，炯省聲」，炯省聲未必即是，然可證炯與耿古音同。王注以炯炯形容目光，云如遭大憂；洪注據隱一作殷及王云大憂，疑作殷者是。二注皆非。歷茲，解見離騷三六節。

心鬱鬱而無告兮，衆孰可與深謀？欿愁悴而委惰兮，老冄冄而逮之。（三）

謀之爲韻。

心鬱鬱二句：可，被動式助動詞。

欿愁悴二句：欿，音撼，胡感切，洪音坎（皆感韻）。愁悴，雙聲字。欿愁悴是三字形容詞，王注：「欿，愁皃也。」委古音倭。委惰，疊韻字，王注「懈倦（今本作惓，非，下注文倦字不誤）也」。逮，及。

居處愁以隱約兮，志沈抑而不揚。道壅塞而不通兮，江河廣而無梁。（四）

揚梁爲韻。

居處句：居處，動詞。愁，不寧。隱約，隱蔽而簡約。

江河句：江河，川流。梁，橋。

願至崑崙之懸囿兮，采鍾山之玉英。擥瑶木之橝枝兮，望閬風之板桐。（五）

囿，當作圃。離騷四七節作縣圃，本文王注作懸圃。

英桐爲韻。

願至二句：崑崙，縣圃，解見離騷八六節及四七節。王注：「鍾山，在崑崙山西北。淮南言鍾山之玉，燒之三日，其色不變。」玉英，解見涉江四節。

擥瑶木二句：瑶，作木的定語。橝，徒含切（覃韻），洪注「木名」。閬風，解見離騷五四節。王注：「板桐，山名也，在閬風之上。」

弱水汩其爲難兮，路中斷而不通。勢不能淩波以徑度兮，又無羽翼而高翔。（六）

通翔爲韻。

弱水二句：承縣圃鍾山閬風板桐説，弱水當是傳説中之水，非地理之弱水。汩，音骨，古忽切（没韻），汩没。

然隱閔而不達兮，獨徙倚而彷徉。悵惝罔以永思兮，心紆軫而增傷。（七）

徉傷爲韻。

然隱閔二句：然，副詞，乃。隱閔，疊韻字，心傷皃。徙倚，疊韻字（倚已非古音），王注「猶低佪也」。

悵惝罔二句：惝，同㦗，昌兩切（養韻）。惝罔，疊韻字，失意皃。悵惝罔是三字形容詞。紆軫，解見惜誦一九節。

倚躊躇以淹留兮，日飢饉而絶糧。廓抱景而獨倚兮，超永思乎故鄉。（八）

饉字與饑連用，這裏飢字當作饑。王逸之前已誤。

糧鄉爲韻。

倚躊躇二句：日，年。説文：「穀不熟爲饑，蔬不熟爲饉（渠遴切，震韻）。」饑饉就年説，絶糧就人説。

廓抱景二句：廓，即九辯二章「獨處廓」的廓。景，今寫影。

廓落寂而無友兮，誰可與玩此遺芳？白日畹晚其將入兮，哀余壽之弗將。（九）

芳將爲韻。

廓落二句：廓落，解見九辯一章。可，被動式助動詞。

白日二句：上句襲九辯七章二節，下句襲九辯三章六節「恐余壽之弗將」。

車既弊而馬罷兮，蹇邅迴而不能行。身既不容於濁世兮，不知進退之宜當。（一〇）

行當爲韻。

車既二句：罷，今寫疲。蹇，竟，解見離騷一九節。邅迴，解見離騷三三節。

冠崔嵬而切雲兮，劍淋離而從横。衣攝葉以儲與兮，左袪挂於榑桑；右衽拂於不周兮，六合不足以肆行。（一一）

横古音如觵（讀光）。横桑行爲韻。

冠崔嵬二句：淋離，即陸離。這二句襲涉江一節「帶長鋏之陸離兮，冠切雲之崔嵬」。

衣攝葉二句：攝葉，疊韻字，寬博皃。儲與，疊韻字，舒展皃。袪，去魚切（魚韻），説文「衣袂也」。榑桑即扶桑，榑扶古音同，防（讀旁）無切（虞韻），解見東君一節。説挂袪，是以榑桑爲木名。

右衽二句：説文：「衽，衣衿（今寫衿）也。」「衿，交衽也。」不周，解見離騷八九節。六合，上下四方。肆，放，作狀語。

上同鑿枘於伏戲兮，下合矩矱於虞唐。願尊節而式高兮，志猶卑夫禹湯。雖知困其不改操兮，終不以邪枉害方。（一二）

同字當作周，周是合。一鑿一枘，二而非一，當云周。下句合字洪考異「一作同」，亦可見此句非同字。參看離騷七二節。邪枉，與方意義相對，而音節不相稱，看上一韻句與下數韻句皆六字句，可知原文當是「終不以枉害方」，邪字涉注文「邪枉」而衍。王以邪枉解枉，以公方解方。

唐湯方爲韻。

上周二句：鑿枘，矩矱，解見離騷四四節，七二節。

願尊節二句：節，度。式，法式。尊節，式高，皆動詞受語結構。

世並舉而好朋兮，壹斗斛而相量。衆比周以肩迫兮，賢者遠而隱藏。（一三）

量藏爲韻。

世並舉二句：第一句，襲離騷三五節。第二句，襲懷沙八節「一槩而相量」。

衆比周二句：王注：「比，親也。周，合也。」肩，並。迫，近。

爲鳳皇作鶉籠兮，雖翕翅其不容。靈皇其不寤知兮，焉陳詞而效忠？（一四）

容忠爲韻。

爲鳳皇二句：鶉，音純，常倫切（諄韻）。翕，音吸，許及切（緝韻），合，斂。

靈皇二句：靈，作定語。皇，君。焉，疑問副詞。

俗嫉妬而蔽賢兮，孰知余之從容？願舒志而抽馮兮，庸詎知其吉凶？（一五）

容凶爲韻。

俗嫉妬二句：第二句，襲抽思一六節「尚不知余之從容」。

願舒志二句：馮，音憑，解見離騷三六節。庸，減輕語氣的副詞。詎，疑問副詞，豈。王念孫王引之以爲「庸，詎，皆何也」，引本文爲例（經傳釋詞弟五），非。都是何，則不得複用。王注以庸爲用，亦非。

珪璋雜於甑窐兮，隴廉與孟娵同宮。舉世以爲恆俗兮，固將愁苦而終窮。（一六）

宮窮爲韻。

珪璋二句：窐，音珪，古攜切（齊韻），説文「空也」，王注「甑下（今本誤作土）孔」，徐鍇説同，廣韻同。娵，子于切（虞韻）。王注：「隴廉，醜婦也（名）。孟娵，好女也（名）。」宮，室。

固將句：襲涉江一〇節。

幽獨轉而不寐兮，惟煩懣而盈匈。魂眇眇而馳騁兮，心煩冤之忡忡。（一七）

匈𢥞爲韻。

幽獨二句：惟，只。懣，音悶，莫困切（慁韻。又有上聲二音，在混韻緩韻），說文「煩也」，又「悶，懣也」。懣悶音義皆同，實一字的異形。匈，今寫胸。

魂眇眇二句：眇眇，無定皃。𢥞𢥞，解見雲中君。

志欿憾而不憺兮，路幽昧而甚難。塊獨守此曲隅兮，然欿切而永歎。（一八）

難歎爲韻。

志欿憾二句：憺，解見山鬼。離騷九節：「路幽昧以險隘。」

塊獨二句：然，副詞，乃。欿切，王注「心爲切痛」。

愁脩夜而宛轉兮，氣涫𣺻其若波。握剞劂而不用兮，操規榘而無所施。（一九）

波施韻不叶。施從也聲。舊以也聲字入歌戈部，誤。看王注，施字當作錯。波錯爲韻。

愁脩夜二句：涫，古玩切（換韻），又古丸切（桓韻），今寫滾。𣺻，方味切（未韻），今寫沸。

握剞劂二句：剞，居綺切（紙韻）。劂，居月切（月韻）。剞劂，一作剞𠜾，雙聲字，說文「曲刀也」，王注「刻鏤刀也」。錯，措置。王注：「若工握剞劂而無所刻鏤，持方圜而無所錯（當脱一字）也。」

騁騏驥於中庭兮，焉能極夫遠道？置猨狖於櫺檻兮，夫何以責其捷巧？（二〇）

道巧爲韻。

騁騏驥二句：中庭，庭院。焉，疑問副詞。極，動詞，窮，竟。七諫「又何路之能極」極字用法同。夫，指示形容詞。道，舊讀道路義和道理義皆上聲，徒皓切（晧韻）；引導義去聲，徒到切（号韻）。説文：「道，所行道也。」是説所行的路。徐鍇以爲「所行道，此道字當作今導字之意」，非。

置猨狖二句：猨狖，解見招隱士。檽，音靈，郎丁切（青韻），説文「楯（食尹切）間子（格子）也」。又「楯，闌檻也。」廣韻：「檽檻，階際闌。」夫，那，指上句所説。何，疑問代詞，介詞以的受語。責，今語要求。

駟跛鼈而上山兮，吾固知其不能升。釋管晏而任臧獲兮，何權衡之能稱？（二一）

升稱爲韻。

駟跛鼈句：駟，動詞，駕。

釋管晏句：方言三：「臧，獲，賤稱也。荆淮海岱燕（燕字今本作雜，此據史記魯仲連傳集解引。戴震囿於注説，以爲燕字訛，非）齊之間，罵奴曰臧，罵婢曰獲。齊之北鄙，燕之北郊，凡民（平民）男而壻婢（爲婢之夫）謂之臧，女而婦奴（爲奴之妻）謂之獲。亡奴謂之臧，亡婢謂之獲。」

菎蕗雜於黀蒸兮，機蓬矢以射革。負擔荷以丈尺兮，欲伸要而不可得。（二二）

負擔荷字三重，必有一衍。據王注「背曰負，荷曰擔」，解負擔二字，知荷字衍。

革得爲韻。

菎蕗二句：與七諫謬諫一一節二句文同。

負擔二句：丈尺，狀行進的遲緩。要，今寫腰。

外迫脅於機辟兮，上牽聯於矰隿。肩傾側而不容兮，固陿腹而不得息。（二三）

隿息爲韻。

外迫脅二句：王注：「迫脅，近附也。」辟，房（讀旁）益切（昔韻）。洪注：「莊子云：『中於機辟。』（逍遥遊）疏云：辟，法也，機關之類。」矰，作滕切（登韻），説文「隿，射矢也」。隿，與職切（職韻），説文「繳（之若切）射飛鳥也」。今借用弋，弋本義是橜。

肩傾側二句：陿，侯夾切（洽韻），説文作陜，「隘也」，今寫狹。

務光自投於深淵兮，不獲世之塵垢。孰魁摧之可久兮？願退身而窮處。（二四）

垢處爲韻。廣韻垢在厚韻，處在語韻。垢處爲韻，由古韻魚虞模侯（語麌姥厚，御遇暮候）同韻，見顧炎武古音表。段玉裁以魚虞模與侯析爲二部，非。看形聲字可證。偷媮在侯韻，逾榆在虞韻，皆从俞聲；鉤枸侯韻，拘駒虞韻，皆从句聲；摳歐侯韻，驅敺虞韻，皆从區聲；蔞塿厚韻，縷僂麌韻，皆从婁聲；漚褔侯韻，嫗蓲遇韻，皆从區聲。

務光二句：務光，莊子讓王作瞀光。湯克夏，讓於瞀光，瞀光負石自沈。洪注：「屈原傳：『不獲世之滋垢。』」

孰魁摧二句：孰，疑問副詞，哪。魁摧，王洪皆無解。朱注：「魁摧未詳。」按：説文：「魁，羹斗也。」「摧，一曰：折也。」魁是長把的大銅勺，用來從鼎中抒羹（今語舀湯）的。魁摧，湯勺斷了把，喻不好用，哪可久？窮，困窮，王注「貧窮」非。

鑿山楹而爲室兮，下被衣於水渚。霧露濛濛其晨降兮，雲依霏而承宇。（二五）

看句法詞義，露字衍。

渚宇爲韻。

鑿山楹二句：說文：「楹，柱也。」山楹指山的巖壁，鑿而爲室。王以爲「鑿山石以爲室柱」，非。說文：「一曰：小洲曰渚。」這裏說「水渚」，王注「渚，水涯也」，是。被衣，浴畢換衣服。

霧濛濛二句：依霏，疊韻字，朱注「雲皃」。

虹霓紛其朝霞兮，夕淫淫而淋雨。怊茫茫而無歸兮，悵遠望此曠野。（二六）

雨野爲韻。

虹霓二句：霓，雌虹。紛，句中助詞。淫淫，淋雨皃。

怊茫茫句：怊，音超（宵韻）。王注：「愁思茫茫，無所依歸。」

下垂釣於谿谷兮，上要求於僊者。與赤松而結友兮，比王僑而爲耦。（二七）

者耦爲韻。者讀堵（廣韻堵又音者），姥韻；耦，厚韻，古同韻。

下垂釣二句：說文：「谷，泉出通川爲谷。」「谿，山瀆無所通者。」谿今寫溪。

使梟楊先導兮，白虎爲之前後。浮雲霧而入冥兮，騎白鹿而容與。（二八）

後與爲韻。後，厚韻；與，語韻。說見前二四節。

使梟楊二句：王注：「梟楊，山神名，即狒狒也。」狒字説文作𥝋，音費，扶涕切（未韻）。

魂眐眐以寄獨兮，汨徂往而不歸。處卓卓而日遠兮，志浩蕩而傷懷。（二九）

歸懷爲韻。

魂眐眐二句：眐，音征，諸盈切（清韻）。王注：「眐眐，獨行皃也。」洪注：「汨，于筆切。」

處卓卓二句：卓卓，遠皃。河伯：「心飛揚兮浩蕩。」

鸞鳳翔於蒼雲兮，故矰繳不能加。蛟龍潛於旋淵兮，身不挂於罔羅。（三〇）

加古音如哥。加羅爲韻。

鸞鳳二句：矰，解見前二三節。繳，音酌，之若切（藥韻），説文「生絲縷也」，這裏是射鳥用的繩。

知貪餌之近死兮，不如下游乎清波。寧幽隱以遠禍兮，孰侵辱之可爲？（三一）

爲古音如譌。波爲爲韻。

寧幽隱二句：寧，寧願。孰，疑問副詞。孰侵辱之可爲，侵辱無可爲，侵辱無所施。

子胥死而成義兮，屈原沈於汨羅。雖體解其不變兮，豈忠信之可化？（三二）

化古音如貨。羅化爲韻。

子胥二句：第二句説屈原，作後人語，而篇首「予生之不遘時」用屈原口吻，全篇内容皆敍屈原，並非嚴忌自敍。其不嚴密如是。

雖體解二句：襲離騷三二節「雖體解吾猶未變兮，豈余心之可懲？」

志怦怦而内直兮，履繩墨而不頗。執權衡而無私兮，稱輕重而不差。（三三）

洪注：「差，七何切。」頗差爲韻。

志怦怦二句：怦，普耕切（耕韻）。第一句襲九辯二章九節「心怦怦兮諒直」。第二句襲離騷四一節「循繩墨而不頗」。

概塵垢之狂攘兮，除穢累而反真。形體白而質素兮，中皎潔而淑清。（三四）

真清爲韻。

概塵垢二句：概，音溉，古代切（代韻），説文「滌也」，引詩檜匪風「概（今本作溉）之釜鬵（昨淫切，侵韻）」。狂攘，疊韻字，王注「亂皃」。穢累，疊韻字。反，返。

形體二句：説文：「淑，清湛也。」

時猒飫而不用兮，且隱伏而遠身。聊竄端而匿迹兮，嘆寂默而無聲。（三五）

嘆與默二字互倒，當作默寂嘆。王注「執守寂寞」，洪考異「一云歎寂漠」，都是寂寞（漠）連文，可證。寂古音如叔，寂寞（漠，嘆）疊韻字。説文作𡧍。説文又有㗱嘆字。司馬相如游獵賦（後人以爲子虛賦，誤。）「寂漻無聲」，今本史記漢書同，徐鍇所據本作㗱寥，可見㗱嘆即寂寞。

身聲爲韻。

時猒飫二句：猒，今寫饜，一鹽切（鹽韻），又於豔切（豔韻），説文「飽也」。飫，説文作饫，依倨切（御韻），説文「燕食也」，廣韻「飽也」。時猒飫，時世滿漲不能更容物。

聊竄端二句：朱注：「竄端，藏其端緒，不使人少見之也。」默寂嘆是三字形容語，說見離騷二四節。

獨悁悒而煩毒兮，焉發憤而抒情。時曖曖其將罷兮，遂悶歎而無名。（三六）

情名爲韻。

獨悁悒二句：悁，於緣切（仙韻），說文「忿也。一曰：憂也。」悒，於汲切（緝韻），說文「不安也」。第二句，襲惜誦一節「發憤以抒情」。焉，有乾切，副詞，乃。

時曖曖二句：時曖曖其將罷兮，襲離騷五三節。名，動詞。無名，無能名。言悶歎之甚，不能名狀。王注洪音皆非。

伯夷死於首陽兮，卒夭隱而不榮。太公不遇文王兮，身至死而不得逞。（三七）

榮逞爲韻。

伯夷二句：夭，非正命而死。伯夷餓死。夭與離騷三三節「終然夭乎羽之野」用法同。

太公二句：逞，通（說文），通達。洪注以爲縱，非。

懷瑤象而佩瓊兮，願陳列而無正。生天墜之若過兮，忽爛漫而無成。（三八）

正成爲韻。

懷瑤象二句：瑤象，襲離騷八五節「瑤象」而未得其義，以爲玉製之象，可懷者，非。正，平。朱注：「無正，言無人能知己之賢而平其是非也。」

生天墬二句：墬，即地字，解見天問一八節。過，經過，言不留止。爛漫，疊韻字，王注「猶消散也」。

邪氣襲余之形體兮，疾憯怛而萌生。願壹見陽春之白日兮，恐不終乎永年。（三九）

生年爲韻。

邪氣二句：憯，七感切（感韻），説文「痛也」。怛（悬），得按切（翰韻），朱翺音多幹反，同；許引詩「信誓悬悬」（今本作旦，見衞氓），與怨岸泮宴晏反爲韻；説文「憯也」。宋玉風賦：「中心憯怛。」（據徐鍇引）

王褒

王褒，字子淵，蜀人。

九懷

〔王逸序〕九懷者，諫議大夫王褒之所作也。懷者，思也。言屈原雖見放逐，猶思念其君，憂國傾危，而不能忘也。褒讀屈原之文，嘉其温雅，藻采敷衍。執握金玉，委之污瀆。遭世溷濁，莫之能識。追而愍之，故作九懷以裨其詞。史官録第，遂列於篇。

極運兮不中，來將屈兮困窮。余深愍兮慘怛，願一列兮無從。（一）

慘當作憯。洪考異：「慘一作憒。」憒是憯之誤，涉注文憒字而誤。

中窮從爲韻。

極運二句：極，窮。運，命運。中，正。來，對往而言，來日。

余深愍二句：王注：「我内憒傷，心剥切（二字今本誤倒）也。欲陳忠謀，道隔塞也。」

乘日月兮上征，顧遊心兮鄗酆。彌覽兮九隅，彷徨兮蘭宫。（二）

征酆宫爲韻。

乘日月二句：鄗，音浩，胡老切（晧韻）。酆，敷空切（東韻）。文王都酆，武王都鄗，也寫豐鎬。

王注：「想託神明，升天庭也。回眄周京，念先聖也。」

彌覽二句：彌，滿，周遍。九隅，王注以爲九州。按：九隅的説法亦如八極，六漠，泛指遠地。

芷室兮葯房，奮摇兮衆芳。菌閣兮蕙樓，觀道兮從横。（三）

横古音如黄。房芳横爲韻。

芷室句：葯房，解見湘夫人。

菌閣二句：菌，音窘，渠殞切（軫韻），這裏當是蕙的根之名（見王逸離騷七節雜申椒句注）。觀道，樓觀旁的路。

寶金兮委積，美玉兮盈堂。桂水兮潺湲，揚流兮洋洋。（四）

堂洋爲韻。

桂水二句：潺湲，解見湘君。洋洋，遠流皃。

蓍蔡兮踊躍，孔鶴兮回翔。撫檻兮遠望，念君兮不忘。怫鬱兮弗陳，永懷兮内傷。（五）

翔忘傷爲韻。

蓍蔡二句：蓍，式之切（脂韻），蒿屬，筮者以爲策。王注：「蔡，大龜也。論語曰：臧文仲居蔡。」孔，孔雀。言靈草靈龜靈鳥皆起而踊躍飛翔。

佛鬱句：佛，符弗切（物韻），説文「鬱也」。

匡機　匡一作主。

天門兮墬户，孰由兮？賢者。無正兮溷廁，懷德兮何覩？假寐兮愍斯，誰可與兮寤語？（一）

者讀如渚。户者覩語爲韻。

無正二句：無正，無正之世。溷廁，濁亂。懷德，懷德之人。

假寐二句：寤，同晤，明（説文），解（朱熹詩陳東門之池注）。

痛鳳兮遠逝，畜鴳兮近處。鯨鱏兮幽潛，從蝦兮遊陼。（二）

洪考異：「鱏一作鱓。」作鱓誤，以形近。洪注：「鱓音善，皮可爲鼓。」這是依説文説解，非。皮可以爲鼓者，黽部之鼉，非魚部之鱓，形音義皆異。鼉，徒河切（歌韻），説文「水蟲，似蜥易而長大」（而字據廣韻引）。長大，鉉鍇二本並同，段改爲「長丈所」，又加「皮可爲鼓」四字。段以鱓下「皮可以爲鼓」爲淺人妄增，妄增則非許文，不當移於此）。詩大雅靈臺：「鼉鼓逢逢。」李斯上書：「樹靈鼉之鼓。」史記集解引鄭玄注月令云：「鼉皮可以冒鼓。」

處陼爲韻。

痛鳳二句：畜，養。鴳，音晏，烏澗切（諫韻），説文「雇（鳸）也」，洪注同。説文：「九雇，農桑候鳥。老雇，鴳鴳。」亦見杜預左傳昭十七年注。

鯨鱏二句：鯨，鱷的或體，音畺，渠京切（庚韻），説文「海大魚也」，今不以爲魚類。鱏，音尋，洪音同，徐林切（侵韻），説文「魚也。傳曰：伯牙鼓琴，鱏魚出聽。」從蝦，從魚之蝦。非蝦蟆。陼，音煮，章与切（語韻），説文「如渚者陼丘，水中高者也」。

乘虯兮登陽，載象兮上行。朝發兮葱嶺，夕至兮明光。（三）

陽行光爲韻。

乘虯二句：陽，謂天。載，駕。

朝發二句：王注：「旦發西極之高山也，暮宿東極之月巒也。」

北飲兮飛泉，南采兮芝英。宣遊兮列宿，順極兮彷徉。（四）

英徉爲韻。

宣遊二句：洪注：「宣，徧也。」王注：「徧歷六合，視衆星也。周繞北辰，觀天庭也。」

虹采兮霓衣，翠縹兮爲裳。舒余佩兮綝纚，竦余劒兮干將。騰蛇兮從後，飛駏兮步旁。（五）

第一句，今本作「紅采兮騂衣」。洪考異：「古本虹采兮霓衣。」按：單色不當云采，古本是。

裳將旁爲韻。

這一節説衣裳，劒佩，隨從。

虹采二句：縹，敷（讀鋪）沼切（小韻），説文「帛青白色也」。

舒余佩二句：綝纚，音林驪，雙聲字，狀玉佩鳴聲。洪注：「張揖云：干將，韓王劒師也。博物志：干將，陽龜文；莫耶，陰漫理。此二劒吴王使干將作之。莫耶，干將妻也，夫婦善作劒。」

騰蛇二句：二句結構整齊。騰，飛，動詞，作定語。駏，其吕切（語韻），駏驉。洪注：「淮南云：北方有獸，其名曰蹷，常爲蛩蛩駏驉取甘草。蹷有患，蛩蛩駏驉必負而走。郭璞曰：邛邛似馬而青。穆天子傳：邛邛距虚日走五百里。」

微觀兮玄圃，覽察兮瑶光。啓匱兮探筴，悲命兮所當。（六）

光當爲韻。

微觀二句：王注：「上睨帝圃，見天園也。觀視斗柄，與玉衡也。」洪注：「淮南注云：瑶光，北斗杓第七星也。」

啓匱二句：筴，音策，楚革切（麥韻）。王注：「發匣引籌，考禄相也。不獲富貴，值流放也。」

紉蕙兮永詞，將離兮所思。浮雲兮容與，道余兮何之？（七）

詞思之爲韻。

紉蕙句：紉蕙，解見離騷一八節。永，長。詞，言。

道余句：道，導。

遠望兮芊瞑，聞雷兮闐闐。陰憂兮感余，惆悵兮自憐。（八）

瞑闐憐爲韻。

遠望二句：暝，今寫眠。芊暝，疊韻字，原野無際皃。山鬼：「雷填填兮雨冥冥。」惆悵句襲九辯一章四節「惆悵兮而私自憐」。

通路

林不容兮鳴蜩，余何留兮中州？陶嘉月兮總駕，搴玉英兮自脩。（一）

蜩州脩爲韻。

林不容句：蜩，徒聊切（蕭韻），説文「蟬也」，廣韻「大蟬」。

陶嘉月二句：陶字疑誤。或原作敶，今語安排之意。嘉月，猶云吉日，良辰。總駕，猶離騷四九節的「總余轡」。搴玉英兮自脩，王注：「采取瓊華，自脩飾也。」

結榮茝兮逶逝，將去烝兮遠遊。徑岱土兮魏闕，歷九曲兮牽牛。（二）

逶逝無義。洪考異「逶一作遠」，但下句有「遠遊」，且在相當位置。據王注解爲「奔邁」，原當作邁逝。

遊牛爲韻。

結榮茝二句：去，離去。烝，衆。王注以烝爲君，非。或以烝爲進，亦非，去字下應當是名詞。

徑岱土二句：徑，今語經由。岱土，魏闕，都是普通名詞，舊解以爲專名者非。岱是太山，岱土是一詞，謂有高山之地。魏字本無其字，是巍字的今寫。篆文从嵬（右旁），委聲（左旁）。徐鉉曰：

「今人省山，以爲魏國之魏。」這話不全對。隸書時期並没省山，或寫山在鬼下。三國魏人也還没省山，寫國號爲巍，明明有山，魏碑可據。魏闕即巍闕，高闕之意。闕是門觀（説文），但非必以稱建築，伊闕便是。這裏的魏闕，泛指山勢似闕者，如伊闕龍門之比。牽牛，星名。王注：「行出北荒，山高桀也。過觀列宿，九天際也。」説其大意，文未爲失。而洪注據王云北荒，疑岱本代字，未解王意。

聊假日兮相佯，遺光燿兮周流。望太一兮淹息，紆余轡兮自休。（三）

紆當作紓。紓，詘也，縈也（説文），非其義。

流休爲韻。

聊假日句：相佯，即離騷四九節的相羊。

望太一二句：太一，解見東皇太一。紓，傷魚切（魚韻），説文「緩也」。王注「紓我馬勒」，是安緩義。

晞白日兮皎皎，彌遠路兮悠悠。顧列孛兮縹縹，觀幽雲兮陳浮。（四）

悠浮爲韻。

晞白日二句：晞，彌，皆動詞。洪注：「晞，明之始升也。」彌，滿。

顧列孛句：孛，蒲没切（没韻），彗星。縹，敷（讀鋪）沼切（小韻）。縹縹，光皃。

鉅寶遷兮砏磤，雉咸雊兮相求。泱莽莽兮究志，懼吾心兮懤懤。（五）

求儔爲韻。

鉅寶二句：砏磤，音彬隱，疊韻字，石聲。雉咸雊兮相求，王注：「飛鳥驚鳴，雌雄合也。」洪注引證牽强，亢沓無當。

泱莽莽二句：泱，烏朗切（蕩韻）。泱莽莽，曠遠皃，是三字形容語，説見離騷二四節。究，窮極。志，心意。幬，音儔，直由切（尤韻）。幬幬，愁毒皃。

步余馬兮飛柱，覽可與兮匹儔。卒莫有兮纖介，永余思兮怞怞。（六）

儔怞爲韻。

步余馬句：飛柱，王注「神山」。

卒莫有二句：纖介，今語絲毫。怞，直由切（尤韻），説文「朗也」，字誤。詩小雅鼓鐘與傷與悲並用，説文引詩句爲用例。則怞是傷悲之屬，故从心。今本詩作妯，借字。怞怞，憂思皃。

危俊　危一作苞。

世溷兮冥昏，違君兮歸真。乘龍兮偃蹇，高回翔兮上臻。襲英衣兮緹䌰，披華裳兮芳芬。（一）

第四句高上皆狀語，而義重，且多一音節，高字衍。王注「行戲遨遊，遂至天也」，解回翔與上臻，亦無高義。披，古當作被。

昏真臻芬爲韻。

世溷二句：違，離去。歸真，歸真返樸，言辭去富貴，全其形神。

襲英衣二句：英衣，華裳，英華互文同義。緹，杜奚切（齊韻），説文「帛丹黃色也」。䌰，緁的或體，音妾，七接切（葉韻），説文「緶（房〔讀旁〕連切）衣也」。又「緶，一曰：緁衣也。」「𧞤（音資），緶也。」䌰是緝衣邊。緹䌰，以丹黃色帛緣邊。

登羊角兮扶輿，浮雲漢兮自娛。握精明兮雍容，與神人兮相胥。（二）

輿娛胥爲韻。

登羊角二句：羊角，旋風，曲旋上行如羊角。扶輿，一作扶與（考異），即扶搖（飆），音轉。羊角言其狀，扶輿舉其名。漢，天河。

握精明二句：雍容，雙聲兼疊韻字，和平皃。神人，仙人。胥，借作𦔻，待。

流星墜兮成雨，進瞵盼兮丘墟。覽舊邦兮滃鬱，余安能兮久居？志懷逝兮心懰慄，紆余轡兮躊躇。（三）

洪考異：「一無懰字。」按：應當是無心字，前已有志，且懰慄自是説心。紆當作紓，説見前危俊三節。

墟居躇爲韻。

流星二句：流星隕墜多，成雨言墜之狀，成非變成。春秋莊七年有「星隕如雨」的記載，左傳以爲隕星「與雨偕」，故杜注以如爲而，説「星落而且雨」。公羊傳則以爲「非雨」。這裏「成雨」是比喻，故王注：「如墮雨也。」疄，力珍切（真韻），注視。

覽舊邦句：滃鬱亦作蓊鬱，雙聲字，陰翳皃。這裏説國家不光明。滃蓊皆烏孔切（董韻）。

志懷句：懰音劉。懰慄，即九辯一章的憭慄（洪注憭舊音流），招隱士的憭栗（洪注憭一音留）。

聞素女兮微歌，聽王后兮吹竽。魂悽愴兮感哀，腸回回兮盤紆。（四）

竽紆爲韻。

聞素女二句：素女，仙女名。微，即説文𢼸字，「妙也」。𢼸歌，妙歌。王后，王注云「伏妃」，即宓妃。

撫余佩兮繽紛，高太息兮自憐。使祝融兮先行，令昭明兮開門。（五）

紛憐門爲韻。

撫余佩句：離騷三一節：「佩繽紛其繁飾兮。」

使祝融二句：祝融，南方神。昭明，星名（漢書天文志），於豐鎬有祀（郊祀志上）。

馳六蛟兮上征，竦余駕兮入冥。歷九州兮索合，誰可與兮終生？（六）

征冥生爲韻。

歷九州句：索，求。

忽反顧兮西囿，覩軫丘兮崎傾。横垂涕兮泫流，悲余后兮失靈。（七）

傾靈爲韻。

忽反顧二句：西囿，傳説中西方之囿。王注以爲隴蜀，非。洪注：「軫丘，猶九章言軫石也。崎音鼓。」鼓，去奇切（支韻），今以爲攲字，攲，説文「嘔也」，廣韻「不正也」。

横垂涕二句：泫，胡畎切（銑韻），涕流。余后，我君。

昭世

季春兮陽陽，列草兮成行。余悲兮蘭悴，委積兮從横。（一）

陽行横爲韻。

江離兮遺捐，辛夷兮擠臧。伊思兮往古，亦多兮遭殃。（二）

臧殃爲韻。

江離二句：擠，子計切（霽韻），朱翱音同，説文「排也」。洪注：「臧音藏，匿也。」

伊思句：伊，句首助詞。

伍胥兮浮江，屈子兮沈湘。運余兮念兹，心内兮懷傷。（三）

江湘傷爲韻。

望淮兮沛沛，濱流兮則逝。榜舫兮下流，東注兮礚礚。（四）

沛逝礚爲韻。

榜舫二句：榜，動詞，進船（洪興祖涉江注）。流，動詞。下，狀語。礚，同磕，苦蓋切（泰韻）。礚礚，船行水聲。

蛟龍兮導引，文魚兮上瀨。抽蒲兮陳坐，援芙蕖兮爲蓋。（五）

瀨蓋爲韻。

抽蒲二句：蒲，水草，可作席。陳坐，設坐席。芙蕖，這裏指荷葉。

水躍兮余旌，繼以兮微蔡。雲旗兮電騖，儵忽兮容裔。（六）

微蔡不可通，從這句水躍意及繼以的用法，當作微湀（求癸、居誄二切，旨韻）。微，小。湀，廣韻「通流」。

湀裔爲韻。

雲旗二句：儵忽，同倏忽。容裔，雙聲字。

河伯兮開門，迎余兮歡欣。顧念兮舊都，懷恨兮艱難。竊哀兮浮萍，汎淫兮無根。（七）

門欣難根爲韻。

竊哀二句：汎音馮（顔師古漢書司馬相如傳注），汎淫疊韻字，浮汎無定皃。

尊嘉

秋風兮蕭蕭，舒芳兮振條。微霜兮眇眇，病殀兮鳴蜩。（一）

蕭條蜩爲韻。

玄鳥兮辭歸，飛翔兮靈丘。望谿兮滃鬱，熊羆兮呴嘷。唐虞兮不存，何故兮久留？（二）

丘嘷留爲韻。招隱士三節嘷留爲韻。

玄鳥二句：靈丘，王注以爲神山。

望谿二句：呴，同吼，呼后切（厚韻）。

臨淵兮汪洋，顧林兮忽荒。修余兮袿衣，騎霓兮南上。乘雲兮回回，亹亹兮自强。（三）

洋荒上强爲韻。

臨淵二句：汪洋，疊韻字。忽荒，雙聲字。

修余句：袿，王注解爲袗（章忍切，軫韻）。徐鍇曰：「袗，重衣也。」即近今的外袿，音當讀今褂音。

乘雲二句：强，上聲，動詞，勉强。

將息兮蘭皋，失志兮悠悠。紛蘊兮黴黧，思君兮無聊。身去兮意存，愴恨兮懷愁。（四）

恨，當作悢。愴悢，疊韻字。九辯一章三節：「愴怳懭悢兮。」愴悢一詞南北朝還用，見丘遲書。

皋悠聊愁爲韻。

紛蘊二句：蘊，於云切（文韻）。紛蘊，疊韻字，洪注「蘊積也」。黴，武（讀母）悲切（脂韻），説文

「中久雨，青黑」。黧，郎奚切（齊韻），黑而黄。紛藴兮黴黧，王注：「愁思蓄積，面垢黑也。」

蓄英

登九靈兮遊神，静女歌兮微晨。悲皇丘兮積葛，衆體錯兮交紛。（一）

神晨紛爲韻。

登九靈句：九靈，王逸解爲九天。

悲皇丘句：皇，大。

貞枝抑兮枯槁，枉車登兮慶雲。感余志兮懰慄，心愴愴兮自憐。（二）

雲憐爲韻。

貞枝二句：貞，正。洪注：「漢天文志：若煙非煙，若雲非雲，郁郁紛紛，蕭索輪囷，是謂慶雲。」

感余句：懰，音憭，落蕭切（蕭韻）。懰慄，同九辯一章一節的憭慄。

駕玄螭兮北征，曏吾路兮葱嶺。連五宿兮建旄，揚氛氣兮爲旌。（三）

征嶺旌爲韻。

駕玄螭二句：曏，同嚮，向。

連五宿句：宿，洪音秀，星宿。王注：「係續列星，爲旗旐也。」詩小雅車攻：「建旐設旄。」

歷廣漠兮馳騖，覽中國兮冥冥。玄武步兮水母，與吾期兮南榮。（四）

冥榮爲韻。

歷廣漠句：廣漠，廣大，遼闊，這裏作名詞，猶莊子逍遥遊的「廣莫之野」。王注「長沙」，以爲偏正結構，以漠爲沙漠，非。

玄武二句：玄武，龜的異名。王注：「天龜水神，侍送余也。與己爲誓，會炎野也。」南方冬温，草木多茂，故曰南榮。

登華蓋兮乘陽，聊逍遥兮播光。抽庫婁兮酌醴，援瓟瓜兮接糧。（五）

播光，王注以爲「布文采」。按：上句及下二句皆言星宿，自己播什麼光？播光是摇光之誤，言登華蓋乘陽，逍遥於北斗。

瓟，洪考異一作匏，瓟是古寫，匏是俗寫，字無取於夸旁，是由瓠的夸旁竄亂。鉉本「从夸聲」，而夸非聲；鍇本「从夸」，而夸非形義。説解當爲从瓜从包（如胞字説解例），包亦聲。廣韻別爲二字（肴韻），亦非。

陽光糧爲韻。

登華蓋二句：洪注：「大象賦注云：華蓋七星，其柢九星，合十六星，如蓋狀，在紫微宫。」摇光，北斗第七星。

抽庫婁二句：洪注：「晉天文志云：庫樓十星，六大星爲庫，南四星爲樓。按：庫樓形似酌酒之器，故云。」史記天官書索隱：「匏瓜一名天雞，在河鼓東，匏瓜明，歲則大熟也。」故云援以接糧。

洪注：「洛神賦注引史記曰：四星在危南，匏瓜。」按：此李善注，引史記斷句誤。原文當讀爲「杵臼，四星，在危（危宿）南。匏瓜，有青黑星守之，魚鹽貴。」

畢休息兮遠逝，發玉軔兮西行。惟時俗兮疾正，弗可久兮此方。寤辟摽兮永思，心怫鬱兮内傷。（六）

行方傷爲韻。

畢休息二句：玉，美詞，玉軔猶離騷九〇節説玉軑。

惟時俗二句：惟，思。此方，此土。

寤辟摽句：寤辟摽，用詩邶柏舟的「寤辟有摽」。辟，拊心。摽，符（讀蒲）少切（小韻），説文「擊也」。

思忠　思一作申，一作由。一云遊思。

覽杳杳兮世維，余惆悵兮何歸？傷時俗兮溷亂，將奮翼兮高飛。（一）

維歸飛爲韻。

覽杳杳二句：維，綱維的維。世維杳杳，故惆悵無歸。

駕八龍兮連蜷，建虹旌兮威夷。觀中宇兮浩浩，紛翼翼兮上躋。（二）

夷躋爲韻。

駕八龍二句：連蜷，解見雲中君。威夷，即逶迤。東君：「駕龍輈兮乘雷，載雲旗兮逶迤。」這句套用。

觀中宇二句：浩，音昊，上聲。紛，句首助詞。翼翼，蹻的狀語。蹻，祖稽切（齊韻）。離騷八七節：「高翺翔之翼翼。」

浮溺水兮舒光，淹低佪兮洲沶。屯余車兮索友，覩皇公兮問師。（三）

沶師爲韻。

浮溺水二句：溺音弱，而灼切（藥韻），禹貢弱水的本字。沶，音止，説文作沚，小洲曰渚，小渚曰沚。

屯余車二句：索，求。皇公，王注解爲天帝。

道莫貴兮歸真，羡余術兮可夷。吾乃逝兮南娭，道幽路兮九疑。（四）

夷疑爲韻。

道莫二句：王注：「執守無爲，修朴素也。念己道藝，可悦樂也。」

吾乃二句：娭，音嬉，許其切（之韻），説文「戲也」。南娭的説法猶如本篇思忠的「南榮」。道，動詞，逕，經過。九疑，九疑山。

越炎火兮萬里，過萬首兮嶷嶷。濟江海兮蟬蜕，絶北梁兮永辤。（五）

里嶷辤爲韻。

越炎火二句：炎火，王注解爲「積熱彌天」。萬首，萬山之首，萬峯。嶷，亦寫嶷，音疑，語其切

（之韻）。

濟江海二句：王注：「遂渡大水，解形體也。超過海津，長訣去也。」

浮雲鬱兮晝昏，霾土忽兮塺塺。息陽城兮廣夏，衰色罔兮中怠。意曉陽兮燎寤，乃自診兮在茲。（六）

塺怠茲爲韻。

浮雲二句：霾，音埋，莫皆切（皆韻），説文「風雨土也」，這裏是動詞。塺，音煤，莫杯切（灰韻），説文「塵也」。

息陽城二句：夏，同廈。王注：「遂止炎野，大屋廬也。志欲懈倦，身罷勞也。」

意曉陽二句：王注：「心中燎明，内自覺也。徐自省視，至此處也。」

思堯舜兮襲興，幸咎繇兮獲謀。悲九州兮靡君，撫軾歎兮作詩。（七）

謀詩爲韻。

思堯舜句：襲，承。

悲九州句：靡，無。

陶壅　壅一作廱。

悲哉于嗟兮，心内切磋。款冬而生兮，凋彼葉柯。（一）

磋柯爲韻。

款冬二句：洪注：「款，叩也。」柯，枝條。

瓦礫進寶兮，捐棄隨和。鉛刀厲御兮，頓棄太阿。（二）

和阿爲韻。

瓦礫二句：隨，隨侯珠。和，和氏璧。

鉛刀二句：御，用。頓，委置。太阿，利劍名。李斯上書：「服太阿之劍。」

驥垂兩耳兮，中坂蹉跎。蹇驢服駕兮，無用目多。（三）

目字不可解，當作自。

跎多爲韻。

驥垂二句：坂，説文作阪，扶（讀蒲）板切（潸韻），「坡者曰阪」。

蹇驢二句：服，轅中的兩服馬。服駕動詞。自多，自以爲多。

修潔處幽兮，貴寵沙劘。鳳皇不翔兮，鶉鴳飛揚。（四）

揚字韻不合，原當作搏。劘搏爲韻。

修潔二句：沙劘，音莎摩，疊韻字，猶摩挲，弄權之皃。

鳳皇二句：飛搏，飛舉搏擊。莊子逍遥遊：「水擊三千里。」

乘虹驂蜺兮，載雲變化。鷦鵬開路兮，後屬青蛇。（五）

化蛇爲韻。化古音在歌戈部，離騷一二節化與佗韻，八一節化與離韻，天問三節化與爲韻。

鵾鳴二句：五方神鳥：東方發明，南方焦明，西方鸕鷞，北方幽昌，中央鳳皇。見説文鸕字下。

屬，音囑（燭韻），隨，跟。

步驟桂林兮，超驤卷阿。丘陵翔舞兮，谿谷悲歌。（六）

阿歌爲韻。

步驟二句：説文：「驟，馬疾步也。」驟比步快，驅比驟快，馳比驅快。桂林，桂樹林。説文：「驤，馬之低仰也。」超驤，騰越。卷，音拳，曲。阿，説文「曲阜也」。

丘陵二句：洪注：「翔舞，亦丘陵之勢也。悲歌，亦謂水聲。」

神章靈篇兮，赴曲相和。余私娱兹兮，孰哉復加？（七）

和加爲韻。

神章二句：神章靈篇，謂古歌曲。

還顧世俗兮，壞敗罔羅。卷佩將逝兮，涕流滂沱。（八）

羅沱爲韻。

還顧二句：罔羅，喻綱維。王注以爲「廢棄仁義」。

株昭　昭一作明，一作招。一云珠昭，一云林招。

亂曰：皇門開兮，照下土。株穢除兮，蘭芷覩。（一）

亂，音治，解見離騷九三節。

亂曰是全篇九章（匡機至株昭）的結語。

土覩爲韻。

四佞放兮，後得禹。聖舜攝兮，昭堯緒。孰能若兮，願爲輔。（二）

禹緒輔爲韻。

四佞句：四佞放，流共工于幽洲，放驩兜于崇山，竄三苗于三危，殛鯀于羽山。

聖舜攝句：堯試用舜三載，禪位給舜，舜受終于文祖，就是天子。以爲「攝」位二十八載，至堯崩之後才即帝位者，非。

孰能句：若，如此。

劉向

劉向，字子政，本名更生。宗正劉德之子。成帝時改名向。領護三輔都水，遷光禄大夫。

九歎

〔王逸序〕九歎者，護左都水使者光禄大夫劉向之所作也。向以博古敏達，典校經書，辨章舊文。追念屈原忠信之節，故作九歎。歎者。傷也，息也。言屈原放在山澤，猶傷念君，歎息無已。所謂贊賢以鋪志，騁詞以燿德者也。

伊伯庸之末胄兮，諒皇直之屈原。云余肇祖于高陽兮，惟楚懷之嬋連。（一）

原連爲韻。

伊伯庸二句：伊，句首助詞。胄，胤，後裔，字从肉（甲胄字从冃）。諒，信。皇，大，美。

云余二句：肇，始。嬋，音蟬，市連切（仙韻）。嬋連，疊韻字，洪注「猶牽連也」。這是説與楚懷王是宗姓關係。

原生受命于貞節兮，鴻永路有嘉名。齊名字於天地兮，並光明於列星。（二）

名星爲韻。

原生二句：王注：「鴻，大也。永，長也。」路，道路。嘉名，包括下句的名與字。

齊名字句：王注：「謂名平字原也。」

吸精粹而吐氛濁兮，橫邪世而不取容。行叩誠而不阿兮，遂見排而逢讒。（三）

容讒爲韻。

吸精粹二句：説文：「氛，祥氣也。」這祥包括祅。祥氣是吉凶先兆的氣。王注：「氛，惡氣也。」杜預左傳昭十五年注同。橫邪，作世的定語。

行叩誠二句：叩，款。王注：「阿，曲也。」遂，終究。

后聽虛而黜實兮，不吾理而順情。腸憤悁而舍怒兮，志徙倚而左傾。（四）

舍字義反，是含字之誤。王注「腸中憤懣悁悒而怒」，亦無舍意。

情傾爲韻。

后聽虛二句：后，君。不吾理而順情，王注「不理我言而順邪僞之情」。

腸憤悁二句：悁，於緣切（仙韻），説文「忿也。一曰：憂也」。徙倚，疊韻字，行動不定皃。左，偏。

心憛慌其不我與兮，躳速速其不吾親。辭靈脩而隕志兮，吟澤畔之江濱。（五）

親濱爲韻。

心懭慌二句：懭慌，他朗、呼晃切（俱蕩韻），疊韻字，王注「無思慮皃」。鉊，即躬字，説文在吕部。王注：「速速，不親附皃也。」

上節和這二句，凡六句，都是説后（君）。王注以腸憒悁二句爲説自己，非。

辭靈脩二句：辭，王注解爲辭訣。靈脩，這裏指君王，與屈賦裏靈脩不同，王注以爲懷王。隕，隤（今寫頹）。

椒桂羅以顛覆兮，有竭信而歸誠。讒藹藹而漫著兮，曷其不舒予情？（六）

誠情爲韻。

椒桂句：椒桂，喻賢臣。羅，列，騈。王注：「顛，頓也。覆，仆也。」

讒藹藹句：王注：「藹藹，盛多皃也。」漫，莫半切（換韻），水漫的漫。著，直略切（藥韻），著體的著。言漫著君之心。

始結言於廟堂兮，信中塗而叛之。懷蘭蕙與衡芷兮，行中壄而散之。（七）

叛散爲韻。

始結言二句：廟堂，朝廷。本來廟是祖廟，堂是明堂，大堂。塗，途。離騷一二節：「初既與余成言兮，後悔遁而有佗。」抽思四節：「昔君與我成言兮，曰黄昏以爲期。羌中道而回畔兮，反既有此他志？」

聲哀哀而懷高丘兮，心愁愁而思舊邦。願承閒而自恃兮，徑淫曀而道壅。（八）

邦壅爲韻。

聲哀哀二句：第二句説舊邦，高丘當指王都。

願承閒二句：説文：「徑，步道也。」徐鍇曰：「小道不容車，故曰步道。」王注：「淫噎（雙聲字），闇昧也。言己思承君閒暇，心中自恃，冀得竭忠，而徑路闇昧，遂以壅塞。」

顔黴黧以沮敗兮，精越裂而衰耄。裳襜襜而含風兮，衣納納而掩露。（九）

黧，徐鍇黴字注引作黎。

耄露爲韻。

顔黴黧二句：越裂，疊韻字，分散皃。

裳襜襜二句：襜襜，處占切（鹽韻），洪注「衣動皃」。王注：「納納，濡溼皃也。」洪注：「説文云：『納，絲溼納納也。』」

赴江湘之湍流兮，順波湊而下降。徐徘徊於山阿兮，飄風來之洶洶。（一〇）

降洶爲韻。

赴江湘二句：江湘，湘水，江不是長江。王注：「湊，聚也。」

馳余車兮玄石，步余馬兮洞庭。平明發兮蒼梧，夕投宿兮石城。（一一）

庭城爲韻。

馳余車二句：王注：「玄石，山名。」洞庭，洪注「謂洞庭之山」。

平明二句：王注：「石城，山名也。」

芙蓉蓋而蔆華車兮，紫貝闕而白玉堂。薜荔飾而陸離薦兮，魚鱗衣而白蜺裳。（一二）

堂裳爲韻。

本節四句：蔆，今寫菱。華，花。陸離，王注以爲「美玉」。而爲薦（王注「卧席」），疑是香草，江離之類。郭璞云「江離似水薺」，洪注引以解離騷的江離。江離，水生，類江離而陸生者名陸離。故舉以與薜荔爲類。芙蓉蓋，以荷葉爲蓋。下面七事倣此。凡八事，説的都是本物，非以爲喻。這種寫法，屈賦裏常見。

登逢龍而下隕兮，違故都之漫漫。思南郢之舊俗兮，腸一夕而九運。（一三）

逢字，洪考異及注：「逢一作逄，古本作蓬。逢，符容切。逄，皮江切。」按：逄字本無。古只有逢字，音龐，薄江切；後轉爲蓬音，薄紅切；又後轉爲逢的今音，即縫，符容切。由於「遇」義的逢已變讀，而人名的逢未變，仍讀龐音，便造逄字以别之。孟子裏的逢蒙作逄就是這樣來的。廣韻因而於江韻薄江切收逄字，解云：「姓也，出北海，左傳齊有逄丑父。」然而左傳的逢丑父（成二年），還有逢孫（僖三十年，三十三年），逢滑（哀元年），皆不作逄。竹添光鴻左傳會箋，本金澤文庫卷子本，對校宋本四通，也不作逄。逢蒙荀子王霸作蠭門，不作逄。楊注：「蠭門即蠭蒙，蠭音逢（讀龐音）。」楊倞時還没出現逄字。而廣韻已有，可見逄字起於唐宋之際。洪興祖及盧文弨焦循皆未能辨正。

漫母官切（桓韻），運古讀如員，漫運爲韻。

登逢龍二句：王注：「逢龍，山名。」違，離。漫漫，也寫曼曼，路遠皃。洪注「漫莫半切」，是以運字爲去聲。

思南郢二句：南郢，郢都。運，轉。

揚流波之潢潢兮，體溶溶而東回。心怊悵以永思兮，意晻晻而日隤。（一四）

回隤爲韻。

揚流波二句：潢潢，洪注「水深廣皃」。體，流波之體。王注：「溶溶，波皃也。」

心怊悵二句：晻，烏感切（感韻）。晻晻，消沈皃。隤，杜回切（灰韻），説文「下隊（墜）也」。今本作頽，是同音假借字。

白露紛以塗塗兮，秋風瀏以蕭蕭。身永流而不還兮，魂長逝而常愁。（一五）

蕭愁爲韻。

白露二句：瀏，音劉，力求切（尤韻），清，涼。紛塗塗，形容露的重。瀏蕭蕭，形容風的涼。皆三字形容語。兩以字連詞，是爲句的音節勻稱加的。

身永流句：王注：「言己身隨水長流，不復旋反。」流是喻。

歎曰：譬彼流水，紛揚磕兮。波逢洶涌，濆滂沛兮。（一六）

歎曰，一章的結語。九章皆然，故題名九歎。

磕沛爲韻。

譬彼二句：礚，同磕，苦蓋切（泰韻），洪注「石聲」。

波逢二句：洶，許拱切（腫韻）。洶涌，疊韻字，波盛皃。濆，符分切（文韻），洪注「涌也」。滂沛，雙聲字，水盛皃。

揄揚滌盪，漂流隕往，觸崟石兮。龍邛脟圈，繚戾宛轉，阻相薄兮。（一七）

石古音如橐，石薄爲韻。

盪往爲韻，圈轉爲韻。

這一節，三句一韻，二韻一節。二韻中，第一第二句，第四第五句，各自爲韻。這種韻法還見於末章遠遊的歎曰。

揄揚三句：揄，羊朱切（虞韻），説文「引也」。盪，音蕩，徒朗切（蕩韻）。滌盪，雙聲字，廣韻「搖動皃」。崟，音吟，魚金切（侵韻），朱翺音銀欽反，同，説文「山之岑崟」，王注「鋭也」。

龍邛三句：邛，渠容切（鍾韻）。龍邛，疊韻字，動皃。脟，本音劣，力輟切（薛韻），説文「脅肉也」。一曰：「腸間肥也」。這裏洪注「音臠」。徐鍇曰：「相如子虛賦（按：是游獵賦，諸以爲子虛賦者皆誤）曰：『脟割輪淬。』注云：『脟音臠也。』當是借爲臠字。」脟借爲臠，由雙聲。脟（臠）圈，力兗、渠篆切（皆獮韻），疊韻字，細皃。繚戾，盧鳥（篠韻）、練結切（屑韻），雙聲字，繞曲皃。宛轉，疊韻字。薄，動詞。

遭紛逢凶，蹇離尤兮。垂文揚采，遺將來兮。（一八）

尤來爲韻。

遭紛二句：紛，濁亂。章題「逢紛」意同。蹇，竟，解見離騒一九節。離，罹。

逢紛

靈懷其不吾知兮，靈懷其不吾聞。就靈懷之皇祖兮，愬靈懷之鬼神。（一）

聞神爲韻。

靈懷二句：靈懷，指已死的楚懷王。其，副詞，語氣少婉。

就靈懷二句：就，動詞。皇祖，先祖，非祖父。解見離騒一節。愬，即詩邶柏舟「薄言往愬」的愬，是訴的或體，説文「告也」，今語告狀。論語憲問：「公伯寮愬子路於季孫。」這裏説屈原愬懷王的鬼於其先祖。這種想法陋。事君應是有犯無隱，怎麽告狀？

靈懷曾不吾與兮，即聽夫人之諛辭。余上參於天墬兮，旁引於四時。（二）

辭時爲韻。

靈懷二句：曾，副詞，初，並，猶今語簡直。夫，音扶。夫人，那種人，指讒諂之人。

余上二句：上，包括上下。

指日月使延照兮，撫招摇以質正。立師曠俾端詞兮，命咎繇使並聽。（三）

正聽爲韻。

指日月二句：延，副詞，作狀語。洪注：「隋志云：招搖一星，在北斗杓間。」

立師曠二句：端，動詞，王注「正也」。並，副詞。

兆出名曰正則兮，卦發字曰靈均。余幼既有此鴻節兮，長愈固而彌純。（四）

均純爲韻。

兆出名二句：洪注：「兆，龜坼兆也。」這二句以名與字爲卜所得，與離騷異，非。且卜之事，必人有此意，而卦兆只能示從與逆。人無此意，卦兆絶不能出名發字。劉向説誤。

不從俗而詖行兮，直船指而信志。不枉繩以追曲兮，屈情素以從事。（五）

志事爲韻。

不從俗二句：詖，今讀彼義切（寘韻）。古音如頗，「古文以爲頗字」（説文），偏頗的頗。詖行，行偏邪不正。信，讀伸。

端余行其如玉兮，述皇輿之踵跡。羣阿容以晦光兮，皇輿覆以幽辟。（六）

跡辟爲韻。

端余行二句：皇輿，解見離騷九節。這裏説述，説踵跡，用法與離騷異。

輿中塗以回畔兮，駟馬驚而横奔。執組者不能制兮，必折軛而摧轅。（七）

奔，今本作犇，是俗寫。

奔轅爲韻。

執組者二句：執組者，謂執轡者。詩「執轡如組」。（邶簡兮，鄭大叔于田）朱注：「組，織絲爲之，言其柔也。御能使馬，則轡柔如組矣。」這裏以組喻指轡。制，駕馭，控制。王注「執組猶織組也。織組者動之於此而成文於彼」，洪注亦同此解，誤。

斷鑣銜以馳騖兮，暮者次而敢止。路蕩蕩其無人兮，遂不禦乎千里。（八）

止里爲韻。

斷鑣銜二句：鑣，甫（讀補）嬌切（宵韻），説文「馬銜也」，是馬銜的兩端的外見部分。暮者，暮之時。王注：「次，舍也。」止，止其馳騖。

路蕩蕩二句：蕩，徒朗切（蕩韻）。蕩蕩，空皃。王注：「禦，禁也。」

身衡陷而下沈兮，不可獲而復登。不顧身之卑賤兮，惜皇輿之不興。（九）

登興爲韻。

身衡陷句：王注：「衡，横也。」

出國門而端指兮，冀壹寤而錫還。哀僕夫之歎毒兮，屢離憂而逢患。（一〇）

還患爲韻。

哀僕夫句：歎，苦感切（感韻），説文「食不滿也」。

九年之中不吾反兮，思彭咸之水遊。惜師延之浮渚兮，赴汨羅之長流。（一一）

遊流爲韻。

惜師延二句：師，樂官。延，其名。王注：「師延，殷紂之臣也。爲紂作新聲北里之樂。紂失天下，師延抱其樂器自投濮水而死也。」北里之樂，新聲的同位語。

遵江曲之逶迆兮，觸石碕而衡遊。波澧澧而揚澆兮，順長瀨之濁流。（一二）

遊流爲韻。

遵江曲二句：逶迆，作江曲之定語，後置。碕，去奇切（支韻），大石。

波澧澧句：王注：「澧澧，波聲也。」揚，澆，皆波的動詞。説文：「澆，沃也。」王注以爲回波，洪注以爲湍或回波，則句爲波揚回波或湍，不可通。

淩黃沱而下低兮，思還流而復反。玄輿馳而並集兮，身容與而日遠。（一三）

反遠爲韻。

淩黃沱二句：沱，今寫池。黃沱，假設的池名。王洪注皆以爲江別的沱，非。江沱不説黃沱。還，音旋，作流的定語。

玄輿句：玄，深窈之色。説玄輿猶説黃沱。集，止。

櫂舟杭以橫濿兮，濟湘流而南極。立江界而長吟兮，愁哀哀而累息。（一四）

極息爲韻。

櫂舟杭二句：櫂，今寫棹，直教切（效韻），楫，今語槳。説文：「楫，舟櫂也。」段玉裁以説文無櫂篆，改許解爲「所以擢舟也」，非。説文以今釋古，用來説解的文字非必篆文所有，段不曉此，必一一改從篆。段又以衛風傳的櫂舟爲擢舟之譌，云「淺人所改」。毛公而後，漢武秋風辭有「櫂歌」，揚雄書也有櫂字。方言九：「楫謂之橈，或謂之櫂。」段亦以方言的櫂爲「擢之譌」，非。這裏櫂是動詞，打槳。杭（本是抗的或體），航的同音假借字，今寫航。舟杭，猶云舟船。濿，砅的或體，音厲，力制切（祭韻），説文「履石渡水也。詩曰：『深則砅。』（今本作厲，同音假借字）」極，動詞，至。

情慌忽以忘歸兮，神浮遊以高厲。心蛩蛩而懷顧兮，魂眷眷而獨逝。（一五）

厲逝爲韻。

情慌忽二句：厲，動詞。高，作狀語。

心蛩蛩二句：王注：「蛩蛩，懷憂皃。眷眷，顧皃。」

歎曰：余思舊邦，心依違兮。日暮黄昏，嗟幽悲兮。（一六）

違悲爲韻。

余思二句：依違，雙聲兼疊韻字。

去郢東遷，余誰慕兮？讒夫黨旅，其以兹故兮。（一七）

慕故爲韻。

去郢二句：慕，思慕。誰，慕的受語。

讒夫句：王注：「旅，衆也。」

河水淫淫，情所願兮。顧瞻郢路，終不返兮。（一八）

願返爲韻。

河水句：王注：「淫淫，流皃。」

離世　一作靈懷。

惟鬱鬱之憂毒兮，志坎壈而不違。身憔悴而考旦兮，日黄昏而長悲。（一）

違悲爲韻。

惟鬱鬱二句：王注：「心中鬱鬱，憂而愁毒。」坎壈，解見九辯二節。

身憔悴句：考旦，字疑有誤。王注：「考猶終也。旦，明也。從夜終明。」考無終義。旦或當作思。考思，久思。

閔空宇之孤子兮，哀枯楊之寃鶵。孤雌吟於高墉兮，鳴鳩棲於桑榆。（二）

鶵榆爲韻。

閔空宇二句：王注：「寃，煩寃也。」鶵，雛的籀文。

玄蝯失於潛林兮，獨偏棄而遠放。征夫勞於周行兮，處婦憒而長望。（三）

放望爲韻。

玄蝯句：玄蝯，以喻材力捷敏之人。潛林，王注「高深之林」。

征夫二句：周行，周道，大路。處婦，對征夫而言。

申誠信而罔違兮，情素潔於紐帛。光明齊於日月兮，文采燿於玉石。（四）

帛石爲韻，古音皆在藥鐸部。

申誠信二句：説文：「紐，系也。一曰：結而可解。」紐帛，束帛。

傷壓次而不發兮，思沈抑而不揚。芳懿懿而終敗兮，名糜散而不彰。（五）

揚彰爲韻。

傷壓次二句：這二句結構整齊。傷，名詞。壓，次，皆動詞。壓，抑。次，舍，處。

芳懿懿句：懿，乙冀切（至韻）。懿懿，美而專久之皃。

背玉門以奔鶩兮，蹇離尤而干詬。若龍逢之沈首兮，王子比干之逢醢。（六）

詬醢爲韻。

背玉門二句：王注：「玉門，君門。」蹇，竟，解見離騷一九節。

念社稷之幾危兮，反爲讎而見怨。思國家之離沮兮，躬獲愆而結難。（七）

怨難爲韻。

念社稷二句：幾，音機，副詞。爲讎，成讎。

思國家句：離，罹。沮，玆（作慈非）呂切（語韻），洪音將緒切，同，敗壞。

若青蠅之僞質兮，晉驪姬之反情。恐登階而逢殆兮，故退伏於末庭。（八）

情庭爲韻。

若青蠅句：青蠅，以喻讒人，取詩小雅青蠅三章意。

恐登階二句：末庭，庭之末，階下。

孽臣之號咷兮，本朝蕪而不治。犯顏而觸諱兮，反蒙辜而被疑。（九）

治疑爲韻。

孽臣句：孽，庶子，對嫡子而言。孽臣，不得信任之臣。號，胡刀切；咷，音桃，徒刀切（皆豪韻）。號咷，見易同人，旅，皆與笑相對言。

犯顏二句：被，動詞，蒙受。

菀蘼蕪與菌若兮，漸稾本於洿瀆。淹芳芷於腐井兮，棄雞駭於筐簏。（一〇）

瀆簏爲韻。

菀蘼蕪二句：菀，音鬱，紆物切（物韻），王注「積」。據句法，說「蘼蕪與菌若」，菌若是一物。漸，動詞，音尖，子廉切（鹽韻）。漸是假借字，說文作瀸，「漬也」，浸漬。段玉裁據公羊傳莊十七年「瀸，積也」，謂許解當作積，不曉公羊的瀸是殲的假借字，積是雙聲爲訓，與說文的瀸無關，段誤。稾，今寫稿，上加艹頭的是俗寫。稾本，游獵賦以爲一種草，洪注引證，也以爲一種草。所引本草云：「以其根上苗下似禾稾，故名之。」可疑。說文：「稾，稈也。」「稈，禾莖也。」徐鍇解稈曰：「即稭之和皮者。」解稾曰：「比於稈又彌龘亂。」物的取名，貴明確。植物之莖稈似禾稾者正多，名此種爲稾本，將何以別於他種？稾本是植物一部分的通名，絶不像某種草名。這是一。本節四句，若稾本果爲草名，則稾本漸於洿瀆，芳芷淹於腐井，雞駭棄於筐簏，用意一致，而蘼蕪與菌若獨積存不棄，用意不侔，句法亦舛。這是二。荀子大略記晏子之言曰：「蘭茝稾本漸於蜜醴，一佩易之。」此語晏子春秋内篇雜上作「今夫蘭本，三年而成，湛（字亦見禮記内則，音義皆同漸）之苦酒，則君子不近，庶人不佩；湛之縻（麋）醢，而賈匹馬矣」。荀子的「蘭茝稾本」即晏子的「蘭本」。蘭茝稾本謂蘭茝之稾本，非蘭茝與稾本，稾本非别一物名。這是三。所以本節的稾本是蘼蕪與菌若的稾本。洿，音烏，哀都切（模韻），説文「濁水不流也」。瀆，説文「溝也」。這二句是説：積蘼蕪與菌若，而浸漬其莖稈於洿瀆。古所謂漸（湛），於食物爲醃製，於非食物的花草則如今日的防腐處理。

淹芳芷二句：淹，沈浸。王注：「腐，臭也。雞駭，文犀也。筐簏，竹器也。棄文犀之角置於筐簏而不帶佩。」戰國策楚一：「獻雞駭之犀於秦王。」

執棠谿以刜蓬兮，秉干將以割肉。筐澤瀉以豹鞹兮，破荆和以繼築。（一一）

肉築爲韻。

執棠谿二句：王注：「棠谿，利劍也。干將，亦利劍也。」刜，音拂，敷（讀鋪）勿切，又符（讀蒲）弗切，同（物韻），説文「擊也」，王注「斫也」。説文：「蓬，蒿也。」

筐澤瀉二句：筐，動詞，盛，裝。王注：「澤瀉，惡草也。」以，介詞，用。鞹，字也作鞟，音廓，苦郭切（鐸韻），説文「去毛皮也」，即革。論語顔淵「虎豹之鞟」，説文引作鞹。荆和，荆山之和璞。説文：「築，擣也。」

時溷濁猶未清兮，世淆亂猶未察。欲容與以竢時兮，懼年歲之既晏。（一二）

察與晏韻不叶，必有誤字。王注解察爲「清明」，然時世之清明義不用察。察是案之誤，以形近。案，安。漢高入關告諭「案堵如故」即安堵如故。説文：「案，几屬。」「堵，垣也。」徐鍇曰：「案，所凭也。」案堵皆有安定之義。顔師古注：「言不遷動也。」

案晏爲韻。

顧屈節以從流兮，心蛩蛩而不夷。寧浮沅而馳騁兮，下江湘以邅迴。（一三）

夷迴爲韻。

顧屈節二句：顧，副詞，表退步語氣。蛩蛩，忐忑不安皃。

寧浮沅二句：江湘，湘水。江非長江。

歎曰：山中檻檻，余傷懷兮。征夫皇皇，其孰依兮？（一四）

懷依爲韻。

山中句：檻，音艦，胡黤切（上聲檻韻）。王注：「檻檻，車聲也。詩云：『大車檻檻。』」

征夫二句：孰，依的受語。

經營原野，杳冥冥兮。乘騏騁驥，舒吾情兮。（一五）

冥情爲韻。

經營句：王注：「南北爲經。」徐鍇曰：「周回爲營。」

歸骸舊邦，莫誰語兮。長辭遠逝，乘湘去兮。（一六）

語去爲韻。

歸骸二句：莫，代詞，無人。誰，疑問代詞。這裹用得重複。當云莫可語兮，或其誰語兮。

怨思　思一作世。

志隱隱而鬱怫兮，愁獨哀而冤結。腸紛紜以繚轉兮，涕漸漸其若屑。（一）

結屑爲韻。

志隱隱句：王注：「隱隱，憂也（當作憂皃）。詩云『憂心殷殷』，一作隱隱。」

腸紛紜二句：洪注：「漸，側銜切。」王注：「漸漸，泣流皃也。」

情慨慨而長懷兮，信上皇而質正。合五嶽與八靈兮，訊九鬾與六神。（二）

正神爲韻。

情慨慨二句：洪注：「信音伸。」王注：「上皇，上帝也。」

合五嶽二句：王注：「五嶽，五方之山也。八靈，八方之神也。訊，問也。九鬾，謂北斗九星也。」洪注：「鬾音祈。北斗七星，輔一星在第六星旁，又招摇一星在北斗杓端。」後世道教以北斗九星爲九皇。六神，解見惜誦二節。

指列宿以白情兮，訴五帝以置詞。北斗爲我折中兮，太一爲余聽之。（三）

詞之爲韻。

指列宿二句：五帝，解見惜誦二節。

云服陰陽之正道兮，御后土之中和。佩蒼龍之蚴虯兮，帶隱虹之逶蛇。（四）

蛇音它，和蛇爲韻。

云服句：云，「白情」「置詞」所云。

佩蒼龍二句：蚴虯，也寫蝴蟉，於虯、渠幽切（皆幽韻），疊韻字，龍夭矯之皃。逶音倭，逶蛇，疊韻字，義本與逶迆不同，這裏用作逶迆。

曳彗星之皓旰兮，撫朱爵與鵕鸃。遊清靈之颯戾兮，服雲衣之披披。（五）

鸃披爲韻，古音在歌戈部。

曳彗星二句：王注：「曳，引也。」皓旰，音昊汗，雙聲字，光皃。爵，雀的同音假借字。洪注：「鵕鸃，浚儀二音。」王注：「朱爵，鵕鸃，皆神俊之鳥也。」

遊清靈二句：清靈，謂太空。王注：「颯戾，清涼皃。披披，長皃也。」

杖玉華與朱旗兮，垂明月之玄珠。舉霓旌之墆翳兮，建黄纁之總旄。（六）

珠旄韻不叶，旄當是麾字。珠麾爲韻。麾已非古音。

杖玉華二句：杖，持。明月，珠名。玄，同懸。古玄字本是懸系之象。「懸珠」也見漢書東方朔傳。珠懸則光明周徹，故云垂。語本李斯「垂明月之珠」。王注以玄爲「黑光」，非。

舉霓旌二句：墆，特計切（霽韻）。墆翳，疊韻字，王注「蔽隱皃」。纁，淺絳。

船純粹而罔愆兮，承皇考之妙儀。惜往事之不合兮，横汨羅而下濿。（七）

儀濿爲韻。儀已非古音。

船純粹二句：皇考，襲用離騷文，不明所謂。

乘隆波而南渡兮，逐江湘之順流。赴陽侯之潢洋兮，下石瀨而登洲。（八）

流洲爲韻。

乘隆波二句：王注：「隆，盛也。」江湘，湘水。

赴陽侯句：陽侯，波神。潢洋，同滉瀁，洪音户廣、以掌切，疊韻字，波瀾壯闊皃。

陵魁堆以蔽視兮，雲冥冥而闇前。山峻高以無垠兮，遂曾閎而迫身。（九）

前身爲韻。

陵魁堆句：陵，大阜。堆，自字的今寫。魁堆，疊韻字，王注「高皃」。

山峻高二句：曾閎，疊韻字，大皃。

雪雰雰而薄木兮，雲霏霏而隕集。阜隘狹而幽險兮，石嵾嵯以翳日。（一〇）

集日爲韻。

阜隘狹二句：阜，大陸，山無石者。隘，烏懈切（卦韻），説文「陋也」。嵾嵯，楚簪（侵韻）、楚宜切（支韻），雙聲字，不齊皃。

悲故鄉而發忿兮，去余邦之彌久。背龍門而入河兮，登大墳而望夏首。（一一）

久首爲韻。

背龍門二句：王注：「龍門，郢東門也。」夏首，王注「夏水之口」。

橫舟航而濟湘兮，耳聊啾而戃慌。波淫淫而周流兮，鴻溶溢而滔蕩。（一二）

慌蕩爲韻。

橫舟航二句：舟航，解見前離世一四節。聊，耳鳴（説文）。啾，狀聲。戃（他朗切）慌（呼晃切，皆蕩韻），疊韻字，失意皃。

波淫淫二句：鴻溶，疊韻字，深廣皃。溢，滿。滔蕩，上厲之皃。大人賦：「紛鴻溶而上厲。」

路曼曼其無端兮，周容容而無識。引日月以指極兮，少須臾而釋思。（一三）

識，洪音志。思，去聲。識思爲韻。

路曼曼二句：曼曼，母官切（桓韻），長遠皃。無端，無盡頭。周，名詞，周回。識，辨。

引日月二句：王注：「極，中也，謂北辰星也。」釋思，王注「解憂思」。

水波遠以冥冥兮，眇不睹其東西。順風波以南北兮，霧宵晦以紛闇。（一四）

西，古有茜音，故茜栖（遷的古文）皆从西聲。西闇爲韻。

日杳杳以西頹兮，路長遠而窘迫。欲酌醴以娛憂兮，蹇騷騷而不釋。（一五）

迫釋爲韻，古音在藥鐸部。

欲酌二句：醴，音禮，盧啟切（薺韻）。蹇，竟，解見離騷一九節。騷騷，煩憂皃。

歎曰：飄風蓬龍，埃坲坲兮。中木搖落，時槁悴兮。（一六）

坲，符弗切（物韻）。悴，洪音遂律切。坲悴爲韻。

飄風二句：飄風，回風（說文）。蓬龍，疊韻字，回轉皃。坲坲，塵埃起皃。

中木二句：中，同艸，今寫草。中本音徹，艸木初生也。許慎說：「古文或以爲艸字。」故漢人亦以中爲艸。王注：「槁，枯也。悴，病也。」

遭傾遇禍，不可救兮。長吟永欷，涕究究兮。（一七）

救究爲韻。

遭傾二句：說文：「救，止也。」

長吟二句：欷，香衣切（微韻）。說文歔（朽居切，魚韻）欷互訓。徐鍇曰：「歔欷者，悲泣氣咽而抽息也。」王注：「究究，不止皃也。」

舒情敶詩，冀以自免兮。頽流下隕，身逝遠兮。（一八）

免遠爲韻。

舒情二句：以自免，以詩自免於悲懷（歔欷出涕）。遭傾遇禍已是不可救止了。

遠逝　逝一作遊。

覽屈氏之離騷兮，心哀哀而怫鬱。聲噭噭以啾嘐兮，顧僕夫之憔悴。（一）

第三句啾嘐今本作寂寥，與噭噭意舛，誤。這句説發聲，非説寂寥無人。啾字亦誤，啾音寂，是啾嘆字。嘐是詩鄭風雨「雞鳴嘐嘐」（據廣韻引）的嘐（古肴切，肴韻），這裏當作啁（陟交切，肴韻）嘐，啁嘐是一詞，見説文。

悴，洪音遂律切。鬱悴爲韻。

聲噭噭二句：噭，音叫，古弔切（嘯韻）。王注：「噭噭，呼聲也。」以，連詞。啁嘐，疊韻字，誇語之皃。廣韻分嘐爲二音二義。王注：「顧視僕御，心皆憔悴而有憂色也。」

撥諂諛而匡邪兮，切淟涊之流俗。盪渨涹之姦咎兮，夷蠢蠢之溷濁。（二）

俗濁爲韻。

撥諂諛二句：王注：「撥，治也。匡，正也。」切，即今語刀切的切。淟（他典切）涊（乃殄切，皆銑韻），疊韻字，王注「垢濁也（皃）」。

盪渨涹二句：王注：「盪，滌也。」渨涹，洪音烏回、烏禾切，雙聲字，王注「汙薉也（皃）」。姦咎，咎義是災，不與姦連用。王注解咎爲惡，以就姦義，亦非。咎古音晷，居洧切（旨韻），是宄的同音假借字。説文：「宄，姦也，外爲盜，内爲宄。」或借軌字，亦同音。左傳成十七年：「亂在外爲姦，在内爲軌。」王注：「夷，滅也。」

懷芬香而挾蕙兮，佩江蘺之菲菲。握申椒與杜若兮，冠浮雲之峨峨。（三）

菲，敷尾切（尾韻）。峨，字亦作嶬，古我義音同。嶬字已非古音，讀魚倚切（紙韻）。菲峨（嶬）爲韻。

冠浮雲句，襲涉江「冠切雲之崔嵬」。

登長陵而四望兮，覽芷圃之蠡蠡。運蘭皋與蕙林兮，睨玉石之嵾嵯。（四）

登長陵二句：王注：「蠡蠡猶歷歷，行列皃也。」

蠡古音如羅，洪音禮戈切，蠡嵯爲韻。

揚精華以炫燿兮，芳鬱渥而純美。結桂樹之旖旎兮，紉荃蕙與辛夷。芳若茲而不御兮，捐林薄而菀死。（五）

揚精華二句：芳，名詞，芳華。王注：「渥，厚。」

結桂樹句：旖旎，解見九辯四章一節。

芳若茲二句：御，用。捐，棄。木叢曰林，草叢曰薄。菀，洪音鬱，屈抑。

美夷死爲韻。

驅子僑之奔走兮，申徒狄之赴淵。若由夷之純美兮，介子推之隱山。（六）

驅子僑二句：子僑，解見惜誓七節。申徒狄，解見悲回風二六節。

若由夷句：由夷，許由伯夷。

淵山爲韻。

晉申生之離殃兮，荆和氏之泣血。吳申胥之抉眼兮，王子比干之横廢。（七）

廢从發聲，血廢爲韻。

欲卑身而下體兮，心隱惻而不置。方圜殊而不合兮，鉤繩用而異態。（八）

置態爲韻。

欲卑身二句：卑，下，皆動詞。置，放下。

方圜二句：鉤繩，鉤曲繩直。

欲竢時於須臾兮，日陰曀其將暮。時遲遲其日進兮，年忽忽而日度。（九）

暮度爲韻。

時遲遲句：遲遲，形容時光的進。

妄周容而入世兮，内距閉而不開。竢時風之清激兮，逾氛霧其如塺。（一〇）

激，王解爲感，而與清義不屬。當作漖，清漖與下句氛霧如塺相對言。

開塺爲韻。

竢時風二句：塺，音枚，莫杯切（灰韻），説文「塵也」。

進雄鳩之耿耿兮，讒介介而蔽之。默順風以偃仰兮，尚由由而進之。（一一）

進之，進與蔽韻不叶。進是退之誤。王注「不肯進」，即明退義。

蔽退爲韻。

默順風二句：王注：「默，寂。由由，猶豫也。言己欲寂默不語以順風俗，隨衆俛仰，而不敢毁譽，然尚猶豫不肯進也。」

心懭悢以冤結兮，情舛錯以曼憂。搴薜荔於山野兮，采橪支於中洲。（一二）

憂洲爲韻。

心懭悢二句：懭悢，解見九辯一章三節。曼音慢，舊注相承音萬，是由萬古音慢。説文：「曼，引也。」曼憂，王注「長憂苦」。

搴薜荔二句：橪，廣韻音煙，烏前切（先韻），顔音洪音並同。按：當音然，屬泥母。橪支是一名，橪字从木，非草本。郭璞曰：「橪支木也。」游獵賦：「枇杷橪柿。」張揖顔師古皆以橪爲一物。按：橪柿一名，非二物。這裏的橪支即橪柿。支輕讀即柿音。

望高丘而歎涕兮，悲吸吸其長懷。孰契契而委棟兮？日晻晻而下頽。（一三）

懷頽爲韻。

孰契契二句：契，苦結切（屑韻），洪音苦絜切，同。王注：「契契，憂皃也。詩云：『契契寤歎。』」委棟連文無義，疑有誤字。晻晻，烏感切（感韻），日無光皃。

歎曰：油油江湘，長流汩兮。挑揄揚汰，盪迅疾兮。（一四）

汩疾爲韻。

油油二句：王注：「油油，流皃也。」江湘，湘水。二句襲懷沙一六節「浩浩沅湘，分流汩兮」。挑揄句：挑，土刀切（豪韻），説文「撓也」。揄，羊朱切（虞韻），説文「引也」。汏，水波，解見涉江六節。

憂心展轉，愁怫鬱兮。冤結未舒，長隱忿兮。（一五）

鬱與忿韻不叶。忿是忽的誤字，因形近。

鬱忽爲韻。

長隱忽兮句，懷沙：「道遠忽兮。」

丁時逢殃，可柰何兮？勞心悁悁，涕滂沱兮。（一六）

何沱爲韻。

丁時句：王注：「丁，當也。」

勞心句：悁，於緣切（仙韻），説文「忿也。一曰：憂也」。悁悁，憂悒皃。

惜賢

悲余心之悁悁兮，哀故邦之逢殃。辝九年而不復兮，獨煢煢而南行。（一）

殃行爲韻。

辝九年二句：煢，渠營切（清韻）。王注：「煢煢，獨皃也。」

思余俗之流風兮，心紛錯而不受。遵壄莽以呼風兮，步從容於山廋。（二）

受廋爲韻。

思余俗二句：流風，風氣。紛錯，紛雜。

遵壄莽二句：風，風雲的風。廋，音搜，所鳩切（尤韻），王注「隈也」。

巡陸夷之曲衍兮，幽空虛以寂寞。倚石巖以流涕兮，憂憔悴而無樂。（三）

寞樂爲韻。

巡陸夷句：説文：「陸，高平地。」王注：「夷，平也。衍，澤也。」

登巑岏以長企兮，望南郢而闚之。山脩遠其遼遼兮，塗漫漫其無時。（四）

之時爲韻。

登巑岏句：巑（在丸切）岏（五丸切，皆桓韻），疊韻字，山鋭皃。

山脩遠二句：漫漫，平聲。

聽玄鶴之晨鳴兮，于高岡之峨峨。獨憤積而哀娱兮，翔江洲而安歌。（五）

峨歌爲韻。

三鳥飛以自南兮，覽其志而欲北。願寄言於三鳥兮，去飄疾而不可得。（六）

北得爲韻。

三鳥句：洪注：「博物志：王母來見武帝，有三青鳥如烏大，夾王母。三鳥，王母使也。」

欲遷志而改操兮，心紛結其未離。外彷徨而遊覽兮，内惻隱而含哀。（七）

離哀爲韻。離已非古音。

聊須臾以忘時兮，心漸漸其煩錯。願假簧以舒憂兮，志紆鬱其難釋。（八）

釋古音如鐸，錯釋爲韻。

聊須臾二句：洪注：「漸，子廉切。」

願假簧二句：簧，樂器名，解見東皇太一三節。王注「笙中有舌曰簧」，非。紆，縈（説文）。鬱，積。

歎離騷以揚意兮，猶未殫於九章。長噓吸以於悒兮，涕横集而成行。（九）

按句法，審文意，離騷上不當用歎字。揚意，揚己之意。第三第四句説的才是歎而流涕。離騷上的歎當是歌的誤字，以形近。歌吟離騷以揚意，又歌吟九章，猶未殫（盡），已不知涕泣之横集了。王注歎唫亦當是「歌唫」之誤。

章行爲韻。

傷明珠之赴泥兮，魚眼璣之堅藏。同駑贏與乘駔兮，雜班駮與闒茸。（一〇）

藏茸爲韻。

傷明珠二句：説文：「璣，珠不圜也。」

同駑羸二句：這二句，駑羸闒茸爲劣，乘駔班駮爲良。王注以班駮闒茸等列，非。説文：「羸，驢父馬母。」今寫騾。乘駔，二名。乘，騬的同音假借字，食陵切（蒸韻），説文「犗（古喝切，夬韻）馬也」。今寫騸。舉騬，取其壯，能負重。駔，徂古切（姥韻。子朗切是别一義），説文「牡馬也」。段玉裁改爲「壯馬」，誤。班，今寫斑。駮，駁的同音假借字，駁，説文「馬色不純也」。毛色不純，無妨其爲良馬。顔師古曰：「闒茸，猥賤也。闒，吐合反，下也。茸，人勇反，細毛也。言非豪桀也。」（司馬遷傳注）

葛藟虆於桂樹兮，鴟鴞集於木蘭。偓促談於廊廟兮，律魁放乎山間。（一一）

蘭間爲韻。

葛藟二句：藟，音壘，力軌切（旨韻），説文「艸也」，徐鍇曰「葛蔓也」。看詩詠葛藟，周南樛木云「虆之，荒之，縈之」，王葛藟云「緜緜」，大雅旱麓云「施于條枚」，這裏云「虆於桂樹」，徐説是。虆，力追切（脂韻），説文「綴得理也」。今本作蘽是俗寫。集，止。

偓促二句：偓促，音齷齪，於角、測角切（覺韻），疊韻字，王注「拘愚之皃」。律，説文「均布也」，徐鍇曰：「十二律均布節氣，故有六律六均。」這裏用法猶今語規律。魁，説文「羹斗也」，謂斗爲魁，柄爲杓（音標）。這裏用法猶今語斟酌，調和。律魁，指明徹規律，調和鼎鼐的人材。二句説偓促登於朝，律魁放於野。

惡虞氏之簫韶兮，好遺風之激楚。潛周鼎於江淮兮，爨土鬵於中宇。（一二）

楚字爲韻。

惡虞氏二句：簫韶，虞舜樂名。尚書皋陶謨（包括益稷）：「簫韶九成。」也稱韶，論語述而「子在齊聞韶」。激楚，楚樂歌名，解見招魂二四節。遺風之激楚，即淮南「激楚之遺風」。這句今語愛好激楚之樂的遺風。王注以激楚爲形容詞，遺風就不可解。誰的遺風？什麼樂的遺風？

潛周鼎二句：潛，没。爨，七亂切（換韻），炊。鬵，音岑，昨淫切（侵韻），䰝（今寫甑）屬，説文「大釜也，一曰：鼎大上小下若甑曰鬵」。中宇，宇之中，猶云中庭。

長行爲韻。

且人心之持舊兮，不可保長。邅彼南道兮，征夫宵行。（一三）

思念郢路兮，還顧睠睠。涕流交集兮，泣下漣漣。（一四）

思念二句：睠，即説文眷字，居倦切（線韻）。睠睠，顧念皃。詩小雅小明：「睠睠懷顧。」

睠漣爲韻。

歎曰：登山長望，中心悲兮。菀彼青青，泣如頹兮。（一五）

菀彼句：菀，洪音鬱，王注「盛皃也」。詩云：『有菀者柳。』」

悲頹爲韻。

留思北顧，涕漸漸兮。折鋭摧矜，凝氾濫兮。（一六）

漸濫爲韻。

留思二句：漸音尖，洪音仄銜切。

折鋭句：鋭，矜，皆名詞，「被堅執鋭」（漢高帝詔）的鋭，「鉏櫌棘矜」（賈誼過秦）的矜。鋭，利兵。矜，矛柄（説文）。這裏是比喻用法。王注以爲形容詞的「精鋭」與「矜莊」（避諱作嚴），非。

念我煢煢，魂誰求兮？僕夫慌悴，散若流兮。（一七）

求流爲韻。

念我二句：誰，求的受語。

僕夫句：僕夫，御者。見離騷九二節。洪注：「慌，音荒，博雅云：忘也。」

憂苦

昔皇考之嘉志兮，喜登能而亮賢。情純潔而罔薉兮，姿盛質而無愆。（一）

賢愆爲韻。

昔皇考句：皇考，襲用離騷文，不明所謂。已見前遠逝七節。

情純潔二句：這二句結構整齊。純潔形容情，盛質形容姿。盛，茂。質，質樸。

放佞人與諂諛兮，斥讒夫與便嬖。親忠正與悃誠兮，招貞良與明智。（二）

嬖智爲韻。

放佞人二句：洪注：「便，毗連切。嬖，卑義切，賤而得幸曰嬖。」

親忠正句：悃，苦本切（混韻），誠志，至誠。

心溶溶其不可量兮，情澹澹其若淵。回邪辟而不能入兮，誠願藏而不可遷。（三）

淵遷爲韻。

回邪二句：這二句結構整齊。回邪與誠願皆名詞，辟藏皆動詞。回，邪曲。辟，辟除。願，愿的同音假借字，謹。藏，蓄。遷，移。

逐下袟於後堂兮，迎宓妃於伊雒。剬讒賊於中廇兮，選吕管於榛薄。（四）

古無袟字，是秩之誤，以形近。

雒薄爲韻。

逐下秩句：秩，列。下秩，下陳，王注「謂妾御也」。後堂，後宫。下陳，就人言；後宫，就所居言。

剬讒賊二句：剬，解見前怨思章一一節。廇，力救切（宥韻），説文「中庭也」。徐鍇曰：「屋檐滴雨爲霤，其地謂之廇。今借霤字。」説文：「榛，一曰：菆（音陬）也。」榛莽。薄，叢薄。

叢林之下無怨士兮，江河之畔無隱夫。三苗之徒以放逐兮，伊皋之倫以充廬。（五）

夫廬爲韻。

洪注：「自此以上皆言皇考之美，自此以下言今之不然也。」按：「自此以下」四字，用「自……以……」，語意非，當云「此下」。

今反表以爲裏兮，顛裳以爲衣。戚宋萬於兩楹兮，廢周邵於遐夷。（六）

衣夷爲韻。

戚宋萬二句：王注：「戚，親也。宋萬，宋閔公之臣也。與閔公博，争道，以手搏之，絶其脰。楹，柱也。兩楹之閒，尊者所處也。」

卻騏驥以轉運兮，騰驢驘以馳逐。蔡女黜而出帷兮，戎婦入而綵繡服。（七）

逐服爲韻。服已非古音。

卻騏驥二句：卻，退。騰，駕。

蔡女二句：蔡女戎婦，王注「蔡國賢女，戎狄醜婦」。綵繡，作服的定語。

慶忌囚於阱室兮，陳不占戰而赴圍。破伯牙之號鍾兮，挾人箏而彈緯。（八）

人箏不成義，人字誤。洪注「文選注引：挾秦箏而彈徽」，是。緯是徽的同音假借字。離騷「緯繣」，洪注「緯音徽」，廣韻麥韻作「徽繣」。

圍緯爲韻。

慶忌二句：阱，疾郢切（静韻），又疾政切（勁韻），陷阱。王注：「慶忌，吴之公子。」洪注：「淮南注云：慶忌勇健，亡在鄭。闔閭畏之，使要離刺慶忌也。」王注：「陳不占，齊臣，有義而怯。聞其君戰，將赴之，飯則失匕，上車失軾。既至，聞鍾鼓之聲，因怖而死。」

破伯牙二句：號，洪音乎高切。王注：「號鍾，琴名。」説文：「箏，鼓弦竹身樂也。」徐鍇曰：

「秦樂也。」

藏瑉石於金匱兮，捐赤瑾於中庭。韓信蒙於介胄兮，行夫將而攻城。（九）

庭城爲韻。

藏瑉石二句：瑉同珉，武（讀母）巾切（真韻），説文「石之美者」，徐鍇曰「珉似玉而非也」。瑾，音饉，渠遴切（震韻）。説文：「瑾瑜，美玉也。」

韓信二句：蒙於介胄，爲士卒。行夫，行伍之夫。將，領兵。

莞芎棄於澤洲兮，瓟蠡蠹於筐簏。麒麟奔於九皋兮，熊羆羣而逸囿。（一〇）

囿，于六切（屋韻），簏囿爲韻。

莞芎二句：莞，音桓，胡官切（桓韻），王注「夫離也」。洪注：「本草：白芷一名莞，一名芙蘺。」芎，音穹，去宮切（東韻），王注「芎藭（藭）也。皆香草也」。廣韻：「根曰芎藭，苗曰麋蕪。」瓟，解見九懷思忠章五節。蠡，同蠡，盧啟切（薺韻），王注「瓢也」。洪注：「方言：『蠡，陳楚宋魏之間或謂之瓢（卷五）。』」説文：「瓢，蠡也。」徐鍇曰：「半破瓢以酌水爲蠡。」

麒麟二句：九皋，九表多數，非實指。詩小雅鶴鳴：「鶴鳴于九皋。」逸，勞逸的逸，逸游。

折芳枝與瓊華兮，樹枳棘與薪柴。掘荃蕙與射干兮，耘藜藿與蘘荷。（一一）

柴荷韻不叶，當有誤字。言樹，所樹者無論嘉木惡木，總是木苗能生長者。柴是小木散材，不可樹，而於薪惟言艾（刈）言采。且薪柴二字古不連用。柴字當是旁注，誤入正文。原當作薪樗，傳寫脫槾而誤入柴字。劉向用詩豳七月的薪槾，以爲薪槾二名連用，有如枳棘。説文薪蕘互訓，皆爲人所樵采者。七月的薪則作動詞。槾是惡木，故以爲薪。字从雩聲，雩从亏聲，亏古音如阿，槾荷韻叶。

掘荃蕙二句：洪注：「射音夜。」王注：「射干，香草。」荀子勸學云有木名射干，而云莖長四寸，還是草本。蘘，音瓤，汝陽切（陽韻）。王注：「蘘荷，蓴（匹各切，鐸韻）苴也。」洪注：「即大招所稱苴蓴也。」解見大招九節。

惜今世其紛異兮，遠近思而不同。或沈淪其無所達兮，或清激其無所通。（一二）

同通爲韻。

或清激句：説文：「清，朗也，澂（今寫澄）水之皃。」這裏取其澂義。又：「激，水礙衺疾波也。一曰：半遮也。」這裏取其遮礙義。故云清激無所通。

哀余生之不當兮，獨蒙毒而逢尤。雖謇謇以申志兮，君乖差而屏之。（一三）

尤之爲韻。

哀余生二句：離騷四五節：「哀朕時之不當。」惜誦九節：「紛逢尤以離謗兮。」又一八節：「恐重患而離尤。」惜往日五節：「被讒謗而見尤。」

雖謇謇二句：君，國君。屏，必郢切（静韻）。

誠惜芳之菲菲兮，反以兹爲腐也。懷椒聊之蔎蔎兮，乃逢紛以離詬也。（一四）

腐詬爲韻。

懷椒聊句：王注：「椒聊，香草也。」蔎，音設，識列切（薛韻）。王注：「蔎蔎，香皃。」

返遠爲韻。

歎曰：嘉皇既殁，終不返兮。山中幽險，郢路遠兮。（一五）

嘉皇二句：王注：「嘉，美也。皇，君也。」不返，謂嘉皇。王注以爲謂己不得還，非。

讒人諓諓，孰可愬兮？征夫罔極，誰可語兮？（一六）

愬語爲韻。

讒人二句：諓，音賤，才線切（線韻）。王注：「諓諓，讒言皃也。」可愬，第四句可語，都是動詞被動式。語，去聲，告。

行唫累欷，聲喟喟兮。懷憂含戚，何侘傺兮？（一七）

喟傺爲韻。

行唫二句：唫，用同吟，本異字。顔師古曰：「累，重也。欷，歔欷也。」（景十三王傳注）喟，丘愧切（至韻），又苦怪切（怪韻），歎聲。

懷憂二句：侘傺，解見離騷二四節。

愍命　愍一作閔，命一作念。

冥冥深林兮，樹木鬱鬱。山參差以嶃巖兮，阜杳杳以蔽日。（一）

鬱日爲韻。

冥冥二句：樹木連用作名詞，樹字用法已非古。

山參差二句：阜，説文「大陸，山無石也。」

悲余心之悁悁兮，目眇眇而遺泣。風騷屑以摇木兮，雲吸吸以湫戾。（二）

湫戾不是雙聲疊韻字，當依字義講。湫戾不成義，當有誤字。湫是揫的錯，揫或寫揪，手旁錯成水旁。

戾，練結切（屑韻），泣戾爲韻。

悲余心二句：遺，落。遺泣，落淚。

風騷屑二句：騷屑，雙聲字，風摇木聲。王注：「吸吸，雲動皃也。」揫，即由切（尤韻），説文「束也」，引詩「百禄是揫」（商頌長發）。今本詩作遒，解爲聚。王注「湫戾猶卷戾也」，湫不當有卷義，也是束聚的揫。洪注「戾，曲也。」按：聯繫雲動之意，揫戾當是雲之卷舒。

悲余生之無歡兮，愁倥傯於山陸。旦徘徊於長阪兮，夕仿偟而獨宿。（三）

陸宿爲韻。

悲余生二句：倥傯，苦貢、作弄切（皆送韻），疊韻字，廣韻「困皃」。陸，高平地（説文）。

髮披披以鬤鬤兮，躬劬勞而瘏悴。魂俇俇而南行兮，泣霑襟而濡袂。（四）

悴袂爲韻。

髮披披二句：鬤，音瓤，汝陽切（陽韻）。王注：「披披，鬤鬤，解（鬆）亂皃也。」按：鬤，即説文髶字，「亂髮也」，朱翺音乳逢（古讀龐）反，即茸音。瘏，音屠，同都切（模韻），説文「病也。詩曰：『我馬瘏矣。』」王注同。

魂俇俇句：俇，音誑，居況切（漾韻），徐鉉同，朱翺音溝唱反，同，説文「遠行也」。今本廣韻漾韻誤作俇，以往狂形近。養韻亦列俇字，引楚辭王注俇俇遑（今楚辭作惶）遽皃，求往切，洪音具往切，同。按：漾韻音是，俇俇，遠行皃。

心嬋媛而無告兮，口噤閉而不言。違郢都之舊閭兮，回湘沅而遠遷。（五）

言遷爲韻。

心嬋媛二句：嬋媛，解見離騷三三節。噤，巨禁切（沁韻），説文「口閉也」。

念余邦之横陷兮，宗鬼神之無次。閔先嗣之中絶兮，心惶惑而自悲。（六）

次悲爲韻。

念余邦二句：横，洪音户孟切。宗，動詞，祀於廟。次，處。王注以宗爲宗族，次爲次第，非。

聊浮遊於山陿兮，步周流於江畔。臨深水而長嘯兮，且倘佯而氾觀。（七）

畔觀爲韻。

興離騷之微文兮，冀靈脩之壹悟。還余車於南郢兮，復往軌於初古。（八）

悟古爲韻。

興離騷二句：微，𢼸的同音假借字。説文：「𢼸，妙也。」徐鍇曰：「此精微也。」靈脩，以爲君王，與屈賦用法不同。

道脩遠其難遷兮，傷余心之不能已。背三五之典刑兮，絶洪範之辟紀。（九）

已紀爲韻。

道脩遠二句：承上節「還余車復往軌」而言，道路長遠，遷就爲難，而心不能已。

背三五二句：這以下言闇君之所爲。三五，五帝及夏商周三王。王注以爲三皇五帝，可見其時已有三皇之説。而劉向時只有五帝三王。王注：「典，常。刑，法。洪範，尚書篇名，箕子所爲武王陳五行之道也。」辟紀，王注「法紀」。

播規榘以背度兮，錯權衡而任意。操繩墨而放棄兮，傾容幸而侍側。（一〇）

意古音乙（故肊从乙聲或意聲），洪注「意有臆音」，意側爲韻。

播規榘二句：王注：「播，棄。錯，置（放下）也。」

操繩墨二句：傾，動詞，盡其所有。容幸，名詞，容悦寵幸，謂諂佞嬖寵的人。

甘棠枯於豐草兮，藜棘樹於中庭。西施斥於北宮兮，仳倠倚於彌楹。（一一）

庭楹爲韻。

甘棠二句：王注：「甘棠，杜也。詩云：『蔽芾甘棠。』堂下謂之庭。言甘棠香美之木枯於草中，反種蒺藜棘刺之木滿於中庭。」

西施二句：斥，棄。北宮，後宮。仳（房脂切，房讀旁）倠（許維切，皆脂韻），疊韻字，說文「醜面也」，這裏與西施相對言，謂醜女。彌，滿。

烏獲戚而驂乘兮，燕公操於馬圉。蒯聵登於清府兮，咎繇棄而在壄。（一二）

圉壄爲韻。

烏獲二句：王注：「烏獲，多力士也。燕公，邵公也，封於燕。」

蒯聵二句：蒯，苦怪切；聵，五怪切（皆怪韻）。王注：「蒯聵，衛靈公太子也，不順其親。」清府猶言明堂，清是美辭。

蓋見茲以永歎兮，欲登階而狐疑。乘白水而高鶩兮，因徙弛而長詞。（一三）

疑詞爲韻。

乘白水二句：徙弛，疊韻字，斂退之皃。王注：「欲乘白水高馳而遠遊，遂清潔之志，因徙弛卻退而長訣也。」

歎曰：倘佯壚阪，沼水深兮。容與漢渚，涕淫淫兮。（一四）

深淫爲韻。

倘佯句：倘佯，第三句容與，皆動詞。壚，落胡切（模韻），說文「剛土也」。

容與句：王注：「漢，水名也。尚書曰：嶓冢導漾，東流爲漢。」

鍾牙已死，誰爲聲兮？纖阿不御，焉舒情兮？（一五）

聲情爲韻。

鍾牙句：王注：「鍾，鍾子期。牙，伯牙也。」

纖阿句：王注：「纖阿，古善御者。」

曾哀悽欷，心離離兮。還顧高丘，泣如灑兮。（一六）

離灑爲韻。離已非古音。

思古

悲余性之不可改兮，屢懲艾而不迻。服覺晧以殊俗兮，貌揭揭以巍巍。（一）

迻巍爲韻。

悲余性二句：艾，乂的同音假借字，音刈，魚肺切（廢韻），説文懲乂互訓。廣韻：「懲，戒也，止也。乂，困患爲戒。」迻，遷徙（説文），今借用移字。

服覺晧二句：覺，明（杜預左傳文四年注）。晧，胡老切（晧韻），説文「日出皃」。覺晧，猶今語鮮明，作服的表語。揭揭，居列切（月韻），軒揚皃。

譬若王僑之乘雲兮，載赤霄而淩太清。與天地參壽兮，與日月比榮。（二）

清榮爲韻。

譬若二句：霄，雲表。太清，高空，神仙所居。

登崑崙而北首兮，悉靈圉而來謁。選鬼神於太陰兮，登閶闔於玄闕。（三）

謁闕爲韻。

登崑崙二句：王注：「首，嚮。悉，盡也。靈圉，衆神也。」大人賦：「悉徵靈圉而選之兮。」按：靈圉，衆神所居。

選鬼神二句：選，遣（説文）。玄闕，天帝所居。

回朕車俾西引兮，褰虹旗於玉門。馳六龍於三危兮，朝西靈於九濱。（四）

門濱爲韻。

回朕車二句：褰，同搴，舉。虹旗，以虹爲旗。王注：「玉門，山名也。」

馳六龍二句：王注：「三危，西方山也。召西方之神會於大海九曲之涯也。」

結余軫於西山兮，横飛谷以南征。絶都廣以直指兮，歷祝融於朱冥。（五）

征冥爲韻。

結余軫二句：軫，音診，章忍切（軫韻），説文「車後横木也」，這裏指車。王注：「飛谷，日所行道也。」

絶都廣二句：王注：「都廣，野名也。」歷，過。洪注：「南海之神曰祝融。莊子曰：『南冥者，天池也。』」朱，南方色，故云朱冥。

枉玉衡於炎火兮，委兩館於咸唐。貫鴻濛以東朅兮，維六龍於扶桑。（六）

唐桑爲韻。

枉玉衡二句：王注：「枉，屈也。衡，車衡也。委，曲也。館，舍也。咸唐，咸沱也。」唐沱雙聲。

貫鴻濛二句：貫，穿過。王注：「鴻濛，氣也。」朅，丘竭切（薛韻），説文「去也」，這音今語猶存。維，繫。這裏以扶桑爲木名。

周流覽於四海兮，志升降以高馳。徵九神於回極兮，建虹采以招指。（七）

馳指爲韻。

徵九神二句：九神，九魁，謂北斗九星。解見前遠逝章二節。王注：「回，旋也。極，中也。」謂徵召北斗九星會於天之中。王注：「虹采，旗也。招指，指麾也。」

駕鸞鳳以上遊兮，從玄鶴與鷦明。孔鳥飛而送迎兮，騰羣鵠於瑶光。（八）

明古音芒，明光爲韻。

駕鸞鳳二句：從，即「從文貍」的從，解見山鬼二節。鷦明，解見九懷株昭章五節。

孔鳥二句：孔鳥，孔雀。洪注：「瑶光，北斗杓星也。」

排帝宮與羅囿兮，升縣圃以眩滅。結瓊枝以雜佩兮，立長庚以繼日。（九）

滅日爲韻。

排帝宮二句：王注：「羅囿，天苑。」説文：「眩，目無常主也。」「滅，盡也。」眩滅，目眩魂消。

結瓊枝二句：雜，合，配合。解見離騷七節。長庚，星名。王注：「立長庚之星以繼日光，晝夜常行。」

淩驚靁以軼駭電兮，綴鬼谷於北辰。鞭風伯使先驅兮，囚靈玄於虞淵。（一〇）

辰淵爲韻。

淩驚靁二句：淩，淩駕。軼，超軼。王注：「綴，係也。」鬼谷，衆鬼所居。

鞭風伯二句：王注：「靈玄，玄帝也。虞淵，日所入也。」

遡高風以低佪兮，覽周流於朔方。就顓頊而陳詞兮，考玄冥於空桑。（一一）

方桑爲韻。

遡高風二句：遡，泝的或體字。遡高風，向着高風，迎着高風。覽周流於朔方，上文有「周流覽於四海兮」（本章七節）。

就顓頊二句：王注：「玄冥，太陰之神，主刑殺也。空桑，山名也。」

旋車逝於崇山兮，奏虞舜於蒼梧。濟楊舟於會稽兮，就申胥於五湖。（一二）

梧湖爲韻。

旋車句：王注：「崇山，驩兜所放山也。」

濟楊舟二句：王注：「楊，木名也。詩云：『汎汎楊舟（小雅菁菁者莪，采菽）。』會稽，山名也。」

這二句與前二句各言二地二人。濟於會稽，爲奏大禹。然後就伍子胥於五湖。

見南郢之流風兮，殞余躬於沅湘。望舊邦之黯䵘兮，時溷濁猶未央。（一三）

湘央爲韻。

望舊邦句：黯，乙減切（蹥韻）。䵘，他感切（感韻）。黯䵘，疊韻字，王注「不明皃也」。

懷蘭茝之芬芳兮，妒被離而折之。張絳帷以襜襜兮，風邑邑而蔽之。（一四）

折蔽爲韻。

懷蘭茝二句：妒被離，解見哀郢一三節。之，代指蘭茝。

張絳帷二句：絳，大赤色。帷，帷幕，「在旁（周币）曰帷，在上曰幕」（説文）。襜襜，處占切（鹽韻），張皃。王注：「邑邑，微弱皃也。」之，代指帷。

日暾暾其西舍兮，陽炎炎而復顧。聊假日以須臾兮，何騷騷而自苦？（一五）

顧苦爲韻。

聊假日二句：須臾，疊韻字，同逍遥，音之轉。這裏是動詞，即離騷四九節「聊須臾以相羊」的須臾。騷騷，煩憂皃。

歎曰：譬彼雲龍，汎淫鴻溶，紛若霧兮。潺湲轇轕，雷動電發，馺高舉兮。（一六）

霧舉爲韻。

龍溶爲韻，轕發爲韻。

這種韻法，解見首章逢紛的歎曰。

譬彼三句：汎淫，解見九懷尊嘉章七節，這裏形容雲浮汎無定。鴻溶，疊韻字，形容龍騰。

潯湲三句：潯湲，疊韻字。轇轕，雙聲字。馺，蘇合切（合韻），説文「馬行相及也」。馺高舉，聯翩高舉。

升虚淩冥，棄濁浮清，入帝宫兮。摇翹奮羽，馳風騁雨，遊無窮兮。（一七）

宫窮爲韻。

冥清爲韻，羽雨爲韻。

升虚三句：王注：「登虚無，淩清冥，棄濁穢，入天帝之宫。」

摇翹三句：説文：「翹，尾長毛也。」

遠遊　遊一作逝。

王逸

王逸，字叔師，南郡人。漢安帝元初中爲校書郎，順帝時爲侍中。

九思

〔序〕九思者，王逸之所作也。逸南郡人，博雅多覽，讀楚辭而傷愍屈原，故爲之作解。又以自屈原終没之後，忠臣介士遊覽學者讀離騷九章之文，莫不愴然心爲悲感，高其節行，妙其麗雅。至劉向王襃之徒，咸嘉其義，作賦騁辭以讚其志。則皆列於譜録，世世相傳。逸與屈原同土共國，悼傷之情與凡有異，竊慕向襃之風，作頌一篇，號曰九思，以裨其辭。未有解説，故聊訓誼焉。（洪注：逸不應自爲注解，恐其子延壽之徒爲之爾。）

悲兮愁，哀兮憂。天生我兮當闇時，被諑譖兮虚獲尤。（一）

愁憂尤爲韻。

被諑譖句：被，動詞，受。諑，竹角切（覺韻）。譖，莊蔭切（沁韻）。虚，副詞。

心煩憒兮意無聊。嚴載駕兮出戲遊，周八極兮歷九州。（二）

聊，洪音留。聊遊州爲韻。

心煩憒句：憒，古對切（隊韻），説文「亂也」。

求軒轅兮索重華。世既卓兮遠眇眇，握佩玖兮中路躇。（三）

華古音在歌戈部；眇眇同邈邈，古音如莫，離騷邈樂爲韻；躇音辵，丑略切（藥韻）。華眇躇爲韻。

世既二句：原注：「卓，遠也。」躇，本義是公羊傳宣六年「躇階而走」的躇，急跨，今語搶步，這裏是辵的同音假借字。説文：「辵，乍行乍止也。」原注及洪音皆以爲躊躇字，非。

羨咎繇兮建典謨，懿風后兮受瑞圖。愍余命兮遭六極，委玉質兮於泥塗。（四）

謨圖塗爲韻。

羨咎繇二句：典謨，取義於尚書堯典皋陶謨，謂大經大法。懿，美詞。風后，原注「黄帝師，受天瑞者也」。

愍余命句：六極：一曰凶短折，二曰疾，三曰憂，四曰貧，五曰惡，六曰弱（尚書洪範）。

遽章違兮驅林澤，步屏營兮行丘阿。車軏折兮馬虺頹，惆悵立兮涕滂沱。（五）

澤古音如鐸，澤阿沱爲韻。

遽章違二句：章違，屏營，皆疊韻字。

車軏句：軏，五忽切（没韻），車轅耑持衡者。虺（音灰）頹，疊韻字，疲病皃。

思丁文兮聖明哲，哀平差兮迷謬愚。呂傅舉兮殷周興，忌嚭專兮郢吳虛。（六）

愚虛爲韻。

本節四句：說明君賢輔，闇主讒臣的四例。商王武丁舉傅說，周文王用呂望，楚平王信費無忌，吳王夫差任宰嚭（匹鄙切，旨韻）。聖明哲，迷謬愚，各作丁文與平差的表語。虛，成爲丘虛。原注以丁爲當，以虛爲空虛，非。

仰長歎兮氣餶結，悒殟絶兮咶復蘇。虎兕争兮於廷中，豺狼鬥兮我之隅。（七）

蘇隅爲韻。

仰長歎二句：洪注：「餶，於結切，與噎同，說文：飯窒也。」殟，烏没切（没韻）。殟絶，疊韻字，敗壞皃。咶，音括，古活切（末韻），說文作昏，「塞口也」。

雲霧會兮日冥晦，飄風起兮揚塵埃。走鬯罔兮乍東西，欲竄伏兮其焉如？（八）

埃如爲韻。

走鬯罔二句：鬯罔，疊韻字，走無路皃。如，往。

念靈閨兮出隩重深，願竭節兮隔無由。望舊邦兮路逶隨，憂心悄兮志勤劬。魂煢煢兮不遑寐，目脈脈兮寤終朝。（九）

劬从句聲，句古音鉤；朝音如周。由劬朝爲韻。

念靈閨句：這句與第三句結構同。靈閨，指君所。隩，音奥，烏到切（号韻），說文「水隈厓也」，這裏是障隔。

望舊邦句：逶隨，古音倭堶（戈韻），疊韻字，迂遠皃。

目眽眽句：眽眽，音脈，莫獲切（麥韻），原注「視皃也」，敳（五來切）視。

逢尤　逢一作見。

令尹兮謷謷，羣司兮譨譨。哀哉兮淈淈，上下兮同流。（一）

洪注以譨爲奴侯切，以就流字韻。按：農聲字無從讀入尤侯部。譨即廣韻冬韻的噥，音農，奴冬切，解爲「多言不中」。洪注也説「譨譨，多言也（皃）。」同流是流同的誤倒，在上在下，其流並同。譨同爲韻。

令尹二句：謷，五交切（肴韻）。原注：「謷謷，不聽話言而妄語也。羣司，衆僚。」

哀哉二句：淈，音骨，古忽切（没韻），説文「濁也」。淈淈，流濁皃。

菽藟兮蔓衍，芳藚兮挫枯。朱紫兮離亂，曾莫兮别諸。（二）

枯諸爲韻。

菽藟二句：藟，音壘，力軌切（旨韻）。原注：「菽藟，小草也。蔓衍，廣延也。」藚，許嬌切（宵韻），洪注：「本草：『白芷一名藚。』説文：『楚謂之蘺，晉謂之藚，齊謂之茝。』」

朱紫二句：莫，代詞，無人。諸，代詞，之。

倚此兮巖穴，永思兮窈窕。嗟懷兮眩惑，用志兮不昭。（三）

窕昭爲韻。

嗟懷句：原注：「懷，懷王也。」屈賦不明言懷王。

將喪兮玉斗，遺失兮鈕樞。我心兮煎熬，惟是兮用憂。（四）

樞讀如摳，樞憂爲韻。

將喪二句：原注：「鈕樞，所以校玉斗。」

進思兮仇荀，退顧兮彭務。擬斯兮二蹤，未知兮所投。（五）

思，仇，荀，退，今本皆誤，因形近。退字一寫復，誤成復。

務从敄聲，敄从矛聲，務投爲韻。

進思二句：洪注：「仇荀謂仇牧荀息。」宋萬弑宋閔公，及大夫仇牧，見春秋莊十二年。晉里克弑晉君卓，及大夫荀息，見僖十年。原注：「彭，彭咸；務，務光。皆古介士，恥受汙辱，自投於水而死也。」

擬斯句：原注：「擬，則也。蹤，跡也。」

謠吟兮中壄，上察兮璇璣。大火兮西睨，攝提兮運低。（六）

璣低爲韻。

謠吟二句：洪注：「北斗魁四星爲璇璣。」

大火二句：大火，心星也，以六月之昏加於地之南方，至七月之昏則下而西流矣（朱熹詩豳七月注），故曰西睨。洪注：「晉志：攝提六星，直斗杓之南，主建時節。」原注：「攝提運下，夜分之候。」

雷霆兮硠磕，雹霰兮霏霏。奔電兮光晃，涼風兮愴悽。（七）

霏悽爲韻。

雷霆二句：硠，魯當切（唐韻）。磕，説文作磕，苦蓋切（泰韻）。硠磕，這裏應當是疊字或雙聲疊韻字，而皆不是。司馬相如游獵賦（以爲子虛賦或上林賦者誤）：「礧石相擊，硠硠磕磕，若雷霆之聲。」以兩疊字狀石相擊聲，若雷霆。王逸取此文，以狀雷聲，而併簡兩疊字爲硠磕，二字聲韻皆無關，失去狀聲的作用。廣韻相承，亦以硠磕爲一詞（唐韻）。王與廣韻皆非。

奔電二句：光晃，疊韻字。愴悽，雙聲字。

鳥獸兮驚駭，相從兮宿棲。鴛鴦兮噰噰，狐貍兮徾徾。（八）

棲徾爲韻。

鴛鴦二句：噰噰，和鳴聲。洪注：「徾，釋文音眉。」徾徾，原注「相隨皃」。

哀吾兮介特，獨處兮罔依。螻蛄兮鳴東，蟊蠽兮號西。（九）

依西爲韻。

哀吾句：介，潔。特，獨。

螻蛄二句：洪注：「螻蛄，婁姑二音。蟊蠽，矛節二音。蟊，蟲食草根者。蠽，茅蜩，似蟬而小，青色。」

蛓緣兮我裳，蠋入兮我衣。蟲豸兮夾余，惆悵兮自悲。佇立兮忉怛，心結縎兮折摧。（一〇）

末句結字衍，是縎的旁注誤入正文。本章通爲五字句。

衣悲摧爲韻。

蛓緣二句：蛓，音刺，七賜切（寘韻），説文「毛蟲也」。緣，小蟲的行動。蠋，市玉切（燭韻），説文作蜀，「葵中蠶也」。

蟲豸句：豸，音褫，池爾切（紙韻），説文：「獸，長脊，行豸豸然，欲有所伺殺形。」爾雅釋蟲云「有足謂之蟲，無足謂之豸」，非。

佇立二句：忉，音刀，都牢切（豪韻）。怛，音妲，當割切（曷韻）。忉怛，雙聲字，憂心皃。縎，音骨，古忽切（没韻），説文「結也」。

怨上

周徘徊兮漢渚，求水神兮靈女。嗟此國兮無良，媒女詘兮謰謱。（一）

渚女謱爲韻。

周徘徊二句：漢渚，原注「漢水之涯」。靈女，原注「神女」。

嗟此二句：詘，拙。謰謱，洪注「音連縷，語亂也」，雙聲字。

鴳雀列兮譁讙，鴝鴿鳴兮聒余。抱昭華兮寶璋，欲衒鬻兮莫取。（二）

余取爲韻。

鴳雀二句：鴳，也寫鷃，音晏，烏澗切（諫韻），説文「雇也」。郭璞曰：「今鴳雀。」讙，音歡，呼官切（桓韻），説文讙譁互訓。譁讙雙聲字，今語諠（喧）譁。鴝（鸜）鴿，音劬欲。聒，音括，古活切（末韻），説文「讙語也」，廣韻「聲擾」。

抱昭華二句：原注：「昭華，玉名。」璋，説文：「剡（削）上爲圭，半圭爲璋。」衒，衙的或體，音縣，黄練切（霰韻），説文「行且賣也」，今語叫賣。鬻，賣的同音假借字。古音犢，今音育，余六切，皆屋韻，説文：「賣，衒也」，今語賣。莫，代詞，無人。

言旋邁兮北徂，叫我友兮配耦。日陰曀兮未光，闃睄窕兮靡睹。（三）

睄，正文作目旁，注文作日旁。據原注意，又洪注與宵同，宵是夜（説文），睄當作日旁。曶昧晚昏晻暗晦皆从日。

耦睹爲韻。

言旋邁二句：言，句首助詞。徂，退的或體，説文「往也」。説文：「叫，呼也。」

日陰曀二句：曀，解見九辯八章一節。闃，苦鶪切（錫韻），空寂。睄窕，疊韻字，原注「幽冥也（皃）」。

紛載驅兮高馳，將諮詢兮皇羲。遵河皋兮周流，路變易兮時乖。（四）

羲乖爲韻。羲已非古音，古音在歌戈部。

紛載驅二句：紛，句首助詞。諮詢，訪問。詩小雅皇皇者華：「載馳載驅，周爰咨詢。」是九思這二句所本。左傳襄四年：「訪問於善爲咨，咨親爲詢。」皇羲，稱伏羲。漢韓勑碑：「皇戲統華胥，承天畫卦。」皇羲皇戲同。

濿滄海兮東遊，沐盥浴兮天池。訪太昊兮道要，云靡貴兮仁義。（五）

池（沱）義爲韻。

濿滄海二句：濿，砅的或體，本是履石渡水，這裏義爲渡。詩邶匏有苦葉：「深則厲。」即此濿字。沐，洗髮。盥，音管，古滿切（緩韻），洗手。浴，洗身。

訪太昊二句：原注：「太昊，東方青帝也。」訪太昊問道之要，太昊説没有比仁義貴重的。

志欣樂兮反征，就周文兮邠岐。秉玉英兮結誓，日欲暮兮心悲。（六）

岐悲爲韻。

志欣樂二句：征，延的或體，正行（説文）。反征，上節説東遊，反征便是西行。就，動詞。孟子梁惠王下：「昔者大王（文王的祖父）居邠，狄人侵之，去，之岐山之下居焉。」

惟天禄兮不再，背我信兮自違。踰隴堆兮渡漠，過桂車兮合黎。（七）

漢字一作漢，誤。漠前面説踰隴，自是沙漠。

違黎爲韻。

惟天禄二句：原注：「福不再至，年歲一過則終訖也。」若背我誠信，是違己心。

踰隴堆二句：隴，力踵切（腫韻），大阪（坡者曰阪）名，在天水（據説文）。堆，自的今寫，小阜（説文）。漠，沙漠。原注：「桂車，合黎，皆西方山之名。」

赴崑山兮馽騄，從邛遨兮棲遲。吮玉液兮止渴，齧芝華兮療飢。（八）

馽，原注及洪注皆以爲訓「絆馬」的馽（或體爲縶），動詞，非。字誤，本是「从馬二其足」（説文）的馬（兩短横）。這馽（即縶）馬（音注）二字，還有不用了的「馬一歲」的馬（一短横，音環），真書没有分明的寫法，極易混誤。馬字，廣韻作馵，之戍切（遇韻），説文：「馬後左足白。从馬，二其足，讀若注。易曰：『爲馵足。』指事。」易説卦傳：「震，其於馬也爲善鳴，爲馵足，爲作足，爲的顙。」馵足即説文的馬後左足白。的顙，説文：「馰，馬白額也。从馬，的省聲。一曰：駿也。易曰：『爲馰顙。』」言馵足猶言的顙，皆良馬。這裏馽字是馵的誤。參看七諫「亂曰」二節「要馵」校釋。

遲飢爲韻。

赴崑山二句：原注：「崑山，崑崙也。騄（力玉切，燭韻），駿馬名。」洪注以爲騄耳。這裏馵騄並舉，皆良馬。原注：「邛，獸名。遨，遊也。」洪注：「邛謂邛邛，駏虚也。」

居嵺廓兮尠疇，遠梁昌兮幾迷。望江漢兮濩渃，心緊絭兮傷懷。（九）

迷懷爲韻。

居嵺廓二句：洪注：「嵺音寥。」原注：「嵺廓，空洞而無人也。」九辯云「獨處廓」。尠，息淺切

（獮韻），説文「是少也」。俗寫尠，今借鮮。疇，類，匹。梁昌，疊韻字，原注：「蹈據失所也（皃）。」望江漢二句：濩渃，洪音穫若，疊韻字，原注「大皃也」。絭，居願切（願韻），説文「攘臂繩也」，廣韻「弦也」。

時朏朏兮且旦，塵莫莫兮未晞。憂不暇兮寢食，吒增歎兮如雷。（一〇）

塵是誤字，與晞義不屬。據原注，本作霧。按：當作露。詩小雅湛露：「湛湛露斯，匪陽不晞。」古詩：「朝露待日晞。」古樂府：「薤上露，何易晞？」

晞雷爲韻。

時朏朏二句：朏，音斐，敷尾切（尾韻），説文「月未盛之明也」。朏朏，狀天方明時，光尚微弱。且旦，將旦。旦，日初出。晞，説文「乾也」。

憂不暇二句：吒，陟駕切（禡韻），説文「噴也，叱怒也」。徐鍇曰：「蜀書諸葛亮奏：『彭羕舉頭視屋，噴吒作聲』是也。」

疾世　世一作俗。

哀世兮睩睩，諓諓兮嗌喔。衆多兮阿媚，骫靡兮成俗。（一一）

喔俗爲韻。

哀世二句：睩，洪音禄。嗌喔，洪音益屋。原注：「睩睩，視皃。諓諓，竊言。嗌喔，容媚之聲。」

眾多二句：阿，烏何切（歌韻），曲從，依順。骫，字右旁九，校見招隱士八節。音委，於詭切（紙韻）。骫靡，疊韻字，原注「面柔也（皃）」。

貪枉兮黨比，貞良兮煢獨。鴟竄兮枳棘，鵜集兮帷幄。（二）

獨幄爲韻。

鴟竄二句：鵜，鶙的或體，音提，杜奚切（齊韻），説文：「鶙胡，污澤也。」

蘮蒘兮青蔥，槀本兮萎落。覩斯兮僞惑，心爲兮隔錯。（三）

槀字當作稾，从禾。稾本，校釋見九歎怨思章一〇節。此文稾本出於誤解誤用。荀子大略「蘭茝稾本」，謂蘭茝之稾本，即蘭茝的稈。晏子春秋内篇雜上作「蘭本」。王逸誤解爲蘭茝與稾本，皆香草，致誤用。原注便云「稾本，香草也」，亦誤。

落錯爲韻。

蘮蒘二句：蘮，居例切（祭韻）。蒘，廣韻作蕠，女余切（魚韻）。廣韻：「蘮蕠，似芹。」

覩斯二句：僞，失真。心爲，下省之字。

逡巡兮圃藪，率彼兮畛陌。川谷兮淵淵，山昆兮峉峉。（四）

陌峉爲韻。

逡巡二句：畛，章忍切（軫韻），説文「井田間陌也」。

川谷二句：洪注：「昆即阜字。峉音額，〔峉峉〕山高大皃。」

叢林兮崯崯，株榛兮岳岳。霜雪兮漼溰，冰凍兮洛澤。（五）

澤古音如鐸，岳澤爲韻。

叢林二句：崯崯，岳岳，猶招隱士的崯崯，峨峨。招隱士形容白鹿麏麚，這裏形容叢林株榛。

霜雪二句：漼溰，洛澤，皆疊韻字。洪注：「漼音摧，溰，五來切，霜雪積聚皃。」洛澤，也寫洛澤，冰皃。

東西兮南北，罔所兮歸薄。庇廕兮枯樹，匍匐兮巖石。（六）

石古音如槖，薄石爲韻。

東西二句：罔，無。所，處。薄，近，附。

庇廕二句：廕，蔭的俗寫。徐鍇蔭字解曰：「草所庇也。」二句説庇蔭於枯樹，匍匐於巖石。

踡跼兮寒局數（七）

這一節脱文，只剩此六字。前後各節皆四句，不誤。洪考異：「一云踡跼兮數年，一云踡跼兮寒風數。」亦不能全。

獨處兮志不申，年齒盡兮命迫促。魁壘擠摧兮常困辱，含憂强老兮愁不樂。（八）

促樂爲韻。

魁壘二句：魁壘，疊韻字，洪注：「魁，苦罪切。壘音磊。魁壘，盤結也（皃）。」强老，勉强退老。

鬒髮薴顇兮顠鬢白，思靈澤兮一膏沐。懷蘭英兮把瓊若，待天明兮立躑躅。（九）

白若爲韻，沐躅爲韻。

鬒髮二句：洪注：「薴音獰，艸亂也。顇音悴，顦顇也。顠，匹沼切（沼今本誤作沿），髮亂皃。」

原注：「靈澤，天之膏潤也。」

懷蘭英二句：若，杜若。躑躅，直炙（昔韻）、直録切（燭韻），洪音丈隻、丈局切（丈今本誤作文），同，雙聲字，義同踟躕，行不進皃。

雲蒙蒙兮電儵爍，孤雌驚兮鳴呴呴。思怫鬱兮肝切剥，忿悁悒兮孰訴告？（一〇）

爍剥爲韻，呴告爲韻。呴音雊，在候韻，告在号韻，古通。

雲蒙蒙句：儵，式竹切（屋韻）。爍，書藥切（藥韻）。儵爍，雙聲字，原注「疾也（皃）」。

思怫鬱二句：怫，符弗切（物韻）。悁，於緣切（仙韻）。

憫上　憫一作閔。

悼屈子兮遭厄，沈王躬兮湘汨。何楚國兮難化，迄于今兮不易？（一一）

王字是玉之誤。玉躬猶云「玉體」（戰國策趙四）。原注「賢者質美，故以比王」，誤。

汨易爲韻。

士莫志兮羔裘，競佞諛兮讒閲。指正義兮爲曲，訿璧玉兮爲石。（一二）

鬩石爲韻。石已非古音。

士莫二句：莫，代詞，無人。志，動詞。羔裘，取詩鄭羔裘之意。羔裘之一章曰：「舍命不渝。」二章曰：「邦之司直。」三章曰：「邦之彦兮。」鬩，許激切（錫韻），説文「恆訟也」，所以這裏讒鬩連用。

指正義二句：訿，説文作呰，音紫，將此切（紙韻），呰毁，説壞話。

鴟鶻遊兮華屋，鵕鸃棲兮柴蔟。起奮迅兮奔走，違羣小兮謑訽。（三）

蔟古音奏，廣韻倉奏切（候韻），荀子「節奏」，富國，樂論作奏，非相作族。漢書律曆志上：「族，奏也。」蔟訽爲韻。

鴟鶻二句：鴟，鶻，本是鴡雕的籀文，今常用。這裏的鴟，今本正文作鴟，注文作鵰，以俗寫作鵰，互旁又誤成歹旁。鴟，惡鳥。鶻，鷙鳥。鵕，私閏切（稕韻），鸃，魚羈切（支韻）。説文：「鵕鸃，鷩（並列切，薛韻，赤雉）也。」蔟，叢。

起奮迅二句：謑，胡禮切（薺韻），説文「恥也」。訽，詬的或體，呼漏切（候韻），説文：「謑詬，恥也。」

載青雲兮上升，適昭明兮所處。躡天衢兮長驅，踵九陽兮戲蕩。（四）

處蕩韻不叶，戲蕩是蕩戲的誤倒。戲从䖒聲，䖒从虍聲，處亦从虍聲，處戲爲韻。

載青雲二句：原注：「昭明，日暉。」

躡天衢二句：躡，音聶，尼輒切（葉韻），説文「蹈也」。原注：「九陽，日出處也。」

越雲漢兮南濟，秣余馬兮河鼓。（五）

本節脱二句。

洪注：「晉志曰：河鼓三星，在牽牛北。」

雲霓紛兮晻翳，參辰回兮顛倒。逢流星兮問路，顧我指兮從左。（六）

倒左爲韻。倒讀䩤（丁可切，哿韻），是故楚地讀音。

雲霓二句：晻，烏感切（感韻）。原注：「參辰皆宿名。」

徑娵觜兮直馳，御者迷兮失軌。遂踢達兮邪造，與日月兮殊道。（七）

軌从九聲，道首亦聲，軌道爲韻。

徑娵觜句：娵，子于切（虞韻）。觜，音貲，即移切（支韻）。娵觜，星名。洪注：「爾雅：『娵觜之口，營室東壁也。』」

遂踢達句：遂，終究。踢達，雙聲字，原注「誤過也」。邪，造的狀語，不由正道。造，就，往。

志閼絶兮安如？哀所求兮不耦。攀天階兮下視，見鄢郢兮舊宇。（八）

耦从禺聲，耦宇爲韻。

志閼絶二句：閼，音遏，烏葛切（曷韻），説文「遮壅也」。如，往。耦，合。

攀天階二句：洪注：「鄢，於建切（願韻），地名，在楚。音偃（阮韻）者在鄭，音焉（於乾切，仙韻）者在潁川。」

意逍遥兮欲歸，衆穢盛兮沓沓。思哽咽兮詰詘，涕流瀾兮如雨。（九）

沓雨爲韻。

遭厄

嗟嗟兮悲夫，殽亂兮紛挐。茅絲兮同綜，冠屨兮共絇。（一）

紛挐字當作拏。拏義是牽引（説文、鉉鍇二本並同），故紛拏連用。這裏説殽亂紛拏，正是牽引義的拏字。挐字形音義皆不同。説文：「挐，持也。」（鉉鍇二本並同）義是持，故攫挐連用。揚雄解嘲：「攫挐者亡。」挐五臣音女加切，是。攫挐疊韻，執權用勢之皃。這裏拏絇爲韻，洪音拏女居切，與奴音一致，與押韻合。

拏挐二字説文篆及説解皆不誤，玉篇廣韻及徐鉉朱翺注音及顔注皆混淆。段玉裁以爲二篆「互譌」，改以二篆互易，尤誤。

茅絲二句：綜，子宋切（宋韻。讀宗音者非）。綜是織機上的一種織具，經縷通過綜和簆（音寇）。綜綫製，簆竹製。兩綜銜經縷，織時交互上下，梭帶緯縷往返穿過，由簆拍緊成布。絇，音劬，其俱切（虞韻），説文「纑繩絇也」。

督萬兮侍宴，周邵兮負芻。白龍兮見䠶，靈龜兮執拘。（二）

芻拘爲韻。

督萬二句：原注：「華督宋萬二人，宋大夫，皆弑其君者也。」弑君事各在春秋桓二年，莊十二年。周邵，周公召公。刴，刈割的草。

白龍二句：龍黿皆靈物。

仲尼兮困厄，鄒衍兮幽囚。伊余兮念兹，奔遁兮隱居。（三）

囚居爲韻。

仲尼二句：原注：「仲尼聖人而厄於陳蔡也。鄒衍賢人而爲佞邪所攝，齊遂執之。」

伊余句：伊，句首助詞。

將升兮高山，上有兮猴猿。欲入兮深谷，下有兮虺蛇。（四）

本節意思句法整齊對稱，而韻句無論作猴猿作猿猴，蛇字無論讀它讀移，韻皆不叶。假使作猿猴，依顧炎武説侯聲字古音胡，蛇讀移，以u與i疊韻關係押韻，亦非。顧説見詩本音鄘載馳，以侯音胡，叶驅，其下別爲一韻，誤。按：驅古音如彄摳（蓲同），載馳一章驅侯悠漕憂叶，全章一韻。本節山猿爲韻，谷蛇爲韻。蛇讀移，已非古音。

左見兮鳴鵙，右睹兮呼梟。惶悸兮失氣，踊躍兮距跳。（五）

梟跳爲韻。

左見二句：鳴，呼，皆作定語。鵙，古闃切（錫韻），伯勞。

惶悸二句：踊躍，距跳，猶左傳僖二十八年的「距躍，曲踊」。杜注：「距躍，超越也。曲踊，跳踊也。」

便旋兮中原，仰天兮增歎。菅蒯兮壄莽，雚葦兮仟眠。（六）

歎眠爲韻。

便旋二句：旋與便旋，皆謂小便，這裏是蔑污之意。

菅蒯二句：菅，古顔切（删韻），説文「茅也」。蒯，説文作蒯，苦怪切（怪韻），説文「草也」。逸詩：「雖有絲麻，無棄菅蒯。」（左傳成九年）雚，音桓，胡官切（桓韻），説文「薍也」。作藿萑皆誤。葦，説文「大葭也」。仟眠，疊韻字，茂密皃。

鹿蹊兮躖躖，貒貉兮蟫蟫。鸇鷂兮軒軒，鶉鴾兮甄甄。（七）

蟫甄爲韻。

鹿蹊二句：躖，説文作𨆪，吐緩切（緩韻），説文「踐處也」。躖躖，行速皃。貒，音湍，他端切（桓韻），説文「獸也」，徐鍇曰：「爾雅注：貒，豚，一名貛。」野豬。貉，古音恪，徐鍇曰「古音鶴也」，是恪音的輕讀，今莫白切（陌韻），廣韻「北方獸」。洪注：「蟫，淫潭二音。」原注：「蟫蟫，相隨之皃。」

鸇鷂二句：鸇，音氈，諸延切（仙韻），説文「鷐風也」。軒軒，高舉皃。鶉，説文作䳼。鴾，雒的或體，烏含切（覃韻）。今寫鵪鶉。原注：「甄甄，小鳥飛皃。」

哀我兮寡獨，靡有兮齊倫。意欲兮沈吟，迫日兮黄昏。（八）

倫昏爲韻。

玄鶴兮高飛，曾逝兮青冥。鶬鶊兮喈喈，山鵲兮嚶嚶。鴻鸕兮振翅，歸鴈兮于征。（九）

冥嚶征爲韻。

鴻鸕二句：原注：「鸕，鸕鷀也。」于，助詞。

吾志兮覺悟，懷我兮聖京。垂屣兮將起，跓竢兮碩明。（一〇）

悼亂　一作隱思，一作散亂。

京明爲韻。

吾志二句：我，作聖京的定語。

垂屣二句：洪注：「跓，竹句切，停足。」説文：「竢，待也。」徐鍇曰：「立而待之也。」碩，大。

惟昊天兮昭靈，陽氣發兮清明。風習習兮龢煖，百草萌兮華榮。（一）

明榮爲韻。

堇荼茂兮扶疏，蘅芷彫兮瑩嫇。愍貞良兮遇害，將夭折兮碎糜。（二）

嫇糜韻不叶。詩大雅生民有糜字，舊音門，或王逸讀糜爲糜，以叶嫇韻。

堇荼二句：堇，音謹，居隱切（隱韻），説文「艸也」。徐鍇曰：「詩所謂堇荼如飴，然則此菜味苦也。」扶疏，疊韻字，茂盛皃。彫同凋。瑩嫇，説文作嬰嫇，廣韻作嫈嫇（烏莖、莫經切，耕青韻），疊韻字，小心態（説文嫈解）皃，形容萎敗。

時混混兮澆饡，哀當世兮莫知。覽往昔兮俊彥，亦詘辱兮係纍。（三）

知纍爲韻。

時混混二句：饡，音贊，則旰切（翰韻），説文「以羹澆飯也」。

管束縛兮桎梏，百貿易兮傳賣。遭桓繆兮識舉，才得用兮列施。（四）

傳賣的賣是貝部訓「衒」的賣，余六切（屋韻），不是今買賣的賣。

賣施爲韻。

管束縛二句：原注：「管，管仲。百，百里奚也。管仲爲魯所囚，齊桓釋而任之。百里奚，晉徒役，秦繆以五羖之皮贖之，爲相也。」桎，之日切（質韻），説文「足械也」。梏，古沃切（沃韻），説文「手械也」。傳賣即轉鬻。二句用詞義重。

遭桓繆二句：才，才能的才。

且從容兮自慰，玩琴書兮遊戲。迫中國兮迮陿，吾欲之兮九夷。（五）

戲夷爲韻。

迫中國二句：迮，音窄，側伯切（陌韻），廣韻「迫迮」。原注：「子欲居九夷，疾時之言也。」

超五嶺兮嵯峨，觀浮石兮崔嵬。陟丹山兮炎野，屯余車兮黃支。（六）

嵬支爲韻。

超五嶺二句：五嶺，泛指。原注：「東海有浮石之山。」

陟丹山二句：原注：「丹山，炎野，皆在南方也。黄支，南極國名也。」

就祝融兮稽疑，嘉己行兮無爲。乃回朅兮北逝，遇神嬙兮宴娭。（七）

爲娭爲韻。爲已非古音。

就祝融二句：原注：「祝融，赤帝，〔南方〕之神。」

乃回朅二句：朅，丘竭切（薛韻），説文「去也」。嬙，徐鉉音式吹切，朱翺式垂反，同，説文「愚戇多態也」。這裏作神的表語，形容神的態如此而宴娭。娭，徐鉉朱翺皆音遏在切，上聲海韻，説文「戲也」。這裏讀戲音。原注以嬙爲「北方之神名」，非。

欲静居兮自娱，心愁戚兮不能。放余轡兮策駟，忽風騰兮雲浮。（八）

能讀耐，能浮爲韻。

欲静居二句：能，動詞。

蹠飛杭兮越海，從安期兮蓬萊。緣天梯兮北上，登太一兮王臺。（九）

王，當作玉。注文意是，字皆誤。

萊臺爲韻。

蹠飛杭二句：説文：「楚人謂跳躍曰蹠。」杭，説文作斻，「方舟也」，徐鍇曰：「方，並也。方舟，並兩船也。」杭本爲抗的或體，作斻是借字，今寫航。原注：「安期生，仙人名也。蓬萊，海中山名也。」

緣天梯二句：原注：「太一，天帝。所在以玉爲臺也。」

使素女兮鼓簧，乘戈龢兮謳謠。聲嗷誂兮清和，音晏衍兮要婬。（一〇）

戈，當作弋。詳下釋。

謠婬爲韻。

使素女二句：素女，乘弋，皆仙女。洪注：「張晏云：玉女，青要乘弋等也。戈字作弋。」以玉女非專名。龢，去聲，今寫和。

聲嗷誂二句：嗷，音叫，古弔切，誂，同咷，他弔切（皆嘯韻），疊韻字，廣韻：「叫咷，楚聲。」徐鍇曰：「漢書『嗷咷楚歌』是也。」晏衍，疊韻字，悠長皃。要音腰，婬音謠。要婬，雙聲兼疊韻字，柔婉皃。二句皆形容樂歌的聲音。

咸欣欣兮酣樂，余眷眷兮獨悲。顧章華兮太息，志鬱鬱兮依依。（一一）

悲依爲韻。

顧章華句：原注：「章華，楚臺名也。」

傷時

旻天兮清涼，玄氣兮高朗。北風兮潦烈，草木兮蒼黃。（一）

涼朗黃爲韻。

旻天二句：旻，武（讀母）巾切（真韻），說文「秋天也」。玄，天之色。玄氣，謂青天。

北風二句：潦烈，雙聲字。蒼黃，疊韻字。

蚒蚗兮噍噍，蝍蛆兮穰穰。歲忽忽兮惟暮，余感時兮悽愴。（二）

穰愴爲韻。

蚒蚗二句：蚒，也寫蛜，於脂切（脂韻）。蚗，古穴切（屑韻），徐鉉於悅切。說文：「蚒蚗，蛁蟟也。」噍，音焦，即消切（宵韻）。噍噍，鳴聲。蝍，資悉切（質韻）。蛆，子魚切（魚韻）。廣韻：「蝍蛆，食蛇蟲。」穰穰，原注「將變皃」。

歲忽忽二句：悽愴，雙聲字。

傷俗兮泥濁，矇蔽兮不章。寶彼兮沙礫，捐此兮夜光。（三）

章光爲韻。

寶彼二句：原注：「夜光，明珠也。」

椒瑛兮涅汙，葈耳兮充房。攝衣兮緩帶，操我兮墨陽。（四）

房陽爲韻。

椒瑛二句：椒瑛，椒花。瑛，玉光。涅，奴結切（屑韻），汙染。葈，枲的俗寫，胥里切（止韻）。原注：「葈耳，惡草名也。」

攝衣二句：說文：「攝，引持也。」緩，鬆。原注：「墨陽，劍名。」

升車兮命僕，將馳兮四荒。下堂兮見蠆，出門兮觸蠭。（五）

蠭古音人名蠭門的蠭，荒蠭爲韻。

升車二句：僕，御。原注：「四裔謂之四荒。」

下堂二句：蠆，本作萬，丑犗切（央韻），徐鉉丑芥切，同，説文虫部「毒蟲也」。蜂蠆常連用。與内部願韻單訓蟲的萬字異。蠭，説文作蠭，「飛蟲螫人者」，今寫蜂。

巷有兮蚰蜒，邑多兮螳螂。睹斯兮嫉賊，心爲兮切傷。（六）

螂傷爲韻。

俛念兮子胥，仰憐兮比干。投劒兮脱冕，龍屈兮蜿蟤。潛藏兮山澤，匍匐兮叢攅。（七）

干蟤攅爲韻。

俛念句：俛，今寫俯。

投劒二句：蟤，莊緣切（仙韻）。蜿蟤，疊韻字，夭曲皃。

潛藏二句：叢，聚。攅，促。

窺見兮溪澗，流水兮沄沄。黿鼉兮欣欣，鱣鮎兮延延。（八）

沄延爲韻。

窺見二句：沄，玉分切（文韻）。沄沄，轉流皃。

黿鼉二句：鼉，徒河切（歌韻）。鱣，同鱓，常演切（獮韻）。鮎音黏。

羣行兮上下，駢羅兮列陳。自恨兮無友，特處兮煢煢。（九）

陳煢爲韻。

特處句：特，獨。

冬夜兮陶陶，雨雪兮冥冥。神光兮熲熲，鬼火兮熒熒。（一〇）

冥熒爲韻。

神光句：熲，古迥切（迥韻）。熲熲，光燿皃。

脩德兮困控，愁不聊兮遑生？憂紆兮鬱鬱，惡所兮寫情？（一一）

生情爲韻。

脩德二句：控，引（說文）。困控，原注「言無引己也」。遑，原注「暇」。

憂紆二句：惡所，何處。寫，抒發。

哀歲

陟玉巒兮逍遥，覽高岡兮嶢嶢。桂樹列兮紛敷，吐紫華兮布條。（一）

嶢條爲韻。

陟玉巒二句：巒，小而鋭的山。玉作定語。原注以玉巒爲崑崙山，非。嶢，音堯，五聊切（蕭韻）。

實孔鸞兮所居，今其集兮惟鴞。烏鵲驚兮啞啞，余顧瞻兮怊怊。（二）

鴞怊爲韻。

實孔鸞二句：實，副詞。孔，孔雀。集，止。

烏鵲二句：啞啞狀驚鳴聲，當讀於加切（麻韻）。怊，音超，敕宵切（宵韻）。怊怊，悵恨皃。

彼日月兮闇昧，障覆天兮祲氛。伊我后兮不聰，焉陳誠兮效忠？（三）

氛忠爲韻。

彼日月二句：祲，子心切（侵韻），廣韻「日傍氣也」。

伊我后二句：伊，句首助詞。后，君。焉，疑問副詞。

攄羽翮兮超俗，遊陶遨兮養神。乘六蛟兮蜿蟬，遂馳騁兮陞雲。（四）

神雲爲韻。

攄羽翮二句：攄，丑居切（魚韻），舒展。陶遨，疊韻字，原注「心無所繫」。

乘六蛟句：蜿蟬，疊韻字，狀六蛟的行動。

揚彗光兮爲旗，秉電策兮爲鞭。朝晨發兮鄢郢，食時至兮增泉。（五）

鞭泉爲韻。

揚彗光二句：電策，謂電的光道。

朝晨二句：增泉，傳説中水名。原注以爲天漢，非。下句説繞曲阿，不當是天漢。

繞曲阿兮北次，造我車兮南端。謁玄黄兮納贄，崇忠貞兮彌堅。（六）

端堅爲韻。

謁玄黄句：玄，天。黄，地。原注以玄黄爲中央之帝，非。

歷九宫兮徧觀，睹祕藏兮寶珍。就傅説兮騎龍，與織女兮合婚。（七）

珍婚爲韻。

歷九宫句：原注：「九宫，天之宫也。」

舉天畢兮掩邪，彀天弧兮駃姦。隨真人兮翺翔，食元氣兮長存。（八）

姦存爲韻。

舉天畢二句：原注：「畢，宿名也。弧，亦星名也。」畢爲田網，故云舉以掩邪。弧矢以射，故云彀以射姦。

隨真人二句：原注：「元氣，天氣。」

望太微兮穆穆，睨三階兮炳分。相輔政兮成化，建烈業兮垂勳。（九）

分勳爲韻。

望太微二句：原注：「太微，天之中宫。」三階，謂斗魁下泰階三階，上階中階下階各有上下二星。（見漢書東方朔傳應劭注）

日瞀瞀兮西没，道遐迥兮阻歎。志稸積兮未通，悵敞罔兮自憐。（一〇）

日字今本作目，涉下瞀字而誤。

歎憐爲韻。

日瞀瞀二句：日暮途遠。

志稸積二句：稸，蓄的俗寫。説文：「蓄，積也。」敞罔，疊韻字。

守志

亂曰：天庭明兮雲霓藏，三光朗兮鏡萬方。斥蜥蜴兮進龜龍，策謀從兮翼機衡。配稷契兮恢虞功，嗟英俊兮未爲雙。

藏方龍衡功雙爲韻。

天庭二句：三光，日月星。鏡，動詞。

斥蜥蜴二句：機衡，機即璣。尚書帝典：「在璿璣玉衡，以齊七政。」璿，音旋。璿、璣、玉衡，指北斗七星。璿、璣是魁中的二星，玉衡是斗柄。七政，春、秋、冬、夏、天文、地理、人道，是所以爲政的。（據尚書大傳唐傳）

附録

駁反訓

訓詁學家有一個説法：正反兩義並訓。簡説反義爲訓，又簡説反訓。今日訓詁學的講授及論述無不承襲這個説法，以爲定論，承認那是一種語言現象。這極可怪。語言尚嚴密，一字果能反訓，語言怎樣達意？人類的語言還有什麽作用？

所謂反訓是從亂訓治一類情形來的。論語泰伯載武王曰「予有亂臣（據釋文，臣字衍）十人。」馬融解亂爲治。後人以這裏當訓治，就不去探究根源。有人知道的，朱熹説：「或曰亂本作乿，古治字也。」説「亂本作乿」，還是誤以亂爲敽。若這或曰的學者及朱熹由此而澈底地鑽研，可能就得出結果了。

這裏且舉兩個名家的説法，一是注爾雅的郭璞，一是注説文的段玉裁。

郭璞説：「肆既爲故又爲今；今亦爲故，故亦爲今。此義相反而兼通者。」（釋詁注）

又説：「以徂爲存猶以亂爲治，以曩爲曏，以故爲今。此皆詁訓義有反覆旁通，美惡不嫌同名。」（同上）

段玉裁説：「古謂存之爲置，棄之爲廢，亦謂存之爲廢，棄之爲置。廢之爲置如徂之爲存，苦之爲

快，亂之爲治，去之爲藏。」（广部廢字注）

又說：「偭訓鄉亦訓背，此窮則變，變則通之理，如廢置，徂存，苦快之例。」（人部偭字注）

又說：「擾得訓馴猶亂得訓治，徂得訓存，苦得訓快，皆窮則變，變則通之理也。」（手部擾字注）

又說：「顛爲最上，倒之則爲最下。」（頁部顛字注）

語言文字，「義相反」的絕不可「兼通」。引申義就是「旁通」，義反絕不可「通」，「美」與「惡」絕不可「同名」。「窮則變，變則通」說的不是語言文字，不得用來解釋語言文字現象。語言文字中絕無正反並訓之理。

下面就郭段所舉諸例，分十組一一駁正：

（一）所謂「肆既爲故又爲今；今亦爲故，故亦爲今」「以故爲今」：

爾雅釋詁：「肆，故也。肆，故今也。」據詩傳及箋，故今二字連文，釋詁這話直是從傳箋抄來的。郭誤將故今二字斷開，讀成「故，今也」，致有「今亦爲故，故亦爲今」的誤解。

至於「肆既爲故又爲今」的說法，則須考究肆的義和用法。肆字尚書與詩三百篇用了不少：

一、作長或大講：

尚書牧誓：「昏棄厥肆祀弗答。」肆是大。

多士：「予惟率肆矜爾。」肆是大。論衡雷虛引肆作夷可證。肆从隶聲，夷音荑，肆夷古音很近。

詩大雅崧高：「其風肆好。」傳：「肆，長也。」

周頌雝：「相予肆祀。」與牧誓肆祀同。

二、作縱講：

帝典：「眚災肆赦。」肆是縱。史記作過，非。

三、作鬄講：

大雅大明：「肆伐大商。」肆是鬄，即大雅抑「用逷蠻方」的逷，魯頌泮水「狄彼東南」的狄，狄韓詩作鬄，即鬄。逷狄都不是遠。「肆伐大商」猶云「翦商」（魯頌閟宫）。傳解肆爲疾，箋解爲故今，皆非。

皇矣：「是伐是肆。」伐與肆即大明的肆伐。傳解肆爲疾，非。

四、作設置講：

小雅楚茨：「或肆或將。」傳：「肆，陳。」

大雅行葦：「或肆之筵，……肆筵設席。」肆即設。傳：「肆，陳也。」

五、作遂講：

帝典：「肆類于上帝，……肆覲東后。」肆是遂。見史記五帝紀。

梓材：「肆徂厥敬勞。……肆亦見厥君事。」肆是遂。孫星衍疏據釋詁解肆作今，非。

六、作故講：

無逸：「肆中宗之享國七十有五年。……肆高宗……肆祖甲……」肆是故。見史記魯世家。

七、作既講：

梓材：「肆往姦宄殺人歷人，宥。」肆往，既往。

大雅緜：「肆不殄厥愠，亦不隕厥問。」肆是既。傳：「肆，故今也」，非。

八、助詞：

盤庚：「肆上帝將復我高祖之德。」

又：「肆予沖人非廢厥謀。」

大誥：「肆予沖人永思艱。」

又：「肆予大化誘我友邦君。」

又：「肆予害敢不越卬敉寧王大命？」

又：「肆朕誕以爾東征。」

康誥：「肆女小子封在兹東土。」

多士：「肆爾多士。」

又：「肆予敢求爾于天邑商。」

君奭：「君肆其監于兹。」與無逸「嗣王其監于兹」句法同。

大雅思齊：「肆戎疾不殄，……肆成人有德。」傳：「肆，故今也」，非。

抑：「肆皇天弗尚。」箋：「肆，故今也」，非。

周頌昊天有成命：「肆其靖之。」傳：「肆，固」，鄭説「固當爲故」，皆非。

以上所舉肆字的第一義作長或大講是本義。肆字从長，説文「極陳也」。極陳即至長。陳是長的同音假借字。段注「陳當作敶，敶，列也；極陳者窮極而列之也」，失了从長的意義。

第二義作縱講是引申義。

第三義作鬄講是鬄的同音假借字。

第四義作設置講是葡的假借字。葡是具(在用部)，或借肆，或借置，都是疊韻假借；或借備，是同音假借。

第五義作遂講是同音通用。肆从隶聲，遂从㒸聲。

第六義作故講是疊韻通用。卻不是由陳舊的意義來的。這故是連詞，不關本義，肆也不關本義。故的本義是墨子「故，所得而後成」(經上)及莊子「無以故滅命」(秋水)的故。作故舊講的是古的同音假借字。

第七義作既講是疊韻通用。

第八是助詞，多用在句首。

從以上的研究看，肆字沒有作今講的。肆字意義既不能引申到今字的範圍，聲音又與今字無關，絕不能作今講。郭璞説「肆又爲今」，是因誤將故今二字斷開，讀成「肆，故，今也」。

至於詩傳箋解肆爲「故今」，是錯的。故與今兩個概念不相關聯，凡不相關聯的兩個概念不能概括在一個概念裏，所以肆不會是故今。郝懿行解這個「故今」爲「肆今」(爾雅義疏肆故今條下)，這無異於説「肆，肆今也」，成話麽？

〔二〕所謂「以徂爲存」，「徂之爲存」，「徂得訓存」：

徂存在三字義異。説文：「徂，往也。」「存，恤問也。」「在，存也。」在的本義是「某在斯」(論語衛靈公)，「父在觀其志」(又學而)的在。在存本異義，説文以存解在是用存的後起的義。詩鄭出其東門箋：

「匪我思且猶匪我思存也」，徂與存都是在的雙聲假借字，這關係不是從字義來的。爾雅釋詁：「徂，在，存也」，即取詩箋。

（三）所謂「以亂爲治」，「亂之爲治」，「亂得訓治」：

「以亂爲治」是歷來文字訓詁學家所謂反訓的謬説裏最關緊要的。

亂字郭沫若別有説法（見屈原研究四九頁，一一二頁，一九二頁）。綜合他的説法：

一、根本否認亂字的存在，認爲誤字。

二、治理義的古作「𤔲」，即「辭」，即「詞」。

三、擾亂義的古作「𤔔」，即「[illegible]」。

四、楚辭的亂曰本作「𤔲曰」，即「辭曰」，即「詞曰」。

四者皆非。

下面將這亂字先從文字學的角度詳細剖析。

要了解亂字必須先透澈了解糸字（莫狄切，錫韻）及糸的絲緒變形，並研究糸字參加構造別個字的作用：

糸字第一式：[illegible]，兩端都畫絲緒。見於商卜文「絲」字，[illegible]（古文亂）从這。

第二式：[illegible]，下端畫絲緒。小篆通用這式。

第三式：[illegible]，兩層[illegible]下都畫絲緒。見於[illegible]（即正書的𤔔）。𤔔小篆只作[illegible]，上層的[illegible]下不畫絲緒，秦平陽斤辭字凡二見，可證。詳後「絲緒的筆畫數」）。

第四式：[glyph]，上層的◯下畫絲緒。見於石鼓「孫」字。

第五式：[glyph]，不畫絲緒。見於魏正始石經「孫」字。

這絲緒有好多畫法：

一、絲緒的左右方向：

金文裏絲緒的左右兩筆朝上朝下並不固定，因絲本是柔輭的。絲緒左右兩筆朝上的一形與𠂇又的又形近，傳寫便成今本説文𤔔亂等字裏的又。

二、絲緒的筆畫數：

絲緒的筆畫多少也並不固定，因絲束的縷數本是不固定的。

（一）上層的◯下的絲緒只有右邊一畫而左邊没有，散氏盤第一個𤔔字便是。

（二）上層的◯下不畫絲緒，一見於散氏盤最後一個𤔔字，二見於周晉白𨛫父鼎的𤔔字（薛尚功歷代鐘鼎彝器款識法帖卷九），三見於周樂司徒卣的𤔔字（又卷十一），四見於周師音敦的𤔔字（又卷十四），五見於周師𣪘敦的𤔔字（又卷十四）。

三、絲緒的變形：

（一）變形爲工：𤔔亂二字上層的◯下的絲緒變形爲工。這是變形，不是有别的什麽意義。周載敦「令女作亂土」（薛鐘鼎款識卷十四）的亂連下層的絲緒都變形爲工，即兩層絲緒都作[glyph]。這個證據很可寶貴。

（二）變形爲乁與ʃ：石鼓𢆶字左邊的糸上層的◯下的絲緒變形爲乁，右邊的糸相對稱處變形爲

□。可見古人寫字只要意義表示得不差，形式是講美的。𣻘即今的溼字，石鼓滐𣻘連文。溼即今的隰字，石𨖬溼連文凡二見。可知𣻘从水，絲聲。𣻘的語音是狀聲的，由踏𣻘地，壓𣻘衣都作絲絲聲而起，所以从絲聲。商卜文可證。溼從土𣻘，𣻘亦聲。𣻘字裏的絲字或三層絞結，見商卜文；或兩糸上端絲緒連屬，見石鼓。絲音兹，魏石經以爲兹字。

（三）變形爲□：周牧敦（薛鐘鼎款識卷十四）𤔲字與周𨙶敦蓋（又卷十四）𤔔字上層的□下的絲緒都變形爲□。周龙敦（又卷十四）𤔔旁的字有四個，三𤔲一𤔔，下層的絲緒都變形爲□。這□的寫法該從中間發筆向左右分伸。

（四）變形爲□：周師𣪕敦𤔲字與周毛公鼎𤔲字下層的絲緒都變形爲□。

（五）變形爲□：牧敦𤔔字下層的絲緒變形爲□。這是□（即前舉第四種變形）加一畫，不是泥土的土。交叉形變爲土還有例：「草木實垂卣卣然」（許說）的□（音條）裏面下端的交叉形象蒂（瓜果底端的護皮）。□盂鼎作□，今本說文篆形誤），石鼓文栗字三卣裏交叉形變爲土。

（六）變形爲□：毛公鼎第二個𤔔字與第二個𤔲字下層的絲緒都變形爲□。這也可不算是變形，因與畫在糸的上端的絲緒形同，即上文所說絲緒左右兩筆朝上的一形。這個變形傳寫誤將中畫與□離開而右畫伸長，成了𠂇又的又。許慎誤以𤔔篆作□，以又與爪相關，入𠬪部；以□爲兩個子字一順一倒的結合，以□（即前舉第一種變形）爲順子字的□與倒子字的□的結合，而說「□，子相亂；𠬪，治之也」，未得。段玉裁又没看懂許說。許以□爲兩子相逆的形，非幺小的幺。段誤分□爲幺□兩部而以許說的幺子連讀，且以爲「□音扃，介也」，錯上加錯。

（七）變形爲：石鼓文𤔲字下層的絲緒變形爲。這是（即前舉第六種變形）加一畫，不是尺寸的寸。加一猶十加一。

（八）變形爲：毛公鼎第一個𤔲字下層的絲緒變形爲，即將絲束的下筆拖長而不另畫絲緒。周齊侯鎛鐘及齊侯鐘𤔲字下端絲緒作，拖下得很長。僧弘智在青原山淨居寺篆書的「中五堂」匾上款「順治己亥」的治作，下端畫了絲緒而上層的下没有。這兩例也可證與都是絲緒。

下面説糸的另一作用：

將前舉第二式倒過來，即將糸的絲緒只畫在上端，作，正書作玄，即今懸繫的懸。古文作，懸繫的樣子很明白。今玄作幽遠講是玆的同音假借字。玆本義是黑，有玆冥意，引申爲幽遠。許在玆下説「黑也」，玄下又説「黑而有赤色者爲玄」，可見混淆的痕迹。漸至假借字玄行而本字玆廢，而玄專作幽遠講，而又借那本義爲梟首的縣爲懸繫的玄，又别造懸字。這幾個字的關係不明已久，許慎誤認玄字的絲緒爲，説「，覆之也」，這與前面説的誤認𤔔的絲緒爲與又相類。

又將前舉第三式倒過來，作，便是牽字的上半。字以糸上端的起筆連於牛頭而絲緒在牛的另一方面，以表牽引向前。許慎誤分爲與玄兩部，説「象引牛之縻也，玄聲」，這也與誤認𤔔的絲緒爲與又相類。牽篆上半是倒糸不是玄字，猶上字下字旦字的一與小字分字公字的八不是數目字的一與八，所以牽是會意字，不从玄聲。説文糸部有紖字，説解「牛系也。从糸，引聲」。牽與紖有疊韻的關係。

與牽字的造字方法相同的還有孫字。孫形本作[glyph]（商器孫觚），上倒糸下子，表示引子至於長遠的義。薛尚功不得其解。孫字金文都从糸，糸的起筆連屬於子。後來糸上多了一横，這是上端絲緒的變形。薛氏著録的漢器孫字的糸或上端没有横，見長宜子孫洗及宜子孫洗；或上端有一横，即上端絲緒的變形，見博山鑪；或整個糸變形爲[glyph]，見龍虎鹿盧鐙。没有从系的。

與牽字的造字方法相同的還有縣字。縣字的原始形式當作[glyph]。變形爲[glyph]，糸的起筆仍連於県。許説縣「从系持県」，實是从糸持県。漢碑縣字，王稚子闕（和帝元興元年），堯廟碑（桓帝永康元年），張遷碑（靈帝中平三年）皆糸旁。王稚子闕糸旁居左，作緜。説文作系旁是因糸上端延長的起筆傳寫誤與県旁不連，成爲系。漢碑它字糸旁也有上加一畫的，見於李翊碑（靈帝熹平二年）尹宙碑（熹平六年）的「繼」字。

系字不是篆文時期所有，是從漢代起的。説文系部凡四字，都可疑，如下：

一、「系，繫也（段改爲縣也，非）。从糸，丿聲（丿徐鍇音曳）。」怎見得系字篆文没有？（一）系字商卜文金文都没有。（二）説文从系的字裏，與系字關係極大的孫字縣字金文都从糸。後來糸旁由延長而連着左旁的起筆誤成系。（三）説文系的或體𦃇，實是繫的或體。一从糸，一从處，皆毄聲。而系即繫的隸體省變。在「有隸書以趣約易」以後，繁難的繫字或省成毄，省形旁；或省成糸，省聲旁，而省聲旁則爲部首的糸，不得不在糸上加一畫以作識别。作毄見北海相景君銘（順帝漢安二年），孔霓碑（靈帝建寧四年）；作系見朱龜碑（靈帝中平二年），夏堪碑（年缺）。世系，關系，聯系，維系的系都是繫的省變。古書繫字都不作系，段反説繫是系之假借（系字注），誤。（四）説文系下有𦃃字，許以爲「籒文系」，實是籀文𦃃。許誤解，是因不明𦃃篆爪下是糸，不明絲緒的變形。

系字既不是篆文時期所有，那系部諸字各應屬於什麼部呢？

二、「孫，子之子曰孫。从子从系，系，續也。」商卜文金文都从糸，金文裏出現那麼多，無一例外。所以孫應入子部，說解：子之子曰孫。从子从糸，糸，續也。子部孳下有[籀文字形]字，許以爲「籀文孳」，實是籀文孫。如𦃃是籀文𦃃的例。孫與𦃃籀文都寫兩個糸，篆文都寫一個糸。

三、「緜，聯微也。从系从帛。」當作聯叕，叕以形近誤作敚，又寫微。這個字从糸。糸部：「絮，敝緜也。」可見緜絮混言是一物；分言則絲聯叕的是緜，絲經彈碎（即說文所謂敝）的是絮。所以緜應列絮篆前，說解：緜，絲聯叕也。从糸从帛。緜這東西即今市上所謂清水湖綿那種綿子，或說絲綿，正是絲聯叕成一片像帛，所以字从糸从帛。左右兩偏旁互易則成今寫的綿字。

四、「䌛，隨從也。从系䍃聲。」義是隨從，从糸取連屬的意。應入糸部，說解：䌛，隨從也。从糸，䍃聲。

金文縣字就是所謂暨人頭的梟字。周齊侯鎛鐘及齊侯鐘都作[金文字形]，以糸繫倒首於木（晏子春秋諫下：「植木縣之。拔置縣之木」）。周許子鐘作[金文字形]，倒首上作戈戟形，以糸繫倒首於武器。県字也當是梟首字，頭除了砍下便沒有倒的事實。若是整個身子倒而頭跟着倒，則是倒身而不是倒首。單畫倒首形自是斷首。所以許引賈逵說県即「斷首到縣県字」。縣県是一字，縣是古文，県是小篆。從許引賈說可見這個字的意義當時一般人已生疏了。県字說文列部首，以納縣字。知縣県是一字，県應入首部（與倒予的幻入予部同例），居䭫字前。說解：県，到首也。賈侍中說：此斷首到縣県字。縣，古文県。

从糸持県。許解縣爲繫，是當時通義。段注「繫當作系」，非。

與牽字的造字方法相同的還有係字。係字右旁也是糸，糸上端的起筆連於人以表係纍。糸錯成系，與縣字的情形一樣。説文人部：「係，絜束也。」絜字誤。説文：「絜，麻一耑也」，義不合；且絜既含一耑義，束與一耑皆表單位，義重。絜當作纍，「纍，大索也」，義合。荀子「不憂其係纍也」（大略）可證。又孟子「係纍其子弟」（梁惠王下），纍字衍，因「殺其父兄，係其子弟，毀其宗廟，遷其重器」句法同。後來係的本義漸不通用，或注纍字於係旁，傳寫混入正文。今本孟子纍作累，論語「纍紲」的纍作縲，都是後起字。層累的累古作絫，在厽部。係繫系三字段注皆未得。

明白了糸字，可以解亂字。

作治講的亂形式很多，但基本的是兩個：

，今寫𤔔。本義是「治絲」。結構分兩部：（一）即，表絲束，兩層下都有表絲緒。（二）加上爪字以表爬梳治理。這字絲緒變形便作，許慎誤以入𠬪部。詳見前解。

，今寫亂。本義是「治」。結構分兩部：（一）即治絲的。即，兩端都畫了絲緒。（二）中間的是比梳形。𠬪部𤔔下的即這字。或畫絲緒在兩層下而寫在旁則成，即説文乙部的亂。

𤔔字應入糸部，説解應是這樣：

，治絲也。從糸從爪。（由金文中亂有乙旁知𤔔本只作治絲講）

，古文𤔔。（許不明絲緒變形而以入𠬪部；郭沫若以這字爲擾敵的敵，皆誤。）

[illegible]，亦古文𤔔。从三束糸。（正書作𤔕作𤕟。論衡效力引梓材「厥率化民」的率本即這個𤔕字，用作亂〔治〕，以音同義近。今本尚書作亂〔治〕，亦不誤。論衡的𤔕傳寫誤爲率，因形近，且率爲常用字。王引之不曉，以爲梓材文本來是率，語詞，其作亂之本乃借亂爲率，見經義述聞四厥亂爲民條，又三二經文假借條。按句法，厥下當緊接名詞，果如王說，則厥下用語詞，不通了。而且這是亂〔治〕字，王誤以爲𢿋字。𢿋字也不得借爲率，因聲韻都無關。王以元術二部通，誤。說文以𤔕字爲䜌的古文，入言部䜌下；魏正始石經以這字爲「迷𢿋」〔無逸〕的𢿋；郭沫若以爲擾𢿋的𢿋，皆誤。）

[illegible]，籀文𤔔。从絲。（許以爲籀文系，非。商卜文作[illegible]。）

說糸上的爪。說文：「覆手曰爪。」凡爬梳，治理，收拾，都覆手運指以做，所以从爪的字與爬梳治理或收拾的意思有關：（一）𤔔，見前。（二）孚，說文爪部：「孚，卵孚也。从爪子。」（卵字下段增即字，非。）徐鍇曰：「鳥裒恆以爪反覆其卵也。」𤔔字形以爪糸表治絲的意義，也是這個道理。（三）采，禾部：「采，禾成秀也，人所以收（以字衍）。从爪禾。」徐鍇曰：「爪禾爲采，會意也。」（四）采，木部：「采，捋取也。从木从爪。」

亂字應仍入乙部，補重文，如下：

[illegible]，治也。从乙，乙，治之也；从𤔔，𤔔亦聲。（乙是比梳形。𤔔亦聲三字今補，說詳後。餘皆許說原文，極妥當，極有條理。而段玉裁說「文理不可通」，這是由於他不明這字的造字方法。）

[illegible]，古文亂。（絲緒變形爲[illegible]見於金文，故這篆是古文。）

[illegible]，亦古文亂。（這即金文中亂字的一形。[illegible]也是比梳形，即[illegible]，即正書亂字右旁的乙。）

□，亦古文亂。□，古文糸字。（爪下的□即亂字右旁的乙，許以這字爲𤔔的重文，非。禮的古文礼右旁的乙也當即亂字右旁的乙。説文示是「神事」，乙示便是治神事，這是禮的初義。）

許以治解亂是以通行的同音假借字説解本字（亂治同音説詳後），説解本是以今釋古的。亂用假借字治，在前漢已通行。司馬遷述尚書臯陶謨「亂而敬」作「治而敬」（夏本紀），微子「弗或亂正四方」作「不有治政不治四方」（宋世家），可證。

説訓治的𤔲字辥字𢿣字。説文辟部：「𤔲，治也。从辟，乂聲。」由辟乂字義，知𤔲是會意字。説文：「辟，法也。从卩辛，節制其辠也。从口，用法者也。」徐鍇曰：「口以理之，會意。」這是刑（罰辠也，在井部）辟的辟。又：「乂，芟草也。」辟乂會意，乂亦聲。𤔲是以刑辟刈除。所以𤔲本義是治罪，引申爲凡治的稱，也猶理本義是治玉，引申爲凡治的稱。辟部又有辥字，説解是「治也。从辟井。周書曰：『我之不辥（金縢）。』」徐鍇曰：「井，法也。與刑同意（謂造字方法）。」手部又有𢿣字，説解是「治也。从手，發聲。」公羊傳：「𢿣亂世反諸正。」（哀十四年）何休注：「𢿣猶治也。」

下面説𤔔字亂字的音，説𤔔亂是不是同音。

一、亂的音可從亂治的關係找出來。治是水名，作治理講是亂的同音假借。在古籍中，本字亂尚書還有，例見下。此外如論語「予有亂十人」，楚辭「亂曰」。在應用上是廢了，而且廢了二千餘年。這是符合同音假借的現象的。治古音 di，今南方有些地方治讀 ti，是 di 的輕讀。所以亂古音也是 di。

二、亂字在禹貢裏作爲至的同音假借。禹貢：「浮于潛，逾于沔，入于渭，亂于河。」亂借作至，以同音，亂於河即至於河。這句與「浮于江沱潛漢，逾于洛，至于南河」句法及層次都同。「至」或説「亂」，同音假借；或説「達」，互文同義。舊注都不得其解。詩大雅公劉傳「正絶流曰亂」，爾雅釋水及禹貢僞傳同，是不能通的。亂於河的亂是動詞，則解它的正絶流的正也自是動詞。什麽是絶流？又怎樣正法？郭璞以「直横渡」解正絶流，以渡解流，則流是動詞，成了流於河，也不能通。

三、理古音 di，今南方有些地方里，釐，及里聲字理，裏，都還是讀 di。釐从𠩺聲。帝典「允釐百工」的釐是理的同音假借字，史記五帝紀作飭。理是治玉，引申爲凡治理的稱，又與亂同音。治絲的𤔔也當與亂同音。「亂曰」漢北海相景君銘（順帝漢安二年）作「𤔔曰」，可證𤔔確與亂同音。這個證據很實貴。所以亂不但从𤔔，𤔔亦聲。

四、論語泰伯：「予有亂十人。」朱注：「或曰亂本作乿，古治字也。」可證亂治同音。

五、史記春申君傳：「物至則反，致至則危。」至是極。由致字或作安（徐廣説。今本注裏的致誤至）知致即亂（治）的同音假借字。致古音 di，所以亂古音也是 di。

六、治字得聲的台字及凡台聲字都與亂音近：

（一）台，説文「㠯聲」，非。由台，説，釋的音與義的關係知台的原始意義是説話。字从口从厶，厶象聲氣之出。厶即牟字的厶，不是㠯。廣韻與之切，不是古音。湯誓，高宗肜日，西伯戡黎的「如台」，殷本紀都作「柰何」，柰何是如台音的轉。何古讀如佗，屬 t 母，知台古音也屬 t 母。台聲字（列後）都屬 t 母也可證。台廣韻又音胎，朱翺音偷哈反，今讀同，是古音遺留下來的。台古音不讀今音的怡。説文：「台，説也」；「説，釋也」；「釋，解也」。古説音脱，釋音鐸。易説卦傳：「兑，説也。」（説文同）這是同音爲訓，如乾健坎陷（音焰）離麗的例。台釋（今作怡懌）詩商頌那作夷繹（古讀荑鐸），悦懌邶静女作説釋（釋今本作懌是後人寫變了的）。古無怡，悦，懌三字。説文心部怡字是後起的，同部已有台聲的怠字。易雜卦「謙輕而豫怠也」的怠即今怡字（易虞氏作怡）。

治，説文「台聲」，廣韻直之切。

冶，説文「台聲」，古音屬t母。廣韻羊者切是今音。

菭（今寫苔），説文「治聲」，當作从艸从水，台聲。廣韻徒哀切。

枲，説文「台聲」。籀文作𣑙，从辝聲，可證台辝古音同。廣韻胥里切是今音。

枱，説文「台聲」。籀文作𣑙，从辝聲，可證台辝古音同。廣韻弋之切是今音。

鈶，枱的或體，説文「台聲」。

笞，説文「台聲」，廣韻丑之切。

紿，説文「台聲」，廣韻徒亥切。

詒，説文「台聲」，廣韻徒亥切。有二義：欺詒義今借紿，遺義今别造貽字。

飴，説文「台聲」，古音屬t母。廣韻與之切是今音。

殆，説文「台聲」，廣韻徒亥切。

駘，説文「台聲」，廣韻徒亥切，又徒哀切。

佁，説文「台聲，讀若騃」，古音屬t母，重讀便屬d母。今讀癡佁（俗作獃）還是d母。廣韻夷在切，又羊已切是今音。

始，説文「台聲」，古音屬t母。始與胎音同義近。説文：「始，女之初也。」爾雅：「胎，始也。」詩豳七月「殆及公子同歸」，傳：「殆，始。」殆是始的同音假借字。廣韻詩止切是今音。

胎，説文「台聲」，廣韻土來切。

怠，説文「台聲」，廣韻徒亥切。

（二）帝典「弗嗣」今文作「不台」（見漢書王莽傳）。嗣字魏正始石經作□，説文古文作□。説文「司聲」，與嗣音同，則台也與亂音近。

（三）秦誓「易辭」今文作「易怠」（見公羊傳文十二年）。

（四）詩鄭子衿「嗣音」韓詩作「詒音」。

（五）春秋莊八年「治兵」公羊傳作「祠兵」。

七、从𤔔聲的字：

（一）金文中有⿰𤔔畺字，龙敦，邾敦，師音敦都作⿰𤔔畺，牧敦則作□。比看可知這字是形聲字，右形（田界形）左聲。聲的部分𤔔乜隨便用，可證𤔔乜音同。乜古也字，古音di，所以𤔔古音也是di。⿰𤔔畺字薛釋作疃，非。⿰𤔔畺，義是田界，看从畫形或畕形可知，看畫與畕形似畺與畕（説文部首）可知。詩小雅信南山「我疆我理」，大雅緜「乃疆乃理」，江漢「于疆于理」，都疆理並舉。理是⿰𤔔畺的同音假借字。説文：「畺，界也。」疆⿰𤔔畺並舉，可見⿰𤔔畺正是田界。音讀di，即𤔔的古音，亦即也的古音，看从𤔔聲與也聲可知。龙敦，邾敦，師音敦，牧敦都説「余唯⿰𤔔畺京乃命」，⿰𤔔畺京是祇共的同音假借字。毛公鼎説「余唯⿰𤔔畺先王命」，⿰𤔔畺也是祇。這都可證⿰𤔔畺音di。

（二）覼，説文「好視也。从見，𤔔聲」。𤔔古音di，轉成今音的理，又轉成今音的覼（廣韻落戈切）。

由䜌字及許解䚕嬵二字知𤔔聲字還含有條理的意義。康熙字典引金壺字考：「䚕，次序也」，實非無因。

（三）嬵，説文「順也。从女，𤔔聲」。當讀医，即宋玉神女賦「愔嫕」的嫕，漢書外戚傳「婉瘱」的瘱。許在嬵下引詩「婉兮嬵兮」當是曹侯人文，蔚，隮，嬵，飢爲韻。又齊甫田「婉兮變兮」，變，丱，見，弁爲韻，與候人不同。今本候人也作孌，當是因甫田而錯。既錯，韻便不叶。顧炎武只好以薈蔚爲韻，婉孌爲韻，隮飢爲韻。實則蔚隮飢都是脂微部字，一個韻。説文嬵字下的「孌，籀文嬵」是誤列。

亂字既明，再説義相反的𢿢字。𢿢字今寫亂，誤。

煩𢿢，擾𢿢的𢿢是説文攴部的𢿢。𢿢與擾同義，説文都訓煩。攴𤔔爲𢿢，攴貝爲敗，攴完爲寇。左傳文七年：「兵作於内爲𢿢，於外爲寇。」説文敗𢿢寇三字連貫敘列，可知𢿢字在許慎時還没錯。𢿢的音，即今音的 luan。這音鬆弛含胡，實表𢿢義。亂（治）音則緊密堅定。詩齊猗嗟𢿢與變婉選貫反叶；易履及泰𢿢與願叶；萃𢿢與變巽叶；史記春申君傳引「語曰」𢿢與斷叶。

亂（治）𢿢二字古籍本來分明，只是後人把亂字講成𢿢，把𢿢字寫成亂字。

古籍中保存了本字亂字的，如尚書臯陶謨「亂而敬」，盤庚「亂越我家」，微子「亂正」，君奭「厥亂明我新造邦」，立政「丕乃俾亂」，論語泰伯「予有亂十人」，莊子逍遥遊「以爲一世蘄乎亂」都是。字不誤，注家却不盡曉。論語馬注：「亂，治也。」以假借字解本字，可見亂字一般人已生疏。莊子注及疏則併治義也失去，而誤以爲擾𢿢離𢿢的𢿢了。

孟子「一治一𢿢」（滕文公下），莊子「治國去之，𢿢國就之，……以禮飲酒者始乎治，常卒乎𢿢」（人間世)，「師治而無敽」(秋水)，都是治敽對舉。荀子治敽對舉很不少，還有「治古」「敽今」對舉的(正論三見，不對舉的不計。「治古薄葬」治字今本作大，從下文「敽今厚葬」知大是誤字)。

司馬遷還没錯。他述尚書微子「亂正」作「治政」，而「敽敗」仍作「敽敗」(宋世家)。

班固也還没錯。漢書楊王孫傳：「其穿下不亂泉，上不泄殠。」亂即禹貢「亂于河」的亂，是至的同音假借字。「其穿下不亂泉」即禮記檀弓下的「其坎深不至于泉」。顔注誤。

許慎也還没錯。亂敽二字説文分部與説解皆是。敽字从攴𤔔下今本有聲字是後人竄入的，由𤔔義治絲——治及敗敽寇三字連列可知。而𤔔字的結構及𤔔亂的古籀在許慎時就失傳了。許慎説解除用今字釋古(如解𤔔亂爲治)外，也用治之本字亂。如「𤔔，繹理也。从工从口从又从寸，工口亂也，又寸分理之，彡聲。此與𤕦(女庚切)同意。度人之兩臂爲尋，八尺也。」又如許以爲與𤕦造字方法相同之𤕦，「𤕦，亂也。从爻工交(謂𢀩，己表交)吅。一曰窒𤕦(別一義)。讀若禳。」徐鍇曰：「工，人所作也。」𢒠𤕦皆从工从口(羽非切，𤕦字不當入吅部)，工爲規巨，口表範圍，所以許解的「亂也」是治。吅當云重口。然而許慎説解中用敽字的，皆因後世敽字不用了而誤爲亂。如言部詩䜌二字連列，皆訓敽，今本誤爲亂。䜌字説解「敽也。一曰不絶也(別一義)。从言絲。」不絶，謂煩言不絶，「躁人之辭多」(易繫辭下)也。䜌敽音近。䜌下今本有「一曰治也」四字，是後人竄入的。許慎決不會以相反之二義説解一字。

漢代通行隸書，研習古文成了一些文史學者的專門學問。司馬遷「年十歲則誦古文」(史記自序)，誦古文典籍大概專下了十年功夫，還從孔安國問故訓。班固許慎同時而許慎年輩較晚。他們那時亂敽二字還没錯。過了這個時期，就漸漸淆混了。看漢碑的證據：

（一）不誤的：北海相景君銘（順帝漢安二年，公元一四三）「𤔔曰」。

老子銘（桓帝延熹八年，公元一六五）「禮爲亂首」。

（二）誤寫的：韓勑碑（桓帝永壽二年，公元一五六）「秦項作亂」。

曹全碑（靈帝中平二年，公元一八五）「復造逆亂」。

周公禮殿記（獻帝初平五年即興平元年，公元一九四）「會直擾亂」。

三敽字誤寫成亂。可見連撰寫碑文的角色都有不懂的。這由於假借字「治」行而本字「亂」久廢了（在隸書通行之初），一般不研習古文的人只識今文的治而不識古文的亂，因亂治形遠，亂敽形近，就誤認亂爲敽了。而「亂十人」「亂曰」的亂也讀成煩敽的敽音了。「反訓」的謬説就是由這種情形起的。亂字雖在應用上廢了二千餘年，然由漢碑可證亂字的失傳（人們誤以亂爲敽）則還不到二千年。

亂加口成⿰𤔔司，表示治理者發口令的意思，猶令加口成命，⿰𤔔司字兩部分是口與𤔲而不是𤔔與司，金文很明白。小篆省𤔔作司。司是⿰𤔔司的省文。許説司从反后，列爲部首，以⿰𤔔司爲辭的籀文，皆非。⿰𤔔司字應入口部，説解應是這樣：

⿰𤔔司，理也。从口𤔲，𤔲亦聲。𤔲古文亂字。

司，篆文⿰𤔔司省。

許説后反寫爲司，實非然。古文有反寫，而音義不變。司字反寫爲后，音義仍是司。例如帝典「汝后稷」本是司稷。后字反寫爲司，音義仍是后。例如周牧敦「以今⿱鄉口司偪乃辠召故」本是⿱鄉口后。

金文中亂𤔔通用，正猶令命通用。散氏盤「有司」「司工」「司土」「司馬」的司均作𤔔；冘簋與𢦏敦「司土」，司空彝「司工」，司寇彝「司寇」的司均作亂；辛辟父敦三器，在同樣一句話裏，司字形三器不一致，作𤔔作亂都有。

亂𤔔二字都與从辛的辤辭辝三字没有關係。

辤，不受也。从受辛，受辛宜辤之也。（説文）

辭，訟也。从𤔔辛，𤔔辛猶理辜也。（説文）

辝，籀文辭。（許以爲籀文辤，非。説詳後。）

辝从台辛，台義爲説（見前解）。𤔔辛猶理辜，台辛（説辛）猶鞫辠，造字方法同，辭辝實是一字。辭訓訟，訟，説文「争也」，有辯説的意思，所以辭也是辭令的辭。齊侯鎛鐘及齊侯鐘「敬共辝命」，辝命即辭令。又「余命女𤔔辝」，𤔔辝即理辭。𤔔辝二字用在一塊，是證明「𤔔」義與「辝」義的最珍貴的材料。秦平陽斤「刻辤」辤字（二見）从系辛，是小篆。説文的辭字則是古文，因从古文的𤔔。所以辝是辤（辭）的籀文。

金文有辝辭無詞，詞字後起。説文「詞，意内而言外也」，説不可通。凡言必有意於内，「意内而言外」的表達是模胡的。

楚辭的辭即辭令的辭，即文辭，辭藻的辭。楚辭的命名並不是由於楚辭的「亂曰」，「亂曰」並不是「𤔔曰」或「辭曰」或「詞曰」。説文引楚辭辭字作詞，是漢時通用字。

亂𤔔二字後人辨别不清。段玉裁支部𤔔字注：「煩曰亂，治其煩亦曰亂。」反與正一樣，豈有此理？段在𤔔亂二字下注文也自相矛盾，又妄改亂字許解的治爲不治，又説𤔔解亦爲後人改竄。説得一片混亂。實則亂敽二字説文分部與説解皆是。

〔四〕所謂「以曩爲曏」：

説文：「曩，曏也。」爾雅釋言同。兩字本是一義。説文：「曏，不久也。」釋詁：「曩，久也。」久與不久是由比較而得，猶長與不長。這是程度的不同，不是意義的相反。

〔五〕所謂「廢之爲置」：

説文：「廢，屋頓也。」這是本義。屋頓即屋顛，頓顛一音之轉。段注以爲「謂屋鈍置無居之者也」，非。

説文：「置，赦也。」「赦，置也。」即擱置，放置。

説文：「棄，捐也。」

義相離或義相反的字爲訓，關係必然從聲音發生。廢字有時作置字或棄字用的都是疊韻假借，非關本義。段説：「古謂存之爲置，棄之爲廢；亦謂存之爲廢，棄之爲置。」（广部廢字注）原來「謂存之爲置」置即放置，「棄之爲廢」廢是棄的疊韻假借，「存之爲廢」廢是置的疊韻假借，「棄之爲置」置是棄的疊韻假借。又「棄之爲置」置義也可引申爲棄，因置即擱置，放置，即擺下。

〔六〕所謂「苦之爲快」，「苦得訓快」：

詩唐采苓傳：「苦，苦菜也。」這是本義。

説文：「苦，大苦，苓也。」邶簡兮，唐采苓傳都説：「苓，大苦。」這是説一種似苦菜而大的叫苓或大苦。

說文：「快，喜也。」

方言二：「苦，快也。楚曰苦。」

方言三：「苦，快也。自關而西曰快。」

苦之爲快是雙聲假借。

〔七〕所謂「去之爲藏」：

藏字是後起字，古用臧字。這裏説的藏是「藏之外府」（公羊穀梁僖二年）的藏。去，説文「人相違也」，與藏義異。漢書陳遵傳：「與人尺牘，主皆臧去以爲榮」，臧去連文。顔注：「去亦臧也。」蘇武傳：「掘野鼠，去中實而食之。」顔注：「去謂藏之也。」「食之」之代指野鼠中實。去字這樣用，是宁（貯）的假借，以音近。

〔八〕所謂「偭訓鄉亦訓背」：

王逸離騷注：「偭，背也。言今世之工，才知强巧（按：原文「工巧」是工於巧，工動詞），皆去規矩更造方圓。以言佞臣巧於言語，背違先聖之法，以意妄造。」前人多以偭爲背，也以面爲背，皆非。

説文：「偭，鄉也。從人，面聲。少儀曰：『尊壺者偭其鼻。』」禮記少儀文今本作面。鄭注：「鼻在面中，言鄉人也。」也解偭（面）爲鄉。徐鍇解説文偭字説：「鄉謂微向，非正向也。故史記本紀曰項籍謂吕馬童曰：『卿非我故人乎？』馬童面之。注云面謂微背之也。」徐所引注當是集解所引張晏説：「以故人故，難視斫之，微背之。」微今本誤作故，與上「以……故」重複。微背之的微是微妙微小的微，本作敚，與故字形近而誤。如淳也説：「面，不正視也。」都不作今語的背着講。

王逸與許慎都是東漢人，爲什麽訓釋意義相反？當是由於王逸看到「偭規矩」下句説「背繩墨」，以爲偭與背互文，以爲偭即背。宋玉九辯：「何時俗之工巧兮，背繩墨而改錯？」上句襲離騷這節第一句，下句襲這節第三句上半與第二句下半。又：「何時俗之工巧兮，滅規榘而改鑿？」襲這節一二兩句。這是襲語意，不可以説偭就是滅。東方朔七諫「固時俗之工巧兮，滅規榘而改錯」，那就是襲屈宋了。王夫之不采王逸説。楚辭通釋：「偭，面嚮也。規矩在前，舍之而自爲方圓，所謂改錯也。」説是。

至焦竑筆乘説的「古文多倒語（按：此説誤），面規榘而改錯，以面訓背也」，段玉裁説文偭字注説的「偭訓鄉亦訓背」，游國恩亦以爲是，這是所謂「反訓」的謬説。

史記賈生傳載弔屈原賦説「彌融爚以隱處兮」，漢書作「偭蟂獺以隱處兮」。偭也是面向。面向着的是蟂獺，這就要隱處。應劭解偭爲背，非。顔説「偭音面」，音面就不當有背義了。

史記萬石張叔傳：「上具獄事，有可卻，卻之；不可者，不得已爲涕泣面對而封之。其愛人如此。」漢書張敺傳作「面而封之」，省對字。就因爲面是向，才可以省對字。如淳説：「不正視，若不見者也。」晉灼説：「面對囚讀而封之，使其聞見，死而無恨也。」仍見出面對的意思。二説都不以面爲今語的背着。顔説「面謂偝之也」，是音義相離的説法。

所以以偭面爲背，誤。

這裏應當説到史籍中的「面縛」。左傳僖六年：

蔡穆侯將許僖公以見楚子於武城。許男面縛銜璧，大夫衰絰，士輿櫬。楚子問諸逢伯。對曰：「昔武王克殷，微子啟如是。武王親釋其縛，受其璧，而祓之，焚其櫬，禮而命之，使復其所。」楚子從之。

杜注：「縛手於後，唯見其面。以璧爲贄，手縛，故銜之。」顔師古説：「面縛亦謂反偝而縛之。杜元凱以爲但見其面，非也。」（漢書項籍傳注）杜説的縛手於後，是因縛犯人這樣縛法而想當然，而有見於面字不可解爲背，這點是對的，於是只得解面字爲唯見其面。然而正文面縛，面作縛的狀語。唯見其面不合正文句法，所以是錯。孔穎達囿於縛手於後的認識，未思係頸之文，於左傳疏説「微子手縛於後，故以口銜璧，又焉得牽羊把茅也？」以爲「此皆馬遷之妄耳。」孔顔連杜預面不可爲背這點認識也没有了。以後注家都沿襲這反背縛手的説法，錯誤直到今日。

面縛並不是反背縛手。上文引楚大夫逢伯説的微子事，史記宋世家有明白的記載：

周武王伐紂克殷，微子乃持其祭器，造於軍門，肉袒面縛，左牽羊，右把茅，膝行而前以告。於是武王乃釋微子，復其位如故。

微子的面縛，兩手並没縛，一牽羊，一把茅。左傳宣十二年記楚莊王圍鄭，鄭襄公「肉袒牽羊以逆」。這不就是投降，不面縛，而也是肉袒，也是牽羊，儀式與投降相類。史記秦始皇紀記沛公約降秦王子嬰，「子嬰即係頸以組，白馬素車，奉天子璽符，降軹道旁。」高祖紀所記同。賈誼過秦説：「百越之君俯首係頸，委命下吏。」可見係頸是降服的必有的表示。這在微子，在許僖公，便是面縛。按逢伯説的，武王受其璧，而微子兩手牽羊把茅，則微子的璧也是銜的，所以許君銜璧，逢伯總説微子如是。許君銜璧，或因手縛，然而手必縛於前，非反背縛之，這是不可不區別的。叫面縛，便是與背縛相對而言，面縛正以區别於背縛。縛犯人的反背縛，爲防掙脱。降服是自縛，用不着反背縛。微子的面縛只有是係頸，許君的面縛當是縛手於前。係頸，或縛手於前，受降者才好親釋其縛。沒有受降者轉到降者背後去釋縛的道理。

縛手也説交臂。莊子天地：「則是罪人交臂歷指。」釋文引司馬云：「交臂，反縛也。」此施於罪人。手不縛者，司馬相如諭巴蜀檄：「單于怖駭，交臂受事，屈膝請和。」交臂與屈膝並提，則謂兩臂交於胸前，表示降服。

所以偭是向（説文作鄉），偭面不得有背義。史籍中的「面縛」是係頸或縛手於前，決非反背縛手。面縛是與背縛（反縛）相對而言，正以區别於背縛。

〔九〕所謂「擾得訓馴」：

周禮天官：「教典，……以擾萬民。」地官：「掌邦教，以佐王安擾邦國。」夏官：「掌養猛獸而教擾之。掌養鳥而阜蕃教擾之。」擾都訓馴。説文：「擾，煩也」；「馴，馬順也」，擾馴義異，擾爲什麽訓馴？擾與風撓萬物的撓音同，借作撓。説文：「撓，擾也」，是以同音假借字説解本字，如「亂，治也」的例。荀子「擾化」（性惡）即撓化。

〔十〕所謂「顛爲最上，倒之則爲最下」：

詩大雅蕩「顛沛之揭」，傳：「顛，仆。」論語「顛沛」，馬融注：「僵仆也」。段玉裁據這而説「顛爲最上，倒之則爲最下」，誤。顛沛是蹎跋的同音假借字，音轉又爲顛仆，爲頓踣。

又齊東方未明顛倒連用及通用共四見，顛作倒講，因顛倒雙聲。

樹木的末，就人看它説則是顛。這是因立足點不同，不是顛作末講。廣雅一下「顛，末也」，誤。又顛末二字連成一詞，顛是起頭，末是結尾，顛末概括從起頭到結尾的全過程，不是顛作末講。

用義反的字而事實結果一樣的，還有别的情形：

戰國策燕二樂毅報燕惠王書：「濟上之軍奉令擊齊，大勝之。」史記所載作「大敗齊人」。勝敗義反，卻能换用，這道理在語法，勝字這樣用是及物動詞，而敗字作及物動詞則同時具備做它的受語的補語的作用。勝之是打勝了它，敗之是打得它敗了（今人叫使動），而打得它敗了就是打勝了它。可以説敗得訓勝麽？

有的地方的俗話，「活死」也説作「活生」，「倒出來」也説作「順出來」。清代官場的行話，「免冠」説作「升冠」。這都由於避忌。可以説生得訓死，順得訓倒，升得訓免麽？

以上將所謂正反兩義並訓的例證一一辨正，可知一無是處。所謂「義相反而兼通」，「義有反覆旁通，美惡不嫌同名」，「皆窮則變，變則通之理」的説法俱誤。若解字用字真像所謂正反兩義並訓，那不是善與惡，是與非，直與曲都可互訓麽？那樣，試問語文成什麽樣子？有什麽作用？

凡文字的應用不外三法：

第一，本義。

第二，引申義。從本義引申推衍，還看得出與本義的關係。如鄉邑的鄉引申爲鄉往的鄉，頭的首引申爲開始的首。

第三，假借字。有没造本字而假借它字的，如借難鳥的難，蜥易的易爲難易字。有原有本字而假借它字的，如尾閭借里門的閭爲脊骨的呂（莊子秋水「尾閭」，舊解閭爲聚，誤），須麋（荀子非相）借麋鹿的麋爲目上毛的眉。這些都是從聲音的關係假借，只要音同或音近（雙聲疊韻），不管假借字的本義。

本義以外的用法不外二者：或是引申義，或是從聲音的關係假借的假借字。若聲音既没有關係，意義又完全脱離甚至相反，則絶不能互訓。

所以語言裏絶没有正反兩義並訓的現象。

正反兩義並訓的謬説是由讀古書解不通而妄造的。解不通的原因：

（一）不明本音本義。如前舉亂字的例。

（二）不明同音假借，雙聲假借，疊韻假借。遇這種假借字偏偏從字義推尋，那怎能推尋出來？於是只有牽强附會，而終不可通。如前舉徂與存，擾與馴諸例。

（三）不明造字方法。如前舉𤔔亂與敽的例。

若明白這些，則徂存，擾馴，敽亂一類的糾纏不清的疑難無不迎刃而解，而語言裏没有正反兩義並訓的現象明白了。

也聲字韻部辨正

也聲字與它聲字，較古的韻書如廣韻，已混淆不清。

自來講古音學的人，乃至清代諸大家如顧炎武，江永，戴震，段玉裁，王念孫，孔廣森，王引之，都以也聲字入歌戈部。至今古音學的講授，論述，無不承襲這個説法，以爲定論。實誤。這誤是由含也字的字與含它字的字因隸變與俗寫混亂了兩千年之久。學者從那寫混亂了的書裏尋古聲韻，而没先做一番返本歸原澈底澄清的功夫，哪得不誤？

要知也字的古音，當作如下的研究。

（一）看也字的古文：

也本是陰户的字，篆作也，秦刻石作也。二形金文已有。也詳畫而也簡畫。許慎以也是象形字，無部可屬，就其中的一畫乀，又也與乀同音（詳後匜字解），而以屬乀部（部首四百四十八）。説解：「女陰也。象形。」重文也，説解：「秦刻石也字。」（皆鉉本）許解極確當。也可以獨列部首，如部首第二十三凵（丘犯切，范韻）部的例，凵部文一。凡象形字，筆畫皆與音無關，不可説「某聲」；且形即所以表義，亦不可説「从某」。也字徐鍇本有「乀聲」，他又就也字的助詞用法作注，段玉裁又添改原文，皆非。不過從鍇本的「乀聲」可見也乀同部。乀古音在支佳部，可證也古音必在支佳部。乀許説「讀若移」，這是用移的當時音，移音當時已讀入支佳部。段説「移從多聲，在十七部（歌戈部），亦用於十六部（支佳部)。」亦用於十六部,說的是漢以後的音,是後來轉入,非同時兩讀,不當說「亦用」。古歌戈部與支佳部截然劃分,絕不相通。多音轉入支佳部讀di。今湖南江西邊境有些地方,如安福迤南,說陰户是zhi音,這正是「也」。zhi音古亦讀di,這個音是也字的本音。語文學者不知說陰户的zhi音,不知也字的本音,所以段玉裁只得說一句「許在當時必有所受之」。

所以也字的本音是di,在支佳部。

(二)看或體字(即一字異形。鬄髢詠咏是一字異形,考老是同義異字):

寫字圖簡便,遇筆畫多的字常會另想方法。方法不外四種:

第一種,減省筆畫。隸省與俗減筆字屬於這種。如𪋻作塵,𦘠作書,肅作粛,歸作归。

第二種,形聲字形旁另以意義相關而筆畫較少的代替。如詠作咏,諎作唶,䫃作脣又作唇(說文口部唇義別),䶵作篪,輗作棿。

第三種,形聲字聲旁另以音同而筆畫較少的代替。如鬄作髢,舓作舐又作䑛(舐見莊子列御寇,字書多誤从氏),纚作絁(㐌旁不成字,是施省),璽作虒又作弛(說文「弛,弓解也。」「璽,弛弓也。」弛弓即弓解,璽弛原是一字的二形。「弓解」下段增弦字,誤),篪作竾,嗁作啼。這類字亦有聲旁音不同的,這是因造字時甲音轉爲乙音了。例如芰作茤,是因造茤字時多音已轉爲支音,仍與芰的古音同。多音轉爲支音始於漢,所以茤是漢代新造的字。說文也說芰从多是杜林說的,實在就是杜林造的字。這亦猶蓶是司馬相如造的。同樣,輗的或體𨏖亦是漢代讀宜爲倪以後造的。段玉裁未曉,又以「合韻」解它(六書音均表三,古一字異體說),誤。

第四種，獨體的字無法作部分的代替，或合體的字亦不暇理會部分的代替，而整个另以音同而筆畫較少的字代替；有時只問音同而不問筆畫多少。如亂作治，改作革，早作蚤。

上列四種方法，前三種便是一字異形，第四種便是同音假借。一字異形的字則形變義不變；同音假借字則本字的形代以假借字，假借字的義轉爲假借義。而音呢，則有如下的情形，——要特別説明的是這點：

假借字必取音同，因古人寫字有時只問音同，不管形别。你要説古人寫錯了，即因同音而錯，亦無不可。多有些人照樣錯下去了，後人只好認爲假借。但字音往往因異時異地而不同，這時或這地的人認爲同音而假借來用，那時或那地的人讀來或不同音。但字的音不論因異時異地而怎樣變，關係總不會完全脱離，聲和韻兩個因素必有一存。所以這時或這地的人認爲同音假借字，那時或那地的人讀來只覺得是雙聲或疊韻假借字。這是雙聲或疊韻假借字的一個來由。又文人們綴文爲用字變换而免重複或遇平仄韻律不湊巧，找到那與所要用的字有雙聲或疊韻關係的便拉。這是雙聲或疊韻假借字的另一個來由。

一字異形的字，則音的關係簡單。上列第一第二兩種方法，音固絲毫没動；即第三種，用來代替的聲旁亦是音同的，因形聲字的聲旁即注音，聲旁用這字或那字必取音同，否則失去注音的作用。有些今音有出入而古音則並無差異。

所以假借字，同音或雙聲疊韻都有；而一字異形的字則只有同音。段玉裁以爲一字異形的字有合韻的（古一字異體説），誤。假借的概念段玉裁用得混淆不清，既説「緇衣傳『粲，餐』，七月傳『壺，瓠』

爲假借，絫壺自有本義」（古假借必同部説。按：壺瓠一字，壺象形，瓠形聲，段説誤），又説「假借，異義同字」（六書説）。前者是説二字（本字與假借字）一義，即今所謂假借字；後者又是説二義（本義與引申義）一字，即今所謂引申義（即許説的假借）。假借字本來是與本字同音的道理他也没明白，所以不能自圓其説，既説「假借必取諸同部」而證以「真文之與蒸侵，寒刪之與覃談，支佳之與之咍，斷無有彼此互相假借者」（古假借必同部説），又説「假借取諸同部者多，取諸異部者少」而例以「異部假借如常棣借務爲侮，大田借螣爲蟘，文王有聲借減爲洫，雨無正借答爲對」（古異部假借轉注説）。這是矛盾的説法。

一字異形的字既必是同音，所以「也」與易，氏，壐，虒古同音。易氏壐虒都在支佳部（氏壐都在脂微部，脂微部支佳部古不分。段在壐璽下都説「十五，十六部」，無異承認這兩部不分。强分的不能自圓其説如此），可證也音在支佳部。

（三）看聲旁與字音的關係：

矢在脂微部，與矢同音的鏑在支佳部。鏑從啻聲，啻是支佳部字，古音讀di，許説「讀若鞮」可證，至今音還未變。又从矢聲的知（知，説文从口矢會意，但知與矢古音同，可見矢亦聲。）在支佳部。又舓字唐韻神旨切，即以脂微部字音支佳部字。di音在支佳部，所以也音在支佳部。

（四）看虚詞的通用：

詩鄘柏舟：「母也！天只！不諒人只。」傳：「母也！天也！尚不信我。」也只同音通用，如「日居月諸」（邶柏舟，日月）居諸同音通用的例。只古音di，在支佳部，所以也古音亦必讀di，在支佳部。秦國人有時以「殹」爲「也」，因殹也音同。殹从医聲，医从矢聲（會意兼聲），殹医矢都是脂微部字，脂微部古與支佳部不分。所以也音在支佳部。

（五）看同音爲訓：

説文以「直」解「是」，同音爲訓，如以顛解天，以履解禮的例。直在之咍部，是在支佳部，之咍部古亦與支佳部不分。又弭或作猊，耳在之咍部，兒在支佳部。段玉裁認爲之咍部脂微部支佳部「分別謹嚴」，而同用是由「唐初功令不察」（第一部第十五部第十六部分用説），誤。代詞是爲此爲斯，副詞直爲祇爲只，皆因同屬支佳部。諸字古讀皆如di，同也音。所以也音在支佳部。

（六）看字源：

一、凡也聲字，音都與di音近，di音後來轉爲zhi—chi—shi，絶無佗音：

地，見説文（下同）土部。許説「也聲」，廣韻徒四切（至韻），集韻大計切，讀di—ti，正與也的古音合，至今音還未變。也旁只是聲，段玉裁附會女陰的義，大謬。地的另一寫法是埸，易也古同音（見前）。「竟（境）地」即「畺（疆）埸」。竟畺古同音。樂曲盡爲竟，田界爲畺，義也相通。地的又一寫法是墜，从彖（即豕）聲，彖豕古音di，與也同。

阤，見阜部。許説「也聲」，廣韻池爾切，又施是切（皆紙韻），唐韻丈爾切，讀zhi—chi—shi，與也音合。

匜，見匚部。許説「也聲」，廣韻弋支切（支韻），又移爾切（紙韻）。金文作□，即也的古文。這不是它字。中心的一畫象陰道。因匜形像女陰（許説解很明白），就叫這器爲也，字亦不另造（這與匕同例)。後來才加匚作匜,加金作鉇(周叔匜),加金皿作盤(周孟姜匜)。匜與匕古是一器的二名。也匕本皆女陰字(説詳下)。「从匕,是聲」的匙即匜的或體(是古音di,與也的古音同)。分匜大匕小,又以匙爲更小的匕,都是後來的事。

鉇,見金部。也聲。匜的或體,金文可證。今本説文誤作鉈,因金文也它形似而誤。這個字的流衍:原只有女陰的也與匕,也爲詳畫,匕爲簡畫,也音見前,今女陰的bi音即匕字;一種器形像女陰,便以也或匕爲這器名,後也加匚作匜或加金作鉇;又後因「短矛」(説文鉇字解)形像女陰,像匜,又以鉇爲短矛字。從金文鉇字是匜匙的匜,知短矛的鉇出世在後。所謂短矛,即器形如矛而短柄,實即匕首。鉇即匕首,亦猶匜匙的匜即匕。匕首之類由下至鋒製一道血槽(從河南出土的匕首知血槽起源很古),恰像匜的「柄中有道」(説文)。匕首加詞尾首是以別於匜匙的匕。鉇方言第九作鍦,从施聲猶從也聲。作鍦而不作鉇,亦可證从也不从它。施音與它音不相關。荀子議兵亦作鉇。廣雅作䂵,即鍦(戴震方言疏證)。

杝,見木部。許説「也聲,讀若阤」,廣韻弋支切,又池爾切。

炧,見火部。許説「也聲」,廣韻徐野切(馬韻)。

酏,見酉部。許説「也聲」,廣韻弋支切,又移爾切。

迆,見辵部。許説「也聲」,廣韻弋支切,又移爾切。迆本義是禹貢「東迆北會于匯」的迆,許説「衺行也」。

施,見㫃部。許説「也聲」,廣韻式支切(支韻),又施智切(寘韻。按:反切當避同字,當從支韻施下附解的式豉），又以豉切（寘韻漏列）。石鼓有施字，从也。許説「施，旗皃；齊欒施字子旗，知施者旗也」，這是本義。説「知」，表示本義已不爲人所熟悉，從某證而知本義。旖字解「旗旖施也」，旖施即石鼓「㫊斿施施」的施施。從石鼓知古形容旗皃作施施，不作旖施。説文日部「暆，日行暆暆也」，義從旗皃的施施而生，用於日便加日旁。旖施是奇音讀入支佳部以後組合的，亦即攲斜。施斜是一音之轉。所以史記賈生傳「庚子日施」的施一作斜（徐廣説）。後人認爲施在歌戈部，錯了。施是支佳部字。

𢻫，見支部。許説「也聲，讀與施同」，廣韻式支切。

貤，見貝部。許説「也聲」，廣韻羊至切，又神至切（皆至韻）。

馳，見馬部。許説「也聲」，廣韻直離切（支韻）。

弛，彌與虒的或體，見弓部。許説「也聲」，廣韻施是切。

髢，鬄的或體，見髟部。許説「也聲」，廣韻特計切（霽韻），集韻大計切，今音di。

𦧟，舓的或體，見舌部。也聲，説見前。

二、凡有佗音的字都不从也聲：

蛇，它的或體，見它部。廣韻託何切（歌韻）。

佗，見人部。許説「它聲」，廣韻託何切，又徒河切（皆歌韻）。

鮀，見魚部。許説「它聲」，廣韻徒河切。

沱，見水部。許説「它聲」，廣韻徒河切。

袉，見衣部。許説「它聲」，廣韻徒河切。

鞉，見革部。許説「它聲」，廣韻徒河切。

拕，見手部。許説「它聲」，廣韻託何切。

詑，見言部。許説「它聲」，廣韻徒河切，又土禾切（戈韻）。

覾，見見部。許説「它聲」，下有「讀若馳」三字是後人竄入的。詳下引丘中有麻。

肔，見莊子，即説文隋字。隋从陸省聲，肔从它聲，同。隋在肉部，説解「裂肉也」。段注不得其解。莊子胠篋：「萇弘肔。」今本作胣是俗寫。釋文：「崔云讀若拖。胣，裂也。案：一云刳腸曰胣。」廣韻作肔，移爾切，又敕紙切（皆紙韻），誤。隋字衡方碑以爲委蛇（音倭佗）的蛇。

駝，佗的俗字。廣韻徒河切。戰國策楚一及史記匈奴傳「橐他」，他是佗的隸變。史記或作馳，是更後起的俗字。漢書匈奴傳作佗。參看高誘注本戰國策及徐鉉説文注。

跎，廣韻徒河切。

紽，廣韻徒河切。詩召南羔羊「素絲五它」古不作紽。

陀，廣韻徒河切。郭璞爾雅釋地注：「陂陀，不平。」

酡，本作袉（參看招魂注）。

舵，廣韻徒可切（哿韻）。

柁，廣韻徒可切。

三、凡含也字而讀佗音的字都由誤變：

非也聲字而作也旁的，是它旁的隸變。例如蛇作虵，佗作他，沱作池，拕作拖，詑作訑。古有沱字無池字。至秦篆還没有作池的，秦蘭沱宫當，石索載有三件，沱都不作池，可證。段玉裁增池字於説文，大謬。

㐌旁是它旁的俗寫，㐌不成字，是施字的右旁，因不明施是㫃也兩部分而割裂的。例如蛇作虵，鮀作⿰魚㐌，沱作沲，袉作袘，拕作拖，詑作⿰言㐌，駝作駞，跎作⿰足㐌，酡作⿰酉㐌，舵作⿰舟㐌，柁作柂，陀作陁。駝字本後起，駞又是更後起的俗寫。諸後起的它聲字倣此。陁字，史記載司馬相如游獵賦，「登降陁靡（靡讀磨）」（這句下文重見，史漢皆誤作施），「巖陁甗錡」，漢書皆誤作阤，阤是小崩（説文），於義無取。哀二世賦「登陂陁之長阪兮」，史漢並同，索隱可證，今本史記作阤誤。

所以也音在支佳部。

（七）看古韻：

〔詩三百篇〕

一、也聲字：

施，叶之（邶新臺）。施在支佳部，之在之咍部，古不分。顧炎武，江永，段玉裁，孔廣森都以爲施叶離，非。凡之字在韻句末而之的上一字叶韻的，必須是另一韻句末也是之字。這裏不是。參看後弛叶之解。

髢，叶玼，翟，揥，晢（上折下日），帝（鄘君子偕老）。

地，叶實⿰衤啻（小雅斯干）。⿰衤啻今本作裼，是同音假借字。啻易皆支佳部字，易也古同音，所以⿰衤啻（裼）與地叶。江永古韻標準説地裼一韻，瓦儀議罹一韻，是。而顧炎武以裼爲不入韻，段玉裁以裼爲合韻，而都以地爲叶瓦儀議罹，非，是因誤以地古音陀。

二、它聲字：

它，蛇，叶皮（召南羔羊）。

沱，叶過（二見），歌（召南江有汜）。

它，叶河，儀（鄘柏舟）。

佗，叶珈，河，宜，何（鄘君子偕老）。

⿰它見，叶麻，嗟（二見）（王丘中有麻）。今本「施施」是錯字。這一章與下章句法全同。「將其來⿰它見」，「將其來食」，意思明白。徐鍇曰：「詩曰『彼留子嗟，將其來施』，施當作此⿰它見字。」（⿰它見字注）看徐注句法（當在上施字逗），徐所見本施字不重。

沱，叶麻，歌（陳東門之池）。沱今本作池，是隸變。

沱，叶陂，荷，何，爲（陳澤陂）。

佗，叶駕，倚，破（小雅車攻）。不失其佗，是說不失它的負荷，通看上下文可知。佗俗寫成駝，又寫成馳。倚今本作猗（參看段訂毛詩故訓傳）。

蛇，叶何，羆（小雅斯干）。

沱，叶阿，訛（小雅無羊）。沱今本作池。

它，叶河（小雅小旻）。它今本作他。

拕，佗，叶掎（小雅小弁）。拕今本作扡（參看毛詩故訓傳）。或作木部的杝，誤。

它，叶何，嘉，蘿，柏，奕，繹（小雅頍弁）。它今本作他。柏奕繹都在歌戈部，魯頌閟宮繹宅貊諾若相叶，柏度尺舄（音鵲）碩奕作碩若相叶，商頌那斁奕客繹昔（讀若今音的削）作夕（與昔古音同）恪相叶，可證。頍弁這章平聲入聲通爲一韻，可見平仄古分別不嚴。段玉裁以頍弁的柏奕繹及閟宮那的上舉諸韻脱離歌戈部，改入魚虞部，誤。古韻，收音相同便是同韻。有的韻是没有入聲的。而段玉裁用後世唸四聲的方法處分古韻入聲。後世唸四聲，陽養漾藥，唐蕩宕鐸，魚語御虐，虞麌遇箬，模姥暮莫，這不過是「天子聖哲」之比，是教人辨平上去入的啟蒙法，羌可用來講古韻？陽與藥，唐與鐸，是同聲紐，而陽唐ang韻，藥鐸o韻，並非同韻。而段説：「藥鐸爲第五部（魚虞）之入聲，而第十部（陽唐）之入音即此也。」（六書音均表古異平同入説）「第十部入音同第五部，故陸韻以藥鐸配陽唐也。」（第十部與第五部同入説）竟以藥爲陽的入聲，以鐸爲唐的入聲，而不知陽唐（ang）韻並没有入聲，藥鐸韻是歌戈部的入聲。

沱，它，叶波（小雅漸漸之石）。它今本作他。

沱，叶阿（大雅皇矣）。沱今本作池。

佗，叶車，多（二見），歌（大雅卷阿）。「既閑且佗」與上文「既庶且多」對文。閑是受銜勒，佗是堪負荷，庶多閑佗都用作形容詞。佗俗寫成駝，又寫成馳。

〔周易〕

沱，叶嗟（離六五）。

顧炎武段玉裁都以繫辭下「觀法於地……與地之宜」地宜爲韻（顧説見易音及詩本音小雅斯干地

字下，段説見六書音均表羣經韻分十七部表），這是由先有地讀陀的誤解而錯。這兩句不叶韻，繫辭並不是通篇用韻的。

〔莊子〕

地，叶避（人間世）。

秋水以施韻多，差，比觀上文，知施是誤字。「何少何多是謂謝施」與「何貴何賤是謂反衍」對文。反衍一作畔衍，是疊韻字；謝字連着下一字亦必是疊韻或雙聲字；而謝字下一字與多叶韻，當是歌戈魚虞部字，與謝疊韻。謝在魚虞部，魚虞部與歌戈部古不分。段以爲「漢以後多以魚虞之字韻入於歌戈」（第十七部獨用説），非。又秋水以馳韻移，爲（二見），化。馳在支佳部，移爲化在歌戈部，無相叶的理。荀子成相以施韻過義禍，又韻罷私移，又韻禍士徙，又韻罷戲爲，更是雜亂。施私士徙是不與歌戈部字相叶的。這些當是經後人竄亂或續入，不是莊荀原文。

〔屈賦〕

一、也聲字：

馳池相叶（離騷）。「載雲旗之逶迆」的逶迆，有逶迆（俗作迤），委蛇，委移三種本子。與馳叶，則逶迆是原文。逶迆形容雲旗，音wo yi，雙聲字。委蛇音wo to，疊韻字。詩召南羔羊的委蛇亦寫委隨，隨讀to。莊子達生「澤有委蛇」，委蛇就是蛇。後人將委蛇讀成逶迆，因而將屈賦逶迆字寫成委蛇或委移。馳池相叶，在支佳部。（字有以雙聲關係轉讀別音的，詩中已有例，萎字小雅谷風與嵬死恚叶，由歌戈部轉入脂微支佳部了，是由雙聲轉讀，wo讀作wei，即一音之轉，並不是所謂合韻。顧段於萎字都無交代。恚字今本作怨，是因同部首並同義而誤，段以怨爲合韻，非。）

弛，叶之（天問）。「永遏在羽山，夫何三年不弛」的弛，有弛（俗作弛），施兩種本子。作弛是原文。遏是禁，弛是解。「伯禹愎鮌，夫何以變之」的之代指鮌，今本作化是誤字。同篇裏與「夫何以變之」句法相同的還有十四句之多：「何由考之？」「何以識之？」「師何以尚之？」「何以填之？」「何以墳之？」「何以興之？」「何以安之？」「何以遷之？」「何以厚之？」「何道（以何道）取之？」「何以懷之？」「何以肥之？」「何以行之？」「何以將之？」而且韻法也有一定：兩韻句末字都是之字，則兩之字的上一字相叶，非之與之叶；只一韻句末有之字，則之字自與另一韻句的末字相叶。前者常見，不舉例。後者的例：

「永遏在羽山，夫何三年不弛？伯禹愎鮌，夫何以變之？」弛之叶韻。

「浞娶純狐，眩妻爰謀。何羿之射革，而交吞揆之？」謀之叶韻。

「湯出重泉，夫何罪尤？不勝心伐帝，夫誰使挑之？」尤之叶韻。

「會朝争盟，何踐吾期？蒼鳥羣飛，孰使萃之？」期之叶韻。

這韻法與詩邶新臺之施叶韻同（見前）。

地，叶失（橘頌）。「過失」，朱熹注本，戴震注本與古韻標準卷三去聲第二部都不誤。段玉裁説「失過一作過失，誤」（六書音均表五，第十七部），非。（天問「死分竟地」的地是土的誤字。土有宅（託）音，與歌叶。召誥「相宅」，宅是土的同音假借字，所以史記魯世家作「相土」。）

迆，叶雷，懷，歸（東君）。「載雲旗兮逶迆」的逶迆，有逶蛇，委虵，委蛇三種本子。這逶迆不可作委蛇，段玉裁誤以爲「蛇合韻雷懷歸字」（六書音均表四，第十五部古合韻）。歸懷相叶亦見河伯。

二、它聲字：

它，叶化（離騷）。它今本作他。

佗，叶何（天問）。「其位安佗」是説他的職位怎樣負荷，細繹上下文可知。下句「反成乃亡，其罪伊何」即指不能負荷的罪。佗今本作施，誤。位無所謂施。

蛇，沱（二見），叶荷，波，羅，籬，爲（招魂）。沱今本作池。「陂沱」有陂沱（隸變作池），陂陀，陂陁三種本子。作沱是原文。「陂沱」還見戰國策魏二。陂沱並舉猶山川，山谷，陵谷並舉。這裏陀或陁字是後人以上文「臨曲沱」用了沱字做韻腳而改的，不知古詩韻腳不避重複。

袉，叶羅，歌，荷（阿），波，奇，離（招魂）。袉今本作酡，是後起字。一作酡，酡的俗寫。

沱，叶阿，歌（少司命）。沱今本作池。「咸沱」一作「咸之沲」。沲是沱的俗寫。

看上面兩個逶迆，一個弛，兩個沱與一個袉的異文，又看離騷「乘騏驥以馳騁」，「馳椒丘」，大司命「高馳兮沖天」，東君「高馳翔」（馳是衍字）的馳都或作駝，惜往日「詑謾」的詑或作詑又作訑，則也它二形在秦漢以後錯亂之跡，曲隱畢露。

〔景差賦〕

施，叶佳，規，卑，思（大招）。

〔秦文〕

地，叶帝，懈，辟，易，畫（琅邪臺刻石）。

所以也音在支佳部。

以上所舉，可證古韻凡也聲字都不與歌戈部字相叶，凡它聲字則都與歌戈部字相叶。自來古音學者讀也爲它，以也聲入歌戈部，誤，所以説終不可通。即如段玉裁，既以也聲入歌戈部，又説「考地字周秦人亦入於十六部（支佳部）」（六書音均表四，第十七部古本音），地不是从也聲嗎？又説弛在十六部（説文弛字注），弛不是从也聲嗎？他還説：「考周秦有韻之文，某聲必在某部，至嘖而不可亂」（六書音均表古十七部諧聲表），爲什麽地字周秦人亂了呢？又説：「要其始則同諧聲者必同部也」（同上），爲什麽弛字與同諧聲的字不同部呢？可見他説不通。遇着説不通，只好委爲「合韻」。他説蛇字「屈賦東君合韻雷懷歸字，遠遊合韻妃夷飛佪字」（六書音均表四，第十五部古合韻）。這樣不了的了，不能自解他的矛盾。

（八）看與也同音通用的助詞：

與也同音通用的助詞，有只，止，忌。詩鄘柏舟「母也！天只！」（見前引）也只並見，亦猶魏伐檀兮猗並見。忌从已聲，是已止的已（古與辰巳的巳是一字），非戊己的己。已古音di，di音轉成今的yi音，如从也（di）聲的地貤的例。所以動詞已與止同音通用，助詞忌亦與助詞止同音通用。只止已聲在支佳部（之咍部同），所以也音在支佳部。

也聲字與它聲字，辨析如上。

後人研究古韻，韻部愈分愈多。鄭庠分六部；顧炎武十部；江永十三部；段玉裁説江永「較諸顧氏益密」，還認爲密得不够，又益爲十七部；近人承襲這條思路，乃至分三十部。古音簡，由簡趨繁以至今音，是語音發展的自然現象。講古音，分部愈多，去古韻愈遠；分部益密，於古韻益疏。以分部益多爲益密，就違反語音發展的規則。按後人所分韻部讀詩三百篇與楚辭，必然會遇到本來同韻的卻屬異部，於是目爲叶音或合韻。這是不通的。

結論：

一、之咍部，脂微部，支佳部古實同部。顧炎武，江永都以支脂之微佳咍同部，是。段玉裁强分，非。

二、之咍脂微支佳部古不與歌戈部相通。

三、也古音di，在支佳（之咍脂微）部。

四、也字及也聲字的韻與它字及它聲字的韻截然兩途，在先秦絶不通用。自來古音學家都以也聲字入歌戈部，誤。這誤是由隸變與俗寫它旁變成也旁佗旁而未細考。

五、它聲字轉讀入支佳部是在秦漢以後。漢人漸以它聲字與也聲字叶韻，是因它聲字轉讀入支佳部了。這是以它聲字就也聲字，讀變了音的是它聲字（如蛇讀迆）而不是也聲字。也字及凡也聲字並不曾有過佗音。